U0876460

逆战穹

西门不败◎著

上册

中國華僑出版社

图书在版编目(CIP)数据

逆战苍穹:全2册/西门不败著. —北京:中国华侨出版社,2013.5

ISBN 978-7-5113-3540-1

Ⅰ.①逆… Ⅱ.①西… Ⅲ.①长篇小说—中国—当代 Ⅳ.①I247.5

中国版本图书馆CIP数据核字(2013)第089384号

●逆战苍穹

著　　者/西门不败
出 版 人/方　鸣
策　　划/周耿茜
责任编辑/文　筝
责任校对/王京燕
装帧设计/玩瞳装帧
经　　销/全国新华书店
开　　本/710mm×1000mm　1/16　印张32　字数620千字
印　　刷/北京紫瑞利印刷有限公司
版　　次/2013年7月第1版　2013年7月第1次印刷
书　　号/ISBN 978-7-5113-3540-1
定　　价/48.80元(全2册)

中国华侨出版社　北京市朝阳区静安里26号通成达大厦3层　邮编:100028
法律顾问:陈鹰律师事务所
编辑部:(010)64443056　64443979
发行部:(010)64443051　传真:(010)64439708
网　址:www.oveaschin.com
E-mail:oveaschin@sina.com

目录

逆战苍穹 上册

第一章 咸鱼翻身 / 001
第二章 天才爆发 / 013
第三章 龙爪手发威 / 023
第四章 五肘拳之力 / 035
第五章 天才初现 / 047
第六章 秦家闹事 / 058
第七章 疯狂战斗 / 070
第八章 斗者 / 082
第九章 邪魔之术 / 094
第十章 中等丹药的来历 / 106
第十一章 真气轮发威 / 118
第十二章 精彩赛事 / 129
第十三章 至寒珠风波 / 141
第十四章 魔兽森林 / 153
第十五章 拍卖会奇遇 / 165
第十六章 阴火龙兽 / 178
第十七章 阴火龙兽显神威 / 191
第十八章 元丹之境 / 203
第十九章 古墓法宝 / 215
第二十章 五行八卦玉传说 / 227
第二十一章 魔奴现身 / 239

第一章　咸鱼翻身

大离帝国，叶家府邸的演武场。

众多身着修炼长袍的叶家子弟正围坐在演武场之中，将演武场之上，正切磋武艺的一男一女给围得水泄不通，并时不时爆发出阵阵喝彩声。

唯独一名少年坐在叶府最高建筑的顶端，满目渴望地看着这精彩绝伦的打斗。

他叫叶天，叶家府内因体质迥异而无法修炼，从而被归类为废物的人。他是无资格观看两名教练的比武的，深爱武学的他，只能选择在远处偷看。

“冰寒剑!”正和女子纠缠在一块的男子，身形忽然后退，一声爆喝之后，手臂之上猛然结出一层阴森寒冰，随着他手臂生猛力道的一推，发出嘤咛一声金属脆响，而后竟从手臂上飞出，化为一道寒冰巨剑，撞向女子。

女子眉目一皱，心知不妙，却也不慌忙，娇呼一声“烈火掌”随后双手猛然朝寒冰巨剑一推而去。

一团雾气，从手掌之中喷射而出，瞬间竟化为团团烈火，组成一巨大手掌形状，以排山倒海之势撞向寒冰巨剑。

火掌瞬间将寒冰巨剑包裹，一声轰隆巨响，火掌竟瞬间被巨剑刺破，而巨剑则被烈火炙烤得融化大半，冰水散落。

一剑一掌，僵持半空，一动不动。

男子冷哼一声，继而一咬牙，一股白色雾气再次自掌袖之内爆发而出，瞬间凝为寒冰，周围空气都为之冻结。男子双拳用力，寒剑再次撞去。

而女子也是一咬牙，再次爆发一烈火焰，将破碎的火焰手掌修补。

一时之间，现场冰火交融，巨剑越来越大，火掌越燃越烈，水火交融处时不时爆发出一声轰隆爆炸声，空气剧烈流动，围观人群都有些站立不稳。

终于，在两者咬牙最后一击之下，冰剑与火掌轰然爆炸，将围观者全都震荡得倒退而去，演武场之上一片狼藉，只有比武双方依旧是傲然挺立，犹如傲视强者般地盯着彼此。

而演武场之下的修炼者则是用崇拜的目光看着两人，对他们赞不绝口。

唯独立于远处建筑顶层的叶天，则是紧握拳头，咬牙切齿道：“总有一天，我也要站立于那演武场之上，赢得世人尊崇的目光。”

夜色渐深，皓月当空，清如水的月光洒落而下，覆盖着这座规模庞大，却有些破败迹象的府邸——叶府。

从叶天这个角度看，正好可以俯视整座叶府。亭台楼阁，假山溪水，一切美景尽收眼底，加上明月柔光的渲染，场景足以媲美一幅画。

殊不知，一身淡雅长衫装，左手持酒壶，右手持羽扇的帅气少年，才是这幅画的亮点所在。

叶天看着这既熟悉又陌生的环境，满脸愁绪。

想起这几天发生的怪事儿，他的心里就更堵得慌了。

前几天，他还在一个叫地球的世界，做着平凡甚至有些卑微的炼药师。

可是，一次炼制大还丹到了关键时刻，竟然疏忽了火候，导致炼丹炉直接爆炸，接着他就感觉全身被一片亮光包裹，失去意识。

醒来的时候，他发现自己竟然趴在猪圈墙壁上，甚至还有一长串的口水。看了看四周，发现有不少身着轻纱长衫的妩媚女人和身着华衣丽服的男子围着自己指指点点，偶尔传来一阵窃窃私语。

经过这几天的熟悉，他才搞明白状况，原来自己穿越到了一片叫神魂大陆的陌生世界，而且这里还是一彻头彻尾的陌生世界，衣食住行，和自己的世界全都不一样，甚至于连炼丹师的身份都有着天壤之别。

原来的世界，炼丹师一抓一大把，而在这里，炼药师简直比王公贵族还要金贵，放个屁都能在地上砸个坑。这让他这个卑微的炼药师小小地欣喜了一把。

可后来他才发现，根本不是这回事儿。穿越之后的自己，就是一十五岁小孩儿，细胳膊细腿儿的，甚至连辛辛苦苦修行了几百年的修行也一并消失，根本不可能像以前一样伸手出火、缩腿砍柴。

而且，在原来的世界看惯了人间冷暖的他也看出来了，自己现在的身份就是一破败家族的小废物。

这是一个崇尚武学的世界，在他这个年纪，本该和其余的兄弟姐妹一块修行武学，可是，经过他的悉心观察，旁敲侧击，最后终于发现一个事实，原来这个身体根本不适合修炼，是叶府里有名的废物，而且据说脑袋也有点问题，连侍女都对他冷眼相看，更别说同辈的兄弟姐妹了。

“啊！”

就在叶天愁容满面，思索这几天的艰苦遭遇的时候，却忽然有一声嘹亮的声音划破了夜空，钻入叶天的耳朵里。

他的身体颤抖了一下，立刻竖起耳朵听，那声音却不知所踪。

细想之下，他才忽然察觉声音有些熟悉，思索片刻，才明了，那声音竟是叶府有名的冰美人叶如霜小姐的声音。

他想了想，今晚是如霜凝聚斗气的夜晚，为何会忽然悲凉惨叫，难不成是成功凝练斗气？再想想被如霜修炼得出神入化的功法霹雳掌，他就有些心痒起来，再也无法抑制住内心对高级功法的渴望，竟准备偷偷瞅一眼这高级功法的威力。

要知道，这等高级功法只有很少天才有资格修炼观看的。比如白日两男子所施展冰寒剑与烈火掌，便是高级功法。

想着，他便从主楼楼顶爬下来，蹑手蹑脚地朝着叶如霜小姐的房间走去。

叶如霜就住在他站立的楼的一楼，叶天很快便到达目的地。站在房间外面，他小心翼翼地用舌头舔舔手指，戳破了窗户纸，看着房间里面。

借着干净黄色的月光，他却并未看到想象中冷艳美人修炼霹雳掌的场面，反倒是看到人间最为美艳的场景：一名身材高挑的女子正端坐在床上，全身肌肤裸露，只是双腿间有一道遮羞布，如水一般的肌肤，在月光的照耀下，散发出碧玉般的亮光，呈现半透明状，身上该凸的地方凸，该凹的地方也凸，配合上那张绝美小脸，让她看上去犹如仙女下凡。

不过，沉迷于霹雳掌的叶天竟自动忽略了这美艳场景，他学如霜一般双手成掌，横在胸前，沉稳片刻后运转一周，然后又是一连串烦琐的动作，一招一式都是那般的游刃有余。

忽然，一股白色的雾气从如霜藕臂葱指肌肤之上爆射而出，犹如一层朦胧雾气。她娇喝一声霹雳掌，双掌便是猛然拍出，同时双掌连带身体起伏，胸前更是波涛汹涌……

叶天心猛然狂跳，忙闭上眼，心道少儿不宜，难不成修炼霹雳掌需要衣不蔽体才成?

噗嗤！哐当!

叶天的脑袋刚刚扭转，便听到里面传来吐血声音，忙再次望去，却发现一口猩红鲜血，顺着如霜小姐嘴角喷涌而出，如霜小姐继而摔到床上。而被霹雳掌劈中的桌子却是化为齑粉，散落一地。

“不好，走火入魔!”叶天暗道不好，顾不上其他，蹦起来直闯进去。

现在人命关天，他早已忘却男女有别，一心想救如霜姐。

叶天用稍显细嫩的双手，将香艳完美的女神扶到了床上，擦拭了一下有着完美弧线的嘴唇上的血渍，探测了一下脉搏，按照前世的记忆，立刻诊断出如霜小姐走火入魔，斗气逆转……

啪啪，啪啪!

外面传来急促脚步声，叶天知此地不宜久留，否则会被当采花大盗，立刻纵身而出，将门锁定，闪身而去。

他心中却在苦笑，原本想看看高级功法，谁知竟然奉献出双目的第一次，他也说不出这到底是对自己的眷顾，还是在开自己的玩笑。

在他闪开之后没多久，父亲、二叔、大长老、二长老，甚至于连各路表哥也来看热闹……看裸体。

见众人差不多都来齐了，叶天才从角落走出，缓缓走向如霜姐闺房，心中却忐忑不安："如霜姐晕眩的时候有没有看见我？要是看见的话……她肯定得弄死我，最毒不过妇人心啊。对一冰冷如霜的女人来说，清白之身比性命都重要。"

当他进去之后，才发现叶家所有人员都到齐了，毕竟出事儿的是叶家潜力明星，叶家最厉害的修炼者，总得来这露露脸表示关心不是。

其实叶天也是一明眼人，早就看出这些人各个心怀鬼胎，别看表面上热脸相迎，暗地里恨不能你得暗疮一辈子没脸见人呢。

当众人看到气定神闲的叶天到来的时候，脸上都充满了嘲讽表情，这个傻瓜竟然也知道巴结如霜来了。

"凝练斗气，冲击斗者层次的时候，斗之力反噬，气血两虚，未能突破斗者层次。"大长老凝眉把脉，一脸惋惜。

听后，众人唏嘘不已，尤其是几位长老更是目瞪口呆。万万没想到，如霜小姐竟然已达十段斗之力，开始冲击斗者级别了。

叶天也明白这里的修炼体系和原来的世界不一样。这是一个修炼斗气的世界。

这里的人都是用身体吸纳弥漫空气中的斗气，然后和肉身结合，凝聚为斗之力，根据斗之力的强硬程度，共分为一级斗之力，二级斗之力，直至十级斗之力。十级斗之力之后，便是突破斗之力层次，成为一名斗者。不过，一般人都是在中年的时候，才可能勉强冲入斗者级别，而如霜却在二十出头的年纪便要冲击斗者层次，实在是奇才中的怪才。

叶天还知道，因为身体原因，自己根本没有修炼斗气，所以便成为人们争相传诵的废材，和如霜并称为水火两重天。意思是说，一个是蠢材，一个是天才，水火不交融。

"大长老，怎么办才好？"二叔叶云鹤站出来，一脸焦躁神色。叶如霜是他的女儿，他这个当父亲的自然最为紧张。

"大还丹。"大长老满面愁容，"哎，只可惜，我们的丹库丹药稀缺，像大还丹这等名贵丹药，根本没有库存。若是没有大还丹的话，恐怕……如霜小姐将会跌入五段斗之力。"

"啊！"大长老一番话，引得众人一阵唏嘘，若是如霜从天才跌入五段斗之力，无论是对她本身，还是对叶家，都是一个不小的打击。毕竟强邻不欺辱叶家，叶如霜这潜力高手也起了不小的作用。

叶云鹤在听到这的时候，脸色立刻煞白，差点没双腿发软跌坐在地："谁若供奉大还丹，我愿将全部身家拱手送之。"

一听到这，众人立刻眼光发直，叶云鹤的全部身家那可是一块不小的肥肉啊，价值远比大还丹要贵重得多。可是奈何大还丹实在是有价无市，他们上哪去弄大还丹？

"二伯，不要着急，我们一定会想出办法的。"和叶如霜年纪相当，九段斗之力的叶秋道。

看到他，叶天就咬牙切齿，平日里都是他带头，和其他的玩伴欺辱自己。而且他对如霜觊觎已久，若是如霜脑袋上的天才光环丢失的话，他只要伸伸手，如霜就得乖乖听命，被他玩弄于股掌之中。

一想起如此貌美的如霜姐被叶秋这头猪给拱了，叶天的心里就是一阵不舒坦。于是他决定，不能沉默下去了，必须挺身而出英雄救美了。

因为随他重生而来的，还有最后一炉重生前刚刚修炼而成的大还丹。

“大还丹啊，上哪找去!”

“哎，若是在白天，我宁愿倾尽家产，在各大拍卖当之间拍卖大还丹，奈何深夜……”

“真是祸不单行啊，如霜姐是我心目中的女神，我宁愿将这次的灾难转移到我身上……”

“……”

就在众人你一言我一语表达忠心，气氛极其压抑的时候，叶天却忽然站了起来，举着手中一颗红色药丸:“大伯，正好我有一颗大还丹。”

安静，死一般的安静，继而是噗嗤一声，站在旁边的叶秋没忍住，笑出声来。

“谁放屁?”叶天一脸懵懂地望了望四周。

“你……”叶秋脸色立刻煞白，怒目瞪着叶天，“有种你再说一遍。”

“我说，我有一颗大还丹。”叶天用平淡的语气讲道。他没有重复刚才那句话，因为他明白，若是重复那句话，接下来自己会挨揍，所以他特意重复前面那句话，为的就是将众人的视线转移到大还丹上。

此话一出，更多的人忍不住，再笑。叶秋见这小子自取其辱，也就没有继续追究刚才的事，反倒是污蔑了一句:“就凭你一个傻子，你也配有大还丹?”

“是啊，都什么时候了，竟然还捣乱。”

“真是越乱越让人操心，这样的废物只会越帮越忙。”

“我怀疑他是不是觉得自己没法修炼，所以妒忌如霜，想让如霜也和他一样，变成废物。”

“……”

听着众人你一言我一语地挖苦，叶天只有在心中苦笑。

他的父亲，叶家的族长，也是一脸木讷地站在大长老身边，对别人对自己儿子的嘲弄无动于衷，好像没听见一般。

叶天在自己原来的世界早就已经体味到世态炎凉，并未过多地在乎他们的嘲弄，甚至于也丝毫没有责怪父亲的木讷，反倒是看着大长老，道:“是真是假，一验便知，哪来那么多废话。”

叶天一席话，将刚才所有骂他的人都骂了，摆明说他们刚才讲的是废话。就在众人准备再次责备叶天时候，族长叶云仙终于发话：“大长老，检查一下。天儿，若是有虚假，我定当严惩不贷。”

看着父亲冷峻如霜的面庞，叶天心中一阵酸涩，这个当父亲的真是太严厉了，甚至关心别人胜过关心自己。他没有继续多想，点了点头。

大长老也是一声冷哼，瞪了一眼叶天这个废物。就凭他这个傻瓜，还想有大还丹？

不过几秒钟之后，他的嘴巴竟然惊讶得好久没有闭合，目光凝滞地盯着大还丹，好像看到了稀世珍宝。

众人越看越不对劲，正欲发问，却忽听大长老一声闷喝：“大还丹，真的是大还丹！”

众人哗然，你一言我一语地盯着大还丹，面部表情因为吃惊，都皱巴起来。尤其是叶秋，更是满腔怒火，羡慕妒忌恨，不相信这一切都是真的。

“大长老，你确定？”

“确定，而且还是一颗成分上等的大还丹，快……快给小姐服下！”

“慢着，万一是假的怎么办？叶天就是一傻子，不可能有大还丹……”叶秋阻拦道。

“叶秋，住口。”虽然叶云仙心中满是震撼，不过还是分出一丝精力，控制大局。他也知道叶秋和叶天的关系僵硬，便出声阻拦。

不知为何，在叶云仙喊出这四个字的时候，叶天的心忽然酥软了下来，似乎心在流泪了。

可是，接下来，再次发生了意外，因为大还丹实属药性狂暴丹药，直接给如霜服用，恐怕她的身体会狂暴而亡，所以，必须用斗之气将大还丹炼化，方可为叶如霜吸收。

大长老向众人宣布这一消息，唯一兴奋起来的便是叶秋。

因为叶如霜斗之气是木属性，必须吸收同属性的斗之气分解的大还丹，而木属性实属罕见属性，只有叶秋一人斗之气属木，这个任务当仁不让该是叶秋的。

“大长老，我愿为如霜赴汤蹈火。”叶秋俨然一副正人君子的模样站出去，双手后背，长发无风自动，颇有“用飘柔，就是这么自信”的气场。

“好，快来。”大长老也不敢耽搁。

就在众人将焦点聚焦在叶秋身上的时候，叶天不干了。我的丹药，凭什么让他送服？当下站出来：“我的丹药，我有支配权。”

“叶天，不要胡闹，你没有修炼斗之气，无法熔炼大还丹。”叶秋虽然满脸正经，但是这一句话，无疑讽刺了叶天不能修炼斗之气。

两边的人也都是看傻子一样地看着叶天，他无法修炼斗之气是众所周知的，这个时候发话，不是摆明了找抽吗？

“谁说的？”叶天冷哼一声，然后举起了右手。

右手掌上，一团青色的斗之气犹如一团雾气缓缓旋转，徐徐升起。

自从转世之后，他便偷偷地服用了一颗大还丹，帮助自己改善经脉了，虽说没有太大的改观，不过倒是可以凝练斗之气了，并且，他还发现自己的斗之气竟然是罕见的木属性。

啊！

这下，众人更是目瞪口呆，就算他们想破脑袋，也决计不会想到，这个无法凝聚斗气的废物，什么时候竟然也能凝聚出一丝斗之力！

如果这个人情让叶天这个傻小子领走，恐怕叶如霜以后……众人都不敢想下去，脑海中只有一个俗语在翻腾，那便是好白菜都让猪给拱了。

而叶云仙的双目更是激动得挤出了一丝泪水，这个惊喜对他来说未免太大了。他心中最深处的伤口，竟然如此轻松被抚平了？

可是，他还是很快认清大局，虽说叶天可奇迹般地冲破身体障碍，凝聚一丝斗气，但是斗之气却并不如叶秋，中和大还丹，很可能会导致大还丹反噬，将他凝练的斗之气全部抢掠走，最后他将重新跌回废物的谷底。

“天儿，来，我探测一下你的斗之气阶段。”叶云仙一脸慈爱地看着叶天道。

叶天走上去，便伸出了手掌，和叶云仙的手掌握在一块。

当两者手掌握在一块之后，前者果然感觉叶天手心中淡薄翻滚的斗之力，心中震撼。要知道，为了改善叶天的体制，让之凝聚斗气，他不知费了多少心血，找了多少名师，都未曾调理好，但是此刻，充盈他体内的斗之气，竟是如此真切，虽说很是虚弱，不过已经很难得了。

“天儿，你暂且只有两段斗之气，无法中和大还丹蛮横的药性，让叶秋来吧。叶秋是九段斗之力，中和大还丹的药性，应该不成问题。你的好心，我想大家都会明白的。”虽说叶云仙心中依然乐开了花，不过当着众多家族同胞的面，他还是抑制住心中兴奋，表现出一家之主的风范来。

叶天虽说心有不甘，不过，奈何斗之力的确薄弱，也只能勉强点点头。

叶秋鄙视地瞪了一眼叶天，小声道：“哼，二段斗之力，倒不如没有。”

诚然，有这种想法的不在少数，因为叶天这个年纪的孩童，最为无能的，也有三段斗之力。二段斗之力，即便刚刚入门者，三天之内也可修炼得出。

而他们不知道的是，服用大还丹改善筋脉，从而达到二段斗之力的入门级修炼者叶天仅仅花费了不到一天的时间。俗话说，好的开端等于成功的一半，换句话说，叶天，已经在起跑线上领先一大截了。

用斗之气缓和大还丹的药性，喂服叶如霜过后，后者总算睁开眼，不过身体极其虚弱，并未多言。叶云仙也遣散了众人，只留几个仆人以及叶云鹤照看叶如霜。

回去的路上，叶云仙语重心长地拍着叶天的肩膀道："天儿，明天我带你去初级修炼班，你和初级修炼者一块修炼吧。"

叶天点点头。

回到家中，父子告别之后，叶天分明听到父亲那兴奋的颤抖的声音，喊起了妻子，道："倩儿，倩儿，告诉你一好消息，我们的儿子叶天竟然凝练出斗气。"

"啊？"母亲李倩愣了一愣，很明显一时之间未反应过来，良久之后，竟喜极而泣，"太好了，十五年了，十五年了，终于等到这一天了。以后，天儿再也不用被别人白眼，被别人欺负了。"

"是啊，以后我们也可以抬头了。"

看着房中喜极而泣的二老，叶天却紧握拳头，虽说和二老相处时间不长，可从小便是孤儿的叶天还是被二老的父爱和母爱所感动，心中明了二老以前因为自己这身体而受了多少委屈，他心中暗道："父亲，母亲，我一定不会让你们失望的。"

回到了房中之后，叶天开始琢磨起来，面前摆放着的是仅剩的五颗大还丹。他没想到，大还丹在这个世界竟然如此贵重，而且还能如此明显地改善人体。

要想赢得别人尊重，必须提高自身实力。虽说五颗大还丹可以改善体质，可那都是治标不治本，若是大还丹用完了之后呢？要买是不可能了，那么一大家族都没资格库存的丹药，得多罕见啊。自己炼制？更不可能，没有一点斗之力，单单控制火候都成问题，更何况完成一系列复杂的仪式呢？

该怎么办呢？他冥思苦想，最后却是毫无结果，昏沉睡去。

殊不知，在他睡后，面前的五颗大还丹，竟发生了精妙的变化。中间一颗最小的大还丹竟发射出璀璨亮光，犹如一颗小号夜明珠。眨眼间工夫，夜明珠竟开始滚动，长了眼睛一般，一个个碾过周围四颗药丸。

每经过一颗大还丹，夜明珠便会一口将其吞噬，继而夜明珠体格变大，继续朝着下一颗大还丹滚过去。几秒钟时间，夜明珠已经增大一倍，而其余四颗大还丹却消散于无形。

夜明珠光芒逐渐惨淡下去，一股细润的水珠却缓慢从夜明珠的小孔中流出，逐渐流向昏睡中的叶天手掌。水珠在触碰到叶天手掌的瞬间，竟发散出红色的光芒来，叶天手掌也随之变成血红色。

片刻之后，手掌竟将红色水珠尽数吸收，此刻，叶天才终于从梦境中惊醒。他很是好奇地看着有些发痛湿润的手掌，道："奇怪，手掌为何发痛？"

而就在这时，他却忽然感觉，弥漫于空气中的一股斗气如同瀑布一般，疯狂地钻入自己的手心，然后顺着围堵严重的经脉，四处乱撞。

所过之处，皆如刀割一般的难受、痛苦。他惨嚎一声，继而摔落到地上，不顾一切地挣扎起来。

那股斗气，过于汹涌澎湃，他感觉经脉被斗气冲击得膨胀扭曲，几欲折断，那种感觉，痛不欲生。

经过一段时间的折磨，他终于昏死过去。

次日，门被敲响，昏迷一夜的叶天才终于睁开眼，略加思索，便想起昨晚之事，不过并未细想，而是问了一句：“谁啊？”

“天儿，准备一下，待会儿吃了早餐，带你去家族训练场报名。”叶云仙爽朗的声音在门外响起。

“好的，父亲。”叶天应了一句，然后急匆匆地从地上爬起来。

“咦？不对。”刚刚从地上爬起来，他便感觉到一丝异样，身子竟然有些轻巧起来，体内的斗之气明显浓厚了一大截，甚至于他能感觉到心脏跳动的力度明显加快了不少。

“这不是三段斗之气顶峰的征兆吗？”叶天顿时愣了一下，想想昨日发生之事，立刻明白过来，自己竟在睡梦中，不知不觉升了一段斗之气。

其实也不算不知不觉，他是先经一段非人的痛苦折磨后，才升了一级的。

“昨日为何忽然会那般的痛苦？”他将思索重点集中到这个问题上，良久，竟都未得到一答案，目光却不经意间，瞥见了桌上那一个头稍大于大还丹的珠子。

那便是昨晚吞噬其余四颗大还丹的珠子。

“我的大还丹呢？”左看右看，竟未看到自己的大还丹，当下他头脑一惊，跳了起来，桌上地下来回搜寻，竟不见了大还丹踪影，只有安静躺在桌子上面的一个头稍大的暗淡珠子。

“这是啥？”他好奇地将那光滑圆润的珠子拿起来，细细观看，却发现那一针孔小眼的存在。

“嗯？”他很是好奇地将珠子拿起，然后将小孔对准眼球，看了一眼。

里面竟然有一人影，在跳来跳去，手舞足蹈，似乎是在修炼某种斗技。

在这神魂大陆，达到了五段斗之力之后，便可修炼斗技，即便最低级的斗技，也可以将一个人的力量提升三倍甚至更多。而那高级的斗技更是可以增强人的实力达十倍之多。

斗技被划分为四阶十二级，分别是天、地、玄、黄！而每一阶，又分初、中、高三级！

不过，这斗技却是稀缺得很，一般人若是没有身份背景，想得到一门地阶以上的斗技，那是想都不敢想的，更别说玄阶和黄阶了。即便是加入某些门派，或者是出生于某一高贵家族，没有一定的权威和资质，想一览高级斗技，也只能是梦中之事。

所以，看到其中有人在修炼斗技，叶天心中自然兴奋，若黑影修炼的为高级斗技，岂不是说，自己相当于拥有一权威家族的斗技宝库？

正想着，门外却传来急促敲门声，叶云仙在门外喊道："天儿，收拾好了吗？收拾好了，我带你去家族训练场报名。"

叶云天唯恐父亲起疑心，便将珠子揣入口袋中，匆忙迎了上去，也不去想大还丹。若是被偷了，想找回来是不可能之事。若是丢了，反正也是在自己房间，以后再找，倒也不慌。

叶云仙看了看叶天，欣慰地拍了拍他的脑勺道："天儿，日后好好修炼，你要珍惜这次机会。"

叶天郑重地点点头，在记忆中，父亲已经很长时间未曾和自己说过修炼两字了。

两人走后，李倩才缓步从房中走出来，望着两人背影，叹了口气，双手合十，冲天祈祷，祈祷叶天能顺利和别人一般训练。

"哼，就那小废物的身体，撑死了，也就修炼到斗者层次，在家族中也就一低级护卫的本事。"两名衣着高贵的妇人身着豪华锦缎，身戴豪华首饰从李倩面前经过，冷嘲热讽一句。

讲话者，正是叶秋之母，叶天的三婶。因叶秋的资质在同辈中顶天，叶秋之母自然傲慢，平日里对叶天以及其母亲没少暗中讽刺。

"是啊，别以为刚刚能凝练斗气，就心揣梦想。如果我没记错的话，叶秋七岁刚刚修炼的时候，就已经是三段斗之气了吧。"另一名妇人嘲讽道。

而李倩却是早已习惯一般，莞尔，并未作答，只是退了回去。

不远处的叶天将这一幕尽收眼底，小手紧握，咬牙切齿。

叶云仙拍拍叶天后脑勺，道："用实力，才能让她们闭嘴。"

"嗯。"叶天的拳头缓缓松开，咬着牙齿蹦出这个字儿，冷哼一声，"叶秋，早晚有一天，我要把你踩在脚下，还有你对我家人的侮辱，我要一点不少的全都还回去。"

在叶府内左绕右绕，经过一间间豪华府邸，最后终于寻得训练场。训练场乃叶家未来力量的源泉，乃重中之重，除却修炼者以及教练外，其余人皆不可进入。

若不是叶云仙陪在身边，叶天是无资格进入的。在进入的时候，他分明看到两名护卫对自己指指点点。

在这两天，叶府有两件爆炸性新闻，一件是叶天的废物身体竟然也可以凝聚斗气；而另一件，则是一向冷冰冰的美女叶如霜对叶秋却是忽然热情了许多。只要叶秋有求于她，叶如霜会毫不犹豫地答应。据传，叶如霜更是答应会将一黄阶高级斗技传授于叶秋。有了这高级斗技，叶秋的实力会被大幅度地提升。毫不客气地说，即便和一十级斗者作战，若是对方不施展同等级的斗技的话，叶秋必胜无疑。

就在叶天想着叶如霜的时候，一道靓丽的身影忽然从面前一闪而过，定睛细看，竟发现是叶如霜。

以往偶然碰见的时候，两人都是彼此看不见一般，连招呼都不打。可这次，叶如霜却主动瞥了一眼叶天，嘴动了两下，却并未讲话，只是看了看叶云仙，礼貌有加道：“恭喜大伯。”

叶云仙点点头，赞赏地看了一眼叶如霜，双方便告别。从始至终，叶如霜都未和叶天多讲一句话。

“叶秋，怎么才来？”刚和叶如霜擦肩而过，却忽听叶如霜有些热情的声音，回头看一眼，发现竟是叶秋。经历昨日之事后，叶如霜对叶秋态度果然来了个大转变。

“嗯，有点小事儿耽搁了。”叶秋也是笑着回道。

“咱走吧。”叶如霜毫不忌讳地抓起了叶秋的手道，“你不是说要修习霹雳掌吗？我这就传授给你。”

看着两人离去的身影，叶天心中却苦笑连连，叶如霜的小命能救回来，有大部分是自己的功劳，却不曾想，叶如霜竟是如此的没心没肺，不知恩图报。

“大伯好。”一爽朗清脆声音传来，叶天忙望去，发现是自己唯一的玩伴，叶家大长老的孙子叶明。

“嗯。”叶云仙点了点头，算是回了招呼。

“叶天，你总算来了。”叶明擦拭了一下额头上的汗水，气喘吁吁道，“你不知道啊，你昨晚的功劳全都被叶秋一人给抢走了。”

叶天愣了愣，疑惑问道：“什么意思？”

“那叶秋竟然无耻地对叶如霜说，昨天那大还丹是他的，是他第一个发现你晕倒，并且将大还丹给叶如霜服用。”叶明咬牙切齿道，“真是太无耻了，以为自己是九段斗之气就可以颠倒黑白？我告诉你，我当时就想把那小子给揍一顿。”顿了顿，又加了一句，“后来考虑我不是他的对手，便就此作罢。”

咔嚓，咔嚓！

叶天的拳头握起来，发出咔嚓咔嚓骨头碰撞的声音，一种叫愤怒的情绪在身体内随着血液流淌。叶云仙也发觉叶天的异样，生怕他会招惹出不必要的是非，忙用手抓住叶天肩膀，稳住他道：“天儿，要想夺回自己的东西，用实力说话。现在你的实力，决定你说的话没有分量，叶如霜是不会相信的。等你有了实力，再去将自己的功劳夺回来。”

叶天仰头看看叶云仙，咬着牙答应下来，同时心中暗自立下目标：“叶秋，总有一天，我要将你打败。”

很快，训练场的教练便来到，将叶家子弟分成了三队。一队是低级修炼者，换句话说，就是入门级修炼者，都是刚刚开始修炼的孩子，大部分都是一段斗之气和二段斗之气，升入三段斗之气之后，便加入中级修炼者。

二队是中级修炼者，是三段斗之气到七段斗之气的修炼者，家族中大部分的学童，都是处于这一阶段，叶明自然也属这一阶段。升入八段斗之气之后，便是高级修炼者。

高级修炼者，八段斗之气到十段斗之气。因为修炼到这段斗之气的，有很大的可能修炼到斗者的层次，斗者的层次和斗之气修炼者那简直是质的飞跃，是家族未来的力量，会被家族特别重视。

当叶云仙提出让叶天加入低级修炼者队伍时候，队伍教练乌尔却有些犹豫了，他对叶云仙道：“族长，您也知道，像少爷这个年纪，规定必须是达到三段斗之力，加入中级修炼者队伍的。若是达不到，便只能被分配到家族中的产业中去，一辈子不得修炼，您这么做是让我为难啊。”

第二章　天才爆发

叶云仙愣了一下，乌尔说的倒是事实。叹息一声，身为族长，他是无法违规的。原本想浑水摸鱼，暂时先混过去的，谁知，这教练乌尔却当众不给叶云仙台阶下。

乌尔是叶秋之母的兄弟，按辈分来讲，叶秋该喊他一声舅舅，这乌尔肯定是受了叶秋的指使，所以才会当众不给叶云仙台阶下。

乌尔这么一说，叶天才忽然想起来，似乎自己早晨时候已达到三段斗之力了，正好可以加入中级修炼者："既然这乌尔故意为难父亲，我就偏偏不让你如愿。"

正想说出自己达到三段斗之力，叶云仙却是忽然从手中掏出了一些金币，偷偷塞给了乌尔。

叶天愣了一下，眼泪顿时如断线珠子落下来。父亲这辈子从未徇私舞弊过，更别说给人钱贿赂别人了，这是他这辈子最基本的原则。谁知，他竟愿为了自己，违背他的做人准则……

而那乌尔却忽然冷笑一声，叶天的心中顿时升起了一股不祥预感来。果不其然，乌尔却忽然将金币退还了叶云仙，同时呜呜喳喳地叫着："族长，不是我不肯收叶天，实在是家族中规矩如铁，我是不敢违抗啊。别说给我这些金币了，就算是给我整个叶府，我也不敢违规操作啊。"

听到乌尔的大声喧哗，不少人都投来异样的目光。而叶云仙却是尴尬不已，脸色青一阵紫一阵。

叶天的拳头握了起来，咬牙切齿地瞪着乌尔，没想到，乌尔竟也凭着叶秋的身份，敢如此侮辱族长，侮辱父亲。

这么一喊可不得了，不少学员都投来了诧异的目光，其余的两位教练也都是满脸不解地看着叶云仙。在他们心中，这叶云仙向来都是刚正不阿的代名词，却未曾想到，竟然也会徇私舞弊。

不过，想想，他们也全都明了了基本情况，父爱无疆啊，族长肯定是为了叶天的修炼，为了叶天的前途才会如此做。那乌尔可真是没良心，族长平日里给他们的酬劳不菲，这会儿用到他的时候，却故意给族长难堪，肯定是叶秋那小子故意指使的。

大家都知道，族长叶云仙和叶秋之父叶云阳向来不和，想来这肯定是乌尔和他们叶家串通好了导演的一出闹剧吧。

叶云仙在原地愣了几秒钟之后，将抓着金币的手缩了回来，面无表情地对众人道："身为族长，竟违背家族规矩，当罚，我会按照族规，给叶老负荆请罪，罚没两个月薪水供奉，既然天儿没有达到修炼者条件，那就不修炼了。天儿，我们走。"

"族长。"中队修炼者教练忽然喊了一声道，"我们什么都没看见，您不用去负荆请罪的。你们都看见了吗？"

"没有。"众多修炼者异口同声道。

"算了。"叶云仙却冲中队教练善意笑笑，"都是我的错，乌尔坚守家法，我会对他奖赏的。天儿，我们走。"

叶云仙说完，乌尔却怔了一下，不可思议地看着叶云仙，心中一丝悔意逐渐蔓延。

"慢着，父亲。"叶天却执意不走，看了看乌尔，道，"大教练，你说，我若是达到三段斗之力，加入中队修炼者，才可继续修炼是吗？"

乌尔道："是的，少爷。"

"那好，我便加入中队修炼者队伍吧。"叶天理所当然道。

"天儿，别闹，你的斗之力还未曾达到中级修炼者水平……"叶云仙忙拦住叶天。而中级教练龙叔却忙拦了下来："族长，我愿收下叶天。"

乌尔却是语气不善道："除非叶天少爷达到三段斗之力。"

"我就是三段斗之力啊。"叶天冲乌尔坏坏笑笑。

乌尔却是嘿嘿笑了起来："少爷，您开玩笑了，您昨天晚上还是二段斗之力，一晚上怎么可能突破到三段斗之力？"

"打个赌如何？"叶天冲乌尔笑着说，故意装底气不足，这样才好让乌尔落套。

"好啊，我和你打这个赌。"乌尔冲叶天笑着道。有叶秋一家给他撑腰，他也不怕得罪族长。毕竟族长的儿子是废物，叶云仙这个族长位子也形同虚设，实际上他的分量，甚至都不如叶云鹤以及叶云阳。

叶云仙眉头皱了起来，低声对叶天道："天儿，自己种下的恶果，自己尝，为父不会纵容你丝毫。不要逞能。"连那中级教练龙叔也劝叶天，而叶天却执意不肯，只是冲两人笑笑，让两人放心，自己则是站了出去，看着乌尔道："若是我达到三段斗之力，你给我父亲跪下，磕三个响头；若是我未达到三段斗之力，我便送给你一颗大还丹，如何？"

一听大还丹三个字，乌尔的眼珠子都瞪大了，不单单是他，现场的所有人，包括叶云仙也满脸不可思议，他真想问问，叶天到底从哪儿搞来的大还丹？

乌尔也听说昨晚之事，相信叶天所说大还丹不假。这个诱惑太大，导致他的理智也有些混沌，竟满脸激动地答应了下来。

"你死定了。"乌尔悄声对叶天道，"一夜之间，升一段斗之力，你认为自己是天才……”

可是，话还没说完，乌尔却一下愣住了，嘴唇一颤一颤的，满脸都是不可思议的表情，看着叶天，眼珠子瞪得奇大：“不可能，不可能。”

说话的时候，他已经开始试探叶天斗之力了，却发现少年体内斗之力蓬勃凶猛，已然达到三段斗之力的要求。

嗯？看乌尔这满目惊诧表情，叶云仙也愣了一下，良久，忽然想起什么，加快脚步走了上去，抓住叶天的手腕，仔细试探一把。

一试探，竟也瞠目结舌，三段斗之力，一点都没错，蓬勃充盈的斗之力随着血液于体内四处流淌，生生不息。

一夜之间，竟升一段斗之力，这在叶家是绝无仅有的，即便放在整个叶家所在镇子千灯镇，那也是稀少无比。除了三年之前，与叶家齐名的欧阳家族中，出了两名绝世天才外，有这资质的，竟也没有别人了。

现场所有人都愣住了，都沉浸在这种震撼之中，所有修炼者都用看怪物的目光看着叶天，不少人都持怀疑态度，督促龙叔上前查探，龙叔查探一番，果然一点没错。

这下，现场沸腾了，众人纷纷交头接耳，小声交谈起来，没想到被他们视为废物的叶天竟然也达到三段斗之力，而且还创造了一夜之间升了一级斗之力的神话。

站在远处的叶秋也是满脸不可思议。

只有叶天依旧保持着理智，冲乌尔嘿嘿笑了笑，然后问道：“乌尔大叔，相信您不是那种说话不讲信用的家伙吧，给我父亲磕头道歉吧。”叶天玩笑似的口吻道。

乌尔这才反应过来，看了看叶天，又看看自己的学员，冲前者笑笑，准备这件事一笑而过，简单说两句好话，给少年一些好处，叶天自然会既往不咎了。

可这乌尔还未张嘴，叶天却面色阴沉，冷哼一声：“怎么，反悔了？”

“这……”乌尔愣了好久，他可不能跪啊，这要是跪了，丢的不仅仅是自己的人，更是把叶秋一家的脸也给丢了，毕竟自己也是叶秋的舅舅不是，而这一切又是叶秋指使的。

不远处的叶秋也将这一幕尽收眼底，气得咬牙切齿。他觉得是自己出面的时候了。虽然这会儿他依旧陷入震撼中，惊讶叶天一夜升一段斗之力，不过，舅舅的事，他必然出面，否则就是自己败在了叶天手上。

笑话！

叶秋徐徐走上来，爽朗笑着道：“叶天兄弟，送你一句话，做人留一线，日后好见面，干吗得理不饶人呢。”

叶天见叶秋，更是在心中骂娘，这一出闹剧是叶秋导演的，这会儿站出来当好人了!

“刚才在我和父亲被侮辱的时候，你怎么不站出来呢?”叶天冷哼一声，看着叶秋道。

“刚才我没看到。”叶秋辩驳。

“放屁。”叶天冷冷笑笑，毫不客气道，“你眼瞎吗，还是耳朵聋?”

轰!

人们一下笑了起来，叶秋更是恼羞成怒。自己平日里高高在上，何曾被人如此侮辱过，当下便欲动手，不过碍于叶云仙在这儿，只好将教训叶天的想法生生忍下去了。

叶云仙从始至终都是站在远处旁观，好像这件事根本和自己毫无关系一样。他心中除了震撼还是震撼，怎么都没想到，以前懦弱怕事的儿子，今天怎么会忽然如此凌厉起来。

“好，既然你得理不饶人，那我就和你再打个赌你愿不愿意?”叶秋气呼呼地看着叶天。

“有何不可?”无论如何，都不能在气势上输给叶秋，父亲为自己付出那么多，不能继续让父亲为自己而丢尊严了。

“十日之后，便是家族测试大赛。若是你能通过测试，那么，我会监督我舅舅乌尔给叶云仙大伯磕头赔罪；如若不能，哼，你便放弃修炼者资格，可否?”

一听此话，众人哗然，叶云仙更是眉头紧皱，直冲叶天摇头示意，暗示他千万不可答应。而叶天却爽快地答应了下来：“好，我答应你，不过这赌约，我觉得应该改一改。”

见叶天上套，叶秋也乐了，道：“好，你说，要如何改。”

“到时候，就不能仅仅是乌尔给我父亲磕头赔罪了，他也得给我磕头赔罪，还有你也一样。”叶天咬牙切齿地盯着叶秋道。

叶秋一怔，没想到这傻小子竟开窍了，懂得讨价还价。不过，他自信叶天必输无疑，也未犹豫，直接答应了下来。

叶云仙无奈，他们叶家吐口吐沫砸一个坑，说出的话不能随意更改，现在只能自求多福了，安置好了叶天之后，便离去了。

叶天自然是加入了中级修炼者的队伍。

“叶天，真没想到啊，你竟然连叶秋也敢得罪。”叶明小声地和叶天窃窃私语。

叶天却笑笑：“有何不敢?他叶秋又不是大老虎……即便是大老虎，我叶天也敢斗一斗。”

叶明用异样的目光看着叶天，咂咂舌：“你和以前真是彻底的不一样了啊，以前你懦弱无能，软弱怕事儿，今儿个竟能干出这么大事儿来，我可真是服你了。不过，你可得好好为自己考虑考虑啊，十日之后的家族测试大赛上，若是你不能达到四段斗之力的话，同样不能修炼，只能加入到家族产业中去。”

叶天点点头：“放心，我自有把握。”

也不知什么原因，他忽然自信满满，觉得突破到四段斗之气很轻松很容易。或许是因为大还丹的作用吧。

一想起大还丹，他的心就悬了起来，其余几颗大还丹到底去哪儿了？只有这最后一颗大还丹了，升级到四段斗之力不成问题，可是以后呢？自己暂时也没法炼制大还丹……他有些后悔重生的时候没在布兜里多装一些大还丹了。

今天，训练场被叶天和叶秋一闹，竟热闹了很多，众人都在议论着这件事。不过大部分都在讨论这件事关键的一个环节，那就是叶天这次是栽了，要想在十天内升一个等级，若不是资质逆天，是绝对不可能的。

中级教练龙叔拍了拍叶天的肩膀道：“天儿，放心，有我在，十日之内，一定能让你升一段斗之力，如果你肯照我说的去做的话。”

“嗯，龙叔叔，谢谢你。”叶天感激地看了一眼龙叔。

当天的训练倒是很简单，斗之力，主要修炼的便是肉身，肉身修炼得越强壮，那么吸收斗气的速度以及力度就会加快，体内斗气浑厚到一定程度，身体自然会产生变化，从而一层层地开始升级。

训练完毕，将近黄昏，解散众人后，龙叔喊住了叶天，将他带到了自己的院落中。

进入院落坐定之后，龙叔才拍拍叶天肩膀道：“天儿，我传授你一套龙爪手吧，这套龙爪手乃黄阶低级武技，可以助你强身健体，更为有力地吸纳天地元气。”

叶天感激地看着龙叔，诚恳点头。虽说以往从未听说过龙爪手的武技，但是龙叔为自己花费心血，他自然感动。

武技，是适合斗之力不够格的人修炼的武学，同样分为天、地、玄、黄四阶，每一阶，同样分为上、中、下三个等级。一些修炼斗技有成的高手，也会适量修炼斗技，不过都是为强身健体，并不会用在格斗上。

龙叔将龙爪手完完全全演练一遍后，双手合十收功，看叶天道：“看明白了吗？这龙爪手乃疏松筋骨的武技，一旦训练熟悉之后，方可加速身体吸纳元气的力量。你演练一遍，我看看，若是记住了，回家多多演练几遍，肯定对你的修为有很大的精进的。”

叶天点了点头，然后按照记忆，将方才所看之龙爪手招式完全演示一遍。虽说动作有些僵硬，而且全无力道，可他却是一招一式毫无差错地演练而出，甚至连伸拳出腿的角度，都毫无差错。

龙叔却完全被叶天的记忆力镇住，万万没想到，如此复杂的龙爪手竟被少年一遍记下，看来此人绝没那么简单。

“嗯，不错，不错。”龙叔连连点头道，“好了，既然你全记下了，那就回去多多演练吧，记住，千万不要被别人看到你修炼这门武技。虽说这属于黄阶低级武技，不过却是我龙家祖传的武技。再说，这么低级的武技，让别人看到会嘲弄龙叔的。”

“嗯，龙叔，我记下了，时间不早，我就先走了。”叶天看看天色，对龙叔说。

龙叔捋着胡子，欣慰地冲叶天点头。

望着叶天离去的身影，龙叔原本慈祥的目光，却是忽然变得阴险了起来，冷哼一句：“哼哼，没想到，竟然在这废物身上觅到了主公要的东西，真是让人意外啊。”

而离开龙叔院落很远的叶天也是回头看看，眼神中闪过一丝阴寒。有着成人心机的叶天，也是早就看出龙叔的不正常了，尤其是在他让叶天不要告诉别人修炼龙爪手的时候，更加重了他的疑心。

这龙叔肯定不正常，以后还得加倍小心。不过，自己的判断并不百分百正确，还是暂时不要告诉别人的好。

回到了家中，他匆忙扒拉了两口饭之后，便和父母道别，回到了自己房中。叶母一直望着叶天回到自己房间，才收回关切的目光，看着叶云仙道：“哎，没想到天儿竟然如此冒失，竟和叶秋打赌。这下可怎么办才好？”

她看着叶云仙，愁眉不展。

叶云仙也是愁容满面，看了看李倩，道：“倩儿，不用担心，即便我使出浑身解数，也得让天儿修炼，叶家不留人，我就把天儿送到外面去修炼。”

“可是，你的名声……”叶母满是担心地问道。

“哎，都这个时候了，谁还顾得那名声。大不了，我就当违背家规，落个不守信誉的名头，辞去叶家家主之位。”

听着父母亲的对话，叶天的拳头却紧紧握起，父亲竟然为了自己，宁愿丢掉自己视为性命的节操人格……

他心中暗暗道：“父亲，母亲，放心，我绝对不会让二老失望的。”

说着，叶天便是搜寻了一番大还丹，并未找到其余几颗大还丹，只好将手中最后一颗大个的大还丹放在桌上，仔细欣赏着。

这大还丹和以往的大还丹有些异样，通体闪烁着盈盈光泽，更光滑无比，个头更大，最奇怪的是还有一个小小的针眼。

忽想起今早针眼中的人影，他立刻将大还丹放在眼前，仔细观看。

可是，这么一看，他立刻愣住了，没想到里面的黑影，此刻正在演练着龙爪手的招式，而且看起来一招一式都是那般的强硬有力，犹如一高手中的高手在修炼自己所擅长的武技一般。

不对，不对。叶天仔细看了良久，发现黑影一遍遍演绎的龙爪手，竟和龙叔传授于自己的不尽相同，有几处地方的出拳方式以及收拳方式不相同。

“这是怎么回事？是龙叔教授的不对，还是这黑影所修炼的错误？”

他思索片刻，最后还是决定按照黑影所传授进行修炼，那龙叔平日里和父亲以及自己没多大的交往，肯定没那么好心传授自己龙爪手的。

他一边想着，一边将记忆中黑影所演练的龙爪手演练了几遍。说来还真是奇怪，演练了几遍之后，他便将一招一式完全印在脑海中，熟练得很，仅仅修炼了几次，便感觉体内的元气越来越浑厚，吸收元气的速度越来越快。

修炼到第七次之后，血管之中的元气竟然浓厚到了前所未有的程度，他甚至还感觉到，少量的斗气已经开始缓慢融入肺腑内脏之中。

他惊了一下，立刻睁开了眼睛，天，这龙爪手果然能加速人的修炼速度。要知道，斗气透过血管，渗透入五脏六腑，是升级到四段斗之力的征兆啊。

这就是说，自己距离四段斗之力已经近在咫尺，用不了几天时间，便完全可以进入四段斗之力……十天之后的家族测试大赛，自己完全可以赢得那个赌。

既然龙爪手如此有效，他便继续锻炼下去，并未被眼前这小小的成就感冲昏头脑。虽然这在外人看来，这已经是近乎奇迹般的事。

继续修炼了几遍龙爪手之后，他便已经累得满身大汗了，体内的斗之气似乎已经达到了一种极限状态，少量渗透入了五脏六腑后，便一直停滞不前。

叶天擦拭了一遍身上的汗珠，却惊奇地发现，皮肤上不知何时，渗透出一层脏兮兮、类似于黑泥般的东西。

“奇怪了。”他看着有些恶心的东西，暗暗思索，心想，“难不成这黑泥是从体内锻炼而出的，这龙爪手还有淬炼身体的作用？”

“少爷，该洗澡了。”外面传来一如莺燕般嘹亮清脆的女声。

叶天淡淡笑笑，这声音他熟悉，正是家中女仆萧莺的声音。叶天搜索了一遍这个身体的记忆，发现这女仆萧莺是自己唯一，也是最要好的女性朋友，当下苦涩笑笑，摇头无语。

开门之后，一貌美女孩出现在面前，身着红色长裙，头戴明亮饰品，皮肤白皙娇嫩，犹如婴儿皮肤，瓜子小脸上，翘鼻红唇以及丹凤大眼，无不是精美绝伦。一颦一笑都是那般的可爱清纯，全然没有女仆的低贱，反倒让人不自觉地心生爱怜。

发觉叶天盯着自己看，萧莺娇嗔一声道：“少爷，该洗澡了。”

“哦。”叶天这才发现自己的失态，忙歉意笑笑，然后走向洗澡房。在以前的世界，娶媳妇儿这种事儿想都不敢想，没想到重生之后，竟有如此可爱美女陪伴左右，真是上天眷顾啊。

全身的劳累让他未多想，脱干净之后，便是爬入了放满红色花瓣的温水桶中，享受着温水将体内杂质一点点冲掉的痛快感觉。很快地，他身上的黑色杂质便被水冲掉了，而那一桶水也变得发黑，有杂质漂浮在上。他轻轻地抚摸着变得光滑细腻发紧的身体皮肤，嘴巴诧异地张开："这怎么回事儿？莫不是修炼龙爪手，还具有美容功效不成？"

"啊，少爷，您这是……"正思索间，萧莺的声音传入耳朵。

叶天立刻回头，发现竟是萧莺拿着手绢，尴尬无比地站在木桶前，不可思议地盯着桶内的黑水看。

前者立刻思索记忆，总算搞明白了状况。以往的"叶天"有些智障，甚至连生活都不能自理，每晚都是萧莺帮忙擦洗身子，这会儿她肯定是看到一桶水都变成黑色，所以才感觉震惊的吧。

明了这些，叶天冲萧莺笑笑："莺儿，以后不用你帮我擦洗身子了。我自己来吧。"

看着叶天，萧莺却愣了，好半天才说出一句话来："少爷，您好像……比以前更帅了，性格也不一样了。"

叶天暗道："你怎么可以把我和以前那弱智相提并论呢？"

洗澡完毕，叶天便是回房，呼呼大睡，劳累了一天，这一觉睡得倒是挺踏实安稳的。

次日一大早，简单吃过母亲精心调制的小菜，叶天便匆匆告别父母，前往训练场。

望着叶天离去的身影，叶云仙和李倩面面相觑，都有些不可思议："天儿的皮肤怎一夜之间变得如此之白？和女孩子一样。"

叶天出门，经过一口井的时候，却发现家族中众女仆正围着水井提水，萧莺也在内。不过，和那些莺莺燕燕相比，萧莺的气质明显比她们高出一截。

"萧莺，听说你们家那废物公子竟也开始修炼斗之力了？"一名打水奴仆回头，满是傲然的模样嘲笑萧莺。

萧莺怒斥一句："你家少爷才是废物呢。"

"啧啧，啧啧，我看你是癞蛤蟆想吃天鹅肉吧，肯定是想攀高枝儿，嫁给那小废物傻子，成大少奶奶。不过，我可得警告你啊，那小废物以后顶多会被分配到家族产业中去，到时候你也就一名不副实的少奶奶而已。"

"你再敢胡说。"萧莺撅起嘴，愤怒地看着那奴仆。

叶天却是听得浑身来气儿，他最恨的便是被人嘲弄了，尤其是被女人暗地里说三道四。

萧莺被几人嘲弄的时候，他的心思很复杂，有感激，也有心疼。很少有人愿为了自己而被人侮辱了。滴水之恩，当涌泉相报。

打定主意，叶天几步便来到了井边，冷冷地看着几名侍女。

侍女发现叶天到来，心一惊，没想到刚才的话，竟然被这弱智小儿给偷听了到。不过她们并未害怕，心想哄一哄，这弱智就会将刚才之事忘却。

“原来是叶天少爷啊。”刚才还带头侮辱叶天的那侍女忙面带笑意地冲他说道，“叶天少爷，听说您开始修炼斗之气了，恭喜您啊。”

叶天并未像以往那般冲她们嘿嘿傻笑，而是满目冷峻地看着她们，目光一一扫过她们的脸庞。

众女仆竟有片刻的害怕，这叶天与以往竟截然不同，非但身上气质高贵许多，即便连那皮肤也是变得嫩白，甚至比女人皮肤还要细腻，这般看来，竟帅气了不少。

“以后若是谁再欺负莺儿，别怪我对你们不客气。”叶天冷冷地说了一句，走了上来，接过萧莺手中的水桶，亲自打了水，一只手提着水桶，另一只手拽着萧莺，轻松离去。

这下，所有奴仆都给镇住了。这叶天，今儿个怎么这么帅？萧莺也是面色红润了起来。

叶天也是有些惊讶，这水桶在自己手上，竟轻得如一块木头，身体一点都不觉劳累，难不成也是龙爪手的功效？

将萧莺连桶送回家中之后，他看看太阳，已经差不多该开始修炼了，当下便是疯了一般地朝着训练场的方向狂奔而去。

第一天参加训练就迟到，接受的惩罚可是严厉得很。

来到训练场之后，果然发现训练早就已经开始了，叶天在门口两护卫异样的目光中，走到中级训练队。

龙叔严厉地看了一眼叶天，眼神中闪过一丝惊诧神色，不过很快便恢复正常，对众多修炼者道：“你们自己练着。叶天，跟我来一趟。”

叶天以为龙叔要批评自己，便忐忑不安地跟在龙叔身后。两人走后，同龄修炼者却开始叽叽喳喳地商谈了起来：“这叶天，皮肤怎么变得比女人还白皙？”

“龙叔，我……”刚刚进入房间，叶天便开始道歉，可是却被龙叔给拦下了。龙叔的目光中满是欣喜道：“叶天，你的皮肤……”

叶天看看自己明显变白变嫩的皮肤，立刻将练功导致皮肤流出大量黑泥的事告诉了龙叔。那龙叔听了却是哈哈笑了起来，拍着叶天的肩膀道：“奇才啊，奇才，好，好，继续练。十天之后的训练场上，你一定会晋升入第四段斗之力的。”

叶天诚恳地看着龙叔，连连点头。龙叔交代叶天一人在自己院落中修炼龙爪手，他则是走出去，照看中级训练队。

龙叔走后，叶天心中却升腾出一股异样的感觉，他总感觉这龙叔似乎有什么事情在瞒着自己，这龙叔肯定不会无缘无故对自己这么好，给自己这么好的一套功法，以后一定得多多防范。

而那龙叔走到一无人角落之后，则是面容恶毒地道：“哼，真没想到，这废物小儿的身体尽然如此不简单。恐怕主公做梦都想不到，会在这废物小儿身上得到他想要的东西吧。”

讲完之后，他忽然想起了什么，匆匆忙忙地倒退了去。

原本在房间中，修炼大还丹纠正后的龙爪手的叶天察觉到门外的动静，立刻开始训练龙叔所传授的龙爪手来。龙叔在门外查探一番，发现他修炼的确是自己传授的龙爪手，这才舒了口气，推门而入，自怀中掏出了一颗白色的类似于萝卜的东西，递给叶天道：“叶天，这是一株千年人参，下等二级补品，你服用了吧，对你的身体有很大的好处。”

在这片大陆，丹药补品一共分为三等，上中下三等。每一等又分三级，一级到三级乃下等补品，四级直至六级乃中级丹药，七级直至九级，乃是高级丹药。一棵下等二级补品，那是相当昂贵的。即便在叶家，下等二级补品那也是挺奢侈的补品，只有家族的核心成员才可能有机会享用。

讲完之后，他便欣慰地拍拍叶天肩膀，拦住准备推辞的叶天，匆匆退了出去。

叶天看着手中人参，诧异不已，如此昂贵的补品，龙叔竟毫不犹豫送给自己，他心中非但没有感激，竟对龙叔更怀疑了。

这个龙叔，肯定没表面上看起来那么简单。

别管龙叔出于什么目的，这千年人参倒是真材实料的，吃了对身体肯定有好处。想着，便是准备吃下肚。可是这时，诡异的事发生了，在人参刚刚接触到牙齿的时候，一直被他放入前胸口袋中的大还丹，竟然释放出一团团亮泽红润的光芒来，迅速将人参给包裹，几乎眨眼间，人参便消失不见，只是胸口的大还丹，在快速跃动着。片刻之后，他感觉口袋中多出了几个东西，忙掏了出来。

一颗大还丹，以及两颗白色的小药丸，出现在他手心中。

“奇怪了。”看到两颗类似于人参颜色的药丸，叶天立刻愣了，他从未在口袋中装过白色的药丸啊，这药丸是如何出现在口袋中的？

这时候，他想起了千年人参被光芒包裹的场景，人参消失了，而口袋中却出现两颗白色药丸，莫不是，千年人参变成了白色药丸……

想到这一点，他整个人愣住了，盯着白色丹药，嘴唇上下蠕动，哆哆嗦嗦道：“大还丹莫不是……将千年人参，炼制成了两颗参丹？”

要知道，参丹可是下等三级补品啊，更是昂贵得很，即便是自己的父亲，一年也只能得到一粒参丹，而父亲每年都不舍得吃，都是分成十份，给儿子吃，准备改善身体，奈何从未起过作用……

第三章　龙爪手发威

难不成，这真是参丹？可是怎么可能？据说，一颗参丹那得是一名炼丹师从五只千年人参中花费大力气提炼出来的，这大还丹能将一只人参提炼出两颗参丹来？

如果是那样的话，自己可就发大财了，在以前，这样的好事儿他做梦都是不会想到的，没想到今天竟然……他越想越激动，如果大还丹真的能将补品提炼成丹药的话，即便不能修炼，也能发大财啊。

可是这个想法，被他瞬间扼杀了。他还记得自己的梦想，那就是站在万人瞩目的台子上，接受众多高手的敬仰……

必须修炼，用实力来证明自己。

因为不确定这两颗到底是不是参丹，所以叶天决定先服用一粒。

他仔细斟酌良久，最后一咬牙，将参丹放入了口中，然后细细咀嚼。

一股淡雅清香的味道，迅速在口腔之内弥漫开来，瞬间化为虚无，犹如一股温泉，疯狂钻入体内。

啊。

在那温泉进入体内瞬间，叶天感觉体内竟如烈火炙烤般难受，惨嚎一声，整个人都跳了起来，在地上来回打滚。那种几欲让人昏厥的热度在体内灼烧的越来越厉害，似乎要将自己的五脏六腑都给烤熟。

他的意识也逐渐昏迷起来，而这个时候，那大还丹中却忽然传来一粗糙声音："修炼龙爪手救命。"

这声音提醒了叶天，龙爪手既然威力无穷，或许真的能驱散体内热力。他也顾不上那声音来源的诡异，当即便开始修炼起来。

龙爪手，顾名思义，修炼的便是手指。欲使手指力量强大，必先将全身之力集中于手指。而龙爪手的一招一式都不离本意，欲将全身之力集于手指。

刚开始修炼，全身斗气疯狂涌入手指，手指爆裂了一般的痛苦，他却咬牙坚持，全身的热量随着斗气游走全身，最终也集中于十指之上。瞬间，十指竟如烧红的铁棍，痛苦不堪。

此刻，叶天脑海中只有修炼两字，实在坚持不住，便想想叶秋的脸，以及别人对父母的欺辱、对自己的欺辱、父母对自己期盼的眼神。

终于，他熬过了最艰难的时刻，随着修炼，体内的热量逐渐开始下降，而聚

集于双掌之上的斗气，也如开闸洪水，倾泻到全身各处。

不可思议的事出现了，随着斗气潮水涌入全身各处血脉，另有大量的斗气竟透过血脉，进入五脏六腑之中，顿时五脏六腑如被一只小手抚摸般舒适，心脏以及呼吸都瞬间提升了一个台阶，就好像……升入了四段斗之力。

啊!

这个想法，把他自己也吓了一大跳，开什么玩笑，仅仅两天，竟然又升一级?这速度也忒恐怖了点吧。说实话，以前叶天做过这等梦，不过梦中，自己也是在半年时间内升了四级斗之力，瞪瞎了不少人的眼睛而已。

可是现实……他都有些不敢相信了。

再看看自己的爪子……哦，不，手，竟比之前坚硬了不少，原本白嫩的手指，这会儿竟变得如生锈的铁棍般暗淡，他抓起一瓷瓶，用力一捏，手指竟深深刺入了瓷瓶中。

龙爪手，果然名不虚传。

不过，他依旧保持着清楚的头脑，知道一切功劳都在大还丹之上，若不是大还丹将人参转变成参丹，并且被自己一次性服下，恐怕自己不会有如此恐怖的进步。

要知道，在以往，父亲每次分得的参丹，都是将整个分成十份，一天一份地连续给自己服下，即便那样，强烈的药性依旧让叶天身体遭受不小折磨。像这等一次性服下整颗参丹，还从未有过。

看来，大还丹可以炼制丹药，而且比炼丹师炼制丹药的效率要高上不止一个层次。最重要的是，它似乎能将残缺不全的功法补充完整，还能纠正错误。

因为大还丹功效强大，叶天暗暗决定，万万不可将大还丹之秘密说出去，否则将会惹来血光之灾。这样一个宝贝，恐怕会招惹来国家的敌视。

想好这些，他将大还丹贴身放好，继续修炼龙爪手。

经过一上午的修炼，他已经将龙爪手修炼到一种十分熟练的地步，手指也比之前更加坚韧了不少，犹如钢铸一般。用力抓在墙壁上，甚至能将墙壁抓出一道缝隙来。

龙叔中午回来了，本想留叶天吃饭的，奈何叶天执意要回去吃。龙叔也并未多留，只是嘱咐他下午赶紧回来，抓紧时间继续修炼龙爪手。

叶天回到家中，却见母亲愁眉苦脸地坐在大厅。看到叶天回来，母亲便主动走了出来，道:“叶天，你爷爷出关了，去见过爷爷吧。”

看母亲愁眉苦脸的表情，叶天也知道，爷爷闭关修炼失败了。

告别了母亲，他便急忙朝着家族大厅走去。

家族大厅，一般是家族中有大事，或者来了很重要的客人时候，爷爷叶威才会召集家中老小，在家族大厅聚集的。

当叶天赶到的时候，却发现家族中全体男成员都到齐了，站在大厅两边，而在大厅的中间，则是以负荆请罪的裸背男人。男人身材伟岸，肌肉结实，和后背上那荆条格格不入。

“啊，父亲。”当叶天转个角度，发现下跪之人竟是父亲的时候，立刻惊得瞠目结舌。他脑海细思之下，才忽然明白，父亲此次是为上次贿赂乌尔之事，负荆请罪而来。他暗暗发誓，定然要将乌尔以及叶秋给暴扁一通，为父亲报仇。

“天儿，还愣着干什么，还不快见过爷爷。”叶云仙察觉身后有脚步声，回头发现是叶天，便命令道。

叶天当即快走两步，和父亲跪在一块，给爷爷叶威磕了两个响头之后，义正辞严地对叶威道：“爷爷，父亲是因我才触犯家族戒律，我理应和父亲一块受罚。”

说着，便脱掉了上衣，露出了白嫩结实的肌肤，那肌肤看来如玉块一般温润柔和，倒是让现场不少男子羡慕。

“天儿，你……”叶云仙有些诧异地看着叶天，不过当他看清叶天眼中那股坚持的时候，还是硬生生将下面的话咽了下去。

位于高座之上的叶威，这才缓缓睁开眼，看了一眼台下跪着的两人，语气和善：“你们起来吧。要是没什么事儿的话，解散，回去吧。记住，我闭关失败之事，绝对不可向外人诉说，否则，他们秦家必然会欺辱到我们的头上来。”

秦氏家族和叶家一样，都是千灯镇的大户家族，旗鼓相当。只是近年来，秦家忽然出了一斗灵级高手，实力瞬间大增，对他们叶家更是虎视眈眈，随时有吞并之意。秦家直至现在未曾动手的原因，便是因为叶家的叶威闭关的原因。

若是此次闭关成功的话，那么叶威同样会晋升为斗灵级强者，双方势力同样旗鼓相当，保持平衡，继续和平共处下去。

可是，此次叶威竟闭关失败，传出去的话，秦家必然会动手，到时候……想到这儿，叶天的心猛然颤抖了一下，这可是关乎整个叶家生死存亡的大事儿啊，万万不可让外人知道。

看着叶威颓废的身子，一步步缓慢离去，众人的脸色都变得暗淡了下来。叶云仙也缓慢从地面站起来，叹了口气，道：“哎，若是父亲能有中级四等丹药的话，恐怕这次就能冲击成功。”

“中级四等丹药？”听叶云仙徐徐讲来，叶天的心忽然颤抖了一下，他再次将主意打到了大还丹上，或许，大还丹可以将一普通的补品，炼制成四等丹药呢。一旦丹药成熟，那么爷爷叶威将会有很大的可能会突破到斗灵强者级别。

“走吧，天儿。”叶云仙语气平淡地讲了一句，然后转过身，背着身上的荆条，徐徐离去。

而叶天却并未跟着父亲离去，他在想，或许寻觅到一普通的补品，大还丹可将补品炼制成四等丹药。可是，究竟用什么东西才好呢？

思索间，竟不知不觉步入了叶家后花园中。看着花园长满形形色色的杂草，叶天却差点把眼珠子给瞪出来。

“天啊，竹叶青，这是炼制大还丹最主要的材料竹叶青吗？我去，这是狗尾草，用这种草炼制大补丸是最好的材料了。这是……这是甜树根？这甜树根用来炼制血丸，那是上好的材料啊！”他欣喜若狂地看着长满整个花园的杂草，满怀激动，甚至连音调都变得怪异起来，“一棵，两棵，三棵……发财了，这些在原来的世界，可都是有价无市的啊，没想到这儿遍地都是，老天真是长眼啊。”

“天儿，你怎么在这儿？”就在叶天为自己的发现兴奋不已的时候，耳畔却传来叶威颓废沧桑的声音。他立刻意识到失态，窘迫地站了起来，回头看着叶威，满脸歉意地道：“爷爷，没什么，只是……看这儿有太多杂草。”在说出杂草两个字的时候，他的心猛然颤抖了一下，要知道在原来世界，这些大补品原材料都是有价无市，没想到，在这儿竟然是杂草，真是作孽啊。

“这些杂草，交给下人去做吧，你要抓紧时间修炼啊。”叶威顿了顿，看了看叶天又道：“天儿，听说，你已经可以修炼了？”

“是的，爷爷。”叶天道。

“嗯，好，很好。”叶威爽朗地笑了起来，“我这把老骨头快不行了，家族的未来，就落到你们头上了，你们一定要努力啊。”

叶威咳嗽了两声，叶天忙上前搀扶住叶威，后者则是摆摆手，示意他不用担心，同时让叶天去修炼，他想自己单独待一会儿。

看着慈祥的爷爷咳出血来，叶威的心有些发痛，不过，依旧是听爷爷的吩咐，离去了。

当然，离去之前，他偷偷地拽了一大把的牛筋草，想试试大还丹能不能将之转化成上等大补丹。

半路上找了个没人的地儿试探了一下，竟发现大还丹竟无丝毫的反应，看来自己想的那种好事儿，暂时没法实现，只能等自己修炼到了一定高度，手动从牛筋草中提取有效成分炼制大补丸了。他坚信，若是自己能炼制出大补丸供爷爷服用的话，他的身体一定会在最短的时间内康复的。

看看太阳，现在是回家吃饭的点儿了，便朝家中走去。

回家路上，经过训练场的时候，却发现叶明被一群同龄伙伴围了起来，似乎是起了争执。叶天毫不犹豫冲了上去，准备将他们强行拉开。

可是，自己还未凑上去，一个人便发现了不怀好意冲上来的叶天，顿时喊了一声，提醒众多伙伴。

被围在人群中间的叶明，也冲叶天歇斯底里地喊着：“叶天，快走，这件事和你没关系，你不要牵扯进来。”

“我们是朋友。”叶天淡然一笑，挺身而立，任凭几人将自己团团包围。

“叶天，真是冤家路窄啊，上次竟然敢要求我舅舅给你磕头赔礼？我呸，你以为你三段斗之气，就能如此嚣张？”为首的是叶秋的弟弟叶冬。上次的事他也听说了，便一直想找机会报仇，正好这次叶天自己找上门来，可不能白白浪费这个机会。

要说叶冬，在家族中也有一定的地位，一方面有他哥哥的原因，而另一方面也和他的修炼天赋有关。他在同龄孩童中，算是实力最强的了，已然在和叶天相同年龄，达到了五段斗之力，据说马上就要突破到六段斗之力了。

不少人都唯他们兄弟俩马首是瞻，所以叶冬也是蛮横惯了，平时就喜欢扎堆欺负人，对叶天更是没少过侮辱。在叶天记忆中，几乎每次和叶冬碰面，这家伙都对自己冷嘲热讽。

看来，是时候报仇了。叶天冷冷笑笑。虽说自己刚刚达到四段斗之力，可对付一尚未修炼武技的五段斗之力修炼者，应该不成问题。更何况那龙爪手的威力，的确可观。

“怎么？你们准备一块上？”叶天冷冷看着将自己团团围住的几人，冷笑一声，全然没有丝毫惧意。

“一块上？哈哈哈，对付你一废物，还用得着一块上？”叶冬忽然哈哈狂笑了起来，“我一个人，便足够了。”

叶冬笑完，命令其余人退去，而他自己则是挽起袖子，冷冷笑笑：“今天就让你尝尝，五段斗之力的厉害。”

话音刚落，一层薄薄的雾气便从其口鼻间冒出。这便是五段斗之气的征兆，斗之力从肺腑之间，通过呼吸吐纳，吹到体外。

“看招。”叶冬说完，便是一个手刀砍了过来。

这一手刀可是加持了五段斗之力，即便是砍在石头上，也是可将石头给砸成两截。叶明甚至痛苦地闭上眼睛，哀嚎一声：“叶天，叫你不要插手的。”

其余众人也是嘻嘻哈哈笑着，等着看叶天被教训的场面。在他们看来，叶天这次必伤无疑。

啊！

在一声尖叫声响起过后，众人都愣住了，叶明也是猛然睁开眼，他察觉到不对劲，那声音……似乎并不是叶天发出的。

当他看到，被掀翻到一边，倒地不起的叶冬的时候，呼吸急促起来，满脸惊诧地看着叶天，使劲地揉了揉眼睛，再猛看，他还以为自己产生幻觉看花眼了呢。

刚才到底发生了什么？

在叶冬的手刀砍到叶天面门上的时候，他不闪不避，直接一爪子伸了出去，五指竟如同铁钳一般将叶冬的手刀死死地抓住，然后身体稍微挪动，五指下坠，完全化解叶冬手刀力量，一招顺手牵羊，叶冬的身子便一个狗吃屎，摔了出去。

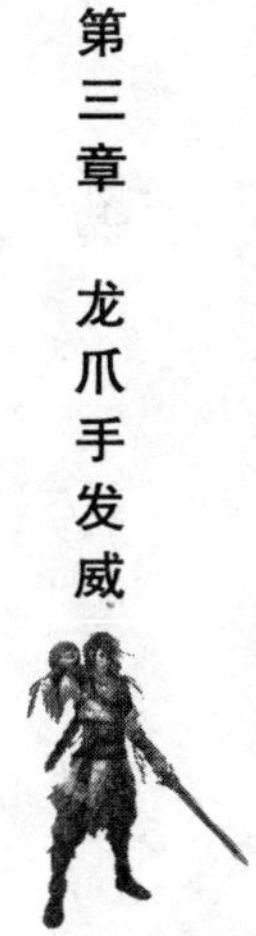

这下众人都愣住了，都不敢相信眼前这一幕。连叶天本人也有些不可思议地盯着十指，心中暗道：“龙爪手威力，竟如此之强，甚至可轻易战胜五段斗之力。”

“这怎么可能?”被掀翻在地的叶冬满面不可思议地盯着叶天，眼神中充斥着满满的怀疑。叶天不过才刚刚踏入三段斗之力而已，竟轻易战胜自己这个五段斗之力修炼者？他不甘心，绝对不甘心。

他从地上站起来，双目血红地盯着叶天，咬着牙齿，破口骂道：“你这个小杂种，今天我一定要尽全力教训你。”

言外之意很明显：“刚才我没尽全力，所以才被你打倒。这次我要尽全力了。”话音刚落，强劲的斗之力，瞬间在叶冬身上爆发而出，他的身体犹如离弦的箭一般撞上来。速度之快，让人眼花缭乱。

龙爪手！

叶天再次怒喝一声，身形轻轻一晃，便躲过叶冬的攻击，而后一招龙爪手，便是抓向叶冬的后背。

一击落空，叶冬忙住手转身，冷哼一声：“你上当了。寒风腿。”

叶天心中一寒，未想这叶冬竟修炼了斗技。这寒风腿乃黄阶低级斗技之中，威力最大的。

只是刹那间，十指尚未抓在叶冬后背，后者右腿已然踹上来，要踢中自己十指。

“拼了。”不知这龙爪手威力到底如何，不过后悔来不及，只能拼了。一咬牙，叶天将斗气加持于龙爪手之上，对着攻来的腿便是砸下去。

噗嗤！龙爪手强劲的威力竟硬生生破掉了寒风腿外层的生猛斗气罩，十指继而抓在了叶冬小腿骨上。

咔嚓！一声清脆的骨头断裂声，在众人耳畔响起。

众人都幸灾乐祸地看着叶天，心想这小子也忒大胆了吧，竟用自己的十指对抗叶冬的黄阶低级斗技寒风腿。即便是六段斗之气修炼者，若是不施展斗技的话，都难以扛得住寒风腿的攻击，更何况一三段斗之气的弱者了……这小子的胳膊，肯定已经断折了。

而那叶明也是急得都快流出泪来了，叶天因自己受伤，他心中自然愧疚。

啊！

寂静了几秒钟后，叶冬终于反应过来，腿上传来的剧痛告诉他，骨头断裂声是自己的腿发出的，而不是叶天。

“啊，叶天，我要杀了你，我要杀了你。”叶冬抱着自己的小腿，犹如泼妇在地上打滚，翻来覆去惨嚎，全然没有小少爷的风范，反倒好像一乞丐。

“啊?”众人都吓傻了，这叶天用双手打断了叶冬的寒风腿？这小子忒逆天了。

“哼，什么寒风腿，简直连风湿腿都不如。”意识到叶天是战胜方，叶明兴奋得一蹦三尺高，冲到叶天面前，举着叶天的手，便是大声地喊道，“哈哈，叶冬，你小子不是嚣张吗？你的狗腿都被打断了，看你怎么嚣张。”

“还愣着干什么，快送我就医。”叶冬瞪着手下小弟，咬牙骂了一句。

他们这才反应过来，忙将叶冬三下两下地抬了起来。

“叶天，真是无法无天，竟然对自己的兄弟下此毒手，今天，我要替族长惩罚你。”

叶秋的声音蓦然响起。叶冬面露喜色，果然搜寻到叶秋，当下兴奋道：“大哥，叶天……叶天打断了我的腿。哥哥……你要替我做主啊。”

看着哽咽的叶冬，叶秋面容一紧，走上去仔细查探，竟发现小腿骨上，十个血手指印很清晰，当下心中恶寒：“快送叶冬就医。哥哥定然为你报仇。”

叶冬离去之后，叶秋才将目光洒在叶天的身上。

而举着叶天手的叶明则是完全愣住了，他没想到叶秋会插手这件事来。无论是从年纪还是从实力资质来讲，叶秋都是毫无疑问的大哥大。他出面解决的人，绝对不会有好下场。

“叶天，哼，亏你也是我叶家之人，竟对自己家人动手，今天我要替爷爷惩罚你，把你的一条腿打残。好好教训你。”

叶明一听，好像泄了气的皮球跌落在地上，叶秋说要打断左腿，肯定不会打断右腿，完了完了，难不成下半辈子就要在轮椅上度过吗？

叶天也是心中骇然，即便龙爪手威力再如何厉害，也无法顶得住叶秋这九段斗之力的狂轰乱炸吧……恐怕单单他身上浑厚的斗之气的狂轰乱炸，自己都无法招架得住，若是施展了斗技，要弄断自己一条腿还是轻而易举的。

“接招吧。”叶秋冷哼一声，身上雄浑的斗之力，竟如同一层钢罩般将身体给牢牢防护住，硬生生地撞上来。

他这是准备用蛮横的斗之力将自己撕成碎片啊。叶天心中骇然，自己这小小的三段斗之力修炼者，根本就没资格让他施展斗技。

“拼了。”叶天见叶秋越来越近，心中恶寒，一咬牙，龙爪手再次施展而出。不过，单单龙爪手，恐怕无法破了他的防护罩，所以叶天毫不犹豫地将剩余的一颗参丹，完全地吞咽到肚子里面，借助着参丹强大的能量，为自己补充斗气，然后将暂时增强的斗气，附着在了手指之上。

三层防护，不知能不能破了叶秋的防护罩。

当叶天吞咽了参丹，将龙爪手重新演练了一遍过后，叶秋便已经冲了上来。尽管身体被参丹折磨得求生不得求死不能，可他依旧是分出一丝精力，将全身的能量都用在龙爪手上，和叶秋来一记生死拼命。

啊！一旁的叶明看到叶秋犹如犀牛般健壮的身子冲上去，痛苦地惨嚎一声，闭上眼睛，他怎能眼睁睁看着叶天被撞上天的情景呢？所以他闭上了眼睛。

在他的想象中，叶天即便不被撞成碎片，也得到天上溜一圈才能坠落下来吧。

砰！

一声轰隆爆炸声蓦然响起，强劲的爆炸力竟使得空气层层震荡而起，两棵不大的小树竟被连根拔起，倒飞出去五六丈，才终于落地。

咚咚咚！

叶天连连后退三步，才勉强稳住身子。而那叶秋也是后退两步，才稳住了身子。

所有人都愣住了，被施了定身法一般。叶秋更是瞠目结舌，嘴巴久久都未曾闭上，他从未如此惊讶过。一三段斗之气的修炼者，竟凭借武技，扛住了九段斗之气的攻击，这是要逆天啊。

尚未走远的叶冬等人，看到叶天竟硬接下叶秋九段斗之力的攻击，也全都愣在原地不走了。眼花了？这废物怎么了？人品大爆发？竟连叶秋的蛮横斗气，也能扛得住。

同样感觉不可思议的，还有叶天。不过他是被体内那股神秘的气流给镇住的。

在刚才吞咽了参丹修炼龙爪手的时候，他竟感觉体内蓦然多出了一道轻微细腻的气流，不过那只是一瞬间而已，转瞬便逝。

在龙爪手和叶秋身上的斗之气碰撞的时候，那股轻微的气流竟再次出现，并随着体内斗气的流动，飞奔到手掌，在龙爪手内流通了一个大周天之后，便狂猛地喷射而出。

刚才破解叶秋强横斗气的力量，大部分都是那股轻微气流。它本身的四段斗之气，全被叶秋的蛮横斗之力吞噬了。

他很惊诧，那股轻微气流到底是什么东西，威力竟可以和九段斗之力抗衡……

“你……你……”那叶秋明显不相信所发生的一切，竟“你你”了好半天，愣是一句话没说出来。

而那叶明听到叶秋惊讶的声音，也莫名其妙地睁开眼睛，当他看到叶天和叶秋对面而立，并没有想象中倒飞出去之后，满脑子疑惑起来：“怎么？叶秋良心大发现，不准备教训叶天了？可刚才那爆炸是咋回事？”他一时搞不明白现场状况了。

一直躲在宅院中，观看着这场斗气比拼的龙叔，则是被这一幕给震得连连后退，面容扭曲的厉害，咬着牙齿，一字一顿地道：“天，这便是主公所说的真气……天，实在是太厉害了。”

他扶住身后的石凳子，才勉强稳住了身子，内心的喜悦不折不扣地表现在脸上。那种力量实在太强大了，若是将这股力量奉献给主公，主公肯定会重重有赏的。

胡思乱想之际，却忽听叶秋再次怒吼一声："哼，想不到你还有些本事，那好，我就让你尝尝我霹雳掌的厉害。"

龙叔这才反应过来，虽说叶天可勉强抵挡九段斗之力，但不一定能挡得住九段斗之力修炼者所施展的斗技。必须出面调解了。

他大喝一声"住手"，便走了出去，却见叶秋的霹雳掌已然成型，一张由斗气虚空形成的透明巨掌，正朝着叶天面门拍去。

"放肆!"龙叔怒喝一声，随手一拍，一股排山倒海气势的斗气便疯狂撞上去，龙卷风一般将霹雳掌包裹其中，转瞬间便将霹雳掌吞噬干净。

"这便是斗师强者的斗之气？好浑厚。"龙叔出手的瞬间，众人皆被那股狂猛的斗之力给镇住。叶天也是心中莫名激动，一想起日后自己也会有这般蛮横的威力，他就按捺不住激动的心情。

"叶秋，放肆，让你住手你没听见吗?"龙叔爆喝一声，转瞬间便冲到叶秋面前，厉声训斥。

叶秋乖乖地低头，一脸歉意道："龙叔，是我太莽撞了。可是，叶天实在太过分，他先打断我弟弟一条腿，我气愤不过，才出手……"

"哼，这件事我会向老爷禀报的，你们都回去吧。"龙叔瞪了一眼叶秋，叶秋虽然气愤不已，但是斗师强者，他是不敢招惹的，只好泱泱回去。

叶天假装好意地走到龙叔身边，道："龙叔，多谢您替我解围了。"

龙叔叹口气，道："哎，叶秋他们骄横惯了，希望你们别见怪。刚才的事我都看到了，不怪你们。你们回去吧，我会将事情的来龙去脉说给老爷听的。"

"多谢龙叔了。"叶天冲龙叔笑笑，便拽着叶明告辞而去。

"啥情况？啥情况这是?"被叶天拉出好久，叶明依旧是满脸懵懂，大惑不解地看着叶天，"你硬生生地扛住了叶秋的斗气攻击？别跟我说是真的啊。"

叶天无奈冲叶明耸耸肩："好吧，不是真的。"

"可是……可是那爆炸到底是咋回事儿?"叶明依旧不甘心地道。

"行了，先别说我了，还是先说说你吧，你怎么招惹了叶冬他们?"叶天不准备在这件事上多做纠缠，万一把大还丹以及龙爪手的秘密说出去可就不好了，所以他转移了话题。

"哎，别提了。"叶明无奈地叹口气，"你还记得三年前那小魔女吧。"

听到小魔女三个字，叶天的心颤抖了一下，看着叶明，满脸担心地问道："记得啊，怎么了?"

"那小魔女回来了，就是因为那小魔女，我才被叶冬他们给围困住的。真倒霉。"叶明连连低头叹气。

"你被困和小魔女有啥关系?"叶天看着叶明，很是好奇。

"今儿个，我无意间碰到了归来的小魔女，小魔女非拉着我让我陪他逛这府邸。没办法，执拗不过，我只能是乖乖陪着她逛了一圈。可是逛到了演武场，这妮子就把我拉到角落，然后捡起一块大石头，就往叶冬的脑门上丢，丢了之后吧，还不愿认账，撒丫子就跑了，留下我给她背黑锅。”

听叶明讲完，叶天噗嗤一声，笑出声来。这小魔女，还真对得起这称号。

“你怎么不跑?”叶天问道。

“跑？我能怎么跑？叶冬都发现我了。跑得了和尚跑不了庙啊。”看叶明那表情，似乎连哭出来的心思都有了。

“嗯？叶天哥哥，你怎么在这儿？我找了你好长时间了。”就在这时，却忽听一稚嫩的童音从路边松树林中传来。

两人第一时间就辨认出了声音主人，对视一眼，异口同声道：“扫把星。”

嗖的一声便逃了。

“叶天哥哥，别跑啊，我有礼物要送给你，叶天哥哥。”那童音在身后追来，不过叶天和叶明却充耳不闻。这小魔女就是扫把星，谁跟她在一块谁倒霉。

气喘吁吁跑回了家中，却见父母已然等在了饭桌前。叶云仙看叶天气喘吁吁的模样，诧异问道：“天儿，怎么回事儿?”

“没啥，没啥。”叶天连连摆手，道，“没什么，没什么。”

说着便跑到饭桌前，开始吃饭，边吃便想着小魔女的事。

这小魔女是叶家孩童给她起的外号，她本名叫林雪儿。三年前来这儿住过一段时间。不过在这儿住的一段时间，却差不多把叶府上上下下里里外外给闹了个底朝天，差不多所有孩童都被林雪儿给欺辱过。

因为爷爷有密令，这林雪儿身份高贵特殊，在叶家享受贵宾待遇，任何人都不得欺辱林雪儿。就是因为爷爷的密令，所有人也只能打掉了牙齿往肚子里咽。

没想到，今儿个这林雪儿竟又回来了，这可真是一个噩耗啊。叶天也曾问过父亲，林雪儿到底什么来历。不过父亲却说，他也不知，反正来历不一般，不要轻易招惹的好。

恐怕林雪儿的来历，只有爷爷一个人知道吧。

匆匆扒拉了两口饭，叶天便准备回房，探究那一丝奇怪气流以及龙爪手的奥妙。可是，刚刚站起身，熟悉的童音便传入耳朵。他的心一沉：完了，完了，那小魔女追上家来了。

他扭头一看，竟被这美艳高贵的女孩给镇住了。

女孩身材高挑，皮肤白皙，瓜子儿脸上五官精致俊俏，最惹人爱的便是那双炯炯有神的大眼，以及小巧红润的嘴巴，身穿一身白纱巾长袍，腰佩金剑，怎么看怎么给人一种高贵公主的气质，让人看一眼，不自觉便被其气场镇住，俯首称臣。

“雪儿来啦。”李倩热情地站起来，然后笑着走上去，准备让林雪儿一块坐下吃饭。

“大伯母，我是来告状的。”林雪儿气喘吁吁地走上来，拉着李倩的手掌，一脸亲热地讲道。柔嫩的童音，听得人心里软绵绵的，挺舒服。

李倩对这林雪儿也是喜爱有加，无论是从其童真童趣的面貌上，还是从她稚嫩客人的性格上。

听林雪儿这么说，叶天就知道林雪儿此行的目的了，当下便准备偷偷溜走。

“大伯，叶天大哥和人打架了。”见叶天要走，林雪儿立刻喊了起来。

叶云仙一听，眉头皱了皱，立刻拍案而起，横眉怒目地盯着叶天：“天儿，为父说过多少次，不准和人打架，你怎么就是不听？说，你和谁打架了？”

叶天站住，沉默不语，倒不是不想回答，而是害怕自己回答，说是叶秋的时候，叶云仙会不会相信。

“大伯，叶天哥哥是和叶冬打架了，把叶冬的腿打断了。还和叶秋打架了，不过叶秋也没打过叶天哥哥，叶天哥哥好厉害啊。”林雪儿眉飞色舞地给叶云仙讲解着。

“嗯？”听林雪儿这么一说，叶云仙这才松了口气，苦涩笑笑，“雪儿，你又撒谎了吧。”

叶云仙无论如何，也绝对不会相信叶天能打断叶冬的腿，更何况和叶秋打个平手了。

“大伯，我没撒谎。”林雪儿一脸真切道，“真的没撒谎，我亲眼看到的。”

“呵呵，雪儿，你还没吃饭吧，先吃饭吧。”叶母也知林雪儿生性顽劣，肯定是叶天哪儿得罪林雪儿，所以林雪儿来撒谎，想看叶天笑话了，却不曾想，他这个谎，撒得的确是太大了。

就在此刻，却忽听外面传来一阵喧嚣声。叶云仙眉头微皱，他已听出来，那声音乃是三弟叶云阳的声音。

叶云阳向来和自己不和，今天怎么会来这儿？

他忙迎出去，果然见到来势汹汹的叶云阳，却还未来得及讲话，后者便是大声嚷嚷起来：“大哥，今天你把叶天交出来，我就不和你为难。”

“哦？”听叶云阳这么说，叶云仙有片刻的诧异，心想难不成雪儿所讲是真的？天儿果然打断叶冬的腿？可是怎么可能，叶冬可是五段斗之力，而天儿只是刚刚晋入三段斗之力，这不应该啊？

“三弟，天儿有什么做得不对的地方，让你如此兴师动众？”叶云阳身后跟着他家奴仆十号人，来势汹汹。

“哼，什么不对的地方？你问你那废物儿子吧，竟然敢打断我儿子的腿，实在是太欺负人了。无法无天，没教养。”叶云阳冲天怒吼，拳头握得咔嚓咔嚓响。

“嗯？”叶云仙愣了，叶天才三段斗之力而已，能打得过五段斗之力修炼者？

这没道理啊。可是众目睽睽之下，他也不好质疑，而是转身，喊道："天儿，出来。"

叶天悄然走出，和叶云仙并肩而立。

"天儿，你打断叶冬的腿?"叶云仙好奇地看着叶天，问道。

"是。"叶天点了点头，一点都没有辩解的意思。

"啊？天儿，你怎么……"叶云仙顿时变得愤怒起来，虽说他满目都是不相信，可是此刻气愤占据了上风。

第四章　五肘拳之力

“三伯父，当时叶秋也在场啊。当时的情况是，叶秋和叶冬俩人要打我，叶天哥哥就站出来帮我把叶秋和叶冬给打了。说起来，你应该回去教训叶秋和叶冬才是。还有，他们学艺不精，挨揍了却让自己的老爹出头，他们真的愿做缩头乌龟吗?”就在叶云仙感觉事闹大了，不知所措的时候，林雪儿却忽然开口了。

这一句话实在是比刀还锋利，直捅入了叶云阳的心脏里。这话可真是把他一家三口全都给骂了啊，非但说他教子无方，还说他的两个儿子学艺不精，实在是是可忍孰不可忍。

一时间，叶云阳的脸那是一阵青一阵白，好长时间愣是没憋出一句话来。连之前也嚣张无比的叶云阳家人，此刻也缩头乌龟般，不敢声张。

真是半路杀出个程咬金啊，这林雪儿真是出现在最不该出现的场合。

尽管心中将林雪儿恨死了，不过碍于她背后强大的势力背景，叶云阳也是选择了隐忍，咽了一口吐沫道：“是，是，雪儿教训的是。”

“那，你们就赶紧走吧。”林雪儿满脸不耐烦，“我还没吃饭呢，别影响我吃饭。”

“嗯嗯，我这就走。”叶云阳也不敢继续嚣张，带着家族中人灰溜溜地走了。这林雪儿可不好招惹。

走出去之后，叶云阳竟气得吐出一口浓血来。本来是准备来这儿给叶云仙难堪，教训叶天的，可是谁曾想，半路杀出程咬金，自己非但没有教训到别人，反倒被一黄毛丫头给教训得一个屁都放不出，感情这准备声势浩大的队伍，就是来这儿自找其辱的。

这……这口气，他叶云阳无论如何也咽不下，这口气必须出。

他眼珠子一转，计上心来：“你叶天几天后，不是要通过家族测试大赛吗?哼，到时候，我就让你通不过。”他咬着牙齿，冷笑一声，带着家人走去。

叶云阳走后，叶云仙便是即刻拽住叶天的肩膀，拉回了房屋中，叶母以及林雪儿也匆忙跟了进去。

“倩儿，关门。”叶云仙神秘兮兮道。

叶母关上门之后，叶云仙便面色严肃地盯着叶天：“天儿，到底怎么回事儿?说明白。”

叶天无奈，只好将事情的来龙去脉给父母从头到尾都说了个明白。

叶云仙听后，和叶母面面相觑片刻，最后竟忍不住心中兴奋，哈哈狂笑起来，直笑得喉咙发干、气息发虚为止，两行心酸眼泪，也顺着眼角流出来。他激动莫名地抓着叶母的双肩，道："十多年了，十多年了，终于等到这一天了。"

叶天无奈地耸耸肩，至于高兴成这样吗？

他哪里知道，以往叶天每次被叶冬以及叶秋任意欺辱的时候，父亲心中的痛苦。这次自己的儿子竟将两强者打败，父亲心中自然兴奋，激动，甚至忘记了询问叶天到底有何实力。

叶天自然也不敢将龙爪手修炼而出的那股气息以及大还丹的奥妙告诉叶云仙。告别了父母，叶天便回到自己的房间，他准备探索一下刚才那股神秘的气息到底是什么来头。

可是，将龙爪手从头至尾再次修炼了一遍，竟没有再感应到那股微弱的气息。思来想去，最后将思想集中到了参丹之上，或许，只有服用了参丹之后，才会产生那种强大的气息。

那种神秘气息实在是太强大了，单单是那么一丁点，便足以干掉一九段斗之气修炼者，若是那股气息如同斗气一般强盛的话，那威力足以逆天……

再次修炼了几遍龙爪手之后，也没有再次感觉到那股微弱的气流，反倒是手指变得越来越坚硬，一指的威力也是强如匕首。此刻，他只需要稍微用力，便足以将一个瓷瓶给捏成齑粉。

在接下来的几天，叶天一直都在修炼着斗之力。他发现龙爪手的确具有很强大的聚敛斗气的作用，现在他体内的斗气已经达到了一种无比充盈的状态，似乎随时都可能再次升级。

拥有五段斗之力，斗气便会透过五脏六腑，渗透入细胞中，和细胞完美结合，到时候，斗之力会再次提升一大截，而那个时候便可以修炼斗技了。

一旦修炼斗技，他的实力将会大幅提高。想到这一点，他修炼起来也有了动力。

在这几天，他也一直都在搜索着补品灵药，希望能找到一些补品灵药，让大还丹转换成丹药，加速自己的升级。奈何这叶府虽说也是大户人家，可只是在千灯镇上属大户人家而已，和大城市的大家族相比，简直就是人家的九牛一毛，所以也没有多少珍藏药品。

他分明感觉到，斗气已经通过五脏六腑，随着气息间吞云吐雾，而且有小部分正渗透入细胞中。自己随时都可能冲入五段斗之力，他等待的只是那个契机而已。

"砰砰砰！"

就在叶天闭目修炼时候，却忽听门口传来敲门声。叶天缓缓睁开眼睛，喊了一声："谁啊？"

“是我。”门外传来叶云仙的声音。

“父亲?”叶天应了一声，然后匆忙收回打坐姿势，将大还丹揣进口袋中，走去开门。

“天儿，这两株千年人参，是今年叶府分发的福利，你快吃了吧。记住，一定要分成十次。我还有点事儿，先去忙了。明天便是家族测试大赛了，我相信你。”叶云仙说完，便匆忙离去。

望着被强硬塞进手中的千年人参，叶天苦涩地笑笑，心中一番感激。其实，他清楚父亲比自己更需要千年人参。若是有了千年人参的话，父亲说不定可能突破斗灵阶段，成为斗王强者。

真是可怜天下父母心啊。叶天无奈地叹口气。关上了房门之后，照例将两株千年人参放到了大还丹小针孔前。

在千年人参靠近针孔的瞬间，一股明亮刺眼的光芒，便是从其中爆射而出，将人参完全覆盖，瞬间，光芒以及人参便彻底消失。大还丹震动片刻之后，两颗白色的药丸便从大还丹之中分离出来。

望着两颗白色的参丹，叶天满意地点点头。这大还丹可真是宝贝啊。即便是在重生前，自己要想将人参提炼成丹，也得耗费五六棵人参、四五天的时间才成，可是这大还丹却是眨眼工夫便可以。

捏着两颗白玉般嫩白的参丹，叶天思索片刻，将两颗参丹分开来，道：“给父亲偷偷食用一颗，或许父亲就真的能突破斗灵强者，成为斗王强者了呢。”

想到这里，他窃笑一声，然后将一颗参丹吞入口中。

在参丹入口的瞬间，一股炙热热浪迅速分散开来，将全身细胞完全占据，每一个细胞都承受着那种无法言语的痛苦。

为了将体内那股灼热感散发而出，叶天开始修炼龙爪手。而当最后一爪往前探出时，一股微弱的气流，竟再次产生，随着斗气猛然冲向手掌。尚未发出，他便已然感觉到那真气所蕴含的逆天力量。

担心这股力量会对房间造成损害，他立刻将龙爪手收回。可即便如此，那股微弱气息前行的惯性，依旧是让自己跟着摔了好几个大跟头。

叶天并不气恼，只是蹲坐在地上嘿嘿傻笑。真没想到，这气息竟是如此之强大。不知这气息会不会随着对龙爪手的熟练而逐渐强大。

“嗯?”就在他收回武技的瞬间，体内忽然传来一种异样的感觉，他感觉到，游走于五脏六腑间的斗之气，竟在缓缓减少，它们并未逸散，而是……而是被细胞吸收，和每一颗细胞融合。

啊!

他惊叫了一声，五段斗之力，自己竟然达到了五段斗之力。

他兴奋地看着自己的体表，体表的肌肉由原本的嫩白光滑变得结实起来，他甚至能听到每一个细胞被斗气充满的声音，那种感觉实在是太美妙了。他感觉每一颗细胞都忽然充满了力量，一种让人无法阻挡的力量。

等到斗气完全的充盈全身细胞之后，身体才终于平复下来，他长长地呼了一口浊气，无比地享受。

"黄阶中级斗技，五肘拳。"

就在叶天准备休息一下疲惫身体时候，一个苍老遒劲的声音，却忽然在叶天脑海中响起。他被这声音吓了一跳，忙跳了起来，奇怪地朝着周围看了一圈，并未发现什么异常，最后他从这声音联想到前段时间提示自己修炼龙爪手救命的声音，这两个声音似乎都是出自同一人之口。

"莫不是，手中这大还丹在说话？"叶天很是纳闷儿地将大还丹掏了出来，然后恭恭敬敬地问道："请问，里面有人吗？"

安静，并没有任何声音。

他噗嗤一声笑出声来，觉得自己有些幼稚，竟然同一颗大还丹讲话。

"黄阶中级斗技，五肘拳。"声音再次从大还丹中发出，而且是那般清晰，这次叶天确定，声音的确是从大还丹中发出，绝对不会有错误。

以前他也听说过某些上古法宝中会有器灵的存在，难不成，那声音便是大还丹的器灵发出的？

"老人家，方便不方便出来说话？"叶天恭恭敬敬地对着大还丹讲道。

依旧是安静，无人回答。

"嘿，架子可真大。"叶天无奈地叹口气，然后将大还丹放到了地上，不怀好意地笑了笑，"老人家，那就别怪我对您不客气了。一壶上好的米酒，请您老人家尝尝。"

"×。"大还丹竟骂出了脏话，同时一圈白色的光芒从大还丹上逸散而出，好像一层光罩，将大还丹完全地笼罩住。

"什么情况这是？"叶天吓了一跳，忙后退了好几步。为了试探一下那圈光芒的威力，他小心翼翼地从旁边拿起一个小瓷碗，丢到了大还丹之上。

啪！

一声清脆的响声过后，小瓷碗竟化为了齑粉。

"啊！"叶天完全愣住了，满目不可思议地盯着大还丹，"没想到，大还丹竟然还有如此厉害的锋芒……这到底是一件多厉害的神器啊。"

片刻之后，光芒才终于消失，而那声音也没有再出现，叶天才放心大胆地蹲下身子，捏起了大还丹，透过小针孔看着大还丹里面的场景。

大还丹之中的虚拟空间中，竟悬浮着几个黄色大字："黄阶中级斗技，五肘拳。"

不多会儿，几个字体便消失不见，转而便是出现了一只黑影。黑影的四肢舞动，四处飞跃，行云流水之间，竟透露出一股强劲的威压来。

“难不成这便是那黄阶中级斗技，五肘拳？”这个认知让叶天一番兴奋，刚刚突破入五段斗之力，最缺的便是斗技，这不正好有一个黄阶中级斗技，先不说好不好，拿来练练总归不是坏事。

虽说没有老师教，可是叶天也看出了五肘拳的精辟之处。

五肘拳，顾名思义，便是用手肘来攻击敌手。黑影每次动作，都会在手肘上加持一杀招，而且从高度位置来判断，手肘每次都是击打在敌手的某个穴位上。

黑影演练了两遍之后，叶天便差不多将五肘拳所有的动作姿势记了个清楚。将视线挪开之后，他便开始按照记忆，将五肘拳完全演练了一遍。

仅仅半个钟头，他便将五肘拳的大致动作都掌握了个完全，伸手出肘的时机力度也都一秒不差。

接着，他便是再次拿过了大还丹。可是这次在用手抓住大还丹的时候，脑海中竟呈现出五肘拳训练的影像，看来自己可以和大还丹来一个心灵感应。他闭上眼睛，仔细地注视着脑海中的黑影。

他发现脑海中的黑影这次在修炼的时候，身体上会出现一些明亮气体顺着某些穴位流动的场景。那应该便是运气发功的功法了吧。而每次手肘击打而出，黑影身上某个相应穴位都会突兀亮一下，那便是手肘要攻击的地方。

这大还丹，果然是厉害。叶天连连道：“不知这大还丹里面到底还有多少斗技功法，而且每个功法的运气方式以及攻击部位都标记得清清楚楚，简直比一位老师还要高明。”

同时他在心底暗暗发誓，大还丹秘密决不可说出，否则必然会引起血雨腥风。这样一个宝贝，怕是没人不心动。

片刻之后，叶天已然将五肘拳要领学了个精透，每一肘的力度竟可以将一结实木板砸成齑粉，实力非凡。

他此刻已然领悟了五肘拳第一层要领，怕是这五肘拳共有五个层次吧。五肘拳第一重便如此厉害，第五重力量，威力必将成倍成倍地上翻。

再次将五肘拳演练了几遍，确认每个细节都没有疏忽，五肘拳的威力全部施展而出之后，这才算完。

身体的疲累让他有些苦不堪言。本想将剩下一颗参丹一并吞下去，可想想父亲，还是忍住心中那股渴望，昏沉睡去。

次日一大早，叶天便随父亲来到训练场。只不过今日的训练场，却比往日热闹几倍，家族成员几乎全部到齐，而在训练场中间的主席台上面，也是挂上了横幅，摆放了桌子以及各种饰品。

在主席台上的一排桌子后面，早就已经坐满了家族中的核心成员，像爷爷叶威那辈的几个爷爷以及父亲这辈的几个叔叔都在训练场上并排而坐。只有爷爷叶威旁边的位置是空着的。叶天明白，那是留给家主叶云仙的。

不过，如今的家主也只是一个称号而已，父亲早就已经因为儿子的原因而有名无实了。家族中很多重要的事，都是二叔、三叔以及一些长老说了算。

叶天在心中暗暗发誓，一定要给父亲夺回他应有的权利。

“你到待测试区等着。”叶云仙拍拍叶天肩膀，然后阔步走向主席台。

在主席台左边，是待测试区，家族中同龄小辈，都在此等待着测试，见到叶天到来，不少小辈都窃窃私语起来。

如今的叶天可是一大名人啊。你想啊，能将他们之中的佼佼者叶冬给打断一条腿，而且硬是扛下了实力绝对第一的叶秋的一击，这人能不出名吗？

当然，这次的出名是正面的，和以往因疯傻出名不相同。

“真没想到，这废物小子非但修炼出了斗气，而且据说修炼速度非常之快。”

“是啊，据说这家伙还打断了叶冬的腿呢，也不知从哪学来的邪门歪法。不过就算他再厉害，也不可能在十天的时间再将斗之气升一个阶段。”

“是啊，打败叶冬，根本就是凭运气而已，他的斗之力还不照样是三段？我看这小子，十有八九会通不过测试，到时候同样不能修炼。”

“是啊。是啊。”

两同伴的交谈，叶天也同样听在耳中。他们认为叶天不过三段斗之力，所以丝毫不忌惮被叶天听到。

而后者也是苦笑一声，若是让他们知道，如今自己已然达到了五段斗之力的话，不知他们会不会把眼珠子瞪出来。

主席台的前方则是观众席。观众席中坐着家中一些眷属以及家族成员，另外还有镇上其余的一些势力，最有代表性，能和叶家一块排名的三大家族，坐于前面。从左到右，分别是秦氏家族、欧阳家族以及诸葛家族。

按照实力来划分的话，叶家可以说是排在最尾巴，诸葛家族紧压在他们头上；秦氏家族和欧阳家族两家，则是旗鼓相当，不过，因为秦氏家族是土生土长的地主之家，所以在很多方面占据优势，若是真的论起实力，秦氏家族还是稍微占些优势的。不过这秦氏家族对叶家向来都是虎视眈眈，随时都有吞并叶家的意思，所以叶家对秦家防范很大。

此次叶家家族大赛，三大家族自然会来此观赏，毕竟这是关乎叶家新的力量源泉，多多了解敌手的新晋力量详细情况，日后若是动起手来，胜算更大一点。

“那位，便是硬扛住叶秋一掌的家伙？”秦氏家族的族长秦煌看着表情漠然的少年，问旁边的诸葛家族族长诸葛云。

“应该是吧。”诸葛云态度暧昧地讲道。他诸葛家族和秦氏家族有很多生意来往，可以说他诸葛家族乃附着秦氏家族而生存，所以诸葛云才会对秦煌如此恭敬。

“看来，叶家年轻一辈真是越来越落寞了，一三段斗之力修炼者，竟战败叶家年轻一辈最高手。”坐于秦煌旁边的秦煌之子，也是秦家年轻一辈中佼佼者的秦岭，冷哼一声，满脸不屑。

“哈哈，秦岭兄弟，你这话说得可不对了。”欧阳家族一副座的青年男子冷笑一声，“应该说，那扛住叶秋一掌的三段斗之力修炼者叶天，是叶家新晋的一天才。”

男子是欧阳家族族长欧阳世之子，欧阳克强。

“欧阳兄弟。”秦岭笑着看了一眼欧阳克强，淡淡道，“那欧阳兄弟，咱们打个赌，我打赌，那叶天此次定然不能通过家族测试大赛。”

“好啊，我就和你赌一把。”欧阳克强笑了笑，“我就赌，叶天兄弟肯定能通过家族测试大赛。若是你输了，就把佩带腰部的佩剑赠予我，若是我输了，我这把玄铁锻造十年的宝刀便赠与你，如何?”

秦岭冷漠笑笑，心中鄙夷道：“果然是一土地主之子，竟如此无眼光，一把佩剑而已，竟当赌约。”

不过他还是爽快答应。

两人的赌约很快地便传入叶天的耳朵中。叶天有些感激地看了一眼欧阳克强，然后又冲秦岭淡淡笑了笑。

很快，家族测试大赛便开始了，在叶云仙一番繁琐的开场白之后，便是待测成员，一个个地走上测试台，开始测试。

测试很简单，那便是待测试者，尽全力释放出体内斗之力，给负责测试的长老检查斗之力的强度，以次来判断层次。

待测试区的，都是中段修炼者，只有达到了四段斗之力，才可以通过家族测试，继续训练下去。

而不合格者，则证明他没有修炼天赋，只能停止修炼，分配到家族中各种生产产业中去。

第一个走上去的，便是叶天好友叶明。这家伙早就已经踏入了四段斗之力，所以在释放出四段斗之力之后，很顺利地通过了测试。

接下来，又是几位中级修炼者接受测试。除了有两个四段斗之力外，其余的全都是三段斗之力顶峰。

即便如此，三段斗之力顶峰的中级修炼者也没有通过测试，只好怏怏离去。

“下一个，叶冬。”随着长老喊出叶冬的名字，全场都有些哗然起来。

“叶冬，没想到叶冬断了一条腿，也来此参加测试。”

“是啊，这叶冬在中级修炼者中，那是遥遥领先，据说是五段斗之力，中级修炼者中达到了第一。”

而观众席中的三大家族代表，也都是眉头稍微一皱，他们也都听说过叶冬的名号，据说这小子的修炼天赋一点都不亚于他哥哥叶秋，达到叶秋的层次，也只是时间早晚的事而已。叶云阳也因为这两个儿子，脸上放光。有传言说，本届的族长选拨赛，叶云阳有很大的希望人选新一届的族长。

族长竞选都是在测试大赛一月之后举办，到时候也是中级修炼者突破六段斗之力，进入高级修炼者测试的一个重要的家族大型会议，比这次的测试大赛隆重的多了。

“下一个，叶冬。”测试长老又喊了一声。

很快，叶冬便走了上去。身体看上去和常人一般无异，甚至连腿都没有一瘸一拐的丝毫症状。叶天自然知道，这肯定是其父叶云阳不惜花费大价钱，买来各种大补品，请来各路疗养师调理好了他的身子。

他哪里知道，为了替叶天赎罪，叶云仙差不多将一半的积蓄都拿出来赔给叶云阳了。

随着斗之气从其体内释放而出，一股磅礴雄浑的斗之气，迅猛自其体内喷薄而出，在周身形成了一道气墙，与外界隔绝起来。

“斗气于体表形成气墙，竟是六段斗之力。”叶冬这么一展示，众人皆是震惊。即便是叶威，面容也是变化，万万没想到，此次竟然会有六段斗之力修炼者冒出，这在中级修炼者中可是少见。

而叶云阳则是淡淡微笑，满脸傲然，看来他是早就知道叶冬跨入六段斗之力的事了。这样一来，叶云阳的身份位置在家族中也会加重，对他下一届家主的竞争有很大的帮助。

叶天二叔叶云鹤，也就是叶如霜之父，是无资格竞选家主之位的，因为按照叶家规定，无男子嗣者，不许竞争家主之位。

叶天也有片刻惊诧，没想到，叶冬在修养这段时间，竟也能升级。他哪里知道，叶冬之所以进入六段斗之力，大部分原因是进补了数不清的补品丹药，而买补品丹药的钱都是叶云仙给的。其父叶云阳也是将得到的千年人参进补给了他。生猛补品的狂轰乱炸，即便资质平庸者，也能晋入六段斗之力。

所以，众人想通这一点之后，吃惊神色也消失了大半。

“下一个，叶天。”测试长老喊出叶天的名字。他也深呼吸一口气，走了上去。

听到叶天的名字，人群也窸窸窣窣交谈起来，叶冬更是一脸嘲讽表情：“哼，我倒是要看看，你小子如何通过测试。谅你每日补品进食，也无法于十日之内，晋入四段斗之力。”其余众人，也都是如此想法。

“尽全力，释放斗之力。”测试长老淡漠道。

叶天点头，然后伸出手掌，旋即一团斗之力从中射出。

当众人看到手掌中那一团雄浑斗之力之时，全都愣住，满目不可思议。斗之力波动的异常厉害，定然是四段斗之力。

“叶天，四段斗之力。”良久，测试长老才从震惊中苏醒过来，宣布结果道。

轰！

人群一下轰动了，即便是叶云仙，也是满目不可思议地站起，兴奋不已，拳头紧握。没想到，天儿竟在十日时间，又上了一个台阶，成功地晋入四段斗之力。

这实在是奇迹。

叶冬和叶秋，也是面面相觑，两人都觉得有些不可思议，这叶天，前段时间还是三段斗之力，怎么这么快……

而叶秋则是冷哼一声："定然是服用大伯的千年人参了，资质一般。"

虽这么说，他心中也是很震撼，难不成这叶天也是一习武天才，否则怎么可能如此短时间晋级？即便服用千年人参，也不应如此快。

想当初他可是停留在四段斗之力一月有余才突破，这已算是不错了。想不到这叶天……

叶天则是无语笑笑，他就是担心自己飞速的进展会引起众人怀疑，所以才只释放出四段斗之力，并未释放出五段斗之力。四段已然令人惊到这种程度，五段斗之力，可想而知了。

而欧阳克强听到结果后，冷嘲热讽地看着秦岭，笑着道："秦岭兄，咱那赌还算不算？"

秦岭这才从愕然中醒悟过来，扭头看着一脸不怀好意的欧阳克强，努力地点头，咬牙道："算。"

"那我就放心了。"欧阳克强笑着道，"那我现在，是不是说可以要赌品了？"

虽说不情愿，可秦岭也不愿当众人面违约，只能咬牙，将腰中佩剑递给欧阳克强，冷哼一声："哼，一把佩剑而已，我要多少，有多少。"

欧阳克强淡淡笑笑，却也并不反驳，只是淡然起身，然后冲着准备下台的叶天喊一声："叶天兄弟，等一下，我有礼相赠。"

欧阳克强这么一喊出声，沉浸震惊中的众人才回过神来，见竟是千灯镇年轻一辈佼佼者，据传已然达到十段斗之力，即将踏入斗者行列的欧阳克强，都很是震惊："欧阳克强似乎向来都未曾和叶天交往，他为何要赠与叶天礼物？"

别说是众人了，即便当事者叶天也有些发愣，他也认出此人是欧阳家族长子，资质聪慧，似乎和自己从未有交集，此番为何赠与自己礼物。

恐怕，答案只有欧阳克强以及欧阳世知道了。他们早就对叶家有心交往共同对抗秦氏家族，此番献礼，也有拉拢叶天之意，毕竟如此修炼速度，甚是恐怖。

叶威老爷子此刻也很是震惊。之前叶冬晋级六段斗之力的事，这会儿早被叶天变态的修炼速度镇住，这会儿欧阳克强又上台，他心中的震撼之意再明显不过，他喃喃自语："天儿怎么和欧阳克强有来往？"

"叶天兄，此乃我从秦家秦岭兄弟哪儿赢来的佩剑，如今便赠与叶天兄弟。"欧阳克强狡猾地冲秦岭嘿嘿笑了笑。

嗡！

在听到欧阳克强此番话语时候，秦岭的脑子整个的都哄乱了，万没想到竟陷入他的圈套中，这秦岭这么说，那就是在当面扇脸啊，秦家和欧阳家向来纷争不断，各个方面都要攀比，这欧阳克强实则赠礼，其实就是要给众人说："秦岭不如我，输给我佩剑。"

这种借花献佛的事，竟发生在自己身上，向来傲气的秦岭自然气愤不过，本想拍案而起，却被其父秦煌拦住："此等小事，不可动怒，否则对我秦家名声不利。下次学聪明点。"

秦岭只好生生咽下一口恶气，而心中却在冷哼："欧阳克强，这梁子咱是结下了。还有，叶天是吧，哼，四段斗之力，我照样弄死你。"

叶天看满脸笑意的欧阳克强，颌首点头："多谢欧阳兄的馈赠。"

"你应该谢秦岭。"欧阳克强嘿嘿笑着指了指秦岭，"若不是秦岭兄弟输于我，我也无法赠送兄弟佩剑。"

"那就多谢秦岭公子了。这佩剑的确不错。若是我输于人如此佩剑，定寻个无人角落，扇自己几大嘴巴子，忒丢人。"

叶天嬉笑着说道。

噗嗤！

欧阳克强忍不住笑了，万万没想到叶天的嘴竟比自己还要损，损起人来，都不带带脏话的。

叶天此话一出，不少叶家少年也都是哈哈狂笑起来，不住起哄。秦岭在千灯镇横行霸道，叶家少年不少都受过其侮辱，叶天自然也不例外。好容易有机会报复，怎可放过这大好机遇。

叶威也是赞赏点头，好奇地问旁边的叶云仙："天儿何时有了此等心智？和以往的天儿大不相同啊。"

叶云仙也是苦笑不作答，他上哪知道答案去。最近几日，这叶天是显得越来越心智成熟与众不同了，给他的惊喜是一波接着一波。

"无耻小儿，这等仇恨，我会归还。"秦岭实在无法忍住这种侮辱，拍案而起，转身离去。

欧阳克强却在后面大喊道："秦岭兄弟，叶天兄弟开玩笑的，你可千万别真的找无人角落扇巴掌。"

"我可没开玩笑。"叶天耸耸肩，"若是我，真的会那样做。"

秦岭觉得满腔怒火，都无法用言语来形容，恨不能将两者撕个稀巴烂。

而欧阳克强则是嘿嘿冲叶天傻笑："兄弟，和你挺投缘，你这个朋友我交定了。哈哈。"欧阳克强哈哈笑着走了下去，叶天也走下了测试台。两人一唱一和，愣是逼走了秦岭，这给不少受秦岭欺辱过的少年出了口恶气。

在接下来的测试中，又有几名未达到四段斗之力的，被剔除了去。若是没意外发生，这些人自然便会失去继续修炼的机会。

“好，下面，我宣布，可以继续修炼的修炼者名单。”测试进行完毕，叶云仙站起来，准备宣读通过测试者名单。

“慢着。”就在此刻，异变突生，叶云阳忽地站起，目光冷峻望向叶云仙，“族长，我觉得这种测试，不妥。”

叶云仙心一沉，面容变得凶狠起来。早知道叶云阳不会善罢甘休，所以才会送于他自己大半积蓄，不曾想这三弟仍不领情，继续胡闹。

他所担心之事，竟真的发生。不过身为族长，他不可徇私舞弊，只得开口问：“三弟，有什么话，说吧。”

“大哥，按照家族规定，测试者不可一味修习斗之气，要全面发展，不仅要看斗之气，也要看对斗气的灵活运用程度，我想，我们应该检测一下，众多修炼者对斗气的应用灵活程度。一味往死里修炼斗气，没有战斗力，不是枉然?”

叶云阳每一个字都咬得很清晰，看来这套台词他是早就准备好了。

“我看这就不必了吧。”叶云仙冷哼一声，他知道这叶云阳是故意为难叶天，不想让叶天通过测试。

叶天能在十日之内升入四段斗之气，已然很困难了，哪有时间修习任何一种武技或者斗技？再说了，他四段斗之力，也无法修习斗技。叶云阳明显是在找茬。

位于观众席中，与叶秋坐一块的乌尔这才长舒一口气，他还真担心叶天通过测试，自己要在众目睽睽之下给叶天叩头赔礼道歉呢。

叶云阳帮自己扛着这件事，看来这个赌，自己的胜算是八九不离十了。

“怎么，大哥是担心天儿的实战功夫不行？你太小瞧天儿了。”叶云阳皮笑肉不笑地讲着，“这样吧，举手表决，咱们就少数服从多数。”

还未等叶云仙答应，他便望着通过测试之人道：“你们愿测试一下实战能力吗？同意的举手。”

此话一出，众多测试者都举起了手。唯独有一人，并未举手。不是叶天，而是叶明。

身为叶天最好的朋友，他怎么会不知叶云阳此番用意。叶天好容易修炼到四段斗之力，绝对不可让他失去这次机会。

“叶明，只有你一人不同意，你还坚持吗?”叶云阳看着数十比一，冷笑一声。

叶明愣了一下：“一人?”继而扭头，看看叶天。叶天竟也举起了手，此刻正冲自己笑。

“搞啥!”叶明不解地看着叶天，而后者只是淡淡笑笑，用另一只手拉着前者，举起了手。

叶云仙也有片刻惊诧：“天儿搞什么，自己从未修习过武技或者斗技，哪来实战能力。”而坐于其旁边的林雪儿却是冲他笑笑：“大伯莫慌，能打断叶冬的腿，能算没实战能力吗?”

叶云仙略微思索，点点头。而叶云阳则是老脸爆红，林雪儿这小妖女明显在侮辱自己。若不是看她身份高贵，怕是自己早就动手打人了。

林雪儿身份高贵，自然给她在主席台上安排席位，而且就在族长旁边，足见叶威对她的重视。

“全票通过，那么请自由寻找对战对象吧。”叶云阳喧宾夺主，喊了一声。

叶冬早有准备，第一个走出，冷冷看了一眼叶天，道：“叶天，我选你。”

这分明是一场有组织有预谋的报复嘛，想必这段时间，叶云阳肯定传授给叶冬杀招了，从叶冬脸上自信满满便可看出来。

而叶天则是正好试验一下修炼出来的轻微气息的威力，以及五肘拳的厉害之处，心道：“既然你叶冬愿当活靶子，我就成全你喽。”

第五章　天才初现

“好。”叶天应了一声，然后站起身来。叶云仙心一抖，他隐隐觉得，这些都是叶云阳早就安排好的，比如全票通过这件事，对叶云阳来说是小菜一碟，或许只是一句话的事儿。这段时间，他定然传授叶冬上等斗技，没有斗技的叶天是绝对不可能战得过叶冬的。最后他一咬牙，拼着老脸站了起来：“天儿，算了，这等测试，不参加也罢。某些人假公济私，我们不能上圈套。”

叶天则是冲叶云仙淡淡笑笑：“父亲，放心，绝对不会有事儿的。”讲完之后，便是双手抱拳，冲众人拱手施礼，便走了上去。

众人一下都乱哄哄了起来，他们知道，叶天这是拿鸡蛋碰石头。前几天叶天战胜叶冬，全凭运气，是叶冬大意。可是今天，叶天却以斗之气战斗技，那绝对找死。

叶威也是点头赞叹了一句：“天儿能有此等勇气，此等拼搏的精神，倒和云仙一样。不过，这等实力悬殊的战斗，毫无悬念，不比也罢。”

叶威此话，很明显是替叶天说情。叶云仙听后，心中大喜，立刻冲叶天道：“天儿，父亲不承认此等比赛，快退回来。”

而叶冬听叶威讲完，面容却是一寒，未想爷爷叶威此刻出手，奈何心中愤怒却是如此之强，已然占据了他的理智。无论如何，这一战不可避免。

他顾不上叶威之命，咬牙冲撞上去，六段斗之气，迅猛从体内爆散而出，于体表形成了一段斗气罩，犹如一狂猛龙卷风，朝着叶天方向，碾压而去。

“胡闹。”见叶冬竟抗命不遵，叶威当下愤怒骂道，而其余众人也都是震惊，未想这叶冬，竟敢公然违抗老爷子之命，真是吃了熊心豹子胆。

而叶云仙有心要出去阻拦，却已经来不及了。叶冬眨眼之间便冲撞到叶天跟前，只需呼吸间，便可将叶天震飞。六段斗之气力量，足以将一堵墙撞翻，更何况是一肉人？

而叶天同样心惊，不过却早就反应过来，龙爪手施展而出，同时，将五段斗之力全然爆发而出，目的是隐匿体内那一丝微弱的气息，免得被人发现。

如今，那丝微弱的气息已然化为身体一部分，即便不施展龙爪手，也是存于体内，和斗气一样，虽说极其虚弱，几乎感应不到，不过力量却比五段斗之力，强大好几倍。

在叶天将五段斗之力施展而出之时，所有人，包括叶家老爷子叶威，都是眼珠子瞪大，下巴久久未曾闭上。开什么玩笑，这小家伙达到了五段斗之力？

现场安静，所有人都用不可思议的目光看着叶天，看叶天召唤出的斗之气浓度，明显便是五段斗之力……而那叶威老爷子，良久之后，才用质疑的目光看着叶云仙："云仙，你是不是骗我？趁我闭关不知外界真实情况的时候，骗我说出关之日，叶天只是三段斗之力？"

叶云仙则是苦不堪言，自己都被这家伙瞒得好苦，自己竟有些不知该如何作答了。

叶冬也是有片刻的迟疑，不过很快便恢复心神，冷笑，五段斗之力如何，能扛得住六段斗之力？

两者的斗之力，众目睽睽之下，撞在一块，顿时一股狂猛风暴瞬间产生，爆炸般强大的力量，将两者斗之气炸裂开来，两者身影被实质化的斗气包裹其中。

片刻之后，一道人影自斗气浓雾中倒飞而出。叶云仙心一紧："天儿！"

待那人影落定，发现那人全身狼狈，身上衣服尽数撕裂，甚至于身上有血迹……叶云仙的心在滴血，叶天从未被人如此殴打过。

不过，当他看清那人真实面容时候，却立刻怔在原地，这不是叶天，而是叶冬。

因为叶冬飞离赛场，而且脑袋朝外，所以并未有人看清落地之人模样，只认为是叶天，心中替叶天感到悲哀。天不惜才啊，这一伤，起码得在床上躺十几天时间。六段斗之力啊，可以粉碎砖石的。

叶云阳也是满意微笑，甚至忘记叶冬违背老爷子命令之事了，他要看儿子在赛场上，如何的风光。

待得台上斗气浓雾消散开来，众人看到翩翩而立少年竟是叶天时候，人群集体站立起来，惊呼不可能，那叶云阳更是双腿一软，直接摔于地，面色苍白，甚至忘记去看被打飞出去的叶冬。

连叶威老爷子这会儿也被镇住，扶着桌子，颤颤巍巍站起来，一个劲儿地拉扯着叶云仙："云仙，天儿有如此实力，怎不早说，你瞒我瞒得好苦啊。"

而叶云仙也是满脸苦相，他都不知该怎么解释了。说："我也不知叶天有如此实力吗？"开什么玩笑，当父亲的会不知道自己儿子的真实实力？

哎，他喜悦地叹口气，暗道："天儿，你瞒父亲瞒得好苦啊。"

"叶天哥哥，你好帅啊。"林雪儿从主席台上蹦了起来，一个劲儿地给叶天抛媚眼。这一傲娇小公主吸引了大部分少年的注意力。

"叶天，叶天。"众少年在林雪儿的带头下，齐呼叶天的名字，这说明，以后他们的队伍会有新一代的领头人了，那就是叶天。

不是叶冬。

"我不服气。"叶冬听众伙伴的呼唤声，挣扎着醒悟过来，怒吼一声，便冲了上来，准备继续和叶天战斗。

“畜生，丢人。”叶云阳也暗骂一声，跳了出去，硬生生将叶冬拦下，“叶冬，住口，这儿没你说话的份儿。”

见父亲亲自出面阻挡，叶冬意识稍微清醒一点，低头不语，指甲深深刺入皮肤中：“这等仇恨，定然要报。”

“五段斗之力，是如何拼得过六段斗之力的？”叶威老爷子一直都在细细思索这个问题，这也是其余众人都在思考的一个疑惑，以至于叶云仙在呼唤叶威老爷子的时候，后者竟未反应过来。

位于观众席中的龙叔则是心中窃喜：“真气，真气，难道这便是传说中的真气第一重吗？厉害，厉害。主公一定会重重奖赏我的。”

“父亲，父亲？”这已经是叶云仙第七次呼唤叶威了，但叶威依旧是沉浸在那问题上，未曾反应过来。直至叶云仙拍了拍叶威的肩膀，叶威这才抬起头来，看着叶云仙，道：“干啥？”

“父亲，这实力测试，还进行不进行？”叶云仙苦笑着问道。

“哦，结束了。”叶威这才反应过来，站起身来，看着众人道，“天儿，冬儿，云仙，云阳，你们四人跟我走。”

讲完之后，叶威依旧是一边琢磨着那个问题，一边带着众人往自己休息的房间中走，甚至于忘记招呼三大家族的来者。

而三大家族的人，以及观众席中的人，都还在发愣。刚才的场景实在是有些不太现实，他们都还以为是眼花看错了呢。

秦煌看了看诸葛云道：“云兄，刚才你看仔细了吗？到底什么情况？”

后者则是满脸苦笑：“秦老弟，你都没看出什么猫腻儿，更何况是我了。”

“肯定是那老东西搞的鬼，就是想让我们见识见识他们家族有个修炼速度变态的家伙，镇住我们。别中了这老家伙的圈套，那叶天肯定不是之前三段斗之力的实力，肯定是对我们有所隐瞒，咱们走。”秦煌简单地说了一遍后，便匆忙离去。他得赶紧回去研究研究这叶天，能在这个年纪达到五段斗之力，而且还冒出了一个六段斗之力的家伙，回去之后一定得对叶家新晋力量重新审时度势。

“秦煌老弟，你说叶威那老杂种出关了，到底有没有突破到斗灵级别？”诸葛云跟在秦煌身后，开口问道。

“谁知道，回去后多派两人跟着这老东西，要是他突破到斗灵级，咱们两家都有危险。毕竟斗灵级强者，在千灯镇都是一等的存在。”

等到三大家族的人走光了，观众以及测试者这才反应过来，不可思议面面相觑，交谈半天，这才离去。

而叶威将众人召唤到自己休息房中之后，威严目光这才在众人身上一一扫过，面无表情道：“叶冬，翅膀硬了啊，我的命令也不听，当着三大家族的面，丢我叶家的人，这也是你和你老爹商量好的？”

叶冬立刻沉默不语，脸色绯红。而叶云阳则是立刻解围，道：“父亲，都是我教子无方，回去之后定然会好好教训教训这小子。”

“教训他，你有什么资格教训他？”叶云阳此话刚说出口，叶威立刻狂躁起来，手掌拍得桌子哐当作响，那张老脸都变得红润起来，犹如是一张大红苹果般。看那模样，犹如是一头发怒的豹子。

他这么一吼，现场气氛立刻变得沉闷起来，无人敢吱声。开玩笑，这可是叶威叶老爷子，叶家有名的臭脾气。谁要是招惹了叶老爷子，那和得罪了死神差不多。

叶云阳立刻拉着叶冬跪在地，咣当一声，看来是一点没舍得珍惜力气。

“看看，看看，这就是你教出的好儿子，不顾全大局，只知窝里斗，要是叶家的年轻一辈都被你教导的话，这家指定得败在你手里，你个败家的好儿子啊。”叶威毫不留情，指着叶云阳的鼻子就是一通破口狂骂，唾沫横飞。叶云阳和叶冬两人都跪在地上，一句废话不敢多说。

叶天和叶云仙则有些尴尬地站在旁边，叶威教训人的时候，他们万万是不敢插嘴的，否则也得跟着一块挨骂。

“行了，你们两个人好好反省反省吧。”叶威似乎骂得有些累了，便深吸了一口气儿道，“叶云阳，回去之后好好学学人怎么当一个好父亲，难道你想让你的后辈都和你一样，变得如此心机深沉。要是在外面心机深沉也可以，都一家人，玩什么钩心斗角。你好好反省吧。叶冬，这次是你的错，你必须接受惩罚，至于如何惩罚你，叶天你来说吧。”

叶天愣了一下，见叶威面色坚毅，知道推辞不得。当下便看着低头不语的叶冬道：“你不是要和我拼命吗？好，你可以向我下战书，我会应战。”

听叶天这么一说，众人都愣了一下。叶威也是有些诧异地看着叶天：“你这也算惩罚？”

“若是我靠着爷爷的威严惩罚他的话，恐怕他会口服心不服。我在赛场上惩罚他，才会让叶冬心服口服。今天秦家都欺负到我叶家头上了，可是我们叶家内部却还要起内讧。身为叶家的人，我有责任和义务，让叶家年轻一辈团结在一块，共同对抗外敌。”

叶天面色严峻道。

“好。”叶威立刻拍手称快。而叶天则是在心中庆幸：“这样的空话说出来，效果竟倒也不小，看那叶威老爷子，刚才还气得要冒烟一样，这转眼间，竟是变得兴奋无比，这脾气可真是……稀奇啊。”

“你们若是都有天儿这样的觉悟，我这把老骨头就算散了，也能瞑目了。现在我叶家年轻一辈，都被你们这些当长辈的给教坏了，只知道钩心斗角，争夺家族中的一些东西，有种去外面争老秦家诸葛家的东西。以后要是再让我知道，你们年轻一辈钩心斗角的话，我定严惩不贷。”

说完，叶威便释放出一股狂猛斗气，狂猛之力竟硬生生将手下的木桌震成齑粉。四人皆惊，被震得连连后退。

“好了，既然叶天肯如此宽宏大量，原谅了你，那么你们二人便离去吧。至于比武之事，以后再说，毕竟你早就已经修炼斗技，而天儿却未曾修炼，挑战不公平。叶天，云仙，你们两人先留下来，我有东西要给你们。”

叶威讲完，低头叹息，叶冬和叶云阳也不敢片刻迟疑，匆忙转身。

“慢着！”叶天却是出声相拦。两人只得停脚，扭头看着叶天道：“还有何事？”

叶天并未理会两人，这让叶云阳脸色难堪，眼神中闪过一丝凶狠。

“爷爷，我想您还是尊重我的意见，答应我和叶冬的比武吧。”

叶威老爷子和叶云仙两人立刻脸色惨白，连叶冬和叶云阳两人也是满脸不理解。虽说之前叶天硬扛叶冬一击，可那完全是因为后者疏忽大意，未施展斗技。若是施展斗技的话，怕此刻遍体鳞伤的便是叶天了。

看他也不像是莽撞冲动的主儿，这点小道理应该能明白的，为何还是要应战？

那叶威老爷子和叶天眼神碰撞，无奈地叹口气，道：“叶天，你真的要坚持？如果那样的话，你非但有很大可能性会输，我甚至都无法将我的奖赏赏给你，那样会影响比赛的公平性……你现在后悔还来得及。”

连叶云仙也是在一旁替叶天捏一把冷汗，要是能说话的话，恐怕他早就已经拽着叶天的胳膊跪下说：“你这臭小子赶紧放弃应战啊，老头子肯定会奖赏给你很珍贵的补品丹药的，难道你就放任这珍贵的丹药从指缝中溜走？”

叶天也考虑过这一点，名贵的丹药从指缝间溜走，的确可惜，可是若为此而放弃比赛，那么众人依旧会认为自己是侥幸赢得胜利，不会相信自己的实力。为了证明自己，为了让众人知道叶天的实力不是运气，他决定，还是选择后者。

“我还是选择应战。”

“哎。”叶威摇头，看看叶天道，“算了，你这脾气随你老爹，那随你便吧，你们都走吧。”叶威说完，便拄着拐杖，缓缓离开了。

走到角落，望着四人离去，叶威才嘿嘿笑了起来：“没想到我叶天孙儿竟也能在赛场上如此光辉耀眼，若是修炼速度照此发展下去，我叶家肯定会出一个千灯镇第一高手。”

叶云仙和叶天两人在回家路上，一声不吭，直至分手告别的时候，叶云仙才总算说了一句话：“天儿，叶冬修炼有斗技，你若是单凭五段斗之力，绝对不可能战胜叶冬。我这儿有一门斗技，你可以拿去修炼。”

说着叶云仙从口袋中掏出了一本表面泛黄的书籍，而书籍之上则是三个大字：裂空腿。

“这裂空腿乃黄阶下级斗技。虽说低级了点，不过却很实用。很适合新手练习。这样吧，天色尚早，我带你去训练场练一回，先熟悉熟悉招式。”叶云仙一边说着，一边拉着叶天便走向训练场方向。

“父亲。”叶天出声拦下了叶云仙道，“我有些累了，想歇歇。明日再练习吧。”

叶云仙听罢，立刻苦涩笑了笑：“你看我，怎么把这点给忘了，你刚刚参加测试，肯定劳累了，那么你就先去休息吧，明日我会亲自教导你。”

话刚落，便听门口传来仆人的声音，叶云仙止住脚步，看着仆人慌张走来，满脸肃穆问道：“什么事如此大惊小怪?”

“三爷家派人送来了挑战书，似乎是要挑战叶天少爷。”仆人一脸恭敬道。

“嗯。”虽说这件事在意料之中，可他万万没想到，叶云阳会如此着急，前脚刚到家，后脚便已经接到挑战书。思考片刻，他大致也明了，定然是他们早就准备好了的。

当下冷哼一声道：“我替天儿接下了。”

“可是，老爷，叶天少爷还……”那仆人满脸关切，望着叶云仙欲言又止。

而叶云仙则是笑笑，如今的天儿不可同日而语。既然他能在测试场上给自己那么大惊喜，那么这次也肯定能给自己一个惊喜的。

他望望仆人道：“这件事你不要管了，就说我们已然接下了战书。”

望着仆人满脸担心离去的身影，叶云仙则是无奈笑笑：“哎，这天儿，真是和我一个脾性啊。”

叶云仙将挑战书打开，观看片刻之后，冲叶天面容严峻道：“看来叶云阳是准备赶尽杀绝啊，竟然只留给我们七天不到的时间，实在是太可恶了。七天，七天甚至都不能将裂空腿给修习熟练，更别说灵活运用了。”

叶天也是偷偷琢磨起来，按照现在的情况来看，若是叶冬施展全力，自己固然不会是他的对手。龙爪手的威力已被自己发挥到了极致。毕竟这龙爪手的真正作用乃是修炼出那一丝微弱气息，威力并不是很大。还有修炼的五肘拳，第一层阶段，威力也比龙爪手强大不到哪儿去，所以他决定，暂时将修炼重点，转移到五肘拳第二层阶段上去。

五肘拳第二阶段，对付六段斗之力强者，应该不成问题，因为他从大还丹之中了解到，这五肘拳第二阶段，差不多相当于黄阶中级斗技。

他看了看父亲给自己的裂空腿秘籍，简单地扫了一眼，发现威力竟也不小，威力最大竟可以轻松碎掉一根木头，简单地修炼一下，巩固一下腿部的力量，倒也不失为一种不错的选择。

叶天深呼吸了一口气儿之后，缓慢坐到床上，小心运转斗气，开始修炼五肘拳。

他已经将五肘拳的任何一个招式动作都琢磨得相当到位，至少攻击的位置已被他拿捏得相当准。用肘部攻击人，非但会出其不意，而且还是“稳准狠”的标准发力位。本身威力越大，那么所起到的作用，也是会成倍提高。

毕竟在人体攻击的频率中，拳头和脚是最为频繁的，像用手肘攻击，那绝对会出其不意。

叶天的每一肘打出，竟都能引起空气一番震动，手袖发出啪嗒啪嗒的响声。

叶天修炼得越来越入神，一不注意，手肘平齐，竟打在了一花瓶上。顿时花瓶便化为了齑粉，犹如白雪飘落到地面。

望着化为齑粉的花瓶，以及毫发无损的手肘，叶天啧啧称赞：“五肘拳，果然名不虚传，第一重威力，便是强过龙爪手。龙爪手原本是一平淡无奇的武技，威力本就很小，是体内一丝微弱气息加强了龙爪手威力数倍。那么，若是将那一丝气息当成斗气，驱动五肘拳的话，那么所起到的作用……”

这不经意的想法竟让叶天整整兴奋了好长时间，他立刻站了起来，双目满是激动。若是那一丝微弱气息驾驭了五肘拳，威力增大几倍的话，怕是自己……

他越想越兴奋，干脆重新将五肘拳演练了一遍，不过此次却是用微弱气流代替了浑厚斗之力，不知会起到何种作用。

哐当！手肘打在了一花瓶上，那花瓶却是动弹了几下，并未裂开，更别说化为碎末了。

奇怪了。

望着花瓶，叶天却是满脸疑惑：“之前感觉力道很大，为何花瓶竟都没有碎裂痕迹?”

他小心翼翼地用手拿起花瓶，朝里看了一眼，这么一看，却是立刻怔住了，万万没想到，这花瓶里，却是早就已千疮百孔了，碎片一片片连接，好像是蜘蛛网。

而花瓶外表，却是毫发无损……

看着里面这场景，叶天顿时倒吸了一口凉气：“莫不是这五肘拳可以破坏内力，隔山打牛？如果真是那样的话，岂不是说，自己可隔着山壁，偷偷摸摸将墙壁另一端的人打伤?”

想到了这一点，他立刻变得兴奋起来，再次将五肘拳演练了一遍，这次却是对着门外打去。

咔嚓！

果不其然，在手肘接触墙壁瞬间，便听房外响起了一咔嚓声，叶天立刻开门，却见被击打部位的柱子上，多出了一小手肘印子。

“啊！”看到那小手肘印子，叶天立刻瞠目结舌，那手肘印子竟是如此清晰，威力竟比龙爪手还要高一个层次。

看来，气流驾驭的五肘拳，威力果然是不一般啊。叶天震撼之余，想继续演练一遍五肘拳，这会儿却发现体内能量空缺，那一丝气流也消失不见，他猜测可能是气流被消耗得一干二净，必须演练龙爪手，才可将那丝真气完全地找寻回来。

一遍龙爪手修炼过后，他果然发现微弱气流再次出现，而且比之前的气流更加的强大了。

在接下来的五天时间内，叶天每日都会在龙叔的独门独院中修炼龙爪手，而且龙叔对叶天也是相当照顾，每日都给他寻来一些补品丹药，虽说并不是很高级，却对叶天的修炼产生了不小的作用。

为了避免露出马脚，不让龙叔知道自己起疑心，他是一再低调，装傻卖萌，假装对龙叔百般顺从，实际上却是暗中嘲讽。

叶天的修炼也是让龙叔兴奋异常，看叶天的目光，也是变得有些异样起来，叶天觉得，这老小子的马脚，总算要露出来了。至于他究竟瞒着自己什么东西，相信用不了多长时间，就能真相大白了。

他越来越觉得，那股气流越来越强大，最为强盛的时候，竟犹如一根筷子，在体内随斗气游荡。

而五肘拳的威力虽然借助着气流大增，不过依旧未踏入第二重阶段，龙爪手还是以往那般的威力。最可喜的便是，他觉得体内斗之气越来越强盛，经常能感觉到细胞吸收斗气，他知道，自己距离升入第六段斗之力已经是指日可待。现在他和第六段斗之气之间，只是隔了薄薄的一层膜而已，升入第六段斗之力，也只是需要一个时机。

今日，叶天一如既往地准备去训练场演练，可半路上却遇见了小魔女林雪儿。林雪儿对叶天是百般纠缠，让前者陪自己去千灯镇上玩儿。

实在是执拗不过小魔女林雪儿，叶天只得陪同，跟在小魔女身后，朝着千灯镇上走去。

要说这千灯镇，实在是一繁华热闹的地儿。可是俗话说，林子大了，什么鸟都有。在以前，这千灯镇可是有名的屠场，千灯镇四大势力为了抢夺地盘抢夺生意，没少发生过血战。

可是随着时间的推移，这四家意识到继续打打杀杀下去，他们四大势力将会越来越弱，甚至可能被小势力给吞并，四家只能达成妥协，将千灯镇割成四块，每一块都有一大家族掌控，这么多年下来，倒也是达成了一个平衡。

在千灯镇中，便有不少叶家的产业。叶天身为叶家少爷，不少人都还是认识他的，倒是对小魔女林雪儿有些陌生。

一路上小魔女是对什么都感兴趣，为了不引起不必要的麻烦，叶天还是带着林雪儿在叶家的地盘行走，遇到什么感兴趣的东西，倒是可以凭自己的身份随便拿，不过店家却都是记账了的。

走到叶家地盘尽头的时候，叶天便主张回去。而林雪儿却执意不从。无奈，前者只好跟着林雪儿继续闲逛，不知不觉，竟来到了秦家的地盘。

秦家向来和叶家不和，所以叶家本家的人很少会来秦家的地盘闲逛。为了避免被人认出，从而招惹一些不必要的麻烦，叶天一路上都是小心翼翼，能掩面便尽量地掩面。

“嗯？那不是叶坤吗?”就在叶天带着林雪儿在角落里缓慢闲逛的时候，林雪儿忽然向熙熙攘攘的人群指了一下。顺着她手指的方向望去，果然发现了遍体鳞伤，狼狈不堪的叶家少年叶坤。

叶坤是叶秋众多崇拜者其中之一，平日里跟在叶秋屁股后面嚣张惯了，这还是叶天初次见他如此狼狈。不过心中嘲讽只是浮现了片刻，片刻之后，他便分析清形式，在秦家的地盘被揍了，肯定是秦家的人找麻烦。

叶天一步跨出，挡在叶坤面前。那叶坤抬头一看，竟是叶天，眼神中顿时虚弱了许多，支支吾吾竟说不全一句话，只是捂着脸，有些惧怕地看着叶天。

叶天打了叶冬之后，叶坤就知道，自己不是他的对手了，所以独自一人在他面前，还是收敛点的好。

“叶坤，到底发生了什么事儿?”叶天双目焦躁地盯着叶坤问道。

“叶如霜和叶秋……被围困在了古秦酒楼，秦岭的弟弟带着诸葛家的大公子诸葛云帆，将他们给围起来了，剑拔弩张。我好容易逃出来，准备去叶家的地盘……找人救火。”

叶坤支支吾吾，总算将事情交代清楚了。而叶天隐隐觉得，秦岭的弟弟和诸葛家的人围困叶秋等人，多少和上次自己侮辱秦岭的事儿有关。

他当下便看了一眼叶坤道：“你带着小魔女……哦，不，林雪儿先回去，我去古秦酒店看看。”

而叶坤却拦下了叶天：“你还是别去了，赶紧去叶家地盘找人吧，他们可是有一个斗者和两个十段斗之气高手呢，连叶秋和叶如霜大姐都没办法和他们抗衡，更别说咱们了。”

“嘶——”叶天倒吸一口凉气，没想到，叶如霜竟被斗者给围困住了。他倒是很好奇，能在年轻时候晋入斗者行列的是什么人；斗者的威力究竟如何。

叶天对那战场更加充满了渴望和好奇，哪怕是在旁边偷偷地观看也成啊。

“我不管，我要去看他们打架。”小魔女林雪儿兴奋得是手舞足蹈，还未等叶天反应过来，便拽着他的胳膊，朝着古秦酒店的方向走。

叶天可有些吓坏了，林雪儿在叶家有很尊贵的地位，可在外面就不一样了，秦家人定然不会对林雪儿手下留情。要是林雪儿有个三长两短，自己必然会被叶威老爷子惩罚，说不定叶家还会遭遇灭顶之灾。

可是在他思索间，林雪儿便停下了脚步，伸出细嫩小手，指着一家装饰古朴但却显得豪华大气的古建筑道：“哇，叶天哥哥，你快看，叶如霜姐姐真的在这儿呢。”说完便拽着叶天上了楼。叶天的心咯噔跳了一下，暗骂自己反应迟钝，怎么能让林雪儿来这种是非之地呢，要是林雪儿有个三长两短……

还未想完，便已经来到了二楼，他仅看了一眼，便发觉现场气氛之紧张，剑拔弩张。酒店里面到处都是被掀翻了的桌子板凳，不少的板凳上面还有鲜血，看来这里刚刚发生过一场恶战。

而叶如霜和叶秋两人的身子都有不同程度的损伤，衣服都有被撕扯过的痕迹，脸上也有些伤口。跟在他们身后的叶家少年，更是一个个鼻青脸肿，大半都蹲坐在地上，剧烈喘息。

他们看到叶天和林雪儿的到来，差不多都是苦涩叹口气：“这便是大家拼命护送叶坤出去，找来的帮手？”

而和叶家少年对峙的另一队人马，却是一个个的光彩十足，满脸傲气地盯着叶天，哈哈笑了起来，其中一个看起来颇有公子哥装扮的家伙，看了看旁边的一翩翩少年，嘲讽道：“秦山，这便是那名侮辱你哥哥的五段斗之力修炼者？看起来也就这幅痞子相嘛。”

叶天看了看那公子哥，冷笑一声：“你是谁？”

“我是诸葛家族大公子，诸葛云帆。”他赫然报出了自己的名号。

叶天倒吸一口凉气，没想到此人便是那名斗者。若是没猜错的话，他旁边那位，应该就是秦家的二公子秦山了吧。

“你们为何要围困我叶家人？难道你们不知道，这样违背了我们四大家族制定的千灯条约吗？”叶天声势丝毫不弱于几人道。

“千灯条约？在我看来都是狗屁。”诸葛云帆骂骂咧咧道，“你小子就一五段斗之力实力而已，还轮不到你说话，我再告诉你们一遍，让你们中实力最强的人给我们秦山秦大公子磕个响头，那么我就放你们离去，否则……哼哼，就是那小子的下场。”

诸葛云帆用冷峻的目光瞪了一眼躺在不远处，浑身是血的少年冷哼道。

叶天心头一寒，真没想到，这些人竟如此之狠，光天化日将人打得遍体鳞伤。

“叶天，这件事和你无关，你走吧。”叶如霜偷偷给叶天使眼色，让叶天离去。后者知道，她所关心的其实是林雪儿的安危。

看着叶如霜，叶天真是思想复杂啊，这个被自己救过，而且也被偷看过的女人，竟对这一切浑然不知，想想真是造化弄人。他又看了一眼站在叶如霜旁边的叶秋，此刻他正拳头紧握，低头思索什么，这个男人夺走了本该属于自己的女人，所以，他对他充满仇恨。

若是叶如霜知道，救了她性命的并不是叶秋而是自己的话，叶如霜肯定会对自己有好感的。

“哈哈，你们今天谁都别想离去。”秦山冷哼一声站起身来，“战斗吧，你们今天都得给我磕头才能离去。”

“我一人之力，便足以解决掉他们了。”诸葛云帆声音冰寒道，“这几个小杂碎，在我心里，也就是几个屁而已，我想放就放。”

能说出如此霸气之语，足见此人的厉害之处，不单单叶天，叶如霜和叶秋脸上，也都浮现出一丝惶恐神色。一名斗者足以将他们轻松解决。毕竟十段斗之力和斗者之间的实力悬殊可不是一倍两倍，而是五倍甚至十倍之多。

第六章　秦家闹事

“嘿嘿，我看你也挺牛哄哄啊。”小魔女林雪儿却是淡淡笑了笑道，“这样吧，你也别在那儿放大话空话了，和我叶天哥哥比试比试。先打败我叶天哥哥再说。”小魔女忽然咯咯大笑，一脸都是阳光灿烂表情。

此话一出，诸葛云帆一队的人却都是哈哈笑了起来，叶家少年也都是眉头紧皱，低头叹气。他们心中都有浓浓醋意，真是没想到，叶天在林雪儿这极品萝莉心中如此强大。

连叶天也是满脸愁容。要是自己能战胜他们的话，早就已经动手了，还用得着跟他们废话拖延时间？可林雪儿却一把把自己给推出去了，这可如何是好？即便自己再厉害、再自信，也不会是诸葛云帆的对手啊。

“雪儿，别胡闹。”叶如霜语气严肃道，“你只是叶家一婢女而已，犯不上你插嘴。从此以后，你就和我们叶家没有关系了。这件事你别插手。”

叶天心中赞叹，叶如霜果然是有勇有谋。她担心秦家知道林雪儿在叶家地位尊贵的话，可能会绑架了林雪儿，到时候事情可就麻烦了。

林雪儿却是淡淡笑笑，满不在乎道：“如霜姐姐，事到如今，咱们就别隐瞒了，恐怕他们这次就是为我而来的吧。”

诸葛云帆等人脸色均是一变，然后面容有些惶恐不安道：“你……怎么知道的？”

说完，众人便是匆忙走到窗口，盯着窗外看，却并未发现有人埋伏在外面。

原来他们是担心林雪儿早知道他们要绑架她，所以林雪儿会带救兵来，现在看来，没有的事儿。

“我猜的啊。”林雪儿笑了笑，“行了，咱们废话少说吧，叶天哥哥，你帮我把那小子教训一顿吧。”林雪儿笑出了一个小酒窝道。

叶天则是苦笑连连：“雪儿，别跟我开玩笑了，我可不是他的对手。”叶天虽然不想承认，可这是事实，自己再隐瞒也没有必要了。

“哼，收拾你，还用不着诸葛大哥出手。”那秦山却是自人群中站了出来，目光冷峻地盯着叶天道，“今天就让我来收拾收拾你，让你知道知道，什么才叫真正的实力。”

话音刚落，竟是拳头紧握，然后一股狂躁的能量波动自体内爆发而出，粗犷的斗之力竟将空气都给荡得连连颤抖，发出呼哧呼哧的声音。

“十段斗之力。”秦山刚刚释放出斗之气，众人顿时倒吸一口凉气。

叶天也是苦笑连连，五段斗之力和十段斗之气之间相差实在是太远了，恐怕就算再给自己五六颗参丹，如何超常发挥，都不会是秦山的对手啊。

叶秋脸上充满了嘲讽神色，他倒是想看看，最近风头出尽的叶天，今儿个出丑的场面得多壮观。而叶如霜则是满脸担心。当然，她担心的是林雪儿，对叶天这个似乎老死不相往来的家伙，她是不怎么关心的。

恐怕她想破脑袋也想不到，叶天便是她的救命恩人吧，而且还是偷看过她裸体的救命恩人。

“叶天，接招。”秦山刚刚说完，便是猛然一步踏出。顿时狂躁的斗之力竟从秦山身上释放而出，化成一条狂暴的气龙，直撞向叶天。

叶天连连后退了好几步，竟都没能躲过气龙的攻击，身子直接倒飞出去，撞在木门上，吐出一口红血。

“叶天哥哥。”没有人为此感到惊讶，这一幕早就出现在他们的脑海中。五段斗之力和十段斗之力相差实在太远，即便是做梦，也不可能会出现五段斗之力打破十段斗之力的情况。只有林雪儿急促地走了上去，半跪在叶天面前，语气急促地问道：“叶天哥哥，你没事儿吧？”

叶天用双手支撑着快要倒地的身子，努力半坐了起来，深呼吸了一口凉气，摇摇头。胸口的沉闷，让他一句话也说不出。

“把这个服下。”在这个角落，没人能发现他们正面的所作所为，所以林雪儿在小声问候了一声后，便快速地伸展开了小手。在她稚嫩小手上，则躺着一颗白色的药丸。白色的药丸晶莹剔透，竟和参丹差不多。

“这是啥？”叶天很是好奇地盯着半透明的白色药丸看了好半天时间，愣是没弄明白这到底是啥。

“潜力丹。”林雪儿煞有其事地道，一边说着，一边将潜力丹塞入叶天口中，“现在也只有你能把我们救出去了。”

虽说叶天并不知所谓的潜力丹是什么情况，不过他也知道林雪儿不会害自己，还以为是疗伤用的丹药呢，便将潜力丹吞咽了下去。

可是，在潜力丹吞咽下肚的瞬间，他整个人都有些愣住了，因为在瞬间，他体内便如同燃烧起了一团火苗，炙烤得五脏六腑很是难受。

而林雪儿这时候小心翼翼地将嘴贴近了叶天的耳朵：“这潜力丹，可以暂时将你体内的斗气转化为真气，你的实力可以瞬间提升十倍有余，好好把握。”

说着，她拍了拍叶天的肩膀，便欣慰地走开了，留下叶天一人在原地，满脸疑惑，不知林雪儿到底搞什么鬼，什么将斗气转化成真气……真气是什么东西？

就在他思索这些的时候，却忽感觉体内雄浑的斗之气快速地萎缩了起来，并且没多长时间，原本挺微弱和斗气混杂在一块的微弱气息，竟然茁壮变得强大了起来。

难道……这微弱气息便是真气？

还未想明白，叶天便觉得眼前闪过一道身影，接着便是秦山排山倒海般的气势压来，他仰头看了一眼，发现竟是秦山施展出了一招黄阶中级斗技“排山倒海”。

虽说这排山倒海只是属于黄阶中级，可是自十段斗之力修炼者体内施展而出，威力可以说是无穷无尽。要是被这一掌给拍中的话，叶天最少也得落个半身不遂。

叶家少年都充满惋惜，没想到他才刚刚开始修炼斗气，而且势头很猛，就要被毁在一少年的手上。

而叶天也是抱着拼命一把的想法，施展了龙爪手，准备硬扛一下秦山的排山倒海，无论如何，这次不能就那么轻易地被秦山给打个半身不遂。

虽说自己并不知道如此浑厚的真气到底有多么强大的威力，不过他相信，威力肯定不会小，至少抗衡六段斗之力修炼者都不成问题。

“哼，找死。”见叶天非但没有躲避，反倒是准备硬扛，秦山便是冷哼一声，眼神中闪过一丝杀气，身子便是凶猛而至，狂猛的斗之力，迅速地自上到下将叶天包裹住，然后剧烈地撕扯扭摆。几张桌子，被斗气海浪席卷的瞬间，竟飞了起来，硬生生地将房间顶层撞出了一个破洞来。

被斗气浪潮包裹其中的叶天，身子承担着巨大的压力，竟丝毫动弹不得，全身似乎被一巨掌给揉捏着，裂开一般的痛苦。尽管他咬牙坚持，可他还是觉得，自己快坚持不了多长时间了，身子马上要裂开。

尽管如此，叶天的龙爪手依旧是缓慢施展而出，在最后一招攻击出之后，一条气龙竟自手掌心中钻出，和气浪翻滚在一块，几秒钟的时间，便将气浪扯出了一条缺口来，叶天也得以从排山倒海的斗气海浪中逃了出来。

这一幕可把众人给吓到了，即便他们想破脑袋也万万没想到，叶天竟能硬生生地扛下十段斗之力修炼者的斗技攻击。这场面实在是有些匪夷所思了。他硬扛下叶冬的攻击，众人倒还可以勉强接受，可这场面，他们一时之间竟都以为是眼花了，纷纷揉着眼睛，不敢相信。

叶天也被自己惊怖的实力给吓到，但是他很快明白过来，自己之所以瞬间变强，归功于那白色丹药导致的真气变得强大。真气的力量无可比拟，要想抗衡十段斗之力，倒也不是不可能。

叶秋以及叶如霜等人，皆是惊讶得说不出一句话来。

秦山也是在原地稍愣了片刻，待他反应过来，立刻恼羞成怒，一巴掌拍上来，俨然一副要将叶天给活活拍死的模样。自己一十段斗之力修炼者，竟无法一招击败五段斗之力修炼者，这要传出去，恐怕得让人笑掉大牙了。

他一咬牙，决定速战速决，解决叶天，替自己也为哥哥秦岭雪耻。他甚至想象得到，哥哥听到叶天被击毙之后感到欣慰的场景了。

“气吞山河。”随着秦山喊出这一声口号，现场所有人都是脸色惶恐，纷纷后退。这“气吞山河”的斗技，乃秦家不传之秘，黄阶中级斗技，据说如是被高级强者施展的话，可轻松将一整座大山用斗气包裹，并且瞬间将之碾压成齑粉。

虽说秦山仅处于十段斗之力，可是施展出的威力依旧是不容小觑，所以在喊出这斗技时候，众人都倒吸一口凉气，不敢靠近。连诸葛云帆也是面容惨变，连连后退好几步。

秦山的手势舞出一个个的结印，随着最后重重一推，一股狂躁的能量竟瞬间从其手掌之中喷涌而出，眨眼间便形成了一面墙，朝着叶天压来。

距离斗气墙壁如此之远，众人依旧感觉到沉重的压力，那种让人无法喘息的压力，更何况是直面压力墙的叶天了。

叶家少年都替叶天捏一把汗，唯独林雪儿却始终面带微笑：“叶天哥哥，一定可以的。”

说实话，在气吞山河的斗气攻上来的瞬间，叶天整个人都有些蒙住了，因为他眼见一座巍峨高山朝着自己的脑壳压来，思想都被抽空了般。那股强大的气场，简直都能让同等级的修炼者窒息，更别说五段斗之力的叶天了。

叶天愣神片刻，便明白当场形势，若是自己不反抗，必死无疑，无论如何，绝对不能坐着等死。

“五肘拳!”叶天低声轻语一声，然后便开始演练五肘拳。当然，此番演练五肘拳，驱动的乃是那相对浑厚的真气力量。

但这个时候问题出现了，真气实在是过于磅礴巨大，演练起来，竟然是撑得自己浑身上下爆裂一般的痛苦。无奈，此刻反悔也不成，只能咬牙坚持下去。

眼看秦山压顶之势是越来越旺盛，而且马上就要完全砸在自己身上，叶天便咬牙，忍着浑身剧痛，将用真气驾驭的五肘拳第一重威力施展了出去。

而在此刻，叶家救兵总算赶到，其中就包括正在叶家地盘监督生意的叶威叶老爷子，以及叶云仙。

两者都发现秦山施展黄阶中级斗技气吞山河，当下都是倒吸一口凉气，万万没想到，秦家人如此凶狠嚣张，竟敢下杀手。他们对气吞山河的威力可是了解得清楚，对叶天的实力也是相当清楚。即便是做梦，他们也从未期望过叶天斗得过秦山，而且还是施展斗技的秦山。

两人想上去插手，可是已经来不及了，雄浑的斗气高山已然砸落了下来，只需片刻，便可将叶天砸成肉饼。两人都满是担心地喊了一声：“天儿。”

甚至连之前还自信满满的林雪儿，此刻也是握紧拳头，她还真担心叶天坚持不住呢。

在气墙压倒下来的瞬间，叶天施展的五肘拳第一重威力，总算是重重地击打而出，一股声势稍逊于气吞山河的气息，猛然从手掌中喷射而出，在半空中形成了一道手肘的模样，朝着斗气高山，撞击而去。

轰隆！

两者碰撞，竟发生爆炸，浑厚的斗气四处飘散，空气都被卷起一层层的空气震荡波。

在乱糟糟的浓尘黑雾中，倒飞出一道人影。叶家人心一紧，都知道是叶天，匆忙围了上去。叶家少年也都是自觉地聚集到叶天身边，看着被秦家的“气吞山河”斗技击中的人到底会是如何的悲凉凄惨。叶如霜和叶秋两人也凑上前去，不过两者表情不尽相同。叶如霜眼神中有些感激，而叶秋则是冷嘲热讽：“这便是出风头的后果。”

可是，当众人发现叶天只是受了点皮外伤，身上的衣服有些被撕扯裂开之外，并无太大伤害，他甚至都能自己站起来，只是胸口被攻击到有些沉闷，喘息不顺溜而已。

这一幕，别说叶云仙和叶威老爷子了，就连叶天自己也有些不相信起来。叶秋、叶如霜以及他们身后的众多伙伴也都是瞪大眼珠子，不敢相信。

他们刚才刚刚见识过气吞山河的威力，那名躺倒在地上，早就陷入昏迷，直至现在依旧未苏醒的叶家少年，便是被气吞山河强大的气场余下威力不小心震到才导致的，即便是正面气吞山河的叶如霜，也是被震得瘫软在地，好长时间才勉强站起，不过体内五脏六腑移位般的痛苦，而这叶天却比叶如霜还要好些。

难道这小子是铁打的？

就在众人惊讶叶天时候，却忽听秦家少年惨叫一声“少爷”，众人纷纷扭头，却见施展气吞山河斗技的秦山，这会儿虽屹立原地一动不动，但身上的衣服，却被剥了个干干净净，全身呈现出乌黑发紫的颜色来，一股股的乌黑血液顺着嘴角流下，将衣领都给染成了猩红的颜色。

叶威眉头紧皱，不可思议地盯着秦山，拽着叶云仙的胳膊，道：“云仙，这是天儿的杰作？”

他分明看到，秦山体内的斗气正尽数飘散。叶天刚才的攻击，竟直接打散了秦山的丹田，他体内的斗气浑然飘散，这也意味着，他之前所有的修为都在片刻消失无踪，而且以后，也将因无法凝练斗气，没法修炼，只能变成废人一个。

叶云仙也是使劲掐了自己一下，他直到现在还认为自己是在梦境中，这小子总是接二连三地给自己惊喜，而且这次的惊喜实在是太大，大到他都认为自己在做梦。

其余众人何尝不是如此？甚至于连叶天都不敢相信这是出自自己之手，太变态了。

只有林雪儿重新恢复之前自信的微笑："我就说你可以的嘛。"

这一幕过于诡异，导致现场很长时间都陷入安静之中。直等到秦家人马赶到之后，叶威才终于反应过来，看着带头而来的秦岭，哈哈嘲讽道："我说，秦岭啊，你们秦家人可真是一个比一个窝囊，上一次你这当哥哥的被我家一普通孙儿给侮辱了，这次又把你弟弟送来，让我叶家少年侮辱，这是啥意思？难不成你们秦家要故意给我们叶家长脸？可真是多谢了呢。"

看着叶威嚣张有些卑鄙的笑容，叶天无奈地翻了个白眼，心想："这老顽童……"

可叶威这一不正经，却把秦家人给气个不轻。尤其是秦岭，更是气得咬牙切齿："这老东西，专拣一些自己忌讳的东西说，这无疑是在往心头上捅刀子啊。"

"叶老爷子，我尊您为长辈，可您也太倚老卖老、为老不尊了。您身为叶家家主，竟对我秦家少年下狠手，请问这便是你叶家作风？"秦岭不愧为秦家大公子，所以反应很快，没多久，便是找到一借口反击。

而叶威却是冷哼一声："你这小子，还没资格在我面前胡言乱语。你回去告诉你家老爷子就说你秦家老二，被我叶家少年一资质愚钝的家伙给废了。行了，咱们走，和这种废物待在一起，真是落了我叶家的身份。"

讲完之后，便是转身离去，叶家人也是跟在叶威老爷子身后，扬长而去。

望着众人离去的身影，秦岭眼神中却是闪过一丝凶狠，使劲咬了一下牙齿之后，冷哼一声，走到秦山面前，看着依旧僵持在原地，不敢有所动作的秦山，忿忿道："叶威，这次我秦家已然寻到灭你叶家的理由。秦山，那老头儿到底是如何将你打成这副模样的？"

无人回答，所有人，包括诸葛云帆也是低下了头，好像是一做错事的孩子，不敢直面秦岭。

秦岭愣了一下，有些不明白这些人为何会沉默不语，当下便盯着诸葛云帆道："诸葛兄，那叶威老家伙到底施展了哪门子斗技，竟能起到隔山打牛的效果。"

他已经看出来了，秦山外表看来丝毫无伤，但却感应不到丝毫斗气，明显是丹田被震坏，斗气尽数流逝了。能在不破坏皮肤的情况下便破坏丹田，他还是第一次碰见，不知到底是什么斗技。

诸葛云帆这才缓过神来，看着秦岭，然后一字一顿道："这是那少年叶天所为。"

啊！

听此，秦岭直接噔噔噔连退三步，满脸都是不可思议地盯着诸葛云帆："不可能，这绝对不可能。"

诸葛云帆却是无奈叹口气，苦笑道："我也不相信，可这么多人都是有目共睹的……”

秦岭傻愣了良久，最后拳头竟握出了血水，一字一顿地道：“哼，叶天，你等着，这笔账，我定然要跟你算个清清楚楚。诸葛兄，千灯镇一年一度的狮王争霸大赛快要开始了吧？”

诸葛云帆稍微愣了一下，然后面容一喜道：“秦岭兄的意思是，狮王争霸大赛上，咔!”说着，便做了一个斩头的手势。

两者对视，冷冷笑笑。

在回去的路上，叶威竟是笑了一路，叶云仙则是一脸哭笑不得，一路上劝说了好几次，可那叶威老爷子就是憋不住狂笑：“我叶家少年，每次进秦家地盘，都被秦家少年欺辱，我是看在眼里疼在心里啊，可此事我又不方便插手。天儿，你这是为我叶家少年争了口气啊。”

叶天却是连连苦笑，连自己都有些不相信刚才发生的这一切，又怎么算得上是为叶家少年出了口恶气呢？

要说功劳，叶天觉得应该归小魔女林雪儿所属，毕竟自己的实力瞬间暴涨，都是林雪儿那什么潜力丹的功劳。

他刚想将林雪儿给自己潜力丹的事说给叶威老爷子，小魔女林雪儿却是一个劲儿地冲他眨巴眼睛，可爱至极。他知道林雪儿不愿让自己将这件事讲出，当下也是缄口不语，并未多说。

但是他暗中想，找个机会一定要问林雪儿这到底是什么情况，真气、潜力丹啥的，都是什么？

当然，打败秦山也并不完全是林雪儿的功劳，还有一大部分功劳是大还丹的。如果不是大还丹之中的五肘拳，他也完全不可能隔山打牛，那么就不可能隔着斗气高山，打到毫无防备的秦山。

看来，五肘拳真正的攻击威力并不是很大，只有隔山打牛的时候，才会爆发出强大的威力。

回到了家中，叶威老爷子兴奋地将叶家少年召集起来，开了一个大会，重点是表彰了叶天，而且当场奖励了两株千年人参，惹得不少少年眼红。要知道，家中的核心人员一年才可能得到一株千年人参，而这家伙却一下得到两株千年人参奖励。

奖励完毕之后，叶威老爷子才遣散了众人，不过却留下了叶天，走到了自己的房间，然后神神秘秘地问道：“天儿，告诉爷爷，你的实力究竟还隐瞒了多少？”

叶天愣了一下，看叶威这表情，难不成他知道自己大还丹的事了？

叶威见叶天发愣，当下便是哈哈笑了起来：“行了，天儿，我和你开玩笑的，别当真，快回去歇息去吧，今天一定累了吧。对了，以后要是有什么需要的，丹药啊补品什么的，尽管开口便可，只要对你的修炼有益，我这老头子绝对会帮你找到。”

叶天知道这句话的真正作用，很明显是已经将自己当成家族的核心分子了。

恐怕即便是千灯镇第一大家族秦家，碰到了修炼速度如此恐怖的天才，也会当成家族核心成员重点培养吧。

叶天满脸感激地看看叶威，然后准备告别离去。

“天儿，千万不可懈怠，还有一段时间，便是千灯镇的狮王争霸大赛了，你万万不可松懈了锻炼，否则在狮王争霸大赛上，可能会受伤。”

叶威满脸关切地嘱咐着叶天道。

“多谢爷爷的提醒。”叶天冲爷爷点了点头，连连道谢。

“嗯。”叶威老爷子满意地点头，然后示意叶天离去。

离去之后，叶天便在脑海中搜索了一番关于狮王争霸大赛的详细信息。这狮王争霸大赛，乃是千灯镇第一大势力秦家设定的一次比赛，目的是检验各大家族新晋力量的实力。

狮王争霸大赛，顾名思义，便是各个家族中的少年，穿戴上狮子面具，在一片森林中进行闯荡，在森林中要经受别的少年的追踪战斗。只有最后成功抵达森林边缘，才算是成功。四大家族，闯出森林少年最多者，才是最后胜利者，那么少年所在的家族，也会得到相应的奖励。

为了避免某些少年之间平日里有小摩擦而在狮王大赛上发生针对性报复行为，所以才会让每名少年都戴上面具。当然，面具还有另外一个目的，那就是四大家族会派遣出一些高手来，装扮成四大家族少年的身份，混入其中，对某些组团或者违反大赛规定的比赛者进行惩罚，夺走狮子面具，取消他们的参赛资格。

今日他废掉了秦山，依秦家火爆的脾气，定然会想尽方法在狮王争霸大赛上对他实施打击报复行为，这就要求他必须在规定的时间内，升级到斗者的行列，才可能避免被报复性打死的可能性。

回到家，叶云仙早就已等在了家中，面容严肃地盯着叶天，语气严厉地问道：“叶天，这到底是什么情况，你到底隐瞒了些什么？”

叶天看着面容严厉的父亲，却也有些害怕了。自己最近风头出的实在是太足了，引起众人怀疑，倒也是在情理之中的。

不过他一时之间，还真是有些说不上个所以然来，只是发动脑细胞，组织着语言替自己辩解着。

就在自己有些不知所措的时候，小魔女林雪儿正好出现，聪明伶俐的她早看出了现场的异样，便发挥出自己威力巨大的嬉笑模样来：“大伯，发生啥情况了，让您这么生气？肯定是这小子惹您生气了是吧，我帮您惩罚这臭小子吧。”

林雪儿一边说着，一边走到叶天身边，抓着他的胳膊就往他房间中拽。

叶天知道这是林雪儿给自己解围，连忙告别了父亲，和林雪儿回到房间。虽说叶云仙很疑惑，可是这个时候，有林雪儿给叶天挡住，他也没有资格多问，只能叹口气，然后离去。

回到房中之后，叶天这才冷冷看了一眼笑嘻嘻的林雪儿道："雪儿，看来你来历不简单啊，那种潜力丹肯定价值连城、来历不凡吧？"

林雪儿却毫无心机地笑笑："是啊，肯定不简单。不过我警告你，千万别把潜力丹的事说出去，否则我要你小子好看。"

叶天苦涩笑笑："你一个小萝莉想威胁我吗？"

前者郑重其事点头："怎么，不行？"

叶天摇头："恐怕你没那个本事吧。"

"非礼啦！"林雪儿扯着嗓子喊了起来。叶天无奈，连忙上前，捂住她的嘴巴，连连求饶："姑奶奶，我答应您还不行吗。"他怎么也没想到，林雪儿所谓威胁自己的方法，竟然是这种方式。

"行了，你只要保密便可以了，别的我也不跟你多说什么了。"说完之后，便转身准备潇洒离去。

叶天一个飞身，走到林雪儿面前道："雪儿，你说的那什么真气，到底是什么？"

看叶天一脸懵懂，林雪儿莞尔笑笑："我说你是真不懂还是假不懂？连真气都不知是什么。"

叶天说："我是真不知道，你给我说说吧。"

前者只能耸耸肩："好吧，我今天就给你扫扫盲。这所谓的真气啊，便是真龙之气。真龙之气乃是斗气凝炼而成的一种气息，强大无比。一旦将斗气修炼成真气，那么威力便会成倍成倍地增长，不过这种修炼方式，因为成功率极其的低，所以在很久以前，便无人用这种方式修炼了，真没想到，你小子竟然还以这种方式修炼，看来你的身体和正常人的不一样啊。"

叶天疑惑地问道："修炼真气成功率为何这么低？"

林雪儿说："你想啊，这真气这么蛮横，人的体质稍微差一点，那完全可能被真气反噬。不少人都想走这个捷径，反而是被反噬而死。"

"成功率有多高呢？"叶天急切地看着林雪儿道。

"这么说吧，在以前的话，一个亿的修炼者中，也只有一个人能成功将斗气凝聚成真气。可是现在来说，成功率是千亿分之一，因为，整个神魂大陆只有你一个人凝练出了斗气。我劝你还是低调一点，别让别人发现了你的真气，要是让别人知道你的真气的话，你的小命也难保了。"

林雪儿说完，便是打了一个哈哈，离去了。

望着林雪儿的背影，叶天则是干瞪眼，因为他实在是不确定这丫头所说的东西，到底是真的还是假的："什么千亿分之一？开玩笑吧，整个神魂大陆，难道真的只有我一个人修炼成真气？听起来也忒恐怖了，我真是天下奇才之一？”

算了，暂时不想了。叶天摇摇头，还是先想办法应对十天之后，和叶冬的比赛再说吧。没有了潜力丹的帮忙，他可不能保证能干得过叶冬的斗技攻击。

实力，实力才是王道。

正细细思索间，却忽感觉到头脑一阵发痛，他立刻闭上了眼睛，心神沉入了一片完全空旷的世界中。

这是大还丹内的世界，在陷入其中瞬间，他便发现了真实情况。只是无缘无故，他是如何陷入这其中的呢？这让他很是费解。要知道在以往，神识沉入大还丹的世界，只有自己有意为之的时候才有可能。

“那丫头不正常。”一个深沉稳重的声音，自周围黑暗空间中缓缓传出。

叶天愣了一下，然后警觉地望向四周：“谁?”

“我。”黑暗之中，传来一沧桑颓废的声音，那声音就好像是树皮摩擦发出的声音般刺耳，叶天甚至都有些不相信这是人发出的声。

“你是谁?”

“五级炼丹师，判官。”声音缓慢自黑暗中传来，在叶天耳畔回荡。

嘶!

叶天倒吸一口凉气，他可深深地知道五级炼丹师的威力，在神魂大陆一级炼丹师，那都是相当稀奇的存在，即便是在千灯镇，也只是有一个一级炼丹师而已，这还是四大势力相互巴结的对象。不过那一级炼丹师却是相当傲慢，看不起四大家族，并没有和任何一家结交的打算，也还算不偏不倚。不然，要是他倾向任何一家，大肆制造能让人实力暴涨的丹药的话，怕是其余三大家族早就被这一家给灭掉了。

炼丹师的稀缺，也使各种丹药价格奇高无比，一颗高级丹药往往会造成疯狂争抢的场面。

一级炼丹师都如此厉害，五级炼丹师……等等，在神魂大陆上，最为厉害的炼丹师，也不过四级炼丹师而已，从哪儿蹦出来一五级炼丹师来？他满脸不可思议地盯着声音传来的方向：“您真的是……五级炼丹师？不过，我听说神魂大陆最高级的炼丹师，才不过四级炼丹师而已。”

“哼，别拿我和你们神魂大陆的炼丹师相比，在我眼里，四级炼丹师，狗屁不是。”那判官桀骜不驯地说，“即便是我随便放个屁，也比他们呕心沥血炼制出来的高级丹药值钱。”

听那家伙如此桀骜不驯，叶天倒是有些质疑起来：“您真的有那么厉害？我有些怀疑啊。”

叶天自然不会轻易相信这家伙的疯言疯语，直到现在他都没看到那判官的身影，怎么可能相信他所说的这什么疯言疯语呢？

"看来，你是不信任我啊。"判官冷哼一声，"你手中不是还有两株千年人参吗？我可以将千年人参给你炼制成两颗上品参丹。"

叶天持着怀疑的态度，从口袋中掏出了两株千年人参，然后按照判官的指示，将手中的千年人参丢到了黑影之中。

只是瞬间，便有一股光芒自黑暗中缓缓流动而出，最后将两株千年人参完全包裹住，几秒钟的时间过后，四颗闪烁着白森森光芒的参丹便自黑暗之中飘荡而出，正是参丹。

叶天立刻愣住，心想难不成以往炼制参丹的竟是这判官？能有这般实力的，恐怕也只有五级炼丹师才可能为之了吧。

"判官先生，您是怎么被关在大还丹中的呢？"叶天好奇地问道。实力如此强大的高手却被困在了大还丹之中，这的确是值得让人怀疑。

"都怪那狗日的什么古墓，将我困在其中，最后消耗掉了我的灵力，把我打得灰飞烟灭。如果不是我急中生智，用大神通和古墓化为一丝灵识，并且最后随着古墓四处飘散的话，恐怕现在我早就已经灰飞烟灭了。没想到，那古墓府邸竟无意中飘荡在了你的大还丹里面，和你的大还丹融为一体。"

判官的声音越来越虚弱，看来判官也是越来越弱了。

而叶天却是彻底震撼住了，能困住五级炼丹师的家伙，那得是多厉害的古墓府邸啊。五级炼丹师，那是相当于神魂大陆最为顶级的存在，能困住神魂大陆第一高手的法宝，应该是相当的珍稀罕见。

"判官，那府邸究竟是什么性质的东西？"叶天说。

"我也不知道，看上去应该是远古巨头留下来的东西，至于究竟是什么属性的，暂时还搞不明白。不过等我的灵识恢复了的话，应该就差不多搞明白了。这一次，我是吸收了潜力丹强大的能量给激活的，所以，我欠你一个人情，暂时先记着吧，以后若是有什么可以帮忙的，定然会全力相助。我要去休息了。"

叶天愣了一下，忙问道："前辈，那潜力丹不是被我服用了吗？怎么会被前辈吸收？"

"你知道个屁。"判官狠狠骂了一句，"像潜力丹这种高级丹药，你要是服用一半，便足以把你的身子给烧成灰烬，更别说服用一颗了。要不是我及时吸纳了潜力丹大部分的药力，恐怕这会儿你早就已经变成了灰烬。不过那小妮子竟然有潜力丹这种高级丹药，倒是不简单，或许和远古某个巨头有血缘关系，以后有时间了一定得好好追查一番。行了，我也不跟你废话了，精力消耗太大，我得去休息了。你也别责怪那丫头，估计那丫头也不知潜力丹该如何服用。"

说完之后，周围的精神空间便是暗淡了下来，声音彻底消失，喊了两声，无人应答之后，他这才将灵识从大还丹的精神空间中抽出思绪来。

真没想到，一颗大还丹竟然还藏有如此玄机，一想到有一名五级炼丹师跟在身边保驾护航，他就觉得生命有意义多了。

他暗暗下定决心，一定好好利用这么好的资源，多多学习，成为人人见了都要敬仰的炼丹师。一想起叶家少年一脸尊崇观看高手比拼的场面，他就热血沸腾。

第七章　疯狂战斗

同时，叶天心中对林雪儿也开始注意起来，连五级炼丹师都对她有兴趣，看来她的身世的确不简单。

今天服用潜力丹，差不多把身体抽空了，他疲劳过度，躺在床上，便是呼呼大睡起来。

皓月当空，叶府如沉睡中的狮子，一动不动，静静地享受着月光的沐浴。

而叶家训练场一独门小院中，一道人影却鬼鬼祟祟走出家门，熟门熟路地逃过了叶家府邸各大明岗暗哨，最后总算是走出了叶府，然后便是匆忙朝着千灯镇疾跑而去。

借着月光细看，便会发现此人乃是叶家中高级修炼者教练员龙叔。

龙叔已然达到了斗师级别，奔跑速度很快，甚至可以和猎豹此等动作敏捷的动物相比，所以奔跑了没多长时间，便到达千灯镇炼丹师府邸天盟府。

这天盟府乃千灯镇唯一一名炼丹师的府邸，在镇子中颇有威望，据说和大离帝国的许多大势力都有来往，虽说并没有四大家族那般大的产业，不过在千灯镇也是翻手为云覆手为雨。

龙叔本名龙潜。

龙潜和门口的护卫经过暗号的交接工作，便匆忙入内，通过重重禀报，最后总算是见到了天盟府的主人炼丹师天盟。

天盟乃是一五十多岁老头，嘴上满是胡茬，脸上有一道刀疤，看上去很是丑陋，嘴唇很厚，嘴巴也大，怎么看怎么像是猩猩。所以他在千灯镇还有另外的一个名号，那便是大猩猩。

“龙潜，找我有何事?”天盟左拥右抱两名美女，满脸不屑地盯着跪在台下的龙潜，问道。

看天盟怀中两女子，都是花季少女，美艳如花，都是天盟靠着强大财力和势力从千灯镇搜刮而来的美女。

“主公，我……我发现了能修炼出真气的人。”身为天盟的手下，龙潜深深知道天盟的手段，所以和他讲话都是小心翼翼，不敢有丁点得罪，因为一旦得罪了龙潜，自己被降罪了，那都可能会是杀头之罪。

“嗯?”天盟的眉头猛然皱了一下，松开两美女，示意众人下去，目光严峻地盯着他，“是什么人修炼出了真气?”

"叶家年轻一辈，叶天。"

"叶天?"天盟愣了一下，满目不可思议地盯着龙潜，"你耍我是吧，你说那个无法修炼斗之力，而且有些犯傻的叶家小家伙?"

"属下不敢。"龙潜连连叩头，表明自己的衷心，"那叶天确然已修炼出了真气，而且，上次更是施展真气，以五段斗之力，硬扛住了六段斗之力修炼者的攻击。"

"啊?"天盟有些怔了怔，不过毕竟是见过世面的人，所以片刻之后，便是回过神来，盯着他问道，"五段斗之力，战胜六段斗之力，虽说稀奇，不过倒也不是不可能。"

"可是，如果五段斗之力，打伤了一名十段斗之力修炼者呢?"龙潜忽然嘿嘿笑了笑。

"嗯?"天盟这次再也压抑不住心头的兴奋了，一双如铃铛大小的眼珠子死死地瞪着龙潜，"你说……那个谣言是真的?"

"谣言？什么谣言?"龙潜稍愣了片刻，有些懵懂地看着天盟炼丹师。

"呼!"天盟长长地舒了口气，"原本我认为，这只是外界的一个谣言而已，却万万没想到，这五段斗之力战胜十段斗之力的事，竟是真实存在的。那，照你这么说来，那名战胜十段斗之力的五段斗之力修炼者，乃是你所说的真气修炼者了?"

龙潜摇了摇头，他被天盟后一句话给绕得脑壳有些发蒙，不过最后总算是绕明白他话中的意思，点点头："没错。"

"哼，没想到这叶家破败那么多年，竟承蒙上天恩赐，有如此一天才。不过，这真气对我天盟有利，暂时不能让你叶家当成光宗耀祖的工具了。龙潜，明日给我联系秦家，叶家，明年的今日，便是你的忌日。"

龙潜忙从地上站起，连连出声阻拦道："主公，万万不可，我有一万全之计，可以让主公不费吹灰之力，将那叶家少年擒来。"

天盟却是冷冷笑笑："你的意思是，趁叶家少年外出之时，绑架？哼，你以为叶家遍布整个千灯镇的眼线，不会发现这一切是我们天盟府的所为吗？到时候他们叶家不是同样要追债上门。与其被他们追债，倒不如主动剿灭了他叶家。"

龙潜却是连连摆手："您误会了，我的意思是，两个月之后的狮王争霸赛。如果不出意外的话，我应该是大赛规则的监督者，想要在密林之中捉来叶天，那是再简单不过的事了。"

天盟想了想，若有所思，最后还是点了点头："那好吧，不过我警告你，你最好给我机灵点，要是他有个闪失，我拿你是问。"

"主公放心。"龙潜连连应声。

最后天盟又给了龙潜几枚下等三级丹药，才让之离去，而他则是冷哼一声，心想也该是准备狮王争霸大赛的事了。

如今叶天手中有五颗参丹，其中有一颗准备给父亲吃。或许有了这颗参丹的作用，父亲便可突破斗灵级，晋级入斗王强者行列。

斗王强者，威力无穷，即便是放眼整个千灯镇，也没有几个。细细算来，除了秦家一名斗王强者之外，其余的家族并无第二个。

不过，秦家的斗王强者一直都在秦家隐居，一般不出现秦家灭亡这等大事是不会出来的，基本上等同于形同虚设。

所以，四家才会保持一个平衡，若是谁家出现了一个斗王强者的话，那这个平衡局面将会被彻底地打破。

四大家族为了能拥有一个斗王强者，都是拼命下苦功夫。据说，秦家的家主秦煌便处于斗灵顶峰，突破到斗王强者，只是时间问题。

而叶家最有可能晋级斗王强者的，便是叶威了，只是这叶威年纪实在太大了，若是给他参丹这等下品丹药，可能无法满足他对强盛能量的需求。所以他决定给他弄来中等四级丹药，这样才可能让爷爷在最短的时间内突破到斗王级别。而父亲年轻，参丹这等低级丹药，便可能被父亲充分吸收。

一旦叶家拥有了一名斗王强者的话，即便是那一品炼丹师天盟府，他们都有胆量斗一斗了。

叶天经常和父亲近距离接触，所以要想将参丹偷偷地给父亲吃下，倒不是难事儿。他是趁母亲不注意，将丹药碾成粉末放入了父亲的碗中。看着父亲每日从修炼场回来都红光满面的表情，他就知道父亲的修炼肯定有很大的进展，不过一枚参丹虽然贵重，却并不能直接让叶云仙突破到斗王级别。看来以后得多弄来几颗丹药了。

依靠着两颗参丹的强大作用，这段时间叶天也很稳定地步入了六段斗之力，而且更是直接将五肘拳修炼到了第二重境界。

这第二重境界最直接的表现便是，隔山打牛的功效是比以前成倍地增长，而且本身击打的力量也增大了不少。这意思便是说，无论是近距离攻击，还是远距离攻击，这五肘拳的威力都十分巨大。

修炼到五肘拳第二重境界，并且将之完全熟练之后，其散发出的威力不亚于黄阶中级斗技。

趁着这段时间，他还偷偷地修习了一下裂空腿。

裂空腿是入门级的斗技，所以相对比较容易修炼，叶天没几天时间便是将裂空腿的全部动作要领研究了个透透彻彻，加之用浓缩了的斗气——真气来驱动，其威力竟也赶得上黄阶中级斗技的威力了。

这样，叶天攻击人的手段便是有了手、肘以及腿了，而且他发现这三种斗技可以同时驾驭其中两种，比如在施展裂空腿和龙爪手的时候，可以用真气驾驭龙爪手，用斗气驾驭裂空腿，虽说其产生的威力并不如单独施展大，不过两者加在一块，威力也不容小觑，而且更是能将对手打个手忙脚乱。

晋级六段斗之力，让叶天的修炼速度看上去变态至极。其实这大部分的功效都是因为林雪儿的潜力丹。

若不是林雪儿的潜力丹的话，怕是这会儿他依旧在五段斗之力吧。潜力丹等于直接将他的斗气增浓厚了一倍之多。

很快，便到了和叶冬约好的比赛时间。

叶家人此次对叶天倒是抱有了相当大的期待，毕竟前段时间，这家伙更是战胜了十段斗之力强者，这次战胜叶冬应该不成问题了吧。

而叶冬自从听说了叶天战胜十段斗之力强者之后，非但没有害怕，反倒是变得更自信起来。

比赛日期很快就到了，那一日，训练场上人山人海，人头攒动，所有人的目光都集中到了叶冬和叶天的身上。因为只是叶家少年之间的私下挑战，所以叶家核心人员倒是并未到场，只是家族中一些家眷以及一些孩童聚集在了训练场，观看比赛、主持挑战赛的，乃是高级修炼者的教练潜狮。

潜狮，斗灵级强者，在家族中颇有威望，若不是因为姓氏原因，恐怕叶威老爷子早就将潜狮拉入叶家核心成员队伍了。

当潜狮宣布比赛开始之后，叶冬便冲叶天冷冷笑了笑："别以为我不知道，你上次战胜十段斗之力，是服用了潜力丹的缘故。"

声音压得很低很低，并没有第三者听到。而叶天在听到这句话之后，心中却是掀起了惊涛骇浪，潜力丹不是很神秘的存在吗？即便是叶威叶老爷子都不知道潜力丹，叶冬这一小小年轻人是如何知道潜力丹的存在？难不成，是这之中有鬼？

叶天看叶冬的眼神，有些异样，他似乎想起了什么，并未多讲，只是冲叶冬笑了笑。

"服用潜力丹，战胜一十段斗之力的修炼者，实力也不过如此尔尔。"叶冬依旧是带着讽刺的笑容笑道，"没有潜力丹的帮助，我倒要看看你如何战胜我。"

讲完之后，叶冬便发动了攻击，磅礴斗气瞬间自体内释放而出，在体表形成了一层浓雾，将之笼罩住。

叶天的眉头则是皱得更厉害了，他对叶冬的怀疑越来越深。他知道潜力丹威力巨大，若是自己完全吸收了的话，怕是一招就能解决了秦山。可是他却不知，潜力丹能量过于巨大，自己只能吸收一小部分而已。

看来，叶冬是求助了某个对潜力丹不是很了解的人。连叶威都不知潜力丹的存在，叶家人应该都不了解潜力丹。那么，叶冬是求助了叶家之外的人，或者势力？

想到了这里，他看了一眼叶冬，后者却是冷哼一声，怒吼一声"霹雳掌"。

喊完之后，便是疯了一般冲上来。

叶天倒吸一口凉气。霹雳掌，万万没想到，叶秋竟将家族中黄阶高等功法霹雳掌传授给了叶冬。黄阶高级斗技的威力肯定是高于黄阶中级斗技。现在他所修炼的斗技全都是黄阶中级斗技，一时间竟也不敢硬接，只是用裂空腿给自己争取了一点时间，躲过了霹雳掌的攻击。

这小子一上场就给自己用了杀招，看来此次是一定要取了自己性命了。叶天想着，冷哼一声，同时爆发出五段斗之力，用斗气驾驭着五肘拳，开始和叶冬的霹雳掌游斗起来。

霹雳掌，乃强劲斗气幻化而成的一巨型手掌，威力无穷，悬浮于半空中，犹如一滔滔江海般，砸向叶天的方向。

而叶天则演练着五肘拳，随着每一肘的击打出去，都会有强劲的斗气转换为肘的形状，和霹雳掌对轰在一块。

轰隆隆，轰隆隆！

两种斗技碰撞，发出轰隆隆的声音，犹如雷声一般的在半空中轰隆隆作响。

毕竟斗技之间差距悬殊，所以叶天被击打得节节败退。

而当叶天退到擂台边缘时，叶冬的傲然神情更甚，用力一推，霹雳掌便瞬间化为一高大房屋，朝着叶天的方向倒压而来。

叶天冷笑一声："等的就是你这招。"

几乎是瞬间，叶天便释放出六段斗之力，驾驭五肘拳的斗气改变成真气，威力增大一倍。

嘶！

看台下的众人察觉到叶天释放出六段斗之力，都倒吸一口凉气，万万没想到，这叶天竟在短短几天的时间，达到了六段斗之力。

这种修炼速度，实在是太过于变态。甚至连那叶秋也是面容惨变。

即便是他想破脑袋，也想不明白这小子是如何修炼的，为何短短十日时间，竟然突破到了六段斗之力。即便是自己，在父亲偷偷搞来的一颗参丹作用下，也是花费了一个月的时间才突破，和他相比，自己简直都可以称得上是废物了。

如果让他知道，叶天是把参丹当成零食的话，恐怕叶秋会直接把眼珠子瞪下来吧。

"滚！"随着叶天一声冷哼，五肘拳施展而出，和房屋大小的霹雳掌碰撞在一块，五肘拳第二重的威力，愣是将霹雳掌劈砍开了一个裂缝，而后隔山打牛的能量更是打在了叶冬的身上。

啊！

叶冬惨叫一声，身子倒飞而去，落在了擂台边缘，沉闷响声后，吐出一口浓浓的鲜血。

啊！

众人皆惊，叶天竟是如此轻松战胜了叶冬，这着实出乎众人的意料。

叶秋更是眉目紧皱，走到叶冬跟前，关切地看着弟弟道："叶冬，下来，别丢人了。这笔账，哥哥我记下了。"

叶冬艰难地扭头看了一眼叶秋，却是毫不在意地笑笑，双手支撑着身子坐起来，休息了片刻之后，这才站了起来，满脸都是不屑表情："是时候让你见识见识我的厉害了。"

叶天心中也是冷哼："狐狸尾巴终于要露出来了，我倒要看看，你到底和哪家的人勾结了，他们到底给了你什么好处。"

叶冬再次开始演练起来，霹雳掌的手印在他每次修炼时，都会将空气击打出噗噗的声音来。因为他是背对着众人，所以大部分的观众都是看不到他的正面，而叶天却是看得分明，他分明是将一颗白色的药丸偷偷塞入了口中。

在药丸入体的瞬间，叶冬身上释放而出的斗之气，瞬间浑厚了不少，片刻，竟给人一种强烈的威压，浓浓的斗气将他的身体完全的笼罩住，犹如一层薄雾。

"十段斗之力。"叶秋不可思议地盯着叶冬，眼神中闪过一丝质疑。

而位于远处观战的叶如霜更是猛然从座位上站立了起来，不可思议地盯着叶冬。这小子，什么时候突破到了十段斗之力？

其实，叶如霜对叶天还是抱着一丝感激之情的，若上次不是叶天力战秦山拖延时间的话，恐怕这会儿她早就已经在秦山的手上吃了大亏。

也正是抱着这个想法，她才会在远处观战。若是叶天遇到危险，自己倒还可以从暗处偷偷帮助他一把。

而且，这段时间，叶如霜也有些怀疑叶秋了。他说是他第一个发现自己，并且用他的大还丹救了自己。可是在自己问他大还丹来源的时候，他却支支吾吾说不出个所以然来，所以叶如霜怀疑，叶秋有鬼，这其中可能有猫腻儿。叶家少年大部分都和叶秋有关系，问他们的话，他们定然不会和自己讲实话。

唯一一个可能对自己讲实话的，便是叶天，所以她才想趁着这次机会，从叶天口中得知真相。

霹雳掌，被实力瞬间提升到了十段斗之力的叶冬施展出来，威力恐怖巨大，之前幻化而出的掌印，犹如房屋般大小，而这会儿却是化为了高山般大小，朝着叶天压来，空气都被霹雳掌巨大的力量给推动得四处流动，位于擂台下的众少年，连连后退，唯恐霹雳掌的威力会伤害到他们。

轰隆隆的掌声，不断朝着叶天的头顶压来，叶天仰头看了一眼，有些无力招架。毕竟没有潜力丹，自己的五段斗之力，实在是不可能将之战胜。

"好啊小子，在比赛场上竟然也服用低级潜力丹。"判官的声音，自叶天神识脑海中响起。

叶天用神识和判官交流："判官大人，现在我如何是好？没潜力丹，没法招架啊。"

"没办法，你只能求救了，我的实力尚未恢复丝毫，无法帮你应付。"

两者谈话刚落，忽听一声娇嗔怒吼，叶如霜的身影犹如一仙女下凡间般，在众人眼前划过一道弧线，落在了叶天面前，同时一招老练威力强大的霹雳掌，朝着压来的霹雳掌对轰而去。

轰隆隆！

更为大声的雷声，在众人耳畔不断地回荡着，霹雳掌的余威震得不少小辈直接跌落在地，连那股强大的威压也让不少人呼吸都有些困难。

"如霜？"看到叶如霜竟亲自出手，帮叶天扛着这一击，所有叶家少年都怔住。在他们脑海中，叶天和叶如霜是不可能打交道的。这叶如霜出手，为何原因？

莫不是，她已然知道大还丹乃叶天所出？

叶秋更是面目凶狠。

叶冬噔噔噔连连后退几步，不解地盯着叶如霜："如霜姐，你……为何插手我俩比赛？"

后者冷哼一声："公平打斗，你竟私自服用潜力丹，违反我叶家家规，我不能不管？"叶如霜满目鄙夷地瞪了一眼叶冬。

"这……"叶冬顿时哑口无言，一语不吭。的确，他服用了潜力丹，可自己没露蛛丝马迹，她是如何知道的？

"可是，叶天上次也服用了潜力丹。"叶冬替自己辩驳着，面容急躁。

"他服用潜力丹，是为了对付外敌，而你服用潜力丹，却是为了对付自家人。我想，孰对孰错，你应该能想明白吧。"叶如霜冷冷说了句。

"潜力丹乃高级丹药，依叶家的实力，根本无法得到，我会将之禀告给爷爷，调查清楚潜力丹的来历。"叶如霜冷艳无比地说了一句后，又看了一眼有些呆滞住的叶天，"愣着干什么，还不快点走？"

叶天这才点头，然后在众人惊诧目光的护送下，离去了。

而叶秋，望着两人离去的身影，拳头紧握，面目凶狠地骂了句："臭小子，敢跟老子抢女人。哼，半月之后的高级测试赛上，我让你小子吃不了兜着走。"

叶天哭笑不得地跟在这个女人身后，一脸无奈。他在想，自己的末日是不是要到了，要是让这个冰山女人知道自己便是第一个发现她走火入魔，偷看了她裸体的人的话，她会不会活剥了自己？

在忐忑不安中，叶天跟着叶如霜来到了叶家后花园中。春季花朵已然四处开放，释放出层层沁香，地面上的小草也已长出，踩上去软绵绵的，犹如绿色地毯。

和这样的美女置身于春季花园中，那种浪漫情节，可想而知。叶天甚至有种和如此美女一直漫步下去，永不停歇的愿望。

“多谢你的救命之恩。”安静了片刻之后，叶如霜终于说出这几个冷言。

叶天怔了一下，苦涩笑笑：“应该是我感谢你才对。”

“那好，扯平了。”叶如霜转过身，冲叶天淡淡笑笑。

而她这么一笑，叶天有片刻的发愣，这冰山女人笑起来，那可比正常女人美艳百倍啊，看惯了她冷眼面孔，再看着微笑面容，绝对给人心中一种震撼感。

不过叶天却只是愣神片刻，片刻之后，便是恢复了原样，漫不经心道：“好吧，扯平了。另外，若是没事儿的话，我就先走了。”

叶天一边说着一边做出要离去的动作。虽然这个女人是冰山美女，可毕竟这个女人是家族新星，而且还是叶家年轻一辈的偶像，还是少和她产生关系的好，否则必定被叶家少年在心中憎恶。

红颜祸水啊。

叶如霜眉头皱皱，叶家少年还未曾有人如此冷漠对自己。受惯了他们的尊崇，冷不丁被人如此冷落，她还是很不适应的。不过不知何种原因，她竟对此少年产生一丝好感，大概是因为他对自己的方式，让自己有种平常人的感觉吧。

不再多想，叶如霜便拦下了叶天：“叶天小弟，我还有一事相问，还请叶天小弟能老老实实回答我。”

“嗯。”叶天转身离去的脚步停住，不过并未转身，依旧背对着叶如霜。因为叶如霜实在是太火辣，还真担心自己没法扛住那股诱惑呢。

“那日救治我的大还丹，到底是不是叶秋的。”叶如霜很严肃地问出了这个问题。

叶天心中悬着的那块大石头，总算是落了地，他还真担心这女人会直接问出“那日将我裸体抱上床的是不是你”的问题呢。

“既然叶秋说是他的，那就是他的吧，我不知道。”叶天不想说出和别人不一致的答案来，因为那样叶如霜会缠着自己讲明真相。若是说出自己是她救星的话，非但叶如霜不会相信，还会得罪叶秋那家伙。

这种猪八戒照镜子里外不是人的事儿，叶天还是不愿干的。再说了，现在自己的小命还不保呢，可不能因为一个女人，而耽误自己的修炼。若是在狮王争霸大赛上不能在规定的时间突破到斗者的级别，恐怕自己还会给别人当靶子来操练。

因为女人浪费生命，实在不值得，这点他还是很清楚的。

叶天的回答出乎叶如霜的意料，她眉头皱了皱，然后看着叶天道：“叶天小弟，你比以前聪明了很多。”

叶天拱拱手：“还行吧。还有事儿吗？没事儿我就先走了。”

这女人诱惑力忒大，和她在一块，叶天真担心自己把持不住底线，被这女人掌控了心智呢。

叶如霜叹了口气，眼神幽幽地看着叶天道：“嗯，没事儿了，希望叶天小弟哪天想明白了，还请将事情真相告知我，我一定会对救我性命者，重重感谢。”

叶如霜讲完之后，便转身离去，唯独留下叶天一人，在原地呆愣了片刻。片刻之后，便是苦笑着摇摇头，心中暗道：“若是被她知道偷看裸体之人是我，不知会是何种表情，搞不好会一掌拍死我。我得加快修炼了。”

胡思乱想片刻，叶天便回去了，而脑海中，却是只有一个想法，那便是尽快提升实力。父亲的话还在耳畔回荡，只有用实力，才能夺回属于自己的东西。

回到房间中，判官的声音却重新响了起来：“叶天！”

听到判官的声音，叶天立刻来了兴趣，声音急切地问道：“判官，您老苏醒了。”

“嗯。”判官点了点头道，“我一直都在惦记着叶冬那颗潜力丹。”

“哦？”叶天立刻来了兴趣，好奇地问道，“您不是五级炼丹师吗？怎么会对一低级丹药产生兴趣？”

“让我感兴趣的，并不是潜力丹，而是潜力丹的制造者。”判官沉吟片刻道，“你可知那潜力丹是何人所炼？”

叶天思考片刻，道：“千灯镇只有一名一级炼丹师，乃是天盟府中的天盟，不过此人高傲无比，似乎并不和叶家人打交道。像潜力丹这东西，属于禁药，按叶家和炼丹师天盟的关系，是不可能直接从天盟手中得到潜力丹的。我想这叶冬得到潜力丹，其中定然有端倪。”

“嗯。”判官略微点了点头，笑笑，“小家伙，我想和你做一笔交易，不知你可感兴趣。”天盟笑道。

“交易？”叶天也愣了片刻，满是不解表情地问道，“您的意思是……”

“你帮我将一级炼丹师斩杀，让我吞噬其脑髓，帮我恢复灵识，而我则可以帮你在一个月的时间之内，突破到斗者实力。”判官带着诱惑力的语气笑道。

“嘶！”叶天倒吸一口凉气，万万没想到，判官竟会夸下如此海口，让自己斩杀一级炼丹师，已经够疯狂了，而他则说要让自己于一个月的时间内，突破到斗者行列……屁，你当斗者是大街上卖肉的，一抓一大把啊，想那叶如霜何等资质，上次突破十段斗之力时候，不同样走火入魔，差点丧命？如今她停留在十段斗之力，已然有了一段时间，依旧未突破至斗者行列，可见斗者的修炼是如何的困难。

判官也明了叶天的心思，当下淡淡笑笑：“我知道你在担忧什么，若是我让你看一件东西，你的心便可放到肚子里了。只要按照我的思路走，依照你的资质，一个月之内，定然会突破至斗者行列。你应该知道，一个月之内，若是不能突破至斗者行列，你的小命会被人取走。狮王争霸大赛，想必秦家和诸葛家对你虎视眈眈了吧。”

“什么东西，会让我相信你？”叶天饶有兴趣地看着判官道。

“很简单。”判官一边说着，一边将叶天的神识引入大还丹精神世界中，带他走到一黑暗角落。

在浓浓黑夜中，他看到一个悬浮于半空中，类似于车轮子似的东西，黑乎乎的颜色，不知什么材质炼制。

看着这硕大的有些丑陋的东西，叶天愣了一下，然后小声问道："前辈，这车轮……"

"车轮？"判官却忽然爆发出一阵狂笑，"小子，你可得把眼珠子瞪大了，这是车轮子？这可是远古神器的外壳，可锻炼人的真气。"

嘶！

叶天倒吸一口凉气。远古神器的外壳？什么远古神器？

判官这才解释道："这乃是那古墓主人远古巨头古墓府邸之中的一件宝贝，不过因为时代久远的原因，所以神器的器灵，早就已经消散了，只剩下了一个躯壳。可即便如此，其威力依旧是巨大。我想应该是那位远古大能用来修炼真气，所以才会修炼出了这样的一件法宝吧。如今，器灵早就消散，只剩下外壳，给你修炼真气用，你应该能承担得住。"

"真气？"再次听到这个名字，叶天愣了一下，继而如饥似渴地问道，"判官大人，这真气真的有传说中的那么厉害？"

上次从林雪儿口中得知真气的存在，他便是被这神奇的气息给彻底地镇住了。

"当然。"判官道，"真气乃是斗气之中的精髓所在，别看斗气浑厚磅礴，其中起作用的，也就是这丝毫真气而已。不过这真气相当难以提炼，正如那丫头所说，如今神魂大陆，怕是只有你一个人具有凝练成真气的能力。"

叶天越想越激动："我的身体难道真的是天赐之宝？我如此受上天眷顾？"

判官给叶天浇了一盆子凉水："别多想，你之所以修炼出真气，是因为这古墓府邸的原因，因古墓主人生前也是修炼真气之人，这古墓府邸自然招惹了一些带真气的东西，我想你体内的真气便是被古墓府邸中的某些灵气物品给引出来的。"

叶天汗颜！

"对了，还有那个小丫头，我看那小丫头身上散发出来的某些气息竟和这古墓府邸之中的一些远古神器有些相似，我猜测那丫头就是这位远古大能的后代派来的小探子，想把古墓府邸的秘密找出来，所以在那丫头面前，你最好守住我的秘密。"

想想林雪儿，的确奇怪，连高级潜力丹都当巧克力一样随身带在身上，而且还被爷爷尊崇为贵宾中的贵宾，而且还知道自己修炼的是真气，足见她来历的不凡，以后在她面前，还是收敛一点的好。

"判官大人，这车轮如何锻炼人的真气？"叶天好奇地问道。

"你可以将体内真气尽数施展到车轮上，将这车轮转动。车轮转动需要非常强大的动力，只有真气达到了一定的阶段，方可驱动。第一次你转动一圈的话，那第二次修炼便定个两圈的目标，第三次是三圈，以此类推。我就不相信，这种要命的修炼方式，不能将你的真气提升上去。你想啊，你体内真气乃是斗气的数倍，真气增长一倍，那斗气便是增长一倍。如此恐怖的修炼速度，就算你不想一个月之内达到斗者高手，那都很困难。”

叶天再次一愣，心想发明车轮的远古大能莫不是脑袋有问题，用这种土方法锻炼真气……

而判官却继续说：“你别看这种方法又老又土，可是其对真气的锻炼，却是别的法器灵器没法比拟的。另外，最有诱惑力的是，这种法器联通着某种阵法，你将之催动一圈，它就会催动某种阵法。威力巨大。当年我还没发现这神器，便被打破了灵识，也没法试验。若是你能够驱动它的话，其必定会催动阵法，是什么阵法，威力如何就一目了然了。”

“能不能达到黄阶中级？”叶天问道。

“黄阶中级？”判官差点没把一口吐沫给喷出来，“我说小家伙你开什么玩笑，用真气催动车轮，那得费老鼻子劲儿了，费这么大的劲儿只是发挥出黄阶中级的斗技威力，那远古大能又不是傻子。”

叶天想，难不成车轮很难转动吗？虽说车轮有些生锈发黑，不过看上去却没有那般的难以转动。

“可以试试看。”判官道。

叶天点头，然后屏气凝神，用灵识控制体内那一丝一毫的真气流动，最后闯入大还丹精神世界中，狠狠地撞到了车轮之上。

咣当！

一声清脆的金属响声，在大还丹的精神世界中响起。叶天只感觉到全身痉挛，倒在地上，再看那车轮，却只是转动了丝毫，大概也就是手指头长短的距离。

叶天汗颜，照这势头，自己得什么时候才能将真气修炼到那种强度。

判官却嘿嘿笑了笑：“小子，这次知道车轮的不平凡了吧。”

叶天苦涩笑笑：“前辈，照这势头，我得猴年马月才能将车轮转动一周呢。”

判官道：“所以我才说，这种方式是训练真气最好的法器啊。”

叶天一阵无语，心想这施展一次真气，就震荡得头昏脑胀了，更别说是接二连三地鼓动真气撞击车轮了。

“外面有人来。出去。”判官忽然小声说了一声，叶天的神识，便瞬间被判官踢出了大还丹的精神世界。从精神世界中出来的瞬间，果然听到急促的敲门声，门外还传来林雪儿焦急的叫喊声：“叶天，开门。”

又是小魔女。

他小声愤然咒了一句，然后打开门，看着站在门外的小魔女，道：“雪儿，怎么了？”

“你忘了，今天是叶家规定的狩猎日子啊。”林雪儿眨巴着一双大眼睛盯着叶天道，“你不会真的忘记了吧？”

叶天恍然大悟，心想怎么把这茬给忘了。

这叶家狩猎，是叶威老爷子亲自制定的一项家族性的活动，是为了增强叶家年轻一辈的实战经验而制定的。

当然，狩猎也只是在归属叶家的一片小森林中进行，里面只有家族饲养的一些魔兽，并没有太大的危险。每年这个时候，都是叶秋和叶如霜两人出风头的时候，因为每年的狩猎活动，都是两人的收获最多。

叶天简单地换了身方便狩猎的衣服后，便匆忙跟着林雪儿跑了出去，在操场上见到了排成方形队伍的叶家少年。

狩猎活动一般都是由叶云阳亲自带队。见到叶天迟到，和叶天不和的叶云阳本想训斥几句，不过当他看到叶天旁边林雪儿冲他坏笑的时候，还是把到嘴边的责备咽了下去，看人员差不多到齐了后，这才一声令下，命令队伍出发。

叶天看了一眼，并未发现叶冬的身影，便好奇地问林雪儿什么情况。

林雪儿窃笑一声：“还能是什么情况，偷吃了潜力丹，结果身体的斗气被抽空了，到狩猎场不是送死吗？看他这模样，至少得在床上躺十天半个月。咦？叶天哥哥，不对啊，你也吃了潜力丹，而且还是更为纯净的高级潜力丹，你怎么没事儿？”

叶天尴尬地咳嗽了一声，有些不知所措，总不能回答她说是潜力丹大部分药力都被判官给吃了吧。

于是简单地说了个理由，说自己体格健壮，简单地糊弄过去便完事儿了。

对于此，林雪儿虽然不相信，却也并未多质疑，警告叶天小心叶云阳一点，便跟着队伍前行。

“为什么小心叶云阳？”叶天好奇问道。

“你笨啊。”林雪儿的大眼珠子白了叶天一眼，“你上次打伤了他儿子，这次又当着这么多人的面让他出丑……”

“等等，是叶如霜说他吃了潜力丹，侮辱他的，和我没关系。”

“切，那你觉得，他会将这件事儿怪罪到叶如霜姐姐的身上？你现在在叶家可是大名人了呢，非但有我罩着你，还有叶如霜姐姐罩着你。最可恨的是，连爷爷都罩着你。”

林雪儿说完还狠狠白了一眼叶天，有些不耐烦起来。

叶天则是眉头紧皱，这小丫头，怎么知道这么多事儿。

第八章　斗　者

一直跟在队伍最末端的叶秋却是冷冷瞪了一眼叶天，拳头握得咔嚓咔嚓响，这小子，让他们家的人受了大侮辱，必定得好好教训教训他，否则日后这小子定然会越来越嚣张，夺了自己的风头。

出了叶府之后，众人便来到距叶府不远处的一片小树林。叶云阳先是讲解了一下狩猎规则，说三人一队，自由组合，万一遇到危险一定要发信号求救。还有，只允许在森林外围狩猎，不可深入。

叶天有些担心没人愿和自己一队，毕竟现在自己得罪太多人，跟着自己可能得挨揍。

可就在此刻，叶如霜走了上来，表情肃穆地看着叶天道："我可跟你一队吗？"

叶天分明看到，叶如霜是为了躲避叶秋，才故意走到自己身边来的。叶秋一人站在叶如霜刚才站立的地儿，微微发愣，继而，一丝凶狠之色，便一闪而过。

众人都是冲叶天投来羡慕妒忌恨的目光，因为谁跟着叶如霜，谁受益最大。一来是因为男女搭配干活不累，二来叶如霜的实力非凡，每次跟她狩猎，她狩到的猎物都是最多的，跟她一队，自己也沾光。

"如霜姐，我想还是算了，我队伍的人数已经足够了。"叶天却出乎众人意料地拒绝了。在如此敏感时刻，他怎敢再得罪叶秋，没有大还丹，自己不可能干得过叶秋。当然，这并不是最主要原因，最主要原因是，他担心自己和叶如霜走得太近，会被叶如霜发现大还丹的小秘密。毕竟有很多时候，他都必须使用大还丹。

"你和谁一伙？"叶如霜并不甘心，一双碧波凤眼盯着叶天。

"这个……林雪儿和叶明。"

"叶明？"叶如霜看了一眼叶明，眼神中，分明就是威胁。

"我……我才不……和你一伙。"被叶如霜这么一瞪，叶明差点没一屁股蹲到地上，连忙跑到了一边。开玩笑，得罪叶如霜？你没听说过最毒不过妇人心吗，而且这个妇人还是一能力超群的女人。

看叶明这不讲义气的行动，叶天只得咂咂舌，冲叶如霜无奈耸耸肩："好吧。"

这片森林，茂盛得很，其中盛产各种坚硬林木，也是叶家产业的一部分，据说，每年林牧业的收入在家族中也占了四分之一的份额呢。四大家族都对这片林木虎视眈眈，不过威慑于叶家的力量，都不敢轻举妄动。

小魔女兴奋无比地走在叶天和叶如霜的中间，蹦蹦跳跳看看这个，摸摸那个。

“如霜姐姐，你说这个是啥东西，能吃不?”

“如霜姐姐，那个小老鼠好可爱啊，就是有点大了……哦，原来是只兔子啊。”

“如霜姐姐，你说叶天哥哥怎么有那么多人恨他啊。我听别人说，他们都说红颜祸水，是不是说我跟着叶天哥哥，惹得叶天哥哥祸事不断啊。”

基本上来说，三个人之间的话，全都是林雪儿一个人在自言自语，叶天和叶如霜两人之间，根本都没有共同语言。

行走入了森林之中，除了遇到两三只小野兽，都被叶如霜一道道的凌厉斗气给解决了外，其余竟都没遇到任何危险。

叶天心想：“时间快快走，即便是就这两只收获也成，别让我跟这女人在一块。”

而就在他胡思乱想之际，却忽听得神识之中传来一阵波荡，接着判官的声音便在耳畔响起：“好强的至阴之气。”

“至阴之气?”叶天愣了一下，莫名其妙地问道，“前辈，什么至阴之气?”

“这股力量，是升入斗者级别最为需要的天地之气，一般斗之力修炼者要想突破到斗者，都需自自然世界中吸收阴气。不过自然界中的阴气，却是极其的稀薄，斗者吸收的阴气实力不够的话，便不能成功晋级入斗者行列，甚至可能出现斗气反噬的现象。但是有了至阴之气的压制，斗气反噬的可能性就会很小，成功率会提高四五倍。”

听判官这么一说，叶天也有些心动了，若是自己晋级斗者行列的时候，来这儿凑凑至阴之气，岂不是说成功率会提高一大截?

想到这儿，他的心越来越兴奋，甚至忍不住地想要试探一把。

“叶天，你按照我的指示走，这至阴之气对你晋级斗者有很大的帮助，一定要找到。”判官越说越激动，叶天也只得连声应着。

“不过……”判官顿了一顿道，“你必须先将这两个小娃娃支走。”

“嗯?”叶天犹豫了一下。这至阴之气如此重要，那么占为己有，对自己有百利而无一弊。

可是现在，叶如霜比自己更需要至阴之气，把她支走的话，自己会不会良心不安?毕竟叶如霜也是叶家的人，父亲从小就教导自己，有好东西一定要和兄弟姐妹分享。

“判官，可不可以，让她们和我一块享用这至阴之气?”叶天试探性地问道。

判官犹豫片刻，道：“至阴之气极其稀少，乃自然界孕育千年才得此至阴之气，怕是只有一人可享用这至阴之气。若是两女去的话，日后你晋级斗者时候，便可能无此机缘了。”

判官一说，叶天倒是犹豫了好长时间。至阴之气只有一份，叶如霜享用，那么自己晋级斗者的时候，得冒着走火入魔的风险。这至阴之气，无论从哪方面来说，都十分贵重。

“要不，”叶天愣了片刻，这才道，“还是让叶如霜享用吧，毕竟我现在并不是很需要。”

说不是很需要乃假，他想卖叶如霜一个人情是真。毕竟要想在叶家少年间立足，没有个人做坚强后盾可不成，光凭着自己打打杀杀闯出的名号，可没有人敢和自己交心。别的不说，单单对自己虎视眈眈的叶秋，便是让人对自己敬而远之。

想到此，便和判官商量片刻，商量好了之后，叶天才忽然停下了脚步，目光迥然地盯着叶如霜道：“叶如霜，送你一份见面礼吧。”

叶如霜愣了一下，有些不可思议地盯着叶天道：“什么意思?”

“想必如霜姐为晋级斗者之事颇为烦恼吧，我可让如霜大姐轻松晋级。不知如霜大姐可否领这个情?”

叶如霜起初面容兴奋，不过片刻后，还是严峻下来，面容严肃地问道：“你什么意思?”

“没什么意思，你跟我来吧。”叶天没有废话，按照判官所指引，转了个方向前行。

叶如霜和林雪儿都有片刻迟疑，面面相觑后，便是追了上去。

虽说叶如霜并不是很相信叶天，不过现在只能死马当活马医了，就算借给叶天两个胆子，他也不会对自己怎么着。

而随着叶天前行，叶如霜果然感觉到越来越浓的至阴气息，她用不可思议的眼神盯着叶天：“你说的是至阴之气?”

叶天冲叶如霜点了点头。

在那瞬间，后者的表情都凝固住了，不可思议地盯着叶天：“至阴之气乃是无价之宝，你竟舍得赠予我？你是不是企图我什么?”

叶天摇头叹气，道：“企图？我对你有什么企图？别看你平日里高高在上，在别人心中是女神般的存在，不过在我眼中，也就是一平凡女人而已。要说有企图的话，难不成我还能企图你能以身相许?”

他最看不惯的便是此等傲慢女人，总觉高人一等，别人给她好处，便是有求于她。别人对你客客气气，我叶天可不会。

叶如霜脸色红润一下，很快便回过神来，道：“叶天小弟，我不是这个意思。”

“到了，就是这儿。”未等叶如霜讲完，叶天忽然停下脚步，手指着面前一汪冒着热气的小潭清水，小声道。

“好浓厚的至阴之气。”叶如霜面色惊诧地盯着小潭，目瞪口呆，万万没想到，在这深山老林中，竟然还有如此纯正厚实的至阴之气。

“这等至阴之气为何物?”林雪儿也是面容惊诧地盯着叶天，道，“你是怎么发现的?”

“闲来没事儿，来这儿逛逛，无意中发现的。”叶天笑着道。

“不过，据我所知，这片林子，平日里是不允许随便出入的啊。”林雪儿笑容中却带着一种诡异的感觉道。

为了避免被林雪儿看出更多端倪，叶天并未解释，只是看看叶如霜道：“还愣着干什么？还不快吸收至阴之气?”

叶如霜这才反应过来，满脸惊喜，不过很快，她便意识到自己的失礼，当下道：“叶天小弟，此至阴之气对我着实重要，我知此等至阴之气的重要，日后若是你有所求，我定然会帮助你。我所知道的斗技，你若是有兴趣，我也可尽数传于你，我的宝物……”

“行了，如霜大姐，你赶紧行动吧。”叶天催促了一句道，“待会儿被别人发现了可就麻烦了。”

叶如霜没想到，在人前高傲的自己竟然被这少年如此无视训斥，虽说心中气愤不过，不过并未多言，叶天所讲倒也在理，被外人发现，吃亏的是自己。

匆忙褪去身上衣服后，叶如霜便跳入小潭清水之中，享受着至阴之气缓慢浸入皮肤，继而运转全身斗气，开始冲撞斗者之门。

在小腹处，一股股暖烘烘的斗气，从最初的静止状态，开始缓慢地流动，冲击着丹田处的一处小穴。

此处穴位名为斗者之门，一旦斗气冲破此处穴位，将斗者之门打开，便会成功晋级斗者行列，日后所吸纳斗气，尽数储存于此门中，斗气乃平日的十数倍，实力自然和斗之力修炼时候，有一个质的提升。

而至阴之气，也犹如薄雾一般地渗透入叶如霜的皮肤之内，随斗气于体内的循环而流动，原本因撞击斗者之门而炽热的斗气，开始变得冰凉起来。至阴之气中和了斗气的热度之后，竟转化为斗气，加入大周天循环之中。

叶如霜心中暗叹，至阴之气果然霸道，早先如有至阴之气的辅助，怕是自己早就已经踏入了斗者行列了吧。

“如霜姐姐，你胸口上怎么有一个蝴蝶痣啊。”林雪儿百般无聊，目光不自觉在赤裸全身的叶如霜身上看了几眼，不经意间便看到叶如霜胸口上的蝴蝶痣。

叶天却是笑笑：“雪儿，休得胡言乱语，不要打扰如霜大姐晋级。”

前者却不高兴地嘟哝着嘴道：“叶天哥哥，你快看看，如霜大姐这儿真有一个蝴蝶痣。”林雪儿替自己辩解着。

叶天却是冷哼一声：“雪儿，你这是准备坑我吧，要是我看如霜大姐一眼，如霜大姐还不得杀了我？再说了，那哪是什么蝴蝶痣，那根本就是一螳螂痣……”

叶天忙捂住了嘴，因为他说漏了。

叶如霜全身颤抖了一下，不过只是颤抖一下，现在晋级达到关键时刻，她可不敢有丝毫的分神。

而林雪儿却是假装纯洁，一脸疑惑地问道："叶天哥哥，你没扭头看怎么知道是螳螂痣？莫不是你以前偷看过？咯咯。"

"别胡说。"叶天生气地训斥了一声。

因为叶如霜停留在十段斗之气已经很长时间，斗之气早就浑厚得很，晋级斗者行列，那也只是时间早晚问题，所以有了至阴之气的辅助，她很顺利地便冲破了斗者之门。顿时，浓浓的斗气便冲入叶如霜体内，将斗者之门充斥得满满的，进入莹润状态。

感受着叶如霜身体释放而出的浓浓斗之力，叶天惊叹道："果然是斗者，斗气果然浑厚。"

而那小潭清水之上的雾气则是消散得一干二净，刚才的至阴之气消失全无。叶如霜自小潭中跃出，快速穿上衣服，闭眼感受着丹田处斗者之门内充盈的斗气，满意地点点头。

叶天回过头，看着全身依旧湿漉漉的叶如霜，竟有片刻的动容，心想叶如霜最为美艳时刻，应是出浴之时吧。

叶如霜缓缓睁开一双明亮眼眸，看着叶天，然后毫不客气地问道："你怎知我胸口有痣?"

他苦笑一声，没想到还是被叶如霜察觉到了，便忙找借口道："我胡乱猜的，胡乱猜的。"

"是吗?"叶如霜不相信地冷嘲热讽了一句，并没有多做追究，只是话题一转道，"走吧，很长时间了吧，相信狩猎仪式马上就要结束了。"

她心情蛮好的，期待已久的斗者总算是成功晋入。听到这消息，爷爷他们一定会很高兴的。

林雪儿也是紧跟在叶如霜身后，准备回去。可就在此刻，叶天却忽然开口："你们先走吧，这儿还有些残存的至阴之气，我看看能不能将至阴之气收集起来。"

叶如霜虽有片刻发愣，不过最后还是点头同意，只是将手指上一戒指丢给了叶天，道："叶天小弟，这是乾坤戒，其中装有我们今日打猎的收获，便赠与你吧。"

叶天并未拒绝，受了自己的好处，给点宝贝也是应该的。他知道这乾坤戒价值不凡，别看乾坤戒如此小，其中却可是装得下一个小房屋。

当然，这也只是低级乾坤戒，高级乾坤戒，据说可以装得下乾坤万物。

林雪儿似乎也累了，没有继续缠着叶天。

望着两人身影彻底消失在视线中，叶天这才用灵识和判官交流道："前辈，我已按照您的吩咐，将两者支走，请问您老还有什么吩咐?"

判官声音有些嘶哑道："在那潭水之下，定然还有别的宝物，因为我感觉到了强大的妖气。"

“哦?”判官这么一说，叶天顿时愣了一下，继而满目不解地问道，“判官，您的意思是，这小潭之下有妖怪?”

判官摇了摇头：“不确定，不过我却是感觉到一丝妖兽的味道，想必没有妖兽，也是有远古妖兽曾来过此处。下去看看，或许能有什么收获。这至阴之气，也肯定是远古妖兽留下的某件东西产生的。”

叶天点头，然后也来不及脱衣服，一个猛子便跳入了小潭之中，顿时温热的水便尽数抚摸他全身，想想刚才叶如霜便是在水中沐浴，他就全身发热。

叶如霜那样的冰清玉女恐怕这个世界上没有人对她会没感觉吧，别说是和她沐浴过的水亲密接触，即便是和她近距离呼吸同一片空气，也会迷晕一大片。

“真是一个妖精。”叶天叹息道。

“叶天，看看小潭之下是否有通往地下的小洞。”判官和叶天交流道。

“好。”叶天连连应声，然后一个猛子扎入水中，用手在小滩附近摸索片刻，果真于一隐蔽角落搜寻到了一个只有手指粗细的小洞。

“嗯，妖气便是从中散发而出，叶天，强行打开小洞。”判官给叶天下命令道。

叶天点头应着，一招龙爪手，便是将小洞打得裂开。

小洞之中，竟是一空洞洞的世界，并无水，不过却好像有一层蓝色屏障，将水阻拦在外面，无法进入。透过蓝色的屏障，他隐约能看到里面有一模样怪异的妖兽，冲自己张开嘴巴怒吼，不过并未发出丝毫声音，也没有丝毫移动。

“奇怪了。”叶天很是纳闷儿地看着屏障之中的硕大怪物头，问道，“判官前辈，这便是你所说之妖物?”

判官点了点头，片刻之后，便是惊诧道：“果真是一远古妖物，生前定然是修炼成精了，在小洞之中作怪，散发出至阴之气。”

“前辈，这蓝色屏障是何物?”叶天努力好久，竟都没能进入屏障之内，很是诧异地问道。

“这是高手所施展下的封印，不过因为年代久远的原因，所以威力大大的减弱了，不过你的实力依旧无法打开。”

“哦。”叶天有些失望道，“那就是说，我们暂时无法进入其中了。”

判官羞愧又嘲讽地笑笑：“是啊，真是物是人非啊，若是在以前，哪怕是我一个念头，也可轻易将蓝色屏障成功击破，但是现在……我甚至连一块小石头都无法挪动。算了，以后再说吧，这蓝色封印在你达到斗者实力之前，是无法将之破除了。”

叶天也是惋惜地叹口气，便浮出了水面。

谁知，自己刚刚浮出水面，便看到小潭之上站着一个人。叶天忙揉揉眼睛，却认出那人乃叶秋。

“叶秋?”叶天有些惊诧道。

"是我。"叶秋皮笑肉不笑地看着叶天，"真没想到，你这缩头乌龟，竟躲到小潭里面，妄想逃过我的追踪。"

"放屁。"叶天冷冷笑笑，"老子是在洗澡，你管得着吗？"他最忌讳的便是别人骂自己缩头乌龟了，老子天不怕地不怕，岂会怕了你一小小九段斗之力修炼者。

"洗澡？"叶秋冷冷笑了一声，"你觉得我会相信你？还真没见过穿着衣服洗澡的呢。"

叶天回了一句："我愿意穿着衣服洗澡，咋，不准？"

他表面上在和叶秋废话，实际上却是在思索着应对之法。

叶秋的实力他是清楚的，前段时间叶如霜传授他黄阶高级斗技霹雳掌，被他一九段斗之力修炼者施展出来，威力定然厉害。

而自己最厉害的，莫过于相当于黄阶中级斗技的五肘拳了。即便是施展隔山打牛的功效，那么自己也必然会遭受霹雳掌的重创，得不偿失。

若是施展黄阶低级斗技裂空腿的话，也必然不会是叶秋的对手。

那么，到底该如何自救呢？

这个时候，他忽然想起自己可以同时施展两种斗技的事了。若是自己用真气施展裂空腿，用斗气驾驭五肘拳第二重，攻他个出其不意，不知会有何等效果……

他决定尝试一下，冷笑一声，一个纵身，便从小潭中跳了出来，浑身湿淋淋的，很是难受，不过这会儿也顾不上了。

他冲叶秋冷冷笑笑："看你这架势，是准备公报私仇喽？我可真替你弟弟感到窝囊，堂堂一七尺男儿，却要自己的哥哥给自己出气，这要是传出去了，还不得让人笑掉大牙？"

"小子，你别嚣张。"叶秋也冲他冷笑，"别以为伶牙俐齿，我就会饶了你。今天你死定了。"

话毕，他便攻了上来。一个掌刀，便朝着叶天的身子横砍了过来。

叶天瞳孔一缩，心中暗道："好强劲的掌风。"

看着凌厉掌风犹如闪电般砸向自己肩膀，感受掌刀散发出的强劲气势，甚至将空气都给激荡出了一股股狂风，尤其是看到掌刀上面缭绕的一圈圈强劲斗气，他便知道，这一掌刀若是砍在自己肩膀上，那是毫无反抗之力。

而他若是硬扛的话，即便是施展五肘拳，自己也会受不小的伤害。

不过，他知道机会只有一次，必须把握住，当下便是快速地做好了准备，深呼吸一口气，五肘拳全力施展而出，朝着叶秋的掌刀狠狠撞了过去。

"哼，耍来耍去，也就这三把斧头。"叶秋冷哼一声，轻蔑地砍向叶天的手肘。

轰！

一声沉闷响声过后，叶天竟直接被这股狂轰的力量给震得后退几步，而后胸口一阵沉闷，污血便顺着嘴角流了出来。

而再看叶秋，却是傻愣在了原地，目瞪口呆地盯着叶天，满目不可思议。

原来，刚才叶天在施展五肘拳的时候，暗中用真气驾驭了裂空腿，趁两者对轰在一块，自己被震得连连后退的瞬间，便趁其不备，用裂空腿对着叶秋的脸踹了下去。

用真气驾驭的裂空腿，威力巨大，堪比黄阶中级斗技，若是正中人的脑袋的话，怕是能将人的脖子皮肤给撕开一条裂缝。

不过，叶天被震退，裂空腿的威力自然是大大缩水，威力自然是成倍成倍地缩小，所以也只是踹中了叶秋的嘴巴，让他的思维有短暂的空白而已。

而趁着这么会儿的空白，他便嗖的一声逃窜而去。

等叶秋明白过来的时候，哪还能看到叶天的身影。

他小声道："小杂种，又栽你手里一次。"

不过，他心中却是充满疑惑，这究竟什么情况？刚才叶天明明是在施展五肘拳，为何腿部的武技攻击竟依旧威力如此巨大？而且，刚才他真真切切地感觉到，有一股淡淡的斗气在波动。

他是把叶天的斗技裂空腿当成一平凡武技了，毕竟斗之气修炼者无法同时施展两种斗技是人所共知的基础常识，他自然不会联想到叶天是同时施展两种斗技的事了。

他在心中暗暗咒骂，没能将叶天给教训一通，也是顺着原路返了回去。

叶秋为了方便行动，并没有和任何人组队，只是一个人行动，刚才一直都在追踪叶天下落，却是并未寻觅到任何魔兽野兽，空手而归。

而让他没想到的是，叶天并不是没给他留下任何一点纪念品，在他的脸上有一个鲜红的脚掌印，五根粗短的脚趾头，很是嚣张地遍布他的左边脸上。

叶云阳再次清点了一下队伍，依旧未曾发现叶天和叶秋的踪迹。

他却只是淡淡笑笑，他知道，叶秋是替弟弟报仇去了，那叶天没有了潜力丹的辅助，怕是这次必定得在叶秋手上吃大亏了吧。

而叶如霜也是心情紧张，她似乎猜测到了一些什么，只是她没想到，叶秋竟敢在如此场合公报私仇。

其余众多叶家少年也都是明了这一点，心中都替叶天捏了一把汗。

就在众人等待着受伤而归的叶天，有些不耐烦神色的时候，却见森林之中闪过一道人影，定睛细看，发现竟是叶天。他并未像众人想象的狼狈不堪，反倒是光鲜无比，满脸傲然闯入众人惊讶视线中，大摇大摆地掏出了一乾坤戒指，将其中所盛放猎物尽数倒出。

当众人看到其中琳琅满目猎物的时候，都惊讶得张大嘴巴，真是没想到，这叶天，竟猎捕到十只针毛猪。不少人都是看得直翻白眼，这针毛猪的皮是相当昂贵，往往一张针毛猪的皮都能卖到天价。不仅仅是因为针毛猪的数量稀少，更多的还是针毛猪威力非凡。

一般一头成年针毛猪的威力，堪比一名斗者高手。这十头针毛猪凑在一块，哪怕是一名斗师修炼者，也得感到惊恐害怕。

可是这叶天到底是如何凭借六段斗之力，收拾得了十数头针毛猪的呢？

即便是那叶云阳，也是用不相信的眼神看着叶天：“叶天，这针毛猪是你一人之力猎来的？”

叶天摆了摆手：“这是我半道上捡来的。”

他这句话倒是不掺假，这十头针毛猪，的确是他从林中捡来的。是在小潭清水附近看到了刚刚死去的十头针毛猪。根据判官丰富的经验，他便猜测得出，十头针毛猪从小便是依靠吸收至阴之气生存。如今至阴之气已然被吸收干净，它们自然无法存活下去。好比一人被丢入无氧真空中，很快便会死去。

众人汗颜，即便是那叶如霜，也认为叶天这句话是在撒谎，在半道上捡了十头针毛猪，你怎么不去死，鬼才会相信，那么多人怎么偏偏就你捡到了？

不过那叶云阳倒也并未多询问，只是命令他收起针毛猪，尽量压抑住内心的惊讶，心想这小子怎么净走狗屎运，该不会是有什么高手暗中帮助他吧。

他更多的是在担心叶秋，叶秋既然并没有教训得到叶天，那么为何还不来？

叶如霜将叶天拉到自己身边，小声问道：“你小子哪弄来的这十头针毛猪？”

后者无奈耸耸肩：“我说过是捡来的。”

“捡来的？你别骗我了。”叶如霜的脑袋摇得跟拨浪鼓一样，“你觉得我会相信？”

“随你吧。反正是我捡来的。还有那小潭清水，也是我无意中发现的。”叶天简单地道。

话音刚落，便是另一道声音自林中传来：“父亲，我回来了。”

叶云阳怔了一下，察觉出叶秋声音中的兴奋。他如此之兴奋，难不成是有了重大收获？这下自己总算能长长脸了，自从叶天恢复修炼之后，自己似乎一直都在丢人。

“秋儿，有何收获？”叶云阳问道。

“父亲，您一定猜不到我这次到底猎到了什么。”一边说着，一边将后背上的袋子丢在了众伙伴面前，气喘吁吁地挽了一下袖子，傲然神色可见一斑。

叶如霜看了一眼叶天，小声道：“别得意太早，叶秋似乎也猎捕到了什么不同凡响之物呢。”

叶天笑而不语，前者却是从这笑容中看出了什么，充满嘲讽地看着叶秋。

“啊，秋儿，你脸上……”叶云阳刚刚走上去，想要看看囊中之物到底为何物，却不曾想，目光刚刚从布袋上挪到叶秋脸上，便是看到一只脚丫子印，触目惊心地横在了叶秋的脸上。

其余小伙伴经叶云阳此番一提醒，也是尽数转移目光。当众人看到叶秋脸上脚丫印的时候，都愣住了：什么情况这是？此次狩猎行动中，叶秋实力当属第二，谁能干得过叶秋，而且能在其脸上留下一脚丫子印？

叶如霜噗嗤一声笑出声来，冰山美人难得一笑，叶天竟是被这自然微笑给迷住了，一时间神魂颠倒起来。

叶秋同样是发现这一幕，盯着父亲问道："父亲，怎么了?"

"你脸上有一脚印。"叶云阳说道。

叶秋愣了一下，不过还是很快反应过来了，笑了笑，冲众人解释道："大家不要误会，这个脚印可是我的荣耀。我在林中，发现了一头珍稀动物，其实力堪比斗者，不过我关键时刻毫不畏惧，追了上去，并且与之大战一场，最后终凭借我的实力，完胜了这东西。不过脸上却是留下了这家伙的一脚印。"

他边说着，边将袋中之物倒出，放到地上。

当众人看到一头体型很小的针毛猪被倒出来的时候，再次愣了愣。和之前叶天的十头针毛猪相比，这一头针毛猪实在是有些寒酸了。

再者，联想到叶秋刚才所说，脸上脚印乃针毛猪所踢，都有些忍俊不禁了。开什么玩笑，你脸上的脚印明明是人类的脚印，难不成这头小小针毛猪，竟也长了人脚不成?

看众人这忍俊不禁的模样，和自己所想象之场景出入实在巨大，他忙收敛笑容，扭头看父亲："父亲?"

叶云阳冷哼一声，瞪了一眼叶天道："收队。"

当众人将所猎捕之物尽数上缴给家族长老，以及伙伴告诉自己脸上脚印是人脚印的时候，叶秋才总算弄明白，众人为哪般忍俊不禁。他对叶天的恨意更是浓厚了一番。

叶天更是凭借针毛猪在家族中小小出名了一把。即便是家族中组织的正规猎兽行动，核心成员都出动的情况下，都未曾有如此的收获。而叶天更是凭一人之力，获得十头针毛猪，连爷爷叶威都是对叶天赞不绝口，更是将此次狩猎行动的奖赏红木叶奖赏给了叶天。

要说红木叶，下等三级补品，对斗之气修炼者有很好的辅助作用。不过实在是稀少，所以价值昂贵。本来叶秋对此物是志在必得，若是有了红木叶，怕是自己能晋级十段斗之力了。

自从上次用斗气缓和了大还丹的药性之后，他的身体也是无意中吸收了大还丹的不少药性，让他的九段斗之力达到了最强。若是有了红木叶，晋级十段斗之力，到时候在家族测试大赛中展现出此等非凡实力的话，定然会让爷爷大吃一惊，从而获得家族更多奖赏。甚至有可能凭借红木叶，冲击斗者行列。其地位，直逼叶如霜。

这一切美梦硬是被叶天给打破了，叶秋对叶天的仇恨也是逐渐地加深。待得族长大赛上，他决定彻底爆发，好好报复一下叶天。

而此次狩猎行动，另外一件让叶家人欣喜的便是叶如霜成功晋级斗者行列。

期盼了已久的事，终于在此时爆发，为此，叶如霜的父亲叶云鹤愣是把自己全部的积蓄拿了出来，宴请宾客，庆祝叶如霜的成功晋级。叶威老爷子更是一喜之下，赏给了叶如霜一补药。

一直以来，叶威老爷子心头就是有一忌讳，那便是家族中年轻一辈未有达到斗者行列的，其余三家年轻一辈则都有人晋级斗者行列。叶如霜此次是彻底打破了这尴尬局面。当然，有了第一个，那么便要有第二个，叶秋便是最有可能成功晋级斗者的，爷爷对叶秋看得倒是也挺重。

当然，叶天也是叶威的一大欢喜。他在叶威心中，处于和叶秋同样的位置。而出乎叶威老爷子意料的是，叶天竟是领先叶秋晋入斗者行列。

这是后话，暂且不提。

叶云鹤的宴会宴请了叶家核心成员以及叶家所有少年，其中自然也包括叶天。

叶天到来之时，现场已然是人山人海，不少人都是围着叶如霜和叶云鹤，庆祝叶如霜的晋级。他只得是寻了个安静角落坐下。无意间瞥见满是羡慕目光的父亲，他心中暗暗发誓，定然要尽快突破斗者，给父亲增光长脸。

坐卧不安中，宴会总算开始。

“喂，叶天，你怎么在这儿坐着呢。”就在叶天漫不经心坐着的时候，却忽听得旁边传来一声音，他立刻扭头看，竟是叶明。

“叶明，你也来了。”叶天和叶明打招呼道。

“当然。”叶明点了点头，“这么重要的宴会，我怎么能不来呢。”说着，便在叶天旁边坐了下来，道，“我倒是要看看，向来目空无人的叶如霜到底是看中了哪家的公子。”

听叶明这么说，叶天倒是纳闷儿了：“这次不是庆祝叶如霜晋级斗者的宴会吗？你说什么看中哪家公子？”

“你不会不知道吧，叶云鹤二伯说了，此次正好趁着庆祝宴会，来为她选婿。”

叶天漫不经心地点点头，不知为何，他心中有股酸溜溜的滋味，大概是因为美人被娶走，所有男人都会红眼的通病吧。

“各位，”就在这个时候，叶云鹤总算是开口讲话了，站在了看台之上，目光看着席下众人，“今日小女能有幸晋级斗者，和诸位的帮助是分不开的，在此，我先代表小女敬诸位一杯。”

讲完之后，便端起了酒杯，一饮而尽。

喝完了之后，这才冲众人笑笑，又是一番废话空话后，才转入了正题：“另外，还有一件喜事，我要向大家宣布，小女已然有了心上人。正好趁着此时的喜宴，向诸位表明一下我这位未来女婿。”

“哦？叶云鹤二伯，你那女婿到底是什么人，能让你乐成这样？”下面有人起哄道。

第九章　邪魔之术

"呵呵，实不相瞒，小女之心目中人，连我本人都不知，所以我才想借着此次宴会，烦请我那位乘龙快婿有勇气站起。"

一席话说得众人满头雾水，摸不着头脑，不知他所说到底为何，这叶云鹤都不知自己的女婿是谁吗？

"哦，你看看我，脑子都有些糊涂了。"叶云鹤忽然想起了什么，乐呵呵地向众人解释道，"小女选婿，按照家规，都是将身上一随心物赠与心上人，便是看上那少年的意思。小女的随心物乃是乾坤戒指。不知哪位少年得到小女的乾坤戒指，烦请站起来，让老夫看看。"

这么说完，众人都是议论纷纷起来，到底是什么人会得到乾坤戒指呢？

因为乾坤戒指乃是高级货，所以一般叶家少年也未曾见过乾坤戒指，所以尽管当初他们看到过乾坤戒指，心中对此却是并不知晓。

而叶如霜在小潭清水附近赠与叶天乾坤戒指的时候，便是已然告知这是乾坤戒指了，所以，在叶天听到叶云鹤说到此的时候，立刻脸色红润，犹如火烧一般。

他万万未曾想到，叶如霜竟将随心物赠与自己，这难道是说，叶如霜看上自己了？

现场沉默了下去，众人都是扭头望着，都想知道能被叶如霜看上之人究竟是谁？

不过，现场众人心中，已然有了一个模糊答案，便是叶秋。毕竟叶秋和叶如霜的感情是有目共睹的。`

其实大家也都知道，叶如霜并不是叶云鹤亲生女儿，是从一好友过继而来，和他们叶家是无血缘关系的。这也就是为什么叶如霜可以和叶家的人通婚。

"呵呵，没想到我这乘龙快婿，倒是一挺低调之人。不过丑媳妇儿总是要见公婆的，这是咱叶府的规矩，还请这位小兄弟……站起来。"叶云鹤慈祥的目光在叶秋身上扫来扫去，他希望这人是叶秋，毕竟叶秋是叶家少年领队者。

可是，那叶秋却是满目茫然加愤怒，他咬着牙齿，一直想看看，被叶如霜赠与乾坤戒指之人，究竟有何能耐，难不成，比他还要厉害？

现场依旧是一阵沉默。

叶天这会儿正经历着极其复杂的心理活动。说实话，对感情这方面，他是毫无准备的，忽然有一个女人说要和自己许下终身，让他有些蒙圈了。他一直都在告诉自己，或许这其中有什么误会，叶如霜赠与乾坤戒指时，定然是忘了这一点。

“咦？叶天哥哥，你手上这不是乾坤戒指吗？”就在众人你望望我，我望望你，感到莫名其妙时候，却忽听小魔女林雪儿喊了一声。瞬间，众人视线都集中到叶天身上，即便是那叶云鹤，也是满目惊诧。

“什么？竟是叶天？”

“那个废物小子，什么时候赢得叶如霜大姐芳心的？”

“肯定是他暗中偷走的乾坤戒指。”

“是啊，这绝对不可能，如霜姐和他向来无瓜葛。”

大家都见到了乾坤戒在自己手上，叶天知道再狡辩也是无力，只得无奈站起，然后叹口气：“我想，这必然是一场误会。”

“这不是误会。”冷若冰霜的叶如霜听得叶天这句话，便从丝纱帐内走了出来，冰冷但却美艳无比的她，加上那同样冰冷的声音，让众人顿生爱慕之心，这便是叶家第一冰山美女，经过淡淡的妆衬托，更是显得美艳惊人。

“如霜姐，我想，您再考虑考虑吧。”叶天哭笑不得地看着这个女人。

此话一出，众人哗然，一个个都在心中将叶天给撕成碎片：“别人求之不得梦寐以求的馅饼砸你脑袋上了，你却还在推三阻四……你这是身在福中不知福，要把其余少年给羞愧而死啊。”

“不用考虑了。”叶如霜声音冷淡道，“那日大还丹是你的，我的性命，就是你的。”叶如霜字字如钢钉，在众人心中狠狠扎下，让人不敢反抗。要是别人，怕是早就已经答应下来。

“这么说来，你这纯粹是报恩喽？”自己的功劳，终于得到承认，叶天非但没有高兴，反倒是嘲讽地看着叶如霜，“那么这情，不要也罢。”

此话一出，众人再次一番哗然，即便是那叶云鹤，也是满腔怒火地瞪着叶天。

叶如霜何时被人拒绝过？此刻却被一平凡少年当众拒绝，这让叶云鹤有些受不了了。即便是坐在上席的叶威老爷子，也是停止了和老友叙旧，饶有兴趣地看着叶天。

和叶威同坐一席的诸葛家主诸葛云同样很是有兴趣地看着叶天，乐呵道：“叶老爷子，此少年不凡。”

叶威客气地笑笑：“家丑，让您见笑了。”

诸葛云却是连连摆手：“叶老爷子此话差矣，少年日后必成大器啊。”

连一旁的欧阳克强也是自叹不如：“在如此冰美人面前，怕是我都要被她强大气场给镇住，招架不住了。叶天兄弟能有如此定力，实在让人佩服，佩服。”

而一旁的叶秋却是满腔愤怒，原本属于自己的女人爱上别的男人，那男人却对自己的女人一而再再而三地拒绝，这简直比赤裸裸地打脸还要让人难受。此刻，他的拳头紧握，指甲深深刺入了肉中，血都流了出来。

“你这是找死。”叶云鹤终于压抑不住满腔怒火，自己闺女选了这样一废物当女婿，让他已然不快，而这男子却是一再拒绝，终于抵触了他的底线。他怒骂一声，而后便是一咬牙，浑厚斗气，便自其体内蓬勃而出。

浑厚的斗气波动，将周围空气鼓荡起一股股强劲的空气巨浪，朝着四周翻滚着，即便是距离他最近的叶如霜也有些招架不住，接连后退几步。

“如此狂妄，我便替大哥教训你。我女儿也是你随便拒绝的？你算哪根葱？”叶云鹤低吼一声，准备用武力威慑少年。

“哈哈，哈哈哈！”叶天却是疯狂大笑，眼睛直勾勾盯着叶云鹤，“莫不是你女儿高人一等？哼，别以为别人对你们父女俩恭恭敬敬，就自以为是，自以为高人一等，所有人必须对你们恭维，所有话题都得围绕着你们转。在我叶天眼中，你们也就是一凡人而已，和常人无异。参加你们的宴会，若是需用恭维巴结作为交换的话，那这宴会还是不参加的好。”

叶天说完，便是愤然转身，准备离去。

一席话，说得众人心中舒爽无比。虽说这叶云鹤父女俩的确有些本事，不过平日那种嚣张傲然眼神，确实让不少人心中不服气，不过威慑于他们的权势，也只能是忍一时风平浪静。如今有人愿做出头鸟，替他们出口恶气，倒也是得到他们欢心，不过并未表现出来，傻子才会那么做。

见机行事的叶秋总算是抓住了机会，偷偷笑一声，便拍案而起：“叶天，你给我站住，再怎么说他也是我们二伯，你怎么对二伯如此讲话？简直是以下犯上。”

听到这，叶天噗嗤一声笑出声来，转过身，看着叶秋道：“拍马屁也不挑个时候，叶如霜看不上你，你便要拿我开刀，赢得如霜姐的好感吗？”

打脸，赤裸裸地打脸，这话正说中了叶秋心中小九九，让他如何不愤怒？

“你……你这是以小人之心度君子之腹。”叶秋气呼呼地骂道。

“随你怎么说吧。”叶天打了一个哈哈，深呼吸一口气道：“如霜姐，若是你想嫁给我叶天，也要配得上我叶天才成。什么时候把你高高在上的架子完全放下，再说吧。”

坐于雅间上席的欧阳世看着潇洒离去的叶天，哈哈笑着拍着叶威肩膀：“老爷子，这少年有意思。克强，日后有机会，一定要多和此少年交往，日后他成就不可限量，如此不畏强权之人，少年之中已然少见了。”

当然，欧阳世并不只是从这一点便让欧阳克强与之交往的，而是通过探子多方打探，日夜追踪，才得知叶天修炼进展变态，所以要和叶天拉近关系。日后若是有成就，他欧阳家也可跟着沾沾光。

只是他没想到，这少年在叶家竟是如此受排挤。他有些不满地看着叶威叶老爷子：“叶老爷子眼光最为毒辣，此等少年潜力定然无穷，为何不对少年多施厚爱？”

叶威笑着作答："叶天能有今天，完全是其压力支撑其修炼。若是撤去压力，怕是修炼速度，大打折扣啊。"

欧阳世愣了一下，而后伸出大拇指赞叹道："叶老爷子高明，诸葛云佩服，佩服。"

"哈哈哈哈，叶天，好一个叶天。"正待叶天在众目睽睽之下，即将踏出门槛时，却是忽听外面传来一阵狂笑。

众人都愣了一下，继而看到一袭白衫的俊俏少年，手舞纸扇潇洒走入大厅中。

英俊少年一出现，便是引得众人唏嘘，不少女孩子更是瞪直双目，秋波泛滥。

"叶强!"众人看到少年瞬间，皆是惊讶喊出声，甚至连叶威老爷子也是拍案而起，看着此少年，满脸欣喜。

"叶强?"叶天暗中嘀咕了一句，终于在脑海中想起了叶强的信息。

这叶强据传是叶威老爷子第四子叶云雾的儿子。不过这第四子天生叛逆，平日里喜欢拈花惹草，叶威老爷子一怒之下，将之驱逐出叶家之门。

叶云雾风流成性，一下失去了家族中金钱支柱，便没有了谋生的手段，老实许多。叶威老爷子暗中给予其帮助，娶妻生子，这叶强便是叶云雾的长子。

诞下长子之后，那叶云雾便忽然消失。无奈，爷爷叶威只好将叶强接入府中，派人照料。不过少年性情竟如其父般顽劣，而且对叶如霜是迷恋至极，每日纠缠叶如霜。无奈，叶老爷子只得派人将其送到世外高人那儿加以锻炼。

整整五年时间，叶强都未曾回来过一次。据传说，这叶强早就跨入了斗者行列，即将踏入斗师级别。

此番回来，不知是达到何等实力。不过从其身上散发出来的浓厚斗气看来，必然是达到了斗师级别。

"叶云雾之子叶强见过爷爷。"叶强跪下地，漫不经心得给爷爷叩头打了个招呼。

他在叩谢的时候，提到了叶云雾三个字，明显是在强调自己的身份。

现场一时间鸦雀无声，气氛有些尴尬。

叶威老爷子眉头皱了皱，虽说心中气愤，不过并未多言，只是淡淡讲了一句："随便找个席位坐下。"

叶强倒也是乖乖照做，只是一直都用戏谑的目光看着叶如霜："如霜姐，我又回来了，日后多多照顾一下。哟，看你这脸色似乎不正常，怎么着，被人拒绝了，那高高在上的尊严受到打击了？哈哈。"叶强边说，边嚣张地吃了一块糕点，手中纸扇轻舞。

"你……你这是找死。"叶云鹤因他调戏如霜之缘故，对他是憎恨有余，此番竟敢口出狂言，心中自然是愤怒不过，浓浓斗气再次释放而出，一记霹雳掌，便打了上来。

虚幻斗气化为的霹雳掌，对着叶强便罩了去。位于席间的少年，纷纷四处逃窜。

唯独那叶强却是冷哼一声，眉头一皱，便愤然起身，而后一拳便是对着霹雳掌挥砍了下去。

“乾坤拳。”随着叶强猛然爆发斗气，随之一声怒吼过后，一股生猛的斗气组成的拳头便愤然朝着霹雳掌撞了去。

轰隆！

乾坤拳硬是将霹雳掌撕开一道裂口，而后两道攻击于半空爆炸，将地面桌子板凳尽数掀翻，这才消失。

“高级斗师！”众人皆是震惊，个个都是瞪大了眼珠子，满是不可思议地盯着叶强。

甚至连那叶威老爷子和诸葛云也都是拍案而起，尽管他们想破脑袋，也想不通这少年竟在如此年纪达到了高级斗师级别。叶强虽说比叶天年纪大些，不过能在这等年纪，便突破到高级斗师，还是很难得，简直可以说是变态。

叶天也是心中惶恐。

“攻击之中，暴露出一股邪性之气，定然是被邪魔掌控，修炼邪魔之术，才会有如此变态的修炼速度。”判官的声音在叶天脑海中响起。

“修炼了邪魔之术？”叶天很是纳闷儿地和判官交流着。

“嗯。”判官点头应着，“远古时代，便有人为了提高修炼速度，寻找各种灵丹妙药，对身子更是百般摧残。不过这种不踏实的修炼对他们并无益处，所以他们在同人战斗时，经常会有走火入魔的情况发生。这种情况发生了之后，他们的功法有时候会逆转，改变他们的筋骨，甚至会必须吸食人血才能施展出斗技。于是便出现了邪魔一族。随着邪魔一族的发展，他们最旺盛的时候，更是出现了一远古巨头，可以轻易改天换地，抖一抖，神魂大陆都要颤抖一番。”

“为了避免邪魔一族危害人间，很久之前，便有人组成队伍，将邪魔一族灭掉，却万万不曾想到，邪魔一族竟尚有一脉存留人间。若是能寻觅得到妖脉，让我吞噬妖气的话，我苏醒的日子指日可待。”

判官的声音越来越激动，最后差不多是用吼的：“叶天，一定要对他加强监视，我会让他对你服服帖帖的。他对咱们有大用处。”

一个高级斗师若是控制住了，对自己的确有大用处，所以叶天答应了下来，准备离开。

叶云鹤被一少年当众打个平手，暴戾之极，本想战斗出口气儿的，不过叶威老爷子此时却是出面拦下了：“宴席撤了吧，都回去吧。叶强，你跟我来一下。”

叶威老爷子虎虎生威地从房中走出，带着叶强走向了自己的房间。而判官则是指示叶天走到一个角落，监视着叶强的动作，万万不可让他离去。

“这等修炼邪魔之术的人，在一定的时间内，必定会被邪魔之气侵蚀身子，那个时候，是他最为虚弱的时候，必须服用邪魔丹才可继续存活。你那个时候对他下手，取走邪魔丹，定然能控制得住他。”

叶天点了点头，然后坐在一隐蔽角落，看着叶强随叶威进入了房间。

“判官，你说爷爷叫叶强进去，到底要干什么？”叶天很是疑惑地问道。

“不确定。”判官道，“等什么时候，你的真气强壮到一定地步，便可以随意延伸出体，可以偷听了。”

正闲聊着，却忽见房门打开，继而叶强便满脸傲然从中走出，扇动纸扇，悠闲离开。

“叶天，跟上。”判官下着命令。

叶天也没有闲着，匆忙追了上去。

跟着叶强，绕过了叶家好几间府邸，他最后终于进入了一间比较偏僻的房间。以前这房间并没有住人，所以外面都布满了灰尘。叶家的仆人也从来都没有打扫过。

“好浓厚的邪魔之气。”判官却是忽然叹了一声，继而便是欣喜道，“叶天，快闯入其中，叶强此刻邪魔之气发作，快冲上去，将他身上的邪魔丹尽数夺走。控制他。”

叶天听完，便嗖的一声，冲入房间之中，果然看到之前还嚣张蛮横的叶强此刻却好像一病入膏肓的病人，非但光泽的皮肤变得晦暗无比，甚至于整个人都瘦了一圈，皮包骨头。

而在他颤抖得极其厉害的手上，则是抓着一个小锦囊，锦囊之中鼓鼓囊囊，装着的应该就是邪魔丹了吧。

叶强看到有人闯入，立刻骇然望去，不过他第一反应并不是直接攻上去，而是快速地将一颗邪魔丹自锦囊中掏出，准备塞入口中。

“邪魔丹！”叶天冷哼一声，欺身上前，毫不犹豫将邪魔丹给夺走。

“邪魔丹……邪魔丹。”看到邪魔丹被人夺走，叶强立刻焦躁不安地喊叫了起来，不过他的声音晦涩阴暗，就好像是一个老太太的声音。

看来这会儿的叶强是毫无还手之力了，否则早就已经动手了。

“叶天快给他一颗邪魔丹，他快死了。其余的邪魔丹，尽数丢入大还丹的精神世界中。”判官给叶天下命令道。

叶天点了点头，快速地掏出了一颗邪魔丹，丢给了叶强，而其余的则是迅速被斗气包裹，继而便是存放入了大还丹的精神世界中。

他没想到，大还丹之中竟还可以储存不少的物品，空间大得很，毕竟古墓府邸的范围可是他一眼都看不到尽头的啊。

前者看到邪魔丹，立刻疯了一般冲上去，一把抓住邪魔丹，塞入口中，一番运气之后，身体总算是恢复了正常，英俊少年，玉树临风。

“叶天，你今天必死无疑。”叶强所说第一句话便是这，“不过，看在你救了我一命的份儿上，我会让你身体完全，死个痛快。”

“如果你不想得到剩下的邪魔丹和我陪葬的话，尽管动手吧。”叶天冷冷地笑道。

叶强原本举起的手停在半空，眼神邪恶地盯着叶天：“你……我定然要将你碎尸万段。”

“将我碎尸万段？好啊，我倒是要看看，你的身体是如何枯竭而死。”叶天笑着说道。

“你……”叶强被人给抓住了小辫子，却也不能反抗，只能是用凶狠的眼神盯着叶天，“你到底要怎么做才可以将邪魔丹还给我？说吧，我能做到的，绝对会帮你完成，哪怕是杀人。”

叶天笑笑：“我暂时还没想清楚让你做什么，不过我很快便会想清楚的。等我想清楚了再告诉你。”

他说着，便转身准备离去。而叶强哪肯让他离去，自己保命的东西都在他手上呢。他一个闪身，便挡在了门口，盯着叶天道：“别以为这样我就会被你牵着鼻子走，我完全可以将你杀了，然后搜出邪魔丹。别逼我动手。”

“放心吧，我会替你保守这个秘密的。若是你能搜出邪魔丹的话，为何你的邪魔之气扫描了我全身，都没有找到邪魔丹的下落？”

叶天笑着拍了拍叶强的肩膀：“行了，按照辈分，我应该喊你一声大哥，我说大哥，你就在这儿安安静静地修养吧，等我什么时候想明白了，自然就会告诉你我的要求的。”

叶天讲完，便强行将叶强的手臂给拉扯开，拉开门走了出去。

叶天离去之后，叶强瘫软在原地：“万万没想到，小小的叶府竟也有人知道邪魔一族的存在。若是邪魔长老知道的话，定然不会放过我，我……我完了。”

恐怕任谁都不会想到，之前还嚣张无比的叶强竟会有如此狼狈绝望的时刻。

而叶强达到高级斗师级别高手的事，也犹如雨后春笋般，在整个千灯镇遍地开花，所有人都知道叶家出了个变态强者。

而最让人无语的是，这个高级斗师高手竟然对一个小屁孩唯命是从，俨然就是他的小跟班。

这个小跟班的主人也很出名，不过出名的并不是因为这件事，而是他拒绝了叶府有名的千里明星叶如霜的求爱。这下可好了，千灯镇不少少年都是对叶天心生崇拜之情，再怎么说，叶如霜也是不少少年心中偶像，连他们的偶像都敢拒绝的男人，真是好样的。

这个人，自然是叶天。有了邪魔丹的约束，叶强不得不对叶天唯命是从，不敢有半点的违抗。驯服叶强的方法倒也是判官传授于他的，那老东西活了这么多年，整人的功夫也是一流啊。

在这段时间中，叶天每日都是在大还丹的精神世界中修炼那一丝真气。

那大轮子果然是一巨大法宝。锻炼了足足有十天时间，叶天的斗气竟然连升两级，晋级入了八段斗之力。

而他的真气更是比之前浓厚了不少，若是尽数释放而出，甚至可以直接媲美十段斗之力。更难能可贵的是，他的真气将轮子旋转了一周之后，轮子果然释放出了无穷无尽的威力，那似乎是一个大阵，不过威慑于阵法的厉害，叶天并没有将这种阵法施展而出，只是成型了之后，用强大的斗气将之冲散。

谁知道这大阵若是爆发开来的话，会不会直接将这叶府给炸个鸡犬不宁？要是被爷爷他们发现了大还丹的秘密的话，可就麻烦了。

他的裂空腿和五肘拳也全都上升了一个台阶。五肘拳更是被他修炼到了第三重的地步。

他发现，这第三重的威力简直可以说是前两重境界的总和，若是由真气驾驭的话，对付一低级的斗者都不成问题。

当然，前提是这名斗者不修炼高级斗技的情况下。若是那名斗者高手也修炼了五肘拳这等高级斗技的话，他也不是对手。

可即便如此，叶天也是不满足。

用不了多长时间，便是狮王争霸赛了，到时候难免会和诸葛家族和秦家的人来个硬碰硬。那两家可是有两名斗者的，一个是斗者诸葛云帆，另一个则是据说达到高级斗者的秦岭。

若是在狮王争霸赛之前，他不能修炼出战胜两者的实力，恐怕会在狮王争霸赛上被人给打成肉饼。

想明白了这点，他的心有些不舒服起来，越是这样，他就越是焦急，最后干脆求救判官："判官，不知你还有没有高级一点的斗技？我这身斗技都是比较低级的斗技，可能没法在狮王争霸赛上胜出啊。"

判官想了想，最后道："你这身真气倒是有些浪费了，若是能找到一种专门用真气来驾驭的真技来，那么发挥的实力，可能和高级斗者相媲美。"

"哦？专门用真气驾驭的真技？"叶天很是疑惑地看着判官，"有这种斗技？"

判官点了点头："自然。不过自从远古时代那一场邪魔大战后，真气修炼者便是少之又少了，所以真技自然是少之又少。"

"那这么说来，我们是无法寻得到真技了？"叶天失望地叹了口气。

"倒也不是。"判官缓缓道，"那日你我二人看到的小潭清水，那其中便是可能有如此真技。一些远古时代的妖兽身上可能会被远古巨能存放着一些贵重物品，比如自己的元丹以及天阶斗技。"

“元丹……天阶斗技……”在说到这两个词的时候，叶天是倒吸一口凉气，他万万没想到，这两种似乎只在传说中才出现的名词儿，竟可能存放于自己身边的一个地方。

他用质疑的语气问道：“那元丹是比斗王强者还要厉害的存在，他们怎么会将自己的元丹存放于动物身上？”

判官解释道：“远古时期，那场正道和邪魔一族的大战，令许多的高手陨落。其中有些元丹便会被某些远古巨兽吞噬，而后修炼成妖兽。当然，还有一些随身携带的天阶斗技这等贵重物品，也都会被野兽吞噬，存放于它们身体之内，说不定我们遇到的小潭清水下面的空间之中，就有这两种东西呢。”

想明白了这点，叶天甚至有些迫不及待地想去小潭清水看看呢。

后来想了想，似乎自己的实力不足以打破小潭清水上的封印，便有些担心地问道：“判官，不知我的实力能不能将小潭清水之上的封印打破？”

判官沉吟片刻，道：“那轮子释放而出的天雷阵，似乎有那种威力，我们倒是可以试试看。”

叶天点了点头，简单地收拾了一下，便走出了房间，准备去小潭清水之中历练。

而当叶天出门的时候，却正好碰到了龙叔。

龙叔看到叶天的时候，便走了上来，厉声厉色地问道：“叶天，最近几日未去修炼场修炼，有什么事儿吗？”

叶天用歉意的语气道：“龙叔，最近几日身体有些不舒服，所以就……”

那龙叔皱了皱眉头，有些担心地问道：“是不是丹田处有些不适？”

脑海中判官却是道：“就说确有不适，就好像有一股气流来回冲撞，似乎要将丹田给冲破。”

叶天便按照判官所言，告之龙叔。

龙叔点点头：“嗯，这便是好，这是修炼龙爪手必有的一种反应，继续修炼龙爪手，你很快便会晋级斗者的。对了，身体不舒服的话，就把这两株千年人参服下，对你的身子有好处。”

说着，便将两株千年人参，递给了叶天。

叶天接过了千年人参道谢之后，便离开了。

“判官，刚才为何要那样作答？”离去之后，叶天才和判官进行灵识交流。

“龙叔传授于你的龙爪手，乃是变相的龙爪手，那样修炼而出的真气，根本无法储存于自己体内，到最后只能是给别人作嫁衣裳，让别人抽走，而你则会重新跌回废物的身份，甚至可能因此丧命。看来那龙叔果然是有着坏心眼。”判官轻声道。

“啊？”叶天愣了愣，真没想到那龙叔表面斯文慈祥，内心却是如此的狂暴凶狠。幸亏有判官，否则自己可能小命不保了。

“不过，那龙叔并不是真正的幕后黑手，定然是受人指使，他的身体不适宜吸收真气，定然是听从了别人的计谋。对你的真气最有可能有所图谋的，便是炼丹师，一旦炼丹师有了真气相助，那么所提炼出来的丹药，成色将会大幅度地提升，而且效率也会成倍上翻，到时候……”说道这儿，判官顿了一下，然后道：“可能直接晋级二级炼药师。”

叶天倒吸一口凉气，仅仅身为一级炼丹师，便是嚣张到如此程度，若是达到二级炼丹师，不知得厉害到何种程度……

“行了，别在这儿为别人的实力嘘声叹气了，赶紧去小潭清水，早日得到真技，我们的实力提升得也越快。”

判官催促着叶天道。

叶天也没有在这件事上继续多想，快速地离开了叶家。

在走到叶家大门口的时候，无意间听得几个伙伴在交谈着，大致意思是说，叶如霜最近几日都是大门不出二门不迈的，也不知搞什么鬼，应该是被叶天那臭小子给气到了吧。

叶天听到这儿的时候，暗暗后悔当日有些过于鲁莽了，竟害得一个女孩子如此的伤心。心想回来后若是有时间，定然去给叶如霜解释一番。再怎么说人也是一小美人，看着如此娇滴滴的女孩伤心，他也有些于心不忍不是。

顺着那日的记忆，他重新来到了林中，不过林中入口有叶家人看守，平日里是不准随便出入的。所以叶天只能绕了好远的路，偷偷地找了个角落，钻了进去。

重新回到小潭清水附近的时候，叶天便重新感觉到浓浓的至阴之气，自其中释放而出，看来是下方的那处古物重新将小潭清水给熏染上了一层至阴之气。

叶天没有闲着，匆忙跳入了小潭水中，摸清了里面发出蓝色荧光屏障的大致位置之后，便闭目宁息，发动着真气一圈圈地撞击着那古物轮子。

在叶天咬着牙齿，总算用真气将轮子旋转了一周之后，那轮子竟瞬间释放出一股刺眼的强盛光芒来，浓浓的光芒照得人睁不开眼睛。

那些刺眼的浑厚光芒，自其中激荡而出之后，便迅速地组成了一个八角形的形状，猛然自精神世界中钻出，快速地旋转了起来。一个光圈迅速形成，疯狂地朝着蓝色屏障的方向罩了过去。

轰隆！

一声强劲的爆炸声过后，蓝色屏障被天雷大阵给轰炸得碎裂了，一层层蓝色光芒冲向半空，震耳的声音此起彼伏，叶天也被剧烈的空气给震得连连后退，最后摔倒在地，吐出一口浓血来。

倒在地上的叶天，看到地面上被轰炸而出的一道大裂口子，连连惊叹：“天雷大阵的威力，果然是不同凡响。”

待得那股乌烟消散过后，叶天这才从地上起身，不过却发觉全身一阵酸痛，好像是刚刚经历过一番剧烈运动，力气也好像是被抽空了一般，他努力地在地上挣扎了两下，总算是站立而起，深呼吸了一口气。

“叶天，快去那洞口……”判官声音激动地道。

叶天这才反应过来，加快脚步，走到洞口，朝着里面望去。却见黑乎乎的洞穴之中有一个散发着蓝色妖艳光芒的光球，其余的地儿却是什么也看不到。

“判官，这里发生大爆炸，叶家的守卫定然会前来查探，不知这洞穴能否被收入大还丹精神世界中。”叶天开口问道。

判官点点头：“用斗气将之包裹，我自会将之收入。”

叶天按照吩咐，迅速逸散出强劲的斗气，迅速将那洞穴充盈，而后便是觉得浑身一紧，那地下洞穴竟然整个被吸入了大还丹精神世界之中，此刻那里变成了一大坑，深约十丈。叶天心中感慨，那石室竟有如此大面积，这大还丹果然是一法宝，竟能装得下这么大的石室来。

远处传来一阵窸窸窣窣的脚步声以及喧嚣声，他心中暗叹守卫速度果然快，忙拔腿便跑。

幸运的是，森林守卫都将注意力集中到了爆炸处，并未对叶天的踪影有所察觉。叶天跑出去，竟未被人发现。

一口气儿跑回了叶府，叶天未歇息，匆忙准备钻入房中，好生歇息。

可是刚刚走到门口，便被一女声喊住，他全身哆嗦了一下，因为他认出那声音主人便是叶如霜。

那叶如霜该不会是寻仇吧。他担心地想着，而后转身。

看来叶如霜这两天的确是劳费心神了，比之前那副冷漠有神的形象有些出入，不过倒是有了一种病态的美，让人不自觉产生怜爱情结。

叶天也是可怜地看着叶如霜，笑笑道：“原来是如霜姐。”

叶如霜惨淡笑笑：“嗯，近来可好？”

叶天点头：“嗯，还好，如霜姐，看你精神有些憔悴，是不是被什么事儿烦恼？”

叶如霜点了点头，道：“可以和你单独聊聊吗？”

听到这句话，叶天的小心肝都快跳出来了，她这句话什么意思？单独聊聊？聊什么呢？儿女私情？现在叶天所有的注意力都集中在修炼上，真的没时间谈情说爱。

“聊……什么？”叶天有些好奇地问道。

“就聊聊我胸口的痣吧。”叶如霜冷笑道，看着叶天，眼神中分明充满了责备。

“那……好吧。”叶天叹口气，该来的总会来，欠下的风流债，该还的就得还。

说着，叶天请如霜入了自己房间，让座后，这才道：“如霜姐，我只是想说，那日我本是无意间听见你惨叫，认为你有危险，便闯去，只是无意中看到……”

“我早已许下誓言，若是男子看得我身体，只有两个下场，其一，便是成为我的男人，其二，便是会死无葬身之地。”

叶如霜冷冰冰地道，目光中满含杀机地看着叶天。

被这股凌厉目光一看，后者有些心惊胆战。如今叶如霜是斗者高手，自己不可能有实力与之一拼，虽说自己的真气若是尽数施展，也可达到十段斗之力。不过斗者和斗之力修炼者，那是有着本质上的差别，他可不期待自己十段斗之力的实力，战胜叶如霜。

“那么现在，我只有两个选择了？”叶天无奈地笑笑，“要么成为你的夫婿，要么变成死人。”

叶如霜冷若冰霜地道：“你只有一个选择，那便是死路。”

叶天倒吸一口凉气，这女人忒狠，就看了一眼而已，竟想要人命……大不了你再看过来就是了。

不过这后句话，他是万万不敢说出口的，因为他相信，此女会真的动手，将自己打死。

“你之前还不是对我穷追猛打的吗？”看她态度转变如此之快，叶天也是忍不住好奇地问道。

“哼，以前对你施舍真情，是想激怒起众少年的愤怒，举行比武招亲，然后在擂台赛上，光明正大将你斩杀，好好教训教训你这个登徒浪子。”

第十章　中等丹药的来历

叶如霜的语调冰冷刺骨，丝毫不像开玩笑，也没有半点虚假之意。

听到此，叶天也是忍不住倒吸一口凉气，万万不曾想到，这女人竟是如此的凶狠，原先赠送乾坤戒指，竟是一个阴谋，一个可光明正大将自己斩杀的阴谋。

只是她没想到，事情在一个她认为理所当然，而且十分关键的环节上出现了问题，他并未答应她看似极具诱惑的勾引追求，反倒是在那场喜宴上，将之彻彻底底地侮辱，这就更加重了此女对他的憎恨之心。

“你……好狠毒。”叶天看着已然堵在门口的叶如霜，冷哼一声，“真是无耻之极，忘恩负义，想我救了你一命，而且助你升入斗者级别……”

“你觉得，我的生命就比我的贞洁贵重?”叶如霜依旧是冷眼如霜。

其实他早就应该想到，这样一个冰清玉洁的女人在乎的并不是性命，而是她的贞洁。

他在心中苦涩地笑笑，万万没想到，当日用大还丹救回来的，竟是一欲斩杀自己的恶魔女人。早知道就留着大还丹自己吃了。

“这么看来，你是准备违反族规，将我杀死了?”叶天也是饶有兴趣地看着面前美艳如仙女般的女人，苦涩地笑了笑。

“哼，杀死你，何须我动手。”叶如霜冷冷地笑了笑，“待得那狮王争霸大赛上，我定然会对你下手。”

嘶!

叶天忍不住地倒吸一口凉气，如此女人，果真是心狠手辣，竟想着公报私仇。

不过他还是很好奇，这女人为何会告诉自己这个，到时候直接下手不就成了?说着，便是好奇地看着叶如霜道:“那好吧，不过能不能让我在临死之前，也死个明白，为什么你要告诉我，你要在狮王争霸赛上杀了我?”

“哼，我只是不想趁人之危而已，提前告诉你，只是为了比试的公平。这是两株人首乌，算是报答你的至阴之气对我的恩情。希望这段时间，你绝不将我们两人之事讲出，否则，我定然让你死无葬身之地。”

叶如霜冷冷讲完，愤然将两株人首乌丢到了地上，便转身离去，不再理会身后少年。

望着女子离去的身影，他是苦笑连连，这个女人真是有趣儿啊，要公报私仇，还说要来个公平比试。还有这人首乌……到底是什么玩意儿?

“人首乌，下等三级补品。”判官的声音在叶天脑海中响起，“可以将之转化为中级四等丹药乌丹。其功效甚至可以压制的住至阴之气。在斗灵高手突破至斗师高手的时候，可以起到牵制阴气的作用，从而顺利帮人抵达斗王级别。”

他的心猛然颤抖了一下，若将人首乌转化为四等丹药乌丹，给爷爷叶威服用的话，叶威岂不是又可能突破到斗王级别？到时候叶家的实力可就会暴涨了啊……

想到这点，他浑身颤抖了一下，激动之情溢于言表，快速地将两株人首乌丢入了大还丹之中。

只消片刻，便有两枚带着温度的、圆形的乌丹自大还丹之中释放而出，滚落于手掌。

望着两枚散发出亮堂堂光芒的乌丹，叶天的心也是有些舒畅起来。一想到叶家可能出现两个斗王级别的高手，他的心中自然就是一阵兴奋。

就在他兴奋的时候，忽见门口传来一阵急促敲门声，继而传来两声粗犷之音：“叶天少爷，家主有请。”

听门卫的声音，似乎有些急促，他便知定然有大事，打开了门。

谁知，打开门之后，两名叶家守卫迅速将叶天围起来，而后目光一寒，道：“少爷，对不住了，先委屈您一下。”

说着，其中一个人便将铁链拿出，准备将叶天捆缚住。

叶天有片刻的怔住，反应过来之后，便双腿用力一弹，飞出去老远，目光迥然地盯着两者：“大胆，你们敢对我用铁链刑罚？”

“叶天少爷，麻烦您配合我们一下，没办法，这是叶云阳老爷的意思，您要是有意见，可亲自和叶云阳老爷去提。”

两者说着，便是走上来，要将叶天给捆缚住。

两人都是斗者级别，两者联手，收拾叶天定然是轻松无比。叶天也自知不是两者对手，所以眉头紧皱，能躲便躲，心中却是对叶云阳充满了无尽憎恨。这家伙，竟明目张胆敢在叶家对自己动手了，真是胆大包天。

就在叶天被两者逼得连连后退，马上就要坚持不住的时候，却是一阵爆喝声传来，他心中一惊：“母亲！”

“放肆，两名小小守卫，竟敢对叶家家主大公子动手，哼！”

叶天之母李倩缓步走上来，不怒自威。

而两名守卫见到李倩，非但没有害怕，反倒是有些冷嘲热讽起来：“少奶奶，我等直接听命叶云阳老爷，若是有意见，还请去家族大厅，同叶云阳老爷提。叶天少爷害得叶威老爷子和叶云仙家主身体出现反噬，生命危在旦夕，怕是这个少爷之位，保不住了。”

两人看着叶母李倩，嘲讽得更为厉害了。

“放肆。”李倩当下便是愤怒地喊了一声，继而走到叶天跟前，道，“休得在此处胡言乱语。若是想捉走天儿，就从我身上踏过去吧。”

“母亲。”虽说叶天对两守卫的片面之词有些疑惑，不明自己何时害了叶威老爷子和叶云仙，不过这个时候也顾不上解开疑惑了，因为两守卫已然走了上来，俨然一副不捉走叶天不罢休的模样。

叶母也有些急躁了起来：“两位请稍等片刻，我有话要同天儿讲，还请两位能通融片刻。”

两守卫却冷哼一声：“你阻拦我等执法，已然是触犯了叶家之家法，若是执意为之的话，我等只得按照叶云阳老爷的吩咐，将尔等捉走，多加审讯了。”

李倩见两守卫步步紧逼，实在是无法保护叶天，当下竟是双膝一弯，跪倒在地：“两位，我保证，只有只言片语而已，还请两位通融通融。”说着，便是自口袋中掏出了大把金币，赠与两人。

两人面见金币，对视一眼，接过了金币后，这才冷哼一声：“哼，最好快点。”

李倩的两行热泪却早已顺着眼角流了出来。他感受到真真切切的母爱，这种无私伟大的爱意，让他感动，彻底地为之折服。堂堂的叶家大夫人，竟为了自己儿子给两名守卫下跪，这等情怀，他都自叹不如。

同时，他在心中暗暗立下了誓言，此仇定然要报，要凭借真正实力，将之打倒。

叶母快速将热泪盈眶的叶天拉至一旁，从口袋中掏出金币，塞入叶天手掌之中道：“天儿，你快逃，永远都不要回来。”

叶天收起脸上表情，问道：“母亲，为何事？”

“你上次捕猎而来的针毛猪，竟是蕴含极其强劲的至阴之气，你爷爷和父亲都是处于斗灵晋级斗王的关键时期，吃了针毛猪的猪肉后，至阴之气竟吞噬其体内斗气，导致其斗气运转，强制性地晋级斗王。如今两者都是陷入了关键阶段，怕是挺不过去了。叶云阳正好借此时机，掌握了叶家上上下下的权力，现在叶府上下都是他说了算，我恐怕他会将你捉去，先斩后奏。”

听到此处，叶天的眉头一皱，继而便是有些小兴奋起来，看来，这叶如霜给自己人首乌，可真是时候啊，乌丹若是给两者服用，怕是能帮助两者冲破斗灵，晋级斗王了。

想到这儿，他便是有些兴奋，嘴角的笑意竟是浓厚了许多。

“天儿，你竟然在笑？”叶母李倩有些气愤地看着叶天。

叶天这才从精神世界中清醒过来，冲叶母淡淡笑笑：“母亲，这件事我自有分寸。放心，父亲和爷爷叶威不会有事儿的。”

“可是……”叶母还想说些什么，两名守卫却是不干了。他们走了上来，将之围困住，而后冷哼一声：“我说，叶天少爷，时间不早了，跟我们走一趟吧。”

叶天扭头看了一眼两守卫，冷哼一声："走吧。"

叶母看着叶天自信满满的表情，愣在原地，最后叹了口气："希望天儿自有分寸。"

来到家族大厅，叶家众人早已等在了门口，看到叶天到来，不少人都将目光投来，而那叶云阳以及其一家更是不怀好意地看着叶天。

在大厅的中间位置上，有两人傲然打坐，两者嘴角都有血痕，气色两虚，看来两者都是受内伤不轻。叶天认出，左边是爷爷叶威，右边是父亲叶云仙。

"这下叶天惹大祸了，竟害得两位核心人物险些丧命。"

"怕是即便两人保住性命，其实力也会大打折扣，到时候这叶家家主自然便是叶云阳的了。"

"是啊，这叶云阳的两个儿子以及他本人都被叶天给侮辱过，这下怕是叶天不会有好日子过了。"

"……"

现场众人都是小声议论交谈着什么，叶天却对他们不理不问，只是径直走向场中两人。

"大胆叶天。"叶云阳看叶天对他视而不见，当下便是愤怒地叫了一声，而后巨掌一挥，一股浓浓的斗之力蓦然朝着叶天的方向砸来。

叶天自然知道，这叶云阳早就已跨入斗灵中段，不敢硬接，只是躲闪。

"大胆叶天，竟敢躲过家规惩罚，我看你是活得不耐烦了。"叶云阳勃然大怒，立刻拍案而起，准备将叶天收拾一通。现在他想想自己的二儿子被这家伙给打断一条腿，大儿子也被这小子侮辱的场景，脑子里面除了仇恨就是仇恨，恨不能立刻将叶天给收拾了。

"哼，你凭什么用家规惩罚我？你是叶家家主？莫不是你想篡位谋命不成？"叶天冷哼一声，抬起了头，明亮的眸子死死地盯着面前之人。他无丝毫畏惧，他自信有理走遍天下。

"你……"被叶天如此一说，叶云阳竟也是无法下手。他说的倒是事实。

"哼，你用有着至阴之气的针毛猪害得两位家族核心成员实力受损，甚至生命都有危险，你……你知罪不知罪！"叶秋此刻也是站出来替父说话。

叶天冷哼一声："你怎知我是害得两人实力受损，而不是助两人晋级斗王强者？"

"事实摆在眼前，莫不是你还想狡辩？"叶秋冷哼一声，"若是爷爷和大伯苏醒过来，实力定然大打折扣，身体也会留下后遗症……"

"若是我能让爷爷和父亲双双突破斗灵，晋级斗王级别，你怎么说？"叶天用戏谑的眼神看着叶秋。

"哈哈，哈哈！"

不仅仅是叶秋，位于叶家大厅之中的所有人也都是暗中嘲讽起来。这小子实在是太张狂了些，上次有了一个大还丹，实在是够运气，如今要想救得两人，那至少得需要中等四级丹药啊。那般丹药别说是他们叶家了，即便是在整个千灯镇，那也是少之又少。

大还丹也不过才下等三品丹药而已，要是能拥有一颗中等四级丹药，怕是两者早就已经晋级斗王强者了。即便是秦家，之前也是花费了一大笔的金钱，才从一级炼丹师天盟那儿换取到了一颗中等四级丹药，要说这穷得叮当响的小子有中等四级丹药，那简直就是朝天放屁。

"你的意思是说，你有中等四级丹药喽？"叶秋用嘲讽的语气问道。

"没有的话，我能在你这张狂的家伙面前张狂？"叶天冷哼一声，而后便逐步走向叶秋，"这样吧，打个赌如何？"

叶秋冷哼一声："好啊。"

"若是我没有方法能将爷爷晋级斗王强者的话，我便自废武功，如何？"叶天笑着说道。

"好。"叶秋连连拍掌，用冷峻目光看着叶天，很明显，他基本上已经确定，叶天必输无疑了。中等四级丹药，他若拥有一颗，早就献给爷爷升入斗王高手了，到时候他的地位，在叶家便可直线上升。

"若是你输了呢？"叶天自信满满，充满嘲讽地看着叶秋。

"我若是输了，随你处置。"叶秋冷嘲热讽道。

"好。"叶天笑了笑，然后走到傲然而坐的两者身前。两位看上去比之前憔悴了很多，看来是真的坚持不了多长时间了。

他自乾坤戒指中掏出了两颗黑色的丹药，交给了等在一旁准备检验丹药等级的长老："中等四级丹药乌丹。"

长老嘲讽似的笑了笑，心中暗道："你当我没见过中等四级丹药吗？这等宝贝，也是你能随便拥有的？"

不过他依旧是有模有样地接过丹药，而后捏在手心，开始检验起丹药的成分等级来。

当他感觉到，丹药之中有浓浓的药性，犹如波涛汹涌的潮水一般倾泻而下时，立刻吓傻了，因为他真真切切明明白白地感受到，这便是中等四级丹药乌丹，而且在同等级的药物中，药性还是相对比较强劲的那种。

"大长老，您看丹药等级如何？"见大长老的表情竟凝滞住了，叶云阳有些担心地问道，尽管他已然是控制自己的情绪，不让担心表现出来，不过语气间，还是表达出了那种情感来。

"这……"大长老犹豫了一番，最后还是咬牙道，"的确是中级四等丹药乌丹。"

哗！

厅中顿时热闹了起来，就好像是有数亿的蚊虫在四处乱飞嗡嗡乱叫一般。

“什么？我没听错吧？中等四级丹药乌丹？开什么玩笑?”

“是啊，我也觉得不可能……大长老肯定搞错了。”

“这中等丹药，咱们整个叶家都没有储存，这小子又是从哪弄来的?”

“肯定是假的。”众人都是目光急切地盯着大长老手上乌黑色的药丸，无论如何也是无法将之与传说中的中等四级丹药联想在一块。

“嘶！”叶云阳倒吸一口凉气。这乌丹的出现让正在做家主美梦的叶云阳受到了不小的打击，心情也开始变得紧张了起来，“怎么会这样？大长老，拿来我探查一番。”说着，猛然伸出手掌，一股雄浑斗气迅速自手掌中释放而出，几乎是眨眼瞬间，便抢掠似的将乌丹收入手掌中，暗中运转一股斗气，迅速将丹药包裹，而后检验其等级来。

当他发现，果然是中等四级丹药的时候，心头也是猛然一震，不过他很快意识到，若是此刻承认丹药是中等四级丹药，非但自己家主之梦会破碎，甚至于叶秋也要跟着一块受罚……

心头一声冷哼，计上心来，他冷笑一声，便用力将乌丹捏碎，而后丢到地上：“哼，大胆，竟敢随便拿两颗黑色药丸糊弄我等，你这是在戏弄我们。”

虽说在捏碎中等四级丹药的时候，叶云阳的心疼了一下，若是有了这两颗药丸，自己也可能踏入斗王强者啊，不过为了家主之梦，他还是咬着牙，将两颗乌丹捏得粉碎，丢到了地上，心想这下即便是真的，你们也无法查探真假了。

叶天看得却是怒火中烧，这叶云阳明显是在毁灭证据，不想让叶威爷爷和父亲恢复。

为了一己之利，竟不惜拿父亲和亲生兄弟的命做赌注，实在是过分，心狠手辣。

其余众人原本惊诧的心也是稍微松弛了一些，他们也都怀疑大长老检验错了，现在看来，果然是错了。

而那大长老却是在小声呢喃着。几十年鉴定经验，他确定自己不会看错，那的确是中等四级丹药，心中对叶云阳的做法也是有了一些不满。他也自然看出叶云阳的真实目的了。

“来人，给我把叶天捆了，家法伺候，连长辈也敢糊弄，更是想损坏两位德高望重前辈的身体，实在是过分。”

叶云阳怒吼一声，捆缚叶天而来的两名守卫，也是快速上前，准备将叶天拦下。

“哼！”叶天冷哼一声，想也没想快速冲到爷爷和父亲面前，而其手中却有了另外两颗乌丹。

叶如霜共给了叶天两株人首乌，每一株人首乌都可提炼出两颗乌丹。说来，他是有四颗乌丹的，之前便是为了预防叶云阳毁掉四颗乌丹，隐藏了两颗，看来自己所做的确是对的，这会儿自己只能采取强硬手段，喂爷爷和父亲了。

见叶天手上竟出现了另外两颗乌丹，叶云阳的目光顿时变得炽热起来，巨掌一挥，一股磅礴大力便是朝着叶天的方向飞奔而来。

叶天是万万不曾想到，叶云阳竟如此心狠手辣，他如此快速地阻挡，自己想要给两位老者喂服丹药，还真不是一件简单的事儿。

“天儿，我来挡着。”就在叶天被那股攻击震得无法靠近两者之时，大长老却是忽然怒吼一声，而后双掌一挥，同样一股蓬勃的斗气，迅速自其体内喷薄而出，和叶云阳发动而出的斗气撞在了一块，同时发出一声轰隆巨响。

叶云阳发动狠心的攻击，着实厉害，大长老被这股攻击震得连连后退好几步，才勉强止住脚步，捂着胸口，吐出了一口红血。

而叶天则是趁着两人对战的瞬间，快速地冲上去，将两枚乌丹迅速地用斗气送服入两者的口腔中。而在完成这送服动作之后，也是彻底惹怒了叶云阳，只听得叶云阳怒吼一声，巨掌袭来，一股阴寒之气迅速地打在了叶天身上。

他的身体也犹如断线风筝一般倒飞出去，而后撞在大厅门上，将大门给震得叮当直响，甚至于铁门之上，出现了一个人形的凹陷。

叶天随之从上跌落下来，胸口一闷，一口鲜血便喷涌而出。看来，叶云阳是下了死手了。众人虽说都觉得叶云阳过分，不过都不敢说出来。如今两位管事儿的都是人事不省，他叶云阳，自然是只手遮天了。

他这么一摔，顿感五脏沉闷、有些移位，甚至连呼吸都觉得相当困难。

判官也是及时察觉出了叶天的伤势，顿感不妙，紧张地提醒叶天：“狂补参丹。”

叶天听了，也顾不上其他，立刻将剩下的三颗参丹，尽数塞入口中。

当然，他是偷偷地塞的，要是让这么多人看到自己把参丹当成零食，恐怕会直接疯掉的。

他的身体原本被叶云阳给打成重伤，所以斗气十分的羸弱，在参丹入体的瞬间，迅速地转换为斗气，充盈全身。

一时之间，他的身体完全被斗气充盈。斗气四处流通，冲荡着五脏六腑，直至最后，竟硬生生将挪位的五脏重新搬回原本的位置。身体内的伤口非但没有减轻，反倒是越来越厉害，毕竟三颗参丹的威力过于生猛，那股蓬勃的斗气直欲将他的筋骨脉象冲破。

若是没有那丝真气压制，并且在判官的辅助下，将大量的斗气转化为真气的话，怕是叶天早已是爆体而亡了。

承受过那股非人的折磨之后，叶天才在众目惊讶之中，站起身来，他身上浑厚磅礴的斗气，正是在向众人展示着自己的九段斗之力。

“啊，竟然是九段斗之力……”所有人都是被镇住了。即便是那叶云阳也在犯傻，愣在原地，他还清楚地记得，就在前段时间，甚至半月时间不到，叶天还只是一六段斗之气的愣头青，这才不到半个月时间，连升三级……

这是怪物吗？中了自己的五毒掌，非但没有生命危险，反倒是晋级……这是不可能的，这一定是在做梦。

“这是……这是……”大长老也是使劲地揉着眼睛，他越看，越觉得这些是梦。

在众人还未从叶天这股震惊中苏醒过来的时候，便忽然感觉到，两股更为蓬勃的斗气迅速地自叶威和叶云仙的体内逸散出来。

所有人都用不可思议的眼神看着天地之间的斗气，竟犹如实体般的钻入了两者的体内，而两者体内那充盈旺盛的斗气则是在向他们证明着，斗王级别的高手究竟有着怎样的精神威压。

几乎所有人都被这两股强大的斗王级的威压给镇住了，甚至于一些修炼弱小者，都是直接被逼得跪倒在地，满目惶恐。

而那叶云阳也是猛然察觉到，两人几乎是在同一时间升入了斗王强者。

他深呼吸一口气，知道若是两人苏醒过来的话，定然会第一个找自己的麻烦，当下便是深呼吸一口气，而后转身，便要逃走。

虽说两人处于混沌之中，无法做出反应，但是却对刚才的事百分之百的了解。叶天用药效证明了两颗中等四级丹药的真实性，那么自己也有了故意损害两人生命的嫌疑。

叶云仙那老东西定然不会对自己手下留情的，相信谁都有护短的感情吧。

“哼，想走。”在叶云阳刚刚后退一步的时候，叶云仙便已然靠着强大的精神力量，感受到了逃走的叶云阳，当下便双掌猛然拍击地面，身体也是爆飞而起，一只手生生地释放出了浑厚的斗气，迅速地将叶云阳给笼罩在了强大的斗气之下。

斗王和斗灵级别，那简直是有着天壤之别，所以尽管叶云仙是刚刚晋级斗王，其威力已然是叶云阳所不能反抗的。叶云阳的身子直接被强猛的斗气给压得瘫软在地，一动不能动。

“畜生，孽障。”叶威老爷子也是及时苏醒，身上散发而出的雄浑斗气也在向众人证明他的斗王级。刚才在昏迷的时候，他也是将这一切尽收耳底，自然也明白叶云阳的心思。

这样一欺师灭祖的家伙，也是叶威老爷子生平最为憎恨之一。

叶云阳一直跪在地上，不言不语，目光之中，透露出憎恶与愤怒之光。

其余众人，见叶云仙和叶威老爷子齐刷刷晋级斗王强者，也是纷纷跪拜在地。如此在千灯镇都是独一无二般的存在，也让众人尊崇有加。

他们也被叶天这小子给搞糊涂了，开什么玩笑，这小子刚才是拿出了四颗中等四级丹药吗？也忒变态了点吧，无论如何做梦都没想到，这平淡无奇的小子竟也能拿得出如此贵重的东西……

“哼，叶云阳，你还有什么话想说？”叶威老爷子冷哼一声，而后便是怒目圆睁，直勾勾地盯着叶云阳。

证据确凿，叶云阳二话不说，当下便是冷哼一声道：“既然你们都知道了，家规该如何处置，你们便如何处置吧。”

“好一个按照家规处置。”叶威老爷子冷哼一声，而后便是一拳，重重击打而出。

霹雳掌！

一道狂暴斗气而成的虚幻霹雳掌，迅猛在半空中成型，而后便是冲着叶云阳的身上狂轰而去。

叶云阳见势不妙，立刻暗叹一声不好，奈何被叶云仙强大的气场压制住，无法动弹丝毫，只能是跪拜在地，任凭攻击打在身上。

轰隆！

一声能量风暴迅猛地席卷向叶云阳，叶云阳的身体在半空中来回地几个翻滚之后，便狠狠撞在了墙壁之上，直将墙壁给撞得四分五裂，齑粉在半空中来回飘荡，将众人笼罩其中。

即便是那齑粉之中，也是有着强劲的波动，令众人为之窒息，为之疯狂……

“哎哟。”叶明狠狠咒骂了一句，“真是没想到，这斗王强者竟可以将自己的威压分散到任何一件事物上。”

而那叶云阳的身体则是直接镶嵌进了墙壁之中，无法动弹，而他全身更是溢出了浓浓的鲜血，顺着身体滴滴答答地落下。

“孽障，收入牢笼，日后审判。”叶威狠狠咒骂了一句，而后便转身，目光在众人身上扫过，最后却是停留在了叶天的身上。

一抹淡淡的微笑，自嘴角一闪而逝：“天儿，看来爷爷我又欠你一条命了。”

叶天同样是回报以一个微笑：“爷爷您开玩笑了，我这生命，本就是爷爷所赐，谈何欠我一条命？”

“好，好。”叶威却只是笑着，刚才阴霾的心情也是在看到叶天之后烟消云散，“刚才我感受到九段斗之力自你身上逸散而出，不知是不是你？”

叶天点了点头，并未多言。

他哪里知道，若是自己将那一丝真气也转化为斗气的话，其真实实力，甚至可以和斗者相提并论。

“短短半月时间，便是连升三段斗之力……”即便是叶威，也是连连感叹，最后却是将目光投向叶云仙，近乎责备的语气道，“我说，云仙啊，你眼里还有没有我这个父亲，天儿如此变态的修炼速度，即便是达到了九段斗之力，你也是不提只言片语，我这当爷爷的都没拿出点丹药表示表示……你实在是太过分了啊。”

而那叶云仙也是苦笑连连，即便是自己，也不知叶天达到了九段斗之力啊，又谈何告诉叶威老爷子？

“我说，老爷子，”叶云仙冲叶威老爷子淡淡笑笑，“咱们这些当长辈的，就别跟着插手了。叶天连中等四级丹药都能拿出手了，您那表示……也不嫌寒酸？”

一席话，说得叶威老爷子也是有些不好意思了，诚然，他拿出的表示顶多就是一级补品二级补品而已，至于那些稀有的丹药，他也是很急缺，不可能赏给叶天的。叶云仙这么一说，叶威老爷子也是觉得，自己的想法的确是有些多余。

不过，这叶天到底是如何拥有这么多的高级丹药的呢？

叶威老爷子当下便是将自己的疑惑提了出来，好奇地看着叶天。

叶天沉吟片刻，说道：“爷爷，那日在狩猎大赛上，我便是发现了几只针毛猪，在针毛猪守护的几棵植物旁边，我就发现了这几颗丹药，不过我当时并未在意，以为只是一些低级丹药而已，便收了起来，谁知这竟然是中等四级丹药……”

叶威老爷子点点头，说实话，即便是傻子也知道这小子是在胡吹瞎说，怎么可能那么好的运气，见到针毛猪就算了，还见到四颗价值连城的中等四级丹药？别人连做梦都不敢梦见这么好的美梦，竟能随便梦想成真？

不过，虽然如此，叶威老爷子也是并未追究，既然叶天不愿说出实情，自己也不方便多问，当下便是乐呵呵笑了笑，而后便看了看叶云仙：“既然那森林中藏有重宝，不如我们前去查探一番如何？”

叶云仙点了点头，虽也不甚相信叶天所言，不过前几日他在森林中狩猎得到蕴含至阴之气的针毛猪却是实情。那针毛猪竟蕴含至阴之气，想必定然会有至阴之物散发出此等气息，若是能找得到的话，对他们叶家定然会有翻天覆地的改变。

想想看，这至阴之气乃是压制斗气最好的东西，若是能将这些气息尽数为之所用，那么他们叶家的人每次晋级的时候，岂不是要将风险减到最小？

想到这儿，叶威也是越来越兴奋，恨不能立刻动身前往那片森林。

不过这天色黑暗下来了，叶威老爷子也只得压制住体内的那颗狂躁之心，准备明日再去查探。

虽然叶威老爷子极力地要塞给叶天不少的储存法宝、灵丹妙药，不过却是被叶天一一拒绝了，他知道这些灵丹妙药对爷爷的作用，那可是爷爷一辈子的心血啊，要是被自己像参丹一样当零食吃了，岂不是侮辱了爷爷那宝贵的心血？

所以细想之下，叶天还是拒绝了。对于叶天的倔强，叶威老爷子也是无语，只能是收回了自己的好心，任凭叶天去了，只是对叶天说，过不了几天，便是叶家真正的测试比赛外加家主选拔大赛了，希望到时候叶天能好好地为父亲争光。

叶天点了点头，而后便回去了。

他也不愿继续在这儿待下去，因为受不了叶秋那种眼神，估计他把父亲被叶威老爷子打入大牢的罪过全都丢到自己身上了。叶天自然还记得之前那个赌约，不过并未当场兑现，俗话说得好，做人留一线，日后好见面。再者说了，他还迫切想回去，看看被自己收入大还丹精神世界的那个洞府之中，到底有着些什么呢。

回到了自己的宅院，便是看到母亲焦躁不安地等在门口。看到叶天回来，她欣喜地走了上来，然后语气急促地问道："天儿，你二叔没难为你吧？"

叶天冲母亲淡淡笑了笑："母亲，我说过，你不用担心的。"

叶母看叶天的脸色有些稍差，嘴角还有一丝干涸的血迹，心中有些担心，本来还想多问些什么的，不过叶天却是嘱咐母亲说："不用担心我，父亲已经跨入斗王高手了，你还是多看看父亲吧，我有些累了，想休息。"

见他脸色疲惫，李倩也是并未多加询问，只是让他去睡了。望着他离去的身影，叶母李倩还是有些高兴的。别管怎么说，儿子总算是回来了，虽说受了点伤，但总比丢了命要划算得多。

还有他说的，叶云仙突破斗灵，达到斗王强者的高度，她更是不以为意，她还以为是叶天说的胡话呢。

可是，当她转身，看到一脸傲然兴奋神色走来的叶云仙时，竟不自觉地被他身上释放而出的强大威压给镇住了。此人无论是从气质上，还是从威压上，都比以前提升了一大截。

叶母李倩的心疯狂颤抖了一下，用怀疑的语气问道："你……达到了斗王强者？"

看叶母李倩满脸不相信，叶云仙也是有小小的成就感，冲叶母笑笑："其实，这一切都是叶天的功劳。"

"哦？"李倩看着叶云仙，"如此说来，你果然突破了斗灵……天啊，这……这是真的吗？这和天儿又有什么关系？"

叶云仙无语地笑笑，单单知道自己突破到斗王强者，就让李倩兴奋到如此地步，他甚至都无法想象，若是她知道这一切功劳都是天儿的，甚至连叶威老爷子也突破到了斗王强者，她究竟会兴奋到什么地步。

回到房中的叶天便迫不及待地进入了大还丹的精神世界中。

大还丹的精神世界中，依旧是一片黯淡，犹如是一片未曾开垦过的世界，依旧是一片真空。

"判官，"看到这稍显冷清空旷的大还丹精神世界，叶天有些失望地道，"这么长时间了，我都未曾见到过你的真实面目，不知你能不能现身，让我看看您？"

"呵呵。"判官却兀自笑了笑，"我现在的实力还不足以显出实体，这件事以后再说吧。对了，你快去我们找到的那府邸之中，搜寻一番，或许能找到什么宝贝呢。说不定有一样灵宝，可以让我初具实体。"

叶天也没有再啰嗦，而是按照判官的指引，快速地在黑暗之中，找寻到被拽入到这偌大的古墓府邸之中的那处石室，而后便是轻松进入其中。

这石室之中，到处都是黑暗，而且是不正常的黑，唯独有一块散发出蓝色荧光的东西，安安静静地躺在一个角落，置身于这硕大的石室之中。

“去看看散发着蓝色荧光的是什么东西。”判官小声道。

叶天脚步缓慢地走近了那处散发着蓝色荧光的东西，打量着这个半透明的水晶般的东西，不由得被其美轮美奂的外表给迷惑住了。

第十一章　真气轮发威

“至寒珠!”判官倒吸一口凉气，而后神情变得兴奋起来，“没想到，在这小小的石室之中，竟然有至寒珠的存在。”

连见多识广的判官都惊讶到了如此程度，叶天不可思议地盯着判官，道：“判官，这至寒珠真的非常稀少吗?”

判官连连应着：“这哪是什么稀少啊，简直可以说是整个大陆都没有几个。”

“嘶!”判官这么一说，叶天也是忍不住倒吸一口凉气。虽说他也做好了心理准备，可万万没想到，这至寒珠竟然如此稀少，别说他们千灯镇了，即便整个神魂大陆，也是如此的稀少。

“这至寒珠到底有什么作用?”叶天好奇地看着判官道。

“这至寒珠，其实便是远古大能的各种功法残魂汇聚在一块而产生的东西。而能汇聚成如此大的至寒珠，必定是为数不少的高手残魂灵识汇聚。能有这么多的远古大能同时陨落，怕是只有当年的邪魔大战才可能造成如此现象吧。”

判官这么一说，叶天倒是有些了解了至寒珠的一些信息，一想到这至寒珠乃是为数不少的远古大能汇聚而成的一种东西，他的心中也是小小地兴奋了起来：“判官前辈，您的意思是，这个地儿便是当年发生邪魔之战的战争之地，他们的残魂灵识才会在此处发生凝结?”

判官摇了摇头：“并不是如此，这个地距离当年的邪魔大战之地有十万八千里之遥。我猜测，定然是有个远古妖兽，无意中吞噬了这至寒珠，后来迁徙到此处，而后死亡，被埋入了地底之中。”

叶天想了想，判官所说，极有可能。一想到这儿曾经是一个远古妖兽埋骨的地儿，他的心中就是一阵激动兴奋。

“判官，这至寒珠究竟有何种的能耐本事?”叶天好奇地看着判官问道。

判官语气激动地道：“有了这样一至寒珠，你等于有了数位远古大能为你保驾护航。这其中，汇聚着远古巨头各种功法精髓，若是在关键时刻，你用真气注入其中，达到了某种程度的话，便是可能激活其中某位大能蕴藏其中的某种功法。你想想，能被远古巨头当成杀手锏的功法，其威力……啧啧!”

说道这儿，连判官都变得兴奋了起来。

叶天听到此，竟愣住了，满目不可思议，万万不曾想到，这至寒珠竟有如此之功效，可以助他唤醒远古大能的功法技能来……

要知道，能称得上巨头的，都是超越了斗皇强者的高手。那样的高手即便是简简单单地挥挥衣袖，都可以斩杀千军万马……那岂不是说，现在自己拥有了毁灭千军万马的能力？

将自己的想法告诉了判官，判官却是哈哈笑了起来："你现在的斗气想要催动功法大阵，那是不可能的。"

叶天不好意思地搔了搔脑袋，嘿嘿笑了笑，继而是满目紧张地盯着判官道："判官，不知我的斗气或者真气达到何种程度，才可催动至寒珠之中的功法大阵？莫不是，在我未曾达到那种程度之前，这至寒珠于我来说都是无用之物了？"

判官笑了笑道："至少等你达到斗师级别，或者真气可以将那轮子转动两圈，才可能会有机会召唤远古大能的亡灵残魂。当然，至寒珠此刻对你却也并不是全无用处，它所散发而出的至阴之气，可帮你压制体内沸腾斗气，让你在升级斗者的时候，不至于被沸腾的斗气冲破经脉，就好像是叶如霜升级斗者的时候一样。"

叶天点点头，恍然大悟。

将那至寒珠存放入了大还丹精神世界中之后，判官又传授给叶天一个简单的火焰斗技——燃烧斗气，照亮了整个石室。

当叶天看到，偌大石室之中，一座足有十米长、五米高的巨型动物骨骼的时候，他是彻底地被镇住了。即便是他想破脑壳，也是绝不会想到，这个世界上，竟有如此大型的动物。

判官淡淡笑了笑："这个世界大得很，像这种巨型动物，在某些地方，也只能算是小不点而已。某些真正的魔兽身子甚至可以和一座小山媲美。"

前者再次忍不住倒吸一口凉气，因为他实在是无法想象，这种可以和一座小山相媲美的动物，究竟得是如何的庞大。

那该是怎样的一种动物？

仔细搜索了一番，最后判官便将所有的注意力集中到了巨型动物的头骨上面。

在头骨的中间，有一个闪烁着微弱光芒、外表圆润、形状有些不规则的晶体。判官说，那是妖兽的妖精，其中的妖气对他的恢复有很好的作用。

说着，一个淡淡的黑影便抓向了巨型兽类的妖精。几乎是在黑气碰触到妖精的瞬间，那妖精便立刻化为了一股淡淡的气息，随着黑气，逐渐地飞出了石室外，进入了浓浓的真空黑暗之中。

"好强的妖气，看来，借助这股妖气我可有精力凝聚出虚幻身影了。"判官的声音徐徐讲来。

趁着判官吸收妖气的时候，叶天观察了一番这巨型动物的骨骼。他看到，这巨型怪物简直就是一个储物柜啊，在它的肚子里面的骨头上，附着了很多没有被消化掉的东西，比如各种各样的瓶瓶罐罐，还有一些被加持了封印的东西、功法秘籍，等等，看得他是热血沸腾。

不知道这些东西里，有没有他所需要的真技。

就在他思索的时候，却忽听身后传来判官苍老遒劲的声音。他立刻转身，觉得有些不正常，以往判官同自己交谈，都是用精神沟通，如今自己却是可以听到真实声音……

当他看到身后一道由浓浓斗气组成的虚幻人影的时候，忍不住倒吸一口凉气，莫不是这便是那日日夜夜以来指导自己修炼的判官的模样？

只见这老者眉毛、胡子以及头发都是纯白色的，犹如冬日飘雪，眉宇间透露过一丝森寒之气，双目有神，鼻子略微有些宽大，似乎和叶天等人的长相略有偏差，叶天基本确定他不是本地人。

“判官前辈，是您吗？”叶天有些不相信地看着站在面前的慈祥老者。

老者点点头：“嗯，是我。”

叶天忙要附身叩拜，一来感谢这老者的培养之情，二来感谢这老者给了自己新的生命。

老者却是淡淡笑笑，并未阻拦，待得叶天三拜九叩起身之后，老者这才笑笑道：“如此少年，既然已对我行此大礼，那么，这个徒弟我是收定了。虽说吞噬了妖气，我才不过恢复至斗师级别，不过教授你这少年，还是绰绰有余的。”

当下叶天的心中更为感动。

老者简单地和叶天说了几句之后，便带着叶天走到了巨型动物骨骼之下，仔细盘点着骨骼上面悬挂着的零星物品。

待得他们将全部物品集中在一块，搜寻片刻之后，那老者的眼神，却是忽然闪亮了起来，满脸惊诧地道：“真是天助我也，竟真有真技存于世。”

说着，便是将一用绳索捆绑起来的卷纸，递给了叶天。

接过卷纸，叶天感觉沉甸甸的，犹如一块大石头，心中暗道：“这储存真技的卷纸，竟也是一宝物。”

当下，叶天便将一丝斗气侵染进了那画幅之中，闭目冥思片刻，总算是将上面的信息，尽数收入脑海之中。

继而，一抹浓浓的黑影自远处缓慢浮现而出，按照那真技上所描述，开始演练起来。

这真技名为《十五真气脉络冲法》。顾名思义，便是依照上面所演示，可打通人体十五条经脉。

看那黑影，演练片刻之后，便安静蹲坐于地上，而后背上，则是缓慢浮现出一条条明亮的线条来。他明白那些线条的真正含义，应当是《十五真气脉络冲法》上面所要冲破的脉络吧。

很快，十五条真气脉络便完全地被打通了。叶天的心中也总算松弛了下来，看来这黑影果然是宝贝。

可是，这还仅仅只是开始而已，没过多久，叶天便猛然发现，黑影之上，竟又有另外一道亮光亮起，这黑影竟用此等功法，开拓出了另外的一条脉络。

叶天更为惊讶了，这黑影果然是宝贝，竟能发掘出创造功法之人所不能发现的脉络。

冲出了一条脉络一刻钟后，又是亮起了新的光线，继这条光线后，又有足足两条亮光亮了起来。

竟比功法所表示的脉络，多出了整整四条，可见这黑影的厉害。

判官也是欣慰地看着那黑影，笑了笑道：“看来这古墓之中都是宝贝，这黑影应当是某位远古大能一丝精神力凝聚而成，对各种功法具有很深入的研究。这真技应当是属于低级功法，所以才会被黑影完善了吧。”

叶天若有所思地点了点头。

从精神世界中冲出来之后，叶天便开始修炼了起来。有了黑影对体内脉络的指引，他用真气冲撞起来，也有了方向性和目标感，真气冲撞脉络的速度竟加快了不少。

不知不觉，在一晚上的时间，他硬是在两颗参丹的作用下，冲破了体内十一条脉络。

待得天亮，鸡鸣声响起的时候，叶天才打了一个哈欠，而后意识到身体的疲劳之感，躺下睡觉。

一道斗气组成的光影自大还丹中缓慢延伸而出，悬浮在叶天的头顶之上，看着陷入很沉的睡眠状态的少年，细微地笑笑：“竟能在一晚上的时间，利用真气，冲出十一条脉络，即便放在远古时代，也是会令得许多大能汗颜的啊。如此少年，将来必定大有作为，甚至于连那万年未曾有人踏入的邪魔之地，这少年也有机会进入的。”

在这几日，叶天也是下了不少的功夫，对真气加以锻炼。

在家族正式测试大赛的前一日，他愣是用浑厚的真气转化而成的斗气，冲破了斗者之门。

也就是说，即便是不施展真气，他也完全踏入了斗者的行列。当然，冲破斗者之门可没那么简单，他也是在至寒珠以及各种大补丹药的辅助下，才终于晋入斗者的。

而他的真气甚至都可将那真气轮子推动一圈半了。而推动一圈半，催动而出的天雷大阵，威力也是令人骇然。他甚至可以确定，即便是斗师高手，在面对这推动一圈半真气轮子施展而出的天雷大阵，也得是正襟面对，不可轻敌。

如今他感觉体内的真气有时候竟好像一汪泉水般自体内四处流淌，尤其是流过胸膛的时候，更是一阵燥热，也不知是何种原因。

而判官在得知他这种情况的时候，也是满目骇然，不可思议地道，这乃是结成真丹的前奏。

一般而言，修炼斗气者超越了斗皇级，便是要凝聚元丹了。而修炼真气者，则是需要依照此凝聚成真丹。这真丹乃是最为纯正的元丹，其威力甚至可以说是元丹的数倍。这也就决定，修炼成真丹的同层次的修炼者，其威力堪比斗气高手大了足足好几个台阶。

听判官如此说，叶天的心竟噗嗵狂跳得厉害，若真是那样的话，自己岂不是要打遍天下无敌手了？

当然，他最引以为傲的，便是这几日按照那真技打通了身体十九条经脉。这等成就，即便是那判官也是叹为观止。这种速度实在是超出他的认知。

若是能将真气，或者斗气按照全身十九条经脉运转一个大周天，真气或者斗气可瞬间加强好几倍，即便是以他初级斗者的情况，也可战胜踏入斗者行列数载的高级斗者。

就在叶天思索间，忽听得门口传来一阵有节奏的敲门声，继而传来叶强的声音："叶天，是我。"

从那声音上，他也听出，这叶强是又来要邪魔丹了。

叶天明显感觉到，最近一段时间，叶强的身体邪魔之气侵袭得是越来越频繁，也不知是何原因。

请叶强进来，叶天便将一颗邪魔丹给了叶强。叶强毫不犹豫将之吞服，良久之后，这才微微叹口气，而后道："明日便是家族测试大赛，不知你做好准备没有？"

叶天先是有些惊讶，没想到这叶强竟关心起自己来了。所谓伸手不打笑脸人，他淡淡点头，而后做了肯定回答。

"明日的测试大赛上，按照规矩，都是要进行青年比试的。凡摘得第一桂冠者，都可给家族提出一个要求。"叶强的表情忽然变得狡黠起来，"你一句话，我便会在家族大赛上，赢得全部的比赛者之后，主动输给你。"

听他的想法，叶天苦笑摇头："我叶天还不至于干出那等见不得人的勾当，明日你尽全力便可。"

叶强听了，有些发愣，继而是怀疑的目光望向叶天："你所说是真？"

叶天点点头："我怎会在此事上戏言？"

叶强在满目质疑中，缓步退出。在叶家少年中，他是当之无愧的第一，此次的家族测试大赛，众多叶家少年也是在夺那第二的名头而已。

连那叶如霜也是踏入斗者没多长时间而已……

叶家少年没有任何一个人可威胁到他斗师的级别。

而叶天则是望着自信满满离去的叶强，冷哼一声："明日，我便让你看看，这叶家第一少年的名头，可不是你想摘便摘的。"

家族的测试大赛，才是亮出叶家少年真正能耐的时候，千灯镇的其余三大家族，也都是纷纷前来围观。毕竟叶家未来力量的大小，直接关乎他们的生死存亡。据说，叶家少年，最近涌现了一个斗师高手，他们倒是要看看，那个小小年纪便是突破斗者晋级斗师的家伙究竟是何等的变态。

一大早，家族训练场上的观众席位上已然是人山人海。

叶家少年的中级修炼者以及高级修炼者也都在待测席上等待着测验。

叶家的核心成员缓步走出。叶威老爷子旁边，分别坐着叶云仙、叶云鹤以及叶云阳等人。

此番叶威和叶云仙踏入斗王级别的事，被叶家之人给瞒得严严实实，并未告诉外人。所以为了避免外人起疑心，被关押起来的叶云阳也自然是被释放而出，当作无事发生一般。

首先开始的，便是叶家的家主选拔大赛，当然，这家主选拔大赛也只是走了一个形式而已，实际上只是叶云阳和叶云鹤之间的较量。

叶云鹤，直接是凭借着娴熟的斗技以及高级斗灵的级别，战胜了叶云阳。后者对此，却是并未有任何的怨言。如今他是戴罪之身，若是再有怨言的话，怕是老爷子会对他加大责罚了。

接着，才是今天最为重要的一个环节，家族成员测试大赛，以此来决出家族中少年的名次来。

按照规定，凡是摘得第一名桂冠者，可向叶家提一个条件，叶家人必然得按照约定，尽全力满足第一名。这也是这么多年来，每年少年都为这个名次而杀得眼红的原因。

第一场，便是从众多叶家少年中，决出潜力稍突出者。然后那些潜力稍突出者，才可进行对战。

如此一场接一场的，直至产生最后一名胜利者。

各个少年之间的对决，并不是随意选择对手，而是由抽签决定。

叶天第一个抽取到的，便是叶明。

他先是怔了一下，继而是无奈地苦笑了一声。他是万万不曾想到，自己竟要和自己仅有的这个好友之间进行切磋……

不过，签都抽了，现在再想改变也是无法了，只能是硬着头皮上了。叶明发现自己的对手是叶天的时候，也是稍微愣了一愣，继而是满心苦恼起来："叶天，实在是不好意思了，恐怕这次我不能让着你了，那诱惑实在是太大了。"

叶天点了点头，本来他是准备说出这句话的，可是却被叶明抢先了……待会儿他应该就会后悔说出这句话了吧。

叶明说完，便是双掌用力地拍打了一下，顿时一股浓浓的斗气自其体内释放而出，蓬勃的斗气迅速自其体内爆发而出。

在这股狂暴斗气释放而出的瞬间，叶天才明白叶明为何会有那番话语。原来他也是达到了八段斗之力。

怕是前段时间，自己猎来的针毛猪，他也吃了吧，那至阴之气对某些少年体质有很好的改善作用，他必然也是受益了。

只是叶天不明白，自己得到的是至寒珠，和针毛猪皮肉之中的至阴之气比起来，简直是一个天上一个地下。

“寒冰掌！”叶明忽然怒吼一声，继而是猛然攻了上来，双手成掌，自胸口处缓慢推出，直逼向对面的叶天。

面对这等玄阶中级斗技，叶天也是不敢轻视，可是这也根本不足以对他造成任何威胁。

叶天身体一顿，便是一股狂暴的斗之力，迅速自其体内溢出，犹如滔滔江水一般，迎面扑向叶明。

“啊，九段斗之力！”感受到这浓浓的斗之力，叶明立刻被吓住了，惊诧了片刻。不过，片刻之后，他便反应过来，知道这个时候不是发傻发愣的时候，箭在弦上不得不发，依旧是一咬牙，继而便冲着叶天的方向，施展了寒冰掌。

只是在刹那间，他周围的空气便迅速冻结了起来，咔嚓咔嚓的冰寒之气迅速凝聚成形，几乎是眨眼瞬间，一个巨大的寒冰巨掌，便迅速成形，继而是疯狂地打向叶天的方向。

看到那足有一面墙壁大小的巨掌袭来，叶天也是不慌不忙地驾驭真气，施展出了裂空腿，几乎是一个来回，便将叶明的寒冰掌给打破裂了，同时用真气，小小地驾驭了一下五肘拳，一个隔山打牛，便将叶明给打下了擂台。

被打下擂台的叶明有很长时间脑子都是处于空白时期，因为他没想明白刚才到底发生了什么，叶天不是施展了裂空腿破了自己的攻击吗，到底是用的什么攻击自己的呢？

虽说叶天最近一段时间是新崛起的一股力量，不过并未有太多人注意到他的比赛，几乎全部的注意力都是集中在了叶如霜和叶秋的身上。毕竟在今年，这两个人最有可能争得第二的名头。

叶天在看叶秋和叶如霜的时候，也发现两人早干掉了自己的对手，走入了自己的位置，傲然看着赛场上依旧在拼搏奋战的众人。

叶秋发现叶天也干掉了对手，竟冲叶天竖起了拳头，冷哼了一声，意思很明白，今天，他一定会好好教训教训叶天。

叶天苦笑一声，并未过多理会。这般狂傲的家伙，如今他早已是不看在眼中。

他要面对的对手，是跨入斗师高手的叶强，免得那家伙一直以为自己的实力不如他，而不心甘情愿地臣服于自己，若是不以实力让那小子臣服的话，怕是他不会乖乖地将邪魔之事告诉自己，那样自己要挟叶强，岂不是没有啥用，反倒还要劳心费神？

所以对于叶秋那挑衅的表情，叶天也是并未回应，直接无视。这让叶秋几欲疯狂，恨不能将叶天给活活掐死。

在叶天焦躁等待中，总算是等到了最后的终决。对于叶家少年来说，他们的实力出现了断层，在上流中，基本上是叶秋、叶天和叶如霜以及那变态高手叶强为最强横。

所以，在最后的决赛中，便是决出了叶天、叶秋、叶如霜以及叶强。

在叶强的所有战斗中，几乎都是一招制敌，这倒是让众人为之喝彩不已，甚至连坐于观众席中的其余三位家族族长，也为之喝彩。

“这叶强果然是名不虚传，小小年纪，便已然是斗师级的高手。”秦煌对旁边的诸葛云道。

“是啊。”诸葛云忙诚惶诚恐地道，不过片刻之后，他便冲秦煌淡淡地笑了笑，“不过，即便他叶家少年如何的厉害，也是永无出头之日。有秦家老祖宗坐镇，还有家主您也已然成了斗王高手，即便是现在和那叶家干一仗，他叶家也得吃亏。”

秦煌却奸诈地笑笑，并未多做回答，只是再看向诸葛云的时候，嘴角的微笑是更加肆无忌惮了：“早晚有一天，我秦家定然要将叶家覆灭。”

这声音并不算小，位于后方的许多叶家少年，也都听到秦煌如此嚣张的声音，不过碍于秦家家主秦煌的势力，他们也并不敢反抗，只能将这话吞到肚子里去。

再者说了，他所说的倒也并不是假话，虽说他们叶家现如今有了两位暗藏的斗王高手，可是和秦家那位早就步入斗王高手的老祖宗相比，实在是有些寒酸了点。

高级斗王和低级斗王之间，差距是相当巨大，别说以一当二了，即便是以一当三，那也是轻而易举的。

听秦煌刚才的话语意思，他们也大致猜测出来了，这秦煌定然也是踏入了斗王高手，看来，他们秦家同样对此事掩埋较深。

不过，有了他们家的那位老祖宗坐镇，他们并未对此事抓得太紧，即便是说出来，又能如何。他叶家人在他秦家面前，依旧犹如手无缚鸡之力的少年，无法对他们造成影响。

而剩下的四个人同样选择了抽签的方式，来决定自己的对手。

现在，众人几乎已经在心中选择好了名次。第一名，非那叶强莫属。毕竟一路观测而来，并未有任何一个人达到了斗师级别。

第二名，便是踏入了斗者行列的叶如霜了。毕竟斗者和斗之气修炼者之间的差距，那同样是天壤之别。

第三名，便会在叶天和叶秋之间产生，两者之间的实力差距并不算太大，所以究竟谁能赢得第三名，还得看各自的本事了。不过，还是有不少人坚信叶秋会赢得这场比赛的，毕竟叶秋从小便领先叶天太多，底子定然比叶天厚实一点。

四人站在台上，各自抽取了相应的标签。

当叶天在台上抽取到了叶秋的时候，心中还是有些小小失望的，他才懒得和这样的人为敌，他现在最希望的便是能和叶强那小子痛痛快快地打一场，赢得第一名，免得爷爷看到这个仇视自己的叶强夺得第一的名头，会伤心。

不过，既然已经抽签决定了对手，叶天也不能随意更改，只能是深呼吸一口气，而后将自己的注意力集中到了叶秋身上。

而叶秋却是自信满满的表情，俨然一副要将他给撕成碎片的模样。叶天看出来，叶秋肯定是又有了精进，才会如此自信的。

“哼，今天，我定然要让你像狗一样，趴在地上吃屎求饶。”叶秋小声地骂了一声。

叶天淡淡笑笑：“汪汪乱叫的狗，往往都是没有实力的。”

这句话直接骂了叶秋是狗，气得叶秋是浑身颤抖，拳头紧握，发出咔嚓咔嚓的声音，恨不能当场将叶天撕成碎片。

而站在两者旁边的叶如霜也同样将两者的谈话听了个清楚，不过她只是稍微皱了皱眉头，并未多讲。

本来她是准备亲手教训叶天的，没想到却被叶秋给领了个先，心中自然是有些不爽，冷哼一声之后，便瞪了一眼叶强。

而那叶强却是冲叶如霜抛了个媚眼，引得场上一阵唏嘘。他们都在想着，若是自己也达到了这种实力，是否也有资格给叶如霜抛媚眼了。

不过叶如霜却对此毫不感冒，冷哼一声，便走向了赛场。对此，叶强也是并未在意，无奈耸肩之后，也跟了上去。

“请吧。”叶秋冷哼一声，而后做了个请的手势。

叶天看了一眼不怀好意的叶秋，直接无视他请的动作，走了上去。

“有娘生没爹教的土包子。”叶秋当场怒骂了一声。

啪!

叶天毫不留情地反身，对着叶秋便扇了一巴掌。那叶秋未想这叶天竟有如此举动，一时间，竟愣在原地，好半天未曾反应过来。

场中人数众多，所有人都将这一幕尽收眼底，都是瞠目结舌，满目不可思议。万万没想到，这叶天竟敢在此刻招惹叶秋，怕是激怒了叶秋心中怒火，让其痛下杀手吧。他也只是逞一时之快而已，怕是待会儿可能就会被叶秋给教训了。

“你……小畜生，你敢打我!”叶秋气得面容扭曲，咬牙切齿地骂道，“爷爷，这是不是冒犯家规?”叶秋看着爷爷叶威道。

叶威也是不曾想叶天有如此冲动举动，即便是自己想袒护他，可这众目睽睽……

还未等他讲话，叶天便是冷哼一声道："你侮辱我父母，此乃不忠，不敬你父，此乃不孝，不团结我等同辈，此乃不义。不忠不孝不义之人，有脸说别人冒犯家规?"

叶天一席话，说得那叶秋满脸涨红，愣是将他给堵得一句话说不出。

而那位于测试台上叶家核心成员也都是为此少年喝彩不已。这家伙何时变得伶牙俐齿了？与以往那少年，简直有天壤之别。甚至连之前还准备惩罚叶天的叶云阳也是被其一席话说服，直感觉一切罪过全在叶秋。

不过片刻之后，叶云阳还是反应过来，知道此乃叶天一人说辞，毕竟叶天动手在先，罪过在他，便问道："父亲，我教儿不当，我们应当共同受罚。"

而那叶威则是盯着叶云阳，道："天儿说得有错吗？我看说得挺好。好了，这件事就此揭过，你们俩打吧，谁打赢了，这个理儿就是谁的。"

说着，那叶威老爷子便是毫不在乎地坐下了，目光中充满渴望神色。

看叶威老爷子这副大大咧咧模样，后者也只得无奈笑笑，这偏袒得也太明显了。不过他也不多说，只是示意两人开始比赛。

被叶天当众打脸，叶秋早就如发怒豹子，满脸愤怒了。从小到大，叶秋何时被人如此侮辱过，此番定当好好教训叶天，让他知道知道，即便他是十段斗之力，可在自己这名斗者面前，也不过是雕虫小技，根本无法与自己相提并论。

刚开始，并未有太多人注意到两人，因为大多数人都注意着叶强和叶如霜的战斗，毕竟这两少年即便放在千灯镇，那也是数一数二的存在。他们都想看看，叶家两大少年强者之间的对战，究竟是何等的精彩。

相反地，叶秋和叶天的战斗便多少有些冷清了。

叶秋冷哼一声，暗暗叫骂："小兔崽子，今天就让你尝尝我的下等高级斗技，霹雳掌!"

话音刚落，那叶秋身上的十段斗之力，便蓦然爆发而出。在这股狂妄斗气的包裹下，叶秋的身子，竟如同一头生猛禽兽，硬生生撞来。

看到这场景，叶天倒吸一口凉气，万万不曾想到，这家伙上来，便施展了杀招，若是这霹雳掌打在别人身上，那么不死也得变成半个残废了。

"哼。"叶天却根本不把这当回事儿，如今自己已然跨入了斗者行列，虽说他暂时并不准备展现出斗者级别，不过十段斗气，要对付叶秋这个家伙，倒也是轻而易举。

毕竟他在十段斗之力的时候，用真气驾驭五肘拳的话，对付一低级斗者都不成问题，更何况是十段斗之力修炼者呢。

趁着叶秋尚未攻上来的时候，他便施展着五肘拳，当然，并不是用真气驾驭五肘拳，因为他还真的挺担心，这会儿耗太多真气的话，待会儿对付叶强的时候，可能会力不从心。

五肘拳，第三重，已经算是下等高级斗技了，对付同样是下等高级斗技的霹雳掌，应该是不分上下。

就在众人惊叹这两者一开场便是用下等高级斗技下杀手的时候，那即将攻上来的叶秋，却是冷哼一声。这叶天，果然是中计了，自己可不会是没头没脑地施展十段斗之力和他对轰，那样的话，自己和他打个平手，岂不是侮辱了自己的名声？

当下他便是怒吼一声，而后更为强劲的斗气猛然从其体内释放而出，只是眨眼间，他进攻的斗气便比之前浑厚了足有五六倍，看得那叶威大呼不可能。

“斗者，又是一个斗者！”秦煌因激动，猛然拍案而起，这叶家少年竟隐藏如此之深，想他秦家如此势力，也不过才一个斗者而已，这叶家却是一下出了两个……

而那诸葛云同样脸色不好看，以往他同叶威交往的时候，没少拿叶家少年无斗者开玩笑。而今叶家竟冒出了两名斗者，让他情何以堪，日后叶威这老东西会不会同样以此嘲讽自己？

即便是千灯镇两大势力的头头，都惊讶到如此程度，更何况是别人了。一时间，多数目光竟从叶强和叶如霜的赛场上，转移到了叶天和叶秋的赛场上来。

对此，叶天同样是惊呼不可能，这叶秋究竟是如何在如此短的时间内冲入斗者的？定然是使用了邪法。

不过，他很快便反应过来，自己用斗气驾驭的五肘拳第三重，是不可能击溃叶秋的，当下便快速将斗气转化为真气，想以此来驾驭五肘拳。

可即便如此，叶天也只是将部分真气注入了五肘拳经脉中而已，虽说是第三重，不过威力却是比真正第三重减小了不少。叶秋的霹雳掌犹如一道冰寒山般在半空形成，而后是以泰山压顶之势，朝着叶天压来。

叶天的五肘拳施展而出之时，那叶秋的霹雳掌已然攻到面前，感受着浓浓威压。叶天倒吸一口凉气，而后连连倒退，此刻能做的，只是用五肘拳减缓霹雳掌的攻击威力而已。

终于，那浩渺威力的霹雳掌，罩着叶天迎面打下，而叶天的五肘拳也只是起到了一些防御作用而已，强大的力量最终依旧是将之打压得瘫软在地，一口鲜血，随之喷涌而出。

啊！

众人皆惊，尤其是叶云阳更是满目不可思议，他万万不曾想到，叶天竟已然达到了十段斗之力，而更让他惊诧的，则是叶秋达到了斗者级别。

第十二章　精彩赛事

叶云阳莫名其妙地扭头看了一眼叶云仙，却发现叶云仙似乎一切尽在掌握。

原来，他早就知道叶秋跨入斗者行列了，虽说心中愤愤不平，不过却也无可奈何，只是满目担心地看着叶天，真担心他会有个三长两短。斗者施展出的霹雳掌，即便是斗师高手也不能轻易接得下，更别说一十段斗之力修炼者了。

叶天最后还是勉勉强强从地上爬起来，虽说嘴角带着一丝鲜血，不过那表情却是无丝毫恐惧，反倒是跃跃欲试地冲动。

他被打得倒地不起，是在众人意料之中的，毕竟斗者高手的下等高级斗技，威力可想而知。但他却能在这么短的时间内站起来，却是众人所不敢相信的。

“这怎么回事？这下子站起来了？”

“是啊，的确有些匪夷所思啊。”

“看来这小子还真有两把刷子，不过再怎么扛揍，在这斗者面前，最后还会同样是惨败的下场，毕竟斗之力修炼者和斗者之间的实力差距，实在是太大了。”

“……”

他们哪里知道，刚才叶天施展的五肘拳差不多消去了霹雳掌大半的威力，毕竟是用真气驾驭的五肘拳，虽说是部分真气，不过其威力依旧可想而知。

叶威老爷子望着站起的叶天，同样是满目惊诧，看着叶云阳：“云阳，刚才那是家族的下等三级功法？被一斗者施展而出的威力，竟没能把天儿怎么着？”

后者同样满目不可思议，身为叶家人，他最清楚霹雳掌的厉害，尤其是被斗者施展而出的威力，按他们的经验来说，叶天这十段斗之力修炼者，即便是施展了同样的下等三级斗技，缓冲了一下霹雳掌的威力，那这会儿最少也应该变成血人了，更甚者，还可能落个身子残疾的下场。可是这叶天竟是攻击耗去之后，便站了起来。

实在是有些不可思议。位于另一赛场上的叶如霜和叶强也都分出了一丝注意力在叶天身上，他们心中同样惊诧叶天的这身抗击打能力。

他们哪儿知道，被真气驾驭的五肘拳的威力，以及叶天已经达到了斗者级别的情况。

叶秋同样是满目惊诧地看着叶天，虽说震惊，不过并未表现出来，冷哼一声：“小子，今天我就送你去死！”

话音刚落，浓浓斗之力瞬间爆散而出，甚至夹杂着一股狂风，将叶天身上的衣服以及头发都给掠得朝身后飞散而去。

霹雳掌！

叶秋再次喊了一声，这次他是积攒了全部的力量，来对付叶天，一斗者全力施展的下等三级斗技，威力可想而知。在所有人的心中，都已经做好看叶天惨败甚至断胳膊少腿的情景了。

即便是那叶云仙，也为叶天捏了一把冷汗，若不是因自己是家主，他早就站出来，取消这场比赛了。这下即便叶天有了中等的斗技，也不可能战得过叶秋。

而那叶威老爷子眉头同样皱了起来，有些担心地看了看蓄势待发的叶秋，而后瞥了一眼叶云仙道："取消比赛，叶秋的杀意太浓，若是对叶天发动全力一击，可能又让我叶家丢人现眼！"

"是的，父亲。"有了父亲的口号，叶云仙也有了底气，站起身便是出声拦下两人的比赛。

而那叶秋早就已经将这一招式酝酿到顶峰，听叶云仙出声拦下，他自然不会罢手，当下便是冷哼一声，霹雳掌施展而出。

叶秋抗命，叶威老爷子愤怒无比，不过还未等他做出反应，叶天却已然开始酝酿攻击，依旧是同样的五肘拳。

众人心中冷嘲热讽起来，刚才他施展五肘拳，怕是已然将之施展到了最大威力吧，而这会儿叶秋的下等三级斗技威力完全散发出来，可不是他所能扛得住的。

那叶云仙急得满头大汗起来，心中责怪叶天，不该自大轻敌，这次怕是他至少也得在床上躺上十天半个月了。几日之后的狮王争霸大赛，他可能无缘。

眼看着生猛无比的霹雳掌朝着自己胸口冲撞而来，叶天用全部真气，驾驭的五肘拳同样是轰击而出。

众目睽睽之下，叶秋的霹雳掌和叶天的五肘拳冲撞在一块，顿时产生强烈的爆炸，地面被掀起了一层层灰尘波浪，将他们完全遮蔽住。站在外围的众人，根本无法看清浓浓灰尘中的场景。

就在众人交头接耳议论纷纷的时候，却是忽见一道人影，自那浓浓灰尘中弹射了出来，最后哐当一声，落在了地板上，一口浓血再次吐了出来。

定睛细看，那人是叶天。不过他还是很快地从地上站了起来，满目冷峻地看着浓浓灰尘。

哼哼，果然是厉害得很啊。

叶云阳满脸得意地冷笑一声："没想到叶天抗击打能力如此之强悍，被我儿的霹雳掌轰中两次，竟还能站起身。不过我倒是纳闷儿了，叶天是来这儿给叶秋当活靶子的吗？"

叶天被霹雳掌轰飞，竟还能如此轻松站起来，的确是超出叶云仙的意料的。听叶云阳的冷嘲热讽，他的心中就是恼火，不过却也是说不出什么来，毕竟这一切都是靠实力说话。

那叶威老爷子也是被叶天如此的抗击打能力给镇住了，道："莫非天儿的身体是石头做的？"

其余众人也都是议论纷纷起来，他们没想到，叶天竟能在叶秋的手下，挨过两次霹雳掌的攻击。

惊诧过后，众人的目光都是集中在了浓浓的灰尘上，他们在期盼着叶秋力战敌手之后的霸气。

当那阵浓浓的灰尘缓缓落下的时候，众人都忍不住倒吸一口凉气，惊诧，震撼，无语，不可思议，不敢相信……

因为他们看到了一个不可能成为事实的事实，身为斗者的叶秋愣是败在了十段斗之力的叶天手上……此刻的叶秋哪有丝毫强者的风范，全身是血地躺在地上，狼狈不堪，身上的衣服也被撕破了，脸上也有着一道道触目惊心的血痕。最为让人感到不可思议的是，他的左半张脸上竟有一个红通通的手印子，显然是有人在他的脸上扇了一巴掌。

噗！

看到这一幕的叶云阳直接吐出一口鲜血，猛然从座位上站起来，青筋凸起，黑线凸出，看得人心惊胆寒："这……不可能，绝对不可能。"

那叶威以及叶云仙都是被震得从座位上站了起来，甚至于秦煌和诸葛云也是满脸不可思议，端着茶杯的手也是悬在半空，忘记喝茶。

在众人惊诧之下，叶天却是无奈地摇头，而后满脸恼怒地骂道："哎，真是倒霉，竟被这小子给偷袭了。"

边说边轻轻地扫了扫身上的灰尘，擦了擦嘴角的污血之后，便是根本不当回事儿，准备下台去。

"开什么玩笑？他刚才说啥？"

"他说自己倒霉，十段斗之力，战胜了斗者，只是受点皮外伤。"

"他……他……这是变态啊，这还倒霉吗？我这辈子怎么就没这么倒霉过？"

"这小子装傻，绝对是在装傻！"

"……"

台下众人议论纷纷，叶天则是丝毫不把这当回事儿，慢条斯理地缓缓走下台去。

良久，叶云阳才反应过来，顾不上自己的身份，犹如一失心疯般大喊着："还愣着干什么，快去救救叶秋，快把叶秋抬下去。"

与此同时，叶云阳也是一个快步，从主席台上飞奔了去，犹如猛虎下山，气焰嚣张："小子，侮辱我儿，今天我要你命。"

要知道，叶秋可是叶云阳唯一的希望，如今叶秋竟落败在他最为瞧不起的叶天手上，让他如何心服口服？

叶云阳的轻举妄动同样招惹了叶云仙的注意，冷哼一声，骂道："叶云阳，违背家规，看我如何惩治你。"

在他出动的瞬间，叶威老爷子却是小声道："云仙，将自己斗王实力施展出去，让那秦家和诸葛家知道知道，我叶家不是那么好欺负的。"

有了叶威老爷子的命令，叶云仙也是毫无顾忌，身上斗气瞬间逸散而出。

在那股气息逸散而出的瞬间，周围的空气竟瞬间凝固，继而便是形成了一股狂妄的风暴，朝着叶云阳砸了去。

单凭斗气，便能将空气搅成一锅烂粥，可想，若是施展斗技，那么他的实力……

"斗王！"这次，即便那秦煌以及诸葛家的人如何沉得住气，可是在看到这斗王实力的时候，也是再也压抑不住内心的惊讶，拍案而起，盯着叶云仙看呆了。

虽说之前也猜测，叶家可能有斗王强者，可是如今真正看到斗王强者，他们心中依旧是充满不小的震撼。诸葛云的身体都开始哆哆嗦嗦起来了，他们诸葛家中，实力最为强悍的便是他这名高级斗师了。如今叶家出了一名斗王强者，这也意味着，这叶家便是踩到了他们诸葛家头上，看来以后必须加紧和秦家的关系，否则可能会被叶家给端了老窝。

在众人都为之震撼，一些小门派都在权衡着叶家和秦家的重量，他们该往哪方倾倒的时候，叶云仙浓浓的斗王级的斗气愣是将叶云阳给包裹了起来。准备向叶天施展斗技攻击的叶云阳的身子感觉到一股泰山压顶的力量，竟直接蹲坐在地，身体沉重，甚至双手都无法做出丝毫的反抗，只能眼睁睁地看着浓浓斗气犹如大石压来，直欲将自己的内脏压成碎片。

而在他即将受不住这股压力，感觉内脏要碎裂的时候，那叶云仙却是忽然收起了浓浓斗气，冷哼一声："身为叶家人，不忠不义不孝，实乃给祖宗丢人，拉到柴房，好生反省。"

叶天无语，父亲也学会自己那句话了，现学现用，甚至连和叶强战斗的叶如霜也是擦了一把冷汗，直叹雷人。

"小妞，对不住了，爷我的耐心被耗干净了。"从一开始，叶如霜便落入了下风，他们两人之间的战斗也只是叶强在故意让着叶如霜，挑逗她而已。那叶如霜身为叶家第一天才少年，何曾被人如此挑逗，心中怒火中烧，一心要教训叶强，谁知越气越不得手，直至最后，也是没有伤他丝毫，反倒是自己被叶强侮辱几番，心中怒火更甚。

他称呼叶如霜小妞，几乎是将她的气头逼到最深处，当下便准备施展全身功力，对抗叶强。

"拍山掌！"叶如霜怒吼一声，而后身形快速变化、旋转，犹如一只身形矫健的脱缰野马一般，朝着叶强的方向便冲撞而去。

而那叶强却是冷哼一声，手中纸扇轻轻摇晃，而后迅速折上，竟在手中响起一连串噼里啪啦的声音。

听得这声音，众人无不脸色惨变，那叶如霜也是倒吸一口凉气，因为她分明感觉到一股凛冽强烈的威压正以排山倒海之势，朝着自己挤压而来，她所施展的拍山掌威力，竟被如此强劲的威压削减大半，要对叶强造成威胁，根本是不可能的。

她心中一阵感慨，心想这斗师级高手，果然是斗者所不能与之相提并论的。

在叶如霜瞳孔紧缩、手足无措准备用肉身抵抗叶强这一攻击的时候，叶强却是忽然怒吼一声："响尾蛇，轰！"

声势刚落，那纸扇竟是化为碎片，而后一股股狂妄的力量斗气，自他身体之中爆逸而出，犹如波浪般在半空中来回飘荡，眨眼瞬间，便凝聚成了数以千计的条形斗气，犹如一只只体色透明的长蛇，在半空中不断地摆尾，还未等叶如霜反应过来，便迅速将之包裹住，下一秒，数不尽的长蛇，便是要将她吞噬。

此刻，判官的声音也在叶天的脑海中响彻："不好，这便是邪魔之术，响尾蛇之异术，其威力甚至可以和中等四级斗技相提并论。若是攻击叶如霜，她肯定无法挡得住这般的攻击。"

听得判官声音，叶天也是暗叹不妙。中等斗技，其威力可不是下等斗技所能比拟的，据说中等六级斗技，甚至可以直接轰碎一座府邸。若是叶如霜被这中等斗技轰中，非但小命不保，这座府邸之内的人可能大部分落个伤残，甚至于位于观众席中的母亲，以及主席台上的父亲，也可能会在毫无防备情况下，受到伤害！

想到这儿，叶天脑门一热，便是一个猛子飞出，以最快的速度冲到了叶如霜跟前，不由分说将她拦腰抱住。这下现场之人皆是瞠目结舌，万万不曾想到，这叶天竟有如此胆量，光天化日之下强抱叶如霜。

因叶如霜正在全力施展排山掌，对叶天并无防备，此刻被叶天抱住，她的心自然是一阵愤怒，刚想发火，那叶天却是冷哼一声道："有危险，赶紧走。"

话音刚落，那叶如霜便被叶天扔飞，从浓浓的响尾蛇群之上，倒飞出去。

与此同时，看着咄咄逼近的响尾蛇群，叶天赫然是将全身的斗气，尽数施展而出。

叶强冷眼将这一切尽收眼底，并未阻止，心想杀死你小子，也是绰绰有余，到时候伤你叶家大部分人，邪魔一族冲上来，我便是邪魔一族大功臣了。

可是，在他打着如意算盘的时候，叶天却再次让他感到不可思议。

因为他感受到叶天所逸散而出的斗气赫然表明，他已然跨入斗者行列。

即便是那秦煌，也是再也压抑不住心中郁闷，拍案而起，心中惊叹。

叶威老爷子甚至直接将喝入口中的一口茶给吐了出来，继而是捂着胸口，喘着粗气。

观众席中，更是直接爆发出一阵类似于“不可能”、“怎么会”之类惊叹的声音。叶云仙和叶云鹤两人也都是从椅子上站起来，不断地揉搓着自己的眼睛，他们怀疑是自己看错了。

这叶天……果然是跨入斗者行列了吗？这修炼速度未免太过变态了吧，这才多长时间，竟直接从十段斗之力晋级了斗者行列……

他们哪里知道，这还不是他全部的实力，若是将体内那一丝真气转换为斗气的话，怕是他的实力将会达到高级斗者的级别。

“不可能吧！”诸葛云的双手颤抖着，心中暗自想着，“实力最为强劲的秦家，年轻一族中，也只有一位跨入了斗者行列，而这叶家竟出现了四位，甚至于有一位，竟是直接跨入了斗师行列……这叶家之人，怎么个个变态。”

连那叶强也是愣住片刻，不过片刻之后，他还是意识到这家伙的棘手，决定还是斩草除根，免得夜长梦多，当下便再次怒吼一声：“响尾蛇，轰！”

又是同样的杀招，朝着叶天的方向，轰炸而去，众人都不知这响尾蛇之异术的威力，只想看叶天的真正实力，却也是没有帮忙。

只有叶天一人在施展着全部的实力，和叶强战斗着。

“五肘拳！”刚才发生的一切，都是在千钧一发之际，所以他没有多少思考时间，直接是用浓厚的真气，驾驭着五肘拳，用蛮横的实力和冲撞而来的响尾蛇对撞而去。

悬浮在半空，来势汹汹冲撞而来的响尾蛇，每每攻击叶天的死穴，而那叶天的五肘拳同样是被他修炼得娴熟稳重，不断地对着攻击而来的响尾蛇一番番地对轰。

响尾蛇之异术，虽说实力蛮横，可是也是凭借着单独的进攻，耗费掉被攻击者的力量，而后在密密麻麻、接连不断的响尾蛇攻击中，将对手战败斩杀。

用真气驾驭的五肘拳，虽说在刚开始的时候，的确爆掉了不少的响尾蛇，可是那响尾蛇的攻击却是越来越快地袭击而来，他都有些招架不住了。偶尔有些响尾蛇会不经意撞到地面，竟是硬生生地将地面给轰出一个个足有一米左右的深坑来。

看到这响尾蛇的威力，叶威勃然大怒，明眼人早就看出来了，叶强使用了杀招，这种威力的接连攻击，即便是一名斗师高手，都不可能抗得过这样的消耗，更何况是一名新晋级的斗者呢？

叶天同样是面容惨淡，若是自己稍有疏忽，一个不慎，就可能会被响尾蛇轰成两段。他的大脑在快速地思考着应对之策，并且用斗气驾驭着裂空腿，同样可以拦住一些响尾蛇的进攻。

如此手脚并用，两种斗技接连攻击，竟也能自保。

可是，他也知道，这样下去不是方法，他的真气和斗气早晚都会被消耗干净，到时候自己只能是手无缚鸡之力的弱小者，任人宰杀了。他的大脑在快速地思考着应对之策，并且最后想起了自己刚刚学会的真技来。

他准备用“脉络冲法”，那是可以瞬间提升斗气和真气的方法，用来对付这专门耗费人斗气的功法。

与此同时，所有人都是擦亮了眼睛看着比赛。他们实在没想到，一个家族的少年测试大赛上，竟会有如此精彩的赛事。

叶家核心人员可没这些观众那般心思了，叶云仙担心叶天被斗师高手叶强的杀招解决掉，几次三番想出手，不过都被叶威拦住了。他对叶云仙说：“天儿没这么简单，他一定能扛得住。若是扛不住，你再出手也不迟。”

叶威老爷子下命令，叶云仙也不敢有所违背，只能是在心中暗暗担心，看着比赛。

“脉络冲法!”

在叶强用嘲讽眼神看着即将坚持不住的叶天时，叶天却是咬牙，小声喊出“脉络冲法”几个字，顿时，全身斗气瞬间聚集于小腹之中，顺着早已经开拓而出的十九条经脉，在体内来回地旋转徘徊。稀薄的斗气自体内释放而出，竟浓厚了几倍，之前有些疲惫的身子重新有了力量，脚掌并用，将自己的区域，扩大了几倍有余。

眼看叶天斗气被耗尽，即将扛不住之际，他却忽然不知哪来了一股力量充盈全身，疲惫之态立刻全无，犹如刚刚开始战斗一般。

“嘶!”叶威老爷子倒吸一口凉气，“天儿的斗气，竟是如此浑厚!”

两拨响尾蛇异术的攻击，竟是转瞬间被叶天强横的斗技攻击以及绵延悠长的斗气真气消耗干净。那叶强愣在原地，嘴唇轻启，满脸不可思议地道：“不可能，不可能，若非高级斗师高手，绝对不可能扛得住这般攻击，不可能，这不可能。”

而那叶天却是冷哼一声：“邪魔一脉想灭我叶家，还是太狂妄了点。”

体内仅存的斗气以及真气全都被他聚集在了小腹之处，顺着开拓出的十九条经脉，来回循环往复，即将枯竭的真气竟瞬间再次浓厚起来，犹如那场斗气消耗战根本没有发生一般。

浓郁的斗气瞬间聚集在了大还丹世界中的真气轮子上，一次次犹如实体弓箭一般地冲撞上去，将那真气轮子来回冲撞。

以往，没有这十九条经脉对真气的加强壮大，他便可以将真气轮子给推动一圈半，如今有了十九条经脉的加强，相信转动两圈也不在话下。

那叶强见一次攻击不成，便聚集全部的力量，发动了第二次的攻击。这一次他是下了必杀之心，竟从袖口中掏出一匕首，而后在手臂上重重割了下去，只是瞬间，一股鲜血便自其血脉中喷涌而出。盯着这股汹汹鲜血，叶强冷哼一声：“血祭魔王，攻！”

一声喊叫过后，众人便分明看到，叶强的身子开始猛然抖动了起来，原本喷涌而出即将坠落的鲜血，却被其身子吸收，转瞬间形成了一道红色的保护膜，覆盖在其体表，散发出盈盈血气。那保护膜之上，淡淡的有一道邪龙影子出现，张牙舞爪，猩红双目，紧盯叶天。

“邪魔之术？”叶威老爷子此刻终于看明白，这便是失传已久的邪魔之术。不曾想到，叶强竟是修炼了邪魔之术，怪不得叶强会在如此年纪，踏入斗师强者行列，原来是修炼邪魔之术！

既是施展邪魔之术，叶天定然不会是他对手，更何况还是以血祭的邪魔之术，叶威老爷子当下便准备上去，拦下叶天。

而叶云仙看那叶天竟是自信满满的表情，当下也是拦下了叶威：“父亲，倒不如看看，叶天还有何等威力。”

叶威愣了愣，再看那叶天，脸上分明充满着自信之色，当下只得点头，而后收回攻势，看着场中两人。

“哼，即便是斗灵强者，也不一定能扛住我这血祭的魔王攻击！”叶强满目鄙夷盯着叶天。

一圈，一圈半，两圈……

叶天眼睁睁地看着被十九脉络壮大了无数倍的真气，竟真的将真气轮子转动了两圈，心中那股兴奋之情，可想而知。

他迫切想知道，真气轮子转动两圈，所释放而出的，究竟会是什么阵法。

嗖嗖！在真气轮子旋转了两周圈，并且最终停下来的时候，自大还丹之上，释放出了一股股狂妄的能量波动，几乎是眨眼的瞬间，在他的周身形成了一个保护光罩，并且光罩之上流光溢彩，似乎有狂龙若隐若现。他倒吸一口凉气，真是未曾想到，这轮子转动两圈，所施展而出的，竟只是一副半透明的盔甲而已。他心中不由得有些失望起来：“哎，早知如此，还不如转动一圈，施展天雷阵呢。”

“你知道个屁！”判官却是忽然情绪激动地暗骂一声，“这乃是天龙罩啊，可以帮你增强几倍甚至几十倍的防御力，甚至可以扛得住斗师高手致命一击，而且最重要的是……”

话还没说完，那叶强便已然发动了攻击，血腥红色的血龙张牙舞爪地朝着叶天的面门攻击而来。那一条位于血色光罩之上的龙影，更是疯了一般来回旋转，竟和自己身上那层若隐若现的狂龙光罩有异曲同工之妙。

“嘶！”场中不少人都是倒吸一口凉气，因为他们万万没想到，这两个人究竟是要干啥，一人身上披着一件看起来生猛无比的光罩，这是要比赛，还是在举行神龙相亲活动？

“死！”虽说叶强被叶天身上那条若隐若现的狂龙光罩给镇住了，不过依旧是愤怒无比，一心要将叶天杀死，所以身子便是毫不犹豫地冲撞上来，如今安排得好好的灭掉叶家的计划，完全被叶天搅成一团浑水，自己更是没有退路，一心求死的他临死之前也要拉着叶天垫背。

在喊完这句话之后，他的身子便重重地撞了上去，他准备用自己的蛮横之力，将叶天给撞死。

而那叶天在见到这股狂猛攻击的时候，也是忍不住倒吸一口凉气。叶强的速度太快，几乎犹如一阵狂风，每一步都将地面给踩出一个大窟窿，可想这一撞击之下的生猛威力。

叶天有些退缩了，斗师高手都不一定能承担得住这一股撞击。

叶威老爷子以及叶云仙，两人也都是齐刷刷出动，他们也都意识到这股撞击的厉害，不敢有片刻的犹豫，害了叶天的性命。

“不要怕，撞上去。”判官小声提醒叶天。

箭在弦上，不得不发，叶天一咬牙，便是冷眼瞪了一眼对面冲撞而来的叶强，而后又看了一眼来救自己的父亲和爷爷，心想成败在此一举，一定要凭本身实力，将之干倒。

这对他来说，是一个绝好的成名机会，绝对不能轻言放弃，否则无论对自己，还是对叶家，都是一个不小的损失。

在他想到这儿的时候，身子便已然冲撞了上去。赶来的叶威以及叶云仙都倒吸一口凉气，心中暗暗责备叶天好事逞强，这般攻势，他应该让步的。

可是，让他们感到不可思议的一幕出现了。

众目睽睽之下，两条龙终于重重地撞在了一块。刹那间，只听砰的一声巨响，一股狂暴的能量波动，伴随着一股掀翻天地的空气动荡，朝着四面八方便冲撞了去。叶天和叶强身体对轰在一块的瞬间，双腿都犹如钢钉一般，深深地陷入了脚下主席台中，不可自拔。地面碎石碎砖也被两人的威力余波给冲撞得掀翻起来，将两人的身形完全地遮蔽住。

“啊!”叶威和叶云仙两人也是快速着地，虽说身为斗王级别，可他们也不敢在这个时候靠近两人，谁知道威力如此大的攻击会对他们造成何等的伤害。

轰隆隆，轰隆隆!

一时间，叶家的整个训练场都被这股狂妄的呼啸狂风扰乱了，似乎任何一个角落都受到了这股爆炸的影响。

靠近赛场的观众席位上，不少人都吓得蜷缩起身子，躲在了椅子下面。更是有不少的弱者，直接被攻击余波给震得口吐鲜血，四肢无力，不能站立。

砰!

这股对撞持续了几秒钟之后，两者才分开，攻势依旧是有增无减地朝着四面八方蔓延而去。叶天和叶强两者，体表都有鲜血溢出，体表的邪龙和狂龙，眼神更加的咄咄逼人，盯着彼此。

大家看到叶天非但没有像想象中倒地暴毙，反倒是没有丝毫吃亏，心中都是感觉惊讶得很，都觉得这叶天隐藏得实在是太深了，

叶威老爷子依旧是用熟悉的责备目光看着叶云仙，而后者也只能是无奈笑笑，然后解释："父亲，这一切，连我都不知道啊。"

叶威老爷子听罢，竟是更加惊讶："怎么，这等斗技不是你传授的？"

"父亲，你看他修炼的斗技，哪一个是我叶家的？"

如此一说，叶威老爷子立刻倒吸一口凉气，诚然，他所说不假，叶天所施展的，除了裂空腿，其余皆不是叶家斗技。

"这小子藏得够深的啊。"前者深吸一口气道。

"不过，不管怎样，刚才叶天也只是侥幸而已，若是我们再袖手旁观，吃亏的肯定是叶天。"叶威老爷子捋了一把黑黝黝的胡子道。

叶云仙连连点头称是："我看，不如我们出手拦下两者吧，叶强修炼邪魔之术，很可能和邪魔一族有所勾搭，一定得要加强调查。"

两者商量通了之后，那叶威便是冷喝一声："叶强，你施展邪魔之术，违反规则，这第一名，乃叶天！"

叶威老爷子原本准备让叶天身为第一，他便知足，肯退下来，到时候叶强不服，他们这些长辈会教训叶强。

可是那叶强还没说话，叶天却是连连喊道："爷爷，放心，今天我一定用实力将叶强打倒。"

其实，在刚才叶威说叶强修炼邪魔之术的时候，秦煌以及诸葛云，还有一些小家族有些本事的族长大人物，都是被镇住了，因为他们也都知道邪魔之术的典故，不过以往只是在传说中听说，未曾真实见到过，却不曾想，这邪魔之术竟是真实存在的。邪魔之术，即便是最为简单者，也可以与中等斗技相提并论，其威力甚至可以抗衡斗师强者。

可是，叶天这句话说出之后，众人更是满目不可思议："开什么玩笑，你一刚刚晋级斗者的家伙，也太狂妄嚣张了吧，竟要单独对抗一修炼邪魔之术的斗师？"

叶威以及叶云仙同样有些吃惊，不敢相信地看着叶天。叶天却只是冲两人自信满满一笑。

身为父亲，叶云仙自然清楚叶天的性格，没有把握的事儿，他不可能如此做的，当下便是对叶威道："父亲，相信天儿，他不是一莽撞不懂事儿的孩子。既然他这么说，是一定有把握的。"

那叶威却是有片刻的犹豫道："万一天儿扛不住怎么办？我叶家这颗耀眼新星，岂不是要陨落了？"

"父亲，我以我的命向你保证……"

"十个你的小命都抵不了我一个天儿的命。"

"……"

看在叶云仙的好说歹说，以及叶天那近乎哀求的眼神的份儿上，叶威只好无奈答应。

叶强看着这个要和自己拼实力的家伙，早就红了眼，自己一斗师强者，加上邪魔之术，怎可能干不过一斗者？这小子究竟用了什么歪门邪道，怎么连自己都无法拿下他？

不过，箭在弦上不得不发，他可没时间去想这些乱七八糟的东西，嘴角挂上一抹微笑，而后是身体紧绷，缓缓蹲下，双脚深深地陷入了泥土之中。

他要用身体的强硬硬度，来撞击对方。邪龙呼啸，于他身上光罩盘旋，时不时发出阵阵龙吟，随时可能发动攻击。

而那叶天却是同样冷哼一声，而后双腿后蹬，狂龙呼啸。

赛场上，犹如两条火龙，在比拼彼此之力一般。

"叶天！"就在叶天准备和对方来个鱼死网破，誓死要把自己的名声闯出来时，判官的声音忽然在耳畔响起，"他的邪魔之气越来越浓厚，看来是到了邪魔之气侵蚀身体的时候了，这个时候，他的实力会增长不少，此刻大约有一龙半之力，若是你这个时候和他对撞，你的一龙之力，肯定不会是他的对手！"

听判官这么说，叶天眼眸急转，有些惶恐不安地问道："那……我该如何是好？"

"至寒珠之中，至阴之气盛行，若是你的身体可以承受得住至寒珠的阴气折磨，体内最后一丝真气，必然能被压榨得一干二净，到时候体内真气全部释放而出，旋转真气轮子，施展出天雷阵的话，还可能是对方对手。"

听他这么说，叶天是连连点头："只要能战胜他，我愿付出任何代价。"

"好。"判官讲完，便将自己的一丝斗气，延伸入了至寒珠中。

顿时，那至寒珠犹如被打破了壳的鸡蛋，至阴之气犹如汹涌瀑布一般，从中释放而出，几乎是眨眼瞬间，便将叶天的身子包裹住。

在刹那间，众人便看到叶天的身子被猛然多出来的一圈阴暗气息所包裹，和外表那层若隐若现的狂龙光罩，一块来回盘旋，竟有些好看。

一直站于场下的叶家少年都看傻了，任凭他们想破脑壳，也想不到，以往被他们瞧不起的傻小子，今天竟有如此一般的实力，震撼全场，甚至连秦家的秦煌都震惊得坐立不安。

叶秋和叶如霜，表情更是丰富多彩，尤其是后者，莹莹玉手轻掩口鼻，满脸的不可思议，再看叶天的眼神，也多出了一丝暧昧之色。

唯独有强者，才可赢得其芳心。一直以来，从未有人能让她心服口服，而这叶天，这个一向被她无视的家伙，此刻竟是那般的大放异彩，那般地让她深陷其中……

被至阴之气包裹住身子，叶天顿感全身上下犹如万虫咬噬，这痛苦着实出乎他的意料。

“好浓的至阴之气!”叶威老爷子忍不住裹了裹身上的衣服，而后道。

第十三章　至寒珠风波

那秦煌也察觉出现场这浓浓的至阴之气，表情除了震撼，还是震撼，大脑在快速地旋转：“诸葛兄，好浓的至阴之气。”

诸葛云同样目瞪口呆：“难道是至寒珠，可是，那等宝贝……”

“嘘!”

秦煌冲诸葛云淡淡笑笑，表情重新恢复平静，耐心观看比赛。

那诸葛云心中却明白这秦煌的意思，明摆着，他是准备对叶家动手了。有至寒珠这等宝贝，怕是连他们秦家的老祖宗也会心动的吧。一旦他们家的那位老祖宗出马，叶家必死无疑。而他诸葛家只要跟在秦家后面乖乖听话，到时候也能分一杯羹。

有了这个想法，他便继续欣赏着比赛。

而在万虫咬噬的痛苦过后，叶天竟觉得身体每一个角落每一个细胞的真气力量都被压榨了出来。凭借着这些真气，他竟轻松将真气轮子推动了一圈。

万万没想到，自己的身体竟隐藏了这部分真气，若是日后和人生死厮杀，这倒是可以当作一个杀手锏。

天雷阵也在真气轮子旋转一周之后，迅猛施展而出，眨眼之间，便将冲撞而来的叶强给包裹住。

众人瞩目之下，叶天和叶强的两条巨龙再次撞在了一块，只不过和之前不同的是，一个虚幻气息组成的圈子，自叶天体内释放而出，眨眼之间便将冲撞而来的叶强的头顶上空包裹住了。

哐当！一龙之力对抗一龙半之力，叶天的身子自然是被撞得倒飞出去，身体表面的狂龙光罩也是被撞成了碎片，到处乱飞，体表的鲜血自皮肉之中渗透而出，此刻的他就是一个血人，身子在地上狂乱地滚动了好久之后，才总算安静下来。

看叶天这副血淋淋模样，叶云仙最先反应过来，狂呼一声：“天儿!”便跑了上去。

而叶威则是表情凝固，表情臭得很，心头一阵发痛。

因这次攻击而被榨干身上最后一丝力气的叶强，则是颓废地倒在地上，没有了一丝力气，在众人惧怕的目光中，蹲坐在地上，脸上却是兴奋无比。

斗师强者，威力果然无穷，他们这等斗者是无法与之相比拟的。

而还没等叶强骄傲多久，便忽听头顶上传来一阵轰隆隆的声音，他愣了一下，继而仰头，便看到一股散发着强烈威压的阵法，自其头顶缓缓运转，一股阴霾气息，缓缓将之笼罩包裹。

“这是……”他心情紧张，双目充满疑惑，满脸不解地盯着头顶上的光圈，疑惑地道。

“这是送你上西天的。”叶天血淋淋的身子忽然从地上坐了起来，虽然身体虚弱，最后一丝力量也被抽干了，不过他还是顽强地坐了起来，冲叶强喊了一声。

轰隆隆！

叶天的话刚落，那天雷大阵竟迅速爆炸了开，可是那狂妄犹如打雷声势的爆炸，并不是四散开来，反倒是顺着阴霾的乌云，朝着最中间的叶强轰炸了下去。

那道闪电虽说弱小，不过其中夹杂的浓浓威压，却令众人感觉到，即便是斗师，若是用斗气硬扛的话，都不可能扛得住，更别说斗气被消耗干净，没有一丝力气的叶强了。

轰隆！

一声爆炸，仅仅是一声，那雷电便是瞬间将叶强给撕成了碎片，血肉横飞，骨骼直接被震成了齑粉，在半空飘飘荡荡，良久才落下。

天雷大阵，也是缓慢散去。这个世界一下安静了下来。

鸦雀无声，甚至连一根针掉到地上，都能被人清楚地听到。所有人都望着天雷大阵，也就是叶强凭空消失的地儿，发呆。

直到那秦煌反应过来，拍案而起，匆忙离去，诸葛云也匆忙追上去之后，众人才反应了过来。

叶威老爷子，同样看出叶天身上藏有宝物。秦煌定然是看中了，或许是匆忙回去，准备对他叶家下手了，趁着众人还未反应过来的时机，对叶云仙道：“召集叶家核心成员，开会。”

叶云仙也同样意识到事态的严重性，简单地宣布了此次比赛少年的排名位次之后，便让家族核心成员到家族大厅开会。

其余的叶家成员则是在交头接耳议论纷纷声中散开了。他们讨论的焦点只有一个，自然是叶天。他们没想到，这次竟会有如此一个黑马胜出。一个小小的斗者，愣是战败了一斗师高手。

他们再看叶天的眼神的时候，其中所含感情，早就已经是180度的大转变了。

那叶如霜犹豫了片刻之后，这才缓步走了上去，一副欲言又止的模样，最后是一咬牙，从口袋中掏出了一颗丹药，莹莹玉指捏着递给了叶天，故意装作态度冰冷地道：“多谢你的救命之恩，不过我还是要告诉你，我之前说的话，不会收回。”

叶天无奈地叹口气，这个女人还真不是一般的爱逞强啊。他接过了药丸之后，吞服了，果然感觉原本被抽空了的身体有了一些力气，不过身子依旧是疼痛无比，动弹一下，都感觉十分痛苦。

这一幕同样被叶云仙看在眼里，叹口气之后，吩咐旁边两名护卫，上前搀扶叶天。

叶天一眼便认出两名护卫，是那两名奉叶云阳之命带走自己的护卫，当下冷哼一声，道："你们放心，这个仇，我一定会报的。"

话音刚落，两名守卫都是脸色有些苍白起来，搀扶叶天的手也是愣在了半空。叶天甚至能杀死斗师强者，要杀死他们，简直是易如反掌。

叶天咬着牙齿，努力从地上站起来，凭借之前积攒下来的一点力气，一步步地朝着叶云仙的方向走过去，一路上，在地面划出了一道道的血脚印。

这一幕同样是被叶如霜看在眼里，她犹豫了一下，本来是准备上前搀扶一下他的，毕竟他是为了救自己而受伤，她心中有些过意不去……慢着，那似乎不是过意不去，而是……爱意？

在她有这个认知的时候，脸刷地一下就绯红了起来，连连摇头，让自己的意识清醒了下来，走到一个还算老实的守卫面前，命令他去搀扶叶天之后，便匆忙朝着家族大厅的方向走去。

这一幕正好被叶天尽收眼底，当下只能是无奈摇头，嘴上轻叹一句："这女孩，倔强中透着可爱。"

"天儿，来家族大厅一趟。"叶天准备回房间的时候，叶云仙却是忽然出声道。

叶天顿时愣了一下，继而明白了过来，如今自己的实力早就已经超越了家族核心成员的底线了，自己也成为家族核心成员了。

他深呼吸一口气，而后是满脸荣光地跟在父亲身后。

他哪里知道，叶云仙的眼角早就已经湿润了，能让自己的儿子像叶秋、叶如霜那样，归类为核心成员，是他心头永远的期盼，如今这个想法终于变成现实，他的心中怎能不兴奋、激动？

叶威老爷子，以及叶家大部分核心成员都在场了，其中包括叶云阳和叶秋。

本来叶强凭借自己强悍的实力，也是家族核心成员的，可是他被叶天给轰成了粉末，没办法请来……要是叶强泉下有知，一定会恨死叶天的。

家族议事大厅中，叶威老爷子坐在正当门的家主位置，叶云鹤和叶云仙以及叶云阳分别坐于两边。就在叶天有些纠结，自己该坐在什么地儿的时候，叶威却是忽然发话了："天儿，来，坐这儿。"

叶天忙望过去，却发现叶威老爷子手指的方向，竟是叶云阳的地儿，当下有些尴尬地咳嗽一声，而后说道："爷爷，我坐在这儿就行了。"

叶威却是面色一寒，而后盯着叶云阳道："老三，让我最不省心的就是你了。连我叶家小辈，都知团结一家，而你却还要以一己之私……哎！"

听到叶威这么说，叶云阳脸色顿时绯红，而后连忙站起身跪下给叶威叩首道：

"父亲，都是我不好，我知错了，还请责罚。"

"好。"叶威点了点头，而后道，"那就罚你，日后没事儿多多面壁思过，好好考虑一下自己所作所为是否正确，什么时候想通了，什么时候来找我好了。我也知道，用武力的话，你定然不会服我。是团结一致，还是要分裂出去，全在你自己了。"

叶云阳脸色更红了，羞愧之心也是越来越浓烈，没想到自己数次违背家规，父亲依旧是如此宽厚仁慈，他心中怎能挂得住？

"该怎么做，你知道吧？"叶威见叶云阳并未多说话，只是看了看他，道。

叶云阳点点头，而后站起身来，深呼吸一口气，目光望向叶天的方向，竟徐徐走了过来。

看到叶云阳朝自己走来，目光灼热地看着自己，叶天心中不由得有些紧张起来。父亲和三叔向来不和，而且他和他的儿子叶秋以及叶冬侮辱自己也不是一次两次了，他难道会当众道歉吗？

想完之后，叶云阳已然走到近前，双目灼灼看着他，他觉得有些尴尬，不过依旧是礼貌有加地道："三叔……"

"哎，叶天啊，三叔以前做了很多错事儿，是我的不对，还有我的两个儿子，也欺负了你很多次，我知道你有很多怨言，你要是想出气的话，就尽管使出来吧。"

众人皆惊，没想到平日高高在上趾高气扬的三叔，竟能如此这般地低三下四，而且还是冲平日里最看不起的废物。

即便是叶天，也有些招架不住了，毕竟这人是三叔，平日里看都懒得看自己一眼的三叔，如今竟是如此这般地哀求自己。

他朗声道："三叔，我叶家如今是被外敌垂涎，所以我觉得，现在我们还是团结一致的好。我们是一家人，即便是犯了错，那也是难免的。只要知错能改，善莫大焉！"

叶天觉得自己说这话怎么有些恶心呢？越听越像是长辈教育晚辈的话。那叶云阳似乎也察觉到这语气的不对，不过并未过多在乎，只是冲他笑笑，而后道："叶天，你身为我叶家潜力最大之人，理应坐上席，去吧。"

毕竟是自己的三叔，叶天还是不敢无礼的，礼貌地推辞了几番，最后只得在叶威的威逼利诱下，才终于坐在了那显眼的位置。初次坐在这么重要的位置，他的心是相当的不安。

"好了，既然大家已经都到齐了，我就把话挑明了说。"叶威老爷子一声咳嗽，清清嗓子，而后便从椅子上站起身来，目光深邃望着众人，"怕是秦家，准备对我叶家动手了。叶天展现出如此实力，身上散露出至阴之气，他秦家定然会请闭关的老祖宗出马。要知道，他秦家老祖宗，早已跨入斗王强者多日，甚至有可能跨入斗皇强者，无论如何，我们都不可能会是他秦家的对手，诸位，都有何想法？”

一听到此，叶天的心便有些狂颤起来，没想到，自己一时逞强，暴露了至寒珠的存在，竟为叶家招惹了灭顶之灾，心中顿时有些愧疚起来。而判官也是用气愤的语调道：“哎，谁知，你大离帝国竟将一小小至寒珠当成宝贝，早知如此，当时便不让你出动至寒珠了。”

不过，既然已经施展而出，再多废话也是没用了。他还是有些感激叶威老爷子的，明知自己手中有至寒珠，却根本不提不问，目的很明显，不想从自己手上剥夺走至寒珠。

“父亲！”叶云仙站了起来。

虽说叶威未提至寒珠，不过这叶云仙可不会因此而懈怠，他双目有些放狠看着叶天：“既然是天儿手上的至寒珠，为我叶家招惹来灭顶之灾，我觉得，我们可将至寒珠赠与那秦家！”

“不可。”叶威老爷子，毫不犹豫地回绝了叶云仙的提议，“他秦家垂涎我叶家已不是一日，他此次侵犯我叶家，也只是找到一个理由可请出秦家闭关老祖宗而已。若是我等将至寒珠交予他们，他秦家的实力定然会增长，实力强盛过我们，必然会再次对我叶家发动攻击，到时候，还不是落得同样的下场？”

叶威老爷子一番话，说得人心服口服，刚才还有着让叶天交出至寒珠想法的人也都是将此想法摒弃而去。

只是，他们心中依旧是被强烈的震撼所填塞。叶天是如何得到至寒珠的？要知道至寒珠的贵重稀奇，即便是千灯镇，也是从未听说有一人拥有。

叶如霜心中更是震撼，小脸俏红，她想起了当日，自己于他面前，赤身裸体吸收至阴之气的场景，原本认为他也就是无意中发现一蕴含至阴之气的小潭而已，却是不曾想到，这家伙竟是拥有了整整一颗至寒珠……若不是亲眼所见，她无论如何是不会相信的。

叶云仙听罢，也是叹口气，坐了下来。

“这一仗，是在所难免了。他秦家欺压我叶家太长时间，虎视眈眈地盯着叶家，如今也该是时候做个了结了。从今天起，叶府内加强警戒，所有的女性家眷奴仆务必在最短时间内转移出叶府。”说完之后，他便是眼神复杂地看了一眼叶天，“尤其是我叶家年轻一辈，更是要保护他们的安全。他是我叶家的新鲜血脉，一定要保护好。总有一天，我叶家一定要报灭门之仇。”

“爷爷！”叶威刚说完，叶天便立刻站了起来，“我不同意您的观点，既然是叶家的一份子，那么我就有权利和义务，维护叶家的安全，我要加入这场战斗。”

“天儿。不要胡闹。”叶威看了一眼叶天，语气中满是不容商量的成分，“你是我叶家的希望，是我叶家年轻一辈最有希望的一个。若是你有个三长两短，怕是我叶家就彻底地要断掉血脉了。”

“爷爷，我也要捍卫叶家!”这时候，叶如霜站了起来，双目迥然地看着叶威老爷子。

叶威一怔，有些惊诧这场面，毕竟叶如霜很少能和叶天达成一致意见。

“我要捍卫叶家。”

“我也是。”

“我们要和秦家对抗!”

叶家年轻一辈齐刷刷地站了起来，纷纷叫嚷着要对抗秦家。

看到叶家年轻一辈竟空前绝后如此团结，叶威老爷子神情激动，两行浊泪在眼圈中打转。没想到，团结叶家一辈的，竟是以往从未想到的叶天……原本他是将此等任务交给了叶秋的。

他拍了拍叶天的肩膀，感情复杂，道：“天儿，你等心意，我心中自然明了。不过现在不是逞一时之强的时候，希望你能明白现在的形势……”

叶威老爷子话音刚落，便听到门口有探子声传来，众人顿时怔了一下。叶威便是喊了一声：“何事?”

“千灯镇炼丹师天盟光临!”

哗!

全场哗然，众人都是满目不可思地面面相觑，继而是交头接耳起来，刚才还鸦雀无声，掉根针都能听到动静的大厅瞬间被窸窸窣窣的交谈声所充斥。

“什么情况?”

“是我听错了吗？千灯镇第一炼丹师天盟来我叶家?”

“这也太奇怪了吧，要知道天盟府平日里根本不和我叶家打交道的。尤其是在这等面临大敌的敏感时刻，他天盟府更是不应和我叶家打交道的，这其中必然有因由。”

叶威以及叶云阳等人也都是诧异得很，面面相觑：“他天盟和我叶府虽说同在千灯镇为大势力，不过他天盟府似乎向来都不和我等打交道，甚至都有些小过节，真不知他此番前来，是敌是友。”

“该不会是他们想落井下石吧？在我等对抗秦家之时，他天盟插一杠子进来，这分明就是想要提前对我叶家挖一大块肥肉!”

众人议论纷纷的时候，却看到一个身着宽松白色长袍、手上拄着一根拐杖的老家伙一瘸一拐地走了进来。他的身边没有跟一个人，让他看上去就好像是一孤苦伶仃的富贵老者。

若是不知道他模样的话，怕是没人会将面前这老者和传说中的千灯镇第一炼丹师天盟联系在一块。

叶威满脸笑意地走了上去：“哈哈，原来是天盟大人，真是有失远迎啊，此番光临我叶府，实在是让我叶府蓬荜生辉。”

那老者却只是冷冷笑笑，并未多言，只是傲慢地冲叶威点头，理也不理，直接错过叶威，走到了叶天面前，语气平淡道："叶天，做我徒弟，如何?"

此话一出，众人皆惊，所有人都用不相信的眼神看着叶天。

这小子怎么可能认识天盟这等高他们一等的存在？以前从未见过这小子和天盟府有什么来往啊？要说两人之间有什么交集的话，那就只能是呼吸同一个世界的空气罢了。除此之外，他们找不到别的共同点来。

即便当事者叶天，也是愣在原地，满目不可思议，他也是万万不曾想到，这天盟竟会主动和自己讲话，而且还要收自己为徒，如果没记错的话，这应该是他们第一次见面。第一次见面，一个高贵的炼丹师便主动收自己为徒……

他的大脑也是有些转不过弯来了。别说他了，即便是叶威以及叶云阳等叶家核心成员也都是被整得蒙圈了，不知天盟葫芦里到底卖得什么药!

"拒绝。"判官毫不犹豫斩钉截铁的声音在叶天的脑海中响起。他这才反应过来，而后答道："对不起，我已经有师父了，所以不能拜您为师。"

此番回答，再次让惊诧的众人错愕起来。如果说他们没想到天盟会主动来拜访，并且收叶天为徒的话，那么这会儿叶天的回答，即便是听到了，他们也不相信。

若是叶天拜天盟为师，那么他叶家便会和天盟府攀上关系，一旦和天盟府攀上关系，别说是秦家了，即便是其余两大家族联手，也绝对干不过有天盟府为背景后台的叶家。

最重要的是，叶天会成为千灯镇第二名炼丹师，连一名一级炼丹师都如此的珍贵、有权势，凭叶天的资质，修炼到二级炼丹师，那是轻而易举的。若是他修炼成二级炼丹师，叶家必定成为千灯镇第一大势力……

而当众人打着这如意算盘，甚至叶威也有些经不起这诱惑时候，叶天却是毫不犹豫地拒绝了，而且听那语气，似乎没有一点回旋的余地。

这让现场众人都是有些不敢相信起来，尤其是那叶云仙，更是眉头紧皱，有些愤怒地走上去，小声劝慰叶天道："天儿，若是能拜他为师，我叶府便可得救，你也可平步青云，为何拒绝?"

"父亲，相信我。"叶天同样小声对父亲道，"这天盟不是什么好东西，没这么好心。"

天盟听此话，内心也是震撼一下，没想到这少年会拒绝如此具有诱惑力的条件。不过身为高贵炼丹师，他还是保持住气场，满不在乎道："那好，既然这样，你就等着和叶府一块灰飞烟灭吧。"说着，便是咳嗽了一声，而后拄着拐杖，缓步离开了。

叶威老爷子客气送客之后，这才回来，看着叶天，语气慈爱地道："天儿，为何拒绝?"

他了解叶天，知道他不是做事莽撞的孩子。叶天这么做，一定有自己的想法。身为一个慈祥的长辈，他知道他要做的，是听晚辈的想法，而不是将自己的想法强加于晚辈身上。

对于这一点，叶天还是很感激的。有判官这个老油条给自己当参谋，他怎么可能看不出天盟的居心？他明显是准备将自己修炼而来的真气转嫁到他的身上，只不过明面上不好动手，收为徒弟，不当着叶家人的面，便可以为所欲为了。

原本天盟是准备在狮王争霸大赛上动手的，可是如今秦家对叶家虎视眈眈，若是再不动手，这家伙可能就会惨遭秦家的毒手。

这天盟可真是会打如意算盘啊。判官在听说天盟来此的时候，结合之前的事，便将事情大致给梳理出了一个脉络，想清楚了事情的来龙去脉，告知了叶天。

虽说他心中对天盟是充满无尽愤怒，不过也不好意表现出来，只是回绝了他的要求而已。

“天儿，为何拒绝？”见叶天发愣，叶威再次问了一句。

他这才反应过来，欠身看着叶威道：“爷爷，放心，狮王争霸赛之前，那秦家是绝对不会对我叶家发动攻击的。”

判官和叶天刚才已经合计了一通，既然天盟不肯拜他为师，他天盟绝对不会轻易放弃好容易修炼而来的真气，必定和秦家商议，在狮王争霸赛，也就是天盟取得叶天的真气之后，再让他们发动攻击。秦家也必然会卖天盟这个情！

听叶天如此肯定，叶威以及叶云仙都是怔了一下，继而是有些质疑道：“天儿，你所说属实？你凭什么如此说？”

他自然不会将判官的事告诉叶威，只是随便编了一个小理由：“刚才天盟偷偷地告诉我。会给我一段时间考虑。他会将秦家灭叶家的计划拖到狮王争霸大赛。若是到时候，我们叶家依旧没有请到有力的助手，我答应他做他徒弟，他便是会出面，替我叶家求情！”

此言一出，众人哗然，大部分都是兴奋的声音，不过也有些人在质疑。其中有一名年少少年站起来道：“叶天，你怎么认识的天盟炼丹师？”

叶天想了想，是啊，这个问题还真的挺难编，到底是怎么认识的呢？如果说不认识，他们一定会怀疑自己所说的这一切，叶家也会因秦家的威胁而闹得鸡飞狗跳。

就在他有些想不出和炼丹师相识的理由的时候，判官却忽然对叶天说：“就说他看中了你的资质，死皮赖脸几次三番想收你为徒，不过都被你拒绝了。”

于是叶天便将判官的原话，讲给了众人听。

众人一听，皆是如扎堆苍蝇一般，嗡嗡嗡嗡地商讨了起来：“什么，那天盟死皮赖脸地缠着叶天？”

“哭着喊着要收叶天为弟子？”

“这家伙资质有这么好吗?”

“真没想到，一代炼丹师竟是如此的无耻!”

“不过，那炼丹师倒是挺爱惜人才的。”

“……”

叶威苦笑了一声，心想这叶天可真是能胡编乱造啊，他吃过的盐可是比叶天吃过的饭都多，怎么不了解炼丹师的性格?他是不会做出这样的事来的。要是让天盟知道，叶天如此诋毁他的话，恐怕会把他气疯的吧。叶威也相信叶天对不确定的事，不会许下承诺，当下便决定，这件事暂时这样，他叶家随时做好防护工作，并且几次三番叮嘱众人不可将今日之事传出去之后，才让家族核心成员退走了。

他之所以下了封口令的原因是……要是天盟知道叶天说他死皮赖脸的话，恐怕会直接疯掉。

天盟要是疯起来，他叶家人可不会有任何还手之力。

“爷爷，谢谢你对我的信任。”叶天礼貌有加地对叶威老爷子道。

叶威笑笑：“我当然信得过你，你若是不和炼丹师熟识的话，以前从哪弄来那么多丹药?”

前者有些无语，感情爷爷叶威将之前那些丹药当成炼丹师天盟赠与的了。相信有这个想法的不是爷爷一个人吧，还有不少的人都有同样的想法。

不过这样也好，至少他们就会相信自己。叶云仙、叶云阳以及叶云鹤也都是站在叶威旁边，此刻看叶天的眼神，明显有很大的转变。

“天儿，好样的。”叶云仙再也忍不住了，这似乎是他第一次夸赞叶天，不过心中却是有些责备。这家伙，怎么把自己隐藏得这么深，原来自己这个儿子还有这么多不为人知的事，一定一定得把叶明安插在他身边当间谍，否则这小子不知还会隐瞒多少事呢。

即便是叶云阳和叶云鹤，也都是冲叶天伸出大拇指。叶云鹤一脸羡慕地看着叶云仙道：“大哥，真是妒忌你有这么一个好儿子啊。不过，叶天，你可得给我记着，叶如霜看中了你，你是跑不掉的，否则我一定把你的腿打断。”

“……”

叶天有些无语，没见过这么往外推自己闺女的啊，虽说并不是您亲闺女，可是您也不能这样啊。

“行了，大家都累了，先回去吧。”叶威咳嗽了一声，“至于对付秦家老祖宗的人，我们再从长计议。”

叶天犹豫了一下，不想叶威在此事上过多地纠结，毕竟爷爷叶威年老体衰，若是被烦心事缠身，可能会对他的身体不好。刚刚进入斗王级别，他的身体已然被上次升级压榨一空。

片刻后，叶天道："爷爷，我倒是认识一个可对付秦家老祖宗的人，说不定可请他来帮忙。"

此言一出，众人皆惊，叶云仙先是反应过来，拍拍叶天脑袋道："天儿，休得胡言乱语，这可不是儿戏。"

叶天有些无辜耸肩："父亲，我是那种胡言乱语之人吗？你以前觉得我可能认识炼丹师吗？"

众人再次吃惊，这家伙哪还有从前废物的影子，简直可以说有天壤之别。别说叶云仙了，即便最喜欢叶天的叶威也是有些不敢相信，但是这会儿也不知该说什么好，思考片刻之后，这才道："天儿，若是你果然认识如此神通之人，我叶家定当以重金聘请此人，只是……你确认那人可干翻秦家老祖宗？要知道，他早就已经跨入了斗王，甚至，现在可能已然跨入了斗皇强者！"

叶天点头："放心吧，爷爷，那日，我定会将那老祖宗请来的。"

看他自信满满，叶威也是相信了，虽说荒谬……可今日所发生之事，哪一件不是荒谬，可不都是真实发生了吗？他淡淡笑笑："好吧，既然如此，我们便相信你。你有什么条件，需要多少礼金，要谁陪你去请，尽管说来便是！"

"爷爷，您不用操心了，我一个人定然可将那家伙请来。爷爷，父亲，若是没事儿的话，我就先走了。"

叶天说了一句，得到众人允许，这才缓步离开。

叶天离去之后，众人的表情这才开始精彩万分起来，你望望我，我看看你的。最后还是那叶威开口了："我说，你小子有时间也盯着天儿，这小子究竟藏得有多深，连我这个老油条都看不出来了。"

叶云仙连连点头称是。

望着他离去的身影，叶威右手轻轻捋着胡子，语言之中有些震撼："这小家伙，竟称能干得过秦家老祖宗的家伙为那家伙……不妥不妥，云仙，若是天儿需要任何辅助，我命你付出所有代价帮他，明白吗？"

叶云仙连连点头。

回到自己房间之中，判官才忽然从叶天的神识中冒了出来，道："叶天，你说你认识那能干得过斗皇高手的家伙？是谁？"

"呃。"看判官如此急不可耐的表情，叶天有些无语，不过他还是乖乖回答道，"当然是你了。"

"我？"判官一听，立刻有些急了起来，"哎，若是在我全盛时期，别说是斗皇了，即便是十个斗皇，我都不放在眼里，可是现在……哎，现在我也只是一丝灵识而已，如今虽说有所恢复，不过也只是九牛一毛，相当于一斗师高手，要想在三个月之内，恢复到斗皇实力，还是不太现实的。"

叶天听后，若有所思，片刻之后，眼神忽然亮了一下："判官，你看我怎么样？”

“你？”判官好奇地道，“你是想我把你练成丹药，然后吃掉，助我的灵识恢复？”

“我的意思是，把我训练成斗皇强者。”叶天正儿八经严肃无比地道。

“噗！”判官的一丝灵识差点没因这次狂笑而消散，“开什么玩笑，你之前说的那个抗衡斗皇强者的家伙，该不会是你吧？”

叶天煞有其事地点头：“怎么，不行？”

“你小子尾巴翘天上去了吧，觉得自己能对付一斗师，就牛逼哄哄力战斗皇？告诉你，你如今的实力，在斗皇强者面前，连一只小臭虫都比不上。他要杀死你，只需要一个念头便可！”

听他这么一说，叶天的自信心顿时蔫了下来，不过他依旧据理力争道：“不过我觉得，这件事却也并不是那么困难。你看，我在这么短的时间内，从一段斗之力修炼者，连升十级，甚至超越斗者，抗衡斗师，要想在三个月之内晋入斗师，而后跨步斗灵，晋级斗王，这才三个阶段而已，应该不会太困难吧。”

噗！

判官再次一个没忍住，笑出声来。因这次笑耗费的斗气着实强大，导致他的一丝灵识化为烟雾，不过幸亏叶天及时将斗气输送给判官，他才得以重新凝聚成形：“你知道个屁！斗之力修炼最为简单，所以修炼最为快捷，而越往后，修炼难度也是会更大，斗之力升入斗者，是一道门槛儿，斗者升级斗师，又是一道坎儿，而且困难程度几乎是升级斗者的两倍，斗师升级斗灵，难度是升级斗者的三倍，斗灵升级斗王，没有特别的药物或者宝物辅助，那几乎是不可能的事。”

叶天听他这么说，心中暗自感慨，怪不得父亲三兄弟，以及爷爷叶威停在斗灵级别数载都未曾突破，原来是因为这原因啊。

看来，之前自己是低估了升级的难度，口出厥词了。所以这会儿要是实现之前的承诺，真是有些困难呢。

“判官，真的没办法可让我在三个月之内，抗衡斗皇强者？”叶天最后一次试探性地问道。心想实在不行，干脆就从了炼丹师吧，把自己的真气送给他，只要能保住叶家，牺牲自己倒也不是不成。

“其实，也不是真的没办法。”判官小声道。

“哦？你倒是说说看。”听罢，他立刻来了精神，小声道。

“三月之内，你若是能用真气将轮子旋转五周，其中所释放阵法，或许能抗衡斗王强者。若是寻得一门真技，打通体内一百条脉络，将真气壮大到一定的程度，或许可让你在最短的时间内，冲到斗灵级。不过，若是想在三个月之内，晋级斗王，是不可能的。现在你只能期望秦家老祖宗没有想象中那么厉害，只是斗王强者而已，那样，你抗衡斗王强者的实力，加上你的父亲以及爷爷，或许能和秦家老祖宗周旋一番。”

听他这么说，叶天的精神立刻蔫了下来。秦家老祖宗最少也得达到高级斗王级别，别看同是斗王级，可是一高级斗王，可轻易干翻十个低级甚至中级斗王，其中差距，自然可想而知。

即便是这最为侥幸的情况发生，他们和秦家抗衡的概率，依旧是小之又小，几乎可忽略不计……叶天觉得头有些大了起来。

“试试看嘛，要是不试试看的话，你是绝对不可能和秦家抗衡的。”看他犹豫不决，情绪似乎有些消极，判官忙劝慰他道。

他点了点头，不过依旧是在沉思。他在思考着，应该到什么地儿寻找真技，冲破体内上百条脉络，毕竟冲破体内上百条脉络可没那么简单，而且真技似乎已经绝种了。

就在这个时候，却是忽听一阵敲门声，他立刻紧张喊了一句：“是谁?”

第十四章　魔兽森林

“是我啊。”小魔女林雪儿的声音传来。听到这声音，他的第一反应便是头大，心中暗叹这小魔女怎么来了，该不会是想到新的整人方式了吧。

跑去开门，见得小魔女正冲自己淡淡地笑，那股微笑简直是太熟悉了，熟悉到他一看到，就有些想跑的冲动。奈何自己被堵在房中，根本就跑不出去，只能是冲她勉强笑了笑：“林雪儿，有什么事儿吗？”

“有啊。”林雪儿冲也叶天嘿嘿笑了笑，“我听说你认识一个能抗衡斗皇强者的家伙，想过来认识认识，你方便给我介绍一下吗？”

“好吧。”他无语笑笑，看来爷爷叶威也没少被这丫头折腾，否则不可能把这件事告诉小魔女林雪儿的，“其实，我就是。”

“哦，我早猜到是你了。”林雪儿一点都不吃惊地咯咯笑了起来，片刻之后，表情才恢复正常，正儿八经地看着叶天道：“叶天哥哥，你听说了吗？最近魔兽森林里边，有人寻找到了一片神邸，据说那神邸可是神通镜的老神仙的府邸，里面一定有很多的宝贝，我们要不要去看看？”

“什么？”叶天眼珠子一下子瞪大了，甚至口水都差点流出来，“你说的是神通境的神邸？”

不单单是叶天，即便是潜藏在大还丹精神世界中的判官也是惊讶无比，瞠目结舌：“竟是神通境？快赶上老夫全盛时期的修为了。”

听他这么一说，叶天更是不可思议：“你个老变态，全盛时期，实力竟达到了神通境吗？真是不可思议啊。”

神通境乃是斗皇之后的境界。不过据说，能达到如此境界的，整个神魂大陆，也是用一只手都数得过来的。以前只是在父亲给自己讲的神话故事中听到过这等境界的人，据说这等境界的人可以翻手为云覆手为雨，更是能够颠倒乾坤，扰乱阴阳……

以往都觉得这等境界的人和自己完全不是同一个世界的存在，却是万万不曾想到，自己身边竟有这样的一个高手存在。

“是啊，你发愣干啥？”林雪儿看叶天发愣，当下便伸手拍了一下叶天的肩膀道。他这才反应过来，注意到自己的失态，笑着说道：“呵呵，没什么，没什么。对了，你确定这个消息是真的？”

林雪儿冲叶天耸耸肩：“难不成我还能骗你不成？爷爷已经决定，派叶云阳带着一支队伍前去魔兽森林，到那儿分一杯羹了。这个消息也是刚刚传到爷爷耳朵里，他便立刻下了这等决心。你觉得这个消息可能有假？”

听他这么一说，叶天也是有些诧异起来，那么大一块肥肉，肯定有数不清的高手前去，说不定自己还没到那儿就已经被其余的高手给弄死了，这其中，还是有很大的危险的。

“叶天哥哥，你到底要不要去？”林雪儿有些不耐烦地摇晃了一下叶天的胳膊问道。

“哦，太危险了，我不去。”叶天拒绝了。不过这倒不是真心话，开玩笑，这么大一块肥肉摆在眼前，任谁都会被吸引住的。他之所以对林雪儿这么说，完全是不想带着林雪儿去，这可是一个大麻烦，带在身边，肯定会招惹来更多的麻烦。

“哼，真是没有上进心。”林雪儿狠狠瞪了一眼叶天，“不去算了。不过，若是你去了的话，麻烦你帮我找回一件东西。”

林雪儿一边说着，一边从丝纱裙带中掏出了一张泛着古色的布匹。布匹看上去经历了至少百年的岁月了，不过上边的线条脉络却是清晰得很。

“喏，这个角落的地下埋着一个箱子，箱子里边装着一些东西，你把里边的东西都给我带回来，拜托你了。”林雪儿的纤纤玉指在地图上的一个角落指了指，而后对叶天道。

叶天愣了片刻，而后盯着这个错综复杂、线条纵横的地图，满脑子都充满了疑惑：“你怎么知道那神邸的结构图的，又怎么会知道这个角落的箱子里面藏着东西？”

他已经肯定这林雪儿不简单了，一座神通境高手的神邸，而且还是上千年以前的府邸，她都对其中了解得很。若是换成别人，一定会认为她在开玩笑。可是叶天却不这么认为，毕竟判官曾经告诉自己，这女子和隐藏在大还丹世界中的府邸气息十分相像，两者说不定有特别的联系。和一远古大能有联系的女人知道一个神通境高手的神邸结构图，倒也可能是真的。

只是，叶天觉得这一切有些梦幻般的感觉。

见他依旧是在发呆，林雪儿有些生气地瞪了他一眼：“行了，你要是去的话，就给我带回来，要是不去的话，就算了。”

林雪儿何等的聪明伶俐，她早就已经读懂了叶天的心思，为了给他一个台阶下，只好将这个光荣而艰巨的任务交给了叶天，而后转身离去。

望着她娇小玲珑的身体缓缓离开，叶天是哭笑不得，这个小丫头还真不是一般的神秘可爱。

“哎，现在的小女孩……我怎么觉得我有种被透视的感觉呢？”等林雪儿离去之后，判官才终于叹了口气，满脸悲哀。

“判官，怎么说？”叶天忙好奇地问道。

"你说啊，这个小女孩对成千上万年以前的一座神邸结构都是如此的了解，她的来历肯定不简单。我觉得，她可能是知道我的存在，只不过是照顾你的面子，所以不方便说出来而已。"

听判官这么说，叶天也是苦笑连连："判官，你这么一说，我也有同样的感觉呢。会不会她将我全身上下都看透，知道我身上藏有什么底牌、什么杀手锏呢？"

判官笑笑："哎，咱俩都落后了，行了，别废话了，那神邸，你到底去不去？"

"废话，傻瓜才不去。"叶天道，"咱们现在就走？"

"再等两日吧。"判官道，"毕竟越早探知这个消息的，越是高手，你这个小喽啰跟在这些高手的屁股后面，只能是找抽，说不定还没等到那，就被人当成草纸给擦屁股了。"

"……"

他没想到这判官讽刺起来人，还真是要命。

"判官，你的意思是……"叶天询问道。

"意思很简单，咱们等上两日，等到高手都去了之后，咱们走在最后边……"

"那样宝贝不都被抢跑了吗？"

"抢跑个屁，那神邸肯定有封印，没有高手打破封印，没人能进入其中。要不然，那神邸早就已经化为断壁残垣，被人抢掠而空了呢。"

叶天有些不好意思地摸了摸额头，心想自己怎么问出这么幼稚的问题呢？丢人。

在当天晚上，叶天也是听父亲说起了此事。次日一大早，叶云阳便带着一支小队离去，之所以不带叶天去，是因为叶威担心叶天会在魔兽森林遇到危险。现在叶天可是他叶家最拿得出手的货色，要是叶天再横遭不测，怕是他叶威得活活气死。

又等了几日，千灯镇竟因一个人的出关而变得沸腾起来，那个人自然是秦家老祖宗秦王！

据传，在几十年前，秦王闭关的时候便已然达到了斗王级别。闭关期间，他是两耳不闻窗外事，一心只想突破斗王，如今出关，据说已然跨入了斗皇强者。

而更让人为之惊讶的是，这秦王，竟准备去魔兽森林，闯入那一座刚刚被发现的神邸。这个消息一旦散出，便让众人诚惶诚恐，坐立不安。若是这秦王去了，不知得碰到多少远古巨头，到时候定然会发生一场场精彩绝伦的大战……

要是跟在秦王身后，见识到斗皇强者出手，那场面得多壮观……想想都让人觉得震撼，就算这辈子就此了结，死在了斗皇强者攻击的余威中，那也是不虚人间此行啊。

于是乎，这个小镇又有为数不少的人收拾行李，准备跟在秦王身后，前去魔兽森林，准备寻找一些宝贝，分一杯羹，另外若是有眼福的话，还可以看到斗皇级的高手出手……

连千灯镇这样的小镇都因一座神邸而万人空巷呢，可想，那魔兽森林之中的神邸，应该聚集了多少人吧。

在差不多所有人都走光了之后，叶天才在判官的指引下，前往魔兽森林。当然，他此番前去，糊弄叶威的理由是去找寻那能斗得过秦家老祖宗的能人。

虽说叶威非常不舍，而且满是担心，可是在叶天以及叶云仙的好说歹说下，终于给他放行。原本老爷子准备让叶云仙跟着前往，那样安全还能有保障，可是却被叶天给拒绝了。开玩笑，要是父亲知道自己想要单身匹马前往神仙府邸，他绝对会拦下自己的。毕竟此番事件，让各大势力都为之眼红，龙蛇混杂，到时候可就麻烦了。

告别了众人之后，叶天便徒步前往魔兽森林。按判官的话说，就是他们不用着急，一般高手都是在最后才上场的。在斗皇强者出手破除封印之前，没有人能进入神邸。

可能是大部分人早就已经前往魔兽森林了吧，所以叶天一路上倒是很少遇到前往魔兽森林的人。只是偶尔会有一两个抱着捡别人零落想法的家伙，不急不缓地前往。毕竟只有神邸府中的人走光了，他们的安全才可能有保证。

这样的人大部分是一些没有加入任何势力的穷困孩子。没办法，这就是现实，残酷的现实。而且一路上，对他们威胁最大的往往不是别的高手，而是困苦饥饿。因为他们过于穷困，所以带不起多少干粮，只能是每顿少吃点，实在撑不下去了，还要给别人打工换取饭钱，更甚者，竟沦落到街头乞讨的地步。

叶天一路上倒是给不少人施舍了金币，来的时候，叶威老爷子愣是在他的乾坤戒指中装了数量不少的金币。

行色匆匆，在三天的脚程，以及半路上租来了一匹快马，四天四夜的狂猛追赶过后，他总算是走到了魔兽森林的外围。

而以往凄凉惨淡的魔兽森林外围，如今却变成了一座繁华的小城镇，小商小贩的摊点遍布各个角落，甚至还有一些大家族的人专门在此安家，准备在此处常驻了。

估计他们是将家中的业务转移到了这个地儿来，毕竟这个地儿的人流量实在是太大，在许多商人眼中，无疑是一块大肥肉。

可是，在有人垂涎此处的时候，大离帝国的军队也来了，在这儿建成了临时政府，掌控着这儿的安全以及商铺地皮问题，所以这儿并没有想象中那般的混乱。

再加上大部分前往神邸的人早就已经从这儿经过了，这儿也只有一些低级的修炼者稍作停留而已，所以也不是特别热闹，和千灯镇差不多。

叶天见天色已晚，担心魔兽森林中出没的魔兽可能对他们造成威胁，当下便准备歇息一番，等到明日，再行前往。

他用金币在一个小商贩手上买了一个帐篷，便在一个外围角落搭建了起来。在人生地不熟的地儿，凡事还是低调点的好，所以他只是买了一个最便宜的帐篷，估计这样就不会成为众多土匪强盗以及地头蛇的哄抢对象了吧。

在赶路的这几日，他也是并未有丝毫的懈怠，坚持不断地练习。这几日他一直都在用真气游走过全身十九处脉络，而后攻击真气轮子。

这真气轮子转动了两圈半，他相信若是有了至寒珠逼迫潜力的作用，他足以将真气轮子给推动三圈。

仅仅是推动两圈，其所催动的狂龙光罩便可战胜斗师强者的攻击，若是推动三圈……其催动而出的大阵，威力可想而知！

这两日，那判官也在为叶天寻找真正的真技。

可是，大还丹之中的古墓府邸，到处都是禁地。他要想闯进去，还真不是一般的困难。在几次碰壁之后，他只好放弃了在古墓府邸中寻找至寒珠的想法，只能期望叶天能走运，在外界寻找到一个真正的真技。

用体内真气将真气轮子旋转了两圈半之后，叶天的体表竟被一层半透明的光罩完全笼罩着。流光溢彩的光罩之上，一只狂龙在四处游走，将他周身都给包围住，甚至有一股狂风在帐篷中吹起。

而靠近他的一个饮水杯子不小心被光罩上的狂龙影像给撞击了一下，结果直接碎成了齑粉，粉末四处飘荡。

叶天担心这样会招惹来别人的注意，忙将能量光罩给收了起来。这个时候他也察觉到了一个惊喜，那就是自己在收回能量光罩的时候，它竟转化成了无尽的斗气，逸散全身各处，浓厚得很，让他为之震撼。

这个发现让叶天很是兴奋，和判官讲道："判官，没想到这真气轮子，竟还可以将真气转换成数倍的斗气，日后也可以凭借这一点，将斗气收回，不至于浪费太多的力量了啊。"

判官点点头道："嗯，看来的确是有这个道理。"

沉吟片刻，那判官接着道："不过，一直依靠这真气轮子施展攻击，也不是办法啊，所以我觉得，你应该修炼一门真正的攻击真技，这样才可让你用最小的力量，打败自己的对手。"

叶天也是有些无奈地叹口气："哎，我也想啊，可是这真技实在是贵重稀少，咱们一时半会儿也找不来。"

"不如这样。"最后，判官还是叹了口气，"到外面去看看，说不定能找到什么对你有用的装备呢。说不定还能找到什么真技呢。毕竟现在的真技少之又少，几乎没人见过真技。"

叶天点了点头，而后站起身来，吸收了大量的斗气，他显得精神十足，踩着脚步，便走了出去。

天色将暗，不过每个小摊贩的小摊上都有用斗技施展而出的光亮，倒是将这个小镇烘托得灯红酒绿，步入其中，有种浩渺的感觉。

这个时候，差不多是用餐的点儿，不少刚才还在帐篷中修炼休息的人都走出来用餐，所以大部分人都在卖食物的摊点上，这时卖装备以及各种补品的摊位上，倒是没多少人。

叶天在摊位中间的小路上走着，目不暇接地看着小摊贩摊点上卖的各种各样的东西。

在这儿，人参、人首乌之类的补品倒是挺受欢迎。毕竟在魔兽森林中，受到伤害的可能性还是很大的，任何一个补品都可能挽救他们的性命。

当然，也有一些丹药在卖。不过这些丹药都是低级的丹药，一般稍微高级一点的丹药都是要预约炼丹师提前炼出。

能有资格邀请炼丹师的，都是大势力，不过他们早就已经进入魔兽森林中去了。叶天用高价钱买了一株人首乌后，便准备回去，炼制出乌丹，在关键时候还可以挽回一条性命。

可是，在他刚刚准备转身离开稍显冷清的小摊摊点的时候，却忽听判官喊住了自己："叶天，好浓的真气。"

"真气?"听判官这么一说，叶天立刻怔了一下，而后用灵识和判官交流，"判官，你的意思是……"

"似乎有人在卖真技。"判官说着，便是指挥叶天转身，而后循着那一丝真气，朝着前方走去。

当叶天走到一处专门贩卖斗技的摊点前时，他便按照判官的指引，停下了脚步，而后看着摆放得满满的，用各种载体承载着的斗技。

摊点的主人是一个老头儿，眯缝着眼睛，翘着脚丫子，扭头冲叶天笑："小伙子，买斗技啊。你要什么级别的?黄阶低级还是黄阶高级，甚至玄级的斗技都有。不过估计你买不起。"

叶天并未理会这老头，而只是冲他淡淡笑笑，目光在判官指引下，看着一个用某种动物的头盖骨雕刻的玄阶低级斗技。

"就是这里边。"判官声音激动地道，"里面有浓厚的真气逸散而出。叶天，买下它。"

叶天点头。不过他也知道这玄阶斗技的贵重，所以早就已经做好了讲价的准备。

"请问，这门斗技怎么卖?"叶天手指着那个头盖骨问道。

"三百金币。"那老者毫不含糊地道。

"嗯?"叶天顿时愣了一下，因为这价格实在是太低了。这玄阶低级斗技明显是假的。

“老东西，又在骗人了?”就在叶天准备出手购买，回去试试运气，看看是不是真技的时候，却忽听旁边传来一灵动轻巧的声音。他立刻扭头，却看到一打扮得花枝招展的性感女子，正双手环胸，满脸笑意地看着那老东西。

“呵呵，原来是素蓝姑娘。”那老家伙看到面前这花季少女，立刻收回了脚，从椅子上站起来，色迷迷地小眼盯着面前少女，“素蓝姑娘，是不是要买斗技？我给你按半价。”

叶天这个时候也仔细地打量起这少女来。高挑的个头，莹润细弱的小腰，身穿一套蓝色丝纱，腰上则是系着一根金腰带，看上去倒是一富家贵族女子。

少女见叶天看着自己，当下便是有些不满地撅嘴：“看什么看，没看过美女啊。”

叶天淡淡笑笑，知道这乃是被富贵家族给惯坏的千金小姐，自己还是不要随便招惹的好，免得招惹了某些势力，到最后麻烦的定然是自己。

他当下便从乾坤戒中掏出了三百金币，而后丢给那老家伙道：“这玄阶功法，我要了。”

“嘿嘿，好，好!”老家伙一脸奸商的气息，忙伸手接过了三百金币，而后将玄阶功法递给了叶天。

“喂，我说你有点脑子好不好，三百金币能买来玄阶斗技？你是想斗技想疯了吧。”那女子满脸诧异看着他，不相信这一切都是真的。那玄阶功法明显是假的，才会有这么低的价格，只要不是傻子，都知道这常识。

可是这看起来倒不像傻子的愣头青竟相信了，那玲珑少女自然是感觉不可思议。

“金币是我的，想买什么就买什么。我想这不碍你什么事儿吧。”叶天冷哼一声，便接过了头盖骨，准备离开。

玲珑女狠狠瞪了一眼叶天，而后是嘟哝了一句：“看你倒是有点小钱啊，肯定是哪家土地主的公子出来闯荡了。算了，你要是想买到真斗技的话，本姑奶奶就送你一句，去汇通拍卖行吧，那儿的斗技都是真的。”

她讲完了之后，却不再理会叶天，而是转身和老头寒暄：“老家伙，这几日有没有什么高级一点的功法?”

老家伙连连嘿嘿笑笑：“有一个玄阶的，不过被那小子给拿走了。”

“还吹牛，你那功法摆这儿多长时间了我不知道？快说。”

“嘿嘿，嘿嘿，小姐别着急，我这不是给你拿出来了吗，黄阶上级功法，玲珑破！两千金币。”

“成交!”

听着两者的谈话，叶天苦笑连连，一黄阶功法都卖到了两千金币，而这玄阶却只卖三百……判官的眼光，该不会真的这么差吧。

还有那女孩或许是真的出自好心要劝自己。自己这么做，姑娘定然认为自己是傻子……

回到了房间中，判官便迫不及待地让叶天将动物头盖骨给拿了出来。

他有些慵懒地将头盖骨拿了出来，而后放在了判官面前，道："看看吧，判官，该不会是您搞错了吧。"

判官却是不语，只是从大还丹中发散出一丝精神力，包裹了那动物头盖骨，良久之后，才将精神力收回，不过整个人却变得精神十足，很是兴奋地道："斗真技，竟是斗真技!"

"斗真技?"听到这个新名词儿，叶天顿时愣住了，而后是莫名其妙地问道，"判官，啥意思，什么斗真技?"

"斗真技，就是说既可以用斗气，也可以用真气驾驭的功法。若是用斗气驾驭的话，施展出来的威力，便是玄阶功法的威力。而若是用真气驾驭的话，施展出来的，甚至可以媲美地阶功法……"判官因为激动，导致声音都有些断断续续。

"这是玄阶功法?"叶天也忍不住倒吸一口凉气，而后是满目质疑地盯着判官的影像看，"怎么可能?若真的是玄阶功法的话，应该不止这个价吧。"

"这只是一玄阶斗真技的功法残片而已。这一残片，其威力发挥出来，顶多也就是黄阶低级功法，所以才会被卖得这么低贱!"

他若有所思地点点头，原来是这样。不过片刻之后，他的大脑中忽然有了一个想法，于是语气急促地问道："判官前辈，不知大还丹中的那黑影能否将这残缺的斗真技修成原状?"

听叶天这么一说，那判官也跟着激动起来："是啊，我怎么把这茬给忘了。叶天，来，用斗气将这野兽的头盖骨给包裹住。其中所蕴含的气息，自然会钻入你的头脑之中。"

叶天听了，便立刻闭上眼睛，而后自其体内释放出一股斗气，瞬间将之包围。一股股类似于某种花纹的气息犹如一江春水般，浩浩荡荡地飘入了他的精神世界中。他努力地记着一招一式。

很快地，那兽骨中所蕴含的信息，尽数被叶天心领神悟。因为是残片的原因，所以他也只能是修炼这残缺的一部分。

在不大的帐篷中，缓慢地演示了一遍斗真技后，大还丹的世界中，便出现了一个黑影，演练着斗真技。而且看那动作，和自己所看到的斗真技，竟是一模一样。

叶天激动无比地看着黑影演练着斗真技，他几乎是紧张到窒息，因为他真担心黑影无法完善这残缺的功法，不能继续演练下去。

结果还是让他很失望的，黑影在演练到斗真技的结尾处的时候，竟停住了。

他无奈地叹口气，苦笑一声：“真是白白浪费了三百金币啊。”

判官并未说话，只是面色紧张地盯着那黑影看，一副望眼欲穿的模样。

就在叶天准备退出精神世界的时候，却忽见那原本僵持不动的黑影，竟重新开始了演练，而且其动作和之前的动作不一样，并不是在重复之前的动作。

“成功了！”叶天激动得差点叫出声来，他面色激动地看着继续修炼的黑影，心中的振奋可想而知。他好像是饿死鬼看到精美食物一般，死死地盯着黑影看。

黑影继续修炼了好长时间，才终于完全停止了下来，不过看上去黑影黯淡了不少。

叶天好奇地问道：“判官前辈，他这是已经将斗真技完全完善了吗？”

那判官同样是满面激动，道：“虽说并未完全完善，不过看上去，只要给这黑影足够的能量驾驭的话，他早晚都会将斗真技完善的。”

听那判官一说，叶天顿时感觉好奇地道：“能量？这黑影还需要能量驾驭？”

判官顿时呸了他一声：“废话，天下没有白吃的午餐，哪有光干活不吃饭的道理。这黑影同是三千世界大道，自然要遵循这天地法则。不过，看来能给这等宝贝补充能量的东西，也就只有那稀疏的宝丹了吧。”

“宝丹？”听判官这么说，叶天顿吸一口凉气，在这大陆生活那么长时间，他可是深知宝丹的贵重。换句话说，它简直是丹药之中的精品，据说只有二级炼丹师才可能从宝石之中炼化出一颗宝丹来，足见这种宝丹的珍贵性。整个千灯镇，恐怕都没有一个吧。

让他这个刚刚晋级斗者的弱小者，上哪找宝丹去？

这黑影竟是要吸收宝丹的能量，看来这玩意儿还真不如吸人血来的痛快呢。

看叶天愁眉苦脸，判官也同样是有些无奈。若是在自己全盛时期，那宝丹要多少有多少，可是如今……哎，算了，越想越伤心。

“对了，判官，你还记得今天咱见的那姑娘吗？那姑娘说汇通拍卖行里面东西齐全，倒不如我们去那汇通拍卖行尝试一番？”

听得叶天如此说，后者也是猛然兴奋起来：“嗨，我怎么把这茬给忘了，走。”

说干就干，于是乎，一老一少便是开始商量起了具体的计划来。

首先，他们要解决的便是手头金币的问题。虽说来的时候，爷爷也给了足够的银两当盘缠，可是用来买一颗稀罕宝丹，那还是远远不够的。

这个时候，他便是将注意力集中到今天所买的人首乌上。

若是能将人首乌炼制成乌丹，到拍卖行去拍卖，岂不是能很快地赚取大价钱？说做便做，很快便将一株人首乌，炼制成了两颗乌丹。

可是，虽说两颗乌丹属于绝世珍品，可是用来换取宝丹，还是有些不够的。

没办法，叶天只得到外面又买来了两株人首乌，炼制成了乌丹。看着六颗乌黑发亮甚至还带着余温的乌丹在手心中滚来滚去，他的心中就是一阵兴奋。

他要面临的第二个问题，便是如何保持低调。他这样明目张胆拿着六颗乌丹拍卖，指定会成为不少大势力的目标，毕竟这种珍稀丹药是各大势力争抢的对象。

最后，叶天决定换一身老头装的行头，头戴斗笠，这样便不会被别人发现了。到了说话的时候，就让判官代自己讲话，那样的话，就会被人认为这家伙是一老头，而不会怀疑到自己身上了。

想通了各种问题的应对之策后，叶天才带上行头，而后悄无声息地溜了出去，简单地认清周围形势，便找个无人角落，换上那身神秘者行头，头戴斗笠，身着黑色破旧长袍，从远处望去，俨然一体弱老者形象。

汇通拍卖行原本是大离帝国都城第一大拍卖行。自从魔兽森林爆出找到神邸信息，此处人流量骤然加大之后，拍卖行便靠着自己在大离帝国的权势，在此处买下一处地院，开设一分行。

此处的人流量怕是足以赶超大离帝国都城了吧，而且此拍卖行是魔兽森林外围唯一一所，各大势力要买真品，除此之外别无二家，他必然早已赚翻。

和判官商量间，他已然来到拍卖行门口。见得门口门庭若市，人头攒动，那叶天便是苦笑连连，他这一“老者”想挤进去，困难重重啊。

这些人都是在拍卖行外围看热闹的家伙，没有资格进入其中，只得站在外围，看着里边拍卖的宝贝眼馋。

“判官，这可如何是好?”叶天在第三次试图挤进去无果后，只得寻一角落，和判官商议对策。

“哎，那不是今日骂你的姑娘吗?”判官不由得望向门口。

果然，今日劝自己别买地摊货的那姑娘，嫣然站于人群中，一袭青衫，腰束红带，配上那张精致脸蛋，犹如鹤立鸡群。

不过，她是站在拍卖行内，眼神漠然地盯着拍卖行门口的人，似乎是提防这些人闯入。

“嗯，怎么是她?”叶天顿时疑惑起来，不过片刻之后，便明白过来。此人必然是汇通拍卖行的人，否则当日不可能介绍自己来此处购买斗技。

他咳嗽一声，眼珠一转，便已然有了计谋。

重新走入人群中，拿起今日买来的玄阶低级斗技，便大声叫卖了起来：“玄阶低级斗技，三百金币。玄阶低级斗技，三百金币啦!”

当然，这声音乃判官所喊，声音越发沧桑憔悴，有种闯江湖的风范。他这一嗓子，立刻便招惹来围观众人的注意。众人纷纷扭头，看着面前这佝偻“老者”。

那年轻女子在听到三百金币卖玄阶斗技时候，便蓦然想起今日在小贩摊上用三百金币买走玄阶斗技的那小伙来。刚开始还认为是那小伙呢，忍不住多看两眼，谁知竟是一老者。

不过，三百金币卖玄阶斗技，摆明是骗人的。她见人群都散开，没必要继续守在门口，当下便交代了两边守卫一番，然后走了上来，看着叶天扮演的“老者”，冷哼一声：“你是哪家老杂毛，在这儿卖起假货来了。”

周围围观者也是议论纷纷，这明摆着是江湖骗子，大部分都是指责他。

“老夫不卖假货。”叶天装模作样地捋了捋胡子，“老夫是要拍卖东西。”

“切。”那女子冷哼一声，“老杂毛，识相点的赶紧滚蛋，我这儿不欢迎骗子。”

叶天却淡淡看了一眼女子，并未多言：“我想进入，你休想拦。”当下，便施展云飞斗技，磅礴斗技便逸散而出，按照规定脉络运转一圈后，他的速度便是猛然加快，而后是嗖的一声，从那女子旁边掠过而去。

一阵阴风随之掠起。

女子大惊，转头望去，却见得那老者早已失去踪影，怕是已然进入了拍卖行中。她不由得跺跺脚，眉目之中，尽显娇俏可爱。

再说叶天，偷偷溜入拍卖行之后，便是寻了个角落，观察身后动静，确保并无一人追来，这才长舒了一口气。看来他并未招惹来他们的注意。

之前所施展的云飞斗技，乃是判官传授于他的一种斗技。虽说斗技是黄阶中级斗技，可是这种速度倒是也让那女子追之不及。

因这汇通拍卖行位处偏僻之所，所以并未有太多的人手在此处打理。那女子看来应是汇通拍卖行小姐级别的人，也是派来在门口守卫的。

真是有些大材小用了。

叶天叹了口气，便稍微整理一下衣冠，顺着走廊，朝着里面走去。

当他走过一扇大门时候，发现里面热闹非凡，嗡嗡嗡的声音犹如蚊虫一般地压来，听得他有些头大。他用力地摇了一下脑袋，恢复了一下意识，这才发现此处乃拍卖行最为重要的地儿——拍卖会场。

拍卖会场大得很，数以百计的人坐于会场中。在会场中央，则是一张主席台，主席台上站着一名身着蓝衣、面色姣好的女子，正在用黄莺般清脆的声音向众人展示着一件件的宝贝。

可以这么说，每一件在此处拍卖的东西都是贵重得很，在外边的小摊上，是绝对都买不来的。他仔细地看了一眼，发现拍卖的东西，最低级的都得有两千多金币。

就在他望着里面出神的时候，却忽感旁边有人在轻轻拍打自己的肩膀，他立刻愣了一下，继而望去，不由得一愣。

万万不曾想到，那个丫头竟追进来了。

“哼，你个臭老头，总算是被我给逮住了。”那丫头气势汹汹，但是却不失可爱地瞪着叶天，那双眼睛灵动清澈，看上去就好像是两颗葡萄般动人。

“谁让你进来的？快给我出去，你这个骗子。”那丫头生气地拽着叶天的衣服，

“都怪你，都怪你，这下父亲又得说我无用了，连看个门都看不住。”

“灵儿，休得无礼。”就在这小女孩拉着叶天，让他有些不知所措的时候，却忽听一中年人的声音传来。他的视线迅速转移而去，却见一中年男子走来，文质彬彬的模样看来倒是挺慈祥。

第十五章　拍卖会奇遇

“哼，父亲，是他闯进来……”灵儿还想狡辩，却被那中年男子给训斥了一声。

男子是个见多识广的人，知道这等以衣物遮面的，大部分都可能是高深莫测的高人。万一得罪了某方实力高强之人，他们拍卖行都要跟着遭殃，当下便将灵儿训斥一番，这才将目光望着那佝偻老者：“老人家，小女不懂事，韩某在这儿替小女给您陪个不是。”

“嗯。”判官冷哼一声，而后道，“我要拍卖东西，去何处?”

拍卖行老板却对叶天此态度并无不爽，反倒是热情道：“老人家跟我来，正好我去拍卖后台有点事，可以带你一块去。”

“有劳了。”叶天简单地客气了一下，便跟了上去。而那被称为灵儿的女孩却是愤然地跺了一下脚，而后生气地娇嗔道：“真是气死人了。哼!”

可爱娇憨，尽显无余。

在和那拍卖行老板交谈中，叶天才知道，他名为韩昌盛，他女儿叫韩灵儿，这次魔兽森林外围的拍卖行是他韩家派他下来管事儿的。

交谈中，两人便来到拍卖行后台，这儿是一个个的隔间，每个隔间中都放着一张桌子和一张凳子，而每个桌椅之间则都坐着一个老者，是鉴定宝贝价值多少的鉴宝师。

韩昌盛将他领到了一白胡子老者面前，道：“老人家，您在这儿鉴宝吧。”

那鉴宝师看叶天这身行头，认为也就是一揣着什么破烂东西当宝贝的穷苦老者，眼神中尽显不耐烦和鄙视，而后问道：“要拍卖什么?”

“六颗乌丹!”叶天虽说对他态度很不爽，不过这个时候，却也并不是自己逞强的时候，只得忍气吞声，将六颗乌丹掏出。

“噗嗤!”那鉴宝师直接喷笑出声，“老家伙，玩笑开大了啊，你这摆明了是拿黑色泥丸来挑衅我的忍耐力啊。”

旁边几个鉴宝师听到这边谈话，也是纷纷笑着起哄。他们这拍卖行里，自从扎根此处，就只拍卖过一颗乌丹而已，这家伙却要一下子拍卖出六颗乌丹……简直是天大的笑话。

连那韩昌盛也是眉头皱皱，心想该不会这老者真是来闹事儿的吧?

对他们的轻视，叶天并不在意，只是冷哼一声：“是真是假，鉴定一下不就知道了？”

判官的声音坚毅冷酷，俨然一江湖老者风范，而那鉴宝师却只当他是江湖骗子经验多，简单地看了一眼，便摇头道：“假的，你手中这六个黑色泥丸还有温度，你别说这乌丹是你刚刚炼化的。”

对于他的这等无视，叶天是绝对看不下眼的，冷哼一声，将六颗乌丹拍到了桌子上，沉声道：“韩昌盛，你过来。”

在拍卖行，直呼老板名头，而且如此肆无忌惮，令那鉴宝师勃然大怒，噌一声站起，食指伸出，指着叶天鼻子道：“哼，你个老东西，到这儿捣乱是吧，护卫，护卫，快过来，把这个捣乱的老家伙给我拉出去，倚老卖老嘛这不是。”

而那韩昌盛也是一顾全大局的主儿，知道若是发生乱战，他拍卖行定然会遭受损失，当下匆忙走上来，而后道：“两位，都冷静一下，这件事交给我来处理，你们都退下去吧。”

毕竟这鉴宝师也是实力蛮横的主儿，在拍卖行中很有地位，韩昌盛也是不敢轻易得罪，只好客客气气地劝两位，让攻上来的护卫退下去。

“当家的，您来得正好，这老头儿来这儿捣乱，赶紧把他轰出去吧。”白胡子老头满目不耐烦地道。

那韩昌盛却是看了一眼被拍在桌子上整整齐齐的乌丹，眼睛亮了一下，因为他竟意外感觉到，其中有丝丝斗气逸散而出，即便不是乌丹，那也应是一低级灵丹妙药才对。

在这个地方，一颗低级的灵丹妙药那也能卖出好价钱。

他匆忙将之抓在手中，而后是将一丝斗气，注射入其中。当他感悟到其中浓浓的灵气与各种强大力量的抵触时，整个人都吓傻了。

凭借丰富的经验，他便是已然肯定，这便是中段四级灵药乌丹。

“乌丹，这果然是乌丹。”良久之后，那韩昌盛才终于拍着胸口，喘过一口气儿，而后是向众人宣布道。

“啊？”

“不可能！”

“乌丹？中段四级灵药，乌丹？开什么玩笑。”

“我们这儿自从建立，也就是偶然拍卖到了一颗乌丹而已，这老头……老人家，竟是拿出了六颗乌丹！”

“不可思议，不可思议。难道……这是二级炼丹师？”

“炼丹师？这个老先生是炼丹师？”

“……”

诸位鉴宝师顿时便轰动了，围观了上来，也顾不上自己的摊点了，将自己的斗气注射入乌丹中，感受其中浓浓的治愈效果，以及浓浓的斗气，一个比一个惊讶，一个个张大嘴巴。

他们都不肯相信这是真的，是的，一名二级炼丹师，六颗乌丹……

“不要声张!”叶天虽知道乌丹的稀少珍贵，却也不曾想到，六颗乌丹会引起如此的轰动。本着低调行事的准则，叶天还是拉扯了一下韩昌盛，示意他不要声张。

那韩昌盛自然明白叶天的意思，身为炼丹师，可不能让别人随便认出，否则会麻烦不断，当下便仔细交代了一下诸位鉴宝师，拉着叶天，走入了贵宾室。

看着这豪华的贵宾室，叶天苦笑连连，看来有身份和没身份，差别还真是大啊。

“大师，请坐，请坐。”那韩昌盛连连恭敬地让座，而后是让侍者斟茶递水。

叶天坐在豪华松软的大沙发上，心中却有些惴惴不安，担心会被人认出自己的真实面目来。毕竟这韩昌盛也是有些本事的人，若是执意用气息来探测自己的面貌的话，自己也是无法挡住的。

不过，那韩昌盛可不敢如此做，这可是二级炼丹师，他是宁愿招惹了朝廷，也不愿招惹炼丹师，这是父亲从小对他的教导。

“这位大师，之前的事儿实在是对不住了啊！希望大师不要介意。”韩昌盛连连客气地道。

被这老板接二连三地称呼为大师，叶天是苦笑连连，真是想不到，自己有一天也会享受这样的待遇，当下只得是连连摆手：“放心，我不是那种小气的人。韩老板，不知我这六颗乌丹，可拍出什么样的价？若是价还不错的话，那就全拍卖了吧。”

“大师尽管放心，这六颗乌丹，我们绝对不会拍卖出低价的。”那韩昌盛说着，目光便贪婪地看着六颗乌丹，而后道，“大师，这是六万金币，算是我们的定金，日后若是拍卖出更高的价格，我们定会一分不少地给大师。鉴于大师这是第一次和我们合作，所以我们免了大师的手续费，希望大师日后若是有灵丹的话，可以首先考虑我们。”

叶天点点头，而后颤抖着手，接过那储存着六万金币的乾坤戒。他差点快要蹦起来了，因为他怎么都没想到，这乌丹竟拍卖出了如此的天价！

“对了，不知你们这儿是否有宝丹拍卖，若是有宝丹的话，希望你们能给我留着，价钱，不成问题。”叶天道。

“宝丹？”那韩昌盛再次皱皱眉头，他怎么不知这宝丹的珍贵？这大师张口就要宝丹，他自然是有些震撼。

不过思考片刻，为了能拉拢这个家伙，最后他还是咬牙道：“好吧，看大师也是性情中人，这个朋友，我汇通拍卖行交定了。这宝丹，实属罕见之物，原本是汇通拍卖行总部决定，让我们用此宝丹换取一位朋友从神邸中偷出来的东西的。

但既然大师想要这颗宝丹，我汇通拍卖行，义不容辞。”

说着，他便是喊了一声：“吴波，去把宝丹取来!”

叶天回头看看。刚刚进入房间的女子，愣了愣，看了一眼叶天之后，便是有些担忧神色地道：“当家的，那宝丹可是……”

“只管取来便是。”韩昌盛毫不犹豫地道。

那女子却也识相，知道韩昌盛脾气。他决定的事儿，十头牛都拉不过来。她只得叹口气，而后退了去。

叶天却被那女人吸引住了。

高挑瘦削的个头，身穿一层薄薄丝纱，那丝纱之上点缀着万千饰物，金银闪光，穿成一串的大珠小珠，让其成熟妩媚中，透着各种可爱。

下半身，则只是一只蓝色短裤，露出双腿，薄薄的丝纱覆盖上，朦朦胧胧的偷窥感，让人不禁为之吸引。

仅看了一眼，叶天便有些被吸引住了，不由得叹气，心中道：“这女人真是天生的狐狸精。”

而那韩昌盛见叶天对吴波有兴趣，当下便说道：“这是我拍卖行的拍卖司仪吴波，若是老先生有心结识的话，我倒是可以帮老先生引见引见。”

叶天也是一热血沸腾的汉子，自然对这般风韵犹存的少妇有感觉，奈何如今自己身份不同，不可轻易展露，当下只是摇头，并未多言。

很快，那门再次被推开，两条如白萝卜般的大腿先是迈了进来。唯恐再次被女人的美貌所吸引，他立刻便将目光挪开，不去看那吴波。

“当家的，宝丹取来了。”吴波客客气气地道。

叶天目光也随之转移到宝丹之上，却是猛然被镇住了。

这宝丹竟犹如夜明珠一般，光芒璀璨，四周都被浓浓的斗气所包裹，流光溢彩，一道道的光芒便从那光球之中逸散开来。一股股庞然浩大的斗气，让他为之震撼。

宝丹，果然是非同小可之物。

叶天良久才终于回过神来，伸出手，便要去抓!

“大师，慢着!”那韩昌盛立刻苦笑连连，看着这个全身上下都写着贪财二字的家伙，一阵无语，“想必大师也是豪爽之人，不在乎这等黄白之物。但是我等却是小买卖，若是将镇行之宝赠与大师，怕是我拍卖行要倒闭。这样吧，我给大师打个八五折，五十万金币，如何?”

“五十万金币?”叶天瞪大了眼珠子，差点没喊出来，“我六颗乌丹，才卖了六万金币了，你却要五十万金币? 你这是在抢啊!”

“没有那么多。”判官毫不犹豫，斩钉截铁地道，而叶天的目光却直勾勾地盯着那乌丹，眼神中的渴望可见一斑。

“没有？”那韩昌盛立马瞪大了眼珠子。

而那吴波，虽说震撼，不过却也是明白事理之人，苦笑一声道：“大师，这买卖一行，讲究的是有买有卖。既然大师没有足够金币，那这次交易便取消吧。不过，大师却放心，若是日后有了宝丹，拿给我拍卖行拍卖的话，我拍卖行自然不会收取手续费，凑够了五十万，这个交易，我们自然可以再做。”

看那吴波说的，倒也是逻辑性很强，道理十足，连判官都是没一句话反驳，心中暗道这丫头好嘴口。

可是，若是没有宝丹的话，那黑影就完蛋了。无论从哪方面来说，对叶天都是一个不小的损失。今天，这宝丹是势在必得了。

叶天用灵识和判官交谈道：“判官，我们金币不够，怎么办？”

判官道：“既然不能光明正大地买来，就只能用抢得了。”

“抢？”那叶天差点没把眼珠子瞪出来，“我说，判官，您好歹也是一五级炼丹师，而且我们如今在这韩昌盛面前，也是一风云人物。你却让我用抢的……再说了，即便能抢回来，可是那韩昌盛会放我走吗？到时候甚至可能会暴露了我们的身份。”

“你傻啊。”判官骂了一句，“直接吞到肚子里，他即便是能拦得下你，又能如何？总不会把你开膛破肚吧。放心，现在你的身份是二级炼丹师，即便你把这儿给拆了，他们也不会为难你。”

“那好吧。”叶天无奈叹口气，为了能给黑影补充能量，只能拼命了。当下仔细思忖了一下计划后，便对韩昌盛道：“五十万金币，好吧，就五十万金币。”

说着，叶天便是蹲下了身子，道：“这五十万金币可是我的棺材本啊，所以我才藏到鞋子里边，有了这宝丹，怕是以后得变成穷光蛋一个了。”

那韩昌盛和吴波面面相觑，心想这炼丹师真是怪人，竟将乾坤戒放到鞋子里边。

见两人都对自己放松了警惕，叶天便忙抓紧时机，伸出手，一把抓住了宝丹，想也不想地直接塞到了嘴里，而后咕咚一声，咽了下去。

啊！

那吴波和韩昌盛，眼角的余光却是将这一切看得真真切切，全都傻在了原地，用不可思议的眼神看着叶天这个二级炼丹师。

而那吴波直接扑到了盛放宝丹的盘子前，瞪大眼珠子看着空荡荡的盘子，都快哭出来了，俊俏性感的小脸，此刻是哭笑不得。

叶天抹了一把嘴之后，这才将之前韩昌盛给自己的乾坤戒，放到了桌子上：“这是六万金币，暂时先垫上吧，日后有宝丹，我会给你们送来的。”说完之后，便是转身要走。

那哭笑不得甚至直接傻愣住的韩昌盛这才反应过来，走上去拦住了叶天：“我说……炼丹师，您……您这……”

他是哭也不是，笑也不是，甚至都不知该说些什么。他都有些不敢相信自己的眼睛了。这二级炼丹师如此猥琐，买不起别人的东西，改抢了，而且还是张口给吞了下去？

可是，尽管他满腔怒火，却也不敢发泄出来。开玩笑，这可是二级炼丹师，自己可就指望着和他攀上关系发财呢。惹毛了，这不是把自己的财路给断了吗？

“怎么，还有事儿？”判官恬不知耻地问道，好像刚才什么事儿都没发生过一样。

“这个……”韩昌盛苦笑连连，“大师，不如立下字据吧。别误会，我只是想给汇通拍卖行有个好的交代而已。日后您只管将丹药送来便可，我们必然会为大师拍卖出好价钱。”

别看他表面如此虔诚恭敬，可是内心却是对这老家伙憎恶到了极点：“天，这极品老头就应该被碎尸万段，简直比强盗还可恶。弄死他，要是给我机会，一定弄死他。”

“嗯，放心吧，既然你们给了我一颗宝丹，我自然也不会亏待你们。对了，你们还有没有人首乌，送给我几株。”

虽说那吴波气得要死，可是这个时候，却也只能是叹口气，答应了下来。连宝丹都送出去了，还用得着在乎几株人首乌？只得是亲自取来，心中却是在咒骂：“强盗，你这个强盗，太张狂了，你这是明目张胆地抢东西啊。”

叶天却根本不把这当回事儿，得到了人首乌后，便和他们告别，离开了。

直等叶天的身影消失在自己的视线中，那吴波才气愤无比地道：“当家的，咱被欺负了！”

那韩昌盛连哭的心思都有了：“哎，希望这炼丹师能言而有信。”

而叶天走出了拍卖行之后，这才深呼吸了一口气，道：“好危险！那韩昌盛实在是太窝囊了，我都直接抢东西了，他还一张笑脸，太能忍了。”

判官却是道：“若是你达到三级炼丹师的话，怕是他将拍卖行送给你，眉头都不带皱一下的。”

叶天苦笑，神魂大陆，还是以实力为尊啊。

回到了自己的帐篷后，叶天便开始了熔炼宝丹。虽说宝丹已然被自己吞入口中，但是没有斗气的侵蚀，却是并不会融化。

闭目，调整体内气息的转化，很快地，那浓浓的斗气便在体内将宝丹完全覆盖。

在宝丹被浓浓斗气覆盖之后，宝丹竟好像铁块遇见了王水，快速地融化起来。不消片刻，一颗宝丹便瞬间化为浓浓的能量球团，在体内来回旋转，那种被灼烧的感觉，实在是太痛苦了。

他咬牙坚持着，良久之后，总算将体内气息调整得匀称下来。

在判官的指示下，这股能量气团顺着早就已经开拓好的十九条经脉，迅速运转开来。运转完十九条经脉之后，那能量气团竟是瞬间浓厚了不少。

继而，他便将能量气团逼出体外，而后进入大还丹的世界中。

随着一股股半透明丝纱状的能量气团逐渐被大还丹给吸收之后，那大还丹精神世界中，原本黯淡了不少的黑影竟是瞬间明亮了不少，而且其上的五官以及一些细小的细节，也是逐渐浮现了出来，就好像是隔着一层纸看里面一样。叶天想，若是以后这黑影能吸收更多的能量，岂不是说这五官将会缓缓地浮现而出？

他的心中充满了无尽的期待。

在黑影吸收了大量的能量过后，竟又开始修炼之前叶天买来的玄阶斗真技了。

叶天将这一切尽收眼底，记住了之后，便开始按照黑影所演练的，开始修炼了起来。

判官说，这斗真技乃是一种既可以用斗气，也可以用真气驾驭的武技。若是用斗气驾驭，其施展的威力，足以达到玄阶斗技标准。而若是用真气的话，其中威力，竟是足以媲美地阶斗技。

听判官如此说，更增加了叶天的兴趣。一想到用真气施展的斗真技，其威力足以媲美地阶斗技，他的心中怎能不痒痒？要知道，即便整个叶府，都是没有会地阶斗技的啊。

随着他对招式越来越熟练，他手上的动作也是越来越快，浓浓的斗气在体内逐渐弥漫，按照这斗真技的要求，钻入各个穴位中。

这门斗真技，名为凤鸣天际！据判官介绍，若是施展而出，浓浓斗气便会化为神凤模样进行战斗，尤其是神凤的嘴尖，厉害非凡。若是施展到大成境界，神凤的嘴尖用力咬下去，甚至可直接将斗者撕成两半。

若是用真气驾驭的话，叶天更是可以以斗者的级别抗衡斗师。若是早就修炼了这斗真技凤鸣天际，怕是当初在叶家赛场上，不用出动至寒珠，便可战胜叶强了吧。

继续修炼了一番，大致掌握了要领以及关键步骤之后，他便准备休息了。他没敢用真气驾驭凤鸣天际，因为他真担心，自己用真气驾驭的话，发挥出的威力会暴露自己的真实实力。

躺倒床上，他很快便进入了梦乡。而让他始料不及的是，在睡梦中，自己竟一直都在跟着大还丹中的黑影修炼凤鸣天际，直至天亮。

睁开眼睛的叶天明显感觉精神饱满。再想想昨日做了一整夜的梦，他便觉得好奇，难不成真是日有所思夜有所梦？可也不至于梦一整夜吧。

“你醒了？”就在叶天为这个问题苦恼的时候，却忽听判官声音在耳畔响起。

叶天点头，和判官用灵识交流：“是啊。”

“你试试看，凤鸣天际修炼到何种境界？”

说来也奇怪，在他听到凤鸣天际这个词儿的时候，脑海中竟不自觉地浮现出斗真技的各个要领和关键地方来，而且修炼起来，速度快捷如老手，没有丝毫停顿，一整套武技下来，竟都没有丝毫的疏忽。

“这是怎么回事？”叶天满目诧异望着身体四肢，不敢相信这一切是真的。

“看来，这古墓府邸的黑影，竟还有如此效果。”判官捋着胡子，笑了笑，“若是没猜错的话，昨日那黑影带着你的梦境一块修炼，其实是你潜移默化地修炼。如今，你差不多已经达到了这凤鸣天际的第一重境界，用真技施展而出的话，怕是对付一名斗师高手，都不在话下。”

叶天吃了一惊：“莫不是说，昨晚我修炼了一整晚？”

判官点头。

这下叶天差点要压抑不住心中的狂喜了。这以后可就发财了，白日赶路，晚上修炼的话，怕是身体支撑不下来。如今有了充足能量的黑影，在晚上也可对自己进行训练，而且不浪费时间和体力，千金都不换啊！

正洋洋得意间，却忽听帐篷外有人喊话：“请问这里是炼丹师大师的帐篷吗？”

那声音是韩昌盛的。

前者心中一惊，未曾想到韩昌盛竟找到这个地儿来了，昨日定是有人追踪自己。不知道自己修炼斗真技，有没有被他发现。

他的心有些忐忑的时候，那判官却是讲话了：“大胆，竟敢跟踪我。”

“哦，大师。您误会了。并不是我们跟踪您，而是我们看到了您放置在帐篷外边的衣服，所以才冒昧前来打扰。”

韩昌盛诚惶诚恐，不敢有丝毫顶撞态度地道。

叶天的脸瞬间热了一下，怎么把这茬给忘了，昨天只顾着兴奋，竟将斗篷以及外套都丢在了外边，这才被发现了踪影。

要知道在他们心中，自己是二级炼丹师，他们可不敢随便招惹。

“你们找我所为何事？”判官依旧是冷哼一声道。

“哦，其实是这样的。”韩昌盛连连道，“魔兽森林外围最后一批人也已然进入了魔兽森林进行寻宝。我们汇通拍卖行暂时无生意可做，于是我决定带一支队伍，进入魔兽森林中的神邸进行探宝，不知大师是否有兴趣和我们同行？路上也有个照应，我们定然会好生招待大师的。”

叶天算是听明白了，这韩昌盛是担心自己跑了，那他的宝丹不就打水漂了吗？

不过他也能理解后者，要是自己的五十万被别人给抢走吞到肚子中，他心中自然是不甘心。

“判官，和他们一块，倒是也方便一点。”叶天和判官交谈道。

判官于是道：“那好吧，我待会儿自会去你们拍卖行找你，你先回去吧。”

“哦，那就有劳大师了。”韩昌盛欣喜地道，而后转身离去。

听到对方脚步声渐远，叶天这才伸出一只手，将斗篷以及斗笠拿进帐篷，穿戴整齐，变成昨日一小老头形象。

收拾妥当，将帐篷收起，他便去了汇通拍卖行。

到了汇通拍卖行，却看那韩昌盛正面色焦急地等在门口，他匆忙迎上来，而后让手下接过叶天手中斗篷，便问叶天还有没有必须的东西，他们汇通拍卖行可以准备。

叶天担心去晚了，府邸里边的宝贝被别人抢个干净，当下便摇了摇头，催促队伍快走。

那韩昌盛和叶天抱着同样的心思，也是不舍得耽搁，带着队伍前行。

他的到来明显让这支队伍变得肃穆了起来，为数不少的随行者，看他的眼神，明显充满了畏惧以及敬佩。

这样一个二级炼丹师，可是比什么人都稀罕的啊，甚至他们以前只是在传说中听说，今儿个见面，自然要好好看一看。

随行者除了有一些健壮结实的佣兵外，还有两名女性。

这两名女性他都认识，一名便是韩灵儿，另一个则是拍卖师吴波。

那韩灵儿是昨日的小萝莉装扮，配合上那一张娃娃脸，更是尽显可爱之色。

而那吴波，将身上的丝纱短裙换去，身上穿着的，却是一花布长裙，高挑个头，女性的成熟魅力完全散发而出，俨然一副贵族少奶奶风范，双目碧波，看人一眼，让人陶醉。

无论这吴波身穿何种衣服，她的美丽大方、性感妩媚，绝不会有半点减分。叶天心中直感叹，这女子可真是妖精一般的存在。

“喂，你这个色老头，看什么看?”就在叶天赞叹这吴波时候，那韩灵儿却是有些闲不住了，瞪大一双水灵大眼，直勾勾盯着叶天，“色老头，昨天抢了我们家宝丹，今天难道要吃了我吴波姐姐不成?”

原本宁静肃穆前进的队伍被韩灵儿这么一叫唤，众人顿时哈哈大笑了起来。她本来年纪就小，加上一张娃娃脸，众人都把她当作是小娃儿，这小娃喊叶天色老头，要吃吴波，童言无忌，他们也都是被逗乐了。

那吴波也是妩媚一笑，娇嗔训斥道：“灵儿，休得胡言乱语。”

那韩昌盛也是狠狠瞪了一眼韩灵儿：“大师，小女不懂事，还望大师能多多见谅。”

“父亲，可是他……”

“闭嘴。”韩昌盛狠狠瞪了一眼韩灵儿。

那韩灵儿顿时满腔委屈，双目含着泪光。

叶天则是在斗篷下嘿嘿笑着：“你个狗屁小毛孩，在我面前张牙舞爪，挨训了吧，哼哼！”

“呵呵，这小女娃，倒是可爱得紧。韩馆长，童言无忌，不要责怪了吧。”判官却是有些招架不住这小女娃的可爱了。

那韩昌盛听炼丹师夸自己女儿可爱，心中自然也是有些舒坦，而那个被他在心中思索多日的问题也是终于在这一刻问了出来：“大师，不知小女可否拜大师为师？日后端茶递水，洗衣做饭，倒也是有个方便。”

噗嗤！

叶天竟一个没忍住，笑出声来。他在想，若是这倔强女孩拜自己为师的话，以后可就有的折腾她了。依自己的脾性，还不得把她给活活折腾疯了？要是最后让她发现，其实她拜的这个师父，只是一个和自己同龄的小孩的话，会不会直接把肺气爆，生生吐出二两鲜血来？

“叶天，你觉得呢？”判官沉吟片刻道，“若是收下她，日后你叶家就和汇通拍卖行有了关系，你叶家想要灭掉那秦家以及千灯镇其余两大家族，简直跟玩儿一样。”

他想了想，最后还是点头答应了，倒不是因为这样能攀高枝儿，他觉得，自己的仇，必须自己去报，一味依赖别人，到最后只能变成别人的附属品。

他收韩灵儿为徒，完全是为了折腾这丫头……谁让你对我这个老人家不尊重来着。

而那韩灵儿一听父亲要让自己拜这佝偻老头为师，而且以后还要洗衣做饭、端茶递水，她连死的心都有了，直嚷嚷：“不行不行，我是绝对不会拜这色老头为师的，绝对不会。”

那韩昌盛听叶天愿收下韩灵儿为徒，早就已经兴奋得心里开花。能和炼丹师攀上亲戚，那是他们求之不得的好事儿。所以尽管韩灵儿如何挣扎诉苦，他就是不听。万般无奈之下，那韩灵儿才在父亲的逼迫下，拜了叶天为师。

而那叶天看韩灵儿心不甘情不愿地给自己下跪，心中竟有一股莫名成就感。

那吴波也是满脸笑意地道：“大师，我这妹妹自幼调皮，日后跟了大师，大师是打也打得，骂也骂得，若是有些地方得罪大师，还望大师能多多包涵。”

叶天简单点头，并未多言，心想：“丫头，看你师父我怎么折磨你吧，哈哈！”

行走了一日时间，却也是并未遇到什么危险，而且他们的队伍大部分都是健壮青年，所以速度倒也是不慢，很快便冲到了不少队伍的前边。

他们汇通拍卖行的招牌倒也是响当当的，并没有别的佣兵队敢打他们的主意。

倒是他们一路之上遇到了不少战斗场面，估计都是被强盗所杀，是看中了那些人身上的钱财。

叶天坐在一个角落，看着队伍中其余人员搭建帐篷，收拾地盘，倒也是乐得清静。要是自己一个人单枪匹马闯进来的话，到时候做这些事儿的，可就是自己了。

韩昌盛将水壶诚惶诚恐地递给他，然后在旁边一块石头上坐下，笑道：“不知大师是什么地方人士，可知道这神邸更多信息?”

叶天简单摇头，那判官道：“不知。”

看叶天并不想聊天，应当不善言辞，韩昌盛却也是并未多做纠缠，转身离去了。叶天却见那韩灵儿一直趾高气扬地指挥着众人搭建帐篷，和众人有说有笑的，心中就来气儿：“让我一个人在这儿吃闷屁，我得教训教训你。”

说着，那判官便按叶天所言，喊了一声：“韩灵儿!”

韩灵儿转身，却见是自己“师父”，虽说不想理会，可碍于父亲威严，还是不得不应声走来：“何事?”

“没水了，去给为师打水!”

叶天将手中水壶递给了韩灵儿。

韩灵儿愣了一下，不过却也只能是苦笑一声，小声道：“真是虎落平阳被犬欺啊，你这个老东西等着，早晚有一天我会报仇。”

可接过水壶之后，她才发现，那水壶之中，水显然是满满的，还怎么装水?当下有些愤慨道：“这水壶里边都是水，你瞎啊。”

被这丫头骂瞎子，他心中自然气愤，接过水壶，而后咕咚咕咚倒在了地上，将空荡荡水壶丢了过去：“这下里边没水了。”

啊啊啊啊!

这下气得韩灵儿是上蹦下跳，快要气疯了，这家伙真是太厚脸皮了，这明摆着是找茬啊。

就在叶天和韩灵儿斗嘴的时候，却忽听森林中传来一阵窸窸窣窣的声音，好像是一大支队伍正匆匆忙忙地往这边赶。

叶天视线顿时转移过去。可是这么一看，他当场就愣住了，因为正狼狈逃窜而来的队伍不是别人，正是叶云阳带领的叶家队伍。

看到为首的叶云阳已然受伤颇重，跟在身后的几个少年同样是有些狼狈不堪，便知他们是遇到了劲敌。

若是自己不出手相助的话，怕是他们要被追兵给围追堵截了吧。

他没有再多想，再怎么说，他们都是流着相同的血脉，不可见死不救，当下便飞奔上去，拦住了冲在前方的叶云阳。

惊慌失措四处乱逃的叶云阳却见前方森林中闯出一名斗篷老者，心中浮现出一丝不祥的预感来，该不会是后面追兵派来的拦截者吧，他匆忙停下脚步，而后拦下身后众人，目光惨淡地盯着叶天，冷哼一声："前辈，我等和你往日无冤近日无仇的，为何要追杀我等?"

这叶云阳话音未落，便听得身后传来一阵喧嚣声："就是他们，给我拦下他们。"

叶天顺着声音望去，眼珠子却是瞬间瞪大了，那领头的是千灯镇秦家的教头秦冲。据说这家伙达到了斗灵级，用不了多久，就可能升级斗王了。

没想到这秦家是准备赶尽杀绝啊，竟是从千灯镇追杀到了这魔兽森林来，真是该死。

很快，秦家的人便将他们都给包围了起来，数量足足是叶家队伍的两倍。

而且，叶天还在队伍中发现了一个熟悉的人，那就是秦家大公子秦岭。

他们这是等不及到狮王争霸大赛，所以准备先在这魔兽森林将他们叶家的队伍给解决掉，算是来一个下马威。

"卑鄙!"叶天咬着牙齿，冷哼道。

眨眼间的工夫，秦家的队伍便将叶云阳所带领叶家队伍全都包围起来，忌惮于面前这神秘老者的力量，叶家并不敢随便动手，只能暗中以条件诱惑他："前辈，我等乃千灯镇叶家之人，若是前辈能放我们一条生路，我叶家定当不尽感激。当然，若是前辈有什么条件，尽管提来便是，我等定然不会皱一皱眉头。"

叶天听叶云阳这么说，也知他是顾及叶家新鲜血脉，所以才会如此低三下四哀求。

而那叶秋、叶如霜等人也都站于队伍中，气喘吁吁，身上有不少的伤痕，看来刚才经历过一场打斗，并且已经失败了。

此刻，他们看叶天的目光也都是紧张担心外加一丝哀求，唯恐面前这神秘老者，一旦施展斗技，他们将全军覆没。

"前辈，此乃我秦家和叶家的不共戴天之仇，还望前辈别插手!"秦冲看面前这神秘老者，也知他平凡外表下，或许有不小的实力，当下也是并不敢和他张狂，只是委婉礼貌地道。

叶天冷哼一声，秦家人太放肆。奈何自己的实力显然不是他们的对手，不能硬拼，只能是狐假虎威，暂时借助汇通拍卖行的实力了。

当下便扭头，看了一眼匆忙追上来的韩昌盛，道："我和叶家有交情，还望韩老弟能帮个忙，保他们一次。"

这韩昌盛听他这么说，心中自然兴奋，能让一个二级炼丹师欠他们一个人情，他们自然是求之不得。要说对付这一个小镇子的势力，对他来说简直是小菜一碟，当下便应了一声，而后站了出来。

在韩昌盛报出名号的时候，那秦冲心中便有了底，看来这次追杀是不成了，当下便告辞，准备离去，心中暗暗惊叹，不想这叶家竟和汇通拍卖行有关系，以往怎没听说过？

第十六章　阴火龙兽

可是那秦岭见到叶家之人就在眼前，却是根本咽不下那口恶气，看到那韩昌盛，自然是有些不爽，声音森寒地道："前辈，这是我秦家和叶家的事情，还望前辈能自重，不要胡乱插手别人家的事儿。"

"自重?"听一毛头小儿竟教训自己自重，一向狂妄的韩昌盛自然是心中气愤，冷哼一声，手指暗中捏了一个结印，愤然丢向秦岭，"此次我便替你老爹教训你一番，让你知道要对前辈有礼貌。"

在他捏出的手诀攻上来的时候，秦冲面色一寒，双目瞬间色变，他怎不知韩昌盛绝招阴阳手诀的威力，若是这一斗技击中秦岭的话，即便不死，也得要他半条命。

而那秦岭年少轻狂，这老东西出言不逊，他自然是要硬扛一番。再说自己已然是高级斗者，马上就要晋级斗师，凭他家族的高级斗技，就不相信没实力和这老者拼一拼。

可是还未等他出手，秦冲便是已然冲了上来，骂了一声孽障，而后将秦岭扑倒在地，脸朝地，狼狈不堪。

而那手诀贴着秦冲的后背飞了过去，将他的衣服给划出一个破洞，而后打在大树上，噗通一声响，便是将一棵大树给打成了两截，哐当一声巨响，歪倒在地面。

"啊，多谢前辈救命之恩。"叶云阳见老者竟在素未谋面的情况下帮他们，心中自然感激，那叶云阳当下行礼作揖，要给老者跪下。

毕竟是三叔，他可经受不起这一跪，当下便是连连出声，拦住了下跪的众人。叶云阳等人原本准备掏出一些金币作为酬谢的，可是那老者已然是转身离去了，离去之前，特意交代了韩昌盛，若是他们愿意，就让叶家队伍跟着他们吧。

听韩昌盛这么说，叶云阳等人自然是兴奋无比，叶天还发现，叶如霜的身体似乎受了重伤，还特意让韩昌盛派了治疗师给他们疗养。

被汇通拍卖行尊为最尊贵客人的神秘老者对他们如此的照顾，那叶云阳等人都是受宠若惊，几次三番询问老者姓名，回去之后也好酬谢。而叶天为了避免暴露自己的身份，自然不敢和他们过多地接触，每次都是敷衍了事。

经过一夜的休整，叶家队伍也是差不多恢复了足够的体力。叶天这才让队伍继续前进。

在夜晚之时，睡梦中的叶天依旧是在大还丹的精神世界中修炼了整晚的斗真技凤鸣天际。

他发现，丹田之中的斗者之门已经被完全打开了，而在斗者之门后方，则开始出现了浓浓的雾气，有时候闭着眼睛内视丹田，就会发现那些浓浓雾气似乎是按照一定的规律在旋转，似乎是要绕成一个圆形。

判官解释说，这是要凝结成真丹了，若是真丹凝聚成形的话，他的实力便足以达到斗皇级别，要想对付秦家老祖宗斗皇高手还是很轻松的。

有了判官的目标，叶天便每日内视真丹的凝聚条件，却发现，真丹凝聚的速度那是相当缓慢，不由得有些失望起来。

但是那凤鸣天际却在他这几日的训练中日渐成熟，按照判官所言，对付一斗师高手，应该不成问题。

而且叶天也有种感觉，似乎他随时都可能突破斗者，晋级斗师行列！

在这几日，叶天都是和队伍行走在一块，叶家的队伍也是紧随其后。

他们的队伍壮大，倒是并未遇到多大的危险，除了一些不长眼的魔兽会来骚扰他们，却被韩昌盛的手下给轻易地解决了。

经过这几日的仔细观察，他差不多摸清了这支队伍的实力。那韩昌盛可能是一高级斗灵级别。而那些佣兵队，则差不多都是中级斗灵。他们是一只商队，所以实力都不是很强盛。不过他们的安全却不会有任何问题，毕竟汇通拍卖行名声在外，无人敢招惹他汇通拍卖行。

可尽管如此，一路上他们依旧是时不时地遇到一两个人的偷袭。这些偷袭者实力并不强盛，对他们造不成多大危害，但是逃命功夫却是一流。韩昌盛在遭遇到偷袭的时候，便是脸色惨变，甚至于整个队伍都跟着人心惶惶，气氛不对。

叶天便询问韩昌盛所为何事。再三询问下，那韩昌盛才终于将事情的来龙去脉讲了个清清楚楚。

原来，他汇通拍卖行也不知怎的，竟招惹了神魂大陆第一大教神魂教位于大离帝国的分教。那神魂教便几次三番的派出杀手，刺杀他汇通拍卖行各个分行的当家。

若是没错的话，这定然是神魂教发现他汇通拍卖行一个队伍，准备对他们下手了。

叶天听了，心中却是苦笑连连，原本认为跟着汇通拍卖行是吃了一颗定心丸，安全方面不必考虑，却是不曾想，竟是被他们给连带着身处险境了。

而他也因此推断出，韩昌盛之所以有胆量进魔兽森林，是因为有这叶天这二级炼丹师保护。他神魂教再狂傲，应该也不敢因他汇通拍卖行一分行，而得罪二级炼丹师吧。

这下可好，要是让韩昌盛知道，自己就是一黄毛小孩，还不得被活活气死？

现在唯一的方法便是，继续装下去，在没有真实实力对付神魂教之前，还是不要拆穿自己二级炼丹师的身份吧。

而韩昌盛说，这几日前来偷袭他们的，应当是来探测他们实力的神魂教探子，实力最多也就是斗灵级而已。若是方便的话，希望下次他们再来偷袭，炼丹师能出手，教训他们一番，让神魂教知道队伍中有二级炼丹师，那样他们应该就不会轻举妄动了。

一听那偷袭者竟是斗灵级高手，叶天的心就有些发凉。要是被那斗灵级家伙给教训了，露馅的话，倒霉的可就不是他自己，而是整支队伍了，甚至连小命都可能保不住。

不过，为了能唬住韩昌盛，他还是硬着头皮答应下来，船到桥头自然直，随机应变吧。

行走至一处灌木草丛茂盛处，队伍随之停下来。那韩昌盛面容惨淡走到叶天身边，声音颤抖道："林中好强盛的阴寒斗气。"

叶天眉头一皱，自然感应到了这股斗气之阴寒，连连点头，灵识中和判官进行交流："判官，此等阴寒之气，是何物？"

判官道："若是没猜错的话，应该是阴火麒麟兽的气息。不过，这阴火麒麟兽乃生在深山老林中之物，很少在魔兽森林外围，此中必有蹊跷。"

而那韩昌盛见叶天不语，当下便是急促问道："大师，这股阴寒斗气，似不祥之物，我等是否绕行？"

叶天摇摇头，而后思忖片刻，指着灌木草丛道："搜寻一番。"

虽说极其不情愿，但慑于这二级炼丹师威势，韩昌盛只能是硬着头皮应了下来，扭头命令佣兵队伍，拨开灌木草丛进行搜寻。

叶天心中是有些渴望的，因判官一句话："若是能收服阴火麒麟兽，你的实力，定然水涨船高。"

如今他最欠缺的便是实力，若是能有阴火麒麟兽助自己一臂之力，那是再好不过。

那韩昌盛又怎不知这股气息很大可能是阴火麒麟兽的。这阴火麒麟兽差不多相当于人类之中斗王强者的实力，他们之中最强者也不过高级斗灵而已，实力和它相差甚远。正面对战，吃亏的定然是他们。

即便能勉强逃脱，那么实力也是受损严重，稍微有点实力的队伍，和他们硬拼，他们的队伍定然会落个全军覆灭，实在是不值当的。

不过有那二级炼丹师给自己撑腰，即便和魔兽进行战斗，那二级炼丹师应该不会不管不问。一般二级炼丹师差不多都是斗王级别，对付阴火麒麟兽倒也不在话下。

若是真的收服了阴火麒麟兽，炼丹师吃肉他们喝汤，好处也是大大的。韩昌盛打着这样的坏主意，眼睛滴溜溜地转，仔细盯着灌木丛，唯恐阴火麒麟兽会逃离。

“啊，救命!”就在此刻，忽有一佣兵的惨叫声自草丛中传来。听罢，叶天浑身震颤一番，而后是目光迥然地盯着草丛中，却见一全身是血的佣兵竟被高高地抛起，内脏五官四分五裂，在半空中化为齑粉。

而原本牛逼哄哄搜查的佣兵在听闻那一声惊天巨吼之后，则是匆匆忙忙倒退而来。

“阴火龙兽，竟是阴火龙兽!”在听到那吼叫声的时候，判官顿时惊叫了一声，满目的不可思议，“不可能，这怎么可能?”

叶天匆忙问道：“什么阴火龙兽？有麒麟兽那般好吗?”

“我呸!”判官骂道，“两者根本就不是一个等级上的。”

又是一声冲天怒吼，判官的声音却是越来越惊喜：“叶天，这下你小子捡了大便宜了，从吼叫声上判断，这家伙定然是受伤颇重，估计用不了多久，便会不治身亡。若是能让我服用下这家伙的龙丹，我的实力便可突破至斗王级别。”

听判官这么说，叶天也是有些心动。判官实力增长不就是说自己的实力也可以跟着水涨船高吗?

想到这里，他便匆匆忙忙上前，准备查探一下阴火龙兽的伤势如何。

而那韩昌盛却不知这声乃是阴火龙兽的声音，还以为是阴火麒麟兽的声音呢，听声音是受伤了，即便他攻击自己，自己斗灵强者的实力，自保不成问题，于是，也召集着手下佣兵，走了上去。

在众人内心激动狂跳的情况下，总算是找到了一丝阴火龙兽的踪迹。一些灌木草丛，有被灼烧过的痕迹。

顺着灼烧的痕迹，最后终于寻觅到了一片光秃秃的地皮之处，上面的草丛非但有被灼烧的痕迹，而且还有大量被压塌的情况，看那被压塌的面积，足见阴火龙兽体型的庞大。

就在众人目光在那片草丛之上扫来扫去的时候，却是听得一声震耳欲聋的吼叫声，那赤裸地皮后方的长草却是瞬间被掀翻了，一层层的灰尘席卷了上来，犹如一股沙尘暴般。叶天等人愣是被这股沙尘暴给吹得睁不开眼睛，甚至身子都有些轻飘飘的，连连倒退了好几步，才终于站稳了脚跟。

而叶家少年则是在叶云阳带领下，跟在队伍最后。此番叶家少年差不多全体出动，若是在这个地方全军覆没的话，他叶家便会灭绝，永无出头之日了。

随着草丛被那股狂风吹断了之后，众人便可以清楚看到草丛后方的场景。

在众人望过去的瞬间，皆是瞠目结舌，一个个的都瞪大了眼珠子。

这是什么，这是天上的神兽下凡了吗，要不然怎么会有如此庞大的体格?

这是一只足有十几丈长的家伙，安安静静地躺在地上，身上的鳞片密密麻麻覆盖全身，金光闪闪，犹如披上了一层鳞甲。

那家伙生有两对龙角，坚硬无比，修长威武，而那龙脑袋上则生有一双血红色的龙眼，犹如两只大灯笼，浑身释放出一股无尽威压。尽管站在远处，他们依旧感觉到，一股冲天而起的力量压制着身子和思想，让他们不敢有丝毫攻击的思想以及动作。

“这……这是什么?”韩昌盛这才发现，这根本就不是所谓的阴火麒麟兽，虽说自己从未见过阴火麒麟兽，可是却也是听说过，麒麟兽根本没这么大的体型。

而叶天的目光则是贪婪地在这家伙身上来回扫荡。他倒是想看看这家伙到底受了什么伤，什么人如此牛逼哄哄，能将它伤成这副模样。

当他的目光不自觉地集中到了那家伙的腿上时，倒也是清楚了，这家伙的腿竟是被人硬生生地割掉了一团，蓝色泛着荧光的血液则顺着伤口，缓缓流淌了下来。

看到麒麟兽这副模样，叶天是倒吸一口凉气，万万不曾想到，这阴火龙兽断了一条腿，竟依旧是如此的强硬……他都有些被这场面给震撼住了。他有些怀疑，即便阴火龙兽伤残成这副模样，他们都不一定是这阴火龙兽的对手。

“蓝血阴火龙兽!”判官惊诧的声音在叶天的脑海中来回地回荡，让他忍不住地叹一口气，真是没想到，竟在魔兽森林的外围，遇到了这阴火龙兽。这般甚至能抗衡斗王强者的魔兽，可真是难以见到。若是能收服为座下骑兽的话，其中好处，自不必多说。

“判官，怎么收服它?虽然它受伤了，可是想制服它，依旧是有些困难。”叶天和判官商量着对策，心中不由得有些愤愤然了。

“哎，可惜了，竟是断掉了一条腿。”判官连连叹气，“若是阴火龙兽不受伤的话，收为坐骑，倒是可以让你的战斗力，瞬间提升不少。”

就在叶天也为之惋惜的时候，却是忽听旁边传来一阵哈哈狂笑的声音。

听到这狂笑声，韩昌盛瞬间变色，凑到叶天身边，小声道：“是神魂教，没想到神魂教竟是坐不住，要对这阴火龙兽出手了。”

他不由得有些失望起来，竟半路杀出一个程咬金。要是这神魂教的人出手的话，他要得到这阴火龙兽的概率，直线下降。毕竟他们和神魂教之间的实力差距还是很悬殊的。

他循着声音望去，却发现，在阴火龙兽的后方出现了一支队伍。这些人都是统一着装，犹如大街上耍杂卖艺人士所穿的黄色衣服。为首的则是一穿长袍的中年人，身上气场强大，斗气磅礴，俨然一斗王高手。

感受到他身上散发出来的强大气场，众人都是忍不住倒吸一口凉气，万万不曾想到，这神魂教，随便派出的领队，竟达到斗王实力，可见神魂教的实力之雄浑。

“阴火龙兽，我等要定了。”为首那人张狂得很，在看到阴火龙兽的瞬间，便释放出一股贪婪之色，而后毫不客气地道，“汇通拍卖行的人，若是识相的话，赶紧走，否则，我等定然对你不客气。”

那韩昌盛听罢，心中虽说不服气，可是却也知他们所言是实话，若是继续待下去的话，那为首家伙动手，汇通拍卖行即便不全军覆没，也必定会遭遇不小的损失，在这种地方实力受损，和全军覆没也没什么区别。

所以，他决定还是忍一时风平浪静。他们之所以不对自己动手，是顾忌二级炼丹师。这二级炼丹师说着好听，可他越看越不靠谱，干脆就想赶紧离开。

虽说叶天听判官说了阴火龙兽不少的好处，可也知道当前形势的危险，听了韩昌盛的号令之后，便准备离开。

可是，在他转身的时候，却忽见阴火龙兽断肢之处有些异常，定睛细看之下，眼睛一亮，那儿竟是有一只小兽。若是没猜错的话，那应当是阴火龙兽的幼崽。

惊喜之余，他将自己的看法讲给了判官听。

那判官听罢，也是望去，果然是发现那一只小兽，心中自然是兴奋：“叶天，若是能得此幼崽，假以时日，对你必然有所辅助！说不定关键时刻，还可救你性命!”

听判官这么说，叶天原本准备离去的想法消散于无，眼珠子一转，便是想出了一个办法来，扭头看了一眼韩昌盛道：“尔等先离去，我有些私事需了结。”

听叶天如此说，韩昌盛自然不理解，原本想说些让他一块离去的话，但是看这叶天似乎对阴火龙兽势在必得，当下只能是率队离去。

那神魂教为首之人，自然也知道叶天身份乃二级炼丹师，轻易不敢招惹，当下便是拱拳施礼道：“大师，我乃神魂教供奉王虎，此次对这阴火龙兽有兴趣，还望前辈不要夺人所爱。”

叶天当下耸耸肩：“放心，我二级炼丹师行走江湖那么多年，这点见识还是有的，自然不会跟你争抢这玩意儿。我只是想看看，这受了伤的阴火龙兽，威力如何而已。你也知道，这阴火龙兽，稀少得很。”

听叶天这么说，那王虎这才是放心不少，这炼丹师都是一言九鼎之辈，既然他都说不会出手抢夺，应当不会出尔反尔。

当下他便是冷哼一声，而后匆忙冲到了阴火龙兽跟前，手中一把金枪横在阴火龙兽后尾之处。

这阴火龙兽，自然是能感觉到强大高手的偷袭，尾巴顿时翘了起来，而后用力地朝着两边横扫了一下。

砰的一声，阴火龙兽的尾巴竟和王虎的金枪碰撞在一块，只听噌的一声响过后，一连串的金光便闪现而出。看到这强盛的金光，那判官竟是差点止住了呼吸，惊恐地喊了一声：“高级斗王，竟是高级斗王……只差一步，便可跨入斗皇级别!”

听判官如此说，叶天直接愣住了，万万不曾想到，一只阴火龙兽竟达到了高级斗王的级别……这是他第一次真正意义上见过高级斗王，心中骇然得很。

而那王虎自然也感觉到这阴火龙兽的厉害，倒退而去，落地之后，连连后退三步，才总算止住身形，不可思议道："竟是高级斗王!"

"高级斗王?"神魂教其余教士听他如此说，全都是愣在原地，不可思议道，"怎么可能，怎么可能会是高级斗王？马上就要晋级斗皇了!"

即便他神魂教也不过是两名斗皇强者而已，这阴火龙兽竟是差一步便跨入斗皇强者，让众人都是为之震撼……

想想，连判官这般的人物都惊讶到这程度，可见这阴火龙兽的不可思议了。

"孽障，看你哪里逃!"王虎自然不会因它是高级斗王而有丝毫畏惧，一方面是因为诱惑实在太大，另一方面，这阴火龙兽受伤了，他就不相信不能将阴火龙兽收服。

手中金枪，即刻被他横起，冲着阴火龙兽的方向，便是刺了过去。

而那阴火龙兽竟是用其余三条腿，支撑着身子站了起来，那条弱小的阴火龙兽，贪婪地吮吸着从母亲断肢处流出的蓝色血液，一脸的享受。

"求求你!"那阴火龙兽通红的眼睛直勾勾地盯着叶天，一串意识，竟是冲入他的脑海中。他当时便愣住了："这……阴火龙兽，竟能和人用意识沟通?"

而判官则是快速地做出了反应："这阴火龙兽，怕是马上便要突破斗皇强者了，所以能用意识和人交谈。"

叶天这才点点头，若是没猜错的话。这阴火龙兽所说话语的意思很明显，便是求求他救救它。可能因为它的智慧还是比较低下的原因吧，所以根本就无法和人正常地沟通，只能简简单单地说两个人类的词语而已。

"我的实力，救不了你。"叶天也用灵识和它交谈道。

"孩子，孩子!"两行热泪，竟是顺着阴火龙兽的眼角流了出来，目光灼灼地看着断肢下的小阴火龙兽。

叶天顿时明白过来，它这是让自己救它的孩子。这和自己的初衷是一样的，当下便是点头答应。

见叶天点头，阴火龙兽也知孩子安全了，便是转身，而后通红双目盯着攻击而来的王虎，怒吼一声。

一股浓浓的火龙，瞬间从它的口中喷射而出，顿时之间，空气竟变得干燥燥热，叶天的身上都是暖烘烘的。

看到这场面，叶天心中震撼之余，还是快速地做出了反应，迅速地蹲下身子，将小阴火龙兽放入了大还丹精神世界中。

确保王虎等人并未发现自己的举动，叶天这才放心大胆地继续盯着战斗场面看。

眨眼间，王虎便是彻底被火焰给包围，而他手中金枪则是胡乱地舞动，愣是将狂暴的火焰给打得四处飞散，最后竟是打破了火焰的攻击，长枪之上释放出一股淋漓斗气，猛然刺向阴火龙兽的额头。

那阴火龙兽岂肯如此束手就擒？尽管金枪已然横亘在了脑壳上，它依旧是一声疯狂咆哮，腿脚用力地一顶，身子竟好像人一般直立起来，而它的脑壳也因此撞在了金枪之上，哐当一声巨响后，那夹杂着斗气的金枪，愣是刺入了阴火龙兽坚硬脑壳中。

不过，那金枪也是被如此生猛的力量一顶撞，竟也是快速地朝着上方冲撞而去。王虎万万不曾想到，这阴火龙兽拼命一击，没有做好丝毫抵御准备的他，竟是被金枪给刺入了身体之中，一个血洞瞬间出现，滴滴鲜血顺着洞口流了下来，而他的身子也是倒飞出去，最后噗通一声，摔落到地上。

那阴火龙兽被金枪给穿透了脑壳之后，疼痛不已，用力地甩动着脑袋，蓝色的鲜血顺着它的脑壳喷涌而出，不多会儿，周围的地面竟都被它的鲜血给染成了蓝色。

被金枪如此一击，若是不能及时将金枪给拔出来的话，怕是这阴火龙兽就要保不住性命了。

就在叶天为之惋惜的时候，判官却是忽然小声道："叶天，好强烈的阴气啊，若是没猜错，应是这阴火龙兽的伙伴。而且看这股气息，实力丝毫不弱于面前这阴火龙兽，这下王虎他们肯定防不住两只阴火龙兽的攻击。"

叶天的心也是骤然一收，道："判官，咱们走？"

判官却是摇头："不能走，若是这阴火龙兽还能活下来的话，定然会寻找它的后代。它一定会找到后代的。倒不如让它们欠你一个人情。这阴火龙兽是很报恩的动物，对它们有恩，它们一定会加倍偿还给你。"

"那样，王虎岂不是要对咱们动手？"叶天有些担心地道，不过仔细想了想，便是自己回答了这个问题，"估计他也活不了了，两只阴火龙兽呢。"

于是，他也是并未多做停留，匆匆忙忙地靠近阴火龙兽，同时用灵识和正在地面上挣扎的阴火龙兽交流道："阴火龙兽，别怕，我是来帮你解除伤害的。"

阴火龙兽痛苦不堪，早就已失去理智，有人说帮它解除痛苦，它对人类的防范也是减轻了不少，匆忙停止了挣扎，咬着牙齿，安静待在地上。

叶天走上去，看着粗壮的伤口，感慨阴火龙兽生命力的旺盛，脑壳被刺穿竟依旧能存活。

眼看阴火龙兽要不行的王虎，这会儿竟看到叶天上前拔掉了金枪，心中自然愤怒无比，从地上站起，目光迥然地盯着叶天，而后恶狠狠骂道："哼，看来也是一为老不尊的主儿，既然出尔反尔，我今天就要把你和阴火龙兽一块教训了。"

说着，王虎便从口袋中掏出一个小瓶子，拔开瓶塞，从瓶子里边倒出来了一颗红色的药丸，而后咕咚仰头，将药丸给咽下去了，同时蹲下身子，在身上点穴，止住胸口上的血口子。

吼吼！

在他刚刚调理完身上的伤口，准备攻击叶天的当儿，却是忽从旁边草丛中传来两声怒吼，而后一道黑影迅速从他脑袋上一闪而逝。

众人都没反应过来，便是看到那家伙的脖子上，出现了一个碗大的伤口，鲜血顿时从中喷溅而出，他的脑袋早就已经不见。

循着黑影扑去方向望去，便发现一只体长十余丈的阴火龙兽，散发着全身的威风，叼着王虎的脑袋，鬼森森地盯着神魂教的众教士。

"啊！阴火龙兽啊！"

"快跑啊，快跑啊！"

"供奉死了，供奉死了。"

"……"

一时之间，神魂教的那帮家伙竟然树倒猢狲散。而阴火龙兽可是很记仇的家伙，岂会眼睁睁地看着仇人逃走？对付这些实力不过斗灵级的家伙，那受伤的阴火龙兽，也是轻而易举的。

一道黑影从面前闪过，而后眨眼工夫，便再次出现在身边，而原本作鸟兽散状的家伙，这会儿却早就已经失去了踪影。

看来是被阴火龙兽给吃掉了。

那只健壮完好的阴火龙兽，最后将攻击的目光集中到叶天的身上。被这样的高手给盯着，叶天的全身都在颤抖，心想难不成自己就要这样死在这儿了吗？当时他是没有丝毫抵抗的心思，毕竟连斗王高手在它面前竟都是没有丝毫的还手之力，更别说自己这个斗者了。

而就在这时候，却忽见受伤的阴火龙兽猛然扑在自己身前，而后冲那完整的阴火龙兽吼了一声，估计是在同它进行灵识交流。

那完整的阴火龙兽知道他不是敌人之后，之前的攻势也是瞬间消失全无。受伤的龙兽这才转过脑袋，用灵识和叶天交流："孩子，孩子！"

他无奈叹口气，心中打的如意算盘这次是失算了，半路杀出一个程咬金来，自己的美好愿望就这样毁了。

虽说心中不舍，可小命都难保，只能依依不舍将小兽从大还丹精神世界中释放而出。

那小兽被释放出之后，阴火龙兽却只是淡淡看了一眼，冷峻的眼神中，充满无情冷酷，但叶天分明看到一丝不舍眼神。

那小兽在地上挣扎两下，便要走向阴火龙兽，但是那阴火龙兽却是低声吼叫一声，做出了一个令人诧异的举动……它竟转身离去，不管小兽的生死。

看到这场景，叶天是心中一喜，这阴火龙兽该不会想以此报答救命之恩吧。

他的想法是正确的，那阴火龙兽带着另一只阴火龙兽，嗖的一声便消失不见了。那小兽望着父母离去的方向，歇斯底里地叫唤了两声之后，便是无奈地退了回来，而后楚楚可怜地看着叶天。

看这小兽这副可怜巴巴的模样，叶天是哈哈笑着蹲下身子，而后轻轻地抚摸着那家伙身上的毛发，那种舒爽的感觉顿时弥漫全身。

将小兽重新放入了精神世界中，那种感觉实在是美妙得很。

“日后以至寒珠之中的至阴之气饲养，阴火龙兽的成长定然会加倍，实力也定然会是正常阴火龙兽的几倍之强。”判官道。

叶天的小心肝还是很兴奋的，因为这意味着，日后他将会有一个生死相依的朋友。这阴火龙兽都是很讲义气的，即便是面临生死关头，它们依旧是不会有丝毫的放松。

“那金枪之上，似乎有灵气在闪动。”判官小声地道，“莫不是……灵器？”

听判官这么说，叶天顿时愣了一下，因为他知灵器的稀少，简直可以说和炼丹师一般的稀少，能够拥有一个灵器，可以让人的实力增加近乎一倍。

其实，他还是有些不敢相信的，不相信神魂教的一个供奉竟有灵器这般的宝贝。

将阴火龙兽收入大还丹精神世界中之后，便是仔细地查探着那金枪。当他的手靠近金枪的时候，果然是发现上面有强劲的威压压来，让他有些不敢触摸。

不过，在一咬牙之下，还是将金枪拿在手中，那金枪的重量果然是非常沉重，拿在手中，竟有些摇摇晃晃。

“果然……果然是灵器！”判官的声音，平静了许多，“不过，却是一个半成品。”

“半成品？”叶天有些疑惑地道，“这灵器也有半成品？”

“废话！”判官愤愤然道，“这灵器也是人锻造出来的，自然有半成品。先拿着吧，日后我仔细研究研究这玩意儿，说不定能将它锻造成成品呢。”

叶天听完之后，于是将那灵器收在手中。

叶天目光迥然地望了一眼远处，心中却是有些翻腾起来了，要是神魂教的人发现自己拥有王虎的武器，岂不是要追杀自己？到时候可就麻烦了，以他的实力，招惹了神魂教，只有一个下场，那就是死！

“看来，还是快点提升实力才是王道啊。”叶天苦涩笑笑，“否则生命每日都要受到威胁。”

再次看了一眼现场，叶天便准备离去。为了避免过早被神魂教的人认出手中金枪，和神魂教为敌，他将灵气金枪藏入了大还丹精神世界中。

大还丹精神世界具有自动屏蔽气息的功效。灵气金枪放入其中的瞬间，那金枪之上的斗气波动瞬间失去踪影。若不是斗王高手执意查探的话，应该不会发现这金枪的存在。

想明白这点，他便匆忙追上队伍。韩昌盛见叶天毫发无损地回来，心中自然欢喜，忙上前和叶天打招呼，并且询问王虎以及阴火龙兽的下落。

毕竟是神兽，任何人都想知道其下落。就好比人们总想知道倾国倾城的美女，究竟嫁给谁人一般。

“王虎被我杀了。”判官有些随意地道，“阴火龙兽逃走了。”讲完，便准备回帐篷休息。他要看看阴火龙兽的幼崽现在如何了。

“啊?”听判官这么一说，韩昌盛顿时愣住了。要知那王虎可是斗王高手，二级炼丹师，也差不多是同等层次的高手。即便叶天的实力强盛一些，要斩杀斗王高手，也应当需耗费两炷香的工夫。可事实是，他耗费的时间也就是半炷香时间……另外，王虎还有数不尽的小喽啰，更给他的斩杀增添了不少的难度。

如果非要韩昌盛找个理由来解释的话，那就只有一个解释：面前这二级炼丹师，已然达到了斗皇高手级别。

可是，这不可能，绝对不可能。要知这斗皇强者，整个神魂大陆，都不超过十个，怎么可能会被自己随随便便遇到一个？莫不是，这炼丹师在撒谎?

想到这儿，他匆忙追上去，小心翼翼地问道：“炼丹师大人，可否告诉小人，那王虎到底身亡何处。不瞒大人说，我等和王虎有不共戴天之仇……”

“这脑袋便给你吧。”叶天自然知道，韩昌盛不会轻易相信王虎已死，只是想确认一下，当下便将王虎的脑袋，从大还丹精神世界中给甩了出来。

韩昌盛眼看一黑乎乎的东西冲撞而来，忙定睛细看，果然发现那乃王虎的脑袋，七窍流血，满目不甘，死状十分凄惨。

“嘶!”韩昌盛忍不住倒吸一口凉气，越来越觉得自己低估了跟前炼丹师的实力。他甚至怀疑这一切都虚幻的，不可能的，可是王虎的脑袋却是那般真切。

他原本还想问些什么的，但是叶天却早就钻入帐篷中，只好打消了这个念头。

而原本忙活着的诸位佣兵在看到王虎的脑袋被丢出的时候，全都愣住了，一个个的都瞪大了眼珠子，他们怎么会相信，这么短的时间内，一二级炼丹师竟解决了一个斗王强者，以及一群实力绝不低于斗灵的神魂教教徒呢?

不可思议，实在是太不可思议了。

吴波以及韩灵儿也是走过来，四只明亮如葡萄如明珠的眼睛，忽闪忽闪的，很是可爱，红嫩的嘴唇，更是轻微地张开，其中性感看傻不少佣兵。若是能娶此两女为妻，可真是祖坟冒青烟了。

“韩灵儿，为师刚才厮杀一场，胳膊有些酸痛，你进来给我揉揉!”叶天逼着判官说道。

“啊啊啊啊啊!”听到判官随意地喊出这话，现场不少人都是在心里歇斯底里地大喊着，人和人之间的差距，实在是太大了。

“爹！”听他这么一喊，韩灵儿之前对他的一丝好感也是消失于无，气急败坏地跟父亲撒娇。她可是过惯了锦衣玉食的生活，衣来伸手，饭来张口，哪曾如此低三下四地服侍过人呢？更何况还是一个穿着邋遢的老头。

韩昌盛的脸色也是一阵青一阵白，他自然了解韩灵儿的脾性，而且这个当爹的又怎舍得自己女儿为别的老头捶背按摩呢？自己都没舍得过。

吴波似看出爷俩的心思来，只得主动请缨：“当家的，我去吧。我经验多，不会让他占便宜的。”

韩灵儿有些不同意了。她和吴波情同姐妹，自己不愿做的事，又怎能让吴波去呢？万一那个禽兽老头动手怎么办？吴波姐姐肯定不会是他的对手。当下便是阻拦道：“吴波姐姐，不能去，让那个老匹夫自个玩儿吧，咱不用管他。”

而韩昌盛可不这么想了，能拉拢一个至少斗王级高手，牺牲一个吴波算不上什么，当下便冲她点头。

吴波得令，便是毫不犹豫钻入了帐篷。韩灵儿还想阻拦，却被韩昌盛拽走了。

“炼丹师大人果然是深藏不露。”不愧为拍卖师，即便和一对她心怀不轨的邋遢老者，依旧无丝毫的惶恐感，语气平淡，似和老友交流，让人听着十分舒服。

但叶天是一血气方刚的男儿，听她黄莺般清脆嘹亮的声音，心中竟是热血沸腾起来，暗自揣测这女人可真是妖精。

“你为何要做替罪羊？”判官按叶天的心思，讲了出来。

“替罪羊？”吴波先是惊诧一句，而后反应过来，惨淡笑笑，“我那小妹妹什么都不懂。吴波自幼便学得一手的好技巧，大人不妨给小女一个机会。”

说着，柔韧的身躯缓缓凑上来，顿时之间，一股犹如花蕊绽放的沁香瞬间弥漫心脾，叶天全身都跟着骚动起来，脸色绯红，心脏狂跳，犹如一团火苗在燃烧。在她柔软身子触碰到自己身体的瞬间，他忍不住全身抖动一下。

感受这股敏感颤抖，吴波顿时便愣住了，不可思议地盯着跟前这家伙。怎么可能？都这把年纪了，怎么可能会如此敏感？

叶天担心自己会露馅，忙伸出手，将吴波从身上推开，道：“休得无礼。”

在他的手伸出的瞬间，吴波更是眼前一亮。那皮肤柔嫩细白，十指修长，显然是一花季少年的手，怎可能会是老者的手？

这究竟是怎么回事儿？聪慧精明的吴波，快速地思索着，将之前的事，结合他身上这套永不离身的黑纱，最终得出了一个结论：黑纱覆盖之下，必然有猫腻儿。

“炼丹师大人，小女手艺不错。大人不如脱掉黑纱，让吴波好好伺候大人。”说着，犹如长蛇一般的手在叶天身上绕来绕去，准备脱掉他身上的黑纱！

叶天怎可能不知她的心思，当下便愤然道：“住手，给我出去。”

被炼丹师训斥，吴波瞬间清醒不少，意识自己的动作有些过激，只得是连声道歉，而后退出去。

走到门口，判官的声音再次响起："万万不可告诉其余人今日之事，否则……"

"大人放心，吴波自然不会多嘴。"吴波缓缓退出，脚步轻盈，犹如一只身材矫捷的小鸟。直待得吴波退出，叶天才是终于长长舒了口气："判官，我猜那吴波定然发现什么蹊跷。她会不会告诉韩昌盛？"

判官摇头。

叶天并未在此事上过多纠缠，而是将注意力集中到阴火龙兽幼崽之上，道："判官，不如将阴火龙兽拿出，观察一番如何。"

"正有此意。"判官说完，便是一股青烟冒出，轻烟散尽，叶天面前便出现一只阴火龙兽幼崽。幼崽全身发蓝，盈盈蓝光闪烁，犹如一条手臂长短，四肢凸出，蓝色龙鳞初具雏形，龙头之上，两条柔嫩触角煞是威风。

它已初步具备阴火龙兽的体型特征了。

"阴火龙兽，果然名不虚传！"看面前这阴火龙兽，判官连连称赞，"可惜，就是尚未修炼成龙丹。若是我服用了龙丹的话，必然能恢复到斗王级。"

"判官，若是它修炼出龙丹，岂不是要达到斗王级？怕是到时候你也便复原到此等境界了。"

"但愿，但愿吧。"判官叹口气，目光继续盯在阴火龙兽身上。

此刻它开始发出吱吱吱的叫唤声，叶天第一个想法便是这小家伙饿了，便询问判官，该给这小家伙喂服什么。

判官却是笑而不语："这小家伙喜食阴寒之气，至寒珠正好可满足它。可将至寒珠拿出一用。"

第十七章　阴火龙兽显神威

叶天毫不犹豫将至寒珠从大还丹精神世界中拿出，放到小家伙跟前。在至寒珠放在小家伙跟前的瞬间，原本萎靡不振的它瞬间打了兴奋剂一般的兴奋起来，叽叽喳喳地爬向至寒珠，而后将身子整个地覆盖在上边。

而后两人便看到，一股股的浓雾从至寒珠之上散发出来，将阴火龙兽的身体完全包裹起来，最后它的体表竟闪烁着一层波光粼粼，犹如金光鳞片，煞是好看。

这一幕看傻了两人，这阴火龙兽竟能如此轻松地控制至阴之气为已用，果然是厉害。

半炷香工夫过后，这家伙似乎已经吃饱了一般，全身的光泽更亮。身体在地上轻轻地蠕动，犹如一条威武蟒蛇，懒洋洋的模样，逗乐了叶天。

“大师，”就在叶天欣赏阴火龙兽的时候，门外传来韩昌盛的声音，“前方不远处便是古墓府邸了，我想我等还是快点过去吧，已经没多长时间了。刚才有数位高手气息一闪而过，我猜测应当是有高手前往前方，准备打破封印，我们快点出发吧。”

听韩昌盛这么一说，叶天自然没啰嗦，此次前往，若是只捡别人的零落，未免有些得不偿失，当下便是简单地收拾了一下，走了出去。

往前走了一段时间过后，他们碰到了越来越多的队伍，其中大部分都是前来寻宝的队伍，只有少部分是在此处买卖东西的商贩。

举目望去，就会发现前方不远处的一座山头上，覆盖着厚厚的浓雾。浓雾太厚，以至他们根本没法看到浓雾里边的情景。不用想也知道，那是被封印了的古墓府邸的存在。

在那座山头下方，已经围满了整整一大圈子的人，足有上千人。

要知道，听闻魔兽森林里边有远古大能的府邸被发现，可是惊扰了数不清的人前来，数量破万。可是真正到达魔兽森林里边的，却只有上千人，可见魔兽森林如何的凶险！

叶天心中赞叹，幸亏自己跟了韩昌盛，不然半路可能遇袭。

叶天等人也快速地加入了队伍里边。这些队伍表面看似和睦，热火朝天地交流着，可实际上，却是暗藏杀机。一旦古墓府邸被彻底地打开，那么他们将会陷入一场混战，

为了古墓府邸之中的宝贝，大打出手也是值得的。

"听说了吗，据说这次大离帝国四大家族的人都会派出一个高手，前来破掉古墓府邸的封印。"

"那不得了啊，能代表四大家族出面的人，那至少也得是高级斗王啊！"

"那是当然。据可靠情报说，这次四大家族派出的人中，有两个是大离帝国传奇年轻高手。"

"哇，太好了，没想到我有生之年，还能看到大离帝国两个传奇年轻高手，就算让我去死，我也能瞑目了。"

听旁边之人议论纷纷，叶天的脸色却是骤变。虽说以前也猜测到，此次会惊扰到神魂大陆数不清的高手能人，甚至大离帝国的四大家族都可能出面，但是真正听到这个消息的时候，他还是有些窒息，觉得这一切有些不现实。

大离帝国四大家族，即便放眼整个神魂大陆，那也是顶级实力的存在。这四大家族，分别是秦家、叶家、林家以及萧家。每个家族的老祖宗都是一位斗皇强者。这四大家族在大离帝国中，相互牵制，相互制约，久而久之，竟是达到了一个很难得的平衡。

别看他们表面上平静，但那只是表象。四大家族之间其实战乱不断。那四位跨入斗皇级别的老祖宗，也都是在闭关修炼。一旦其中一个人，突破了斗皇级，跨入神通境的话，怕是这四大家族之间的平衡将会彻底被打破，只会留下其中一个家族。

不过，他们却没办法撼动大离帝国的根基。因为据说建立大离帝国的老祖宗早就已经跨入了神通境，升天当神，神魂大陆，没人是他们的对手，即便是有个叛变的念头，都将会被天神惩罚。

而要说叶家，和他们千灯镇的这个小小的叶家还是有着一丝血缘关系的。据说千灯镇叶家的第一人便是被从叶家赶出来的。老祖宗留下的唯一遗憾，便是没能认祖归宗。故此他留下的遗愿便是，希望后代人能带领千灯镇的叶家走向辉煌，重新回到叶家这个大家族

一想到可能见到正宗叶家的人，他的心中就是一阵激动。

"快看快看，秦家的秦傲天来了。"就在叶天思索这些的时候，一个惊喜喊叫声将他从思考中唤醒，忙仰头望去，果然发现头顶有一踩着仙鹤的翩翩少年，威武强壮，面容姣好，身着白衣。叶天甚至听到，不少女子在看到秦傲天的时候，发出惊呼声，恨不能将自己献给他。

而秦傲天的确是傲然得很，甚至都不看下方众人一眼，只是盯着前方的白云，目光中光彩熠熠。

"踩在他脚下的仙鹤，乃是一灵器幻化而成的假象。"经验丰富的判官一眼便看出秦傲天脚下的端倪。

听他这么说，叶天心中却是被掀起了一股骇然巨浪，万万不曾想到，灵器竟

还有如此的威力，能变换形状。

“大离帝国四大传奇年轻高手之一的秦傲天，果然是名不虚传。这才多大年纪，竟是达到了斗王实力……不简单啊，不简单!”

下方众人议论纷纷交头接耳起来，不过他们的视线始终都未曾离开过秦傲天。

“哈哈，秦傲天小兄弟，来的可够早的啊。”就在叶天为之震撼的时候，一个粗犷沙哑的声音忽然划破天际，猛然从东面方向传来。听此声音，众人视线顿时望去，竟发现是一穿着邋遢的老者，挺着一个大肚子，满脸堆满笑意地飘荡而来。

他脚下是一头身材巨大、面容威武的坐骑，看到那坐骑的时候，不少人都是忍不住惊呼一声：“阴火麒麟兽，竟是阴火麒麟兽!”

即便是那阴火麒麟兽，也是傲然得很，通红双目直视前方，根本就不看下方人群。

“嗯。”秦傲天皱着眉头，看了一眼这个老家伙，面露不耐烦之色，看来是不喜欢和他打交道。

“我说，那萧家老头。”就在此刻，一个同样满是沧桑，不过却明显是一女性声音，从西面方向传来。众人的视线顿时集中过去，发现是一身着道袍的老妈子。看上去足有六七十岁了，不过却是精神矍铄，身体健康。

“你个老头子，怎么来这么早，是不是想独吞？咦，这不是秦家那小儿吗，哈哈，你们俩不会是商量好了，要提前行动吧。得亏我老妈子来得及时，不然可就只能捡些破烂了。”

“哼哼，看来林家这次是势在必得啊，竟派了你这个老妖婆来!”萧家老头萧炎冷哼一声，“不过，林梦雪，你放心好了，有我萧炎在，是绝对不会让你林家独吞的。”

说着，他便看了一眼飘浮在远处天空，正双目充满渴望，望着前方古墓府邸方向的秦傲天：“我说，那谁，秦家小儿，叶家那女孩这个时候都没到，估计是不准备来了。所以我觉得，咱先动手吧。大不了叶家小娃娃来了，我们这俩老东西，将所有的罪责都扛到自己肩上。”

秦傲天一直直视的眼神这才稍微扭转了一个方向，看了一眼两位老者，而后是轻微点头，接着身子便是嗖的一声，化为一道闪电，眨眼间的工夫，便消失在众人视线中。

而后又是嗖嗖两道闪电，萧炎以及林梦雪两人也是化为两道闪电，冲向古墓府邸。

众人这才收回视线，纷纷交头接耳起来。

“太失望了，没想到大离第一美女，叶盈盈没来。”

“是啊，真是太可惜了。别说让我娶她了，就算让我看一眼，死而无憾啊。”

“叶家的代表是个女孩？”叶天不由得愣了一下，继而便是无语笑笑，“若是有机会，定然要和这什么叶盈盈会会。什么大离第一美女？呸，我看就是一虚名而已。再好看能有韩灵儿这么水灵?”

说着又看了一眼韩灵儿。却得到韩灵儿的一记白眼。

“咳咳，韩灵儿，为师的腿有点酸，你过来扶为师一把。”看韩灵儿瞪了自己一眼，叶天自然是有些愤怒，想着如何发泄。

“去死。”韩灵儿狠狠瞪了他一眼，立刻跑回了队伍后方去。

就在叶天准备找那丫头出气的时候，却忽听轰隆一声巨响，叶天快速扭头望着身后，竟发现那浓浓白雾此刻已经消散开了，一层层的能量光罩不断地从里边散发出来，看模样，就好像是一朵绽放的烟花。不过这气场，却比烟花大了数千倍。

轰隆，轰隆!

又是接连几声爆炸响起，浓雾彻底散开了。借着这个机会，众人清楚看到萧炎、林梦雪以及秦傲天，组成了一个三角形，将一座庞大的、建立在山顶上的复杂建筑给包围住。三人的一道道粗如水桶的能量攻击，将建筑表面的一层光罩给打得来回荡漾，好像是平静的湖面被投入了一颗颗的石子儿。

而他们的攻击余波，依旧是迸溅到了下方几百丈有余的人群中，顿时之间，犹如从空而降的陨石般，将地面给砸出一个个的大坑。

“封印被打破了，快点去抢宝贝啊!”不知谁喊了一声，原本便挤在一块的众人，顿时之间都不顾危险地朝着前方狂奔而去。这么一乱，叶天等人的队伍难免会有被冲散的危险。

韩昌盛自然不舍得和叶天分开，开玩笑，这可是自己的救命稻草啊，怎么能随随便便撒手呢。

叶天可不想和韩昌盛这个累赘一块到里边去抢东西，想要和韩昌盛分开，便趁韩昌盛不注意，偷偷地溜走了。

砰砰砰，砰砰砰!

那封印被彻底打破了之后，封印的一块块能量余波轰炸下来，炸入了人群中。顿时，血肉横飞，好像一块块的肉块。

而叶天却是在判官的指引下，一次次地躲避了能量余波攻击，最后终于逃出爆炸范围，躲在一个无人的角落，气喘吁吁。

他的余光，无意间瞥见一个从滚滚烟尘之中走出的少女。少女皮娇肉嫩，面容娇俏、好看，身上隐隐散发出一股高贵之气。他看第一眼，便被此女子彻底地吸引住了目光，眼睛都是一眨不眨……他已经忘记了一切。他敢用自己人格担保，这是他见过的最好看的女孩。

女孩身着白裙，体型姣好，盈盈碎步，散发出一股高贵傲人之气。仅仅是一眼，叶天便被完全吸引住，小声喃喃：“这才是真正的大离第一美女啊。”

“小子，怎么了。”判官看叶天愣住，小声问道。当他的视线顺着叶天望去，发现那美女的时候，立刻苦涩笑笑：“真是一花心少年啊，怎么，又看上这女孩了？”

叶天无语：“爱美之心，人皆有之，多看两眼又不耽搁事儿。”

“有危险。”他刚说完，不经意间注意到美女头顶上方不远处，竟有一块石头砸落下来。若是砸中美女的话，怕是会有性命之忧。

他顾不上多想，嗖的一声跑上去，准备用身体将女子撞开：“姑娘小心，头顶有石头。”

本来按照他的想法，这么一撞下去，定然能将姑娘的身子撞开。但让他没想到的是，在自己即将撞到姑娘的瞬间，那姑娘竟是化为一阵凉风，嗖的一声从身边一闪而过，他撞了个空，身子跌落在地，感觉有一股狂风砸来，立刻联想到那块石头，双手猛拍地面，借着反弹之力，身体终于直立起来，而在他身体直立起来的瞬间，脚下便是哐当一声响，一块石头将地面给砸出了一个大坑来。

地面上的泥土被迸溅起来，撞得叶天连连后退好几步，才勉强没有摔倒。他倒吸好几口凉气，并未感觉身上有任何痛苦。这才忽然想起刚才那化为烟雾的女子，忙望过去。

几公尺之外，女孩挺身而立，散发出无尽的诱惑，让人看一眼，就忍不住为之所吸引。

“姑娘，你没事儿吧。”他的心里是说不出的疑惑，这姑娘看似平常，却不曾想蕴含如此的实力，着实不一般。

“哼，年纪轻轻的，装什么老。”姑娘非但没有感恩，反倒是冷哼一声，便转身想走，可是走了两步之后，忽然转过身来，一双明亮而漂亮的眼睛在叶天身上扫来扫去。

被她这么看着，叶天觉得浑身不自在。好心好意救她，却落得个如此下场，他自然是有些不爽：“看什么看，好心当成驴肝肺。”

“好熟悉的气息。”女子冷笑一声，“叶家分家之人？”

叶天的心猛然一抖，不好，自己的身份被发现了，要是暴露了可不好。被叶云阳等人知道，自己就是他们的救命恩人，倒也没什么。可如果被韩昌盛的人知道，其实自己根本不是炼丹师，他们岂不是要对自己下手？要知道，现在自己手上还欠他们一颗宝丹呢……

“我是谁关你什么事儿？”既然已经暴露，他也没必要继续装下去了，反倒是愤愤地骂了一句，“哼，就当刚才的事儿，没发生过吧！你走你的阳关道，我过我的独木桥。”

虽说这个女孩好看，可叶天也没心思继续跟她废话，还是赶紧照顾古墓府邸里边的宝贝要紧。

而那女孩却是冷哼一声，一个箭步上前，一个过肩摔，直接将叶天摔倒在地。这一切发生在电光火石之间，叶天根本就没时间反应过来。

"哼，你还没资格在我面前张牙舞爪。"女子将叶天摔在地上，冷哼一声。

就在这时，古墓府邸的方向传来一声怒吼："哈哈，封印被彻底打破了，快冲啊。"

女子听罢，面容剧变，双腿轻轻一弹，竟犹如仙鹤一般，飞了起来，那动作姿势，要多优美有多优美。被摔在地的叶天，甚至忘记身上的痛苦，双目凝滞地盯着美女离去的方向。

"哎，真是自古英雄难过美人关啊。"判官叹了口气，"还愣着干什么，还不快点去拣点宝贝？"

叶天这才回过神来，用力摇摇脑袋，而后自嘲一句："可真是狐狸精啊。"说完，便朝着前方，匆匆忙忙地走去。

而神识中，两人依旧是在交谈着。

通过一番讨论，两人得出的一致结论是，那个女子至少也得是斗灵级的高手。无论是从她的速度还是从攻击力度上，都能看得出来。

真是人不可貌相啊。

转眼间的工夫，叶天便是已然登上了山顶。出现在面前的，是一座恢弘庞大的建筑。这个一眼望不到尽头的建筑，简直可以说是人间奇迹。人站在建筑面前，就好像是一只蚂蚁，站在一座普通房屋面前一般。

而且，从外边看，房屋的建筑风格是此起彼伏，复杂得很，而且相当美观，里边的建筑空间，应该也是烦琐复杂吧。

叶天推测，如此巨大复杂的建筑，若是没有个一年半载，肯定是走不完的。而且装下一万人，应当也是很轻松的事。

他没有继续多想，很快地，便加入了搜寻队伍中。人群好像潮水一般，通过窄窄的门挤进去。叶天最后终于挤进去的时候，早就已经是大汗淋漓了。

在他挤进去之后才发现，面前的通道总共有三条，前方一条，左边有一条，右边也有一条。大部分人都是走中间那条通道，只有少数的人往两边的方向走。

"判官，不如走左边的通道吧。"叶天道，"我们这个组合的实力，甚至都不能算上中等。大部分上等力量，都是走中间这条通道，即便碰上了宝贝，也不可能抢过来。"

"嗯。"判官应了一声，"我也是这个想法。"

听到这儿，叶天毫不犹豫地钻入了左边的通道，虽然后边有几个人偷偷地耻笑自己，可他都当耳旁风，根本不去理他们。

这左边的通道，明显没有中间那条通道宽敞明亮，走在其中，给人一种郁闷的感觉。

最重要的是，走了这么长时间，除了其余一些抱着侥幸心理的人外，甚至连一扇门都没发现，他逐渐有些后悔了，心想该不会是自己的选择是错误的吧，其实这个通道就是一个幌子，一个把别人骗入其中的幌子。

“好强大的元丹气息。”就在他有些心灰意冷，准备退出的时候，判官的声音忽然在耳畔响起。他立刻怔了一下，而后和判官神识交流：“判官，你的意思是，有结成元丹的人在此处？”

他知道，一旦跨入斗王级别，都会凝聚出元丹。而这些元丹若是被修为低于斗王的人服用，那么他的实力将会有大幅度的增加。所以元丹在外界都是价值连城的。

“不！”判官否定了叶天的这个说法，“我的意思是，好多的元丹就隐藏在这个通道里边。”

“什么？”叶天掩嘴，满目惊诧，“好多的元丹？”

要知道，元丹在外面的价值用价值连城来形容，一点都不为过，若是真如判官所说，这个地方有大量的元丹，岂不是说自己要变成富翁了？

“往前走几步。”判官吩咐道。叶天忙按照判官的指引，往前走了两步。

“就是在这儿，就是在脚下。”判官的声音越发地激动，“好多的元丹，至少一百颗。”

“一百颗！”叶天忍不住地倒吸一口凉气。一百颗，可是足足值上百万金币啊！

“判官，通道中还有别的人，该如何解决他们？”叶天看着其余一些在墙壁上敲敲打打，没发现宝物而满脸绝望的人，小声商议道。

“这个简单。”判官道，“他们的实力，不过是斗师斗者级别而已，最强势的也就是一斗灵高手。待会儿打开地下通道之后，我俩快速进入其中。若是有元丹的辅助，怕是你就可突破斗者级别，到时候我们两个斗师，想要解决掉这些家伙，小菜一碟。”

“好！”

和判官商量好了对策之后，叶天便是连声应着，而后假装漫不经心地在地上敲敲打打，趁着没人注意的时候，嗖的一声，将地面上一个板砖给掀了起来。

板砖下方，是一个类似于门锁之类的装置。看到这个门锁，叶天是苦笑连连：“判官，不行啊，这个地方有一个类似于门锁的装置，该怎么打破？”

判官的视线也是快速集中到门锁上，仔细观察片刻后，便是小声道：“将至寒珠放在此处，稍等片刻，至阴之气便可以轻松侵蚀掉门锁。”

闻言，叶天毫不犹豫将至寒珠从大还丹精神世界中拿出，而后偷偷放到门锁上，接着是将地板砖重新盖上，他则是假装去别的地方寻宝。

几个寻宝人，从自己身边经过，也是并未动手。和一个一无所有的老头干仗，根本不值得，说不定他们会损兵折将呢。若是遇到实力强横一点的，他们的队伍也可能全军覆没。

过了一炷香工夫后，叶天觉得差不多了，而且这个时候，走廊上基本上没几个人了，趁别人不注意，他偷偷地走到放置至寒珠的地方，将砖头扒开，看了一眼古老门锁。

那门锁竟已经化为了铜水，四处流动。叶天的心猛然抖了一下，看来这至寒珠果然是好宝贝，竟能轻易地将玄铁打造的门锁给化掉。

趁着众人没注意，叶天猛然用力，嗖的一声，便将那扇门给掀开了，而后悄无声息地溜了进去。

幸亏这儿的光线昏暗，而且人员分散，并未有人发现叶天这个奇怪举动。

叶天下去之后，第一时间施展了神灯斗技，五只青色的火苗从手指中跳跃起来，将周围的场景照了个一清二楚。

天！

在他看到室内场景的瞬间，惊得是连连后退，好半天都没反应过来。真是没想到，地面上竟散落着一个个成年人拳头大小的珠子，半透明的，圆润有光泽，就好像玉石一般。

这些珠子差不多将不大的房间地面给铺满了，根本就看不到地面。细细数来，足足有上千颗。

“这么多……元丹!”即便是见多识广的判官，也忍不住地咽了一口吐沫，“这个究竟是什么人，以前怎么没听说过这号魔头，竟斩杀了上千个斗王高手!”

叶天也是好长时间未反应过来，只是傻乎乎地看着面前这场景，好半天之后，才小声说了一句：“发财了。”

与此同时，在他头顶上的一个脚步，同样停了下来，叶天的心蓦然颤抖了一下，心想该不会是有别人发现了这儿吧。

要知道，能发现这些元丹波动的，至少也得是斗灵高手……若是遇到了斗灵高手，非但要不了这些元丹，甚至可能会丢了小命。

先不管他，当务之急，便是赶紧将这些元丹给收起来。

判官也意识到眼前形势的危急，快速地将大还丹精神世界展开，将这些元丹尽数收入了大还丹精神世界中。而为了能快速提升实力，叶天则是抓起了一颗元丹，而后逼出斗气，将元丹完全地包裹住。

在斗气将元丹完全包裹住的瞬间，元丹竟好像冰块一般，快速消融起来，化为浓浓的斗气被叶天吸入体内。

这股斗气精纯之极，在被吸收进叶天体内的瞬间，他整个人瞬间便是变得精神起来，浑身上下都充斥着一股股浓浓的斗气。

这元丹乃是斗王高手所有精纯力量的所在，能量之大，可想而知。他一小小的斗者，想要尽数吸收，绝对是天方夜谭，不可能的。

而叶天却顾不了那么多，头顶上就有一个斗灵高手，若是自己再不突破到斗师级的话，怕是即便和判官联手，都没法干得过斗灵级修炼者。

判官也没闲着，这儿这么多的元丹，他也是大把大把地将一些元丹往嘴里边塞。在吞噬了三颗元丹之后，判官的实力竟是噌噌噌地恢复，从原本的低级斗师，升到中级斗师，继而是高级斗师。最后在三颗元丹的辅助下，他终于是突破了禁制，成功地步入了斗灵级。

而叶天的身体也在快速地发生着变化。浑厚的斗气好像浓雾一般在他的体内弥漫，即将将他的身体撑爆。为了能压制住体内浓厚斗气，他是紧咬牙齿，而后将浓浓斗气压缩进了十九条经脉中。

砰！

在他闭目内视的时候，忽然发觉丹田处的斗者之门之后，猛然出现了一片黑暗的空间。紧接着一股股的斗气，几乎是疯狂地涌入那一片虚空中，直至最后，竟是将那片空间，完全地充斥了。

“终于跨入斗师级了。”叶天长长地舒了口气。他忽然觉得体内有些发虚，心中感叹斗师果然是比斗者强大不少，如今体内的斗气竟是以往的两倍之多，实力也必然会成倍成倍地上涨。

他忽然有了一个大胆的想法，想要吞噬第二颗元丹。于是他将自己的这个想法告诉了判官。

判官听后，连声制止：“不成，若是你吞噬两颗元丹的话，强烈的斗气可能撑爆你的身体，到时候想后悔都来不及。”

而叶天却是耐心地对判官讲道：“判官，实在不行的话，我可将斗气转换为真气，这样一来的话，岂不是就可以将体内的斗气压缩不少？”

听叶天如此一分析，判官是连声感叹：“是啊，我怎么把这茬给忘了，若是可以成功的话，非但可以让你升级，甚至连真气都是可以浓厚一大截，说不定能直接将真气轮子多推动一圈呢。”

讲完之后，叶天便开始快速行动起来了，将一颗元丹拿在手中，而后斗气自手掌中释放而出，将元丹完全包裹住。

元丹开始快速融化开来，一股股浓浓的斗气快速自其中逸散而出，并且没多长时间，浓浓斗气便快速将他的身体充盈，包括斗者之门，以及十九条经脉。

而元丹之中的斗气，却依旧是源源不断地逸散而出。若是他不能将元丹全部的斗气吸收的话，那么他体内的斗气将会全部逸散而出，之前所付出的一切都是白费，甚至自己的身体都可能出现反噬的情况，危及性命。

“叶天，做好准备了吗？”判官感觉叶天体内斗气充盈之后，便是提醒他将斗气转化为真气。

“好了。”叶天点了点头，用力地咬牙，接着，便是闭上眼睛，而后将斗者之门之中的斗气用力地压缩。

他的身体充满了无尽的力量，但是此刻却起不了多大的作用，他必须用意识将如此浑厚的斗气压缩成真气。

一次次地咬牙坚持，一次次地压制住胸口中那口涌出来的血，终于将斗者之门后方的斗气完全转换成了真气。而这股真气犹如游荡不定的游魂般，在体内四处游荡，并未固定任何一位置。

说来也怪，这股真气轻盈得很，可以穿插斗气，甚至五脏六腑，但他本人并无不适感。

浓浓的斗气再次涌入丹田之门中，而他的实力也是噌噌上涨。感受他身上散发出的浓浓斗气，判官立刻惊住了："你这次……竟是直接升级为高级斗师了！"

"什么，高级斗师？"听他这么一说，叶天顿时就愣住了，不可思议道，"判官，你确定？"

"你内视丹田一番，斗者之门后方的广阔空间，以及你身上散发出的强劲斗气，明显宣告你就是高级斗师！"

"若是能将金枪锻造成低级灵器，你可以抗衡一斗灵级修炼者了。"判官若有所思地道。

叶天点点头，忽然想起了什么，道："若是我用真气驾驭凤鸣天际这个斗真技的话，怕是也能起到相应的效果吧？"

判官连连点头："这个倒是不假，你要解决外边的斗灵修炼者，自己尽全力应该就可以了吧。"

话音刚落，便是忽听头顶传来砰的一声巨响，叶天忙仰头望去，果然发现上方的墙壁，被打开了一个破洞，泥土碎砖不断下坠，一道黑影也是嗖的一声蹿了出来。

"哼，一斗师级修炼者而已，还要冒充神秘高手？哈哈，笑话。"说着，那人便是虎视眈眈地走上来，满是鄙夷地道，"将元丹尽数交出，饶你不死。"

看这家伙个头挺大，虎背熊腰，而且身上斗气波动得厉害，看模样，至少也得是中级斗灵修炼者。叶天开始忐忑不安起来，虽说自己理论上可战胜斗灵修炼者，但是斗师和斗灵修炼者之间的实力悬殊，实在是太大，再者说了，从对方脸上纵横交错的伤疤就可看得出来，这家伙的实战经验非常丰富，和他对比，自己的实战经验实在是少之又少，在他面前，自己劣势尽显。

"好。"叶天佯装投降，实际上却是在思考对策。他召唤出数十颗大还丹，一字排开，放到地上，而后后退。

看到地上数十颗元丹，壮汉立刻瞪大眼珠子，满目惊喜地道："宝贝，这么多好宝贝。"

说着，对方顾不上其他，甚至忘记了叶天的威胁，蹲下身子便开始捡元丹。

而叶天却是早就准备好了，浑厚的斗气被他尽数灌入了金枪中。顿时之间，金枪竟是释放出一股磅礴大气，那股磅礴大气似是神龙的形状，伴随金枪，刺向斗灵修炼者。

“不好!”对方立刻感应到叶天的攻击，快速做好了对策，顾不上地上的元丹，双手用力地拍击地面，竟是引得地面一番颤抖。他的身体，也是借助着这股力量，快速倒退。

他倒退的速度和金枪攻击的速度，倒也形成了一个平衡，一时间双方没办法伤害对方。待得斗灵强者身子碰撞在墙壁上的瞬间，便是猛然挥出一掌。浑厚斗气硬生生地将金枪给挡开了。

那斗灵高手因被杀了个措手不及，所以用斗气硬生生挥出了一掌，他的斗气虽说将半成品灵器给打得偏离了方向，可是他也是吐出一口污血，甚至连站都站不稳。

“好强大的武器。”看自己随随便便一攻击，竟将斗灵修炼者逼到了这程度，叶天的心中狂喜，而后准备发动更多的攻击。

“龙气金枪，神魂教王供奉的武器，怎么在你手上!”壮汉立刻意识到眼前这家伙的棘手程度，尤其是他手上的金枪，更是被他一眼认出了，再联想到被传得沸沸扬扬的神魂教王虎供奉被杀一事，他的心中逐渐涌出了一个看似不可能的想法：“王虎供奉，是被面前这少年斩杀的？看来这家伙的确有点本事，刚才是自己太轻敌了。”

“龙气金枪？”叶天戏谑笑笑，看看手中金枪，冷哼一声，“一点都不好听，以后这条金枪，就改名叫天龙金枪了。”

话毕，他便将大把大把的真气逼入天龙金枪中。几乎是瞬间，天龙金枪表层再次逸散出薄薄的、半透明的一层白雾，根本没刚才那股斗气浑厚。

“哼，小子，斗气耗尽了吧。”壮汉见状，还以为叶天的斗气全都耗尽，所以这次驱动天龙金枪的斗气才会如此稀薄。

话音刚落，他便是狂暴怒吼：“气吞山河，小子，去死吧。”双掌前探，双腿下蹲，做出扎马步的动作来。与此同时，他的手掌之上，蓦然激荡出大把浑厚斗气。浑厚斗气迅猛自手掌中激荡出，在他跟前形成一疯狂旋转的斗气漩涡。

嗖嗖嗖，一股强劲狂风随之形成，散发出厉害的吸引力，叶天感觉自己的身子都被吸得朝着漩涡方向走动。

若是进入了斗气漩涡中的话，怕是就会被生猛的斗气漩涡给绞成碎片了吧……他咬紧牙关，快速丢出手中天龙金枪，之后快速拽住身后墙壁上延伸出的一个扶手。

嗖嗖嗖！天龙金枪带着狂暴的能量，近乎疯狂地钻入了斗气漩涡中。

砰！一声巨响后，那股斗气漩涡疯狂爆炸，能量波动四处乱溅，叶天眼睁睁看着一块残破能量撞碎了一块石头，为了避免肉身吃苦，他还是快速地趴下身子，躲避了能量波动。

在他扭头看的时候，却发现天龙金枪已然冲破了斗气漩涡，直刺入壮汉的胸膛，一股股的鲜血顺着他的胸膛流淌而出，煞是血腥。

他的双目圆睁，两行血泪顺着眼角流出，脸上写满了不甘和疑惑："他到底如何做到的？如此稀薄的斗气驾驭的天龙金枪，竟能冲破地阶高级斗技的威能……不可思议，太不可思议了。"

若是他知道，叶天用的乃是真气驾驭天龙金枪的话，恐怕会被活活气死吧。

他深呼吸一口气，将天龙金枪拔出来，完全失去了生命力，倒在地上，一动不动。

"哎，何必呢。"叶天苦涩笑笑，蹲下身子，将他身上的元丹一颗颗地捡起，装入大还丹精神世界中。

"判官，走吧。"看这儿没什么可留恋的了，叶天对判官道。

判官从叶天体内钻出，四处凝望了一番，倒也是并未搜寻到其余的任何宝贝，当下便应了一声，让叶天带着自己离开了。

从地下跳出之后，这才发现走廊上几乎没人了。他心想也是了，那斗灵修炼者为了能独吞元丹，必然是已经将这些人给驱逐了。

他望了一眼深邃的走廊，道："判官，不如我们继续往前走。"

判官点点头，同样是充满渴望。在外围，便遇到了如此贵重的宝贝，可想走廊里边的宝贝，更是数不胜数。

可是，往前走了两步之后，判官却忽然愣了一下，继而便是狂笑起来："叶天，好消息，好消息。"

看判官如此兴奋劲儿，叶天也满是好奇："判官，到底怎么了？"

"是阴火龙兽，刚才趁我不注意，那家伙吞噬了两颗元丹，这会儿你把它当坐骑都没问题啊。"

听判官这么说，叶天满心怀疑，闭目内视，果不其然，在大还丹精神世界中，莫名出现了一个奇怪的生物，足有五六丈长，身上满是蓝色的鳞片，威武狂暴的龙尾不断摆动，四只龙脚正悠闲地散步，一脸的享受。

在看到叶天的时候，那家伙似乎也认主，嗖嗖嗖的跑了上来，硕大的脑袋不断地在叶天的脑袋上蹭来蹭去，一副撒娇的憨态。

看这家伙硕大的体型，叶天早被镇住了，怎么都没想到，这阴火龙兽仅仅是在两颗元丹的作用下，便生长到了如此的体型……这家伙真是潜力无穷啊。

一时间，他都有些激动得说不出话来。

第十八章　元丹之境

“阴火龙兽属神兽，自有其神奇之处。我现在怀疑它已经达到了高级斗师级别。你们两个都是，加上我这个斗灵，以及天龙金枪的辅助，对付一斗王高手，也不是不可能。”判官给他分析着眼前的形势。

“才仅仅是斗王高手吗?”而叶天并没有想象中的满足幸福，反倒是有点不以为然的表情，“看来，我还得加快速度修炼，若是不能在规定的时间内战胜斗皇强者的话，怕是我叶家……”

想到这儿，他没有再耽搁，快速将精神从大还丹精神世界中抽出，加快前行的速度。而判官却是苦笑连连：“能在你这个年纪，拥有如此战斗力，已是十分罕见了，你小子胃口也忒大了点吧，这还不满足。”

不过他也能理解叶天，毕竟自己的实力可是事关叶家存亡。若是自己不能保住叶家的话，他这辈子都会留下阴影。

“叶天，停下!”往前行走一段距离之后，判官忽然出声拦下了叶天。

他顿时就有些丈二和尚摸不着头脑地看着判官：“判官，所为何事?”

“似乎有真气波动。”判官对叶天道，同时命令他将大还丹埋入地下土层。

叶天只好照做，将大还丹埋入了地下土层。虽说有一层土层隔离，可他依旧是感觉到下方传来的丝丝精神波动，能和大还丹进行神识沟通。

“怎么样?”良久之后，叶天才小声问道。

“果然是真气波动!”判官道，“嗯，这是什么?”

判官惊诧道，同时命令叶天将大还丹从土中扒出来，而后在放置大还丹的地方，挖出一个小坑。

挖了没多深，果然发现了一根白森森的骨头，他准备将这根白森森的骨头从地下拽出来，却发现实在是有些困难，尝试了好几次，都没成功。

“这会不会是一整个的骷髅?”叶天小声道，同时动手，顺着骨头朝着四周的泥土挖了起来。

很快，在他的全力挖掘下，一整个的人类骷髅逐渐地呈现在叶天的面前。看着这白森森的骷髅，他忍不住倒吸一口凉气，心中感慨：“谁会将骷髅如此简单地埋入这个凄凉之地呢?”

“不对劲!”连判官都是捏着下巴，苦苦冥想，“这骷髅为何在死后依旧散发出强劲真气？这副骷髅肯定有什么蹊跷之处。叶天，收入大还丹中。”

叶天苦笑连连："判官，咱又不是捡破烂的，至于看到什么就捡什么吗？这只是一副骷髅而已。"

判官却是不同意："这骷髅定然藏有猫腻儿，能被葬在这古墓府邸中的人，也一定大有来头，说不定骨头上也大有文章呢？"

叶天只得按照判官说的去做。不过从小父亲就教导自己要尊重先人，更是要对先人的骷髅保持尊敬。这会儿要让他挪动一先人的骷髅，的确是有点残忍了。

"老前辈，对不住了，我老大看中你这副骷髅，你得牺牲一下，当我们老大的试验品了。"说着，脑袋便是在骷髅正前方的空地上，哐当哐当地磕了三个响头。

而这三个响头磕下去，骷髅竟发出咔嚓咔嚓的声音，望去就会发现，骷髅的身体在缓缓动作，全身无一处的骨头是静止的。

"这是怎么回事儿，这骷髅竟还会动？"看骷髅在缓缓动作，叶天顿时就吓傻了，连忙从地上站起，准备后退。

可是在他站起的瞬间，骷髅也好像得到命令一般，嗖的一声从地上弹跳起来，几乎是眨眼间的工夫，就把叶天的身体给包裹住了。它的速度超快，叶天甚至都没反应过来，只是看到一道黑影冲撞而来，接下来身子就被一种力量束缚住了。

他低头一瞧，顿时吓傻，那骷髅的肋骨竟将自己牢牢地捆绑住了，双手和双脚也全都缠绕到自己身上，并且在不断地勒紧，看样子是准备钻到自己身体里边。

"判官，怎么办！"看着骷髅硬要挤进自己身体里边，叶天顿时就慌乱了。因为他的身体被完全地束缚住了，根本就没办法动作，没办法动作，自然就没办法发动攻击了。

"别动！"而判官的声音，却是莫名激动起来，眼睛放亮，看那模样，似乎十分高兴。

"判官，我都这样了，你还高兴？"叶天顿时就无语了，"我快喘不过气来了。"

"别反抗。"判官依旧是那般兴奋，"你知道吗，其实这是逆天邪骨，拥有了这逆天邪骨，你的身体抗击打能力，将会成千上万倍地增强，哪怕是面对一斗灵强者的全力攻击，你都有可能存活下来。"

"什么，逆天邪骨？"叶天是第一次听说这个名词儿，所以顿时就愣住了，"我可以逆天了？"

"少废话，别反抗，让这逆天邪骨侵入你的身子，这样你的抗击打能力就会强劲不少。这怕是古墓府邸的主人将自己的邪骨安排在这个地方，等待有缘人唤醒的吧。若是你刚才没有给骷髅骨头叩头，也就不会触动机关，这邪骨自然不会主动认主，要上你的身。真是好心有好报啊。"

"是啊，好心有好报。"叶天喃喃自语。

他的全身都是火辣辣的疼，那副骷髅正疯了一般朝着他的身体里边钻入，似乎马上就可能彻底钻入其身体里面。身体皮肤被勒出一道道的红印，不少地方都被骨头给摩擦破了，鲜血直流，甚至他都没办法呼吸，心脏似乎也早就停了跳动，他好像死人一般。

看叶天随时都可能进入休克状态，判官也为他捏了一把冷汗，要让一副骷髅完完全全地进入自己的身体里边，所承受的痛苦可想而知。再怎么说叶天也只是一孩子而已，这么做是不是有些太残忍了?

“叶天，想想你的家人，想想你的父亲，若是你不能坚持过去的话，那么整个叶家都会给你陪葬，你的父母，你的爷爷，还有你的未婚妻……”

不得不说，判官这个老油条还是很懂得激励人的，在这个时候，说出的每句话都是恰到好处。叶天听了，顿时便从之前的混沌状态中苏醒过来，叶家人的脸庞，一个个地从眼前浮现，温柔善良的母亲，慈祥伟大的父亲，一脸渴望的爷爷，满是爱意的叶如霜……

在这些亮光闪过之后，叶天的神经顿时兴奋起来，仰天一声怒吼，将被骷髅压瘪的身体，一口气给憋得撑起来。

咔嚓!

叶天分明听到咔嚓一声响，自己的肋骨被硬生生地撑坏了，碎了一截，痛得他是倒吸一口凉气，冷汗直流，差点没跌倒在地。

“叶天，坚持住!”判官安慰他道，“若是想要逆天邪骨代替自己的骨骼，那么自己全身的骨骼都要断裂，这样才可被邪骨完全取代，发挥最大的功效。”

咔嚓，咔嚓，咔嚓!

在逆天邪骨侵入叶天身体之前，他的身体接连不断地响起了咔嚓咔嚓断裂的声音，腿骨、臂骨，甚至脊柱等全身骨头全都断裂，而逆天邪骨在他全身的骨头断裂之后，犹如匕首一般刺入，侵占了他原本的骨头所占据的地方。

而在逆天邪骨完全取代原来骨头的瞬间，他整个人便是猛然失去意识，彻底昏迷过去，好长时间都没苏醒过来。

判官从叶天体内飞出，看着躺倒地上已然进入昏迷状态的叶天，连连摇头叹气:“哎，孩子，难为你了。以前听说过有人强行将逆天邪骨打入体内的传说，不过成功率只有百分之一，你能幸存下来，只能说是上天机缘安排吧。”

等了片刻之后，叶天总算睁开眼睛，不过依旧感觉脑袋昏昏沉沉，眼前的世界似乎是在快速旋转，让他根本就没法站稳，只能扶着墙壁，一点点地站起来，用力地揉揉眼睛。他的身体依旧是那种如刀割般的疼痛，缓缓地脱掉衣服，却并未在身体上发现丁点的伤口，好像什么都没发生过一样。

“放心，逆天邪骨不会对你的肉身造成任何伤害。”判官道，“你的身体抗击打能力，已经成千上万倍地增加了，你的活命几率也大了不少。打不死的小强，你知道是什么不?”

叶天无奈笑笑:“判官你可真会开玩笑，我刚刚从死神那儿回来，你就没一句好话。”

判官没有继续和叶天多说，毕竟身体的抗击打能力到底如何，还需要他们以后碰到高手之后再试验，当务之急是赶紧寻找宝贝，免得全都被别人给抢走。

“不好了，快逃命啊，快逃命啊！”就在叶天兴致勃勃往前走的时候，却忽听前方传来一阵惨叫声，同时伴随着一阵阵哀嚎，似乎是有人因痛苦而发出的声音。

“怎么回事儿？”听到那声音，叶天顿时就愣住了，而后便看到有数十个狼狈不堪的人，正从走廊前端狂奔而来。他们身上沾染上浓浓的鲜血，似乎是刚刚经历过一场血战。

“不正常。”叶天道。而后匆忙走了上去，拽住了一个看似虚弱的家伙，厉声厉色地问道：“到底发生了什么？”

“有妖怪，有妖怪。”那家伙说完，便从叶天手中挣扎出去，连滚带爬地狂奔而去。

“妖怪？”叶天起了一身鸡皮疙瘩，小声道，“判官，你怎么看？”

判官思考片刻，眉头皱了皱：“在远古时代，很多远古大能为了保护自己的古墓府邸不被别人破坏，的确会在自己墓葬里边安排一些被施展了高级斗技，从而便具有攻击能力的人傀。若是没猜错的话，他们应该是碰上了这种人傀。”

“人傀，攻击能力如何？”叶天好奇问道。

“从古墓府邸的规模来推断，保护这儿的人傀攻击力量大致相当于修炼者中的斗王强者。”判官语气平淡地道。

“什么，斗王强者？”听到这个名词，叶天顿时就愣住了，哭笑不得地转身就跑，“完了，咱要是碰到了斗王强者，还不得被人给拆散？就算咱们几个人联手，能勉强干过这家伙，可若是实力受损，肯定会被别的队伍给干掉的。”

而判官却连忙拦住了叶天：“你小子给我停住，这对你来说，可是一个很好的机遇啊，这么好的机遇你都想放弃？真是替你感到悲哀啊。”

“什么机遇？”判官不会骗他，所以他还是停下来，想听听判官的看法。

“若是你能控制了这个人傀，那么我们队伍的实力不就相当于两个斗王强者了吗？到时候要想抵抗斗皇强者，都是有一定的资格了。”

“控制斗王人傀？”听判官这么说，叶天的心蓦然变得兴奋起来，“你的意思是，我还可以控制人傀，让人傀为我服务？有这种好事儿你怎么不早说。”

“要想控制斗王人傀，除非你的实力在斗王级别以上才行。”判官道，“不过，你刚才说的，若是我们和斗王人傀战斗的话，队伍岂不是要损兵折将，到时候碰到稍微高级一点的队伍或者个人，就可能把我们解决了。”

听判官这么一分析，叶天真是哭笑不得：“判官，你倒是说说看，我这会儿究竟该怎么办？”

思考良久，判官才终于小声道来事情真相：“挨揍！”

“挨揍?”叶天惊得猛然从地上蹦了起来，咄咄逼人地责问道，“判官，你这是想公报私仇啊，让我被一斗王强者揍？您这是不想让我活了啊。”

判官却是摇头苦笑：“你知道什么啊，我这都是为你好。这斗王人傀的能量有限，若是你耗净了人傀能量的话，那么人傀将不会再有任何的攻击力量，到时候岂不是就可轻松将人傀收入囊中?”

咚咚，咚咚！地面颤抖得越来越厉害，即便没有脑子也能想得出来，肯定是人傀追出来了。判官见叶天还在犹豫，便继续劝说道：“既然你已经融合了逆天邪骨，抗揍能力也是水涨船高，想要抵抗一斗王人傀的攻击，自然不在话下。放心，斗王人傀最多发动三次攻击，而且这三次攻击还是单纯的斗气攻击，你肯定能扛得住。”

叶天被说得动心了，最后只能点点头：“只能勉强尝试一下了。不过判官，若是我扛不住揍的话，你一定要召唤出阴火龙兽，背着我逃跑啊。”

判官点点头：“放心，不会比逆天邪骨侵入身子更痛苦的。”

叶天全身颤抖一下，一想起逆天邪骨侵入身子，他的脑袋就是一阵生疼，想想都后怕。他这辈子都不想再经历第二次。

“来了，快看。”判官忽然情绪激动地指着前边。叶天的视线，顺着判官手指的方向望过去，果然发现走廊前段，正有一道硕大的人影，朝着自己走来。

那人影看着足有正常人的两倍之大，看着就好像是一头巨大的黑熊直立而行。

最要命的，还是那家伙的两只眼睛，红彤彤的，就好像是两盏幽幽的火苗在颤动。人傀看到了他，竟是忽然裂开大嘴，怒吼一声，几近疯狂地朝着他狂奔而来。

叶天万万没想到这家伙速度会如此之快，当场就吓傻了，嘴巴颤抖得厉害：“完了，判官，这家伙的速度……”

他还没说完，那家伙已然撞了过来。叶天知道自己的反抗也没法对这家伙造成什么伤害，倒不如老老实实地挨揍，节省一点体力呢。

砰！

高速狂奔的黑熊猛然撞在了叶天身上，叶天嗷呜发出一声惨叫，身子好像落叶一般朝后方飘荡而去。当时叶天感觉全身的骨头都散架了，皮肉都跟着痛，身上是青一块紫一块，他几乎都感觉不到自己双腿的存在了。

在他的身子还没落地的时候，斗王人傀的攻击再次呼啸而至，粗壮如小树的手臂猛然前伸，一股浩荡能量疯狂地从手掌中心激荡而出，直撞向叶天的身子。

砰！

攻击再次和叶天的身子来了个结结实实的亲密之吻，叶天瞬间有种皮肤被烧焦的感觉，原本准备坠落在地的身子重新往后方冲撞而去。

身在半空的叶天早就已经是痛苦不堪了。在身体后退的时候，脑袋里边除了痛苦，根本没别的意识……这般痛苦哪怕是一个身经百战的正常人都没法忍受，更何况叶天一个稚嫩少年呢？

“叶天，坚持住。”判官满脸都写着担心，真担心叶天会坚持不下去，心中也明了现在他们所面临的困境。若是叶天不能坚持住的话，怕是他们之前所做的一切都是无用功，功亏一篑了。

嗷呜！那斗王人傀在发动了两次攻击后，竟依旧有着能量，狂暴地冲撞而去，这次他用的是嘴巴，大大的嘴巴猛然张开，一股狂暴的吸力瞬间成型，好像有数以百计的人在拽着叶天的身体，将他朝人傀的嘴里边拽去。

而叶天的身体依旧处在半空，没办法发动攻击，连回旋的余地都没有，就直接被那股狂暴吸引力给吸得朝上方飞起，直飞向斗王人傀的嘴巴。

“不好。”判官都替叶天捏一把汗，若是被斗王人傀给吃掉的话，怕是回天无力了，即便有逆天邪骨的保护，也可能坚持不下去，毕竟人身上最有力气的地方，便是嘴了……

此刻的叶天身处半空，痛苦早就驱逐了所有意识，是不可能再有意识攻击的，而判官却根本没法帮忙。

就在他急得焦头烂额的时候，判官忽然眼前一黑，便意识到自己已经随着叶天，进入了斗王人傀的嘴巴里边了。

“倒霉，真倒霉。”判官连声叫骂，“老天你真不长眼，既已给少年如此奇遇，为何要在此时泯灭他？”

嘎！

忽然，一声金属碰撞的声音，响彻偌大的嘴巴。判官立刻仔细观察，却发现，站在因变形而巨大的嘴巴里边，叶天正昂首挺立，在他的身边，则是天龙金枪。

天龙金枪起到了顶梁柱的作用，撑起了怪物的上下两个嘴唇，他们才不至于被斗王人傀给咬成两截。

“好样的。”对于叶天的反应机智，判官连声赞叹夸奖。而叶天在做完这一切之后，竟全身无力，疲软地倒在地上，一张稚嫩小脸青红相间，不过判官却从他脸上看出了一丝成熟。

“只有这种生死历练，才能让这个小男孩快速成长。”判官这样想着。

“判官，这逆天邪骨……就是厉害。”良久之后，惊魂未定的叶天才终于回过神来，身体也终于有了力量，“这才多长时间，身上的痛苦感就消失不见了，我的力量也恢复了。”

判官赞许道：“当然了，不然怎么可能会被远古大能埋藏在古墓府邸呢。好了，快点将斗王人傀收入大还丹精神世界吧，我们快点往前走，说不定会有更大的收获呢。”

叶天连连点头。现在他有些庆幸自己选择这条通道了，这么一路走来，危险没遇到多少，收获倒还不小。

这个时候，他不经意间想起了，自己来的时候，林雪儿告诉过自己，要从某个角落给她取来什么东西。在心中感叹小魔女林雪儿深藏不露之余，他的心中也充满了一个疑惑：“林雪儿到底要找的是什么东西？她不会是在故意逗我玩吧。”

于是他便将林雪儿的事告诉了判官，和判官两人商讨片刻，判官才小声道：“从你和林雪儿的关系上判断，林雪儿应该不会骗你，所以我觉得，小丫头给你指点的方位，里边应该藏着什么很重要的东西，不如我们下一站就定在那个地方吧。若是被别人发现了，可就不好了。”

“好！”叶天连连点头，而后在林雪儿给自己的古墓府邸平面图上查找了一番，最后终于发现了古墓府邸的所在地，简单地收拾了一下现场，将斗王人傀收入了大还丹精神世界中，便匆匆忙忙地赶路。

“判官，我该如何驱动这斗王人傀？”叶天一边前行，一边询问判官。

判官道：“要想驱动斗王人傀，简单得很，只需要喂它以元丹便可以了。”

“喂元丹？”叶天有些心疼地道，“喂一颗元丹，能坚持多长时间？”

“喂一百颗元丹，差不多能驱动一次。”判官心平气和地道。

叶天差点没一跤摔到地上：“判官，你可千万别跟我开玩笑啊，一百颗元丹才能催动一次斗王攻击？这有些得不偿失吧。”

掐指一算，自己身上的元丹，就只能催动这斗王人傀发动十次攻击……这斗王人傀，看着就是一摆设。

“这怎么能叫得不偿失呢？”判官冷笑道，“关键时刻，它可救你性命，你现在还觉得得不偿失吗？”

叶天连连摇头：“是啊，只能当成救命的宝贝了。”

左转右转之下，他竟走入了主干道。主干道比辅助走廊要精彩宽敞得多，而且时不时会遇到一个大厅，两边都是各种各样的房间，房间里边装着许多贵重物品，金银珠宝、法器宝器数不胜数。

叶天没有在人堆里边随大流，而是径直按照林雪儿的指引，搜寻她所说的地方。

他发现，那个地方是相当的难找，经过了一间间充满珠光宝气的房间，以及一个个装满兵器的房间，他都没有再分心，当务之急，还是赶紧找到林雪儿所说的地方才对。

左转右转之下，最后终于来到建筑中心的位置。他走入了最靠边的一个大厅，然后径直走到一个石狮子跟前。

若是没走错的话，这个石狮子所在的地方就是林雪儿所说的方位。不过这石狮子究竟有怎样的玄机呢？叶天左看右看，都没看出什么玄机，不由得有些小小的失望。

“判官，咱该不会是走错了吧？按林雪儿所说，这个地方应该有一扇通往密室的门的啊，可是为什么我们都没看到?”

判官也是眉头紧皱：“估计密室大门机关在石狮子上，找找看。”

叶天也早就猜测到了这一点，得到判官肯定之后，便在石狮子上开始了搜寻。

果不其然，在寻找了片刻之后，终于是在石狮子的嘴巴里边的石球上发现了一些玄机：石球竟能转动。

他小心翼翼地转动了一下石球，顿时，轰隆隆的声音充斥整个大厅，而后石狮子后方的墙壁开始缓缓地裂开，几秒钟过后，墙壁裂开了一个规则的墙洞，好像两扇门。而在门口，则是灯火通明，金碧辉煌，俨然一座宫殿。

啊！

他哑然失声，真是没想到，这儿的情景会如此的美妙绝伦。地面和天花板上都是金光闪闪，像是被涂抹上了一层金粉。偌大的大厅之中也是摆满了各种各样的装饰品，装饰品表面金光闪闪、波光粼粼，那上边都是被涂抹上了一层金粉。

叶天忍不住往前迈步，不知不觉进入其中。哐当一声，身后的墙壁猛然闭合，他已经进来了。

“谁?”在大门关闭的瞬间，一个尖锐的女子声音蓦然从前方传来。叶天浑身一颤，视线循着声音望去，果然发现正站在不远处一身白衣、窈窕身材的女子。

那声音他熟悉，是之前被他救下，而又“好心当成驴肝肺”的白衣美女。

仔细观看之下，他更确认了，这个女孩就是之前自己碰到的那个。

“竟然是你。”女子虽说并未转身，满是傲气，不过她依旧能感觉到叶天身上散发而出的那股气息，所以是在第一时间就认出了叶天，“真是没想到，你还有点本事。”

“不值一提。”叶天连连摆手，装作无所谓。其实他心里却是惊讶无比：自己可是仗着林雪儿给自己的指引，才找到这么神秘之地的，这女人竟能在没人指点的情况下，比自己更快地找到这处密室，而且还能比大离帝国四大家族的代表更快一步，不简单，着实不简单。

“不过，你还是晚了一步，逆天邪骨是我的，你不会得到。”

“逆天邪骨?”叶天哑然失声，真是没想到，竟是会这么的巧合，这美女来此处竟是为了逆天邪骨。她哪里知道，逆天邪骨早就已经被自己给独占了，她没份儿了。

“放心，我不会和你抢逆天邪骨的。”叶天一脸诚恳地道，“我就是来这儿捡些零落。”

“哼，在我没有离去之前，你不得肆意走动，给我站在那儿。”

接着，叶天开始试探跟前这女子的实力来。结果很恐怖，她至少得是高级斗王，只差一步便要跨入斗皇强者。

一个年轻女孩竟能达到斗王强者，这在以前的叶天看来，是绝对不可能的。但是今天……他彻底地拜服在女子的石榴裙下，这女子不跻身大离帝国四大传奇高手行列，真的是辱没人才啊。

等等，等等！

叶天忽然想起了什么，思想立刻刹车：“谁说她不是大离帝国四大传奇人物之一呢？之前那三个老家伙也说过此次来的叶家少年是女的，可是他们没等到，莫不是，这个就是那四个人之一，而且还是叶家之人？”

再联想到之前女子所说，他一叶家分人，必须听她的吩咐，难不成说，这个女人便是叶家总部之人？大离帝国第一美人，正和自己近距离接触。

想着，他的目光忍不住瞥向白衣女子：“你便是叶家人，大离帝国四大传奇高手之一？”

“哼，有眼不识泰山。”女子冷冷瞪了叶天一眼，“真是没想到，叶家分家之人，竟也能找到这个正宫。不过这对你来说，没什么意义了，因为整个正宫的东西全都是我的。”

女子说着，便是猛憋一口气，而后身子竟轻飘飘地悬浮了起来，犹如仙女一般，朝着前方飘荡而去。

“不愧为大离第一美人，果然是好看。”叶天一时间竟是看呆了，满目不解。

叶天顺着她飞去的方向望去，发现她的目标是悬浮在大厅前方上空的棺材。那棺材表层竟镶嵌了一层蓝色的宝石。

在看到宝石的时候，判官莫名激动起来：“叶天，若是有机会，一定要收回蓝色宝石，那是将天龙金枪锻造成灵器的绝佳材料。”

听判官如此说，叶天决定在这儿苦守到最后。虽说蓝宝石价值连城，不过对这个女人来说，金钱权力什么的都不放在眼里，她唯一喜欢的，便是实力。

想明白了这点之后，叶天心里也多了一层希望，静静地在原地守候着，只希望这个女人发现一些自己喜欢的东西后离去，自己也好捞取一些。

轰隆隆，轰隆隆！

此刻一阵疯狂的地震猛然产生，叶天一个没站稳，竟差点跌倒在地，目光忙四处搜寻，想看看地震因何产生。

当他看到，悬浮在半空的叶家少女转瞬间的工夫，便被从两边墙壁上喷涌而出的黄色火龙包围住的时候，瞬间就愣住了，刚才的震动竟是两边的墙壁断裂而产生的。那断裂口中，正飞奔出一条条的火龙，声势壮大，将叶家少女完全包裹其中。

不知为何，他竟有些担心，一种异样的感觉逐渐弥漫心头。细细思考片刻，他是无奈摇头苦笑：“感情我对这个女人产生感情了？哼，虽说我现在实力不如她，但是总有一天，我的实力能超越她。到时候她还不是手到擒来，所以还是提升实力为重。”

就在叶天思绪连篇的时候，一声娇嗔可爱的爆喝声，从火龙之中传来，再望过去的时候，就发现那白衣少女被一圈能量光圈所包围，尽管外边的火焰旺盛厉害，但是却没办法伤害她。

位于能量光圈中的白衣少女几乎可以说是毫发未损。看来墓主人并不想夺歹人性命，只是想将他们驱逐出去。

女子在一番硬闯无果之后，愣是被浓浓的火焰给冲撞得倒退回来，盈盈身体平稳落地，目光中却产生一股渴望，一股想要战胜面前火焰机关的渴望。

哐当，哐当，哐当！

就在这个时候，身后忽然传来一阵轰隆隆的声音，接着，墙壁上的那扇门再次开启了。而在门口，则是站着四个人。

其中三个人叶天熟悉，分别是秦傲天、林梦雪以及萧炎，另外一个人，叶天看着倒是有些熟悉，不过却怎么都想不出，究竟在什么地方见过他

他身上散发而出的狂暴斗气却是让叶天不由得倒吸一口凉气：“斗皇强者，竟是斗皇强者，没想到竟能在这儿遇到斗皇强者！”

几人看到密室之中有人，皆是惊讶。

看到叶家少女在此，都没有太多吃惊。依靠她的实力，想要闯进来并不是多么难的事。可是旁边一个陌生的老者，却让他们都有些摸不透。这个老者到底是什么来头，似乎从来都没听说过大离帝国出现过这号高手啊？看这装扮，似乎是一炼丹师。

很快，那扇开启的门便发出霍霍的声音了。那是规定的关门时间到了，门准备关上了。

几人眼疾手快，双腿一弹，身子竟犹如弹簧一般地弹跳了进来。

“敢问这位老前辈……嗯，斗师修炼者！”秦傲天看叶天的眼神逐渐地转变，刚开始的谨慎有余，到此刻的满脸讽刺、惊讶。

其余几人也快速地察觉到，面纱掩盖下的人，并不是表面那般神秘，而只是一斗师修炼者而已。他们都有些不敢相信，一个斗师修炼者也能找到这个地方来。

不过，当他们的目光落在叶家少女身上的时候，释然了，心想肯定是这她带进来的奴仆。

一脸傲气的秦傲天看白衣少女的眼神，明显充满不善：“叶倩，果然是好手段，为了保留实力，竟放我们的鸽子，让我们三个人打破封印，你好渔翁得利啊。”

“原来她就是叶倩。”叶天心中暗道，“在叶家的时候，也偶尔听爷爷提起过这叶倩，说她是什么叶家少年第一高手，是整个叶家的骄傲。若是能结识此女，此生必定飞黄腾达，实力飞速上涨。”

看来，这叶倩比传说中的还要富有传奇色彩。

“哼，所谓兵不厌诈。”叶倩却并无丝毫愧疚之色，冷哼一声，她的目光在三人脸上缓缓扫过，最后目光落在那陌生人身上，良久之后，这才是满目惊诧地道，“这位前辈……是千灯镇秦家那位闭关老祖宗！”

听罢，叶天的心疯狂颤抖起来，真是冤家路窄，不是冤家不聚头，竟在此处遇到秦家老祖宗。半路上自己就伤了他秦家之人，不知这秦家老祖宗知道不知道，若是知道的话，会不会在此处动手，将自己斩杀？

从他身上散发出的斗气上看，显然是一斗皇强者，即便是一百个自己，现如今也不是他的对手啊。那叶倩虽说和自己同属叶家，不过肯定不会为了自己这个小喽啰而得罪一斗皇强者。

“嗯。”那秦家老祖宗，对叶倩的问题淡淡点头，似乎根本不把她放在眼里，视线逐渐在四处望了一圈，最后满不在乎冷哼一声，“火龙阵，还想拦得住我？”

那秦家老祖宗冷哼一声，而后身子竟是猛然弹跳起来，抓在手中的一把长剑，也是随着身子四处舞动。他纵身冲入了火海中，手中长剑四处乱划，每一刀下去，必定能卷动一股狂风。狂风甚至将火苗给吹得四处动荡，随时都可能熄灭一般。

不过，那火苗实在是太粗壮，他的剑风虽说可以让火焰四处乱飞，但是却根本没法将火苗完全的吹熄。

在半空舞动出一连串的剑花之后，秦家老祖的身子缓慢自火焰中跳出来。

在他跳出来之后，被他舞出的剑花竟是猛然间同时显现，好像是一张有形的大网般，将火苗给团团包围住，并且越缩越短，直到火龙彻底熄灭，剑花才完全化为乌有。

“好强劲的……剑气。”叶天分明看到，其余四人都被秦家老祖给镇住了，一个个的都在脸上挂着吃惊的表情，眼珠子瞪得老大。

伴随惊诧表情同时出现的，还有满目不甘。他们不甘，好容易闯到密室，却没法抢走密室之中的东西。有秦家老祖在这儿，他们怎么可能还会有机会得到？

可是，即便不甘心也没办法，那秦家老祖的实力根本不是他们几个人能干得过的。

“我说……那啥！”看秦家老祖单枪匹马解决掉了棘手的机关，萧炎却是有些不甘地问道，“这见面分一半的道理，您也懂吧，不如谁碰到好的宝贝谁就拿走，成不？”

“哼，若是谁敢动手，别怪我秦家老祖对他不客气。”秦家老祖果然是一暴戾的主儿，根本不给其余几人讲话的机会，训了众人一通之后，双腿用力一弹，便是眨眼间的工夫，飞到了悬浮着的棺材之上。

“给我下去！”

秦家老祖训斥一句，而后双掌用力地挥动下去，哐当一声，便将棺材从悬浮状态，打得摇摇晃晃，最后终于是有些挂不住，从上边坠落下来。

守在外围的四个人眼睛一亮，而后是化为四道闪电，嗖的一声便冲了过去，待得身形再次出现，四人便已守在棺椁四个角落，虎视眈眈地盯着位于中间的棺材。

而悬浮在半空的秦家老祖宗，却是冷哼一声，身形快速下落。快速旋转的身形竟是形成了一狂风，将地表上的一些金粉给吹得飞起来，甚至棺椁之上镶嵌着的蓝宝石，同样被吹掉了不少。

叶天完全被他们忽略了，不过他也是忙得不亦乐乎，开始在一个角落里偷偷地往大还丹精神世界里边塞金银珠宝。自己现在是负债累累的，单单是欠汇通拍卖行的，便足足五十万……对他来说，随随便便从这密室之中弄出点什么，都足以偿还这笔债务。

其余四大家族代表全都用定身法将身子固定在地下，这样就不至于被那股狂风吹跑了。

待得秦家老祖定身在棺椁之上，双目便是变得冷峻起来，眼神之中的暴戾神色，更是骇人："看来，你们都准备送死了啊。"

"啧啧！"萧炎身为一高级斗王，是四人队伍中实力最为蛮横的存在，所以也最具备讲话的资格，"我说你个老杂毛，也太贪心了点吧，见面分半的道理你都不懂？你要是继续这么贪心，也别怪我们几人跟你拼命了。知道你是斗皇强者，可是我们四个斗王级修炼者对付你一个，你老杂毛肯定也会吃亏。"

第十九章　古墓法宝

“哈哈，哈哈，斗王，在我眼里连屁都不是。”秦家老祖满头白发无风自动，双手后背，强大气场震撼人心。即便站在远处，叶天依旧有种给这老家伙下跪的冲动，强大，真是太强大了。

同时他也在心中暗暗发誓，无论付出什么样的代价，一定要修炼到斗皇强者，甚至更高级别，到时候要让以往那些不正眼看自己的全都心甘情愿地跪倒在自己脚下，俯首称臣。

“那既然这样，”林梦雪冷哼一声，“就没什么好说的了，动手吧。”

“你们这是找死。”秦家老祖怒吼一声。声波竟化为浓浓光圈涟漪，围绕着他的身子为中心，向着四周的方向快速席卷。

位于四个角落的人，自然知道声波涟漪之中的威力，面容惨变，身形灵活跃动，躲避光波的攻击。

唯独萧炎却不把这攻击当回事儿，眼神中闪过一丝凛冽光芒，双手一挥，手中竟是蓦然出现一把铁扇。他用力地扇了两下铁扇，铁扇竟吹出阵阵强劲斗气，凶猛地和秦家老祖的声波碰撞。

轰隆!

一声狂暴的爆炸声蓦然炸起，堆积在棺椁下方的无数天材地宝全都随着爆炸被炸得四处乱飞。眼看着一层能量光波朝着自己撞击而来，叶天快速寻了一个角落，躲过一劫。

这才是真正的高手间的较量，即便是一个攻击的余波，依旧能轻松地将他们这些小人物给解决掉。

两者的攻击对轰产生的光芒将棺椁附近给完全地包裹住，叶天只能听到其中传来一阵阵疯狂对轰声，其余的什么都看不到。

他们的阵地是在缓慢转移，每到一处，必定将铜墙铁壁给碾压成齑粉，一时间，这个密室竟被他们战斗的余威给轰炸成了四面透风的大厅。

整座府邸竟在他们的对轰中微微颤抖，坚固的顶壁开始裂开一条条的裂缝，一块块的石头从上方坠落下来，粉尘和金粉掺杂在一块，好像雪花一般坠落下来。

叶天看他们打得火急火燎，却没办法逃出去，也是干着急。他可不想加入战争，因为那样的话自己会被他们强大的能量给撕成碎片。

“嗯？棺椁露出来了。”就在叶天急得抓耳挠腮，不知该怎么逃脱的时候，他却忽然发现，被他们的攻击汇聚成的光罩竟转移了一个位置，而那个棺椁却露出了一个角来。

“判官，我们上。”叶天心中一喜，心想自己这次能捡一个大便宜了啊，自己这次就坐收渔翁之利。

秦家老祖面对四个斗王的攻击，也是分不出一丝精神来顾及棺椁，再说他完全忽略了叶天的存在，一个小小的斗师能成什么气候。

其余的几个人更是被秦家老祖攻得手忙脚乱，更没可能分心注意叶天这个小喽啰。

叶天的身体灵敏得好像是一只猴子，嗖嗖几下便趁着几人不注意，躲过一道道攻击余波，成功到达了棺椁所在地。

“判官，将棺椁收入大还丹精神世界中吧。”叶天对判官道。

判官早就已经做好了准备，叶天逸散出浓浓斗气，将棺椁包围住，而后两者一块努力，很快便将棺椁完全收入了大还丹的精神世界中。

“走!”将棺椁收入囊中之后，叶天也不敢在此地继续待下去，嗖的一声，便从一个裂缝中钻了出去。

“快逃!”叶天的心中只有一个念头，要是被秦家老祖发现了自己的身份，明白自己就是那个拥有至寒珠的家伙，怕是当场就会把自己给废了。

“大师，大师!”叶天刚刚走入主干道，加入混乱的人群中，便忽听耳畔传来一阵熟悉的声音。听到这声音，他顿时就有些头疼了，因为这声音不是别人的，正是韩昌盛的。

“哎，真是祸不单行啊，竟被认出来了。”叶天连声叹倒霉，转过身，扭头看着身后的韩昌盛队伍，这些佣兵身上叮叮当当地挂了不少东西，看来他们的收获还真不小。

叶天将两颗元丹递给了韩昌盛，道：“这两颗元丹，就当是奖赏你们一路上的照应吧!”

看到叶天手上竟有两颗金光闪闪的圆珠，而听他说竟是元丹，所有人都愣住了。这元丹可是斗王高手的性命，这是不是说，这炼丹师刚才解决了两个高手?

不可思议，太不可思议了。

“这……竟是元丹……竟是元丹，没想到炼丹师大人能斩获两颗元丹，真是可喜可贺啊。”叶云阳忙凑上来，讨好地说道，同时过一过眼瘾。虽说他叶家在千灯镇也属于大家族，而且家族中也有两位斗王级高手，可是这元丹却是从来都没见过。

如果让他知道，面前这个其实是一向被他们看不起的叶天的话，怕是他们会瞪大眼珠子了吧。若是知道这家伙不只有两颗元丹，而是有上千颗元丹，他们还不得把眼珠子给瞪出来。

叶天简单地冲他点了点头，而后强行塞入了韩昌盛手中："好了，从此以后我们就两清了，我就先走了。"

说着叶天便要转身。

"大胆小子，竟敢抢宝石棺椁！"就在叶天准备转身的时候，身后却忽然传来一声爆喝怒吼，不用想也知道是秦家老祖追上来了。他想都没想，便撒丫子就跑。

可是刚跑了没两步，便有一道黑影蓦然从眼前一闪而过，定睛细看，竟发现是秦傲天。秦傲天的眼神中满是冷酷鄙视，让人看一眼便不自觉地从内心深处感到害怕惊恐。

"今天，你必死无疑。"一个小小的斗师竟想抢夺自己的宝贝，他只需简简单单地捏捏手指，便可轻松将这个家伙给捏死。

说着，他便是伸出一只手，朝着叶天的胸口拍了过来。他不需要施展斗技，在他的想法中，单单是自己浑厚的斗气，便是完全可以将这个家伙给碾压成碎末。

对于他这个自信攻击，叶天并未作出任何抵抗。有逆天邪骨在体内，这样的攻击，根本就不在话下。

砰！

磅礴斗气凶猛地撞在自己身上，他的身体一个没把持住，连连后退好几步，直到撞到墙壁上，才勉强停下来。

这么一下，他就感觉五脏六腑移位一般的痛苦，气血翻涌，呼吸困难，良久之后，才总算是安稳下来。

秦家老祖，以及四大家族的代表，都将视线集中到叶天的身上，他们都想看看，惹怒了秦傲天，将会是怎样的惨状。

这么一撞，他外表的伪装便完全掉下来了，露出了他的本来面目。

当众人看到，黑纱覆盖之下，竟是一细皮嫩肉的少年的时候，全都吓傻了。韩昌盛队伍中的每个人都是目瞪口呆，最可笑的是韩灵儿，看到一向欺辱自己的竟是一和自己同龄的少年，脸上表情是青一阵红一阵，变幻莫测，精彩至极。

叶云阳的队伍更是一个个瞪大了眼珠子，任凭他们想破脑壳也决计不会想到，那个救了他们整个队伍数十条人命的家伙，竟是叶天，以前在他们眼中废物一般存在的家伙。

而且，他是如何和汇通拍卖行牵扯上关系的呢，被汇通拍卖行奉为上宾……未免有些太不可思议了。

"爹，这是……怎么回事？这家伙冒充炼丹师？"

良久之后，韩灵儿才牵扯了一下依旧傻愣的韩昌盛的衣角。韩昌盛这才回过神来，看了一眼叶天，哭笑不得："我也蒙了，这到底什么情况。"

逆天邪骨具有非常强劲的修复特效，叶天受伤部位的组织肉体开始被修复，没过多长时间，原本红肿撕裂的部位，已经差不多全部复原了，甚至连一点伤痛感都没有了。

他潇洒自如地站起来，嘴角带着一丝冷酷的笑意，看着秦傲天，中气十足地骂了一句："哼，我看你是土匪吧，那棺椁明明是我先看到的，你们凭什么跟我争？而且那棺椁已经被我收起，成了我的东西，你们这是在抢，是劫匪，你们知道吗？"

"嗯？"不仅仅是秦傲天，秦家老祖以及其余三大家族代表人也全都愣住了，都用不可思议的眼神盯着叶天。他们都清楚秦傲天的为人，对付叶天这等小喽啰，是从来都不会手下留情的，而且秦傲天刚才的攻击他们也全都注意了，早就看出来了，即便叶天不被打死，也得被打残。

可是，这家伙没事儿人一样，而且中气十足地骂了一句，一时间他们的大脑也都有些不够用了，纷纷猜测这小子究竟怎么回事儿。

"你……你这是找死！"秦傲天眼看自己的一个攻击竟没能拍死这小子，而且看这小子依旧活蹦乱跳的，虽说心中好奇，可也顾不上那么多了，还是先找回自己的面子再说吧。

于是，他再次发动攻击。想要将这个家伙给弄死。

当然，这次他不会轻敌了。无论如何，这次一定得把面前这个斗师修炼者给活活弄死，否则对不起自己的名声，若是传出去，还不得成为众人的笑柄。

想明白了这点之后，他的手掌便蓦然盘旋起来了，嘴角挂着一抹坏坏的微笑。随着时间的推移，他双手旋转的速度，也是越来越快，团团浑厚的斗气蓦然自其手掌中喷射而出，团结在一块，快速旋转，最后竟是组成了一个疯狂旋转的锯齿形状。

"不好！"叶天的眉头紧皱起来。他已经感受到从快速旋转锯齿上散发出的危机。

秦家老祖以及其余三大家族代表则是眼神戏谑地看着这一幕。他们倒是想看看，这小家伙究竟有什么能耐，能不能抗得过秦傲天的这次攻击。

"破！"斗气锯齿旋转到一定程度之后，竟带着撕裂空气的架势，朝着叶天的方向疯狂席卷而来，空气都跟着剧烈旋转起来，看模样似乎要将一切碰到的东西席卷其中。

"没想到这家伙竟达到了高级斗王。"叶天苦笑连连，"若是他这一击完全打在我的身上，我必然会小命不保，还是先抵抗住这一次的攻击再说吧。"

话毕，他便快速地召唤出了斗王人傀。

嗖的一声，斗王人傀蓦然出现在众人视线中。这斗王人傀个头太大，以至于刚刚出现在众人视线中，便成为整个大厅的人注视的对象。很多人都不知这乃斗王人傀，只有秦家老祖这等高手才认出了这便是极其罕见的斗王人傀。

据说，只有达到了神通境的高手，才可能制造出斗王级的人傀。所以这玩意儿在神魂大陆比较稀罕。因为据说达到神通境的人早就已经离开了神魂大陆，飞升成仙了。这几十年来，斗王人傀已经很少见了，没想到这臭小子那么幸运，竟在古墓府邸中找到了一个斗王人傀。

不过，驱动斗王人傀，需要很大数量的元丹，这小子有那么富有吗？恐怕驱动这家伙发动一次攻击，就能让千灯镇的小小家族彻底倾家荡产，甚至举债无数吧。

秦傲天看到叶天弄出这个斗王人傀，竟也愣了一下，心中感叹这小子还真是深藏不露，于是便加重了手头的力量，在心中暗自做了决定，这次无论如何，不会给他逃生机会的。

叶天动用意念，快速地将一百颗元丹注入了斗王人傀中。看到白花花的元丹好像丢垃圾一般被叶天丢入斗王人傀中，现场不少人都发出一声惊呼，尤其是叶云阳队伍中的队员，更是用一种异样的目光看着叶天。

即便打死他们，他们也绝对不会想到，那个废物小子会有如此辉煌的一天。而他们不知道的是，这还只是这小子一辈子的辉煌之中，最为普通的一次辉煌而已。

叶如霜的嘴巴张了足足一炷香工夫了，连和叶天打声招呼的想法都忘记了，口水顺着嘴角流出都全然没注意到。不可思议，太不可思议了……

这家伙藏得未免太深了吧，即便是自己，都没有半点的察觉，他到底是从什么地方找到这些宝贝的呢，又是如何惹上了大离帝国四大家族的人？

听他们所说，似乎这小子还从他们手中夺走了什么棺椁……该不会是古墓主人的棺椁吧？天，这小子也太幸运了点。

在她想着这些的时候，一百颗元丹已经被叶天尽数灌入了斗王人傀中。那斗王人傀竟开始活动起来了，张开偌大的嘴巴，朝着前方，便是用力地吼了一声。

吼！

这一声好像一颗惊雷爆炸，整个古墓府邸都跟着颤抖起来，一层层的灰尘伴随着一块块的石块咔嚓咔嚓地坠落下来，将地面给砸出一个个的大坑。

不少实力稍差的家伙，竟被它的音波给震得耳膜狂抖，七窍流血，站都站不稳。这一声实在是震慑人心，没几个人不感到害怕，也就秦家老祖以及三大家族的代表，能面不红气不喘地从容面对。

而正对着斗王人傀的秦傲天可没那般幸运了，斗王人傀发出的声音，竟是形成了实质化的音波，一圈接一圈，快速疯狂地旋转着，直朝着秦傲天发动的斗气锯齿撞击而去。

碰！

一声巨响后，两道攻击终于来了一个亲密接触，结果爆发了一声强大的爆炸，一层厚重的蘑菇云凭空升起，两道攻击的余波，好像一把锋利的锯齿，将古墓府邸给切割成了两半。

这才是真正的战斗，高手战斗，精彩绝伦的战斗。

“死!”秦傲天见这个小小的斗师，竟扛住了自己的两轮攻击，当下就气得快要爆炸了，再次发动了一记攻击。

而叶天准备心疼地再将一百颗元丹注入斗王人傀中的时候，却忽听耳畔传来叶倩的声音：“跟我走。”

说着，便是一道黑影蓦然出现在眼前，而后一双软绵绵的小手抓住了自己的胳膊，顺着被他们切割出的裂缝，逃出去。

叶天立刻明白过来，叶倩出手救自己了。当下也是快速招呼斗王人傀，进入了大还丹精神世界中，疯了一般地闯了出去。

那秦傲天是何等傲慢之人，眼看到手的猎物被别人救走，心中的怒火迅速蔓延至全身，一波波狂暴的斗气凶猛爆破，将周围的空间都给撕裂了一道道的裂缝。

秦家老祖以及其余两大家族代表人自然不肯善罢甘休，那么重要的东西被他们两人独吞，可不是他们想要的结果。

几乎是同时间，四人化为闪电，通过裂缝轰炸而出，独留下依旧发呆的众人。

良久之后，叶如霜才小心翼翼地问叶秋：“叶秋，刚才那个人真的是叶天?”

叶秋是苦笑连连，以往的优越感瞬间消散。在千灯镇的叶家，自己好歹也是数一数二的，可是在看到如今的叶天时，觉得自己什么都不是……差距实在太大。非但是因为他能号令汇通拍卖行的人，甚至还结识了大离帝国第一美人叶倩。

若是在以前，他们是无论如何都不能想象得到的。

叶云阳望着叶天离去的方向，眼神中是错综复杂的情节。他不知道自己究竟应该是高兴，还是应该担心。高兴的是，这小子竟藏得如此深，号令汇通拍卖行，结识大离帝国第一美人。担心的是，这家伙被秦家老祖以及其余三大家族的代表追杀，这活下来的几率……实在是小之又小啊。

叶天万万没想到，叶倩会出手救自己。要知道自己在她心中，不过是臭虫一般的存在，根本不配让她得罪其余三大家族。

她这么做，究竟为了什么?叶天的思想一时间被搞蒙了，怎么都没想到，事情竟是会朝着这方面发展的。

“哼，叶倩，若是你放下叶天，我等可当做什么都没发生过。”秦家老祖身为斗皇，走在第一的位置上，距离叶倩的距离是越来越近，气势汹汹，满目仇恨。他的怒吼几乎是实质化成音波，直接撞向叶倩。为此她不得不调整飞行的方向，免得被音波给撞到。

看秦家老祖逐渐逼近，身在半空中快速飞翔的叶倩默默念动咒语。很快，她的后背竟生出一对晶莹剔透的翅膀，犹如水晶打造，十分漂亮。只见她的翅膀在半空中来回地扇动，发出嗖嗖嗖的声音，将周围的空气卷得四处动荡，就好像是一层波浪般。

而她的速度则是猛然加速，甚至比之前快了两倍之多。

“竟是飞行灵器！”判官在叶天脑海中惊诧一句。

而随着他们飞行速度的成倍增加，竟硬生生将秦家老祖以及其余三人甩到了后方。此刻，古墓府邸上空悬浮了数不清的高手，都望向叶天的方向，他们都想看看，究竟是什么人，能引来秦家老祖以及大离帝国四大家族的代表的敌视。

在他们心中，能结识四大家族的人，很牛逼；而能被他们视为敌人的人，更牛逼。像他们这些人，是根本没资格的。

“你为什么救我？”好容易摆脱了他们的追踪，叶天才终于鼓起勇气问出了这句话。

叶倩并未回答，冰冷漂亮的眸子朝着身后看了一眼，发现他们的确没有追来，这才收起了翅膀，而后控制自如地飞到一个山头上，缓慢地落下，将叶天放到了地上。

“为什么救我？”叶天再次问了一句。其实不用她回答，他自己心中也有了一个答案，肯定是想独吞棺椁。她和其余四人，并没什么不同。

“把棺椁交出，可饶你不死。”叶倩负手而立，黑色绵长的头发无风自动，陪衬上那张仙女下凡般的脸庞，给人造成一种天神下凡的假象。

不过，她说的这句话，却让叶天为之打分降低不少。

“你这是在强迫我？”叶天不卑不亢地道。

“强迫？哼，我救了你一条小命，难道你不应该拿出点诚意来？”见叶天竟敢反抗，叶倩顿时便来气，双目凶狠地瞪着叶天，“快点交出来，否则我把你的脑袋揪下来当球踢。”

“这招对我根本没用。”叶天摆摆手，“除非给我一点好处。”

“好处？”叶倩哭笑不得地看着叶天，“你这是在和我讲条件了？”

说着柔嫩五指成爪，抓向他的喉咙。见状，叶天是快速后退。但是在叶倩的绝对实力下，他是毫无还手之力的，只能被她五指给抓住，失去反抗力量。

“交出来，否则把你的脖子拧断。”叶倩心平气和地道，和她的气质十分相近，若不是亲眼看到，怕是无论如何都没法将那气质姣好的女子想象得如此凶狠歹毒。

“杀了我，你也休想得到……棺椁！”尽管憋得脸色发紫发红，但是他依旧没有任何妥协，一脸冷笑地盯着叶倩。

“你是不见棺材不落泪。”接二连三地受到挑衅，叶倩终于怒了，猛然用力地掐了一下。

在那一瞬间，叶天有种休克的感觉，根本喘不上一口气来。

“给你最后一次机会，你是选择死亡，还是选择交出棺椁？”叶倩的语气依旧是那般的凶狠歹毒，不过那声音却是绵绵悠长，听着让人感觉十分舒服。

“你……你这是……在抢，那是我的……棺椁，我绝对不会……妥协!”

一行血液顺着嘴角流出，温暖异常，只有这一丝丝的温暖才会让自己明白，自己并没死去。

哼!

叶倩冷哼一声，右手用力一甩，便将叶天摔了出去，满脸嘲讽地瞪着叶天：“没想到你还有些骨气。”

“那是……当然!”叶天擦拭了一下嘴角的血迹，道，“没想到你还有些道德素质，还没沦落到强盗的地步。”

“你怎知我不觊觎你的棺椁?”叶倩道。

“你已经察觉到了，逆天邪骨就在我的身上，你要棺椁也没什么用了，杀了我，你们只能是让叶家少一个得力干将而已。这种赔本买卖，你这么聪明的人，会做?”

叶天其实早就已经知道了，这女子抓脖子，其实就是为了探测逆天邪骨是不是真的被他所占用。之前他被秦傲天打伤而快速康复的时候，叶倩便有些怀疑，这会儿也就是为了确认而已。

“看来，你还是挺幸运的啊。”叶倩的凶神恶煞表情，终于有所收敛，不过她的美艳却是并没有丝毫打折，这个女人无论什么样的表情，都是那般的美丽。果真配得上大离第一美人的称号。

“既然你已经得到了逆天邪骨，我自然不会为难于你，现在，我给你一个机会，你若是点头的话，我可以给叶家长老求情，让你加入叶家总部。”

叶倩已经看出叶天的潜质了，对于这等人才，自然是要挖掘。

“哦?”听叶倩提出这个诱人的条件，叶天立刻有些狂喜，而后有些不确定地问道，“你确定要让我千灯镇叶家，并入叶家总部?”

“不!”叶倩连连摇头，“我只能保证你一个人能加入叶家总部。其余的人，根本就没那资格。”

一想起自己可能会永远和爷爷、父母分开，想到要离开那个生养自己十几年的小山村，他的心里就是一阵不是滋味。他们好容易将自己养大，将所有的希望寄托在自己的身上。自己就这样离去，对千灯镇叶家来说，实在是损失巨大……虽说以前在千灯镇叶家吃过不少苦，不过毕竟那里有生养自己的父母啊，无论如何，绝对不能抛弃他们。

于是，叶天冲叶倩摇头，一点都没后悔的表情。这一幕倒是让叶倩惊诧不已。要知道从叶家分部并入叶家总部，可是不少叶家人一辈子的梦想啊。如今自己要帮这个少年梦想成真，可他却拒绝了，这多少有些打击她的虚荣心。

“不识好歹!”叶倩冷哼一声。

“你就当我不识好歹吧。”叶天站起身来，伸了个懒腰，望了望远处。

此刻他们站在一座高高的独峰上，这座山峰比周围的山峰都要高出一截，有种“会当凌绝顶，一览众山小”的感觉。头顶之上便有云朵飘过，周围四处都是浓雾，给人一种如临仙境的感觉。

一棵棵宽大蓬松的迎客松，倒立在山壁上，随风摆动，风景煞是好看，再加上身边有大离第一美人“陪伴”，叶天心中生出一股异样的感觉。

“哼，你早晚都会后悔的。”叶倩留下最后一句话之后，双腿一弹，身子轻飘飘地飞了起来，渐渐隐入了白色的雾气中。这一幕果然如仙女下凡，看得叶天目瞪口呆，良久都未回过神来。

良久之后，他才终于将视线从叶倩离去的方向抽回，坐在一块大石头上，看着密密麻麻的迎客松，双拳握得越来越紧，一字一顿地道：“叶倩，我一定要让你臣服于我，我一定要娶你为妻。”

也不知叶倩到底用了什么方法摆脱秦家老祖，他们竟都没找到叶天所在的位置。叶天下了独峰之后，便思考着下一步该怎么做。

最后他终于暗下决心，趁着这会儿没人的工夫，赶紧看看棺椁里边到底还有什么宝贝。

想到此处，他便用神识和判官沟通。判官也同意叶天这么做，并且将棺椁从大还丹精神世界中取了出来。

这棺椁外面的一层蓝宝石早就已经被判官给收起来了，此刻棺材外表是一层金灿灿的金粉，看着豪华大气，表层有一层白雾在轻轻流动，被棺材束缚着，似乎是一层白雾罩罩。

“判官，这是不是一层禁制？”看着棺材外表的一层白色雾气，叶天有些担心地问道。

“嗯，的确是禁制。”判官道，“不过这层禁制，却是已经被秦家老祖他们的战斗给破坏了大部分，现在的禁制十分的虚弱，只需你全力一击便可破解。”

叶天点头，而后催动真气，一招凤鸣天际，施展而出。只见一条斗气形成的虚幻神凤在棺材上方快速地盘旋围绕，最后在叶天指挥下猛然发动攻击，一击之下，表层的禁制好像涟漪一般朝着四面翻滚而去，波涛滚滚。

“好了。”看着白色雾气逐渐消散，叶天的担心终于放松不少。他走上去，摸了摸棺材板子，冰凉异常，他全身上下似乎都被寒冰包裹住一般。

看来这棺材还具有保鲜的作用，不知里边的前辈尸体有没有保存下来。

他小心翼翼地将沉重的棺材板子打开，想要看看里边的尸体。在棺材板子被他全力挪开，从而看到里边场景的瞬间，他整个人便彻底僵住了，因为他怎么都没想到，里边竟躺着一个人。

是的，一个好像睡着的人。身上穿着一件普通的亚麻布长衣，眉毛胡子头发皆是花白，面目慈祥，嘴角还带着一抹淡淡的微笑，那模样，俨然是一大活人。

"判官，这……"叶天惊讶不已，一想到躺在面前的是一个几千年前的神通境高手，他的心中不由得生出一股崇拜敬畏之情，不敢有丝毫亵渎之心。

"从他的死状上来分析，这家伙明显是在飞升成仙的过程中，没能扛过天罚，而被天罚活活打死的。"判官观察良久之后，确定地道。

"被天罚打死的人。"叶天瞪大眼珠子，敬畏地看着面前的人。和老天抗衡，那不是找死吗?

"不!"判官摇摇头，"人在晋级神通境之后，也就具有了抗衡老天的实力。我估计他飞升的时候，还处于神通境初期，所以没能扛得住天罚。不过总的来说，这个人应该是有勇气的高手，只不过是时运不济，死在这儿了而已。"

叶天点头，这倒霉家伙也太时运不济了点，被雷给活活劈死了，那得经受多大的痛苦啊。

"判官，你说这个家伙还有用吗?我们留着他的尸体，能不对我们的实力有所提升?"他有些担心地问道。

判官仔细想了想，最后摇摇头："暂时我还想不出这家伙对我们有什么用。不过他既然修炼成神通境，那么必然有神通丹，若是我能服下神通丹，那么实力会噌噌噌地上涨，说不定能直接抗衡斗皇强者。"

"啊，抗衡斗皇强者?"叶天听了惊喜连连，"那还愣着干什么，还不赶紧吞噬了神通丹?"

"你说的怪轻巧。"判官苦涩笑笑，"我现在处于虚幻状态，若是吞噬了神通丹，我这最后一丝精神状态说不定也得被撑爆，灰飞烟灭了呢。我可不干这杀鸡取卵的事儿。"

"哦。"叶天有些失望地叹口气，心中燃起的那一丝希望，也快速地削减下去后。

"看看里边还有什么别的武器。"判官对叶天道。

叶天点头，在尸体以及周边的位置上搜索了起来。

很快，他便发现了一个让人惊喜的东西，那就是尸体下边铺就的一层层玉帛。

这玉帛，乃是高级炼丹师所锻造出的一种高精尖的东西，是用强大法通，将玉块抽出一根根的玉丝来，然后将这些玉丝织就成一块块精美绝伦的布匹来。用这种技术织出来的布，无论是从坚硬程度，还是从它们的质地上，都能算得上是一级灵宝，和叶倩的那飞行灵宝，属于同一阶级的宝贝。

在叶天准备伸手将玉帛抽出的时候，视线不自觉地落在尸体胸口上露出来的一个小小玉块上。那个小玉块看上去有些粗糙，通体发绿。在他的手伸上去的时候，玉块竟散发出一圈绿油油的光。看着倒是挺好看。

"这是什么东西?"叶天满目好奇地盯着玉块仔细观察，却是看了好半天都没看出个所以然来，只能将求救的目光集中到判官身上。

判官同样思索片刻，最后有些不确定地道：“该不会是五行八卦玉吧。”

“五行八卦玉，那是什么？”叶天是第一次听说这个名词，所以在听到这个名字的时候，顿时就愣住了，满目不解。

“这是一种防御辅助道具，可以帮你增强防御，可以助你逃跑。这已经算得上是中级灵宝了，所以极其的罕见。实在是没想到，这个神通境高手的棺材里边，也有一中级灵宝。还是那句古话说的好啊，叫什么来着，好东西都在前辈们的棺材里边。”

叶天咳嗽一声，满心的诧异，即便想破脑壳也绝对没想到，自己会遇到一个中级灵宝。要知在整个神魂大陆，低级灵宝都是十分的稀少，更别说是中级灵宝了。

所以在他听判官说是中级灵宝的时候，第一个想法便是质疑，怀疑判官判断错了。但是看判官的表情倒不像是开玩笑，一时间他也有些蒙圈了。

“行了，别在这儿废话了。”看叶天愣住了，判官立刻将叶天从这种惊讶状态中唤醒，“快点把五行八卦玉收起，我来看看到底是不是真的中级灵宝。能被神通境高手佩戴在身上的，也就只有中级灵宝具备这般资格了。”

叶天谨慎地将玉块拿在手中，仔细观察，片刻之后，判官命令叶天将之佩戴在胸前，而后用斗气催动。

叶天照做，一股精纯斗气迅速自其手掌逸散而出，眨眼间工夫便是被绿色玉块吸收。

不过斗气进入其中，玉块并无丝毫异样，什么都未发生。

“看来，这绿色玉块具有认主的功能，我必须先将上一个主人留在上边的精神印记抹掉，你要重新滴血认主才成。”

在判官的指引下，叶天割破了一个手指，而后用力地挤着手指，将一滴滴的血液，挤入了玉块里边。瞬间，原本绿色的玉块便变成了红色，同时发出嗡嗡嗡的轻微震动声。叶天满目惊诧地看着五行八卦玉，不知这究竟怎么回事儿。

噌噌噌！

在他看到入神的时候，五行八卦玉上猛然激荡出一道道绿色的帷幕，朝着四面八方迅速蔓延，叶天被这突如其来的帷幕给镇住了，担心这上边有危险，立刻仰起脑袋，准备后退。

不过，让他感到意外的一幕发生了，绿色帷幕在扩展的时候，并没有直行，反倒是绕过了他的脑袋，并没有撞在他脑袋上。这惊险一幕吓得叶天大口大口喘粗气。

待得玉块重新安静下来，叶天才睁开眼睛。不过他所看到的场景却让他愣住了，好半天时间都没回过神来。

他的视线之内，全都是一片绿油油的。远处的高山、近处的大树，天地间所有的景物都变成绿色，他忙低头一看，自己的身体也被一层绿色光罩给包围着。

“成功了。”判官立刻欣喜地道，“这是一层绿色光罩，具有保护作用，这下看来，只要秦家老祖宗不用全力攻击你，你的逆天邪骨加上五行八卦玉的保护作用，应该也能勉强坚持得过去。”

叶天当时是完全愣住了，因为他在琢磨判官这句话到底是在讽刺还是在撒谎。能扛得住斗皇高手的攻击？要知道斗皇高手可是能轻松将一座大山给劈砍开的。

古墓府邸那道裂缝，便是证明。

判官这一句话的意思是，自己的身体可承担得住一整座山的重量？这未免有点太不可思议了吧。

而判官看他一脸质疑，只是淡淡笑了笑，继而便说道：“我知道这听起来有些不可思议。不过这却是事实，不然怎可列入中级灵器的行列？另外，它的作用还不仅仅是防御方面，应该还可辅助飞行。以前我也听说过这五行八卦玉的事，据说有这个功能。你可以尝试一下。”

叶天点点头，而后是闭目凝思，一股斗气瞬间被吸入了五行八卦玉中。

只是在瞬间，那五行八卦玉便开始剧烈变化起来，一道狂暴的青色帷幕，快速聚集到了后背上，眨眼间的工夫，便形成了两只翅膀。

“果然！”判官惊讶得连连吸气，“你尝试用意识控制一下，看看能不能控制得住。”

叶天点头，而后闭目凝思，那翅膀果然是十分听话地开始扇动起来，卷带着一股狂风。随着越来越多的斗气灌入五行八卦玉中，后方翅膀闪动的频率越来越快，直到最后，竟轻松自如地飞了起来。

他不担心斗气被耗尽，因为一颗元丹便足以支撑他连续飞上三天三夜的。

现在，他的第一件事便是快速返回千灯镇叶家。若是秦家老祖宗返回，知道自己便是那抢夺了棺椁的家伙，必然会对叶家动手。他叶家随时都有危险。

现在他只能期盼秦家老祖宗还在外边追踪自己，而不会返回千灯镇秦家。

有了这五行八卦玉的辅助，他的速度是成倍成倍地增加，虽说勉强只能超得过斗灵级，不过若是他的实力，突破到了斗灵级的话，他必然能超越斗王。

没多久，叶天便是飞出了魔兽森林，不经意间，便是看到了位于下方的汇通拍卖行。

叶天心想，若是自己能得到汇通拍卖行的照顾，或许他秦家不会对叶家随随便便动手了。

他当下便找了个无人的角落，飞了下去，而后徒步走入汇通拍卖行。

第二十章　五行八卦玉传说

叶天穿着普通，所以汇通拍卖行的人在看到叶天的时候，都以为是哪家的混小子要跑进来玩呢，便要将叶天轰出去。

对于他们的狗眼看人低，叶天本来不准备过多纠缠的，但是当一个高个壮汉走出来，要将叶天丢出去的时候，他就有些生气了。

看着横冲直撞而来的壮汉，叶天是冷眼相看。这家伙也就是一斗师级修炼者而已，虽说和自己处于同等级，不过两者之间的实力却是有很大的差距的。

所以他才会完全忽略那壮汉。

可是围观的拍卖行的人却不会如此看。在他们眼中，叶天就是一普通少年，很大可能只是斗气修炼者，被斗师高手攻击，他甚至都没有反抗之力。即便是这家伙撞上去，也绝对能将叶天给撞成两截。

对于其余众人的想法，叶天是苦笑连连，不过并未多言，只是漠然看着撞过来的家伙，暗中催动五行八卦玉。

很快，一层肉眼看不到的绿色光罩将他的身子给包围起来。与此同时，壮汉已经撞上来了，只听砰的一声巨响，而后是一声惨叫不绝于耳。

单单是这么一下，所有人都被镇住了，你看看我，我望望你，都有些不敢相信发生的这一切都是真的。

因为，那个被撞飞，并且发出狼狈惨叫声的，并不是叶天，而是发动攻击的壮汉。他的身体好像撞在强劲弹簧上一般快速倒飞出去，反弹到了墙壁上，吐出一口浓浓的污血，发出哐当一声巨响。

之后的很长时间，他都是躺在地上，一动不动，昏厥过去。

“把韩昌盛给我叫出来！”叶天满不在乎冷哼一声，走到一个座位旁，坐了下来，旁若无人地自斟自饮。

被他这么一喊，其余的人才都反应过来，而后一哄而散。这个家伙实在是太恐怖了，远比他们想象之中来的恐怖。

年纪轻轻，竟有如此的实力，甚至连斗师高手都被他简简单单地摆平，这个少年究竟有着怎样的来历。尤其是他对韩昌盛是直呼姓名，更让他们感到危机感。

“这位公子……”良久之后，才有一个身着短裙、露出两条修长白腿的美貌女子上前，一脸性感诱惑道，“当家的在魔兽森林尚未回来，公子不如到奴家房间，稍等片刻？”

女子的用意很明显，是准备色诱叶天，拿下这小子，自己日后必定就可飞黄腾达了。她早就看出这年轻人身份的不简单了。

再者说了，叶天虽说一身普通装束，不过皮肤白皙，五官俊朗，全身散发出一股英俊之气，更是迷倒不少女人。

所以在女人靠上前的时候，他便读懂了女子心思，甚至都未正眼瞧一眼，只是自顾自地喝茶。女子知道上前也是自讨没趣，只能是无聊地走开。

自此之后，便无人敢靠上前。汇通拍卖行虽说属于大势力，不过远水解不了近渴，汇通拍卖行有点实力的人，早就已经随韩昌盛进入了魔兽森林，所以留在汇通拍卖行的，都是一些实力低下的小辈。

在没弄明白叶天真实实力之前，是无人敢去碰这个钉子的，再说万一他真的认识大当家的话，自己得罪了他，岂不是自讨没趣？

现在他们只能期盼韩昌盛能快点到来，这样他们也能从这种煎熬中解脱出去了。

足足等了半天时间，那韩昌盛的队伍才终于回来。叶云阳带领的队伍亦跟在韩昌盛身后。

他们进入汇通拍卖行的第一时间，便发现了坐在大桌子上，正悠闲品茶的叶天。这倒是出乎所有人的意料。按理说他得罪了斗皇强者，应该是逃命去了，怎么还待在这儿？

现在韩昌盛也不知该用什么态度对叶天了。既然他不是那个肮脏炼药师，自然不能称之为炼药师了。他探测这家伙的实力，顶多就是一斗师修炼者，可是他却亲手杀死了王虎，一个斗王高手……

他身上有太多的疑点了，让韩昌盛猜测这个男人背后肯定隐藏着什么秘密或者更大的势力。本着宁可低三下四不可得罪一人的想法，他还是走上去，恭恭敬敬地道："叶小弟，你瞒我们瞒得好严实啊。"

叶天却只是淡淡笑笑，并未在这件事上过多解释什么，因为他坚信，越解释越掩饰，那样只会让自己的神秘感降低。为了能让韩昌盛相信自己背后有很多秘密，他依旧保持之前的高傲姿态："韩馆长，此次我前来，有两件事，第一件事，便是还债。"

说着，他便是从大还丹精神世界中召唤出来了三颗元丹。

在古墓府邸的时候，自己随随便便就拿出了一百颗元丹，要是这会儿只给他们两颗元丹抵债的话，会不会显得自己太小气？

当然，两颗元丹便足以偿还他们的债务了。三颗元丹，也只是叶天的一个手段而已，目的就是为了让韩昌盛相信，自己的身份不简单，跟着自己有肉吃。

虽说韩昌盛也是汇通拍卖行的一个要员，但是一颗元丹对他来说，也是一笔不菲的财产。他对叶天自然有些臣服之意。

虽说韩昌盛现在对叶天有太多的怀疑，比如他怎么会有那么多刚刚炼制出来的丹药，又是如何招惹上四大家族代表，甚至惹怒了一个斗皇强者，但是这个时候已经没时间去想那么多了，当务之急，便是看这小子到底要自己帮什么忙、什么事，值一个元丹。

“这位公子，有什么事，您尽管开口，只要我韩昌盛能办到的，我绝对不会皱眉头。”

叶天点点头，道：“很简单，只要跟着我去我的家族一趟，证明一下我在汇通拍卖行认识人便可。其余的不用你管。”叶天目空一切地说道。

“这么简单?”韩昌盛有些不敢相信地看着叶天。

“骗你干嘛。”叶天狠狠瞪了一眼韩昌盛。

韩昌盛立刻诚惶诚恐地应着：“呵呵，我自然愿尽力。”

说完之后，这才小心翼翼地接过了元丹。他虽然很疑惑叶天到底属于哪个家族，需要自己壮脸，不过却也并未多问。因为他知道这小子的脾气。

“爹，他就是一个骗子，你还相信他?”韩灵儿很是气愤地娇嗔道，两条小细腿用力地踢蹬了一下，煞是可爱。

“小孩子家别乱说话。”叶天狠狠地瞪了韩灵儿一眼。

“切，你才小孩子呢，老娘我哪里小了。”韩灵儿被叶天这个和自己同龄的孩子称为小孩，自然是不服，满口争辩道。

“你胸小!”叶天随口说了一句，准备和叶云阳商讨一下下一步的计划。

“啊，你怎么知道的，你看过吗，你摸过吗，你凭什么说我胸小?”韩灵儿不满地大声嚷嚷着，惹得不少人都是忍不住笑意，笑出声来。

韩昌盛则是表情剧变，看了一眼吴波。吴波自然明白韩昌盛这个眼神的意思，立刻上前，将韩灵儿拽走了。

待得汇通拍卖行的人走后，叶天才走到叶云阳跟前，冲众人笑笑：“三叔，对不起了，我不是有意隐瞒你们，这件事说来话长。”

“咳咳，咳咳!”在叶天和自己礼貌讲话的时候，叶云阳甚至都没反应过来，还把叶天当成哪家的富二代跑出来装傻呢。叶天往跟前一站，强大的气场竟让他有些自惭形愧，真的差点误以为面前这个人是什么高手呢，当下便是立刻诚惶诚恐地道：“叶天，你长得太快了，连我都有些认不出你来了。”

“你真的是叶天?”站在叶云阳身后的叶如霜满脸不可思议地盯着面前少年。脸还是那张脸，可是他身上的气质气场，变化却太大了，和以前的叶天相比，相差实在太大。

“是啊!”叶天点了点头，而后问道，“不像吗?”

“不像，一点都不像!”叶如霜围着叶天转了一圈，却是连连摇头，“你到底有什么奇遇，竟招惹了大离帝国四大家族的代表，而且结识了大离帝国第一美女叶倩。”

叶天听出来了，她这句话重点要表达的，其实是最后一句话，问他到底是如何认识大离帝国第一美女叶倩的，和她到底什么关系。

看来，叶如霜也吃醋了。

站在叶如霜周边的叶家少年自然也听出叶如霜这句话里的浓浓醋意，结果听得他们也都是内心酸楚，吃了叶天的醋。

能让叶如霜为一个男人吃醋，可见叶如霜这个大众情人还是有着小女生的矫情的。这个时候的她比以前那个不近人情的叶如霜可爱多了。

“其实也没什么，我就是从他们手里夺走了古墓府邸里边的棺椁而已。对了，三叔，我们什么时候动身回去？我担心秦家老祖会对叶家提前动手，必须得赶在他们回家之前赶回去。”

叶天对自己从四个斗王以及一个斗皇高手之中抢夺棺椁宝物的事，轻描淡写，好像吃饭一般的简单，让众人都愣住了，莫名其妙地看着叶天，他们都怀疑这件事到底是真是假。

不过从叶天实力的暴涨，以及四大家族对他的态度上来分析，这件事是假的可能性很小很小。

“叶天表弟……”良久都未曾讲话的叶秋终于是红着脸，将憋在胸腔中的一句话，给问出来了，“你得罪了四大家族的人，四大家族会不会派人围剿我们叶家？要不我先回去给爷爷他们通风报信，将这儿的事给他们说个明白，看他们有什么打算。”

叶天道：“四大家族倒是不用太紧张。汇通拍卖行的实力，还在四大家族之上。若是韩昌盛代表汇通拍卖行跟我们回去的话，想必四大家族也不会因一个小小的棺椁而得罪汇通拍卖行。反倒是那秦家，拥有了一个斗皇强者，势必会傲视群雄，若是对我叶家动手的话，怕是我叶家……”

说到这里，他没有再说下去，因为他们的心里早就有数了。

“叶天，越早动身越好。”思忖良久，叶云阳终于意识到这件事里边的危机四伏，于是便做了快点动身的决定。

“嗯。”叶天点头，“大家都准备一下，吃饱喝足，拿上该拿的东西，今晚便动身。”

“嗯。”其余众人纷纷应着，就好像是在听领队的意思一样。

若是在以前，恐怕打死他们都想象不出来，当初的那个废物现在竟能随便一句话，号令得了这些自恃天才的叶家少年。

叶天将自己的决定告诉了韩昌盛之后，韩昌盛也是连连点头应着，并且将自己的想法告诉了叶天。

为了能和叶天深度合作，韩昌盛决定，日后在千灯镇设立一汇通拍卖行的分行。因为从他们的探子打探来的资料来看，千灯镇可是一块肥肉。整个千灯镇，上百万的人，竟只有一个炼丹师，可见他们的丹药奇缺到了何种程度。若是汇通拍卖行在千灯镇拍卖的话，必然会赚取一个金银满钵。

若是汇通拍卖行能扎根千灯镇的话，他们势必能依靠强大的实力，迅速崛起，成为千灯镇第五大势力，叶家若是能与这样一个强大势力结成友谊联盟的话，他们叶家的发展，必定会顺风顺水，说不定能将其余两大家族除掉呢。

欧阳家和叶家的交情不错，叶天也没有打他们的主意，甚至还想着日后能拉扯他们一把。

若是爷爷他们知道，传说中的汇通拍卖行被自己引入千灯镇，到底会是怎样的表情？叶天倒是充满了无尽的期待。

深夜很快降临，一只小队伍偷偷摸摸地走出了汇通拍卖行，在月光的伴随下，缓缓地朝着前方走去。

叶天之所以选择在夜间行路，是因为他担心在这人多嘴杂的地方，白日行路会被更多的人注意。若是秦家老祖通过这些人的口得知自己的行程，那么自己的身份将会暴露，他叶家也就会更危险。

在浓浓月色下，一支队伍足足三十人，拉出一道道黑乎乎的影子，顶着月色，快速前进。

终于走出了魔兽森林外围，他们很快便进入了一片空旷的原野，四周一个人都没有。整个世界安静得很，除了他们的脚步声之外，根本没别的声音。

不知为何，越是这么安静，叶天的心里就越不安。他有一种感觉，好像这是暴风雨前的安静一般。

直等到前方蓦然爆发出一连串的亮光，而后一个狂暴怒吼声传来的时候，叶天才立刻明白，他们的确遇到了危险。

“哈哈，小子，没想到今天你自投罗网了。哼哼，今天你们必死无疑。”声音伴随着一道黑影猛然从地平线下跳出而爆发。

在听到那声音的时候，叶天浑身的肌肉都紧绷起来了，因为那声音他熟悉，正是秦傲天的声音。

没想到，自己千防万防，还是被他追踪到了，暗叹倒霉的同时，他也在思索着应对之策。

自己的力量，加上天龙金枪、阴火龙兽以及判官的力量，或许能勉强和一低级斗王较量。但是这秦傲天明显不是低级斗王，至少也得是中级斗王，他的力量绝对不能战胜秦傲天。

韩昌盛以及叶云阳的队伍里边，实力最强盛的，也就是斗灵而已，即便他们两人和自己一块发动攻击，也起不到多大的作用，反倒是会增加无谓的伤亡。

“哈哈，叶天，叶家一分家小儿，竟敢在我面前张狂，今天我要让你碎尸万段。”秦傲天说完，便已然冲了上来，身体快奔如牤牛。随着他的狂奔，地面溅起了大把大把的灰尘，犹如是一头狂啸怒吼的犀牛朝着自己的方向冲过来。

“你们快逃走，我一个人能对付得来。”叶天心想，实在不行，干脆就挨揍吧，反正有五行八卦玉以及逆天邪骨的存在，也能撑一段时间，到最后自己再施展五行八卦玉的逃跑功能。

“叶天，不要逞强。”身为长辈，临危不惧，第一时间保护叶家血脉是叶天阳的职责所在，他立刻站出，高声狂吼，“前方来者，我乃叶天长辈。若是叶天有什么做得不对的地方，还请能冷静商量一番。若是想要金银财宝，我叶家绝对不会吝啬。”

但是那秦傲天认定的事儿是不会随意更改的，他这人自负得很，明知杀了叶天，损失惨重的必定是自己，可是这个时候他做事仅凭胸口中一口怒气。

在古墓府邸中，自己在他身上丢了太多的面子，这次一定要完完全全地找回来。

尽管叶云阳在喊着，但是秦傲天的速度却并无丝毫减缓，反倒是有愈演愈烈的趋势，眨眼间工夫，便攻击到叶云阳近前，抬掌便要来一记攻击。

这一幕被叶天和叶秋同时捕捉到。在看到这暴戾一幕的时候，两人都忍不住倒吸一口凉气，若是这一掌拍下去，叶云阳必死无疑。他可没有叶天的逆天邪骨和五行八卦玉的庇护。

关键时刻，叶天和叶秋同时做了同样一件近乎疯狂的举动，冲向叶云阳，要用自己的身体替叶云阳挡下这一下。不过叶天和叶秋的想法却完全不同。叶秋是想报父恩，而叶天则是觉得叶云阳牺牲了也于事无补，倒不如自己替他挨这一下，有五行八卦玉和逆天邪骨的双向保护，应该不会有大碍。

在叶天看到叶秋要冲上去的时候，眼珠子瞬间瞪大了，忙催动五行八卦玉，在后背催化出两条翅膀，眨眼间工夫，便赶在叶秋之前，挡在了叶云阳身前。

这一幕看呆了所有人，估计是没想到叶天和叶云阳有这样的感情，宁愿拿自己的性命，交换叶云阳的性命。

“哈哈，你这是找死！”秦傲天看叶天主动迎上，满脸兴奋。之前的两记攻击之所以没起作用，是因为他小看这小子了，所以并没有全力攻击。

而这次，他差不多是尽全力了，若是还不能将叶天给斩杀，他是真的没脸面继续在这个世上活着了。

他不知道的是，叶天的身体，这次非但有逆天邪骨的防护，还多了一层保护层，那就是五行八卦玉。

砰！

在别人看来，这一次的交手，毫无悬念，叶天必死无疑，人可以糊涂一次两次，但是第三次若是还不尽全力的话，就太有点说不过去了。

随着一声巨响，秦傲天的手掌和叶天的胸口来了一次亲密的接触。而后叶天的身子便倒飞出去，在半空划出一条弧线。

所有人的目光都集中到叶天划出的弧线上。或许这就是叶天留在这个世界上，最后的一次运动轨迹了。

在叶天的身体倒飞出去的瞬间，韩灵儿的心蓦然颤抖了一下，内心猛然疼了一下，一阵委屈情绪瞬间弥漫大脑，两行热泪竟不自觉地顺着眼角流了出来。

“我这是怎么了？那臭小子死了活该。”韩灵儿忽然意识到自己的窘态，忙擦干净了脸上的泪水，可是刚刚擦完一串，另外一行眼泪又流出来了。

“啊!”而叶如霜则是看着叶天的身体划出的弧线，尖叫一声，而后双手捂住嘴巴，泪水如泉水一般从眼睛里边激荡而出，心酸不已，似乎是有一把尖锐的刀子，插入了心脏中。

叶云阳这才反应过来，叶天为了救他，竟牺牲了自己。想想以往自己为难叶天的场景，他的心中就是一阵愧疚。自己竟连一个孩子都不如。

秦傲天一脸傲然地盯着叶天倒飞出去的方向，脸上露出一抹满意的微笑：“哼，这就是得罪我的下场。在我眼中，你就是一只臭虫，我想弄死你，就能弄死你。”说着，便昂首阔步地走向躺在地上的叶天!

“放屁!”秦傲天刚说完，安静躺在地面的叶天从地上猛然弹跳起来，指着秦傲天的鼻子，便是破口大骂。

“嗯?”这一幕看傻了所有人，都觉得这一幕太诡异。那叶如霜竟忘记了哭泣，张大嘴巴，即便嘴角流出了哈喇子也忘了擦拭。

“中级斗王的全力一击，竟都没能把这家伙给拍死?”

“不可能，一定是我们的眼睛出了问题。”

“该不会是这俩人在演戏，故意逗我们的吧。”

“这叶天肯定不是人。”

“不是人是什么。”

“是变态!”

“……”

在交头接耳的交谈中，众人的视线也是从未离开过叶天，他们都想看看这个变态到底什么地方变态，为什么会如此扛揍。

“啊，这……”秦傲天完全愣住了，看着跟没事儿人一样站在远处的叶天，停住了傲慢的脚步。若是说前两次是自己低估了叶天的扛揍能力的话，那么这次又是什么原因，让这小子依旧能站起来而毫无损伤呢？这小子究竟有什么东西在保护着他?

难不成是他从棺椁之中，得到了什么法宝，能增强防护力的法宝？他越想越兴奋，越想也就越想得到那个宝贝。

他的脚步逐渐加快，最后飞了起来："把棺椁交出来，饶你不死。"

当然，只是说说而已，即便叶天交出，他也绝对不会对叶天手下留情。叶天早就不是三岁小孩子了，有着丰富经验的他一眼就看出这小子在糊弄自己了，当下便嘲讽一句："给你三次打我的机会，我不反抗你都没办法把我怎么着，还有脸说这句话，你的脸皮可真是厚啊。"

叶天说着，便快速地转身，催动五行八卦玉，施展出羽翅，直接丢了两颗元丹下去，朝着远处飞行。

"啊，五行八卦玉！"在看到叶天后背如玉般莹润光滑的玉块的时候，秦傲天双目发亮，作为一名斗王高手，他可是知道五行八卦玉的功能以及这玩意儿是中级灵器的。

"老天有眼！"原本垂头丧气的秦傲天转瞬间便兴奋莫名起来，噌的一声，从后背上抽出一根长刀。在长刀抽出的时候，一圈亮堂堂的光芒犹如雪花一般朝着四面八方抛洒而去。

"低级灵宝！"不少人在看到长刀的时候，一个个的都是惊呼出声，可见灵宝的稀缺程度。

"今天，你必死无疑。"秦傲天狂吼一声，手持长刀，疯了一般朝叶天的方向奔跑而去。他每一步都将地面踏出一个深深的大坑，方圆三里，都跟着颤抖。

"那就要看你的本事了。"叶天催动全部的力量，闪动着羽翅转身逃去。斗王强者以及低级灵宝的辅助，实力不容小觑，怕是十个自己都没法和秦傲天硬碰硬。所以他现在的策略是，能拖就拖，时间拖得越长，也就越有利于自己想办法。

尽管他咬牙切齿地将斗气加持入五行八卦玉中，但是速度依旧不是很快，大约也就是斗灵强者而已。他和秦傲天之间原本便不大的距离，在快速地缩短，不用多久，就能被秦傲天追上。

"该怎么办?"叶天的大脑保持冷静，快速地思考着对策。

判官也是满头汗水，眼看叶天身处危险中，而自己却无能为力，自然急迫。

"对了，判官，这五行八卦玉，可不可以用真气驱动?"叶天忽然想起了什么，忙小声问道。

"嗯，用真气驾驭?"听叶天这么一说，判官立刻蒙住了，良久之后，才小声道，"嗯，可以试试看。"

这也是无奈之举了，虽说有可能摧毁五行八卦玉，不过性命攸关，若是不尝试一下，必死无疑。

得到判官的肯定回答，叶天毫不犹豫地将真气逼入了五行八卦玉中。在一丝真气冲入五行八卦玉中的瞬间，那原本呈现绿色的五行八卦玉，转瞬间便变成了血红色，红彤彤的，看着触目惊心，犹如一颗小小的心脏。

与此同时，后背上的羽翅失去了驱动，嗖的一声消失不见，叶天的身体猛然失去支撑飞行的力度，砰的一声摔到地上，来回地摔了好几个跟头。

“怎么，没用?”叶天顿时失望无比，想从地上站起来，却发现全身疲软无力，似乎全身的力量被抽空了一般。

“小子，你好。”一个粗鲁沙哑的老年人声音传入叶天的耳朵。听到这沙哑粗鲁声音的瞬间，叶天当场就愣住了，因为那声音似乎是自己说出的。

自己的嘴巴根本就不受控制。

“你是谁?”叶天惊慌不已地喊了一声。

“呵呵，刚刚抢了我的宝贝，这眨眼间的工夫，就忘了我?”那个苍老的声音，充满浓浓的讽刺。

“啊，你就是古墓府邸的主人神通境强者?”叶天顿时就瞪大了眼睛。

“对，也不对。”神通境强者道，“这只是我封印在五行八卦玉中的一丝残魂而已，目的就是想看看我的有缘人到底长什么模样。现在看来，我对你的小模样倒还是挺满意的。”

叶天是哭笑不得，因为他有些分不清这究竟是虚幻，还是现实。

即便是追上来的秦傲天，一时间也忘记了攻击，只是傻愣在原地，看着用两种语言自言自语的叶天，不明白这家伙葫芦里到底卖得什么药。

“哼，你小子别在我面前耍花招，你以为我会被你的假象所迷惑?”秦傲天冷哼一声，手上长刀便凶猛地朝着叶天方向横劈下去。

在长刀横劈下去的瞬间，一股狂妄的光芒便瞬间从长刀中爆射而出，犹如一条长河，快速地朝叶天闯过去，所过之处，地面都被撞出了一个个三尺深的长坑，轰隆隆地震的声音，不绝于耳。

叶天眼看狂暴的攻击直撞向自己的身体，顿时惊慌，想要逃脱，但是却发现，无论自己如何努力，四肢就是不受控制。

“啊，前辈!”叶天是哭笑不得地道，“虽然我不确定你到底是什么人，但是我们俩往日无怨近日无仇的，还希望前辈不要为难我。”

“哼，这点小攻击，就把你吓成这样，真是太给我魔奴丢人了，哎!”那自称魔奴的人满不在乎地骂了一句，而后轻轻地一抬手，便射出了一道细弱的光芒。

那股光芒极其微弱，和秦傲天的强劲能量光芒相比，简直可以忽略不计，就好像蟒蛇和小蛇之间的差别一样。

叶天看着那极其微弱的光芒，哭笑不得:“前辈，您想自杀也别拉着我垫背啊。”

“切，你知道个屁!”那前辈的脾气看来不小，出声训斥了一句。

很快，两股能量光芒碰撞在了一块。

诡异的一幕出现了，自称魔奴的家伙释放出的微弱光芒，非但没有被秦傲天的浩大光芒所吞噬，反倒好像是一个大型的口袋，眨眼间的工夫，便将那光芒给吞噬了去。

被秦傲天抓在手中的长刀被这股狂暴的吸力给吸得颤抖不已。最终，秦傲天没能用自己的力量挽留住长刀。长刀随着他的能量光芒，钻入了那前辈释放出的小光芒中。

“小子，这个就当成是给你的见面礼吧。”魔奴一边说着，一边将五行八卦玉放入了叶天怀中。叶天这才明白，刚才被他丢出去的小光芒竟是五行八卦玉，真没想到，五行八卦玉还有攻击功效。

被强行夺走了武器的秦傲天双目痴傻地看着空荡荡的双手，良久之后才小心地掐了自己的手臂一下，确切感觉到疼痛，这说明并不是在梦中。

可是，这究竟是什么情况？自己的低级灵器就因为那小子随手一甩，而被强行收走了？他有种骂娘的冲动。原本自己的必杀绝技竟葬送了自己的武器，这要传出去，这辈子可就没脸见人了啊。

“前辈，您……为什么要帮我?”叶天实在是想不通刚才那一幕的真实情况，只能鼓起勇气问了一句。

“这个你不必知道。”那前辈道，“你是我的有缘人，我就有义务帮你铲除危险。”说着，叶天的身子便不受控制地朝着秦傲天的方向飞了去。

“死去吧，臭虫。”叶天的口中说出这般粗鲁沙哑的话，让秦傲天惊诧不已。当叶天的身形靠近时候，他才反应过来，忙准备抵抗。

可不知为何，在叶天接近的时候，他身上仿佛被压了数千斤的重量一般，根本没办法动作，以前所有的大法通斗技统统失效，他只能像是一尊雕塑般，站在原地一动不动。

“死吧!”魔奴发出一声狂笑，手指猛然扣向秦傲天脑门，咔嚓一声巨响，秦傲天的脑门被掀翻了起来，脑浆喷溅起来。而被称为大离帝国四大传奇高手之一的秦傲天在叶天这个斗师手下，丧命了。

“啊!”看到秦傲天的身子徐徐倒在血泊中，叶天也是完全愣住了，目瞪口呆地看着抓着秦傲天头盖骨的血腥双手，老长时间都没反应过来。

“帮我好好照顾魔主！哈哈，哈哈!”魔奴在发出一阵狂笑声之后，便化为一阵风，从叶天身上飞走。而此时的叶天才终于恢复自由，重新收回了对身体的掌控。

“叶天，你没事儿吧，叶天!”追上来的韩昌盛以及叶家人看到叶天独自站在远处发呆，都匆忙走了上来，想看看叶天究竟什么情况。

当他们最后发现，大离帝国传奇年轻高手之一的秦傲天，脑壳被拽掉，倒在地上，而叶天手上则是抓着他脑壳的时候，全都吓傻了。

“不可能吧，叶天杀死了一斗王高手?”叶如霜摇晃着完全愣住的叶秋。

叶秋的视线缓缓转移，看了一眼叶如霜，只是用力地咽了一口吐沫。

"你倒是说话啊。"见叶秋不说话，叶如霜等得有些急迫了，便急忙催促道。

"我……我也不知道啊。"叶秋哭笑不得地道。

"叶天，这是……被你杀死的？"叶云阳也比叶如霜好不到哪儿去，盯着惨死的秦傲天看了老长时间，还是有些不敢相信看到的这一切都是真的。

"是啊！"相反，倒是叶天回过神来，毫不在乎地耸耸肩，似乎根本就不把这当回事儿，杀死秦傲天就是小菜一碟而已。这样一来，更让人摸不透叶天了。

"好了，别在这儿发愣了。"看别人望自己的异样眼神，叶天忙摆摆手，将大家从震惊中唤醒，"我们快走吧，要是被别人发现了我们的话，我们又得有麻烦了。"

所有的人这才明白过来，纷纷点头，跟在叶天身后，朝着远处继续行进。

不过所有人的心思可都不在走路上，他们都在想象着，这家伙究竟有什么样的杀手锏，这才多长时间没见，就将一斗王强者给斩杀，这还不算什么，最不可思议的是，这家伙一点伤都没有，衣服也没脏乱。除非是斗皇强者，才可能斩杀一斗王强者而不算狼狈……

这小子是斗王强者吗？不可能，看起来乳臭未干啊，能达到斗灵级已经算是变态了，绝对不可能是斗皇强者啊。

逆天，变态！

而叶天则是在思考着下一步的计划。得罪了秦家总部，他们叶家可能就会被秦家给彻底灭掉。这下他们的敌人可不仅仅是千灯镇的了……

想着想着，他的大脑便有些混乱起来了。而这个时候，判官却冒出头来，和叶天开始交谈起来。

"叶天，难道你没觉得，刚才那个自称魔奴的人很蹊跷？"

听判官这么一说，叶天才终于想起，那个自称魔奴的人还说让自己保护好魔主，这究竟什么意思，当下便是和判官商讨起来。

"我觉得，"判官沉吟片刻后，道，"魔奴所谓的魔主，可能就是林雪儿。"

"林雪儿？"叶天吃惊道，"怎么可能？你的意思是，她也是邪魔一道的人？"

判官笑道："你不必如此激动，这也是一个猜测而已。再说了，她可能只是邪魔一道的传人而已，并不一定修炼了邪魔之法。"

叶天这才放下心来："判官所言极是。我现在也开始觉得林雪儿有异样了。她知道古墓府邸的建筑结构图，我猜测她在这古墓府邸中居住过。"

"这个可能性倒不是很大。"判官道，"古墓府邸被封印上千年时间，若是说林雪儿在此处居住过的话，那就说明林雪儿有上千岁了……那个乳臭未干的小丫头，不可能如此大年龄。"

叶天讶然，他怎么把这个事实给忽略了。

"不过，无论如何，回去之后我得问问那丫头到底什么来历。若是对我叶家有

威胁，我也定斩不饶。”

判官道：“这个自然。”

“只是，你斩杀秦傲天，凭秦家的实力，定然能在最短的时间内搜查出你的，到时候你叶家可就面临着双向威胁。你的实力若是不能战胜斗皇强者，怕是叶家……”

判官说到这儿的时候，主动停下话，因为他相信凭叶天的聪明才智，知道自己想说什么。

而叶天的确明白判官的意思，单单一个千灯镇的秦家分部，便已然威胁到叶家的安危，若是再加上一个秦家总部，更是雪上加霜，渡过这次危机，困难重重。

若是叶家总部能帮忙的话，对抗秦家，他们叶家或许能扛过这次危机……可是叶家总部会为了一个小小的分家，而对抗同为大离帝国四大家族的秦家吗？

答案很明显，是不可能的。

汇通拍卖行也起不了多大的作用了，最多就是震慑一下千灯镇的秦家。如今自己斩杀了秦家总部的年轻高手第一人，他秦家即便得罪了汇通拍卖行，也定然会对自己下手。

恐怕以后自己就要出名了吧，一个名不见经传的年轻人，将另外一个名震神魂大陆、大离帝国四大传奇高手之一的秦傲天给杀了……这对大离帝国四大传奇高手未免是一个讽刺。

不知道其余高手会有什么感想，会不会觉得不服气，来找自己挑战？

第二十一章　魔奴现身

在这种乱七八糟的思绪中，天色很快便亮了，而这一路，他们都没有再遇到劫道的。在天色即将亮起的时候，他们在一个小镇安顿了下来，行事低调得很，免得引起其他人的注意。

这个小镇原本是一个不算太繁华的小镇，人流量很少，属于比较贫穷的镇子了，但是因为距离魔兽森林太近的原因，最近这个镇子的人流量蓦然多了起来，小商小贩也多了不少，所以镇子相对热闹了起来。

韩昌盛对租赁房子、让人闭嘴的功夫是队伍中经验最丰富的，所以叶天将这件事全权交给韩昌盛去处理。

为了能赢取叶天的信任，韩昌盛一路上对叶天都是恭敬有加，甚至都有把女儿韩灵儿献出去的想法。所以这一路气得韩灵儿小脸都绿了，恨不能一头撞死。

跟着叶天去偏僻的千灯镇，她已经非常不满了，要是真的被父亲许配给这个讨厌的家伙……韩灵儿都不敢继续想下去。要是他每天都这样气自己怎么办，岂不是要把自己苗条的身材给气肿了？

韩昌盛不愧为江湖老手，对租赁房子这件事是手到擒来，叶天等人还没等多久，那韩昌盛便已然分配好了房子，叶天一个人一间房子，其余的人都是两人一间客房，吴波和韩灵儿两人随自己在同一个房间。

并且为了不走漏风声，韩昌盛特意命令队伍，白天谁都不准外出，若是违反了规定，即刻逐出队伍。吃饭什么的，都召唤店小二去做。

反正他们身上有的是钱，也不差这一点。

行走了一晚上，叶天也是劳累不堪，躺在床上，准备睡一觉，可是刚刚躺到床上，便忽听门口传来一阵敲门声。

他皱了皱眉头，而后小声道："谁啊？"

"是我。"门外竟传来吴波的声音。

听到这声音，叶天顿时就怔了一下，吴波来干什么？他小声问了一句："有什么事儿吗？没事儿的话，就去休息吧，晚上还要赶路。"

"咯咯，咯咯！"吴波发出银铃般清脆的笑声，"有事儿，有事儿，公子开门，有点事儿想和您商量商量。"

单单听她那性感撩人的声音，叶天的心就有些怦怦狂跳，脸色绯红，小声骂了一句："真是一个小妖精。"

既然人都已经找上门了，自己不开门，也显得自己有些小气了，只好走上去，将门打开。

看站在门口的吴波，一条白色短裙，上身是一件轻纱宽松上衣，配上那精美绝伦的小脸蛋，让叶天在看她第一眼的时候，鼻血差点没流出来。真是没想到，这个妖精还真的能发挥出妖精的魔力来。

“这个……吴波小姐，请问，找我有什么事儿嘛?”刚刚讲话，叶天的脸便红了一大半，连讲话的声音都有些颤抖了。

而随之颤抖的，还有叶天身上某一个器官。没办法，这个女人实在是太迷人了。

“没什么，就是想找你喝杯茶聊聊人生，可以吗?”吴波咯咯娇笑着，不请自入，挺翘的臀部看着是越发的诱人。叶天的两眼不由得瞪直了，使劲地咽了一口吐沫。

“行吧。”既然她都已经进来了，自己拒绝的话，会不会让人很难堪，只能硬着头皮答应了。

“想聊点什么呢?”叶天坐在吴波对面，看了一眼她那双如碧波秋水般的眼睛，倒吸一口凉气问道。

“聊点感情上的问题吧。”吴波一边给叶天倒一杯茶水，一边说。

“感情……”叶天被这两个字儿给噎住了，深呼吸一口气，“我想，我和吴波小姐聊这个话题，会不会太敏感了。”

叶天尽量深呼吸，保持着自己的理智。但是他却发现，无论自己如何深呼吸，根本就没办法在这个女人面前保持完全清醒的理智。她身上裸露出来的任何一寸皮肤，反射出的任何一处光泽，都是那般的漂亮莹润。所谓食色性也，叶天连连咽了好几口吐沫，才总算勉强强压住心中的冲动。

“咯咯，这有什么好敏感的呢?”吴波咯咯笑着故意耸耸肩，在她耸肩的时候，胸口上那两团肉上下跳动了起来，叶天的眼睛都看直了。

“好吧。”叶天同样无奈，“请问吴波小姐有什么想说的呢，我洗耳恭听。”

砰砰砰!

就在吴波准备讲话的时候，门口再次传来一阵敲门声。听到这声音，叶天顿时紧张了起来，小声问道:“谁啊?”

“我。”门外传来叶如霜的声音。

“怎么会是她?”叶天的大脑一下子就有些热了起来，若是叶如霜看到吴波坦胸露乳地出现在自己房间中，会有什么感想?

见叶天惊慌失措成这样，吴波笑得更放荡了，胸口颤抖得越发厉害:“怎么了，叶天，去开门啊。”

她故意放大声音，目的就是想让外面的人听见。

"怎么，不方便吗？那就算了。"叶如霜听到房间中传来吴波的声音，虽说怒火攻心，不过也不好表达，只好强硬咽下一口气，而后温柔回了一句。

"方便方便。"叶天擦拭了一下脑门上沁出的细密汗珠，忙跑去开门，心想今天这是怎么了，折磨人不带这样的啊。

"如霜，不累吗，呵呵！"叶天冲似乎有些怨气的叶如霜笑了笑。

"不累不累。"叶如霜道，"倒是你，要多加休息啊，赶了一天的路了，好容易休息下来，还要忙着应付这应付那，好好补补身子。"

叶天怎能听不出叶如霜语气中的冷嘲热讽，却也不好反驳，只是在她讲完之后，客客气气地笑笑："呵呵，叶如霜小姐，我想我们之间肯定有什么误会，倒不如坐下来好声好气地商量一番。"

叶如霜狠狠地瞪了叶天一眼，小声嘟哝了一句："花心。"而后便坐下，眼神不经意间和吴波碰到一块。叶天分明闻到弥漫在空气中的一股酸味，他知道，叶如霜的醋坛子最后还是翻了。

"叶天，你不准备给我们介绍介绍？"叶如霜表情平淡地看着吴波，眼神中满是戏谑的笑容。听叶如霜这么说，叶天浑身上下都起了一层鸡皮疙瘩，这句话很明显是在试探自己啊。

"是啊，叶天小兄弟，你也得把咱那关系给挑明了才好啊。"吴波也是有些嫌叶天不够烦恼了，撒娇道。

"其实，我们两个只是普通朋友关系。"叶天连连道，"这只是我们第三次见面而已。"

"是吗？"叶如霜满脸不相信的表情道，"我看着不像啊，只见过三面，她怎么穿这么少在你房间里和你唠嗑啊，看着关系不简单啊。"

就在这个时候，门口忽然传来砰砰的敲门声，同时韩灵儿清脆如铜铃的嗓音从门外传来："姐夫，开门啊，是我啊。吴波姐姐，你们睡了吗？"

啊！

叶天当场傻眼，完了完了，这韩灵儿是来报仇了，这下可怎么办啊，这次是真的有苦说不出了。吴波一个人在这儿搅和，他都有些招架不住了，这两个人在这儿唱双簧的话，就算自己长了两个嘴巴，也绝对说不过她们啊。

这下可该怎么办啊？

就在叶天焦急的时候，韩灵儿娇滴滴的声音再次传来："哎，你们怎么睡那么早啊，姐夫，明天见吧。"韩灵儿说完，便准备偷偷溜走。

但是叶天怎么可能会让她这样溜走，当下便嗖的一声冲了出去，不一会儿便拽着韩灵儿的胳膊，走了进来："韩灵儿，你给我说清楚，谁是你姐夫，你今天要是说不清楚，你就别想走出这个房间。"

叶如霜用幽幽的眼神看着叶天，脸上的怒气，可见一斑。

“姐夫，你今天怎么了？我看你有点不正常啊，哦，肯定是你说的那个八婆在这儿，你不敢承认姐姐的身份吧。呵呵，今天有好戏看了。”

人都说最毒不过妇人心，以前叶天还有点不信，不过现在，叶天是百分之百相信了。这韩灵儿，简直比恶毒农妇还要凶狠。人都说宁拆十座庙，不散一门亲，可是这韩灵儿今天摆明是要拆散了自己的这门亲事，虽说自己最后不一定跟叶如霜好，但也不能这样玩人啊。

“你……你这是胡说。”叶天气得脸都发绿了，手指着韩灵儿的鼻子，就是怒声训斥，“吴波，你来说说，我们到底什么关系，韩灵儿不懂事，你也不能跟她一样不懂事吧？”

他忽然发现，自己能轻松解决掉实力比自己强横数十倍的高手，但是在这三个女人面前，他是毫无招架之力啊。

呜呜，呜呜！

问到此处的时候，那吴波却是忽然哽咽起来，委屈的泪水好像喷泉一般鼓荡而出：“你……你这个负心汉，你不要我也就算了，但是你不能这样对我妹妹啊。你说过要纳我妹妹为妾的，你怎么可以这样对我妹妹呢？”

叶天真的有种把肝胆哭出来的冲动了，这俩人冤枉人都不带眨眼的啊，这下自己真的是百口莫辩了。他忽然发现，自己现在什么都做不了，只能双目直勾勾地盯着吴波看，却也没法替自己辩解。

“你还有什么好说的？”叶如霜双目幽幽地看着叶天，眼神中的恨意浓厚得吓人。

“如霜。”叶天长长地吸了一口气，“你应该知道我的为人，若是你不相信我的话，就算了。我也不想为自己辩解什么。”

叶天咕咚咕咚灌了两口茶水，而后双目赤红地瞪着吴波和韩灵儿。

“哎！”叶如霜长长地叹了口气，脚步徐徐地走出叶天的房间。望着她颓废离去的背影，叶天的心里好像倒了五味瓶一般，不是滋味：“这下你们两个满意了？”

吴波和韩灵儿这才坐了下来，笑嘻嘻地看着叶天：“这怎么能满意呢？我们的目标，是让你做天下第一大光棍，让你一辈子都讨不到老婆。”

“最毒不过妇人心。”叶天自斟自饮道，“若是没什么事儿的话，就赶紧走吧。我要睡觉了，两位老婆。”

他自嘲地走到床边，仰躺在床上，虽闭眼，却是没法睡去。毕竟房间里可有俩如花似玉的漂亮大姑娘呢。自己这是第一次和女孩子单独在一个房间。

“相公，要不要我陪陪你？”吴波清脆的声音，撩动着叶天的心弦，让他身体的某个部位逐渐起了反应。

“切，才这么小一点！”韩灵儿满是鄙夷地瞪了一眼叶天，扬长而去。

“……”

也不知睡了多久，当门外传来急促敲门声的时候，叶天才勉强睁开眼睛。全身舒爽不已，虽说之前和秦傲天有过一场交战，挨揍了好几次。不过经过睡梦中黑影对自己的教导，他的身体已经完全恢复了，一点小病小灾都没留下，甚至在虚拟修炼了一整套凤鸣天际之后，实力暴增。叶天感觉体内的斗气蓬勃，斗者之门后方的虚幻空间越来越大。

待得判官发现叶天斗者之门后方空间愈加广阔之时，惊得是目瞪口呆，万万不曾想到，这家伙的修炼速度如此之快，刚刚突破至斗师级，马上就要升级到斗灵了……不可思议，即便放眼整个神魂大陆，这么变态的修炼速度都是很少会遇到。

而叶天为何会忽然之间拥有这么变态的修炼速度呢?

仔细思考良久，他才终于想起了魔奴最后一丝残破神识现身的情况。那魔奴似乎是在五行八卦玉中吸入了秦傲天不少的火源，甚至连那把低级灵器，神魔大刀都给夺过来了，叶天的修炼突飞猛进，会不会和魔奴现身有关系呢?

想到此处，他便询问叶天的身体有没有什么异样。

叶天仔细感受良久之后，才有些忐忑不安地对判官道："自从昨日起，我的丹田便有些燥热，似乎有一团火苗在燃烧，原本我以为是受伤所致。不过如今，那团火苗燃烧得愈加旺盛，我的痛苦也是接踵而至。"

听叶天这么说，判官忽然想起了什么，将自己的一丝灵识探入叶天的丹田中。当他看到，斗者之门后方的广阔空间，有一颗足有丹药那般大小的明珠的时候，立刻惊得目瞪口呆，连声惊呼不可能。

看判官反应如此激烈，叶天便知道其中必有蹊跷，忙询问判官到底为何。

判官这才将事情的来龙去脉一五一十地告诉了叶天。

原来，一直盘旋在叶天丹田之中的那颗亮堂堂的东西竟是魔奴的真丹。

听判官如此一说，叶天同样是张大嘴巴，满目的惊恐不安："那是……魔奴的真丹，怎么可能会出现在我的丹田中?"

砰砰砰！门外再次传来急促的敲门声，打断叶天的思绪。他这才应了一声："谁啊。"

"天儿，天色不早了，赶快出发吧。"叶云阳的声音，声音中充满了尊崇和爱意。

自从叶天"舍命"救下他之后，他是彻底沦陷了，潜意识中，将叶天当成了主人，而自己不过是为他服务的奴仆……虽说自己是长辈，而且他也清楚这样会对自己的威望产生不好的影响，但是一想到叶天的恐怖实力，一切顾虑都烟消云散。

"嗯，来了。"叶天看了一眼窗外，这才发现窗外果然黑暗一片，忙应了一声，便用神识和判官交流。

“我想，这应该是魔奴送给有缘人的礼物吧。”判官道，“我说你的修炼速度怎么如此恐怖，原来是魔奴将自己的真丹赠送于你了。”

叶天无奈笑笑：“这么说来，魔奴也是真气修炼者了？”

判官点点头：“对，他也是真气修炼者，想要激发出五行八卦玉中他的残魂，必须用真气才行，我想他所谓的有缘人，应该是真气修炼者才对。”

叶天似懂非懂地点点头，可是忽然想起他说的那句“好好照顾魔主”，如果他所谓的魔主就是林雪儿的话，那么就说明，这魔奴知道自己和林雪儿的关系。可是，几千年的残魂，怎么知道现在的事呢？难不成……他能预知未来？自己夺得五行八卦玉，并且用真气催动玉块，激发出他的残魂，根本就是在他的盘算中……

想到这儿，叶天的心惶恐地跳起来，如果真是那样的话，这也忒恐怖了点吧，难道还真的有人能预算未来的发展？

他将自己的想法告诉了判官，判官的回答是，有很大的可能是这样，达到神通境的高手的确有看破时空预知未来的能力。

这个世界实在是太大太大，自己所知道的，实在是太少了。即便是自己的实力，在那神通境高手面前，简直连手无缚鸡之力的婴儿都不如。

“你发什么呆啊，相公？”他耳畔忽然传来韩灵儿的声音，他这才从万千思绪中抽出了一丝神识，看了一眼韩灵儿调皮的眼睛。

“滚！”叶天有种被调戏的感觉。

“呜呜，呜呜，你怎么这样对人家吗，你怎么能喜新厌旧呢，呜呜！”

韩灵儿竟捂着眼，假装哭起来了。

幸亏这会儿韩昌盛的队伍还没过来，要是看到韩灵儿如此在叶天跟前撒娇的话，肯定会集体把眼珠子瞪出来。他们哪里知道，韩灵儿所做这些，摆明了是给站在不远处的叶如霜看的。

那叶云阳见韩灵儿一口一个相公地喊着，登时就愣住了，同时愣住的还有叶家其余少年。

他们跟韩昌盛的队伍，也有一路了，都很明白韩灵儿对叶天的态度，那是恨不能将叶天给剁碎了喂狗啊。可是这次是怎么回事儿，为何会忽然对叶天如此热情了？要知道这可是汇通拍卖行一把手韩昌盛的女儿，那绝对是贵族千金，怎么会对叶天如此热情？

被他的相貌所吸引，还是被他的实力所折服？

而更让他们想不到的是，叶天对这样娇媚妖娆的女孩，非但没有丝毫的怜惜，反倒是毫不留情地骂了一句滚！

叶家不少少年的心里在滴血。要是能让韩灵儿对他们这般撒娇，相信他们愿意付出所有。可叶天呢，竟毫不留情地骂了一句滚！人比人得死，货比货得扔啊！

唯独那叶如霜对这一切视而不见，视线一直都放在远处，似乎这边发生的事，和她一点关系都没有。

“叶天公子！”韩昌盛很快便带着队伍过来了，恭敬地道，“咱们的人太多，所以我想我们还是租赁几辆马车吧，这样也能快一些。”

叶天点头，赶一晚上的路，的确是让人受不了。他们还好点，那几个女孩子可能坚持不了这样的脚程。

在韩昌盛的带领下，他们走出了旅馆，然后果然看到几辆马车在等候了，看来韩昌盛早就已经准备好了。

叶天和叶家队伍在同一辆车上，为了能给叶如霜解释一下事情的来龙去脉，叶天执意坐在叶如霜旁边。

叶如霜刚坐下，叶天在叶家最好的朋友叶明也凑了上来，上下左右地打量着叶天：“你小子真的是叶天？”

叶天看叶明满眼质疑，无奈苦涩笑笑：“当然是了。”

“那你说我是谁？”叶明问道。

“叶明啊。”

“那你说说我的一个秘密？”

“你曾经偷窥林雪儿！”叶天毫不犹豫地道。

“什么？”叶天这么一说，叶家少年全都将愤怒的目光，集中到叶明身上，一个个都是把眼睛瞪得滚大溜圆，就好像一颗葡萄般的大，凶光毕露。

这林雪儿在叶家少年心中，那是纯洁小天使啊。虽说暗中给她取外号是小魔女，表面上对她是避之不及，不过这林雪儿纯洁仙女般的外貌，还是征服了叶家少年，每个人都把她当妹妹看待，他们绝对不容许别人对自己的妹妹有任何的亵渎。她太纯洁了，好像雪一样的白嫩……

这叶明偷窥众人心目中的女神，无疑是在这干净雪白的雪上撒了一泡尿，把雪染脏了，他们怎能不生气？

叶明看众人仇恨的目光，连连解释：“我那是在和叶天开玩笑，开玩笑的。”

“如霜！”叶天看着叶如霜有些爱答不理的表情，道，“你知道的，那两个还是孩子，就喜欢胡闹！”

叶如霜这才扭过脸来，装作莫名其妙地道：“和我有什么关系？为什么要给我解释？”

这个问题倒是把他给问住了，是啊，和她什么关系？为什么给她解释？是怕她吃醋吗？自己这么在乎她的看法？难不成，是自己喜欢上她了？不会吧，虽说以前对叶如霜有感觉，但如今他最关心的还是自己的实力，哪有时间去考虑这些问题？

“你这么在乎我吗？”叶如霜眼神严肃地看着叶天，“很在乎我的看法？”

"她什么意思?"叶天有些心虚地将望她的眼神收了回来,"难道是在试探我对她的态度?这个问题连自己都没搞明白,还怎么回答?"

见叶天一直都没回答,叶如霜冷冷笑笑:"等你什么时候想明白了,再告诉我吧。"

他扭头看了一眼叶如霜,而后郑重其事地点头:"我想明白了,一定会告诉你的。"

有了马车,他们的速度无疑快了不少,而且这样也能节省体力。另外还有一个最大的好处,那就是白天的时候,也可以行车。因为马夫不是他们队伍的人,他们在马车里边,不会被外边的人发现。

"什么?"千灯镇秦家族长秦煌拍案而起,看着跪在地上的探子,"这个消息确切?汇通拍卖行真的要在我千灯镇设分行?"

那探子眼神中满是惊喜:"族长,是的,这个消息是从汇通拍卖行我的一位朋友那打探来的,绝对准确。"

"好,好,好!"秦煌连声惊呼三声好,"若是汇通拍卖行在千灯镇设立分行的话,他们定能跻身千灯镇几大势力之首。汇通拍卖行都是实力为尊的主儿,若是他们知道,我秦家老祖跨入斗皇级的话,必然会和我秦家结交。有汇通拍卖行拉我们,我们家族的势力财力肯定能水涨船高。哼,叶家,这次你必死无疑。"

"恭喜族长!"探子见机行事,立刻出声恭喜,讨好秦煌。

"你做得很不错,非常的不错。"秦煌夸赞了几句,随手从身上掏出了一颗丹药,道,"这是下等三级丹药,最近你快要升级斗灵了吧。"

"啊,多谢族长,多谢族长,小人愿为族长赴汤蹈火,多谢族长赏赐!"那人跪着挪动脚步,很快便走到秦煌跟前,而后恭恭敬敬地接过了秦煌手中的丹药。

"哼,叶家,我这次让你们死无葬身之地。"秦煌的拳头握得咔嚓咔嚓响,青筋鼓起,看着让人颇为惧怕。片刻之后,他忽然想起了什么,扭头看着那探子,道:"狮王争霸大赛,还有多少时日?"

探子恭敬地道:"还有五日时间。"

"五日时间?"秦煌的眉头微微皱了皱,"秦岭他们怎还不回来?该不会是他们出什么事了吧?"

"报,秦冲教头以及秦岭公子他们都回来了。"门卫尖锐嘹亮的声音,从门口的方向传来。

秦煌面容一喜,道:"不知他们会给我带来何等惊喜,走,去看看。"说着,便急着往外边走。

待得他见到秦冲,眉头却是忽然一皱,嘴巴一张,差点没喷出二两血来。

秦冲果然是给他们带来了一个惊喜。只不过这个惊喜多少让他有些接受不了而已。秦岭重伤,身上缠着厚厚的绷带,被秦冲他们放在担架上,抬了回来。再看队伍，狼狈不堪，身上哪有从古墓府邸寻觅到的宝贝。

“你们……这是怎么回事儿?”秦煌看秦岭受此重伤，怒不可遏，不过却也没急着发作，还是先搞清楚现在的状况才是王道。

“我们……我们这次是……遇到了汇通拍卖行的人!”秦冲擦了一把额头上因紧张而冒出的一层汗水，“我知汇通拍卖行的势力，所以没有敢招惹他们，但是秦岭公子太冲动了，竟奋不顾身地冲了上去。结果……结果被汇通拍卖行的韩昌盛拍中了一掌。属下该死，是属下没拦下公子。”

“什么?汇通拍卖行的韩馆长?你这个畜生，谁让你和韩馆长起冲突的?”听秦冲这么一说，秦煌当场有种杀人的冲动，现在他倒不关心秦岭的伤势了，还是先弄明白这件事的原委，“秦岭他们不知道汇通拍卖行的势力，你还不知道吗?不巴结他们，还要和他们起冲突……我真是白养你这么多年了。”

秦煌一怒之下，竟是将一张木质桌子给捏碎了一个角。

“族长，你听我说。”秦冲歉意连连地解释，“当时我们正好撞到叶家队伍，他们接二连三地挑衅我们，无奈之下，只能和他们起冲突。他们打不过我们，最后只能选择逃亡。谁知，他们的队伍撞到了一个神秘老者，也不知他们许诺给神秘老者什么好处，那神秘老者竟答应帮他们。那老家伙似乎有些来头，汇通拍卖行的人对他是言听计从。就是听了老家伙的话语，韩昌盛才下手伤了公子。”

“什么?”听秦冲这么一说，秦煌好像受到莫大的打击，连连后退了好几步，脑袋有些眩晕，幸亏有侍者搀扶住，才勉强不至于摔倒。

“竟被他叶家领了先!”秦煌叹了一口气，“若是他叶家和汇通拍卖行有了交情，对我等势必会有不利的影响。”

想来想去，最后这秦煌猛然咬着牙齿，一字一顿地对秦冲道：“趁着韩昌盛他们还未到千灯镇，给我暗中整顿人马，最近两日，对秦家发动攻击，势必在他们回来之前，将叶家给我灭了。”

秦冲愣了一下，继而小心翼翼地问道：“若是汇通拍卖行的人真的要为叶家出头，我秦家不好交代啊!”不得不说，他这个教头还并不是那种有肌肉没脑子的家伙。

“不好交代?我们有什么好交代的，谁知道灭掉叶家的是我们?你知道吗?”秦煌满脸冷笑地问道。

“啊?不知道，不知道!”秦冲立刻明白秦煌的意思，连连摇头。

“你们知道吗?”秦煌看着其余的人，狂声大笑着问道。

“我们什么都不知道。”其余众人怎么会不明白秦煌的心思?这可是司马昭之心，路人皆知啊。

与此同时，千灯镇叶家。

叶家议事大厅，叶威猛然用力，将手中的茶杯摔到地上，顿时间茶水迸溅而起，继而整个大厅都跟着安静下来。

“你们说什么？汇通拍卖行要来千灯镇安营扎寨？你确定是汇通拍卖行？”叶威双目灼灼地看着跪在地上的侍者道。

“是的，老爷，这个消息千真万确，据说他们正在来这的路上。”

跪在地上的探子，字字清晰地道。可是他说的每一句话，都好像一把锋利的匕首，狠狠地刺在大厅中每一个人的心中。

“父亲，你不要激动。”叶云仙忙上前搀扶住全身颤抖的叶威，道，“虽说汇通拍卖行可能会因秦家老祖宗，而和秦家结成统一联盟，但是我们有叶天请来的斗皇强者，说不定也能震慑住汇通拍卖行呢。要知道汇通拍卖行都是不肯轻易得罪大势力的，估计他们也会威慑我叶家请来的帮手，不会轻易出面。”

“云仙，你相信，天儿真的能请来斗皇强者？”叶威苦笑连连，“斗皇强者，在神魂大陆都是顶级高手的存在，哪能这么好请，即便能见斗皇强者一面，那也是困难之极。我现在倒是有些后悔，让天儿出去了，我明知这是不可能的……哎呀，现在可怎么办才好啊，云仙，你告诉我，我现在应该怎么办？”

看父亲急成这副模样，叶云仙却是根本不知该用什么样的话安慰父亲，只能是怔在原地发呆。良久之后，叶云鹤才终于凄惨笑笑：“父亲，实在不行，我们可以请林雪儿背后的力量……我们照看林雪儿那么长时间，他们一定不会袖手旁观的。”

“住嘴！”叶威忽然发怒了，双目通红，死死地瞪着叶云鹤，“给你说过多少次了，不准在我面前提林雪儿背后的力量。他们是不可能帮助我们的，在他们眼中，我们就是蚂蚁一般的弱小。我叶家，即便灭绝，也绝对不会低三下四地求这些歪门邪道。”

“父亲说的是，孩儿知错了。”叶威还很少会发这样的雷霆大怒，叶云鹤当场被镇住，只能是连连嘘声道歉。而叶云仙则是安慰道：“父亲，别怪二弟，他也是为了家族着想。”

听叶云仙这么一说，那叶威这才有些缓过气来，重新坐在座位上，目光无神地望向远处，良久之后，这才起身，准备离去。

可是，走了两步之后，忽然想起了什么，扭过头看着叶云仙：“距离狮王争霸赛，还有多久？”

叶云仙掐指算算，道：“父亲，还有五日。”

“五日？”叶威的眉头皱得更深了，“哎，云阳他们也没消息，不知五日之后，能不能回来。云仙，你派人去打探打探，看能不能打探得到云阳等人的消息。”

叶云仙连连点头应着，然后示意下人送叶威老爷子回去。

“二弟。”目送叶威老爷子离去之后，叶云仙这才走到叶云鹤身边，满脸愁容地问道，“你确定秦家的队伍，是准备伏击我们的队伍的？”

叶云鹤目光中满是忧虑地道：“我也是在茶馆的时候，无意间听茶客们说起的。他们说曾亲眼看到秦冲为首的队伍，追杀叶家的队伍。不过叶云阳等人到最后究竟落得什么下场，有没有逃出秦家手掌心，那几人倒是并未见到。”

“真是一波未平一波又起啊。”叶云仙苦笑连连，“现在只能期盼云阳他们能成功逃过秦家人的追踪了。”

“我现在去打探一下云阳队伍以及叶天的下落，叶家队伍遭受袭击的事情，万万不可告诉别人，听到了吗？”

“明白！”叶云鹤同样是满脸忧郁地道。

经过两天两夜的车程，叶天等人竟是在第三天赶了回来。看着远处被余晖包裹住的千灯小镇，叶天心里是说不出的激动，因为这是生养自己的地方。阔别多日，回归而来，他才感觉，原来只有自己的家乡才是最温暖、最让人舒心的老窝。

叶家人在经过一番舟车劳顿之后，终于到达目的地，心情都是不错。郁闷了一路的叶如霜在看到远处的小镇的时候，心情也终于是明媚了起来，嘴角露出一丝明显笑意。

这一丝微笑，迷住了不少叶家少年。

“相公，这就是咱家吗？哎呀忒好看了。”就在叶天为叶如霜的微笑而宽心的时候，韩灵儿的声音再次传来。听到这个声音之后，他原本松弛的心再次紧绷了起来，目光不自觉地望向韩灵儿的方向。

“相公，咱的小家可真是温馨，尤其是在夕阳照耀下，更是美妙绝伦。我想我们在这儿生活一定会很幸福的，我一定要和你白头偕老。”韩灵儿矫健细嫩的小身体，在夕阳的映衬下蹦蹦跳跳地走过来。看她满脸幸福说着肉麻的话，看着那娇媚可爱的小身子尤其是那张倾城倾国的小脸蛋，不少叶家少年都是瞪直了眼睛。

若是问他们此行最大的收获是什么的话，怕是他们都会回答，看到了两个绝世倾城美女为一个男子吃醋了。

这对他们来说，实在是一个太大的打击了。

叶天同样是那副嫌弃的表情，狠狠瞪了一眼韩灵儿，根本就不搭理。

韩昌盛根本不明白事情的来龙去脉，所以在韩灵儿亲切地称呼叶天为相公的时候，表情瞬间凝滞了。他还真不知道叶天已经拿下自己女儿的事呢。怎么从来都没听她说起过？

幸亏吴波对韩昌盛还是很忠诚的，当下便将事情的来龙去脉一五一十地告诉了他。韩昌盛听完之后，却并未前去阻拦，心想这么优秀的男人，怎么能落到别人手上当姑爷。

而叶如霜的表现，也的确证明韩灵儿达到了目的。只见她狠狠瞪了叶天一眼之后，便主动走到叶云阳身后，甚至连看都不看叶天一眼。

对韩灵儿的这般表现，叶天也不能怨天尤人，只能是无语笑笑，并不做声。

在接下来的一段路程，叶家少年的心情和韩灵儿的心情是截然不同。叶家少年是人比人得死的心情，而韩灵儿则是一副奸计得逞、心情愉悦的表情。

很快，他们便进入了千灯镇的范围。虽说千灯镇相对别的镇子落后一点，但是麻雀虽小，五脏俱全，人们的基本生活所需要的设施还是很齐全的。最富千灯镇特色的步行街更是被各种货品小贩占据，琳琅满目的精美小物件很快便吸引了韩灵儿和吴波的视线。两个女孩子吵着闹着，要去步行街里边凑热闹。

“快去看啊，快去看啊，打起来了，终于打起来了。”

“是吗？这么快就打起来了？哈哈，这下有好戏看了。”

“是啊，快去占位吧，要是去晚了可就没地儿看了。”

“……”

韩灵儿一哭二闹三上吊的功夫的确厉害，韩昌盛等人实在执拗不过童心大盛的韩灵儿，正准备随她去步行街走走，可是忽然有一支群众队伍，从步行街里边走出来了。

（未完待续，请看下册）

逆战穹

下册

西门不败◎著

中國華僑出版社

图书在版编目(CIP)数据

逆战苍穹:全2册/西门不败著. —北京:中国华侨出版社,2013.5

ISBN 978-7-5113-3540-1

Ⅰ.①逆… Ⅱ.①西… Ⅲ.①长篇小说—中国—当代 Ⅳ.①I247.5

中国版本图书馆CIP数据核字(2013)第089384号

●逆战苍穹

著　　者/西门不败
出 版 人/方　鸣
策　　划/周耿茜
责任编辑/文　筝
责任校对/王京燕
装帧设计/玩瞳装帧
经　　销/全国新华书店
开　　本/710mm×1000mm　1/16　印张32　字数620千字
印　　刷/北京紫瑞利印刷有限公司
版　　次/2013年7月第1版　2013年7月第1次印刷
书　　号/ISBN 978-7-5113-3540-1
定　　价/48.80元(全2册)

中国华侨出版社　北京市朝阳区静安里26号通成达大厦3层　邮编:100028
法律顾问:陈鹰律师事务所
编辑部:(010)64443056　64443979
发行部:(010)64443051　传真:(010)64439708
网　址:www.oveaschin.com
E-mail:oveaschin@sina.com

目录

逆战苍穹 下册

第二十二章　重回小镇 / 001
第二十三章　笔转乾坤 / 013
第二十四章　神魂教风波 / 024
第二十五章　难缠的小魔头 / 035
第二十六章　大爆破术威力无穷 / 047
第二十七章　神魂教圣姑 / 059
第二十八章　天龙金枪 / 072
第二十九章　嘴馋的判官 / 083
第 三 十 章　光罩的防御能力 / 096
第三十一章　左右互搏术 / 107
第三十二章　武者的较量 / 119
第三十三章　秦家老祖现身 / 131
第三十四章　秦家老祖的较量 / 144
第三十五章　叶天发威，天地俱灭 / 156
第三十六章　重回云仙洞 / 169
第三十七章　古墓府邸的出现 / 181
第三十八章　真气轮子的崩溃 / 193
第三十九章　海底魔界 / 204
第 四 十 章　闯入异世界 / 216
第四十一章　天地较量 / 229
第四十二章　苍天主宰 / 241

第二十二章　重回小镇

听他们兴奋的交谈声，叶天就能听得出来，千灯镇肯定有大事儿发生。而能被这个小镇子称之为大事的，必然和千灯镇四大家族有关。

于是他匆忙闯入人群中，抓住了一个最活跃的家伙，而后问道：“到底发生了什么事儿?”

“哎呀你个土包子。”那个被叶天拽住的大哥很是鄙夷地看了一眼叶天，“这么大的事儿你都不知道？叶家和秦家打起来了，据说其余两大家族也都有插手，快点去看看吧，要是去晚了可就看不到了。”

说着，那个家伙便挣脱了叶天的手，嗖的一声，跑了出去。

“不好!”听那家伙这么一说，叶天的心开始怦怦狂跳了，秦家终于等得不耐烦了，违反约定，提前动手。

自己说什么也不能继续在这儿待下去，得赶紧去演武场看看。

他退回来，将刚才打探到的消息一五一十地告诉了众人。反应最激烈的自然是叶家人，纷纷叫嚷着要去好好教训秦家人。

韩昌盛自然也明白，这件事事关叶家生死存亡，拦下了准备继续逛下去的韩灵儿。虽说她是一百个不愿意，不过这个时候也没办法了，只能是点头答应，嘟哝着小嘴，很是可爱。

不过，那韩昌盛往前走了几步之后，却是有些犹豫了，喊住了叶天：“叶天，我想不到万不得已，我还是不要随便出面了。你也知道，我这一出面，代表的可是汇通拍卖行。若是我汇通拍卖行得罪了秦家那个老祖宗，斗皇高手，怕是家族会拿我治罪，我汇通拍卖行也会遭受损失。不过你放心，若是斗皇强者出面的话，我绝对不会坐视不管，我会先给上头报告，尽量拖延住他们。”

叶天甚至连头都没回，便直接点头答应了。他也知道韩昌盛考虑的不无道理。父亲曾告诉自己，这个世界上，没有永远的朋友，只有永远的利益。韩昌盛是一个商人，自然是利益为重。自己怎么能随便强人所难呢?

既然事已至此，那自己再强行挽留也没什么用了，所以他也是并未多言，只是简单地点头答应下来，继续带着叶家少年的队伍前行。

韩昌盛伸手拦下了自己的队伍，表情有些尴尬，叹了口气：“果然是英雄出少年。这么小的年纪，竟有如此老成的心计，若是能继续成长下去，将来定然有一番大的作为。”

“父亲!”望着叶天离去的背影，韩灵儿是愁容满面，“我们这样会不会有点不仗义了？这小子好几次都救了我们的性命。”

韩昌盛心中大惊，是啊，韩灵儿说的对，一路上叶天对他们施以无数次的援手，可以说他们能从魔兽森林走出来，叶天是功不可没，而如今自己就这样对他的事袖手旁观，会不会有知恩不报之嫌？

想到了这儿，他忽然是一咬牙，而后道：“跟我走。”

尽管后方有几个人，极力想拦下韩昌盛，给他说此行的弊端，不过都没成功，韩昌盛是认定叶天这个女婿了。

叶天一行人匆匆忙忙来到演武场的时候，发现演武场早就已经是人山人海了，他们根本就挤不进去。站在外围的叶天分明听到人群里边传来一阵激烈打斗的声音。其中一个声音，叶天熟悉得很，那就是自己的父亲，而另外一个声音则相对有些陌生。

啊!

在他暗中揣测前方战斗情形的时候，却是忽听人群中传来父亲的一声惨嚎，接着是身体重重坠落在地，以及吐血的声音。

“啊，大哥!”叶云阳听此声音，立刻明白形势，肯定是大哥战败，被打成重伤，“你们在这儿等着，我到里边去看看形势。”

说着，叶云阳双腿一跃，整个人便身轻如燕地飞了起来。只有达到斗灵级别，才可以凌空飞行。

看着叶云阳飞去的身影，叶家少年都是露出一脸尊崇。在这个实力为尊的世界，只有实力高强者才可赢得更多的人的尊敬。

“总有一天，我要像三伯一样，自由飞翔。”不少叶家少年，扬起稚嫩小脸，握紧拳头，小声道。

嗖!

而在叶云阳飞过去之后，另一道黑影，蓦然从他们的队伍中飞了起来。这么一道身影立刻赢得了不少的注视，尤其是叶家少年。

叶天的飞翔速度甚至比叶云阳还快还要稳，更让他们羡慕的是，姿势还是那么的帅气……

他们早就知道，叶天的实力非同一般了，所以在看到叶天飞行的时候，并没有太多的惊讶，只是心中的尊崇之感，更加的厚重了。

而叶威老爷子他们，看着叶云仙被秦家请来的猛狮山大王给打得倒地吐血，心都快碎了。叶云仙可以说是代表他们叶家最强实力的存在，可是如今，却被猛狮打得倒地吐血，这是不是意味着，他叶家气数已尽，今日便要被秦家灭掉。

正在他颓废绝望地看着这一幕的时候，却忽听叶云阳的声音传来：“大哥，我来了。”

叶威老爷子视线顿时集中到人群上头，待得目光最后落在叶云阳身上的时候，嘴角浮现出一丝笑容来。叶云阳终于回来了，这说明叶家少年并没有在魔兽森林遇害。

更让他感到惊喜的还在后头。他的视线无意中瞥见了，正跟在叶云阳后方，同样飞在半空的叶天。

他是满目不可思议，差点没把眼珠子瞪出来，刚开始的时候还以为是自己看花眼了呢，当下便使劲地揉了揉眼睛。

被打倒在地的叶云仙同样发现了这令人惊喜的一幕，心头的牵挂终于消失了。他还真担心叶天出去的这段时间，会遭遇什么不测，没想到叶天非但安全归来，甚至还带给自己一个这么大的惊喜：他竟已经达到了斗灵级别，能飞了。

这个发现，同样是让在场的秦家人也看愣了，没想到这么短的时间，这小子竟从以前的斗气修炼者，成长为了斗灵……多么恐怖的修炼速度，是的，只能用恐怖来形容。

若是放在以前，千灯镇的人是绝对不会相信有人能拥有如此变态的修炼速度的，但是，当他们看到叶天的时候，若是再不相信，那只能是自己打自己的脸了。

叶威浑身颤抖地朝着叶天的方向走来。叶云阳感觉到身后有一束风跟来，便已经猜到是叶天了。叶威老爷子肯定是被叶天这恐怖的修炼速度给镇住了，当下只能是自动让开一条路，把叶天完全露出来，自己站在他面前，都有些自惭形秽，自己和他的差距，越来越大了。

“天儿，是你吗?”叶威有些不相信地看着叶天。

叶天点了点头：“是我啊，爷爷!”

“你……会飞了?”叶威满目不可思议地看着叶天，因为激动，胡子颤抖得厉害。

“是啊，爷爷。”叶天连连点头，不过这会儿他可没时间享受众人惊艳的目光，还是先搞清现在的形势再说吧，当下便赶紧转移话题，“爷爷，这究竟是怎么回事儿?”他手指着秦家和叶家对峙的浩浩荡荡的人马，问道。

叶威这才反应过来，他们这是在战场上，而不是在家里，这才正色，咳嗽一声，清了清嗓子：“秦家要违反约定，提前对我叶家动手。”

“好卑鄙的秦家。”叶天双目凶狠地瞪向秦煌，以及站在他身边完全石化了的秦岭。他大概是没想到，当初被自己踩在脚下的那个小子，如今的实力恐怖增长吧。

叶天说完后便走到被打倒在地的父亲身边，将父亲从地上搀扶起来。

“父亲，你没事儿吧?”叶天关切地问道。

处于极度震惊中的叶云仙这才回过神来，伸手抚摸着叶天轮廓分明、透出坚毅的脸庞："天儿，你果然没给父亲丢人。好啊。哈哈，哈哈，和父亲的儿子相比，某些自恃为天才的家伙，简直就是废物一个。"

叶云仙这句话，很明显是在骂秦煌。对方最引以为傲的便是自己晋级斗者的儿子，如今和自己儿子——这名比他年轻，便晋级斗灵的高手一比那简直就是一个天上，一个地下。

如此一番话，说得秦煌和秦岭的脸色一阵红一阵白，他这句话正中两人最忌讳之处，而且说得如此直白，他们两人能继续站在这里，真的是很不容易了呢。

"你们……今天你们叶家，必死无疑。我要将你们全都灭掉，尤其是你，叶天!"秦岭张牙舞爪，手指着叶天的鼻子便是破口大骂，"无论付出多少代价，我一定要将你斩杀，一定!"

看秦岭那嚣张的表情，以及咬牙切齿的模样，叶天充满挑衅地望向他："好啊，有种咱们来个单挑，如何?"

"你觉得我不敢?"秦岭愤怒地咆哮一声，咆哮完了之后，却立在原地一动不动……他是真的不敢，那家伙忒变态。

"你们两个，把他给我杀了，我现在就要他死。"秦岭指着站在叶天对面不远处，刚才将叶云仙打翻在地的两个魁梧壮汉。

叶天看着这两个五大三粗、长满黑色体毛的家伙，眉头紧皱起来。若是没猜错的话，这两个家伙已然达到了斗王级。

他有些好奇地问道："父亲，这两个人是……"

"这两个人是黑风山上的黑风寨两位当家的。也不知秦家许给了他们什么好处，竟和秦家共同对抗我叶家……他们两人都是斗王高手，若是对付一个人的话，只能算是勉强，若是两人一块上……我恐怕不是他们的对手。不过叶天你放心，我是绝对不会让你遇难的，你快走吧，我会保护你的。"

说着，叶云仙强忍着全身的痛苦，努力地在地上挣扎着，想从地上站起来，却发现无论自己如何努力，就是没法用得上力气。

"哈哈，你不用白费力气了，你身体里边的斗气已经被我们耗损干净了，没有个十天半个月，你是连拿筷子的力气都没有的。哈哈。"黑风寨两位当家哈哈狂笑起来。

"猛狮，你……算你狠!"叶云仙眉头紧皱，咬牙切齿地骂道。

"你这个儿子倒是有点天赋，年纪轻轻就修炼到斗灵级，不过，我觉得他没多长时间活头了。"站在猛狮旁边的家伙冷哼道。

"烈虎!"叶威站出来，用凶狠的眼神瞪着烈虎，"我和你无冤无仇，若是你继续助纣为虐的话，我叶家即便粉身碎骨，也要拉着你垫背。"

"哈哈，哈哈!"烈虎猛然间狂笑了起来，张狂得很，"好啊，我烈虎能给你们叶家上上下下几百口人垫背，这辈子也值了。哈哈，既然你想让我给你们垫背，你们就去死吧。”

看着这两个如此张狂的家伙，叶天冷笑连连：“打伤我父亲，今天我让你们拿命偿还。”

“什么？”猛狮故意挑衅地伸出耳朵，假装没听到一般，“你再说一遍？”

“我说，你们都去死。”叶天一边说着，一边从大还丹精神世界中召唤出了两颗元丹，“父亲，快把这两颗元丹服下，你的斗气会很快地膨胀的。”

“什么？”见叶天随手便掏出两颗元丹，叶云仙当场就愣住了。不仅仅是他，其余的众人，也都是满脸质疑地看着叶天，他们都不相信刚才看到的一幕是真的。

“你说这两颗是……元丹？”叶云仙满脸都是不相信的表情，莫名其妙地看着拿在叶天手中的两颗圆珠。

不仅仅是叶云仙，所有围观的人同时发出一声惊叹声，继而便是交头接耳地交谈了起来。

他们可都知道元丹的珍贵性啊，那可是比中等丹药还要贵重的玩意儿。不为别的，就因为那是斗王高手的性命。

这两颗元丹代表什么呢？这代表两个斗王高手的性命……放眼整个千灯镇，只有三个斗王级的高手啊，而且还是最近才崛起的三个斗王。在以前，千灯镇可是百年都没有斗王高手。可想这元丹的稀少了。

叶威拍拍叶天的肩膀，问道：“叶天，你确定……确定这是元丹？”

他点点头，郑重其事地道：“爷爷，放心，这是纯净的元丹，是我在古墓府邸中，无意中捡到的。”

听叶天这么说，那叶威老爷子的脸色是一阵变动，表情有些不自然，因为他觉得这一幕，实在是太“雷”了。

家族狩猎大赛上，他无意中捡到了几只贵重的针毛猪，后来又不经意间捡到了至寒珠。好吧，若是这一切都还能勉强说过去的话，那么这元丹就有些难以置信了。老天怎么那么垂怜你，把所有的好东西都让你给捡到？

“叶天，这玩笑可开不得。”叶云仙面目凝重，很明显，他有些不敢相信这些都是真的，这元丹可不是随随便便就能捡到的。

“大哥，你就吃了吧。”叶云阳苦笑不已，他早就已经猜到了几个人表情的丰富多彩了，当初自己第一次见到这元丹的时候，和他们是同样的表情，“这的确是元丹，是叶天在古墓府邸中捡到的宝贝。”

叶云阳都这么说了，叶云仙开始有些相信了。

不过猛狮、烈虎以及秦煌等人都有些不确定。这元丹的稀少贵重，他们都是知道的。这小子真的这么走运，捡到这么贵重的宝贝？

一时间，几人都是面面相觑，不敢相信。

叶云仙小心翼翼地将元丹塞入口中，在元丹入体的瞬间，便是有一股冰凉的感觉，犹如瀑布，随着全身经脉快速流走，充斥着空虚的身体。

原本有些撑住嘴巴的元丹，则是在快速地变小，直到最后，竟彻底化为乌有。

叶云仙尝试活动了一下手臂，发现充斥强大的力量。原本虚脱的身体现在竟被浓浓的斗气充斥，充满了无尽的力量，甚至比强盛时期还要强壮。

“竟然……真的是元丹。”众目睽睽，满目期待下，刚刚被打倒在地，没办法挪动的叶云仙，轻松自如地从地上站起，的确惊住了不少人的眼球。他们看叶天的眼神明显变化了。

“猛狮、烈虎，今天是你们两个的末日。”不知为何，叶云仙忽然充斥无尽的力量，根本不把眼前这两个人当回事儿，莫名自信了很多，大概是看到自己儿子的原因吧。

他不知道的是，这元丹之中还包含着以往主人的很多能量和斗技。叶云仙的某些斗技，和元丹主人的某些斗技重叠了，那么这重叠的部分斗技，力量功效将会是以往的数倍。

看父亲重新站起，甚至比之前还要魁梧勇猛，叶天的心里是说不出的痛快：“父亲，我觉得，一个人打多没意思啊。俗话说上阵父子兵，我这个当儿子的，就帮您好好教训教训这两个家伙。”

听叶天这么说，人群中爆发出一阵轻微的笑声，当然，是耻笑声。

刚学会跑，就想要飞啊。虽说他拿出了元丹，而且还能飞行，可再怎么说，也只是一个斗灵级修炼者啊，不可能再高了，能在这个年龄，达到这个级别，已经非常的变态了。

可是，这家伙刚才怎么说？他到底张狂到了什么地步啊，竟说要战胜斗王高手？这未免有些太不可思议了吧。

即便是叶云仙，也只当叶天是为了出气，而随口说的一句，并未当真，只是拍了拍他的肩膀：“天儿，看为父怎么教训这两头畜生便可，你不用出手。”

而猛狮、烈虎听到叶天这么说，直接笑出声来，尤其是烈虎，更是笑得前仰后合：“猛狮，大当家的哎，我没听错吧，他刚才说什么？说要力战我们两个？哈哈，不可思议，太不可思议了。”

猛狮也是无奈摇头，满脸不屑地瞪着叶天，道：“看来你的家教不怎么好，今天我猛狮就替你老爹好好地教训教训你，让你见识见识，什么才是真正的高手。”

他的眼神凌厉地瞪了一眼叶天。

而叶天却丝毫不看他，只是冲父亲微微笑笑：“父亲，那我就替你教训教训这一个出言不逊的畜生，狮子。”

“小畜生，我让你在我面前张牙舞爪。”猛狮趁叶天不防备，快速探出一爪。按照他所想，即便没有斗技，自己浑厚的斗气依旧能将之轻松斩杀。

“畜生，竟敢偷袭。”眼看猛狮在毫无防备之下突然发动攻击，叶云仙眼神凌厉地瞪了一眼猛狮。

而叶天却是急忙上前，拦在了叶云仙前边，道："父亲，这点小攻击，还是交给我吧。"叶天讲完后，便是一个箭步上前。

这一切都是在眨眼间完成。待得叶天冲到叶云仙前边，不少观战者都是面容惨变，叶威老爷子则是眉头紧皱，连声责骂："不知天高地厚，以前实在是有些疏于教导了。"

在他讲完后，猛狮的攻击已经完完全全地打在了叶天的身上。叶家人都痛苦地闭上眼睛，而叶云仙则是伸手去抓他，想将他救出来。

"这就是不知天高地厚的下场。"猛狮冷笑一声。秦家人同样满脸鄙夷，这家伙未免太自信了点。

而他们所不知道的是，在攻击上来的时候，叶天早就已经用真气催动五行八卦玉。要说那五行八卦玉被真气催动，产生的光罩坚硬度更是厉害，而且并没有绿色的光泽，若是不仔细去看的话，是绝对不会发现的。

砰！

一声沉闷的响声过后，猛狮的斗气猛然撞在叶天的身上，两者的碰撞产生一个不大不小的爆炸，将地面给炸出了一个硕大的深坑。而泥土更是漫天飞舞，将叶天等人的身影完全遮蔽住。

"啊！"所有人都发出一声惊呼，这下叶天就算不死也得半残了。别说是斗灵级修炼者了，即便是斗王，那也得受不轻的伤啊。

叶威心疼地喊了一声叶天，而后用手捂着眼，不敢再去看面前的场景。对他来说，这一幕实在是太悲惨了些。叶家好容易出了一个天才，就这样在众目睽睽之下被炸成了碎片。

"哼，还斗王呢，我看就是一头狮子的蛮力而已。"在所有人为叶天悲哀的时候，叶天中气十足、不卑不亢的声音蓦然在众人耳畔响起。听到叶天的声音，众人都是很快地睁开了眼睛，看看是不是因为过于悲痛或者激动，而产生了幻听。

当他们看到，叶天好像没事儿人一样，昂首挺胸站在原地，双手后背，满脸鄙夷地瞪着猛狮的时候，全都愣住了。如果说之前的事他们还有些相信的话，那么他们这会儿看到的情景，只有一个词能形容，那就是变态。

是的，太变态了，即便他们想破脑壳，也绝对想不到叶天会强硬到这般地步，斗王的攻击，都没办法对他造成伤害。

"天啊，这小子变态，太变态了。"

"这还是人吗这？这小子的皮也忒厚了点吧。"

"咳咳，咳咳。你别告诉我这家伙达到斗王级啊，老夫我花甲之年，才刚刚突破到斗者而已。"

"我最近到底是怎么了，怎么总是产生幻觉呢？"

“……”

场下乱哄哄的，所有人都交头接耳地交谈起来。

那叶威老爷子也是愣住了，看叶天的眼神怪异得很，良久之后，才拍了拍站在旁边的叶云阳肩膀，小声责问：“你确定这就是我的叶天孙儿？别骗我，要是让我知道你找人冒充的话，小心把你的脑袋揪下来。”

叶云阳眼神怪异地看着叶威老爷子，无奈地耸耸肩：“老爷子，您就放心吧，这个变态的家伙从头到脚都是您孙子，一点都假不了。”讲完后，忽然想起了什么，轻轻地将嘴附在老爷子耳畔，道，“老爷子，实话告诉您吧，您听说大离帝国四大传奇高手之一的秦傲天被杀的事吗？”

叶威连连点头：“当然知道。那可是大离帝国三大家族最强势力秦家的重点培养对象，年纪轻轻便晋级斗王，即便放眼整个神魂大陆，也只有我叶家总部，叶倩小姐一个人能与之媲美。不过，实在是可惜啊，天妒英才。”

“那您知道他是被谁杀死的吗？”叶云阳看着叶威道。

叶威摇头：“我怎么知道。”

“就是被您的孙儿给杀的。”

“咳咳！”叶威老爷子咳嗽了两声，拦住了叶云阳，“给我闭嘴，瞎说什么，这么荒唐的事儿，你也能想得出来。真不知道这段时间，你是怎么反思的。”

“……”叶云阳被叶威一句话给堵住，竟接不了下茬了。说实话，若不是亲眼所见，连他都会觉得这件事荒唐之极。可现在是，这件事是真的发生过，并不是自己能想得出来这么荒唐的事儿，而是叶天做出了这么荒唐的事儿。

既然叶威老爷子不愿相信，叶云阳也没有必要继续自讨苦吃，看叶天的眼神也无法聚集精神。现在他在想，究竟该如何将之前所发生的“荒唐事儿”，解释给叶威老爷子听。

不过最后，他才总结出来一个结论，那就是叶威老爷子会相信才怪。

猛狮见此场景，凶光毕露，若是今日不将此少年斩杀，那么将来的成就将会不可估量，要想杀死自己，就跟捏死一只虫子那般简单。

他下了必杀之心，将自己的得力武器判官笔拿了出来，横在手中，虎视眈眈地指着叶天，嘴角的冷笑直入人心：“少年，你是个可塑之才。不过今天，你必死无疑。”说着，便舞动手中判官笔，身体飞起来，逼向叶天。

眼看对方攻击而来，叶天不慌不忙，直接吞噬一颗元丹，补充斗气，同时将真气逼入五行八卦玉，顿时，一双无形的翅膀眨眼间的工夫从叶天后背舒展而出，快速地扇动着，带着叶天的身体，快速地后退。

一时间，双方的身形竟保持了一个平衡。

叶云仙眼看猛狮攻向自己的儿子，心中大急，当下便准备冲上去，将叶天救下。

但那烈虎也不是吃素的，眼看叶云仙出动，他也是快速出招，拦在叶云仙前边，不让他动手。

叶威老爷子同样将这一幕尽收眼底，他怎么能眼睁睁地看着叶家的希望就这般陨落了，当下便是飞奔而出，准备将猛狮给拦下。

“哼，想出手，没那么简单。”秦煌眼神一闪，双手猛然拍了一下椅子，身子便有如苍鹰般，飞了出去，尖锐的爪子直抓向叶威老爷子。

“老匹夫，今天我要把你扒皮抽筋！”秦煌的双臂来回晃动，手掌在半空晃出一道道的影子，犹如狂龙般直抓向叶威喉咙。

“龙爪手？”叶威眼神一寒，立刻意识到危机，身形一晃，便是倒退了去。

一时间，五名斗王以及一名斗灵同时出手战斗，战斗的激烈程度可想而知。场中轰隆声不断，惊雷不断地落下，闪电更是交织成一张张的巨网，将整个演武场都给覆盖住，好像过年时候放的烟花一般妙不可言。不少的建筑被他们攻击余波给攻到，竟碎裂开来，好像降雨一般从天而降，将他们给砸了个结结实实。

生活在千灯镇的人，平日里见斗王一面，都是那般的困难，而如今竟能看到五名斗王同时出手，这场面是说不出的生猛。这才是真正的战斗，具有毁天灭地力量的战斗。

一条条火龙交织在一块，一道道的光柱碰撞在一块，一个个的爆炸接踵而来，一座座的建筑被炸烂，一群群的人惊叫连连。

而最滑稽的一幕却是在叶天身上。那两场战斗，都是斗王和斗王之间的战斗。而叶天却是斗王和斗灵之间的战斗……差不多大部分的目光都放在叶天身上。他们都想看看，这实力相差如此悬殊的战斗，斗王究竟如何将人斩杀。

这样的屠杀，才是他们真正想看的。

本来叶云阳和叶云鹤也准备出手救叶天的，但是秦家人虎视眈眈，一旦他们出动，秦家的大队伍也会攻击而来，到时候非但帮不上叶天，反倒可能让现场的情况更糟糕。

所以为了能维持住现场秩序的稳定，叶云阳和叶云鹤硬生生压制住了心中的那股冲动，并没有攻上去。

叶天被猛狮逼退的时候，已经开始理智地思索着应对之策了。既然对方已经对自己施展杀招，那么自己再跟他来软的也根本没用。所以他的攻击必须招招致命，才可在这场等级悬殊的战斗中，保住一条小命。

“判官神笔，攻！”猛狮猛然爆喝一声，手中的判官笔被他舞得是虎虎生威，打出一连串的笔花来，连空气都被搅动，形成一股生猛的龙卷风。

而在那龙卷风之内，则是盘旋着一只斗气组成的判官笔，笔尖直戳向叶天的脑壳，看那阵势，俨然下一秒就要把叶天的脑壳戳破。

“凤鸣天际。”眼看对方施展杀招，叶天也是将自己最厉害的功夫凤鸣天际施展而出。既然是下杀招，那么必然要将每一招每一式都发挥到最强。

一缕真气，按照既定轨迹，在体内循环运转，好像是一汪泉水在汩汩流动，在体内循环一个大周天之后，便迅猛地自其手掌中喷射出一股浓浓的斗气。

原本无形的狂暴斗气迅猛变形重塑，转瞬间的工夫，便化为了一只体型硕大、尖嘴利爪的神凤。

嘤！

一声凄厉的惨叫从神凤形状的斗气中爆发而出。单单是这声音，便让为数不少的围观者七窍流血。现场一时间混乱起来，不少人都在扯着嗓子大喊着："不好了，不好了，叶家小子要杀人灭口了。"

而懂行的，却全都掩嘴，瞪大眼睛。他们早就认出了，这是玄阶斗技，而且还是玄阶斗技之中比较高级的斗技，即便是斗灵高手施展而出，其中威力，斗王也不敢小觑。

不过，当叶天体内斗气狂暴而出的时候，却也是惊呆了不少人，因为他们分明探测到，这小子不过是斗师级而已，根本不是斗灵……

一个小小的斗师竟敢和斗王抗衡，这得需要多大的勇气啊……这若是放在以前，恐怕他们会认为这是天方夜谭。

可是现在，这一幕就是那么明显地呈现在眼前，这让他们怎么相信？没办法相信啊，虽说叶天在这个年纪，达到斗师级已经算是逆天了，整个千灯镇，恐怕也只有叶强以及叶天这俩变态达到了吧。

可是在千灯镇，年纪大一些的中年人达到斗师级的海了去了，你看谁敢和斗王叫板？没天理了啊。

不过，还是有很多人惭愧起来。连叶天这个小小少年斗师修炼者，都敢挑战斗王强者，而他们却整日畏首畏尾，简直是连一个少年都不如啊。

"攻！"叶天沉闷怒吼一声，刚刚成型的神凤，嗖的一声便射向对面的猛狮。

"死！"猛狮同样怒吼一声，手中判官笔，再次发动了一连串的攻击。

砰！

两者的第一记攻击重重地撞在了一块，结果是爆发出一声强劲的爆破声，强劲的能量余波朝着四面八方冲撞而去，犹如洪水暴发一般。

毕竟对方使用了武器，所以叶天的徒手攻击就显得没有对方强劲了，神凤被判官笔逼得连连后退，直至最后，神凤的形状便完全散开，化为一阵浓浓的烟雾。

待得神凤后退到叶天身前的时候，神凤已是完全消散，而判官笔却依旧强劲得很，要刺入叶天体内。

叶天不闪不避，任凭判官笔刺向自己体内，这惊险刺激的一幕，引得不少围观者鼓掌叫好。

判官笔最后终于撞在叶天身上，除了引发一声不大不小的爆破声外，根本没有对他本人造成任何的伤害。

毕竟判官笔被神风给削减了大部分力量，而叶天身上的五行八卦玉甲也是起到了很大的作用，将攻击的威力给削减于无形。

这样一来，自然就没办法对他的身体产生伤害了。

这对猛狮来说，分明就是在打脸。自己斗王级的斗技，就那么张牙舞爪、明目张胆地打在那小子的身上，而那小子却跟没事儿人一样，继续在原地站着，这跟打脸有什么区别?

虽说这打脸行为并没有直接打在他的脸上，不过他的脸却已经红彤彤的了，估计没几个斗王能受得了如此侮辱。

“小子，你必死无疑!”猛狮手中判官笔，再次猛然刺出，爆喝一声，“笔转乾坤。”

“哼!”叶天冷哼一声，眼神迥然聚焦。对方的攻击每次都耗费掉自己大量的斗气，自己暂时也没办法再次发动凤鸣天际阻挡，当下只能是将希望寄托在了斗王人傀上。

而围观众人，则都兴趣盎然地看着叶天。叶天第一次出其不意的攻击让众人大感意外，打脸行为也让众人出了一口恶气，要知道这些人可是有不少都吃过猛狮、烈虎的亏啊。

侥幸摆平了第一次攻击，那第二次，他究竟会有怎样的惊喜呢?

默默召唤出斗王人傀的瞬间，不少人都扯着嗓子大喊大叫起来，他们都未见过这斗王人傀，所以在斗王人傀出现的瞬间，全都傻住了，不知这到底是什么玩意儿，还以为只是叶天凭借实力召唤出的一种猛兽呢。

不过，这召唤师只在传说中才出现过。据说召唤师威力无穷，可以从异界召唤出一些生猛禽兽或者人类来战斗。

整个神魂大陆也未曾有召唤师出现过，难不成这小子成了神魂大陆第一，成为第一个召唤师?这未免有点太不可思议了吧。

“召唤师?”猛狮在第一眼看到这家伙，再听人群的议论，也是惊呆住了，不可思议地看着面前这玩意儿。不过毕竟他见多识广，所以很快便判断出这根本就不是召唤师，而只是斗王人傀而已，根本就不足为患。

因为他相信，这小子也只是拿出来走走过场而已，根本不可能有那么多的元丹，来催动斗王人傀。

“元丹，走!”叶天快速召唤出一百颗元丹，并且毫不犹豫地将之丢人了斗王人傀的身体里边。

猛狮眼睁睁看着一百颗光滑上等的元丹，就那般被叶天丢垃圾一样地丢人了斗王人傀里边……猛狮那个心疼啊，真想上前去，一把抓住叶天的肩膀，而后朝他脸上吐吐沫:“你个傻小子，你个傻小子，我这次不发动攻击了，你把那一百颗元丹送给我好不好，好不好嘛。”

可是，这个时候说什么都晚了，因为他眼睁睁地看着一百颗元丹一颗不剩地全都被灌注到了斗王人傀的身体里边。

围观者大呼：“败家子，败家子，元丹，一百颗元丹啊，你送给我，我替你挨下这次的攻击，我替你去死。”

而其余四名斗王也是在打得不分胜负不可开交的时候，发现了这边有大量的元丹能量波动，纷纷将视线转移过来。当他们发现，叶天正将上百颗元丹毫不留情地丢入斗王人傀之中的时候，全都愣住了，甚至忘记了攻击，只是你看看我，我看看你的。

最滑稽的还是叶威老爷子，使劲地咽了一口吐沫，眼神中满是贪婪以及后悔：“叶天啊，你个败家子儿，有元丹也不至于这么浪费啊！”

这一百颗元丹差不多相当于叶家全部的家产了，甚至比叶家的家产还要值。叶天这一个动作代表什么？代表叶天是直接将一个叶家，给活生生地丢出去了。

吼！

被元丹催动的斗王人傀，很快便自动发动攻击，拳头紧握，横在胸腔，一团浓浓的斗气，快速地在手臂之上凝聚成形，将他硕大的手掌完全地包裹住。

嗖嗖嗖！

在叶天一声令下之后，它的双臂快速地舞动，两个虚幻的拳头，快速地从它的胳膊上激荡而出，犹如是两条匕首一般，疯了一般朝着前边冲撞而去，和地面上一些高地儿摩擦而过的时候，竟是直接将地面给轰出了一个硕大的大坑来，看着让人触目惊心。

砰！

这一次的攻击，相当于高级斗王的攻击，那猛狮也不敢硬接，在施展完笔转乾坤的攻击后，身子便快速地退让开了。

第二十三章　笔转乾坤

一连串的判官笔形状的斗气，快速地旋转，发出一阵阵刺耳的声音，几近疯狂地和两只硕大的拳头对轰着。

轰隆隆，轰隆隆！

震耳欲聋的摩擦声，将不少坚固的建筑给震得裂开了一条条的缝隙，碎砖烂瓦不断地坠落下来，发出啪啪的声音。

而两股能量的余波则是朝着四面八方迸溅四溢，地面上的泥土碎砖都被席卷了起来，朝着周围的方向飞奔而去，不少人都主动退让开，免得被砸中。

若是被砸中的话，他们可真的是小命难保了啊。

双方攻击僵持了片刻之后，笔转乾坤终于坚持不住，砰的一声爆破了，而两只拳头依旧是威力强大地朝着猛狮冲撞而去。

猛狮的身子快速旋转了一个方向，逃出了拳头的攻击范围。虽说自己是斗王。可是扛揍能力就没叶天那么厉害了，所谓三十六计，走为上策，还是不要硬碰硬的好。

可是让他没想到的是，那两只拳头还具有自动瞄准的作用，在没有攻击到猛狮之前，它们是绝对不会转弯的。

见一次攻击有效，叶天心中大喜，而后再次暗中召唤出一百颗元丹，快速地注入了斗王人傀中。

这下，人群再次爆炸了，一百颗元丹再次被他毫不犹豫地丢入了人傀身体中……那秦煌甚至有种上来抢人的冲动了，这小子究竟有多少元丹？

其余众人皆是惊叹连连，因为他们万万不曾想到，这小家伙这么有钱，而且又这么大方，随手就能丢出一百颗元丹来。

“攻！”叶天很快地便下了命令，命令一出，那斗王人傀便快速地发动了攻击，一连串的攻击狂暴溢出，硕大的手掌形成的斗气狂风，席卷向猛狮。

此刻的猛狮正在和斗王人傀之前的攻击周旋，是万万不曾注意到，叶天接连发动的第二次攻击的。

即便是后方的狂暴能量，即将撞在猛狮的身上，那家伙依旧是在和之前的能量余波战斗，丝毫未曾注意到身后。

“猛狮小心。”

“大当家的小心。”

秦煌以及烈虎都注意到叶天背后的这个小动作，连声提醒猛狮。不过这个时候提醒，已经太晚了，那股狂暴能量已经瞬间将猛狮给包裹住了。

啊！

猛狮在发出最后一个声音之后，整个人便是变成了狂暴能量的食物，被狂暴能量吞噬，没有了任何踪影。

即便是叶天，看到斗王人傀发动的攻击如此之厉害的时候，也忍不住倒吸一口凉气。真是没想到，有的时候，斗王人傀发动的攻击竟堪比高级斗王的攻击。那猛狮虽说也是斗王，不过毕竟是低级斗王，阶级上的一点点细微差别，实力却是十倍百倍的悬殊。

周围所有人都掩住嘴巴，不可思议地看着被狂暴能量包围住的猛狮。一个斗师，最后还是解决掉了一个斗王？

所有人的目光都集中到了被狂暴能量包裹住的猛狮身上。他们都想看看，被斗师修炼者给解决掉的斗王，下场得多么的悲惨，他的脸上得是多么的挂不住。

很快，包裹在猛狮外围的狂暴能量，消散而去，猛狮的身子从狂暴能量里边显现而出，待得众人看清他的全部面目时候，一个个的都是倒吸一口凉气。

此刻的猛狮，已经变成了一头黑驴。身上的衣服被剥离得干干净净，露出肥腻的皮肉，皮肉似乎是被大火炙烤过一般，呈现出焦炭的形状，不少的皮肤都龟裂开来，似乎用手动一下，就能让裂开的皮肤，从身上掉下来。

人群中开始议论纷纷起来："你确信这个就是猛狮大王？"

"没错。这个就是。虽然被烧成了这样，可模样还是差不多的。"

"你们快看他的裤裆，这山大王该不会是个太监吧，要不那里怎么没有呢？"

经过一个好事者的提醒，不少人的目光顿时集中到猛狮的双腿之间，看着那里光秃秃一片，都忍不住掩嘴，不让自己发出笑声来。

很快，这个消息便一传十十传百，围观群众便全都知道了，看着猛狮光秃秃的裤裆，掩嘴苦笑，嘲笑纷纷。

哐当！原本还保留着一丝生气的猛狮在听到周围众人的议论之后，恼羞不堪，终于失去了生存下去的勇气，噗嗵一声跪倒在地，而后双目一翻，直接晕死过去。

"啊，大哥！"烈虎看到大当家的活生生被人气死，也是乱了情绪，双腿一拔，便冲了上去，抱住猛狮的身子，怒吼一声，"大哥快醒醒，我一定会替你报仇的，大哥快醒醒。"

"快点回去！"猛狮没有睁开眼睛，只是十分小声用旁人听不到的声音嘟哝了一句。他都没脸醒过来了，侮辱人，实在是太侮辱人了，他怎么还有脸苏醒呢？

看大哥并未死去，烈虎才终于松了口气，扭头冲后边追上来的人马，骂了一句："还愣着干啥，还不赶紧过来把大哥救走？"

秦煌的人这才反应过来，匆匆忙忙地跑上来，将猛狮从地上架起，烈虎脱下自己的外套，盖在了烈虎的身上，冷哼一声：“小子，你给我记着，今天这个仇，我一定要报。”说着，匆忙走到秦煌身边，在他耳畔耳语一番。

那秦煌也是识时务者，并没有意气用事，知道自己的人员伤亡，若是继续为难下去，他们也不会沾光，当下只能是爆喝一声：“叶家人给我听着，今日便饶你们一命。不过，你们放心，你们叶家早晚会变成我秦家的手下败将。哈哈，只要我秦家老祖归来，你们必定死无葬身之地。”

“打了人就想走，今天你们谁也跑不了。”叶云阳看大哥虽然气色好转，可胸口上的伤口依旧是触目惊心，当下便是怒吼一声，准备出战。

今天发生的这场战斗，原本自己也应该献出一份薄力的，可是他却发现，自己只能当一个旁观者。因为所有人的目光都聚焦在叶天身上。他不过是个斗师而已，而且还是自己的晚辈，却为这场战斗付出的比自己多太多，他显得有些羞愧。

“云阳，”叶威老爷子喊住了叶云阳，道，“现在不是意气用事的时候，还是先休整一下队伍再说。”

老爷子发话了，叶云阳也不好继续勉强，只能是点点头，心有不甘地望了一眼秦家人的方向，便回到叶云仙跟前，问道：“大哥，你没事儿吧？”

“没事儿。”叶云仙拍了拍叶云阳的肩膀，“三弟，看来这次的出行，对你很有用啊。”

“呵呵，大哥笑话了。”叶云阳不好意思地笑了笑。

待得秦煌的人马尽数离开了此地之后，叶威老爷子才收回布下的万兵方阵，召集队伍回去了。

叶家议事厅。

叶威老爷子将叶家核心人员聚集在了议事厅内，将叶天以及叶家小辈，全都召唤了来，共同商讨对付秦家的对策。

这次秦家是撕破脸皮了，若是叶家继续无所事事的话，怕是叶家真的会死于安逸。

因为家族议事大厅以往只有核心人员的原因，所以叶天这些小辈进去了，根本没有地儿坐，只能是站在门口，排成一排，恭敬地看着家族中的长辈。当然，叶天也在这支站着的队伍中。

叶威老爷子在看到叶天站在年轻人队伍中的时候，勃然大怒，指着安排座位的大长老的鼻子，就是破口大骂：“叶天是我叶家的救命恩人，你就是这样对待我们的救命恩人？”

那大长老很少被叶威老爷子如此辱骂，所以这会儿因为叶天而挨骂，心中自然是惶恐不安，忙诚惶诚恐地应承着，但是他们的座位都是有数的，此刻都坐满了人，大长老只好站起身来，将自己的座位让给叶天。

“爷爷，不用不用!”这大长老对自己有恩，当初在叶云阳不让走火入魔的叶威以及叶云仙服用乌丹的时候，就是大长老不惜被叶云阳惩罚，而强行帮自己抵挡叶云阳的攻击的，“大长老原本给我安排座位了，但是我觉得我是晚辈，还是不要坐的好，不要为难大长老了吧。”

大长老用充满感恩的眼神看了一眼叶天。

叶威老爷子的怒气这才消了一大半，笑呵呵地对叶天说：“你可比你的不少长辈，给我叶家作出的贡献多啊。今天我叶家之所以能平安无事，都是叶天的功劳。如果不是叶天的话，怕是我们两个斗王也都要被他们的三个斗王给灭掉了啊。”

叶威老爷子前半句话，很明显是讽刺家族中的几位长老。虽说他们也都达到了斗灵级，可在演武场上，却根本就没出手，的确不如叶天……不过估计神魂大陆也就这一个小子能以斗师的实力，挑战斗王了吧。听他这么说，家族中很多长老都是羞愧地低下了头。

“是啊，父亲，今日若不是叶天，我叶家肯定会被秦家给收拾了。对了，叶天，来这里坐吧。”叶云阳及时让出了自己的座位，对叶天说。

毕竟是自己的三叔，叶天也不敢冒犯，只得是摆摆手，还想说些什么，不过却被叶威给打断了：“天儿，别说了，快挨着爷爷来坐，今天爷爷要好好地犒劳犒劳你。”

实在执拗不过，叶天只得走上去挨着爷爷坐下。

这一幕，看红眼了不少叶家少年，叶天的年纪甚至都没他们大，可是如今混得是顺风顺水。和他相比，他们原本引以为傲的九段斗之力十段斗之力，竟是那般的脆弱无力。在叶天面前，他们根本没有丝毫可骄傲之处。

“我想，诸位应该已经明白我叶家如今的处境了。”待得众人坐定，叶威老爷子才长长地舒了一口气，目光迥然地看着议事大厅的众人道，“若是再不能拿出真正的高手，怕是秦家老祖，简简单单地跺一下脚，我叶家就得覆亡。诸位对此有什么看法吗?”

众人皆是低头无语。毕竟那是斗皇强者，在绝对的实力面前，任何的阴谋诡计都将不能起到丝毫的作用。

“哼!”看众人皆是低头无语，叶威老爷子非常不满，最后将目光转移到叶天的身上。在叶威老爷子心中，他的所有希望都寄托在了叶天的身上，希望这次叶天能不让他失望。

似乎，叶天从来都没让叶威老爷子失望过，反倒是一次次地给叶威老爷子惊喜。

叶威老爷子对叶天如此重视，自然也引起了不少其他少年的羡慕妒忌恨，不过却也没说什么。因为他们知道叶天的手段还真不是他们所能比的。

“爷爷，给我一个月的时间。”叶天道，“我就能战败秦家老祖。”

现场竟响起了一阵窃笑声。虽说叶天的确伤到了一个斗王强者，可是他却是用了某种不正当的手段，召唤出那个大东西偷袭猛狮，才将对方重伤。

可是这家伙现在口出厥词，说什么一个月之后，能灭掉斗皇？斗皇和斗王，完全是两个不一样的概念，两者虽然只是一个级别的差别，可是实力确实有着天壤之别。

据说，一个斗皇强者可轻轻松松解决掉十几个斗王强者。而且斗皇在整个神魂大陆是那般的稀少，绝对不超过十个，大部分都是年过百岁的老者。

他想凭自己这个年龄，斗师修炼者，战胜一个年过百岁的斗皇高手？这绝对是口放厥词。

即便是叶云仙也是拍了拍叶天的肩膀："天儿，我们知道你想为叶家献出自己的一份力量。可是你不知道，斗皇高手是多么的强大，你的心意我们都知道。"

叶云仙说到这儿，顿了顿，郑重其事地对叶威老爷子道："父亲，我想既然大家都已经明白叶家所面临形势的严峻，那就不要再继续自欺欺人了。既然没办法战胜他们，不如咱还是三十六计，走为上策吧。"

叶威老爷子看看叶云仙，虽说满脸无奈，不过这个方法似乎是唯一可行的方法了，只能叹气道："天儿，不是爷爷信不过你，实在是你不知道斗皇强者的厉害啊。那咱们就暂时这么办吧，把叶家人分批转移。先把女人和这些孩子转移到安全的地方，我们随后就去。云阳，这件事就交给你去办了，务必在今天晚上，将这件事给落实，明白了吗?"

叶云阳虽说心中不情愿，可也只能点头答应。老爷子的意思，他们怎么能不明白？将叶家未来的力量源泉保存起来，而叶威以及叶云仙等叶家的中坚力量则是会战死沙场。

若是他们全都逃了，秦家人是绝对不会善罢甘休的，所以这场苦肉计，还是必须得上演的。原本叶云阳也有心为叶家牺牲。可老爷子安排自己保护叶家未来的力量，他也没办法反驳，只能是点头应着。

叶天也觉得，将叶家未来的力量源泉给保护起来，倒也不失为一种良策，可是唯独有一个方面他不是很难赞同，那就是不能让自己也躲起来。

于是他站起来，对叶威道："爷爷，相信我，我一定会保护好自己，让我也加入你们的队伍吧。既然我有办法战胜一个斗王，那么就有办法第二次战胜斗王，爷爷，你一定要相信我。"

"不行。"叶威老爷子语气严厉地拒绝了，"你是我叶家在将来复兴的唯一希望。若是你也遭遇不测的话，我叶家是彻底覆灭了，你身上背着的，不仅仅是你一个人的性命，而是我叶家上上下下几十口人的性命以及叶家将来复兴的关键所在啊。"

"爷爷，我们不要躲起来。强敌来了，我们就要站出来反抗，怎么能做缩头乌龟呢？”叶秋等人听叶威说要让他们藏起来，心中自然也是有些不爽，开口反驳道。

“这个时候，可不是让你们逞强的时候。”叶威欣慰地看了一眼叶家小辈，“你们有这份心，爷爷我就已经很知足了，我就说过，我叶威的后代不是做缩头乌龟的孬种。不过现在形势不一样，你们躲藏起来，不是做缩头乌龟，而是忍辱负重。大丈夫能屈能伸，若是连这点憋屈都受不了，将来还怎么成大事儿？”

叶威老爷子活了将近百岁，怎么会不明白这帮年轻人的心思？血气方刚，铁骨铮铮，简简单单的两句话就能煽动他们去拼命。

“爷爷，”叶天仍旧是不愿妥协，“我知道，您或许会觉得我年轻，年少轻狂，初生牛犊不怕虎。但是您放心，给我一个月的时间，我一定能战胜秦家，一定能，绝对不会让您失望的。”

听叶天如此固执，那叶威老爷子也是有些犹豫了起来。说实话，这叶天和别的少年不同，他所做的事，必定把握十足才会说出来，而不是意气用事、胡言乱语。

叶天这么说，必定把握十足，可这件事本身实在是有些太不可思议了，他是既想相信，又没办法相信，一时之间犹豫不决起来。

“那你们怎么看？”叶威看了众人一眼。众人却是和叶威老爷子一样，没办法确定叶天所言到底是真是假。

“不好了，不好了！”就在众人陷入沉默，现场气氛稍显紧张尴尬的时候，门卫粗犷紧张的声音从会议大厅外边传来。

“什么事儿如此大惊小怪。”叶威眉头一皱，轻声训斥道。

“大离帝国四大家族之一的秦家正浩浩荡荡往我千灯镇发兵，据传，是要灭掉我叶家。”

听探子这么一说，叶威差点没晕倒在地，满目不可思议地盯着探子，浑身颤抖得厉害，连声音都跟着颤抖了起来：“你……你再说一遍，什么……秦家！”

“大离帝国四大家族之一的秦家发兵千灯镇，据可靠消息，是要围攻我秦家！”

啊！

叶威老爷子听他这么说，顿时便愣住了，接着是大脑有些缺氧，身子摇摇晃晃地要摔倒。幸亏叶天就势扶住，将他扶到了椅子上。

“没想到……秦家竟请得秦家总部来对付我叶家，他们这是要赶尽杀绝啊！”叶威老爷子语气急促地道。

而下方众人皆是交头接耳地议论了起来。

“不可能吧，小小的秦家，怎么可能能请得动秦家总部发兵？”

“是有些奇怪。虽说他们秦家出了一个斗皇强者，可是身为大离帝国四大家族之一的秦家，又怎么会为了一个小小的分家而出动大军呢？我觉得其中必有蹊跷。”

“谁说不是呢，我看这秦家大军肯定有什么蹊跷。”

“你说说，这秦家大军为何要围攻我叶家？是因为千灯镇秦家分部？”叶云仙相对还保持着清醒的意识，目光迥然地看着探子道。

“据说……据说……”那探子说起话来，忽然结结巴巴起来，似乎是有什么忌讳。叶云仙怎么会看不懂这探子的心思，当下便下了特赦令：“但说无妨。”

那探子这才鼓足勇气，道：“我也不知情况到底属不属实，外界传言，秦家总部之所以围攻我叶家，和秦家分部毫无关系，似乎是因为……”

探子使劲咽了一口吐沫，而后小声道：“是因为叶天公子斩杀了大离帝国四大传奇年轻高手之一的秦傲天！”

“啪！”叶威拍案而起，气得是眉毛胡子一把抓，“荒唐，实在是太荒唐了，我叶天孙儿只不过是刚刚成年的少年，而他秦傲天却是二十有余的四大传奇年轻高手之一。这样的事儿他们都相信，秦家人脑袋糊涂……”

可是，在说到这儿的时候，他忽然想起了什么，视线迅速转移到叶云阳身上。

叶云阳同样满脸愁容，冲叶威老爷子无奈耸耸肩。老爷子的声音忽然变得结结巴巴起来，脸上逐渐显现恐怖的表情：“云阳，今天你给我说的那件事儿，是真的？”

叶云阳当然知道叶威说的是什么事儿了，摆明就是自己说叶天杀死秦傲天一事，当下便是点点头：“是啊，父亲。”

“啊！”叶威当时真的是哭笑不得，真不知道是该高兴还是该悲哀，他看着满脸愁容的叶天，轻轻地拍打着他的后背，嘴角颤抖得厉害，却根本说不出一句话来。

“爷爷，对不起，当时都是我太冲动了，所以不小心杀死了他。”

搞明白了这件事是真的之后，叶家所有的成员都开始用看怪物的目光看着叶天：“什么，不小心杀死了他？你要是小心一点的话，那还不得弄死斗皇强者？这家伙实在是太变态了。”

他们看叶天的眼神蒙上了一层薄薄的雾气，这家伙越来越神秘，他们越来越看不懂这小子了。

“天儿，好样的，好样的！”叶威在迟疑了片刻之后，忽然仰天长笑起来，那是真的狂笑，而并不是佯装出来或者是被气的，“我就说过，我叶威的孙儿比大离帝国四大传奇年轻高手要强。他们都是狗屁，什么四大年轻高手，简直就是狗屁，哈哈，哈哈！”

看叶威老爷子不怒反笑的模样，众人皆是无语。现在叶家都到了生死存亡的紧要关头，可是叶威却根本不想这些，依旧沉浸在叶天杀死秦傲天的喜悦中。

“我觉得吧，”没有人主持大局肯定不行，叶云仙身为叶家族长，理所应当地开口讲话了，“秦家人已经逼近家门，还是快点转移叶家年轻力量最重要。只有保住了我叶家年轻一脉的队伍，我叶家才不至于完全灭绝。”

“大哥说的对，就应该这么做。”叶云阳开口道，“父亲，我现在就去转移叶家少年，不能让他们跟我们一样，牺牲在秦家人的大刀下。”

“好！”叶威笑着应了一声，“走，我们到外边去看看，今天就算我叶威拼了这身老骨头，也不会让他们踏进我叶家半步。除非踏着我的尸体进来。”

叶威说着便站立起来，准备带着队伍出去。

叶天也是紧随其后。

“天儿，”叶云仙和叶云阳同时拽住了叶天的衣袖，“你不能去，随你三叔躲藏起来，你是叶家未来的希望，你不能去冒险。”

“父亲，一人做事一人当，既然是我杀死的他，我必须承担起这个责任。父亲，你放心好了，没有三两三，不敢上梁山，没有金刚钻不揽瓷器活这个道理我还是懂的，没有万全之策，我是不会拿着我的小命和叶家的未来打赌的。”

“那……好吧。”叶天说的这几句话直入人心，而且句句在理。考虑到叶天还从未让他们失望过，他们最后还是答应了下来。

以叶威为首的叶家队伍走出了叶府。站在叶家的大门前，看着将叶家完全封闭起来的浩荡大军，众人脸上露出一副不屑的神情。

“什么？秦家总部围攻叶家？”听到这个好消息，秦煌的小心肝差点没兴奋地从胸腔里边跳出来，满目的不可思议。

“是的，族长。”探子恭敬地道，语气中满是喜悦，“而且据说，是因为叶天杀死了秦傲天，所以秦家才要灭掉叶家。”

“你说什么？”秦煌眼神冰冷地看着探子，“再说一遍。”

“据说，大离帝国四大传奇年轻高手之一的秦傲天，是叶天所杀。”

“扑！”刚刚走进来，依旧身负重伤的秦岭，听探子说这句话，直接是喷出一两血来，“你放屁，这怎么可能？”

那探子连连叩头谢罪：“公子，就算我长了两个脑袋也不敢欺骗您和族长啊，现在秦家大军已经守在了叶家的门口，恐怕这会儿他们已经开战了吧。”

“哈哈，哈哈！”听探子这么一说，秦煌顿时兴奋了起来，“真是老天长眼啊，走，组织军队，我们助秦家一臂之力。”

“请问，哪个是叶天？”秦家队伍中走出一个身材瘦削的男子，脸庞消瘦，贼眉鼠眼，一看就知道不是什么好人，身上穿着铁质盔甲，走起路来，身上的盔甲来回碰撞，发出叮叮当当的声音。

“你们谁是叶天？”那家伙的语气倒是挺和善，丝毫没有要将人置之于死地的狠毒，反倒好像是问路一般的随和。不过叶家人见多识广，知道越是表面和善的人，越是凶残暴戾。

“我就是。”叶天没有丝毫畏惧之心，虽然叶威等人伸手阻拦，不想让叶天站出去，但叶天岂肯退缩，毫不犹豫地站了出去。

“嗯，好样的，果然是英雄出少年，所谓一人做事一人当，只要你跟我回去，我定然不会伤害叶家无辜之人。”

叶家人都皱了皱眉头，因为他们都知道，若是叶天跟他们回去的话，会是怎样的下场。秦家人之所以能在大离帝国站稳脚跟，其中和他们的性格狠毒有很大的关系。若是叶天被他们擒走，肯定会落得生不如死的下场。

“叶天，不要相信他们所说。”叶威拦住准备走出去的叶天，道，“不知我孙儿什么地儿招惹了秦家，还望秦家能给我等明说一下。若是我孙儿有错的话，别说是你们，即便是我，也绝对不会轻饶他。”

“哼，叶老爷子，我尊敬您是叶家长辈，就不跟您上劲了。您明知道这件事的来龙去脉，还想在这件事上将我一军，让我出丑。不过既然您老人家想看我秦家的笑话，我就让您老看一次。你孙儿卑鄙无耻，用特殊手段杀死了秦家大公子秦傲天，秦家没有下令血洗叶家，已经算是非常仁慈的了，希望您不要倚老卖老。”

“哈哈，哈哈！”听秦家人说叶天杀死了秦傲天，叶威心里是说不出的痛快，竟是哈哈狂笑了起来，“好啊，好啊，天儿，干得好，干得好，就应该好好教训教训这帮整天以四大年轻高手为噱头而胡作非为的家伙。有句古话叫什么来着？会叫的狗不会看家，哈哈，哈哈！”

叶威这么一笑，其余叶家人也跟着笑了起来，现在他们要做的就是争取时间，让叶云阳有足够的时间，将叶家老小年轻一辈转移出去。

“既然你这个老东西不识好歹，那就别怪我们对你不客气了。”那秦家将军见自己多说是自取其辱，当下便不准备继续商谈下去，而是准备下令发兵。

“给我上，生擒叶天者，奖赏五十颗元丹。阻挡者，格杀勿论！”秦家将军冷哼一声下令道。

“慢着。”就在秦家大军即将冲入叶府的时候，一个尖细的声音忽然钻入了众人耳中。

秦明在听到那尖细声音的瞬间，整个人的神经都是打了一下机灵，因为他知道这个声音的主人到底是多么的强横，即便他秦家大将军的身份，都没办法与之抗衡。

于是他急忙出声拦下了队伍，并且转身，循着声音望去，果然看到那一张熟悉的脸蛋。

那是一个很漂亮的女人的脸蛋，皮肤白皙如雪，五官小巧可爱，配合上那一身白色丝纱的轻便长裙，以及她悬浮在半空、怡然自得的模样，让不少人都是为之惊叹，若是不知情者看到，说她是仙女下凡都不会有人反对。

“原来是圣姑啊!”虽说秦明心中疑惑不已，这圣姑为何出现在这个地方，不过他倒也是聪明之辈，知道什么该问什么不该问，却也是并未问她出现在此地的原因，只是恭维了一句后，便道，“圣姑大驾光临，有失远迎，实在是失敬失敬啊。”

“少在我面前装模作样。”圣姑毫不留情地骂了一句，狠狠地白了他一眼，“带着你的大军给我滚蛋，叶天今天我是要定了。”

“又是叶天?”秦明惊诧了一句，心中思索这小子到底什么来头，竟引得神魂教的长老亲自来一趟。

而叶威等人虽不知面前这悬浮在半空的女人到底什么来头，不过从秦明对她恭敬畏惧的表情上，也猜出这女人身份的不简单。

听她说叶天是她的时，叶威等人全都眉头紧皱，苦笑不已，甚至连叶天都愁眉苦脸，莫名其妙地看着这个女人，自己似乎从来没见过她，什么时候招惹了她?

“叶天，你什么时候和这个婆娘纠缠上的?”良久之后，叶云鹤才小声问道，眼神中满是愠色，“我告诉你小子，如霜是非你不嫁，你要是敢娶别的女人的话，别怪你丈人我对你不客气。”

叶天连连点头称是，对这个丈人，他还真是有些无语，哪有这样的丈人，把自己的女儿往男人的怀里推，生怕闺女嫁不出去似的。

“请问，您是什么人，我似乎从来没见过你。”叶天满脸堆满好奇地问道。

“是啊，你倒是没见过我，可是有一个人你应该见过吧。”那女子表情不温不火地飘荡而来，最后稳稳当当地落在叶天跟前，“神魂教的王虎，你认识吧?”

听女子提到神魂教的时候，他就已经明白了个八九不离十了，他们这次摆明是来给王虎报仇的啊。

“天儿，这到底是怎么回事儿?”看女人提到神魂教三个字，叶威老爷子浑身都颤抖了一下，神魂教的威力，他清楚得很，该不会是这个孙儿招惹了神魂教吧。

“是这样的!”叶天语气平淡，似乎是在叙述一件和自己毫无关系的事一般，“当初神魂教的王虎追杀我，我就把他杀了。”

“噗嗤!”

叶威老爷子喷出一口口水来，其余众人也都瞪大眼珠子，看着这个变态的家伙怎么净做些变态的事啊，神魂教的人都能杀得死……

而且听他的语气，摆明了是对神魂教的极度讽刺，说什么王虎追杀他，他就杀了王虎，这算什么事儿啊这，好像那王虎在他眼中，根本就是一不值一提的小卒一般。

“云仙，他所说的王虎是什么人?”叶威问叶云仙道。

“是神魂教的一个供奉，实力达到了斗王级。”

“又是一个斗王。”叶威连连咂舌。

即便是那秦明也是瞪大眼珠子，满脸的不可思议，这家伙藏得未免太深了点，非但杀死了秦家的秦傲天，甚至还杀死了神魂教的一个供奉。即便这小子死上一百次一千次，都根本不够啊。

“大胆狂徒。”见叶天对王虎的死如此这般轻描淡写，圣姑自然愤怒，圆目怒睁，狠狠地瞪着叶天，“王虎乃我神魂教供奉，你无缘无故将之斩杀，务必跟我回去认罪。若你是无辜的话，我自然不会为难你。”

圣姑说着，便要动手。而叶威老爷子怎会让叶家的希望之火就此熄灭，忙挡在叶天前边，其余的长辈也都是快速挪步到了叶天前边，拦下了圣姑：“我们了解叶天的脾性，他是绝对不会主动杀人的，其中必然有什么误会，倒不如咱们坐下来，心平气和地聊聊如何？”

“聊你个大头鬼啊。”圣姑很明显不耐烦起来，狠狠地瞪了几人一眼，而后是加快脚步，准备去抓叶天。被众人挡在身后的叶天想要站出来一人做事一人当，但是众人岂会放叶天出来，于是双方便僵持住了，退也退不走，行也不能行，反倒是圣姑在快速接近。若是她发动攻击的话，他们不一定能拦得下。

“哎哟，这不是圣姑吗？真是没想到竟在这个地方见到你了。”就在叶家人有些不知所措，不知是进是退的时候，一声豪迈的狂笑声猛然在半空炸响，继而钻入众人耳朵中。

在听到那声音的时候，叶天顿时一喜，因为他听出来了，那声音不是别人的，正是韩昌盛的。

他终于肯站出来帮忙了吗？

第二十四章　神魂教风波

圣姑听到这声音，愣住了，仰头望着半空，看着汇通拍卖行的一个主事人员徐徐飞过来。

“韩昌盛?”圣姑的眼睛瞬间缩小，眼神中闪现出一丝狠毒的色彩来，咬牙切齿地盯着韩昌盛。

“怎么是他?”圣姑心中满是惊诧。而叶威等人听圣姑喊出韩昌盛三个字儿的时候，连一头撞死的心思都有了，这叶天该不会是也得罪汇通拍卖行的人了吧……叶天可真是一个惹祸精啊，怎么连连招惹了这么多的大势力，这次他又杀死了什么人?

“圣姑，真巧啊，竟在这种地方见到你。”韩昌盛狂笑着落地，故作满目惊喜地看着圣姑，“听闻神魂教圣姑面容似仙女，美貌赛天仙，今日一见，果然是名不虚传。”

虽说圣姑知道这韩昌盛大驾光临没好事儿，可是碍于对方的身份以及强势能量，还是强忍住心中的愤怒和好奇，淡淡笑笑：“原来是韩馆长，呵呵，今天能在这儿遇到韩馆长，那简直就是我的荣幸啊。不知韩馆长来这儿有何贵干呢?”

“汇通拍卖行不是要在千灯镇设置一个分行的吗，所以我就来这儿考察考察。恰好我这儿有一个老友，便想着投奔于他。”

说着，便是不再理会圣姑，而是径直走到叶家队伍前，恭恭敬敬地道：“老爷子，请问叶天在这儿吗?”

“叶天?”在韩昌盛说他前来拜访一个好友的时候，众人的心里已经是开始波涛滚滚了，他们都很好奇，能和韩昌盛相识的人，肯定非富即贵，难不成他所说的朋友是秦家的人?

可是当他说叶天的时候，叶威老爷子就明白了，他所谓的朋友其实就是叶天。接连收到大把大把负面惊喜的他，终于碰到一个正面惊喜。这种大大的落差让叶威老爷子有些眩晕，幸亏被叶云仙搀扶住了。

“在，在!”叶威连连点头，而后扭头冲队伍里边喊了一声，“天儿，你的朋友来找你了，快出来吧。”

叶天这才从队伍里边走出来，看了一眼韩昌盛，表情不冷不热地道：“韩馆长，好久不见了。”

“呵呵，叶天小兄弟，你没事儿我就放心了。”他亲昵地拍了拍叶天的肩膀。

“怪不得如此张狂，原来是和韩馆长有关系。”圣姑冷哼一声，眼神中充满了不甘，“韩馆长，你愿为了这个穷困小子，得罪我们神魂教?”

“这是我朋友，我愿用性命捍卫我朋友，若是你神魂教执意要为难我小兄弟的话，我也只能撕破脸皮了。”韩昌盛似乎早就已经想好了这句话一般，满脸不屑，充满威胁的意味。

“好，好，好一个用性命捍卫你朋友!”圣姑张狂地笑了起来，“那好，今日我便放弃叶天了，秦明，这叶天便交给你们处置了。你们放心，有我在，这韩昌盛绝对不敢为难你们。”

听圣姑这么一说，秦明立刻惊喜连连：“那就多谢圣姑了，事成之后，我定不会亏了圣姑。”

而韩昌盛眉头却是皱了皱，虽说他拍卖行可扛得住神魂教的威逼，但是却没办法同时扛住秦家的攻击。

他扭过头来，看着叶天，一脸苦相：“叶天小兄弟，你是人小鬼大啊，竟惹到这么多的麻烦来，这下我韩昌盛也没法替你抵抗全部的攻击了!”

叶天也同样明白韩昌盛的苦衷。和神魂教对着干，已经是汇通拍卖行的极限了，若是同时得罪这两家，他拍卖行也不一定能干得过。即便能战胜两家，到时候必定元气大伤，被别人趁机偷袭的话，拍卖行必定全军覆灭，而这一切都是为了一个小小的叶家，根本就不值得。

“叶天，你还认识什么人，看看能不能前来帮助一下。”叶云仙实在是没办法了，秦家大军逐步逼近，而韩昌盛也只能拦得下圣姑，他们这几个人想对付秦家的大军，简直就是拿鸡蛋撞石头。

现在他算是明白了，这家伙在外面惹麻烦的同时，也结识了不少强大的势力，这韩昌盛就是其中一个。

叶家的力量是根本没法扛得住秦家攻击的，所以叶天才会有以上那个说法。

“没有了!”叶天摇头。

“我呢?”叶天刚说完，一个清脆如风铃、婉转如流莺的声音，钻入叶天的耳朵。听到这个声音，叶天的心怦怦狂跳起来了。因为这不是别人，正是大离帝国第一大美人叶倩。

真是没想到，她也来了。

单单想一想，这件事就让人热血沸腾。大离帝国第一美人不顾生命危险，来救自己，传出去得多牛吧。

“叶倩，你来了。”叶天原本绝望的心，也被叶倩的声音给唤醒，重新变得活跃愉快起来，抬头望着声音传来的方向。

“叶倩?”听到这个名字，在场的所有人都是眉头紧皱。大离第一美人的名号，举国无人不知，所以在他喊出这个名字的时候，不少人的第一想法就是这小子又在故弄玄虚，大离第一美人怎么可能会认识他呢，而且还是亲自来找他。

当叶倩以仙女翱翔的姿势飘荡而来的时候，迷住了现场所有人。莹润皮肤，精致五官，加上那细致小蛮腰，说她是大离帝国第一美人，一点都不为过。

莫不是，这个真的是大离帝国第一美人？

这是所有人心中的疑惑。

"你还是来了。"叶天笑着走了上去，小声道。

"是啊。"叶倩点了点头，"你杀死了秦傲天，帮叶家解决了一个强劲的敌人，我叶家自然要为你出头，不然别人会说我叶家不讲道义。"

叶天冲叶倩淡淡笑笑："无论如何，我还是要谢谢你。"

叶倩并未和叶天多说，只是转身，看着秦明道："你们还要不要战？若是想战的话，我叶倩奉陪。"

大离第一美人，连讲话都是那般的柔美，尽管表情不悦，不过那模样依旧迷住了不少人，甚至连嗓音都是那般的甜美。

"叶小姐，我等……"秦明发现站在天下第一美人面前，惭愧自卑得很，连话都有些说不顺溜了，"我秦家自然不想和叶家为敌，只是叶天杀死了我秦家人，秦家也只是要他一个交代而已。所谓欠债还钱……"

"杀得好。"叶倩打断了秦明的话，直接骂了一句杀得好，这一句话把秦明给打蒙了。他好容易组织起来的语言，瞬间消失全无，大脑变成一片空白。

"好霸气。"叶天竖起大拇指，赞叹了一句。

秦明愣了几秒钟之后，硬生生将到嘴边的话给咽了下去，倒吸一口凉气，无意间吸入了自叶倩身上散发出的女子特有香气，竟沉醉其中。

"滚！"叶倩瞪了一眼秦明。

秦明这才回过神来，他已经明白了眼前形势。有韩昌盛和叶倩挡道，也就相当于汇通拍卖行和大离帝国的叶家在这儿坐镇，今天没办法收拾叶天了，只能是组织队伍，退了回去。那圣姑瞪了叶倩一眼："该死的。"而后也走开了。

今天这小子人品大爆发，来了这么多救兵，不过今天报复不成功，并不代表以后也不成功。

要擒叶天，也不在这一天两天的，她就不相信叶倩和韩昌盛守在这一辈子，当下并未过多地纠缠，转身飞走。

很快，原本将叶府围了个水泄不通的秦家部队全都撤退了去，现场只剩下韩昌盛以及汇通拍卖行的几个人，以及叶倩了。

经历了这近似诡异的一幕，叶威才终于明白叶天远比自己想象中复杂得多，真是没想到，这小子此番外出，收获竟这么大，非但实力嗖嗖地暴涨，甚至还认识了这两个以往只在传说中才出现的牛逼人物。不可思议，实在是太不可思议了。

他走上去，在叶天的肩膀上捶了一拳："我说你小子究竟还有多少秘密瞒着我们？你到底达到了什么实力？”

叶天连连摇头：“爷爷，我发誓，真的没有秘密了。”

有了大离帝国第一美人叶倩，以及汇通拍卖行的韩馆长坐镇，他们倒是不用担心秦家和神魂教来偷袭了。叶威本来准备留叶倩和韩昌盛在叶府住下的。但是叶倩却是一声不吭，好像仙女一般飞走了。韩昌盛初来乍到，住旅店有些不方便，最后执拗不过叶威老爷子的热情，住了下来。

围观者也逐渐地散开了。同时随之散开的，还有一个让所有人都认为不可能的消息：千灯镇叶家的叶天杀死了神魂教的供奉以及大离四大传奇高手之一的秦傲天。

叶天等人忽略了这个消息传递的速度，仅仅在一个晚上的时间，这个消息便犹如疯狂的洪水一般，席卷了整个大离帝国。

千灯镇几个说书的凑在一块，将叶天的事编成了书，在千灯镇的大街小巷当成了离奇故事讲了起来，讲他如何从一个废物，成长到今天这一步，汇通拍卖行俯首称臣，大离帝国第一美女主动投怀送抱，小小年纪斩杀两大斗王高手……

虽说有夸张的嫌疑，不过听说的次数多了，自然也就认为是真的了。叶天的名字几乎是传遍了整个大离帝国。据传，甚至连大离帝国的帝王都开始关注这个名字了。

虽说叶天出名了，不过叶家却随时都处在危险之中。神魂教和大离帝国的秦家，可不会轻易放过叶家，毕竟一个死了供奉，一个死了后辈，这不仅仅是死人那么简单，还关乎他们的荣耀和脸面。

两个斗王，都被一个小辈斗师给杀了，而且他们的家人还没办法给他们报仇，这得有多大的胸怀，才能容忍这般的侮辱啊。

叶家同样是活在提心吊胆中。他们暂时有韩昌盛和叶倩坐镇，倒不至于太危险。可如果两人不在了呢？叶家同样得面临全军覆没的危险。

千灯镇的叶家，被叶天这个小家伙给搞得晕头转向。这小子非但杀死了两个斗王高手，甚至还和大离帝国四大势力之一的叶家，以及汇通拍卖行牵扯上了关系，而且如今两家都在叶家，为他们坐镇。

和他们相比，只有一个斗皇强者坐镇的秦家，倒是显得冷清了不少。和汇通拍卖行以及叶家总部为敌，那简直就是找死。

如此一来，千灯镇的各大势力相互制约，竟达到了一种难得的平衡，而五日之后，这个平衡却被打破了。

往日低调冷静的秦府，今日门前却站了一支队伍，而队伍中为首的，则是一男一女。

男的是秦明，而女的，自然便是圣姑了。

两人都有心拿下叶天，便聚在一块商量对策。他们觉得汇通拍卖行和神魂教相互制约，秦家总部和叶家总部制约，但凡有一个小小的势力冲出来，打破这种平衡，那么想要擒拿叶天，可以说是手到擒来。

于是，这个所谓的“小小势力”，当仁不让地选为了千灯镇四大势力之一的秦家。

当秦煌听说秦明以及圣姑来到秦府的时候，兴奋地跳了起来。前几日他去拜访这两大势力，都吃了闭门羹，如今他们主动来找自己，很明显是准备和自己达成统一联盟。只要自己在其中扮演一个砝码，便可打破他们四大家族之前的平衡，一旦平衡被打破，叶家必定灭亡，其余两大势力也必然会损兵折将。

有时候，一件事的成功与否，很可能取决于最不起眼的那个小东西。

秦煌尚未出去迎接，身着盔甲的秦明，以及打扮妖艳性感的圣姑，便已然走了进来，一脸高傲。

秦煌非但没生气，反倒是热情无比地迎了上去：“两位大驾光临，有失远迎，实在是秦某失礼了。两位快请坐。”

他这句话等于是废话，因为在他说请坐的时候，两人早就已经一左一右地坐了下来，秦明耷拉着二郎腿，漫不经心地和秦煌答话：“看来秦家在千灯镇的发展，倒是挺不错嘛，这大堂都快赶上秦家总部的了。”

对于秦明的冷嘲热讽，秦煌是恨不能将他的二郎腿给掰断，虽说你是秦家总部的将军，可论其地位，你和老子差不多是平等的，你凭什么在老子面前张牙舞爪、耀武扬威？

不过为了能灭掉叶家，他还是选择了忍气吞声，依旧在脸上堆满笑容：“秦将军说笑了，寒舍怎可和秦府相提并论。”

“算你会说话。”秦明哈哈笑着道，“虽说你秦家的实力不如秦家总部实力的千分之一，不过却也并不是无用嘛。”

听他说这句话的时候，秦煌就知道秦明是准备转入正题了，看来他很急迫啊，一会儿寒暄的时间都没有了。

秦煌很配合地道：“只要总部一句话，我秦家人马定当赴汤蹈火，在所不辞。”

“好，好，回去之后，我一定会在秦家老祖宗面前说你两句好话的，我要的就是你这种誓死效忠秦家的态度。”秦明连声叫好，殊不知自己早就已经被秦煌在心中骂了成千上万遍了。他这等于是先扇人两巴掌，再给人两颗蜜糖吃啊，这样不近不远，才能让别人死心塌地呢。

不过他一个大将军的心计，是不可能胜得过秦煌这个老贼的。

“那就多谢秦将军了。”秦煌是聪明人，既然他把自己当傻子，那自己就充当一回傻子，到了关键时刻，就能出其不意地反捅一刀了。这叫什么？这就叫给自己留一条后路。

“那好，我交给你一个任务。”秦明道。

"秦将军请说，我绝对不会推辞，上刀山下火海都不会推辞。"

"嗯，那就好。"秦明道，"其实也不用你上刀山下火海，按照千灯镇的传统，明日就是狮王争霸赛了吧，我听说因我们的到来，狮王争霸赛已经取消了。我命令你，狮王争霸大赛如期举行，而且叶天必须参加，到时候你再把我扮成狮王争霸赛的选手。"

说到这儿，秦明没有继续说下去，因为他相信凭秦煌的聪明才智，能猜得透他的意思。

而他所不知道的是，自己今天到来，并且他的所有的计划，秦煌早就已经猜到了。这就叫老奸巨猾。

"高明，秦将军果然是高明。"他还是适当地拍了拍秦明的马屁，"将军请放心，这点小事儿还难不倒我。"

"好。"秦明爽快地笑了起来，"果然是爽快之人，我就喜欢和这样的爽快人打交道。那就明日见吧。"

说着，他也不待秦煌回话，便恭敬地走到圣姑跟前，道："圣姑，一切都交代妥了，咱走吧。"

圣姑用冷冷的眼神看了秦煌一眼，而后点点头，苗条优美的身段，从椅子上慵懒地站了起来，打了一个哈欠之后，便旁若无人地捂着嘴离开了。

这一性感动作，看得秦明眼珠子都瞪出来了，嘿嘿傻笑着跟了上去，秦煌忙迎上去送两人。待得将两人送走之后，秦煌的眼神中才露出一丝鄙夷的神色来："哼，有肌肉没脑子的家伙，还想跟我耍心机，呸。"

"是啊!"秦岭也随声附和了一句，"我看得出来，那秦明被圣姑利用了，恐怕到最后连怎么死的都不知道。"

"是啊。"秦煌拍了拍秦岭的肩膀，"儿子，希望以后你不要像秦明一样，当一个没脑子的将军。"

"父亲放心。"秦岭道，"有父亲您的教导，我怎么可能会变成秦明那样的傻瓜呢?"

他的话语之中，充满着浓浓的耻笑之色。

"哎，看来你还是没有完全领悟我的教导。"秦煌忽然有些失望起来。

"哦，父亲，您什么意思?"对自己的言语十分满意的秦岭，听父亲这么一说，顿时就愣住了，莫名其妙地看着父亲秦煌，不知他为何会有此一说。

"我警告你多少次了，越是糊涂的人，就越有可能是聪明之人。因为凡是懂得装糊涂的高手，无不藏匿着一颗危险至极的狠心。"

"父亲说的是，父亲说的是。"秦岭连连点头，不过心中却有些不服气。因为他越看秦明，越像一傻子糊涂蛋。

"嗯，一定要记清楚，免得以后忘记了。"秦煌拍了拍秦岭的肩膀，眼神中充满着浓浓的不悦之色，“以后一定要多点心机。我现在还活着，可以替你出谋划策，可万一我死了，就要靠你自己了。”

秦岭诚惶诚恐地应着。

“嗯，记住就行了。”秦煌长长地吐了口气，道，“走，父亲要送给叶家一个礼物，一块去看看吧。”

叶家表面上如往常一般平静，可实际上却并没表面上看起来那般简单。叶云阳遵老爷子的命令，将叶家没战斗力的女人以及叶家年轻一辈，暗中往安全之地转移，免得跟叶家一块遭遇灭顶之灾。

对叶家来说，这次的灭顶之灾，他们是无论如何都避不过了，能做的只能是尽全力减小伤亡。但对叶天来说，这些人的做法未免有些过火了，因为他坚信，叶家不会被秦家灭掉。

有了魔奴留给自己的真丹，叶天的修炼速度几乎可以用疯狂来形容。仅仅几日的时间，叶天便从斗师级，修炼到了斗灵级，尽管还只是中级斗灵，但是此刻的他用真气驾驭凤鸣天际的话，所发挥出的威力，可直接和斗王抗衡。

而且最近几日，有了元丹的判官实力也是暴涨，按判官所说，是恢复到了斗王级。还有那个阴火龙兽，有至寒珠以及元丹的孕育，发育速度竟是空前的快，这才没几日的时间，竟是长了三丈有余，表层的蓝色鳞片逐渐朝着金色转变，估计用不了多久，就会完全变成金色。

叶天和判官还不知这阴火龙兽到底是什么等级，所以并未将它列入战斗者的行列。还有他从秦傲天手中夺得的低级灵器，也可以增强自己的实力。

“即便这样，我们也不可能是秦家老祖的对手。”叶天总结了自己的战斗力之后，满脸颓废地道。

“其实，若是你真的想战胜秦家老祖，还有一种方式，不过这种方式，可能会要了你的命。”判官说这话的时候，犹犹豫豫，很明显是有些不情愿将这个方法告诉他。

“哦?”听判官这么说，叶天顿时来了兴趣，好奇地看着判官道，“判官，您倒是说说看。只要能保住叶家，哪怕付出我的性命也要一试!”

判官叹口气：“难得看到这么无私的人，那我就实话跟你说吧，其实，你若是自爆真丹的话，其产生的威力，足以炸死一名斗皇强者，至少也能将其重伤。但若是那样的话，你的身体将会被真丹爆炸所产生的强大能量给轰成齑粉，我劝你考虑这次攻击的时候，还是想明白一点。”

叶天倒吸一口凉气，真丹爆炸，将产生多大的威力，竟能炸死一名斗皇强者?这真丹可真是一个宝贝啊。

“叶天!”看叶天对这个攻击方式有些动心，判官劝道，“不到万不得已，还是不要用这招。你是千年难遇的人才，若是就这样陨落在一个斗皇强者手上，实在是太憋屈了点。”

叶天点头道：“判官，放心，我自有分寸，相信我。”

砰砰砰，砰砰砰！

两者交谈的时候，门口传来一阵敲门声。叶天随口问了句：“谁啊。”

“叶天公子，老爷子请您去客厅。”门外传来侍女清脆细嫩，充满恭敬崇拜的声音。

“知道了。”自从发生了前几日的围攻事件之后，叶天在叶家的威望是水涨船高。如今他在叶家人心中，位置仅次于叶威老爷子。

“爷爷传唤我有什么大事儿?”叶天疑惑地自言自语，准备去家族议事大厅。

“明日就是狮王争霸赛吧。”判官道，“若是没猜错的话，应该是关于明日狮王争霸赛的事。”

“但是爷爷说，最近几日千灯镇被几大势力闹得鸡犬不宁，狮王争霸赛已经被临时取消了啊。”叶天一边用神识和判官交流，一边前往客厅。

“你觉得秦家会放过这么大好的机会？要知道狮王争霸赛可是只允许少年进入其中的啊。若是狮王争霸赛的组织者千灯镇秦家在其中做一点手脚，恐怕你的小命就难保了啊。”

叶天在心中暗自叹道，判官说的一点都没错，若是秦家真的想在狮王争霸赛上动手脚，怕是自己只会凶多吉少。

来到家族议事大厅，果然看到秦家族长秦煌坐在客厅正位。看到叶天走入客厅，秦煌将茶杯从嘴边挪开，而后对叶天伸手称赞：“果然是英雄出少年，犬子和叶老爷子的孙子相比，实在是有些上不了台面了啊。”

虽说站在一旁的秦岭有些不明白父亲这句话到底有什么用，不过为了掩饰自己的心虚，他还是应了一声：“呵呵，自从前几日，听闻叶兄斩杀了两大斗王高手，甚至还惊动那么多势力的时候，叶兄便已经成为我为之努力的目标了。”

“放屁。”虽说还不明白这俩人上来就给自己脸上贴金子，到底有何目的，不过想起前几日，秦煌的人打伤自己父亲的事，就让叶天生气，于是他就没给这家伙好脸色，直接破口骂了一句。

“你……”自己忍气吞声好心好意地说两句巴结的话，可这小子非但不领情，还明目张胆地骂自己，而且还当着这么多长辈，这让秦岭非常的不爽，却也无法奈何对方，只能强忍住心头怒气，不再多说一句话。

见自己的儿子吃了亏，秦煌也知道继续和那小子沟通，也同样会落得一个不爽的下场，当下也没有找骂的意思，而是对涵养极好的叶云仙，道：“我想，前几日的事，都是一场误会，所以今日，秦煌亲自登门拜访，这两颗参丹，是我花重金从炼丹师那儿购买而来，虽说这参丹并不是多好的宝贝，但是我想这代表我的一片心意，还请叶兄能收下。”

“放屁。”叶云仙狠狠瞪了一眼秦煌，同样学着自己的儿子，骂了他一句放屁。

这样一来，就等于秦家父子被叶家父子各自骂了一句放屁。这让傲气得不得了的秦煌终于忍无可忍，刚想爆发，却听韩昌盛的声音从客厅入口的方向传来：“秦家人来这儿放狗屁来了啊，怪不得我在房间的时候，就闻到了臭味。”

一看到汇通拍卖行的管事韩昌盛，那秦煌再大的脾气也得压下去了，任凭他有十个胆子，也不敢和汇通拍卖行的人对着干。要知这汇通拍卖行之所以能在大离帝国屹立那么久，要说在官场没有点能量，那是不可能的。

秦煌身为秦家族长，这点觉悟还是有的，当下只能放下身价，忙从座位上站起来，迎了上去：“原来是韩馆长。呵呵，来千灯镇这几日，都没来得及请韩馆长去秦家做客，实在是我的过错啊……”

“行了，哪儿那么多废话。”韩昌盛满脸不耐烦地道，“我就问你一句话，你今天来这儿到底有什么事儿，说了赶紧走，我还有要事和叶家商量。”

这几句话说得秦煌心里十分的痛苦，他秦家没巴结上汇通拍卖行，已经让他非常痛心了，而如今自己竟被韩昌盛往外边轰，这摆明了是站在自己的对立面了。

要是没有秦家总部，或者神魂教给他撑腰的话，估计韩昌盛早就已经用自己的权势，像捏蚂蚁一般把秦家给捏死了。

既然没办法讨得他们的欢心，秦煌决定还是不白费那番力气了，直接道：“既然我在这儿影响诸位的心情，那我就直接把话挑明了吧。”

他咳嗽一声，清了清嗓子：“狮王争霸大赛，是老祖宗流传下来的传统竞技项目，是老祖宗的心血，是各个家族之间的友谊性竞争，非但可以加强各大家族之间对彼此之间的了解以及增强我们的友谊，更是对老祖宗传统文化很好的保留以及流传，不能因为一点小事儿，而将这个友谊性竞技项目给暂停，所以明日的狮王争霸大赛，照常举行。”

“不行。”一直沉默不语的叶威，毫不犹豫地否定了，“你秦家的那点小伎俩，我叶家会不知道？别以为我不知道秦明和圣姑今天下午去你们秦家的事儿。”

听叶威这么一说，那秦煌的脸刷地一下就白了，感情他们早就已经知道自己的计划了。不过他还是临危不乱，深深地吸了一口气，而后道：“叶老爷子，是您多想了，我千灯镇秦家好歹也是秦家总部的一个分支，他们来到了千灯镇，我秦家自然要尽尽地主之谊。”

“是吗？”叶天笑了笑，“可是为什么他们去了没多久就走了，难不成就是去喝你秦家一口水？”

“这……”这句话倒是把秦煌给问住了，不过身为秦家的家主，这点应变能力都没有的话，未免有点太菜了，当下便是转移话题，“没想到，叶家竟在我秦家安插了眼线，厉害，厉害啊。”

“少转移话题。”叶威瞪了一眼秦煌，“回去吧，若是你想举行狮王争霸大赛的话，可以和其他三大家族商量，反正我是不会加入狮王争霸大赛的。”

看叶威老爷子这态度，自己再多说也只是废话，他刚想告辞，叶天的声音却忽然响起：“爷爷，让我参加吧。”

听他这么说，所有人的视线顿时集中到叶天身上。叶威立刻劝道：“叶天，别说了，无论如何，这狮王争霸赛你都不能参加，这明摆着就是秦家人想要杀死你的一个阴谋，是他们的圈套，我不会让你往他们的圈套里边钻的。”

“爷爷，您放心吧，我一定不会有事儿的。”叶天据理力争道，“既然他们想设圈套来套我，我就偏偏不让他们得逞。”

“不行，天儿，爷爷不能拿你的性命开玩笑。我知道你的实力很强悍，整个千灯镇的少年，没人会是你的对手，但是你还不知道这个世界人心险恶。”

“爷爷，相信我。”叶天道，“若是没有十足把握，我是绝对不会答应他们这个要求的。爷爷!”

叶天用自信满满的目光看着叶威，看得叶威是连连叹气：“哎，你这个家伙，真是太固执了。罢了罢了，既然你执意要参加狮王争霸赛，那我就同意吧。不过你必须给我保证，绝对不能有任何损伤。”

“放心吧，爷爷。”叶天爽快地笑了笑，眉宇间闪过一丝杀气，“既然你们给我设置了一个圈套，那我就配合你们，钻入你们的圈套吧。不过，在绝对的实力面前，一切的投机取巧都只能是白费力气。”

秦煌见叶天答应了下来，心中自然是兴奋不已，终于可以给秦家交差了，自己报仇大计也终于可以全面施展而开。

待得秦煌告辞离开之后，叶威老爷子才目光严峻地看着叶天：“天儿，你明知这是他们的圈套，还要硬往圈套里钻，告诉我，你究竟有多少把握能成功活着走出来。实在不行，你连夜离开千灯镇，大不了我落一个不好的名声，不会对我叶家产生多大的影响的。”

“爷爷，放心，我有百分百的把握能逃出来。我非但要逃出来，还要将一切伏击我的人，统统斩杀。”

叶天相信，凭借自己和判官组合起来的实力，堪比高级斗王，解决掉几个中级斗王，并不是那般的困难。

“这……”看叶天自信满满地说这句话，叶威原本的担心终于有所收敛，不过依旧是愁容满面地对身旁几个人道，“你们将我叶家所有的宝贝都拿出来，让叶天带在身上，说不定什么时候能派上用场呢。”

不过他的这个提议，却被叶天给拒绝了，理由是他身上的宝贝已经够多的了，要是再带叶家的一些宝贝的话，只能成为自己的累赘。

叶威老爷子这才想起，叶天自从从古墓府邸回来之后，全身上下都是法宝，看得众人是应接不暇，叶家的所谓的法宝根本就看不进他眼里。

叶威好奇地问道："叶天，你此番在古墓府邸中，到底抢到了多少宝贝？"

"这么说吧。"叶云阳抢了一句道，"你们知道大离帝国四大家族派出的四大代表以及秦家老祖吗？叶天从他们五个人眼皮子底下，抢走了他们最重视的东西。"

就在众人交谈间，却是忽听身后传来一个嘤咛女子声音，清脆响亮，可爱至极。

听到那声音的瞬间，叶天浑身上下都跟着颤抖一下，扭过头去，看着大厅入口处。

果然没猜错，站在门口的，乃是小魔女林雪儿。

在看到林雪儿的时候，客厅内所有人都是眉头紧皱。看来他们都在林雪儿手上吃过大亏，所以才会在看到林雪儿的时候眉头紧皱。

这个小魔头还真是难缠啊。叶天无奈地摇头。

"叶天哥哥，你摇头干什么啊，你不想看到我吗？"林雪儿蹦蹦跳跳地走了上来，给叶天撒娇道。

这几日叶天都未见过林雪儿，不知她到底去了什么地方，这次林雪儿突然出现，让叶天都没做好准备，不由得有些紧张起来。

准备什么？当然是准备接受林雪儿的恶作剧啊。

"不是不是。"叶天连连摇头，"雪儿，这么长时间都没见到你了啊。"

"呵呵，叶天哥哥是不是想人家了？"林雪儿拽着叶天的胳膊，裂开嘴，露出皓白如雪的牙齿，冲叶天嘿嘿傻笑着，颇有一股邻家小妹的清爽感觉。

"雪儿，"叶威眉头稍稍皱了皱，"你怎么没跟你云阳三伯一块出去避风头啊？"

叶威老爷子当初特意命令叶云阳，一定要将林雪儿带出叶家，不能让林雪儿因叶家而受牵连，这几日未见，他还以为叶云阳已经将她带走了呢，谁知道今天竟又见到她了。

第二十五章　难缠的小魔头

“呵呵，那个地方一点都不好玩，再一想好长时间都没看到叶天哥哥，所以就过来看看。”林雪儿说道。

这么一说，叶家人全都是骇然至极地看着林雪儿，当初他们叶家担心有一天会被其余的几大势力吞并，所以就特意在一座隐蔽山头，开凿了一座洞府。那个地方易守难攻，而且地理位置十分的独特，处于深山老林最隐蔽之处。若是人进入其中，没有个一年半载，是绝对不可能从里边走出来的。

可是这小妮子是怎么从里边走出来的？而且看起来似乎一点都没受伤，也没有挨饿疲惫的状态。叶威老爷子还以为是叶云阳故意带她出来的呢。

“父亲，不好了，不好了，林雪儿……林雪儿不见了，林雪儿不见了！”叶云阳粗鲁焦躁的嗓音从大厅外传来。

叶威的眉头皱在一块，浮现出一条条的黑线：“雪儿，是你一个人独自从仙云洞走出来的，你云阳伯伯不知道？”

林雪儿点了点头：“是啊，我倒是想出来，可是他非不让我出来，没办法，我就只能自己跑出来了。”

林雪儿讲话的时候，叶云阳已经从外边奔跑进来了，气喘吁吁地给他们禀告：“父亲，今日我去仙云洞查探，然后发现……啊，雪儿，你怎么来这儿了？你怎么跑出来的？”

这个时候他才发现站在身边的美貌女孩竟是刚刚凭空消失的林雪儿。

“呵呵，伯伯，你又不带我出来，我就只能自己跑出来了。”林雪儿轻描淡写地道，好像从仙云洞走出来，就跟吃饭走路一般的简单。

“哎，你这个丫头啊。”叶威老爷子头疼地揉了揉眉头，这小丫头的确让他头疼，那么隐蔽的地方，她都能毫发无损地走出来，这小丫头片子越来越神秘，她的实力也是在水涨船高了。

“雪儿，下次出来一定要给我打声招呼。”叶云阳额头上沁出了一层细密的汗珠，这丫头实在太强悍了，那么隐蔽的地方，都能独自闯出来，“你这样会让人很担心的，你不知道那仙云洞多危险。”

“知道啦。”林雪儿有些不耐烦起来，“爷爷，你们和叶天哥哥有事商量吗？要是没有的话，我就和叶天哥哥说几句悄悄话。”

叶天在看到她第一眼的时候，就知道这小女孩究竟要问什么了，很明显她是想问古墓府邸的事，她要自己帮她找的东西有没有找到。

可是她指引给叶天的地方，是存放棺椁的密室，她究竟想要里边的什么东西，该不会是要整座密室吧。

“天儿，你先回去吧，准备一下明日参加狮王争霸大赛的事。”林雪儿想借叶天，叶威也不好挽留，只是简单地说了一句，便让叶天离开了。

告辞之后，叶天和林雪儿来到叶天的房间。看着站在面前的这个小女孩，叶天忽然有种怦然心动的感觉。

林雪儿虽说年纪有些小，不过发育的倒是挺完美，身材是前凸后翘，胸口和屁股都比同龄女孩大不少，而且个头都快赶上自己高了，尤其是一袭紧身长裙，更是让她的完美身材尽情展现而出。

“看什么看啊。”林雪儿发现叶天一直盯着自己的身体看，佯装生气地责怪道。

叶天这才意识到自己的失态，忙将视线从林雪儿完美的身体上挪开，道：“没什么没什么。对了，雪儿，你不是有什么事要和我商量吗，到底什么事儿啊？”

林雪儿伸了一个懒腰，完美身段尽显无余，看得叶天是垂涎不已，心想这小姑娘发育得可真是成熟啊。

深呼吸一口气，她这才道：“叶天哥哥，你别装糊涂了，你应该知道我找你来为的是什么事儿吧。”

叶天无语，这小妮子有着和同龄人不匹配的智慧和口才，他甚至怀疑自己跟她要心眼都要不过她。

“你说的是古墓府邸的事吧。”叶天笑了笑，道，“正好我也有些事想问你呢，魔主。”

“魔主，谁是魔主？”叶天原本准备用这种方式让她无意中暴露自己的身份，但是谁知，这小妮子谨慎得很。他在她跟前要心机显得弱智了，只能在心中苦笑连连：“没什么，就是口误而已，不用放在心上。”

“叶天哥哥，那就不要废话了，赶快把东西交出来吧。”林雪儿道，“我知道你找到了密室里的东西，所以才会被秦傲天追杀，你在那宝贝的帮助下，才把秦傲天给杀死的吧？”

林雪儿说这话的时候，连停顿都没停顿，似乎早就已经知道了事情的来龙去脉，而不是现场推理论断，更不是胡编乱造。

而听林雪儿这么一说，叶天的眼珠子都快瞪直了，不可思议地盯着林雪儿：“你怎么知道的那么详细？你和魔奴到底什么关系？你是不是他说的魔主？”

林雪儿摇摇头，故意装出一脸懵懂的表情：“我不知道你到底在说些什么，什么魔奴魔主啊。这些都是我猜出来的。”

她是心平气和地讲话，一点都看不出演戏的成分，似乎她说的这些都是真的一样：“快点把密室里边的东西给拿出来啊。”

看看林雪儿一脸急躁的表情，叶天就知道这小妮子演戏的功夫的确很好，至少比自己强了不少。这么明显的事，她都不亲口承认，看来是谨慎得很。

叶天很好奇，这丫头到底在顾忌什么，不肯捅破这最后一层膜。

不过既然她不愿多说，自己也不好勉强，而且考虑到自己之所以能到达密室，很大一部分功劳都在林雪儿的身上，当下也是并未多说，便将棺椁从大还丹精神世界中拿了出来。

林雪儿对叶天随手就召唤出棺材的事一点都不觉得奇怪，好像知道有大还丹在他身上一样。这让叶天感到惶恐不安，站在她面前，就会让他有一种全身被透视的感觉。

看着棺材，她情绪激动地走上去，轻轻地摩挲着镶满金粉的棺材表面，悲伤瞬间弥漫面容，两行清泪顺着眼角流了出来："叔叔，我一定会替你报仇的。"

虽然声音很小很虚弱，不过叶天依旧是将这声音听得清清楚楚。听完之后，叶天的心就有些怦怦狂跳。她竟喊魔奴为叔叔，这家伙和魔奴肯定有关系。他基本上已经确定，林雪儿就是魔奴所说的魔主。

只是，这魔主和魔奴到底和邪魔一族有什么关系？如果他们也属于邪魔一族的话，究竟处于邪魔一族的什么位置？叶天的双目满是迷茫，因为他实在没办法将如此貌美的女孩和杀人不眨眼的邪魔一族的人联系在一块。

林雪儿趴在棺材上暗自伤心片刻之后，这才小心翼翼地将棺材盖子给掀开。那么沉重的棺材板子，竟被林雪儿这个弱女子轻轻松松地给掀开，让叶天叹息不已，这个丫头实在是藏着太多的秘密了，日后有机会一定要将她身上的秘密全都解开。

丫头看着棺材里边的尸体，好长时间都没有讲话，只是从始至终，眼角的两行清泪都流个不停。

看她这么娇柔的女孩如此伤心地哭泣，叶天的心里是说不出的怜惜，走上去轻轻拍打林雪儿娇柔黑长的头发，笑了笑："雪儿，别伤心了。"

林雪儿这才擦拭了一下眼角的眼泪，而后抬起头来，泪眼朦胧地看着叶天："我叔叔有没有让你给我说什么话？"

叶天思考了一会儿，这才想起，当初用真气催动五行八卦玉的时候，催发出了魔奴封印在玉块中的一丝残魂，这才道："他说，让我好好照顾魔主。"

这次林雪儿没有反抗，只是简简单单地点点头，而后擦拭了一下眼角的泪水，失神地走了出去。看着林雪儿这副失魂落魄的模样，叶天不自觉地生出一丝怜悯之心。

林雪儿离开后，叶天便将棺材收了起来，而在收起不久，门口竟响起一阵急促的敲门声。他愣了一下，不知谁会在这个时候找自己。

当他打开门的时候，被站在眼前的几个人给镇住了。因为站在眼前的不是别人，正是以叶如霜为首的叶家年轻队伍。

“你们怎么出来了?”对于他们的到来，叶天是深感意外，因为他们早就已经被叶云阳带入仙云洞躲藏起来了，难不成那仙云洞并不是想象中那么难闯，他们还是闯出来了?

“叶天，你也太不讲义气了。”叶天最好的朋友叶明首先讲话道，“狮王争霸大赛也不叫上我们，你这不是看不起我们吗?”

叶天连连摇头说不是不是，同时再次问了一句：“你们是怎么出来的？仙云洞不是很隐蔽吗？没有专门的向导，是不可能从里边逃出来的。”

叶如霜这才说出了实情，原来林雪儿在出来的时候，在沿途上做了标记，只要他们顺着标记走，就能走出来了。

叶天哭笑不得，这林雪儿可真是小魔头啊，自己走出来还不算，还要把这几个人给引出来……

“族长，不好了，不好了。”大门方向传来探子惊慌失措的声音，“有仙云洞的消息称，叶秋、叶如霜等叶家年轻一辈，都从仙云洞闯出来了。”

看着面前这几个人，叶天无奈地耸耸肩。

次日一大早，叶家便热闹了起来，敲锣打鼓的声音响个不停，同时自己的大门也被仆人敲响了：“公子，狮王争霸赛正在准备，族长让我请您过去。”

“知道了。”叶天睁开眼睛，吐出了一口浊气。经过一晚上的历练，他的实力再次有所突破，竟达到了高级斗灵阶段。

这种恐怖变态的升级速度，怕是放在整个大离帝国，都没有几个人能达到吧。若不是有了魔奴的真丹辅助，怕是叶天一年半载都没法突破。

那真丹所起到的作用，实在是太大太大了。现在叶天甚至能感觉到，丹田中开始出现一丝淡淡的真气，而且那团真气团团旋转，似乎用不了多久，就能凝聚成一团。

判官注意到这一幕之后，欣喜若狂地告诉叶天，这是真丹凝聚前的征兆。若是真丹凝聚成型，即便是魔奴的真丹自爆，叶天也有机会保全小命。

这对叶天来说，无疑是个天大的好消息，因为这意味着，他有可能在保住自己小命的情况下，改变叶家覆灭的结局。

想明白了这点后，叶天长长地舒了一口气，心中的压力瞬间减轻了不少，步伐轻松地跟着仆人，前往演武场，同其余的叶家少年聚合。

在他来到演武场的时候，演武场上只站着稀稀疏疏的数十个人。叶家的人大部分都已经转移，现在剩下的也就是一些护卫以及叶家的几个核心人员。

昨日叶家少年回来，提出要加入狮王争霸大赛的时候，叶威是坚决地反对。不过这几个人的固执最后还是打动了叶威老爷子，没办法，最后只能让他们参加狮王争霸赛。

如今的几个叶家少年，全都是穿着一身黄色舞狮服，昂首挺立，器宇轩昂，虽说和正规军比不上，不过他们的气势依旧是让叶威感到满意，连声点头赞叹。

“爷爷!”叶天来到叶威身边，恭敬地和爷爷打招呼。

“嗯。”叶威转过头来，欣慰地拍了拍叶天的肩膀，“天儿，秦家人必定会在狮王争霸赛上动手脚，到时候你一定要谨慎再谨慎，千万不要对敌人放松大意。若是遇到生命危险，就拉动这个烟花。”叶威说着，将一个烟花递给了叶天，“只要你拽动这个绳索，就会有烟花喷射出来，我会带人前去救你，记住了吗?”

叶天心中有些感动，为了自己的安全，叶威是准备丢下自己的身份，不顾狮王争霸赛的规矩了。

“嗯，我记住了，爷爷。”为了让叶威放心，叶天连连答应。

“好，入队吧。”叶威这才放心地说道。

叶天接过黄色的服装，套在了自己身上，加入了队伍中。

“走，出发。”叶威看了一眼队伍，整顿得倒是挺利索。点了点头，便让叶天为队长，带着队伍出发。

很快，队伍便来到了狮王森林。这是一处毗邻千灯镇的自然大森林，比叶家的那片森林大了不少。不知什么原因，森林之中没什么特产，甚至连生长的树木，材质都不好，更别说什么猎物灵药之类的了。

这样一处废弃的荒野，三大家族自然不会出钱开发，所以这片森林就是无主之地，平时很少有人会进入其中。几十年前，秦家为了试探其余三大势力的年轻一辈的力量，便组织了一场狮王争霸赛。

而狮王争霸大赛举办的地方，自然就是这处森林了。

为了能让观众更好地关注林中狮王争霸赛的具体情况，秦家斥巨资，在森林外围建造了一处观赛台。只有四大家族的核心势力，才能上赛场观赛。

待得叶天等人来到观赛台下方的时候，其余三大家族的人早就已经守候在此了。此刻，所有的人都戴上了面具，甚至连身上的穿着都是一模一样，根本没法分辨出面具覆盖下到底是些什么人。

见状，叶威使劲地皱了皱眉头。因为这不符合大赛的规则。在以往的大赛中，都是四大家族的族长检查了各个人都有资格参加狮王争霸赛之后，才给他们戴面具，这样也免得有不符合规则的人混在其中

可是今年，秦家让人故意先蒙上面具，摆明了是有作弊的动机，叶威岂容他们如此明目张胆地作弊，这简直就是不把他们叶家看在眼里。

“哈哈，叶威老爷子，有失远迎，实在是罪过罪过，还请叶老爷子大人大量，能多多包涵。”

叶威眉头紧皱的时候，却忽听秦煌的声音从旁边传来，转眼望去，果然发现秦煌满面红光地走上来。在他的身后，是秦家的队伍。不过他们全都戴上了面具，

没法辨别面具之下，到底是什么样的面孔。

“秦煌，你这是准备作弊吧。”叶威冷笑，“让他们提前戴上了面具，这是不想让我们知道他们是谁啊，万一有不符合资格的人参赛，你说怎么办？”

“哦，叶老爷子不必惊慌，这些人都是经过我精挑细选的，而且他们的底细我最清楚，都是我秦家年轻一辈，绝对不会有不符合资格的人参赛，您尽管放心好了。难道我秦某人的信誉，你们还信不过？若是你们信不过的话，那就算了，我就让他们掀开面具，让您老看看，面具之下，究竟是不是我秦家年轻一辈。”

“爷爷，算了。”叶天走上去，在叶威耳畔耳语一番，“看秦煌也不敢耍什么花招。要是有人不符合资格的话，我直接将他杀死就是了。”

叶威听了，点了点头。但叶天这一番话，却把秦煌给气了个不轻，这小子太张狂了，认为自己多厉害呢，万一这里边藏着斗王高手呢？

虽说他也曾杀死过两个斗王高手，不过肯定是对方轻敌，所以才会被叶天偷袭成功。但若是斗王高手刚开始就能尽全力击杀，这家伙绝对会束手就擒的。

四大家主的族长以及一些核心人员都上了观赛台，韩昌盛和圣姑作为特邀嘉宾也上去了。

叶云仙四处打量，也并未寻得到秦明的踪迹，心中骇然，他隐约已经猜到，秦明肯定暗中已经进入了狮王森林，或者是躲藏在秦家队伍里边。

叶云仙将自己的想法告诉了叶威，而叶威除了叹气，也没说别的：“还是沉住一口气吧。我早就知道秦明这个家伙等不及。不过我们既然已经答应了参加狮王争霸赛，自然就不能反悔了。放心，我已经给了天儿一个烟花，若是遇到危险，我们能第一时间冲出去救他们。”

叶云仙虽然满脸担心，不过这个时候也没办法做别的，只是点了点头。

在进行了一系列的程序之后，四大家族的队伍终于进入了狮王森林中。为了避免刚开始队伍还没分散的时候，他们会组团，所以让四大家族的队伍一个队一个队地进入，而且要在众人监视之下分散开之后，才允许下一队的人进入。

叶家的队伍被排在了最末。叶天的队伍进入狮王森林中之后，便朝着四面八方分散开。

待得叶家队伍彻底分散开之后，负责主事的秦家才在观赛台上的大钟上狠狠在敲击了一下，发出一声震耳欲聋的钟声。

这个钟声的响起，宣告着狮王争霸大赛正式开始。

叶天四周看不到一个人。因为是清晨的原因，还有些雾气朦胧，导致他的视线有些不清晰，他决定不在外围逗留，因为停留在外围的基本上都是一些家族中垫底的家伙，和他们揪斗只会浪费自己的体力。

想明白这点之后，叶天便双脚着地，用力踩着地面朝着前方行进。

狮王森林大得很，很可能方圆几公里都没有一个人。

叶天往前跑了一段距离之后，觉得腿脚有些劳累，刚准备催动五行八卦玉，舒展出玉翅进行飞翔，但是这个时候，忽听旁边不远处传来一阵窸窸窣窣的声音。

在听到这个声音的时候，他立刻变得警觉起来，因为他担心发出声音的人有危险，便假装不在意地朝着那边望去，目的是为了麻痹敌人，不必对自己太过提防。

当他无意间扭过头之后，才发现身边草丛里边站着一个人，就那般站在自己面前，没有一点遮掩的动作。

那个人身穿夜行衣，头上同样是蒙着一个黑色的头巾，叶天知道这是狮王争霸赛的测试员，目的是偷袭这些参加测试的人，让他们增强实战经验。

“天儿，”叶天刚刚准备还击，那测试员竟是喊出了自己的名字，“跟我走，我带你去找到狮头。”

叶天在听到声音的瞬间，就辨认出来了，那声音不是别人的正是龙叔的。

只是，龙叔怎么知道面具下是自己呢？肯定是他在上边做了记号。他为什么要在这个时候认自己呢？要知道这是违规的啊。

可是他还没讲话，龙叔便先开口了：“天儿，我知道这样是违规的。但是为了你的安全着想，老爷子还是派我来接应你，为了不让别人发现我是来故意帮助你的，我在后边追杀你，你在前边按我所指引的路线走，明白了吗？”

叶天怎么可能会不明白？这龙叔彻头彻尾的是一个大骗子，什么按老爷子的命令来接应自己的，纯属放屁。他还以为自己是当初那个好哄骗的傻瓜呢。有判官这个千年老妖精给自己把关，龙叔的小心思早就已经被他给看出来了。

这龙叔就是天盟府主人天盟安插在叶家的间谍而已，目的就是为了能寻找到修炼出真气的人，给炼丹师做嫁衣裳。一旦真气修炼成功，天盟就会出马，将真气据为己有。

上一次天盟主动拜访叶家，就想收叶天为徒，想要夺走叶天的真气。但是让他没想到的是，这小子有着非同寻常的驴脾气，他的话都不听，没有成功夺走真气。

而如今，叶天真气已成，若是再不动手的话，怕是以后就更没机会了，所以天盟才会选择在这个时候动手。

看来，这天盟为狮王争霸赛的举行，也出了不少的力才对吧。不过那天盟没想到的是，这次的狮王争霸赛并没能成全他吸收真气，从一级炼丹师晋级二级炼丹师，而是让他的小命就此结束。

为了追踪龙叔背后的天盟，从而将罪魁祸首给揪出来，叶天还是选择装傻卖萌，答应了下来。

于是在龙叔的指引下，他一边在前方施展五行八卦玉飞行，一边时不时地攻击龙叔……当然，这么做是为了做得逼真一些，让观赛台上的人认为两者是在大战，并不是龙叔在故意“作弊”。

再往前飞行了一段距离，行走至一处比较茂盛的丛林中，大概遮挡住了观赛台上众人的视线后，龙叔才终于喊了一声“停”！

叶天应声而停，站在平坦的丛林中，而后看着落在对面的龙叔，声音蓦然变得冰冷了起来：“龙叔，狮头呢？”

“在这儿。”龙叔忙招呼了一声，而后踩了踩脚下的泥土，道，“把它挖出来吧。”

叶天在心头冷笑，这龙叔是把自己当成傻瓜了啊，难不成我真的会相信他们会把狮头埋在地下？

不过为了能让龙叔露出马脚来，叶天还是乖乖地应了一声，而后匆忙走了上去，假装在地下挖了起来。

而藏在大还丹精神世界中的判官则是眼睛一眨不眨地盯着叶天头上的龙叔看。只要这龙叔发动突然袭击，他就会快速地警告叶天。

果不其然，在叶天和判官沟通了神识之后，他竟“看”到龙叔从口袋中掏出了一柄明晃晃的匕首，毫不犹豫地朝着自己的脖颈，便狠狠刺了过来。

“哼，雕虫小技。”叶天冷哼一声，同时快速起身，用自己的脖颈狠狠撞向龙叔的匕首。

有五行八卦玉催动的能量光罩防护，他还害怕龙叔的什么匕首？

砰！一声清脆的响声过后，叶天的脖颈狠狠地撞在了龙叔的匕首上。随着匕首的断折，龙叔的身体也是倒飞出去，最后撞在了一棵大树上，又砰的一声坠落在地，吐出了一口浓浓的鲜血。

他怒目圆睁，充血的眼睛死死地盯着叶天，眼神中满是不甘和愤怒，流血的嘴角轻轻颤动，发出一个虚弱的声音：“你……你怎么……看到的？”

“这你就不用管了。”叶天冷哼一声，“把你的主子叫出来，你没资格和我对话。我叶家对你不薄，没想到你竟臣服于天盟。哼，真是可耻，是我叶家的耻辱。”

听到叶天说的这些被他“深藏在心的秘密”，龙叔连直接一头撞死的心都有了：“你怎么知道的？你什么时候知道的？你早就知道了为什么不拆穿我？”

“拆穿你干吗？”叶天用一副嘲讽的表情看着龙叔，“要是早拆穿你了，还怎么引出天盟，还怎么杀死天盟？你个傻瓜。”

龙叔狂吐两口鲜血，而后疯狂大笑了起来：“哈哈，你太嚣张了，你以为就凭你，你能斗得过天盟大人？哈哈，哈哈，你未免也太自信了点吧。”

“果然是天盟。”叶天原本嚣张的表情，蓦然沉闷了一下。

而这一幕更是差点让龙叔瞪出眼珠子来：“你使诈，你不确定我背后站着的是天盟？你……卑鄙。”

这下好了，龙叔无意中出卖了自己的主子，两边都不是人了。因为主子曾明确地告诉他，不到万不得已，千万不要报出自己的名号。若是叶家知道天盟逼死了叶天，或许不会对他善罢甘休。

这把龙叔给恨得啊，咬牙切齿，牙龈都被咬出血了。

“我当然不确定是天盟了，傻瓜，我要是知道你背后的势力真的是天盟的话，不会对你动手？留着你就是要引出你背后的势力。”叶天冷酷地道。

而听叶天这么一说，那龙叔真的有种歇斯底里把叶天撕成碎片的冲动，这小子简直就不是人，他是一个狐狸，是一只狡猾到极端的狐狸。

“卑鄙？我可不觉得我卑鄙。”叶天一步一步地走向龙叔。而倒在地上的龙叔尽管满脸都是恐惧，在地上使劲地挣扎着，但是奈何他身受重伤，无论如何挣扎，都没法支撑着身子站起来，更别说逃走了。

“和你比较，我实在是太高尚了，你这种只懂得在背后捅人刀子的家伙。”

说着，叶天便是从大还丹精神世界中召唤出了天龙金枪，就此解决掉龙叔。

而龙叔的身体仰躺在地，双手双脚来回动弹，勉强让身子朝后边挪动，为自己争取一点点生存的时间：“求求你，叶天，看在我传授你那么多功夫的份儿上，你饶我一次，我以后一定会好好地报答你的，我有很多的积蓄……”

“很多的积蓄？”叶天假装很有兴趣地看着龙叔，“你的积蓄能买一颗元丹吗？”

“至少能买两颗。”听叶天似乎对自己的积蓄有兴趣，龙叔顿时诚惶诚恐地道。

“是吗？”叶天满脸嘲讽地看这龙叔。而这个龙叔才明白原来自己无意中被叶天给耍了一下，这叶天是什么人？那是随手就能丢出一百颗元丹的家伙啊，这样的人会在乎一两颗元丹？

龙叔的脸越来越葱绿，见自己的诱惑不起作用，眼珠子一转，计上心来道：“我还知道天盟的很多事情，若是你能放过我的话，我一定将天盟的很多秘密全都告诉你，只要你能饶我一次。”

看龙叔这副模样，叶天却是苦笑连连，真是没想到，以往在自己心中德高望重的龙叔今天竟是会在自己面前表现得如此模样。

他无奈地摇摇头，心想这龙叔欺骗自己太多次了，不能继续让他欺骗下去了。

可是他还没走上去，却忽听砰的一声响，龙叔的脑袋直接爆炸了，大片大片的脑汁四处迸溅，很快便将地面给染成了猩红色。

叶天皱皱眉头，目光望向攻击而来的方向。当他看到，在龙叔背后，有一个似曾相识的人影站在不远处的时候，他的心咯噔跳了一下。

因为在他的脑海中浮现出两个字：天盟！

没想到这家伙竟亲自出手了。

“真是一个该死的废物。”天盟咒骂了一句，“这点小事儿都办不好，竟然还想要出卖我。”

“你就是天盟？”叶天面无表情地问了一句，“出手狠毒，阴险毒辣，怪不得赢得一个冷酷杀手的外号。”

那黑影逐渐地靠近，身上的阴寒之气，可见一斑：“不得不说，你比我想象中的更有深度，现在我都有些揣摩不透你了。”

“是吗？多谢夸奖。”

叶天毫不避讳地道，似乎感觉他的夸赞十分受用。

“不过，有句老话说得好，叫天妒英才。我很遗憾地告诉你，今天你就要在此处殒命。”

他一边说着，一边从口袋中掏出了一个圆柱形的长筒，外边是镀金的，里边空洞洞的，也不知道是干什么用的。

“我说天盟，你不会拿这个撒尿长筒当武器吧。”叶天讽刺地道，“难不成你们天盟府也是穷光蛋一个？”

“你现在可以笑，但是有一点我想我应该提醒你一下，笑到最后的人才是真正胜利者。”天盟一边说着，一边开始在长筒形的东西上边指指画画，似乎是在酝酿攻击。

而叶天岂会给他时间酝酿攻击？虽说那圆柱形的玩意儿并不好看，没啥威势，但是他心中明白，能被天盟拿在手中的东西，绝对不会是凡品。

依据叶天对天盟的了解，这家伙现如今至少也得是斗王级了吧，不然不会在自己面前如此嚣张。

虽说叶天曾经杀死过两名斗王高手，不过天盟也是明白人，知道叶天肯定是利用了他们对自己实力的低估以及他本身所带的法宝，不然一个小小的斗师是无论如何不能在实力上战胜一个斗王高手的。

为了对付天盟，叶天觉得应该用自己最厉害的攻击，来破坏他酝酿的圆柱攻击，不然自己可能会在开始的大战中就被他给打死。

于是，用斗气驱动的凤鸣天际快速地施展而出，一只神凤快速成型凝固，发出一声尖锐凄厉的凤鸣声过后，便是嗖的一声撞向了天盟。

而正在凭空画符酝酿攻击的天盟警觉地发现了攻击而来的神凤，当下便将圆柱武器横亘在面前。在神凤即将攻到他面门的瞬间，圆柱武器竟释放出一圈滚滚波涛，同时天盟爆喝一声：“大爆破术。”

在喊出这个声音之后，波涛滚滚竟好像夹杂颗颗炸弹一般，轰隆隆炸响了起来，甚至周围的空气都被炸得四处翻滚，有的地方甚至直接被撕裂出一道道的裂口来，可以看到空气之内的真空。

“砰砰！”爆炸很快便蔓延到了神凤旁边，随着爆炸频率的加强，爆炸所产生的威力，竟撼动了犹如神鸟的神凤。它的虚幻影子飘来飘去，犹如被风吹过的平静湖面。

"那究竟是什么宝贝！"叶天发现自己最强劲的攻击竟都没办法近他的身，心中不由得惶恐起来。这天盟比之前遇到的两位，经验丰富，老奸巨猾，知道不能轻敌，所以上来就用了杀招。

"那可能是一个低级灵器。"判官提醒叶天道，"对方用了灵器，若是你赤手空拳，是绝对不能战胜对手的，倒不如用灵器。"

"灵器？"叶天这个时候才想起被五行八卦玉封印起来的烈焰刀。那是从秦傲天手中夺过来的，于是忙将一丝真气逼入了五行八卦玉中。

很快，五行八卦玉便释放出一团绿色的光芒来，接着烈焰刀便好像幽灵一般，快速地自其中释放而出。

"果然有宝贝！"天盟看到释放出绿光的五行八卦玉以及眨眼间出现在他手中的烈焰刀，一双眼睛释放出贪婪的目光，甚至连口水都流出来了，恨不能立刻上前，将这等宝贝收入囊中。

"烈焰刀，攻！"这几日，叶天在晚上休息的时候，黑影便已经将烈焰刀的使用方法完全告诉了叶天。而他经过这几日的领悟，也领悟到了烈焰刀的一些诀窍。

只是平日里因这样或那样的原因，根本没机会施展烈焰刀，试探一下这个中级灵器的威力，如今终于有机会，他怎能放弃这个好机会？

他当下便紧咬牙关，而后将狂暴的斗气强硬加持在了烈焰刀上，同时暗中憋住一口气，从胸腔中憋出一口热血来，噗嗤一声，吐在了烈焰刀上。

只听一阵嗤嗤燃烧的声音，不断在耳畔响起，而那烈焰刀在发出一阵嗤嗤的声音过后，竟是嗖的一声燃烧了起来。

看着逐渐接近的大爆破术，叶天使了吃奶的劲，用力地舞动了一下手中的长刀。

轰隆隆，轰隆隆！随着他手中烈焰刀的舞出，一条火龙咆哮翻腾，瞬间自其烈焰刀上狂射而出，几乎是眨眼间的工夫，便和大爆破术撞在了一块。

更强大的爆破声在耳畔不断地响起，甚至连地面都跟着颤抖了起来，一条条的裂缝逐渐出现在视线之中，泥土外翻，甚至还有不少白色的石头也裸露了出来。

两件灵器之间的对轰，所产生的强大威力可想而知。

甚至于叶天和天盟，都被强大的轰炸给轰得朝后边倒退。若是被这股攻击撞到，即便不死也得变成残废了。

待得两件灵器的对轰终于消散了之后，天盟的眼睛已经红肿了起来，贪婪之色更深，狂笑起来："太棒了，太棒了，竟是中级灵器，哈哈，竟是中级灵器。"

"那处强大的震动是怎么回事儿？"一直担心叶天安危的叶云仙目光敏锐地盯着狮王森林，现在他有些草木皆兵的感觉了，真担心叶天会遇到什么危险。

所以在他看到前方的树林竟响起了一阵强大的轰炸声的时候，内心开始狂跳起来，真担心那是有人攻击叶天。

秦煌同样是拍案而起，不过目光中却有些掩饰不住的兴奋神色：“或许是测试员在测试年轻一辈的实力而已，不必太惊慌。”

“怎么可能。”叶云仙看秦煌表情平淡，甚至嘴角还带着一丝微笑的时候，便猜出这是秦煌安排下的圈套，但是也不好当场发作，那样就会被秦家给抓住把柄，万一当场发飙的话，他叶家也只能是哑巴吃黄连，有苦说不出，“从刚才那场地震的规模上来判断，至少也得是斗王发动的强大的斗技才能产生。你们的测试员当中，有斗王强者？即便违规安排了斗王强者，他们用这么强劲的攻击方式来攻击的话，被测试人员还能活？”

不得不说，叶云仙所说句句在理，所以在他说完后，秦煌就有些不好反驳了，对旁边的几个忠实守卫道：“你们到那处位置看看，究竟是怎么回事儿。”

“等一下！”叶云仙狠狠白了秦煌一眼，他怎么可能会不明白秦煌的心思，即便是有人将叶天杀死了，怕他们也只是会随便找一个荒唐的理由搪塞过去，“云阳，你和他们一块去里边查探一下。”

叶云阳连连应声，而后和秦煌的两个手下，一块朝着里边走去。

第二十六章　大爆破术威力无穷

而叶云仙则是狠狠白了秦煌一眼，强行压制住内心的那股冲动，坐了下来，目光死死地盯着刚才产生爆炸的地方，担心着叶天的安危。

秦煌满脸得意表情地坐在位置上，目光时不时地瞥一眼爆炸之地。他心中明白那处爆炸是怎么回事儿，天盟动用了自己的镇府之宝轩辕筒。据说这轩辕筒乃是中级灵器，可以强行吸取人的修为。若是天盟刚开始就用轩辕筒的话，怕是叶天坚持不了多长时间。

“刚才的那个爆炸应该是天盟使用了轩辕筒。估计这会儿叶天已经变成肉饼了。”他这样想着。

现在他迫切想要知道结果，不过却也没有别的办法，只能耐心地等待着探子带来的好消息。

过了没多久，派去的探子便回来了。两名守卫走到自己身边，而叶云阳则是直接走向叶云仙。

叶云仙迫不及待地问道：“云阳，那处爆炸怎么回事儿?”

叶云阳压低声音，小声对叶云仙道：“大哥，天盟和龙潜都死了。”

“什么？天盟?”听叶云阳这么一说，原本担心叶天安危的叶云仙没控制住自己的情绪，从座位上蹦了起来，“他怎么会在狮王森林?”

秦煌看叶云仙这惊慌失措的表情，还以为叶天已经死了呢，所以也没有问两边的探子，在心中偷着乐。

“我也不清楚。”叶云阳道，“不过我从现场捡到了一块布片，看着好像是天儿衣服上的。”说着，便是从口袋中掏出了一个白色的布匹。

叶云仙瞪大眼珠子看着布匹，确认布匹上绣着一只绿色的叶子，神情凝滞了，语气急促地问道：“云阳，有没有看到叶天的踪影？他有没有遇到危险?”

叶云阳连连摇头：“应该没什么危险。你看，这布匹似乎是用利器整齐地割下来的，一点都不像是遭受攻击而被强行拽下来的，这会不会是天儿给我们留下的记号呢?”

叶云仙想了想，叶云阳所说的倒是挺有道理。可是有一点却让他想不通，那就是叶天是和千灯镇第一炼丹师天盟战斗了，而且还成功地将天盟给斩杀了？

要知道，这天盟之所以能在千灯镇立足，不仅仅是他强悍的实力以及炼药师身份，还有另外一个原因，那就是天盟府上的一个中级灵器。

据说这中级灵器乃是他的老祖宗祖祖辈辈传下来的。有了这中级灵器的辅助，凭天盟如今的实力，想要斩杀一名斗王，应该都绰绰有余。难不成叶天的实力又暴涨了，甚至能斩杀斗得过斗王的家伙？叶云仙的心里忐忑不安，总觉得自己的幻想有些不切实际了。

而秦煌看叶云仙在急躁了片刻后，竟安静了下来，一点都不像遭遇丧子之痛的父亲，一时之间，他的心里也开始有些忐忑起来，端起一杯茶，故作镇定小声问道："那场上形势如何，有没有见到叶天尸体？"

"回禀族长，天盟被杀，叶天逃脱。"

噗嗤！

秦煌一个没忍住，竟是噗嗤一声，将刚刚喝下去的茶水给吐了出来。他瞪大眼珠子，盯着探子，一字一顿地问道："你确信是天盟被杀，而不是叶天？"

"是的，小人曾经见过天盟大人。"探子道。

秦煌傻了，彻底地傻了，因为他万万没想到，天盟竟也失手了。他越来越觉得摸不透那小子了。叶天究竟藏有多少秘密，连天盟这样的高手都被杀了，这小子不简单，太不简单了。

不过，既然人死了，秦煌也并没悲哀太久，因为他还有另外一个埋伏，就不信这小子死不了。

要说这天盟生前就不是什么好人，和千灯镇四大势力格格不入。不过四大势力忌惮他炼丹师的身份，以及他手中的中级灵器，都不敢对他动手。

而如今天盟死了，他们也没什么好忌讳的了。于是秦煌扭头，小声对探子道："举兵讨伐天盟府，将之洗劫一空。"

"明白！"探子连连点头，而后悄无声息地退走了。而叶云仙又岂会落后，给叶云阳眨了眨眼。那叶云阳便快速离开了。

于是，树倒猢狲散，得知天盟被叶天斩杀的消息后，原本依附天盟府而存在的各大势力瞬间解散了不少，天盟府的佣人以及军队，更是直接将天盟府给洗劫了。

仅仅是一天的时间，千灯镇第一大势力土崩瓦解。

叶天和判官两人联手，加上烈焰刀这个中级灵器的辅助，终于成功地将天盟给解决了。

即便中级灵器轩辕筒再厉害，终究抵不过两个斗王外加一个中级灵器的同时进攻。天盟被解决掉之后，叶天又怕父亲等人担心自己的安危，便撕扯下了内衣的一个布条，留做记号，之后便继续前进。

得到了一个中级灵器轩辕筒之后，叶天这个"团队"的实力是瞬间暴涨。叶天也知道，接下来他还会面临挑战，但是有两个中级灵器以及一个斗王给自己坐镇，只要不遇到斗皇强者，应该都不会有任何的问题。

只是，他心中依旧是疑惑得很，龙叔究竟根据什么来判断面具覆盖下的就是自己。

“救命啊，救命啊！”在叶天前行的时候，忽然听到一个女子的声音蓦然钻入自己耳畔。听到这个陌生的女子尖叫声，叶天的神经顿时紧绷起来。

因为他不确定，那个喊救命的声音究竟是陷阱还是真的有人遇到了危险。

也不知怎么回事儿，叶天总觉得自己应该去看看。当下也是并未多想，直接顺着声音走了去。

在他左拐右拐，经过一团团乱糟糟的竹林的时候，终于发现了求救声的来源。只见一个娇娇弱弱的女子全身的衣服都被撕破了，露出白嫩的肌肤，头发蓬乱，而在她旁边正站着几个高个男子，狂妄地看着被围在中间的女子，满脸的戏谑表情。

“哈哈，小妞，你别喊了，就算你喊破了喉咙也不会有人来救你的。”

“是啊，小妞，你要是把哥几个给伺候好了，我们保证不会伤害你的。要不然，嘿嘿，受伤的可是你哦。”

“大哥，你先来。”一个个子最矮的家伙，对一个个子最高的家伙道。

而那个大高个简单地嗯了一声，便走了上去。

而在他发出声音的瞬间，叶天就听出来了，那个个头最高的人是秦岭。一想到秦岭在魔兽森林中欺辱叶家年轻一辈，他的心里就来气，恨不能将他好好暴揍一顿。而如今的叶天根本不把秦岭这个小喽啰的实力放在眼里，所以冷哼一声，便走了出去。

秦岭愣住了，而后扭过头看着叶天：“哟呵，你是准备来个英雄救美啊，哈哈，小伙子，我劝你还是赶紧离开吧，小心待会儿被我的兄弟给干了。我可告诉你，我有几个兄弟可对男人有兴趣的啊。”

“秦岭，我们又见面了。”叶天冷冷地笑着，双手环胸，满脸不屑表情。

“叶天！”听到这个声音，秦岭明显浑身颤抖了一下，大概没想到竟在这个时候碰到叶天吧，“你……我和你无冤无仇，我们井水不犯河水，希望你不要插手我的事。”

“是啊，原本我们是井水不犯河水的，但是在魔兽森林的时候，你欺负了我叶家小辈，作为叶家人，我怎么能饶恕得了你。”

叶天说着，步步逼近，满腔怒火，随时可能喷发而出。

“你……你想干什么？”看叶天步步紧逼，他心中的恐惧之情，可见一斑。他可知道这叶天解决掉两个斗王高手的事，要是这家伙想对自己做点什么的话，自己绝对是毫无反抗之力的。

“我不想干什么。”叶天淡淡笑笑，“只是想把我在你身上失去的东西，拿回来而已。”

听叶天这么一说，秦岭才终于放松了不少，道：“这个好说好说，叶天兄弟，你说你在我身上丢了什么，我一定双倍奉还，好不好？”

只要能用钱解决的问题，在秦岭心里都不是问题。

“尊严。”叶天冷哼一声，而后快速上前，趁秦岭一个不防备，直接拽掉了他的面具，而后伸出一脚，正中秦岭的肚子。

这股力道实在太大，所以在被踢中的瞬间，秦岭的身体便猛然飞了起来，并且超出了狮王森林大树的高度。

与此同时，观赛台上。

“快看，远处有人飞起来了。”秦家一名守卫惊喜地道，“秦家可真是人才辈出啊，竟有人能飞起来。”

“是啊！还真是飞起来了，没想到我秦家也有少年在狮王森林中突破到了斗灵级！”

秦煌听身旁两个守卫交头接耳，眉头紧紧皱了起来，视线也不自觉地集中了上去。当他发现，前方那个飞起来的家伙竟是秦岭的时候，立刻兴奋起来。对他来说，这一幕实在够牛逼。

因为自己的儿子也终于突破了斗师，跨入了斗灵级！

“哼，咱秦家年轻一辈，也有人跨入了斗灵级，也不比他叶家的什么叶天差嘛。”

“是啊，秦岭就是我们的骄傲，以后的成就不可估量啊。”

秦煌队伍的人交头接耳起来，都在讨论着秦岭，当然，都是在夸赞秦岭是秦家天才的。

不过，秦煌在兴奋了片刻之后，眉头忽然一皱，因为他似乎听到，狮王森林中弥漫着秦岭惨叫的声音，虽然声音很小，不过依旧被秦煌听到了。

而叶家人的反应也不比秦家的队伍差多少。他们都很诧异，秦岭竟也在如此年纪达到了斗灵级。虽说他年龄比叶天大不少，可在他这个年纪达到斗灵级，依旧是够变态的。

但为首的叶云仙也听到了一股弥漫在空气中的惨嚎声，他的眉头狠狠地皱了起来，对叶威老爷子道：“父亲，这其中是不是有些蹊跷？”

“快看，又飞起来了。”秦家队伍中又有人开始嚷嚷了。当然，他的居心是讨好秦煌。

秦煌的目光望过去，果然发现秦岭飞起来了。不过在飞起的秦岭旁边，似乎还有另外的一道身影。

看着那道身影，秦煌的眉头紧皱起来，一个不好的想法逐渐在心头升腾起来。

“啊，不好！”待得秦煌看到秦岭后方的一个人影踢向秦岭的时候，立刻瞪大了眼珠子，满腔怒火，“是叶天，是叶天那个小子。”

虽说他们没法看到面具之下到底是什么容貌，但是他们却可以凭借二人施展斗技时候释放出的气息来判断二人是什么人。

所以他们才可知道飞起来的两人，一个是秦岭，而另一个是叶天。

砰！

叶天轻松自如地飞到了秦岭身旁，而后在他下坠的身体上，狠狠地踢了一脚。

“嗷！”秦岭很配合发出一声惨叫，同时身体跟着飞得更高。

“啊，我的儿！”看到自己儿子“飞”起来竟是叶天的恶作剧，秦煌是又羞又恼。刚才还一直夸赞秦岭飞起来的人，全都很识趣地闭上了嘴巴，涨红了一张脸，低头不语。

而秦煌气得都快疯了，奈何身边有圣姑，给他三个胆子他也不敢在圣姑面前撒野，只能将这股怨气狠狠地压在心底。

而叶威和韩昌盛在搞明白了事情真相之后，全都哈哈狂笑了起来，前仰后合。最过分的是叶威，在远处指着秦煌的鼻子，捂着肚子笑得直不起腰来：“哈哈，感情这就是你秦家的飞翔啊。哈哈，太厉害了，真没想到，秦家的未来之星，竟是这副样子！”

一旁的叶云仙虽然也想笑，奈何自己叶家家主的身份不能让他有过分的举动，尽管其余两大家族的族长都有些忍俊不禁了。他看了看正笑得失态的叶威，轻轻戳了戳他：“我说老爷子，当着这么多年轻一辈的面，您还是保持一下作长辈的尊严吧。”

而叶威哪里肯听，依旧是疯狂地笑着，顾不上早就已经气得脸色难看的秦煌。

但是秦煌再怎么愤怒，也无济于事，因为规则是，狮王争霸大赛开始之后，任何人都不准再进入狮王森林。

叶天在踢了一会儿“球”之后，终于有些不耐烦了，凛冽的目光看了众人一眼，而后是忽然飞起一脚，将秦岭朝着秦煌等人的位置，凶猛地踢了一下。

“嗷呜！”

秦岭惨叫的声音好像是一头猛兽，随着他身体倒飞出去，一口污血也被他吐了出来，然后秦煌眼睁睁地看着自己的儿子朝着观赛台上，凶猛地“飞”了过来。

“不好！”秦煌心中一寒，双腿猛然一跺地，借着反弹之力飞了起来，完美地和秦岭的身子接触在一块。因叶天用力过度的原因，秦煌飞在半空的身子竟被秦岭撞出了好几丈，才终于停下。

好容易到了地面，秦煌忙不迭看了一眼秦岭。可是这么一看，他立刻就吓傻了，怀中的哪是什么秦岭啊，简直就是一个彩色猪头怪。只见秦岭的脑袋上到处都是五颜六色的淤青红肿，看着恶心至极。

“父亲……”秦煌想将这个怪物给丢下，他还以为这个不是秦岭呢，直等到怀中人发出秦岭的声音，秦煌才确定此人就是秦岭，忙命令手下将秦岭接下去，进行医治。

“啧啧，啧啧！”叶威在一旁拍了拍手，满是责备的目光，“哎，天儿下手也忒狠了，这不是明摆着扇秦家的脸吗？哎！”

听叶威这冷嘲热讽，秦煌真的有种跳出来骂娘的冲动：“你刚才说什么？有种你再说一遍！”

可是身边有圣姑，他也不敢造次，万一因自己的原因，导致狮王争霸赛不能继续举行的话，圣姑和秦明肯定会报复自己。

现在他只希望，化装成狮王争霸赛选手的秦明能为自己出一口恶气，不要再像天盟那个蠢人一样了。

叶天的目光扫了一圈周围的众人，冷冷笑笑：“若是你们现在不离开的话，别怪我对你们不客气了。”

连他们的老大秦岭都被叶天给踹飞了，他们这些小喽啰也掀起不了什么大风大浪。树倒猢狲散，他们一窝蜂地逃走了。

最后只剩下了叶天，他目光冷峻地看了一眼躺在地上被秦岭等人围攻的女孩，走了上去，伸出手将之从地上搀扶起来，道：“姑娘，你没事儿吧。”

这个时候，他才看清此女真实面容：皮肤白白净净，貌美赛天仙，身材高挑，甚至比自己还高，身上的衣服虽然被抓破了，不过却给人一种异样的性感。

“公子，我……”那女子努力地说出两行字，接着身子便是朝着叶天怀抱躺了过来。她实在是太虚弱了。

叶天担心她摔到地上，会让她原本虚弱的身体更虚弱，便伸出双手抱住了女子的身子。

而他不知道的是，在女子的脸扎入了他怀中后，眼神中闪过一袭凛冽的寒光，而她细嫩的手臂上，则是猛然出现了一把匕首。

而后，她毫不犹豫地将匕首，朝着叶天的后背，狠狠刺了去。

噗！

一声沉闷的响声传来，匕首毫不留情地刺入了叶天的后背。一股鲜血瞬间好像喷泉一般的从中迸溅而出。

啊！

因痛苦，叶天全身抽搐了一下，立刻意识到怀中女子的危险，双手猛然往前一推，便轻松将女子推得倒退几步，撞到树上。

而他的力气似乎被抽干了一般，身体疲软得很，最后砰的一声，跪在地上。

因为伤口是在后背上，所以叶天没法查探后背的伤势，只能感觉到一阵刺痛感在后背弥漫着，一股温暖的液体也顺着后背，四处流淌。他有些眩晕，随时都可能倒在地上。

“叶天!”判官感觉叶天的身子有些眩晕，便立刻出声呼唤他的名字，“保持清醒的意识，千万不要昏迷。”

叶天这才缓缓睁开眼睛，努力集中精神：“判官，我是不是中了传说中的美人计。”

判官一阵无语：“你小子现在还开得起玩笑。真是服死你了。”

“判官，我该……怎么办?”虽说他想表现出自己坚强的一面，可是他发现，后背的疼痛几乎要命，他根本就没办法继续忍下去了，真想一头晕死，逃避痛苦算了。

“运转《十五真气脉络冲法》，这样会让你的伤口加速愈合。服用一颗元丹，补充斗气。这是秦岭他们早就已经串通好的，肯定还有更厉害的高手，等待着出手，你随时都有危险。”

叶天简单地应了一声，而后快速按照判官所说，运转《十五真气脉络冲法》，将伤口简单地弥补一下，阻止住血流的速度，接着便吞噬了一颗元丹，补充斗气。

呼!

做完这一切，叶天的身体终于恢复了一些力气，从地上站起来，虽然视线依旧有些模糊眩晕，不过并不影响他的行动能力。

“没想到，真是没想到啊。”就在叶天准备找那女子算账的时候，一阵狂笑嘲讽的声音，从树顶传来。叶天忙抬头看去，发现在他前边不远处的一棵树上，蹲着一个男子。

从男子的衣着打扮上来看，叶天第一眼就看出那个家伙是参加狮王争霸赛的选手了，不过，表面上是狮王争霸赛的选手，实际上却是秦煌安排用来刺杀自己的。

“你是什么人?”叶天的声音虽说不是中气十足，但是底气却也足够，若是不仔细听，根本听不出是受伤的人发出的声音。

“哈哈，这才几天时间没见，就把我的声音给忘了，真是贵人多忘事啊。”那人说完，双腿一弹，便从树上跳了下来，眼神中充满无尽鄙视，“看你是将死之人，就让你做一个明白鬼，免得死了也不知是死在谁人手下。”说着，便将自己的面具摘掉了。

在叶天看到面具覆盖下，秦明那一张张狂凶狠的笑脸的时候，手指攥得是咔嚓咔嚓响，他恨不能冲上去将秦明的这张脸给撕破。

这家伙脸皮实在是太厚了，竟冒充成参赛选手进来，而且还要用这么卑鄙的手段来对付自己的对手，而且自己的对手还是一个十几岁的孩子。这是一个将军该用的手段吗?

叶天越想越气，可是这个时候生气也于事无补，他快速地在脑海中想好了应对之策，眼神冰冷地看着秦明道：“真是没想到，堂堂秦家的将军，对付一个少年，竟要用到这么卑鄙的手段。我想，若是这件事传出去的话，秦家的脸可真是没地儿搁了啊。”

“好，好，好一个伶牙俐齿的少年，我喜欢！”秦明非但没有生气，反倒是高兴地鼓掌，冲叶天嘿嘿笑着，“我就喜欢和这样的人打交道。不过我还是要告诉你，你刚才说的话，只能成为假设，根本不可能成真。因为，这次你必死无疑，而这件事，除了你我，不会有第三个人知道。”

“还有她呢。”叶天指了指刚才那个偷袭自己的女子，道。

“她也要死。”秦明冷冷笑笑。

女子先是一怔，继而有些疯狂起来：“秦明，你……你骗我，你说话不算数，你说过会给我解药的，只要我帮你完成这件事，你就会给我解药，你……你不守信用。”

“我的傻姑娘，这个世界上，哪还有什么信用可言。为了达到自己的目的，牺牲自己的人品又怎么了？行了，行了，别委屈了，我会让你死得很痛快的，不会让你有任何痛苦。”

看秦明这副理所应当的态度，叶天恨不能将他给劈了，感情这家伙是欺骗感情的家伙啊。

“骗子，你就是一个大骗子！”女子眼神凛冽地瞪着秦明，很快便泪眼婆娑了，“我……即便我做鬼也不会放过你。”

很明显，女子知道自己是回天无术，所以并未反抗，只是说做鬼也不放过他。忽然间，叶天对那女孩有些同情，身为弱者，这一切都是身不由己而为之。

“尽管骂吧。”秦明全然不把女子当回事儿，眼神中闪过一丝寒光，目光猛然变得冷峻起来，“解决掉了这个小子，我会送你上西天的。”说完，目光便转移到叶天身上，“不得不说，你是我所见过的少年之中，最为变态、最有天赋的一个家伙。若是你不杀死我家秦傲天的话，或许我们还会成为朋友。但是上头有令，我也不好违背，所以，你死了就别来找我了，直接去找秦家人算账便可。”

秦明说完，双手一动，竟是轻松自如地从身上抓出了一把金光闪闪的长枪来。那长枪，和叶天从神魂教的王虎手中抢的长枪非常的相似。

叶天冷冷地看了秦明一眼，道：“你手中这是低级灵器？”

秦明满脸傲然地道：“当然，这是秦家家主赏赐给为秦家作出卓越贡献之人的。”

“切！”叶天冷冷笑笑，“低级灵器，拿出来也不嫌丢人。”

噗嗵！

听叶天这么说，那秦明的心狂猛颤了一下，这小子也太张狂了点吧，连低级灵器都不放在眼里。放眼整个神魂大陆，能有自己这样待遇的大家族编外人员，一只手都能数的出来。不过最后他将此归结为叶天不懂得灵器的珍稀，见识短浅，并不准备在这件事上多做纠缠。他还真担心这是叶天的拖延之术呢。

“小子，少在这儿耍贫嘴!”秦明满脸不屑地冷哼一声，“纳命来吧，你身受重伤，即便你是天王老子，也插翅难飞了。”

后背被匕首刺出了一个血窟窿，虽说这会儿上边的血已经被自己止住了，不过刚才失血过多，他的神识还是有些迷糊，视线也摇摇晃晃，甚至连抓烈焰刀的力量都没有了。

眼睁睁地看着秦明逐渐逼近，叶天实在是没办法了，只好向判官求救。

判官终于得到大展拳脚的好机会，怎么说都要好好地动动手脚。看到秦明一记硕大手掌拍向叶天，判官也是猛然从大还丹精神世界中跳了出来，而后同样是一记拳头，狠狠地轰向秦明的拳头。

秦明眼看自己一拳就要轰在叶天的身上，可是在拳头即将触碰到叶天的瞬间，他的身体之中竟蓦然冒出一股磅礴斗气来，雄浑的斗气快速地组成了一个人形，接着斗气人也伸出了一个拳头，和自己的拳头狠狠地对撞在了一块。

这突如其来的一个攻击，让秦明是防不胜防。待得两者的攻击对轰在一块，便产生一股狂暴的爆炸，强烈的爆炸甚至将空气给撕开了一条裂缝，灰尘、树枝全都被强大的吸力给吸入了裂缝之中，瞬间被其中强劲的空气乱流给搅成了齑粉。

“嘶!”叶天看到两名斗者对轰而被撕裂的空气乱流，忍不住倒吸一口凉气，没想到空间乱流竟是如此的厉害，若是能将空间乱流当成自己的攻击的话，那么肯定会取得意想不到的效果。

秦明愣住了，目瞪口呆地看着自己的拳头。刚才那一幕实在是蹊跷得很，刚才到底是怎么回事儿？到底是什么东西从叶天的身体里边蹦出来攻击自己？难不成传言是真的，这小子会大召唤术？不可能吧，这召唤术可是极具传奇色彩的斗技，对人的身体要求极其苛刻，整个神魂大陆，几乎都没有一个懂得大召唤术的人存在，这家伙不对劲啊。

秦明越想越糊涂，用一种异样的目光，直勾勾地盯着叶天。

被撞倒在地、没办法动的女子同样被镇住了，娇弱的身躯靠在大树上，目瞪口呆地看着刚刚发生的这一幕。

“那是什么?”秦明一时间忘记了攻击，只是目瞪口呆地盯着叶天看。他要搞明白那到底是什么东西、叶天是不是召唤师。

“你不配知道。”叶天冷哼一声，将一颗元丹丢给了判官服用。虽说判官的实力已经恢复到了斗王级，可发动攻击，还是需要消耗常人几倍的斗气。所以不到万不得已，叶天还是不舍得让判官发动攻击的……他已经没多少元丹可让判官消耗了。

话音刚落，判官便是再次嗖的一声，从叶天体内飞出。秦明看着面前这凶神恶煞表情的老者，手持砍刀砍向自己，立刻惊醒，忙催动斗气，发动攻击。

而叶天则是趁着秦明和判官战斗的时候，瞬间蹿到了秦明的身后，准备来一个偷袭。

可是秦明也是一从战场上厮杀出来的主儿，战斗经验极其丰富，尤其擅长换位思考。他的大脑在快速地转动着，已经想明白若自己是叶天的话，该如何攻击。

首先想到的自然是叶天偷袭。此刻看到叶天鬼鬼祟祟地偷绕到了自己后边，便知道叶天准备偷袭自己，所以将部分防御，放到了后边。

砰！秦明的金枪和判官的烈焰刀凶猛地撞在了一块，结果是烈焰刀上迸溅出了大把大把的火焰，直入云霄，好像是平静的海面忽然被投入了一颗大石头般，溅起了千朵万朵的浪花。

叮！随着一声清脆的金属响声猛然响起，秦明便发现被自己视为比生命还重要的宝贝的金枪已然断掉了。

看着断裂的金枪，秦明傻了，彻底的傻眼了，这可是低级灵器啊，这种能引起斗王高手相互厮杀的宝贝，就这么简单的被一个斗气人给砍断了，这到底是怎么回事儿？难不成这金枪是次品，还是对方的大刀是比自己的金枪更厉害的灵器？

不可能，绝对不可能。秦明很快地便扼杀掉了这个不切实际的想法，要知道中级灵器可是少之又少，即便他秦家，也不过才两把而已，他小小的叶家怎么可能会有中级灵器。等等，不对，那家伙手中的大刀，似乎有些熟悉，好像在哪儿见过。

这宝贝……最后秦明终于想起来了，这不就是秦傲天的宝贝武器吗？整个秦家仅有的两个中级灵器其中之一烈焰刀。

想到秦傲天倒霉被这小子给杀死的事，他的大脑才终于恍然大悟起来。这小子杀死了秦傲天之后，怎么会放过这么好的宝贝于不顾呢？肯定是他抢去了。怪不得自己的低级灵器会在和它碰撞的时候断折了，原来是自己不自量力了。想到这里，他甚至连哭死的心思都有了，早知道这样，他就不用自己的低级灵器在人前显摆了。

怪不得刚才那家伙那么嚣张，看不上自己的低级灵器，原来他们还有更厉害的宝贝。

趁着秦明思考发愣的瞬间，叶天抓住了机会，快速地召唤出了斗王人傀，接着便是注入了一百颗元丹。

随着元丹的注入，斗王人傀再次被激活，猛然朝着秦明的方向，发出了一声爆喝。

随着他这声爆喝的响起，整个丛林都跟着颤抖了起来，与此同时，一只只白森森的骷髅猛然间从斗王人傀的嘴巴中飞出来，犹如一只只利剑般，凶猛地撞向秦明。

听到身后的狂暴喊声，秦明快速反应过来，蓦然扭头看着足有自己两倍高大的人影，当场就吓傻了，嘴里呢喃着：“召唤术，竟真的是召唤术，他竟能召唤出如此厉害的东西来。”

在他呢喃的时候，也不忘记攻击，猛然屏住呼吸，同时强暴的斗气外放，竟在体外组成了一个淡薄的光罩来。

砰砰砰，砰砰砰！

骷髅大军虽说力量强大，蕴含极其强大的爆发力，可是也不知秦明身上到底有什么宝贝，形成的光罩十分厉害，骷髅撞上去，竟被撞得粉身碎骨，而笼罩其体外的光罩，也不过是好像涟漪一般的波动几下而已。

叶天有些苦恼起来，若是这次的攻击没法将秦明给弄死的话，那自己这一百颗元丹，岂不是就要被浪费掉了？他有些心疼起来，后悔当初发动攻击的时候没有想明白。

判官将这一切尽收眼底，怎么可能会任凭叶天的一百颗元丹白白浪费呢？他看秦明体外的这层光罩，似乎需要他用极其强大的精神力来支撑，所以当务之急，便是扰乱他聚焦的精神，或许这样才能让他的光罩出现漏洞呢。

想明白这点，判官嘴角露出一丝阴冷的微笑来，将阴火龙兽从大还丹精神世界中放出。

嗷呜，嗷呜！阴火龙兽整日被关在大还丹精神世界中，好容易从大还丹精神世界中走了出来，心旷神怡地欣赏着这个美妙的世界，呼吸着新鲜空气，它怎能不兴奋？

这家伙一高兴就开始嗷呜嗷呜地叫唤了起来。这阴火龙兽虽说年纪尚小，不过毕竟属于神兽，发出的吼叫声甚至比一般的魔兽神兽之类的还凶猛。

被它的声音这么一震，地面都跟着颤抖了起来，大树小树都跟着摇晃，一层层的树叶从上边坠落下来。

而一直聚焦精神在体表斗气防护的秦明，听到这莫名其妙的吼叫声，立刻分出一丝神识去查探。秦明随着秦家部队征战南北，走南闯北，神兽魔兽见过不少，可是从来都没听过这般的吼叫。所以在他听到这声音的时候，神识立刻发散过去，想看看究竟是什么声音。

当他发现这个足有五六丈长、外貌像极了传说中的阴火龙兽的动物的时候，思想瞬间崩溃了。与此同时，一只只的骷髅好像长剑一般刺入他的身体，将他的身体给捅出了一个个的血窟窿。而他的身体也被撞得倒飞起来，嘴角的鲜血眨眼间的工夫便将前襟染成红色。

与此同时。

观赛台上的众位嘉宾，在听到狮王森林中蓦然传来这般吼叫声的时候，全都愣住了，面面相觑。要知道这狮王森林中土地贫瘠，没有植被生长，所以也并没任何的生物。

可是刚才那声音明显是大型魔兽发出的，而且声音欢乐强劲，充满无与伦比的威势，如此远距离听着，都能感觉到其中所蕴含的强大气场，心中不自觉地产生恐惧感。

那究竟是什么东西？

待得阴火龙兽吼叫声过后，秦煌立刻满目惊讶地站起："狮王森林中怎么会有大型魔兽出现？"

叶云仙等人同样满脸疑惑，这狮王森林中是不可能有大型魔兽的，当初三大家族曾组织队伍对狮王森林里边进行过地毯式的搜索，根本就没找到任何的魔兽，除了生长得很干瘪的大树，根本就没别的生命迹象。

莫不是参赛选手带进去的魔兽？现在想想，似乎也就只有这一种可能了。

第二十七章　神魂教圣姑

而圣姑则是眉头紧皱，身体颤抖："这是……阴火龙兽的声音……竟是阴火龙兽。"

"啊，我想起来了。"不经意间听到圣姑小声嘟哝阴火龙兽四个字，韩昌盛猛然从座位上站起来，神情莫名激动。听韩昌盛这么一说，所有人的视线顿时集中到韩昌盛的身上，叶云仙等人语气急促地问道："韩馆长，你到底想起了什么？"

"莫不是，叶天征服了阴火龙兽？"韩昌盛的目光扫了一眼叶云仙，又看了看圣姑。当日王虎就是因这阴火龙兽，而和叶天爆发了冲突。若是圣姑知道了这件事的话，肯定会想方设法地从叶天手上抢走阴火龙兽。

要知这阴火龙兽的稀奇，即便是神魂教也肯定会动心。

而圣姑也不是傻子，曾经听王虎的手下讲王虎被杀的经过，自然牵扯到了这阴火龙兽，而如今听到狮王森林中响起了阴火龙兽的吼叫声，再加上最惹眼的叶天，她自然是将事情的来龙去脉给想了个大概。不过她并不知道叶天得到的是阴火龙兽的幼崽，还以为是那个受伤的阴火龙兽呢。

她的目光变得贼亮起来，很明显是打阴火龙兽的主意了。

"韩馆长，你说什么？"听韩昌盛说叶天征服了阴火龙兽，叶云仙等人内心极度震撼。因为他们怎么都没想到，叶天竟会给他们带来这样的惊喜。

"没什么，没什么。"看圣姑坏坏的眼神，韩昌盛担心自己说多了会对叶天不利，所以干脆闭上了嘴巴。而圣姑早就已经在心里打定了主意，无论如何，这阴火龙兽自己必须弄到手。

就是不知现在秦明怎样了，到底有没有用预谋好的计谋，杀了叶天。

"你还有什么话想说？"叶天看着躺在地上，奄奄一息，满目贪婪地看着阴火龙兽的秦明，冷哼一声。

"阴火龙兽，阴火龙兽！"

秦明没有回答叶天，自始至终，他都在小声地念叨着阴火龙兽这四个字。

似乎这阴火龙兽就是他亲爹一样，这让叶天对他十分的鄙夷。

"阴火龙兽，阴火龙兽！"随着秦明的念叨，阴火龙兽也发现了倒在地上的男人，并且似乎对秦明十分的感兴趣，悠闲地踱着脚步，扭动着修长的身子，缓缓地朝着秦明走去。

"怎么回事儿?"叶天的瞳孔扩张，满脸都是担心的表情，"该不会是这阴火龙兽吃里扒外，想臣服于秦明吧?"

阴火龙兽缓缓踱步到秦明身边，而后嘴角轻轻上扬，似乎是在对他微笑。叶天的眼珠子立刻瞪大:"这畜生真是畜生，老子辛苦把你养大，你有出息后却要认别人为主子。"

秦明看到阴火龙兽越走越近，心里也是越来越兴奋，这阴火龙兽莫不是看上自己，要认主了?难不成自己生来的王霸之气，终于镇住了这一神兽?

就在众人眼神紧张地看着阴火龙兽，不知它下一步会是什么动作的时候，那家伙却猛然张开了大嘴，露出了尖锐的獠牙，在秦明的丹田处狠狠地咬了下去。

啊!

满脸充满期待神色的秦明尖叫了一声之后，终于沉寂了下去，一动不动。而他丹田处却被阴火龙兽撕开了一个大口子，一个闪闪发亮的新鲜白色元丹就那般暴露在阴火龙兽的嘴巴之下。

嗷呜!阴火龙兽看到新鲜元丹，兴奋得不得了，张大了嘴巴，猛然用力一吸，便成功将新鲜元丹吸入了口中。

而在元丹入口的瞬间，它的身体瞬间被一股斗气包围。体表瞬间变成了金黄色，在阳光的照耀下闪闪发光，从远处看，就好像是一坨金子在晒太阳般。

吼!在将秦明的元丹尽数吞噬，并且将斗气完全吸收后，它感觉浑身上下充满了力量，便仰头长啸一声。这一声中充满了无尽的威严和斗气，让叶天都忍不住为之颤抖。

"阴火龙兽，这才是真正的阴火龙兽。"判官的声音颤抖得很厉害，因为这一幕实在是太具有传奇色彩了。在叶天的至寒珠以及大量元丹的喂养下，这只阴火龙兽的生长速度，几乎是正常阴火龙兽的数倍之多，随时都可能进化成成年阴火龙兽。

而如今有了秦明的新鲜元丹，那阴火龙兽便突破了最后一层障碍，成功地进化成了成年阴火龙兽。而成年阴火龙兽的实力，都是斗王。

也就是说，叶天一个人，相当于三个斗王的实力。

叶天在短暂的兴奋过后，很快便安静下来。他知道现在自己的任务，那就是完成狮王争霸赛。

于是他从地上站起来，将阴火龙兽收入大还丹精神世界中之后，这才长长地舒了一口气，转身准备离去。

在他转身之后，忽听身后传来嘤咛一声痛苦呻吟。他这才想起捅了自己一刀子的女子，听她刚才所言，也是被逼无奈，心生怜悯，便转过头来，看了一眼女子。

女子横躺在了地上，四肢抽搐，嘴角流淌出一行血丝，脸色发紫，明显是中毒的迹象。

他皱皱眉头，最后还是叹口气，走到死去的秦明身边，从他身上搜出了一个白色小瓶，应该就是解药了吧。

将小瓷瓶中的解药一点点地喂给了女孩之后，那女孩的身体才终于缓缓停止了抽搐，原本发紫的脸色也终于是有了血色。

简单地摸了一下脉搏，发现她并无生命大碍后，叶天这才转身准备离去。

“公子！”走了两步，女子竟恢复了意识，从地上站起，满脸歉意地看着叶天，低头不语，双手紧张地整理着破败的衣服。

“还有事儿吗？”叶天扭头，看着女子道。

“你……为什么要救我？”女子咽了一口吐沫，用悲凉的语调问道，“我刚才差点没杀了你，你为什么要救我？”

“你也是被逼无奈。”叶天道，“这样的人，应该有一次为自己而活的机会。”

说完便转身离去。他可没时间和姑娘啰啰嗦嗦啊，要是狮头被别人抢先了的话，叶家可就丢大人了。

“公子！”叶天走了一步，那女子再次开口，“奴婢名叫丽粉，原本是秦家的一个奴婢。若是公子不嫌弃的话，丽粉的这条命，就是您的了。”

说着，丽粉便主动走上来，不过和叶天依旧保持一定的距离。

“你回去吧。”叶天道，“你跟着我会很辛苦的，而且随时有生命危险。”

“公子，我这条命都是您的了，只要您要，随时都可以拿走。只要能跟着公子，报答公子的救命之恩，上刀山下火海我都不会皱眉的。”女孩依旧满脸严肃，一点都没玩笑的成分，“虽说丽粉出生穷困，没读过几年书，但是父亲曾经告诉过我，那就是有恩必报。若是公子不想让我服侍您的话，丽粉我只有以死谢罪了。”

说着，她将刚才刺杀叶天的匕首，从口袋中掏了出来，横在脖子上。

看着这个颇有几分姿色、倔强的女孩，叶天是满心无奈啊。这个女孩太固执了。

叶天当然不能眼睁睁地看着女孩自杀，心想还是先让她走出狮王森林，保住这条小命再说吧，免得她真的自杀。

于是叶天点点头，便带着女孩一块前行。

“判官，你说狮头会藏在什么地方？”此时的叶天差不多确定对自己的生命有威胁的因素都已经被自己除掉了，所以当务之急，便是快点找到狮头，走出狮王森林，尽快完成狮王争霸赛，免得再被暗中的危险因素伏击。

当然，为了不被丽粉发现判官的踪影，叶天是用神识和判官交流的。

判官道：“叶天，你难道没发现什么异常之处吗？”

听判官说得如此神秘，叶天也是满脸堆满了好奇：“什么意思？”

"我发现，自从进入了狮王森林中后，阴火龙兽便开始变得兴奋不已，并且目光一直都朝着左前方的方向望着，似乎是注意到那个地方有什么不正常。"

听判官这么说，叶天的心也跟着狂颤起来："你的意思是，我们左前方有可能藏着宝贝？"

能被阴火龙兽感觉到的东西，肯定会是不凡的宝贝。

"是啊！"判官点了点头，"不过，这只是我个人的猜测而已，至于究竟是不是，我还真的不好说。"

"那我们还是去看看吧。"叶天道，"万一真的有什么宝贝呢。"

交流完了之后，他便带着丽粉朝着左边行走。

丽粉对叶天充满了感激和愧疚，所以想从别的方面对他弥补。比如叶天为了照顾丽粉的腿脚，免得跟着自己一直走路，而累坏了双腿，找个地方休息的时候，丽粉便会主动给他捶背捏肩，甚至有时候，她身上散发出的女子特有奶香味，会无意间触动叶天心中某一处敏感神经，身体有反应的时候，丽粉甚至会主动脱衣，服侍叶天。

不过这都被叶天拒绝了，再怎么说他也是叶家公子，不能就这么随随便便给一个女孩。

顺着左前方的方向行走了一段距离之后，判官忽然喊停了叶天："叶天，停下，阴火龙兽似乎注意到这下边有什么好东西，所以一直都趴着身子，嗅地面，神情昂奋。"

听判官这么说，叶天的心也扑通扑通地狂跳了起来，心想该不会是那宝贝就藏在地下吧。

丽粉已经见识过了阴火龙兽，所以他毫不忌讳地将阴火龙兽从大还丹精神世界中召唤出来。

阴火龙兽落地的瞬间，竟是兴奋地在原地打滚，痛快淋漓地发出阵阵吼叫，似乎真的是遇到了什么宝贝。

阴火龙兽这个怪异的动作，立刻引起叶天的注意，匆忙走了上去，俯下身子，用浓浓斗气探测下方的东西。

当他发现，在斗气深入地下两米之后，便无法继续深入下去了，好像有什么东西阻挡着斗气一样，他的心立刻狂颤起来，因为他基本上已经确定，下边肯定有什么好东西。

想明白了这点之后，叶天便站到了远一点的位置，将手中烈焰刀狠狠地刺了下去。

噌噌噌。一连串的烈焰瞬间从烈焰刀上狂涌而出，几乎是眨眼间的工夫，便射中了地面。

轰隆！

一声清脆的响声过后，地面竟被烈焰刀的火焰给撞出了一个足足有两米多深的大坑来。待得滚滚浓烟消散过后，叶天便匆忙走上去，想看看大坑下边到底藏有什么玄机。

当他看到，大坑下边竟是一块块的黑色物质的时候，眉头猛然间皱了起来，一股浓浓的刺鼻味道，也从中释放而出，不断闯入他的鼻孔。

他似乎从来都没见过这样的东西，不由得询问判官："判官，这到底是什么东西?"

判官分出一丝神识过去，仔细地探测了片刻后，目光竟猛然间亮了起来："玄铁矿，这是玄铁矿。"

"玄铁矿?"叶天立刻惊讶得目瞪口呆，瞠目结舌，满脸不可思议地盯着判官，"你确定?"

"确定一定以及肯定。"判官连连道，"怪不得这狮王森林里边是寸草不生，原来是因泥土下方是一个硕大的玄铁矿啊。"

叶天可深知玄铁的珍贵。低级灵器大部分都是由玄铁铸造而成。可以说，玄铁是神魂大陆继金子之外第二贵重的金属。

若是能拥有这样一处玄铁矿，怕是叶家想要跻身大离帝国四大家族之中，也并不是不可能。

想明白了这点之后，叶天的心里别提多兴奋了，担心被别人发现了此处，便匆忙用泥土将玄铁矿给掩埋了起来，同时对丽粉千叮万嘱，万万不可将这件事告诉外人。

丽粉对叶天是言听计从，所以是连连点头，并且发誓，哪怕是自己丢掉小命，也绝对会保守住这个秘密。

而就在叶天准备继续搜寻狮头，想尽快结束狮王争霸赛的时候，却忽听秦煌的声音钻入众人耳朵。

"诸位狮王争霸大赛的选手请注意，狮头已被人摘取，请诸位快速退回观赛台，接受奖励。"

秦煌的声音乃是加持了浓浓斗气，所以声音才会充斥整个狮王森林。听到狮头已经落入他人手中的消息后，叶天非但没有丝毫的悲哀，反倒是有些兴奋，狮王争霸赛终于是结束了，这个矿坑被外人发现的可能性也小了不少。

叶天带着丽粉匆忙逃出了狮王森林。待得出来之后，才发现那获得狮头的，乃是欧阳家族的欧阳克强。

叶家和欧阳家的关系还算不错，而且叶天对欧阳克强的印象还算不错，当日自己最落魄的时候，这欧阳克强便主动替自己解围过。他得到了狮头，叶天是打心里替他感到高兴。

当下叶天便走上去，笑着道："欧阳兄弟，恭喜恭喜了啊。"

而欧阳克强却是无奈笑了笑："我说叶兄，你就别跟我开这种玩笑了，如今的你可是大离帝国的名人了，还在乎这小小的狮子头？我看你摆明就是找了个地儿呼呼睡觉去了，要是你真的动手的话，这狮头还轮得到我？"

叶天无奈冲他耸耸肩："是欧阳兄武艺超群，能得到狮头，是凭你的实力。我叶天是心服口服。"

欧阳克强是连翻白眼，苦笑连连："兄弟，你还是别跟我开这种玩笑，你要是真的在乎的话，我这狮头就给你吧。"说着就把狮头递给叶天。

叶天却是连连摆手，拒绝了欧阳克强的好意。怎么说这都是欧阳克强凭自己的实力夺得的，自己怎么好意思要呢？再说了，他说的也对，如今自己是大离帝国的名人，怎么会在乎这一个小小狮头？

叶家对叶天能成功从狮王森林中走出，已经大感意外了，惊喜连连，早就已经忽略了狮头的存在。在他们心中，叶天此番能安全无恙从狮王森林中走出，对他们来说，就是一万个狮头都抵不上。

相对地，秦煌等人的脸色就差劲了很多，原本按照他们的估算，叶天是必死无疑的。可是这家伙最后还是完整无缺地从狮王森林中走出来，对他们来说，难免是个打击。

而圣姑表情却有一些兴奋，在她听到狮王森林中传出的阴火龙兽怒吼声的时候，她就已经改变了主意，希望叶天能活着，这样自己才可能夺走阴火龙兽。而如今叶天果然活着出来了，她的心里自然是兴奋。

叶威匆忙从观赛台上走下来，虽说叶天表面上看不出什么异样，但是叶威依旧感觉到他身上斗气波动得轻微了不少，似乎是受伤的迹象。

对战天盟这个斗王高手，没受伤是不可能的。

果不其然，在他走上来之后，果然注意到叶天的后背上有一个伤口，鲜血甚至把后背染红了。因为刚才叶天背对着他们，所以他们才没注意到叶天后背上的伤。

"天儿，你没事儿吧？"叶威心疼地看着叶天后背的伤口，拳头握得咯吱作响。他发怒了，没想到秦煌竟然痛下杀手。若是给他机会，估计老爷子早就已经将秦煌给大卸八块了。

"我没事儿。"叶天连连道，"爷爷，你过来，我有一事想和你商议。"

看叶天这模样，似乎并无大碍，而且看叶天表情如此严肃急迫，他多少猜出叶天要和自己说的这件事的严重。

"天儿，说吧，到底是怎么回事儿？"叶威在叶天的拉拽下，走到了一个角落，看叶天这副神秘表情，小声问道。

"爷爷，您抽调叶家全部人马，到狮王森林来，记住，千万不要被其余三大家族注意到。"

“嗯?”听叶天这么说，叶威满目都是不解和疑惑：“天儿，到底是怎么回事儿?”

“你知道为何狮王森林里边会寸草不生吗?”叶天看着叶威问道。

叶威摇摇头，眼神中充满疑惑：“这个问题是千灯镇的一大迷局，自有千灯镇几千年来，从来都没人能破解得了这个迷局，你是怎么看待这件事的呢?”

“爷爷，其实这狮王森林下边是玄铁矿，非常大的一个玄铁矿。”叶天于是将事情真相，告诉了叶威。

“啊!”听叶天这么说，叶威立刻愣住了，满目疑惑地看着叶天，良久之后，神情才激动起来，双手抓住叶天的胳膊，用力地晃着，“天儿，你确定，你真的确定?”

叶天连连点头：“爷爷，放心好了，刚才我仔细查探过了，绝对错不了。”

“好，好!”叶威用力地拍了拍叶天的肩膀，“小子，好样的，若是真的能发掘这个狮王森林的话，我绝对会好好的奖励你小子的，你想做家主都不成问题。好，你在这儿稳住这帮家伙，我立刻回去叫人。”

叶威老爷子兴奋得好像发现了美食的小孩子一般兴奋，简单地嘱咐了两句，便转身离开了。他要回去组织队伍，将狮王森林快速地占据。

玄铁矿啊，这可是价值连城的玄铁矿，和别的铁矿不同。

叶云仙看叶威老爷子一脸兴奋地跑开，心中疑惑得很，不过自己代表的是叶家，是叶家家主，在狮王争霸赛没有结束之前，是不能从看台上下来的，只能强忍住心中好奇，等待着狮王争霸赛的结束。

虽说并不知真实情况，不过他大概猜测肯定是叶天这小子又要给他们一个惊喜，心里不由得充满了期盼。

秦煌的心里满是惊恐不安，叶天走出来了，那么就是秦明的计划失败了。可是直到现在都没看到秦明走出来，难不成秦明也被叶天给杀死了?

眼看着狮王争霸赛的全部参赛人员全都从里边走出来，秦煌的心里是说不出的惶恐不安，因为这意味着，秦明被叶天杀死的可能性越来越大。要是秦家总部责问起来，自己该怎么交代?

可是，在这些人没有散开之前，秦煌也不敢明目张胆地派人进去搜寻秦明。因为秦明是不符合参赛条件的，自己这会儿派人进去搜寻秦明，无疑是自己扇自己的脸。

他扭头看了一眼圣姑，发现圣姑一副悠闲表情地躺在椅子上，似乎世界末日了都和她没关系。

看来圣姑并不关心秦明的成败，这让秦煌放宽心了不少。

简单地进行了颁奖礼之后，秦煌才宣布今年的狮王争霸赛完美完成，之后便命令众人解散。

往年的狮王争霸赛上，都是秦家的大公子秦岭站在领奖台上领取四大家族的奖励。可是在今年的狮王争霸赛上，秦岭直接被人给打成了重伤，站在领奖台的是欧阳家的小子，这让秦煌有种物是人非的感悟，同时暗暗发誓，一定要将叶天置于死地。

若不是叶天的话，这一切都不会发生，自己依旧会是狮王争霸赛冠军的父亲，依旧会像往年一样的荣耀满足。

狮王争霸赛结束，四大家族的代表纷纷离去，叶云仙也来到了叶天身边。

他的表情甚至比得到狮王争霸赛冠军还要高兴。因为他的儿子带给了他更大的惊喜，远远比什么冠军来得痛快。

其余的人，和叶云仙等人有同样的认识。可以说，这场比赛最大的胜利者其实还是叶天，他们又不是傻子，自然能猜出狮王森林中发生的一些事情。叶天能活着走出来，已经远远地超出了众人的想象，另外他还当着四大家族以及各大势力的面，教训了秦岭，那和扇秦家一巴掌有什么区别呢？

“天儿！”叶云仙高兴地拍打着叶天的肩膀，“真有你小子的，告诉我，到底都有什么人在里边追杀你？”

“父亲，先不要管这些了。”叶天的语气有些急迫地道，“你快帮爷爷召集军队，守住狮王森林吧。”

“嗯？”听叶天这么说，叶云仙顿时愣住了，疑惑地道，“包围狮王森林干什么？这狮王森林里边可没什么可利用的资源。”

“这里边有玄铁矿。”叶天对叶云仙道。

“什么？”那叶云仙当场就愣住了，“开什么玩笑？不可能！”

“父亲，我用我的性命和你打包票。”看他满脸质疑，叶天思来想去，也只有丽粉能证明自己了，当下便拽住丽粉，道，“丽粉，告诉父亲，那玄铁矿是真实的。”

丽粉这才点了点头：“是的，那玄铁矿是真实的。”

叶云仙这才注意到一直跟在叶天身后的小女孩，忙好奇地问道：“天儿，这个人是……”

“回去之后我会给你解释的，说来话长，你还是先帮爷爷召集人马吧，我在这儿看着。”

尽管叶云仙是一遇事不慌的主儿，可听说狮王森林下边埋藏着一个玄铁矿，并且这个玄铁矿随时都可能落入别人手中，叶云仙的心就急得想要跳出来。

待得四大家族以及各方势力全都离去之后，叶天才走上了观赛台，看着狮王森林。

站在这样高的平台上，他才发现，原来狮王森林是如此的巨大，尽管站得如此之高，他都没办法俯瞰整个狮王森林，也没办法看到狮王森林对面。他很好奇，狮王森林的外边是什么，是不是和千灯镇一样的小镇，抑或是世界的尽头？

从来都没人能横穿狮王森林，所以没人知道狮王森林的对面到底是什么。他的心中充满好奇，迫切想知道，狮王森林的那端到底是什么。

他心想这次能将狮王森林的玄铁矿开发出来的话，自己一定要到狮王森林的另一端探索个究竟。

就在他想着这些的时候，下方忽然传来了一阵金戈铁马的声音。叶天顺着金戈铁马的声音望去，发现是叶家的人马。

他的心这才放松了下来，忙从观赛台上走了下来。叶云仙和叶威匆忙走上来，道：“天儿，我已经将狮王森林的外围包围起来了，我们带一队人马到里边去探索个究竟。”

叶天点了点头，然后凭着记忆，找到了被自己打出的坑，他重新用烈焰刀将地面给打出了一个两米多深的大坑。顿时，黑色的玄铁矿便浮现在众人眼前。

叶威看到黑色的玄铁矿，顿时就愣住了，双腿一弹，便是跳入了大坑中，从黑色的物质上抠下了一块来，仔细地看了老长时间，眼中的惊喜色彩是越来越浓厚。

“玄铁矿，果然是玄铁矿。”叶威因激动，而老泪纵横，“哈哈，我叶家终于有出头之日了，哈哈！”

看叶威哭得稀里哗啦，叶天摇摇头，皱眉头，没想到自己的爷爷也有如此萌的时候。

叶云仙可没兴奋到失去理智，他知道这样一块大肥肉能招惹来多少豺狼虎豹，快速地命令心腹手下，搬来更多的人，将一些不重要的产业停下，所有人都派往这个地方，开发狮王森林。

因为狮王森林处于千灯镇边缘，而且没有人开发，所以不属于任何势力，可以说是谁想开发，谁就开发。

尽管如此，在如此诱人的巨大利益面前，依旧会有不少的势力垂涎这儿，当务之急便是封锁住这个消息。

叶天觉得，在叶家没有凭玄铁矿巩固家财之前，还是要想尽办法，守住玄铁矿的秘密。可是叶家出动如此大的人力物力来狮王森林，肯定会引起其他三大家族的怀疑。

叶天思来想去，终于想起了一个方法来，于是便和叶云仙商量道：“父亲，我觉得我们有必要散播一下狮王森林的消息。”

叶云仙听叶天这么一说，眉头紧皱，不解地道：“若是外人知道狮王森林有玄铁矿的事，肯定会有数不清的势力来和我们争抢的，或许我叶家会因这个而灭族啊。”

“父亲，反正我们派兵来狮王森林的事，必然会引起其余几大势力的怀疑，倒不如我们主动对外宣称，我们是在砍伐狮王森林的树木，您觉得这样如何呢?”叶天用恭敬的态度征询父亲的意见。

叶云仙听了之后，连声叫好，这个方法就算不能让其余的势力全都相信，至少也能撑过一段时间，总比他们闷头在这儿开发的强。

这个计划是叶天想出来的，叶云仙便命令叶天执行这个任务。

叶天接到这个任务后，只是跟父亲要了大半的人马，从中找出了数十个口才较好的人，让他们大肆宣传叶家开发狮王森林，将狮王森林的大树砍伐，重新栽种植物的消息。

而剩余的人则负责砍伐大树，将大树往外边运，做给其余的几大势力看。

果不其然，叶家的这个对策收到了良好的效果，其余几大势力，竟都没有来此处闹事儿，反倒是纷纷觉得，叶家人莫不是糊涂了脑袋，这个光秃秃的大森林有什么好开发的，这简直就是浪费财力物力。

但是时间长了，还是引起了其余几大家族的怀疑。秦家就是其中之一。

秦煌抚摸着手中的一个白色小瓷杯，看着自己的心腹探子道：“叶家为何要开发狮王森林，莫不是叶威那老家伙真的老糊涂了，看中了狮王森林那处光秃秃的地儿？会不会是他们用的什么障眼法，明修栈道，暗度陈仓?”

而几个探子听秦煌这么说，也都是摇头：“前几日我们前往探视，果然发现叶家有一只大队伍在砍伐大树，并且将之搬运出去，同时还有一支队伍，将一些生长条件苛刻的植物，运送到了狮王森林里边。我想叶威那老家伙的脑子真是老糊涂了，怀疑大树长不好，是树的原因，而不是土地的原因。”

“应该没那么简单，或许这是他们表面上做给我们看的。我仔细地观察过，负责栽树和运树的人加起来，也不过是叶家人马的一半而已，还有另外的一些人不见踪影。我想，那部分人或许是在做什么我们不知道的事。”

两个探子，给出了两个截然不同的答案。秦煌本人也有些疑惑了，思忖良久之后，还是觉得谨慎一点的好，于是就让两个探子前往狮王森林中打探。无论如何，一定要将叶家的小秘密给找出来。

接到命令之后的两个探子，为了能赢得秦煌的信任和奖励，便很快地开始执行任务。

狮王森林的外围，密密麻麻地站着叶家的守卫，他们就好像一棵棵紧邻的大树，将狮王森林给包围了起来，想要偷偷地溜进去，是难上加难。

就在两个探子为之苦恼的时候，却忽听狮王森林里边传来了一阵马车轮子转动的声音。很快，便有一支马车队从人群中走出来了。

原来是一个押送大树的叶家队伍。这一支队伍总共有五个人看着似乎没什么实力，就是几个壮汉而已。

两个探子很快便将注意力集中到这五人队伍上，这是他们进入狮王森林唯一的方法。

二人跟着五人马车队伍，离开了狮王森林。走了一段距离之后，这五人便与等候在那里的人进行了交接，将运送木柴的车子，交给了另外的一支队伍。接着，这五人队伍便重新往回走。

两个探子的身手敏捷，趁着五人往回走的时候，悄无声息地将最后的两个人给劫持了，换上了他们身上的衣服后，便重新加入了队伍。

从始至终，那三人都未曾注意到丝毫异样。即便是过门口的守卫检查的时候，也没人发现后面这两人的异样。

为了避免树木的木屑被他们呼吸到口腔里边，所以他们都在嘴巴上蒙了一块布，而且这些人和守卫都彼此不熟悉，所以才让他们蒙混过关。

而待得队伍进入了狮王森林之后，两人趁走到一处无人之处，将剩余的三名运送木材的家伙斩杀，而后便开始在狮王森林中开始搜索起来。他们倒是很想看看，究竟是什么东西，让叶家如此的神秘，在外围派这么多的守卫。

在往狮王森林深处行进了一段距离之后，两名探子忽然发现一阵叮叮当当类似于金属碰撞的声音，两人很快地便意识到，这声音中有蹊跷，于是便循着声音，鬼鬼祟祟地前行。

待得两人发现在狮王森林不远处果然有另外的一支叶家队伍的时候，惊喜不已，偷偷地凑了上去，站在远处观察着。

因为在外围派遣了大量的守卫，所以这里倒是并没多少的守卫守着。只是有几个虾兵蟹将零零散散地在外围看守着而已。

两人的视线透过虾兵蟹将，看到了里边的情形。

那里似乎是一个非常大的矿坑，金属碰撞的声音正是从深坑里边传出来的。而且时不时地有一辆辆的车子从深坑里边走出来。

“果然有蹊跷。”其中一个探子心中一喜，道。

“只是不知他们到底从下边挖出的是什么东西。”另一个道。

就在两者想方设法地想近前查探的时候，矿坑中忽然传来一阵热闹的喊叫声。

“快用力，快用力，车快翻了。”

“一二三，加油。”

“谁让你们装这么多的，要是翻了的话，浪费的时间足够买你们好几条命了。”

在一个工头的呵斥声下，一辆车子缓缓地从矿坑里边驶出来，后边有好几个赤裸着上身的壮汉推着。

车上的东西，已经堆满得超出了车体，露了出来，两者细看，皆是大惊，深吸一口气，瞳孔快速紧缩。

即便他们想破脑壳，也绝对不会想到，叶家竟发掘了玄铁矿的矿产，怪不得叶家如此小心，相信任何一个大势力得到这样一处宝藏，也肯定会如此小心的。

两人继续在外围观察了一会儿，确认没有机会溜进去查探个究竟，而且基本上已经确定，那的确是玄铁矿之后，便是偷偷地溜走了，回去回复秦煌。

“什么?”从探子口中得知叶家竟偷偷地在狮王森林发掘玄铁矿的消息之后，秦煌立刻是拍案而起，脸上青筋凸起，咬牙切齿地瞪着两个探子，“你们确定……那是玄铁矿?”

“族长，我们确定，亲眼所见。”两个探子道。

“叶家，叶家，哼哼，小小的叶家竟敢在我面前张牙舞爪，太嚣张了，太嚣张了。”秦煌硬生生将手中的一个杯子给捏碎了，顿时间碎瓷片到处乱飞，杯中酒四处乱洒。

“族长，不如我们趁着这个时候，灭了叶家，接手玄铁矿。”一个探子道。

“不行。”另一个探子连连摇头，“叶家之所以能存到现在，而没有被其余的势力给灭掉，是因为有叶家总部和汇通拍卖行给他们撑腰。若是我们动手，肯定能引起其余两大势力的仇视，到时候……”

秦煌却是冷哼一声：“我想，这样一块大肥肉，应该有很多的大势力为之垂涎吧。若是我们能喝一口汤，那么我秦家的势力也定当水涨船高，到时候……哼。”

“来人，陪我去见圣姑。”

秦煌兀自思索了片刻后，还是觉得远水解不了近渴。正好眼前就有一个大势力，为何不动用呢?

经过几日的修炼，叶天已经将斗真技凤鸣天际的技巧完完全全地掌握了，而且烈焰刀以及天龙金枪也被他当成顺手武器，耍起来是虎虎生威，一点都不生涩。

有烈焰刀的辅助，叶天的实力堪比一名斗王。前几日叶天还和父亲来了一场友谊赛，结果两人是打成了平手。

这倒是并未让叶云仙吃惊，叶天的实力远远超出自己的想象，战胜自己倒也在情理之中。只是在听说叶天有了一个中级灵器以及阴火龙兽的时候，他好半天时间都不相信，直等叶天将阴火龙兽以及烈焰刀的真实威力展示给叶云仙看之后，叶云仙才不得不相信了，苦笑不已：“天儿啊，你瞒我们瞒的太深了，你知道这几日你爷爷都在我耳边唠叨什么吗？天儿进步那么大，你怎么就不告诉我，你怎么就不告诉我？我说我也不知道你的真实实力，你爷爷就骂我不关心你……”

叶天无语笑笑，父亲这是在他面前撒娇啊，在自己心中一向都是巨人的父亲，竟在自己面前撒娇，实在是超出了叶天的想象。

在这几日的修炼中，叶天也遇到了瓶颈，总觉得自己右手耍大刀，左手就空闲下来。尽管如此发挥出的实力也很巨大，不过他依旧觉得有些不满足，若是两只手能同时发动攻击就好了。

于是，他思来想去，最后将主意打到了天龙金枪的身上。若是左手能耍天龙金枪，而右手用烈焰刀，同时发动攻击的话，所发动的攻击肯定会十分厉害。

想通了这点的叶天十分兴奋，立刻将自己的想法告诉了判官。

第二十八章　天龙金枪

而判官听他这么说之后，也点点头，对他的这个想法给予了高度的评价，只是最后提出了一个小小的建议："若是左手施展攻击的话，威力肯定不如右手。最近这几日我倒是在至寒珠中发现了一门奇特的斗技，这门斗技的攻击力虽说并不是很大，可是它的作用却能让你的实力水涨船高。"

叶天对这门斗技十分的好奇，忙好奇地问他究竟是怎么回事儿。判官便将这门斗技，介绍给了叶天。原来这门斗技是一玄阶高级斗技，所起到的作用，是让人的左右手能分工工作，也就是说，施展了这门斗技之后，他的右手依旧是右手，而左手也将充满和右手一样的实力，也就相当于有两个右手同时发动攻击，两个人同时战斗。

听判官这么一说，叶天就兴奋了，这斗技就像是为自己量身定做的，当下便要判官为自己取出斗技。

而判官却摇摇头："烈焰刀是中级灵器。而若是左手用天龙金枪这一普通武器的话，未免太浪费你左手的力量了，我看现在时间成熟，倒不如将天龙金枪锻炼成灵器。"

听判官这么一说，那叶天更是兴奋不已，连声道："判官，若是真的能将天龙金枪锻造成灵器的话，那再好不过了，我们现在就开始吧。"

判官点了点头："现在锻造武器的材料都已经有了，不过我觉得，为了不被外人发现，免得你在锻造的时候走火入魔被外人发现，你还是寻找一处无人发现的地方，再开始吧。毕竟这件事非同小可，若是你在锻造武器的时候，不小心走火入魔，可能直接要了你的性命。"

叶天想了想，判官说的倒也对。爷爷和父亲这几日都在为玄铁矿的事忙得焦头烂额，若是自己让他们为自己护法的话，太浪费他们的时间了。他们已经够累的了，自己不能给他们添麻烦。

可是，到什么地方寻找隐蔽的场所呢？他仔细地思索了好半天时间，最后无意中想起了狮王森林的中心，于是忙将自己的想法告诉了判官。

判官听了他的想法之后，沉吟了片刻。要说那狮王森林广阔无垠，即便站在观赛台上，都没法看到狮王森林的外围。一直以来，四大家族在狮王森林的活动范围，也就是在外围而已。若是进入了狮王森林的中心地带，或者狮王森林的另一端，那么肯定能躲避这些人的骚扰了。

再说了，几千年上万年都未曾有人踏入的地带，其中肯定有什么不为人知的秘密，说不定还会有什么宝藏。若是那个宝藏能被他们发现的话，他们可就发大财了。

想通了这点后，判官便赞同了叶天的想法。两人正商讨什么时候出发，前往狮王森林中心的时候，门外却忽然传来了奴婢丽粉的声音。

这几日多亏了丽粉的悉心照料，叶天的伤口好得很快。叶天也没将她当成婢女看，只是当成朋友来看待。听到丽粉的声音，叶天便让丽粉进来了。

丽粉换上这一身干净明丽的朴素衣服，倒是给人一种耳目一新的感觉，不凡的姿色，让她有一种邻家小妹的清纯感觉。叶天发觉自己每一次看到她，都会有种赏心悦目的感觉。

“公子……”丽粉用清脆的嗓音喊了一声。

叶天却冲她善意地笑笑：“丽粉，不是说过吗，以后就喊我叶天就成，不用喊公子。我们以后就是朋友关系。另外我还得谢谢你这段时间对我的照料呢。”

“叶天公子，您别这么说，伺候您是应该的，我总不能在您这白吃白喝。应该是我感激公子才对，我用匕首刺了您，您不责怪我……我已经很感激了。”

“哦，对了公子，我怎么把正事儿给忘了。”丽粉忙正色道，“有一个自称圣姑的女人要见您，我让她在外面等着。”

“哈哈，叶天，真是没想到，你笼络人心的本领还挺厉害的嘛。前几日这女孩可是秦岭的贴身侍女，对秦岭那是忠诚得不得了，这才眨眼间的工夫，就拜在你的门下，你很牛啊你。”圣姑犹如黄莺般清脆的嗓音，从门外传来。

“啊，你怎么闯进来了。不是让你在外面等着吗?”听圣姑近在咫尺的声音，丽粉用满是责备的语气训斥了一声。

“我圣姑想去的地方，还真没人能拦得下我。”圣姑说完这句话之后，一只脚已经跨入了房间，“叶天公子，我们又见面了。”

“公子，我让她在外面等着的，她……”

叶天知道这圣姑的脾性，为人刁蛮，从不讲理，所以也不准备在这件事上纠缠，只是冲丽粉点点头，笑着道：“丽粉，既然客人来了，那就上茶吧。”

丽粉狠狠瞪了一眼圣姑，便乖乖地走出去了。

“呵呵，这才是待客之道嘛，我还以为叶家有了玄铁矿，就开始自视清高，不和我们这些穷鬼交往了呢。”圣姑嘿嘿地笑了笑。

听圣姑说到玄铁矿三个字，叶天浑身颤抖了一下，同时心跳加速，额头浮现出一丝冷线。她怎么知道玄铁矿的，难道这个秘密还是流传出去了?

不过为了排除圣姑是瞎猜而来此处试探的可能，叶天还是很快调整好情绪，冷笑一声：“圣姑，我看你是想玄铁矿想疯了吧，见人就说玄铁矿。若是我千灯镇有玄铁矿，这四大家族早就已经打个你死我活了。”

“呵呵，别在我面前装疯卖傻了。”圣姑嘿嘿笑了笑，“你叶家几斤几两我还不知道？在我眼皮子底下鼓捣玄铁矿，我圣姑会看不出来？”

看圣姑这副信誓旦旦的表情，叶天苦涩笑了笑，这圣姑还真是难缠的家伙，叶天要想装对这件事浑然不知，还真有些困难，而且这么继续装下去，也实在是没什么用了，那样只会让圣姑看笑话。这女人表面上看着风韵十足、妖娆性感，谁知是多少岁的老妖婆了，这女人估计早就已经活成人精了。

“好吧，或许我叶家真的有什么玄铁矿。我这等小辈实在是没法得知这号的秘密，你们要是相信，就相信好了。”叶天这样就把自己和玄铁矿撇开关系了。她要是继续问下去，自己可以用这个回答，来搪塞她所有的关于这方面的问题。

“你比我想象的还要聪明嘛。”叶天这个恰到好处的回答，让圣姑也有些问不下去了，只好转入了主题。

“我就不和你废话了，直接说明我此次的来意吧。前几日的狮王争霸赛上，我想谁都明白你叶天在魔兽森林收服了一头阴火龙兽，若是你肯将阴火龙兽赠与我的话，或许我会网开一面，不会对你叶家下手，夺走玄铁矿，而且还会帮你对抗秦家，而且会答应你所有的要求。可是如果你不识好歹的话……那没办法了，我圣姑也是一个不肯吃亏的人，这一点相信你也知道。”

没想到她竟将目标盯住了阴火龙兽。叶天在心中愤愤地想着，她可真是一个能算计的女人，用玄铁矿来威胁自己。

可是叶天偏偏是那种吃软不吃硬的人，所以对圣姑的要求，他是毫不犹豫地拒绝了：“若是你觉得这样能行得通的话，你们尽管按自己的计划做便是了。”

看叶天这副样子，圣姑真的有种气得发疯的感觉。可是她知道，这个时候是自己耐着性子做事儿的时候，只能强忍住心头的一股怒气，冷冷笑笑：“你可以不为自己考虑，可是你也不为叶家考虑吗？我知道你们叶家有叶家总部和汇通拍卖行罩着，千灯镇秦家不敢动你。可是你也知道，你杀死了秦家大将军秦明。秦家现在正在有针对性地对你们进行攻击策划，若是秦家真的誓死反扑的话，加上我神魂教的力量，定然能和叶家总部、汇通拍卖行拼个你死我活。你觉得那两大势力会为了你们，而不惜和我们拼命，元气大伤吗？”

听圣姑这么一分析，叶天的心咯噔跳了一下，有些担心起来。圣姑看他眉头紧皱，明显是入了自己的套，开始考虑自己的话了，当下便继续用诱惑性的语言道：“而且你应该也知道，一个小小的阴火龙兽，对你来说根本就没什么。若是你将它交给我的话，我可以保证，你想要多少的斗技，我神魂教都可以提供给你。只有实打实的力量，才是真正的实力啊，而不是借助阴火龙兽的力量。”

叶天沉默了下来，因为他觉得圣姑说的倒也是有道理。

“叶天哥哥，听说你这儿来了个妖精，是吗？”就在叶天忐忑不安地思考着这件事的时候，一个清脆的嗓音从门外传来。正思索圣姑所说之话的叶天神识顿时清醒了过来，这才意识到自己中了圣姑的道了，这家伙刚才肯定是用了某种手段来迷惑自己心智，才会让自己有些相信她所说的话。

若是自己真的听信了她，将阴火龙兽给她，她神魂教也绝对不会看着玄铁矿那么肥的肉不动。这女人真是够凶狠的，为了达到目的，不惜使用这些邪门歪道。

幸亏关键时刻，林雪儿冒了出来，否则自己就着了这女人的道儿了。他狠狠地瞪了一眼圣姑，发现圣姑却是用凶狠的眼神瞪着门口的方向，很明显是憎恶林雪儿这个时候的来访。

来者不善，她早就已经判断出来了。从她刚刚进来时候说的话上就知道，什么叫有妖精拜访？谁是妖精？说谁是妖精来着？

很快，一身素洁白衣的林雪儿迈动着轻快的脚步走了进来，脸上带着一抹甜甜的微笑，冲叶天嘿嘿地笑着："叶天哥哥，这个妖精是谁啊？"

圣姑皱了皱眉头，看着这个可爱小女孩，训斥了一句："哪家的小孩子，怎么这么不懂礼貌，你叶家就是这般对客人的吗？"

林雪儿用挑衅的目光，将圣姑上上下下给打量了个遍，不屑地斥责了一声："不是每个人都是叶家的客人的，像你，就没资格。"

"好一个伶牙俐齿的小姑娘。"圣姑忽然从刚才的生气状态，转变成了兴奋状态，"嘿嘿，这个小姑娘不错啊，和你的关系应该不错吧。"

叶天听出她的声音中蕴含杀机。看她看林雪儿的眼神，叶天的心就噗嗵噗嗵地跳了起来。

她是将目标放在了林雪儿身上，准备擒住她，来胁迫自己了。

这个妖精女人，还真是什么招儿都能想得出来。叶天咬着牙齿，狠狠地瞪了一眼圣姑："我警告你，若是你敢打林雪儿的主意的话，我叶家绝对会和你拼命。"

"好啊。"圣姑并未反驳，只是冲叶天笑了笑，"那我就等着你叶家上门和我们拼命了。"

说着，她便发出一阵狂傲的笑声，离开了。看着这个女人狂傲的背影，叶天的心中是说不出的愤怒。竟如此明目张胆地威胁自己。

"雪儿，你这个时候来找我干吗！"叶天有些生气地看了一眼林雪儿，"你知道不知道，你给我叶家惹下了多大的麻烦？"

林雪儿却是嘿嘿笑了笑："嘿嘿，我倒是要看看，他们究竟敢把我怎么着。"说完转身就走，全然不把叶天当回事儿。

看林雪儿这副转身就走的模样，叶天有些哭笑不得，立刻出声喊住了林雪儿："雪儿，你来到底所为何事？该不会是毛遂自荐，准备让圣姑把人质的目标放在你身上吧？"

"不为这还能为什么？"林雪儿用异样的目光看着叶天，"放心吧，我自有把握。别以为这个世界上，只有你藏着东西！"

林雪儿再次冲他笑笑，转身就走。可是走了两步之后忽然想起了什么，回过头来对叶天道：“叶天哥哥，你不用特意派人保护我，圣姑看中的人，你派多少力量保护都是白搭。放心吧，我不会让圣姑的计划得逞的。”

她说完了之后，便离开了。叶天连连喊了两声，她都没有回头，似乎对他没兴趣。

“哎！”叶天苦笑连连，“这林雪儿怎么比圣姑还神秘？她这个魔主的身份还没揭开，就开始在神魔教面前张牙舞爪了，我真怀疑这女人的来历。”

“是啊。”判官也是无奈地笑笑，“不过我看林雪儿，似乎自信满满，不像是跟咱们开玩笑。而且她的身份的确非常神秘，身上藏着太多的秘密。她这么说，应该也能有把握。我觉得还是算了，不要管她了。”

“可是她对叶家实在很重要……”

“你知道她怎么对叶家重要了？”判官质问道。

叶天摇摇头：“我也就是听爷爷说的她很重要而已，至于究竟哪里重要……我暂时还不清楚。”

“那不就是了。”判官道，“你都不知道她什么地方重要，你还说她重要，这是自欺欺人。说不定你爷爷就是觉得她能在这个时候救下叶家，才说她重要呢。你要是拦着的话，岂不是对叶家没用了？”

“可是，爷爷怎么能提前知道她能救下叶家？”

“实力达到了神通境，就可预测未来，说不定是有神通境高手预测到叶家有大劫，而将这件事告诉了你爷爷呢。”

神通境高手？

听判官这么一说，叶天是接连倒吸好几口凉气，若是判官所说属实，岂不是说，叶威曾和传说中的神通境高手打过交道？

简直是太让人难以置信了。那神通境高手可是只在传说中才出现的啊，没想到自己的爷爷叶威就曾经和神通境高手打过交道。

单单是想想，叶天就觉得爷爷极具传奇色彩。不过很快，他便在心中打定了主意，他也要做那传说中的存在，一定要成为人人敬仰的神通境高手。

判官却是笑而不语。他觉得叶天现在知道的太少了点。神通境高手固然厉害，可是那神通境之上，还有更多的境界，比如修炼到了一定的境界，可以窥测阴阳，领悟世间法则，更是可掌控一片天地，逆天改命……

不过现在判官没有告诉叶天，因为在他这个年纪，有这样一个目标已经是非常不错了，不能对他有更苛刻的要求。给他太多压力的话，只会让他被压力压得萎靡下去。

“叶天，”判官道，“其实我觉得，在如今这个叶家生死存亡的关头，不能继续隐瞒林雪儿的身世了。你应该主动询问你爷爷，或许你爷爷会告诉你也说不定呢。”

听判官这么说，叶天也觉得有道理，当下便在心中下了一个决定：待会儿就去找寻叶威老爷子，或许老爷子会将事情真相告诉自己呢？如今的自己，在叶家可是占着很重要的地位。

想明白了这点之后，叶天也没继续在叶府等着，而是主动前往狮王森林，找寻叶威老爷子。这几日叶威一直都在狮王森林里边守着，毕竟这么大的一处玄铁矿，他们必须尽快让玄铁矿为他们叶家的实力作出贡献，只有实力增长了，他们叶家才更安全。

叶天经过重重侍卫的检查检测，验明正身，最后才终于进入了狮王森林里边，按照记忆，最后终于找到了玄铁矿。看着正忙得不停歇的众人，叶天淡淡地笑笑，心中浮现出一丝幸福自豪感。毕竟这是自己的功劳，如今玄铁矿正常运转，他的虚荣心得到了小小的满足。

一个侍卫看到叶天，匆忙迎了上来：“公子，您来了。快到里边去看看吧，这个玄铁矿比我们想象中的要大，如今这儿的工作正进展得如火如荼。”

“嗯！”冲他淡淡笑笑，而后问道，“我爷爷在里边吗？”

“是的，叶老爷子的确就在里边，我让人带您去下边看看。”那侍卫头头道。

“不用了。”叶天摇了摇头道，“我自己下去就可以了，你们一定要做好自己的工作，不要让外人混进来。”

“公子请放心，就算是一个苍蝇，都不可能飞进来。”侍卫恭敬地道。

“那就好。”叶天说，“待得玄铁矿稳定下来之后，绝对不会亏待你们的。”

“多谢公子。”

叶天进入了玄铁矿矿坑中，才发现叶家的进展是如何的神速。这才多长时间，下边的玄铁矿竟被叶家挖掘了那么多，下边的通道四通八达，好像蜘蛛网一样，一个个赤裸上半身的汉子正忙忙碌碌，一车车的玄铁矿正不断地朝着上边运。

“天儿？”就在叶天欣慰地看着这一切的时候，一个熟悉的声音，忽然在耳畔响起。他的视线顿时望去，果然发现正坐在一张凳子上，亲自当监工的叶威爷爷。

“爷爷！”叶天主动走上去道，“你们辛苦了。”

“哈哈，有些人想辛苦，还没这条件呢。”叶威从凳子上站起来，走向叶天，拍了拍他的肩膀，“天儿，这多亏了你啊，你对我叶家所做的一切，叶家绝对不会忘记的。”

“爷爷说这话就见外了，我也是叶家人啊。”叶天从容笑笑。

“是啊，呵呵，是爷爷老糊涂了，这是我亲孙子啊。”叶威再次亲昵地拍了拍叶天的肩膀道，“这下边的空气不好，我们到上边去谈。”

说着，拽着叶天就往上边走。

“爷爷，”叶天喊住了叶威老爷子，“还是算了，就在下边说吧。这儿有什么隐蔽的角落吗？我想和您说些秘密。”

叶威愣了愣，不过很快反应过来，点点头：“嗯，我这儿有一间供监工休息睡觉的地下室，你过来吧。”

说着便带着叶天朝密室方向走去。叶威的心里忐忑不安，不知叶天到底要和自己说些什么，不过看他这么神神秘秘的，也知道这件事绝对不简单。

“天儿，到底要和我说些什么？”叶威带叶天进入了密室之中后，便迫不及待地问道。

叶天长长地吸了一口浊气，而后鼓足勇气道：“爷爷，我知道您不想随便泄露这个秘密。可是叶家到了生死存亡关头，应该让所有有利的信息共享才行。我们挖掘玄铁矿的事已经泄露出去了，秦家和神魂教已经知道了。相信他们若是想让这个消息满天飞的话，应该很简单。”

“什么？”虽然叶威知道这个秘密隐藏不了多久，毕竟纸包不住火，但是他也万万没想到，这么快就泄露了消息，他的第一想法便是有内奸，眼神急迫地看着叶天，“天儿，你怎么知道我们的消息泄露的？秦家和神魂教的人又是怎么知道的？”

“至于秦家和神魂教是如何知道的，我暂时还不清楚，不过今天早些时候，圣姑来找我，用玄铁矿做交易，要我交出阴火龙兽，并且说若是我不答应的话，他们就会伙同秦家，抢夺玄铁矿，而且还有打林雪儿主意的想法。”

“什么？”听叶天这么一说，叶威老爷子的眼珠子都瞪大了，“卑鄙，实在是太卑鄙了。”

之后，他便是陷入了长时间的愤怒和沉默中，良久之后，才长长地叹了口气：“天儿，若是我没猜错的话，你是想问我林雪儿的事吧？”

“是啊。”叶天点点头，“我想知道林雪儿到底什么来头？因为我看她越来越可疑，她似乎……似乎不是正常人。”

“没错。”叶威老爷子点了点头，“她不是这个大陆上的人。”

“嘶！”叶天倒吸一口凉气，“看来我猜的果然没错。”

叶威惊了一下，真没想到，叶天连这个都能猜得出来。现在他甚至觉得叶天和林雪儿一样的神秘了，身上藏着太多自己不知道的东西，比如阴火龙兽的事。若不是叶天主动说出来的话，他是绝对不可能猜到叶天身上还藏有这么有分量的一个神兽呢。

“你也应该知道了，我就把林雪儿的事告诉你吧。”

说着，叶威拉着叶天的手，坐在石凳上，将事情的来龙去脉，一五一十地讲给了叶天听。

原来，这件事还得从三十年前说起，当时叶威尚未闭关，还是叶家的族长，还处于中年时期。当时的叶家也并不属于千灯镇四大势力之一，只是一个默默无闻的小作坊。整个家族，都靠着叶威一个人支撑起来。

在一个夏天的晚上，叶威迷迷糊糊中就做了一个奇怪的梦。梦境中一个老神仙告诉自己，叶家将来会繁荣昌盛，不过会有一场大劫。

当时叶威立刻就吓坏了，忙问老神仙应该怎样才能避开那个劫难，不让叶家全军覆灭。

老神仙就给了叶威一个种子，说将这个种子种下，等着开花结果，到了那场大劫难的时候，自然就能拯救你叶家。

虽然叶威很疑惑，一个小小的种子怎么能帮他叶家避过劫难，不过毕竟对方是老神仙，所以就相信了。而就在这个时候，他从睡梦中醒过来。醒来之后回想起刚才的梦境，是苦笑连连，觉得自己真是无聊，怎么做这样一个荒诞的梦来。

可是，当他无意中瞥见，床头桌子上放着一个闪闪发亮的东西时，瞬间就吓傻了，因为梦境中的那个种子，和放在桌子上的那个种子，是一模一样的。他清楚地记得自己睡前桌子上是空荡荡的，根本就没放任何东西，更别说奇怪的种子了。

叶威立刻察觉出这种子有蹊跷，想了大半夜，觉得那梦境肯定是老神仙托梦给自己的，绝对不会和自己开玩笑，当下便是忙活起来了，找了一个隐蔽的地方，将种子种了上去。

可是那种子好像死物一般，一个月、两个月都没任何的异常，好像种子已经死在了下边一样。

自此以后，叶威老爷子就逐渐地忘记了种子的事。可是几年之后，叶威惊奇地发现，原来自己种下种子的地方，竟长出了一棵小苗。

他心中欣喜若狂，还以为他就要开花结果呢。可是就这样，又苦苦等了四年时间，那小苗才长了不到一个婴儿大小，并且瘦骨嶙峋，从远处看，还以为是一棵枯死的小树苗呢。

事情的转机出现在又一个五年后，那个时候，那小苗虽然个头没长大，可是外表饱满了许多，虽然外表依旧是丑陋不堪，可是却极具灵性，用手轻轻地触摸一下，那外表就会鼓起一块，回应着外边的人。

一年之后，叶威像往常一样前去查探那种子植物的时候，忽然听到一阵婴儿啼哭声从植物里边传来。听到那声音，叶威顿时就愣住了，因为他怎么也搞不明白，植物里边怎么会有婴儿啼哭声传来。

当他靠近了之后，那植物忽然裂开了四瓣，而透过花瓣之间的裂缝，他看到花瓣里头有些什么东西。忙定睛细看，竟发现那似乎是人的皮肤，而且十分的细嫩。

他急忙将花瓣弄开，果然发现植物里边是一个婴儿，白白胖胖，十分可爱，在她看到叶威的时候，立刻冲他咯咯咯地笑着。

当时叶威老爷子哪见过这阵势，所以在看到女婴的时候，立刻就瞪大了眼珠子，满脸的不可思议，好半天都没回过神来。

最后他才回过神来，仔细思考该如何处置这孩子。留在叶家？肯定不行。因为叶家已经有了不少的婴儿，他们就已经照料不过来了。

最后，叶威老爷子将小女孩寄托在了老友那里。而叶威老爷子心里依旧在回荡着老神仙告诉自己的话，说什么开花结果，能帮叶家渡过一场大劫。

待得女婴长大一些后，叶威便将小女孩接回家中来住了一段时间。家人问起这个小女孩的来历，叶威老爷子就对他们说，这个小女孩其实是自己一个老友的女儿，而且这个老友家中十分有势力。老友家中出了点小事儿，所以让小女孩在他们叶家借住一段时间，并且警告叶家人，不准将小女孩的事，说给外人。

叶威知道小女孩来历不凡，可能和老神仙有些关系，所以对小女孩也不薄，不让叶家任何人欺负小女孩。

如今，那个老神仙所说的大劫已经来了，他原本倒是很想看看，这个小女孩究竟是用什么方式，来帮他们渡过大劫。但是后来想想，自己这个想法未免太荒唐了点，这个手无缚鸡之力的小女孩，怎么能帮他叶家渡过大劫？而且若是帮叶家渡劫，需牺牲小女孩性命的话，叶威老爷子也不愿意，毕竟和她相处那么长时间，早就已经和小女孩培养出了感情，就好像是自己最宠爱的亲孙女一样，他怎么能眼睁睁地看着自己的孙女被别人给杀死呢？

听叶威老爷子说完后，叶天早就已经傻眼了，就算他有一百个脑袋，也绝对不会想到林雪儿有这样一个不凡的来历啊，竟是从种子里边蹦出来的，不可思议，太不可思议了。

那个老神仙，到底是什么老神仙呢，竟能托梦……

看叶天愣住了，叶威苦涩笑笑："天儿，我知道这个事情有些不可理解，十分的蹊跷。不过我依旧是要告诉你，我说的一切都是事实，林雪儿就是从植物里边蹦出来的，一句瞎话都没有。虽然直到现在我还有些怀疑是我记错了。可是当初的一切的一切，都是那般的真实，就好像昨日发生的一样，让我没法怀疑这件事的真实性。"

即便是判官也被叶威这个说法给镇住了，林雪儿竟是从植物里边长出来的？这件事实在是有够蹊跷的，单单是想想，就让人觉得不可思议，太不可思议了。

"我觉得，事在人为，我们也不要再考虑林雪儿能救我叶家了，只有我们本身的实力够强大了，才能屹立于神魂大陆。"

听叶威老爷子说的有道理，叶天连连点头："爷爷说的是，不过我觉得林雪儿有危险，爷爷还是派人跟着林雪儿为好。神魂教的人心狠手辣心肠歹毒，若是真的捉走了林雪儿的话，就麻烦大了。"

叶威连连点头，即便叶天不说，叶威也会派人跟着林雪儿了，万一真的被神魂教或者秦家的人攻击，就真的是糟糕了，毕竟林雪儿是老神仙派来的，林雪儿有个三长两短，若是老神仙再来的话，定然会责怪他叶家。

林雪儿有叶威派人盯着，叶天多少也宽心了一些，当下便决定，前往狮王森林的中心，秘密地锻造天龙金枪。一旦将天龙金枪锻造成灵器，他再修炼成左右手可以同时攻击的斗技，实力将会大幅度地提升，到时候……单是想想，叶天也觉得激动不已。只有实力才是王道。

叶天也没有闲着，便将自己前往狮王森林中心的想法告诉了爷爷，不过并没有说去锻造天龙金枪，而是准备去狮王森林里边进行修炼。

对此，叶威老爷子是有些忧虑的："天儿，都知道狮王森林土地贫瘠，根本就没有任何的生物，你到里边，肯定没有能吃的东西，也没有什么魔兽能给你当活靶子让你历练，到里边根本就没用，不如我找几个人陪你练习吧。"

对于叶威的好心劝阻，叶天虽说有些感动，不过依旧是没有答应："爷爷，我知道你是为我好。可是狮王森林几千年都未曾有人跨入，我猜测里边肯定有些不一样的东西。爷爷，你就答应我让我进去吧，或许在里边，我能有什么发现也说不定呢。"

最后叶威老爷子实在是执拗不过叶天，只能点头答应了，不过再三叮嘱他要小心，万一遇到了危险，一定要拼命地跑，不要和对方拼命。

叶天连声应着。

叶威老爷子还考虑让叶天带一支叶家队伍，不过被叶天拒绝了，那样只会拖慢自己的进程。他此番行程，可是考虑将阴火龙兽当成坐骑的。因为传说中的神兽都是会飞行的，这阴火龙兽也定然会飞。

告别了叶威老爷子后，叶天便飞行离去。如今他已经达到了斗灵级，即便没有五行八卦玉催动的羽翅，依旧可以轻松自如地飞翔。

飞了一段距离，确认后边没有人跟踪之后，叶天才释放出了阴火龙兽。看着这个全身金灿灿的阴火龙兽，叶天的心里就是说不出的尊崇和威压。毕竟这是神兽，骑在自己身下，让他多少有些不适应感。

不过很快，这种不适应感就消失了，因为他必须聚焦全部的精神在阴火龙兽的身上，因为它的飞行速度远远超出叶天的考虑，若是一个分心，从阴火龙兽身上摔下去，即便不被活活摔死，也得被摔成一个残废。

尽管他低着头，紧紧地搂着阴火龙兽的身子，手臂扣住阴火龙兽的鳞甲，可是他依旧有随时坠落下去的趋势，为此他不得不咬紧牙关。可关键时刻，他还是有些把持不住，身子不断地朝后方滑行，看着似乎用不了多久，就会从上边摔落下去。

"我说阴火龙兽，你就不能慢点？"实在有些把持不住了，叶天当即便是破口狂骂。可是阴火龙兽可不是听话的主儿，尽管叶天大骂不停，它的飞行速度依旧有加快的趋势。

“啊，啊啊!”叶天被阴火龙兽快若闪电的速度给吓得连声惊叫，直到天色黑了，阴火龙兽有些劳累而停歇下来的时候，叶天依旧没完全适应，从阴火龙兽身上跳下来，趴倒在一旁大口大口地吐着。

“没想到啊没想到。”判官倒是惊喜连连，“刚刚达到斗王级的阴火龙兽，竟有直逼斗皇强者的速度，不可谓不厉害。看来当初你冒死抢夺阴火龙兽，还是很值得的。那圣姑也肯定知道阴火龙兽的这一厉害优点，所以才会不惜一切代价地想从你的手上，抢夺阴火龙兽。”

叶天点了点头，以前也没看出阴火龙兽有什么突出的特点，今天总算是见识了一次。

“判官，天色不早了，今天就在这里休息吧。”丛林中的夜晚来得很快，一方面是因四周有大树遮挡阳光，另一方面也因为这里人迹罕至，没人气的地方总是显得萧条一些、凄凉一些，心理暗示夜晚到来得也快一点。

“嗯，就在这里休息吧。”判官点了点头，四处观望了一番。

这里和狮王森林外围一样，都是极其萧条，到处都是枯枝烂叶，腐败气息四处弥漫，寸草不生，除了因土地贫瘠而干瘪掉的树木外，其余的没任何生命迹象，甚至连树上都没虫子。

判官同意之后，叶天就快速地开始行动起来，先是将帐篷扎在了地上，又聚来了一些干柴，点燃之后，便从大还丹精神世界中找出了一些食物，烧烤着吃了起来。

看着被烤得外焦里嫩的烤鸡，判官也有些流口水了：“自从晋级五级炼丹师到现在，已经几千年的时间未吃过东西了，如今实力下跌，我竟也有享用美味的胃口了，真不知我那次的大劫难到底是福是祸。”

叶天有些惊讶道：“判官，你该不会说，达到了五级炼丹师之后，就不用吃饭也饿不死了吧？”

“当然!”判官道，“达到了那个实力，身体便可自动吸收天地灵气为己用，到时候就相当于每日食用灵丹妙药了，若是实力还可更进一步的话，甚至能达到长生不老的功效。”

“嘶!”叶天忍不住倒吸一口凉气，真是没想到，传说中的长生不老，竟是距离自己并不遥远，实在是有些不可思议。

第二十九章　嘴馋的判官

“若是能达到斗皇强者的级别，身体也可自动将天地灵气转为自己身体所需能量，若是能达到神通境，同样能长生不老！”判官语气平淡地讲道。

叶天越听越兴奋，最后是咬着牙齿对判官道：“判官，我一定要达到神通境，成为长生不老者。”

而判官却是淡淡笑笑：“你以为神通境是随随便便就能到达的吗？你现在距离斗王都尚有很长的一段距离要走……”

“可是，我现在已经是高级斗灵，相信用不了多长时间，就能突破到斗王级！”叶天说出自己的观点。

“噗！”判官的语气，有一抹嘲笑的韵味，“看来你还是不知斗王的厉害之处。若是前几次，你不是侥幸，加上有我和阴火龙兽以及各种灵器的辅助的话，你早就死在斗王手中数十次了。斗王的实力远比你想象的要厉害得多，不然你父亲和你爷爷，也不会停留在斗灵阶段数十年的时间。还有你二叔，处于斗灵阶段也有很长一段时间了吧，为何直到现在都没突破到斗王级？千灯镇的斗王高手是如何的稀少？我想这下你应该知道，斗灵突破到斗王，可比前面的升级，困难数十倍甚至数百倍。”

听判官这么说，叶天的确遭受了不小的打击，原本认为，自己有这么多宝贝的辅助，应该用不了多长时间就能晋级的，但是万万没想到，自己距离斗王还有这么长的一段路程要走，这实在是超出了自己的想象。

“那么斗王升级斗皇，更是需要更困难的历练喽？”叶天试探性地问道。

“当然，不然你以为为何神魂大陆总共就那么几个斗皇强者？”判官冷静地道。

叶天连连叹气：“哎，看来我的思想还是太幼稚。原本我认为经历过与几个斗王强者的生死搏斗，我的力量已经达到了某种程度，原来我距离斗王还有那么长的一段路程要走。这实在是有些超乎我的想象。”

判官笑笑：“其实，你也不必自卑。若是你再自卑的话，和你同龄的少年都要羞愧得自杀了。你现在的实力，在千灯镇少年中，那是绝对的第一啊。即便是千灯镇一些传奇人物的少年，都没你的少年光辉，你还有什么好发牢骚的？”

叶天想了想，判官说的倒也是。但是他怎么能满足自己在千灯镇第一呢？他要做的是整个神魂大陆第一，要做的是秦傲天、叶倩那样的传奇年轻高手，他要跻身四大传奇年轻高手的行列中。

虽然自从叶天杀死了秦傲天之后，他的名声便已经和四大传奇年轻高手齐名了，可是他知道，自己的真实实力和他们还是有不小的差距。

所以，他必须努力，他没有丝毫理由懈怠。

听了叶天的话，判官是连连点头赞成，这家伙是越来越有志向了。而且他觉得，叶天要达到秦傲天等人的实力，其实并不困难，因为他的年龄在这儿摆着呢。他和叶倩、秦傲天等人之间的年龄相差至少七八岁，在这七八年中，有自己以及各种法宝的辅助，他定然能突破到斗王级。

简单地聊了片刻之后，烤鸡已经熟透了，叶天在上边撒了一些作料之后，便用烈焰刀将烤鸡斩成了两半，一半给判官吃，一半自己填饱肚子。

这一幕看得判官是连连咂舌，满脸质疑的表情："要是秦家人知道，你拿着他秦家的宝贝当成菜刀来用，肯定能气疯了。"

叶天却是嘿嘿笑笑："没办法，这就叫随机应变，不要总是信守那一套老黄历。"

"好一套老黄历说法啊。"判官哈哈狂笑了一声，张开大嘴，便将半只烤鸡完全吞入口中，连一丝渣渣都不剩。

如今的判官已经有了一些实体，自然也能消化食物。倒是一旁的阴火龙兽有些不自在了，看判官一口将半只烤鸡吃下肚去，不服气地冲上来，要用强硬的手段夺走叶天手中的烤鸡。

最后实在执拗不过阴火龙兽，叶天只好撕扯下了一条鸡腿，丢给了阴火龙兽，而后很快地消灭掉了剩下的半只鸡。

而阴火龙兽这么强悍的动物岂肯就此罢休，一只鸡腿根本没法满足它的胃口，在叶天身上蹭来蹭去，不断地撒娇。

实在是没法了，叶天只能拿出了一颗元丹，喂给了阴火龙兽吃。那阴火龙兽这才善罢甘休，没有继续纠缠叶天。

在帐篷中好好地休息了一晚，叶天神清气爽，昨日又在判官的辅助下，用强劲的斗气，从至寒珠中粹取出了一门玄阶高级斗技左右互搏术。

这左右互搏术，就是判官所说的那种能让左手和右手同时发动攻击的斗技。经过黑影一晚上的传授以及叶天的意识在大还丹精神世界中的历练，基本上已经掌握了左右互搏术的大致要领，虽说施展起来威力并不是很大，但是若是真正精通熟练，将天龙金枪修炼成灵器的话，所发挥出的威力，定然是现在的数倍之多。

有了两件灵器的辅助，而且还是同时发动攻击，到时候威力可想而知了。叶天越想越兴奋，恨不能停下一天的脚步专门修炼这门斗技。

不过判官打消了叶天的这个念头，因为这基本上是不可能的，他们每天赶路的时间都不够，还是先赶路要紧，至于修炼，到了晚上就用意识修炼吧。

叶天也没有再争取修炼，现在他们还处在狮王森林的外围，随时都可能遭遇到神魂教或者秦家人的攻击，还是深入狮王森林再说吧。

可是，他还是低估了神魂教的实力。叶天行进了一天一夜，在枯枝烂叶中来回穿插之后，原本认为已经脱离了外界，应该不会有人来纠缠了的，可是谁曾想到，他刚刚停下，便听到一个熟悉的声音，从树顶传来。

听到这个声音，叶天的心差点没爆炸，眼珠子瞪得溜圆，满脸不可思议地仰头望着。

当他发现一身穿黑色长袍、身材伟岸的老者站立树顶，用一种仇视的目光看着自己的时候，他就知道，自己这次很有可能会殒命了。

因为这个人是秦家老祖，也就是那个修炼到斗皇级的老东西。虽说有阴火龙兽、判官以及两件灵器的辅助，可叶天也知道自己和斗皇强者之间的差距，就算他使尽浑身解数，也绝对不会是斗皇强者的对手。

“没想到，我们会在这个地方见面。”斗皇强者言语之间，加持浓浓斗气，声音震耳欲聋，不自觉地便释放出一股浓浓威压。感觉到那股威压，叶天的心都跟着狂跳起来，不自觉地生出一股畏惧之情。即便他努力地控制着自己的情绪，不让自己表现出害怕惶恐，不过脸上的肌肉还是忍不住地因害怕而抖动。

“你跟踪我!”叶天深呼吸一口气，稍稍恢复了一点理智后，便怒目圆睁地瞪着斗皇强者。虽说实力不如他，可在气场上，绝对不能如此简单地输给他。

“跟踪你？哈哈，你这个小子，也太喜欢往脸上贴金了。在我眼里，你就是一个小小的臭虫，杀死了秦傲天算什么？在我看来就是一个臭虫杀死了另外的臭虫而已。你还轮不到让我跟踪你。”斗皇强者一番狂笑后，便是嗖的一声从树上跳了下来，哦，不，应该是飘了下来，稳稳当当地，好像一片雪花。

叶天这才明白，并不是他跟踪自己，而是自己闯入了他的地盘来寻死了。

早知道这样，他就不来这儿了。

不过话说回来，这秦家老祖宗来这荒无人烟的地方干什么？该不会是和他一样，来秘密修炼什么武功的吧？他疑惑地观察着秦家老祖，想从他身上找出什么猫腻儿，不过看来看去，也没看出什么不正常的东西，最后只得放弃，想着逃走之策。

“不过，我远离人群，来到这里都能遇上你，也算咱们有缘分……”

秦家老祖说到这里，叶天就有些莫名激动起来：“他会看在我们有缘的份儿上，这次不杀我？”

“既然咱们有缘分，我就让你自己选择一种死亡方式吧。第一，被我活生生地打死，第二，你自己打死自己，第三，你反抗，然后我让你痛苦地死去。”

“……”

叶天无奈叹口气，原来是这样，刚才他还认为这秦家老祖要放过自己一条性命呢。

“哼，你就这么自信，能杀死我？”叶天一边和秦家老祖交谈着，拖延时间，一边暗中和判官商讨着对策：“判官，阴火龙兽能不能飞得过斗皇强者？”

之前他似乎听判官说过，斗王级的阴火龙兽，似乎能飞得过斗皇强者。

“应该差不多。”判官道，“我察觉秦家老祖浑身上下斗气波动得厉害，应该是正在修炼某种高级斗技，这个时候他的实力是最弱的，飞行速度肯定受影响，说不定你能捡一个大便宜，阴火龙兽能救得了你呢。”

听他这么说，叶天的心也开始跟着兴奋起来了：“好，咱们就尝试一下，反正不尝试一下的话，肯定会死，倒不如拼一下。”

说着，他深呼吸一口气，暗中将一颗元丹化解，将全部的斗气化为己用，而后冷哼一声：“你觉得，你一斗皇强者，对付一不足二十的孩童，还有脸吗？要是这件事传出去的话，你斗皇强者的脸还往哪搁？你秦家的老脸还往哪儿搁？你秦家老祖宗的脸都被你给丢尽了。”

“这件事不用你操心。”斗皇强者冷冷笑笑，“我平日最烦伶牙俐齿的小子了，今天无论如何，我都要把你小子的脑袋给拧下来。你死了，这个消息自然就没法传出去了。”

“天知地知你知我知，这件事早晚都会传出去的，我劝你还是放过我这次，等到我长大了，咱们再来一场公平的打斗，岂不痛快？”叶天也并不指望对方会答应这个条件，因为他现在正在积蓄力量。阴火龙兽跑了一整天了，能量消耗得巨大，还是先让它服用一颗元丹，恢复一下体力，待会儿和秦家老祖赛跑的时候，才更有可能赢得赛跑。

“哈哈，小子，虽说我不知道你还留有什么后手，而且也知道你这会儿是在给自己争取时间，不过我会给你充足的时间准备的。哈哈，我倒是要看看，一个凭法宝侥幸能活到现在的斗灵修炼者，靠什么和我斗皇高手抗衡。”

诚然，要论实力，即便给叶天十天半个月的时间，他都根本不可能和斗皇强者抗衡。可虽说他没实力和对方抗衡，但逃跑的实力还是有的，既然没法打得过，跑总能跑得过吧。

“判官，现在可以逃跑了吗？”叶天看秦家老祖似乎有些不耐烦，随时都准备动手，便小声地问道。

“虽然阴火龙兽有些不情愿。”判官看了一眼伸展四肢、慵懒地趴在地上、一脸抗议表情的阴火龙兽，无奈地笑笑，“但为了保住小命，即便拼了我的小命，也会让阴火龙兽施展最快速度的。”

“那就麻烦你了。”叶天客气了一句，而后目光紧紧地盯着秦家老祖，冷笑一声，“秦家老祖，既然你这么重情重义，让我选择自己的死法，那我也要礼尚往来不是。我也给你一个选择死亡的方式，第一，被我活活气死，第二，跟我赛跑，被活活累死。”

秦家老祖差点没吐血，这小子太张狂了一点，竟要让自己选择死亡方式，而且一个是被他气死，另一个则是被累死。他都怀疑叶天是被自己给吓得神志不清了。

“小子，你挑战了我的忍耐极限，别怪我对你不客气了。”秦家老祖说着，露出一股狰狞微笑，而后开始运转手势，准备发动攻击。

“逃!”看秦家老祖发动攻击，还不想死的叶天快速和判官打了声招呼，嗖的一声，阴火龙兽便出现在叶天的身下!

“哼，阴火龙兽幼崽!”看到阴火龙兽，秦家老祖非但没有吃惊，反倒是冷哼一声，以示不屑，“我还以为你有什么杀手锏呢，不过是一头畜生而已。怎么，你想凭这一个畜生跑得过我？那我就让你死得明白一点，哈哈，哈哈!”秦家老祖说着，便是收回了攻击，而后身体悬浮起来，准备追击叶天。

秦家老祖的不屑，让叶天的自信心下降了不少。这秦家老祖如此蔑视阴火龙兽，难不成他的速度真的能比得过阴火龙兽？不过事情都已经到了这份儿上，他也没心思继续想下去了，还是赶紧逃亡的好。

他当下便催动斗气，命令阴火龙兽全速前进。而自己则是趴在阴火龙兽身上，双手死死地抓着阴火龙兽的鳞片，这样才能勉强保持身子不从阴火龙兽身上摔落下去。

在阴火龙兽跑得最快的时候，风声好像炸弹一般在耳畔炸响，而强劲的风也好像匕首一般割过他的脸庞，十分的疼，脸上甚至都被割出了一道道的血口。

他不敢睁开眼，即便如此，眼睛依旧十分的疼痛，他只能用斗气来探测秦家老祖和自己的距离。

秦家老祖的速度竟能和刚刚吞噬了一颗元丹的阴火龙兽的速度相提并论，竟达到了一种平衡状态。

“好小子，怪不得敢在我面前张狂，原来是蓝血阴火龙兽的幼崽。不过，我倒是要看看，这阴火龙兽能支撑多长时间，哈哈。”

秦家老祖一边说着，一边朝叶天追赶而来。

看秦家老祖这副紧追不舍的架势，叶天是苦笑连连：“判官，你说至于吗，秦家老祖和我真的有深仇大恨，不就是一副棺椁吗?”

“这可不仅仅是一个棺椁的问题。”判官道，“你想想，秦家老祖前往古墓府邸，为的是什么，还不就是为了这副棺椁？所以在古墓府邸中什么东西都没碰，直接寻找那处密室。谁知，马上就要到手的东西，就这样被你给抢走了，也就是说，那秦家来古墓府邸，是连个屁都没得到，是白忙活了一遭。搁谁身上，谁不生气？更别说是这个自大狂妄的臭脾气秦家老祖了。”

判官的分析的确有道理，叶天都觉得自己有点过分，同情秦家老祖了。

“小子，你给我去死。”秦家老祖追得终于是有些没耐心了，准备速战速决，一边穷追不舍，一边施展攻击。

他的巨掌朝着叶天的方向，硬生生地劈砍了下来，结果直接将空气给劈砍出了一道裂缝，出现了一道真空，强劲爆裂的空间乱流从中逸散而出，硬生生地将撞见的一切都给搅成了齑粉，化为乌有。

看到这一幕，叶天的瞳孔快速放大，命令阴火龙兽转变方向。

幸运的是，在空间乱流即将吞噬他们的瞬间，阴火龙兽快速地扭转了个方向，结果空间乱流只是将叶天长衣后襟给撕裂了，并未对他本人造成任何伤害。

尽管如此，叶天依旧是被吓得有气无力，心跳不已。若是刚才被空间乱流给击中的话，别说保住小命了，能留个全尸已经是非常不错了。

秦家老祖在飞行过程中，酝酿了一次攻击，结果他和叶天之间的距离被拉开了一截。之后，两者的速度再次达成一个平衡。

“小子，受死吧。”这次秦家老祖是双掌俱出，两掌轰在了阴火龙兽的两边，结果是直接将阴火龙兽两边的空间给撕裂了两道裂口。

这样一来，两边的空间乱流，便朝着中间的方向，朝着叶天席卷而去，无论往左还是往右，叶天都逃不过被空间乱流给撕成碎片的下场。

叶天眼看两边全都被空间乱流所充斥，他们的活动空间实在有限，没办法，叶天只能命令阴火龙兽下降。

阴火龙兽的反应能力丝毫不弱于人类，威武狂妄的大脑袋，朝着地下猛然扎了一下，结果整个身子好像从天而降的冰雹一般，眨眼间的工夫，便坠落了下去。

而两道空间乱流碰撞在一块，竟产生了一股股狂妄的爆炸，震耳欲聋的声音震荡天地，瞬间将四周无尽的树木卷入其中，没多久，方圆百米的树木竟尽数化为齑粉，跌落在地，化为泥土。

叶天扭头看着光秃秃的地表，瞬间就吓傻了，前段时间自己还想着将空间乱流当成攻击来使用，没想到秦家老祖也有这个想法，而且看起来这个攻击的威力倒是挺强大。

接连躲过秦家老祖的两次攻击，阴火龙兽的能量消耗巨大，叶天将一颗元丹塞入了阴火龙兽嘴中之后，阴火龙兽的速度，果然再次快了起来。

而秦家老祖就没叶天这么幸运了。这老家伙刚刚闭关出来，认为自己的强横实力已经是打破天下无敌手了，所以根本就不需要别的东西来辅助自己，所以身上没有任何补充能量的东西。

可是如今在和阴火龙兽的飞行比赛中，他的身体因耗费了斗气，所以速度有一丁点的减弱，而正是这一点点的减弱，才导致他没有了能力追上去。

失去了目标的秦家老祖气得是眉头黑线上浮、双目发紫，一道凶狠的目光激荡而出，恨不能将这个林子夷为平地，找到叶天的下落。

“又让这小子给逃了。”秦家老祖降落在光秃秃的地皮上，满腔怒火无处发泄，刚才自己发动的攻击，将附近的树木完全搅成了齑粉，大量的齑粉四处乱飞，扰乱了他的视线，这才导致他没能追上叶天。

可是他不甘心就这样被叶天逃走，片刻之后，拳头紧握，而后猛然朝着地面，凶狠地砸去。

轰隆！一朵蘑菇云瞬间以秦家老祖为中心迅猛地狂飞而去。方圆两公里范围内的地面都跟着颤动了起来，发出轰隆隆的声音，好像一场小型地震，而土地之上的大树则因这场颤抖而开始东倒西歪。一时间，树木断折的声音不断地在秦家老祖耳畔徘徊。

待得方圆两公里的树木完全倒塌了之后，秦家老祖才终于放眼四周。

阴火龙兽的身影，在两公里外的树木上一闪之后，便嗖的一声消失不见了。

“小子，即便追到天涯海角，也一定要追到你。”秦家老祖咒骂一句，便疯狂地追上去。

而叶天在看到方圆两公里范围内的树木，因秦家老祖一拳的威力，而瞬间倒塌的时候，整个人都僵住了，嘴巴大大地张开，眼神中满是惊恐震撼，这实力足以逆天啊！

同时他心里对强大力量的渴望又上升了一个台阶。只有实力，只有拥有强劲的实力，才能赢得人的尊重，才能不被人欺负。

继续朝前飞了好长时间，秦家老祖彻底没影了，叶天才终于停下来。一路上他喂阴火龙兽足足六颗元丹，才让它的速度没有减缓，始终保持着最快的速度前行。

为了不被秦家老祖追踪到他们的位置，叶天在半路上转了好几道弯弯，偏离了直行的轨道。

让叶天感到奇怪的是，越深入狮王森林，树木越来越浓密，甚至还有不少的树木开始生根发芽，并且有一些树木长着绿色的叶子。

叶天心中一喜，道：“判官，这是不是说，我们在狮王森林的里边，将会遇到生命？比如野兽或者土著居民什么的？”

判官犹豫不决道：“我也不知道。不过看狮王森林的外围和里边是截然不同的场面，我猜测这狮王森林十有八九会有什么猫腻儿。”

叶天点点头：“我也是这么觉得的。”

“但愿秦家老祖不要跟来。”叶天心有余悸地回头看了一眼，确保没有发现任何动静，这才坐了下来，大口大口地喘着粗气。这一路自己被累得不轻，虽说有阴火龙兽驮着自己，可是他的身子也需要和风的阻力作斗争，这样一路下来，他的身子都快酥软碎裂了。

再看阴火龙兽，这一路上是使了吃奶的劲，才终于将叶天给驮到了这个地方来。虽说有元丹不断给它补充能量，可是身体的劳累却是无法弥补的。

这会儿它累得身体好像一滩烂泥般躺在地上，一动不动。

倒是判官，一路上都在大还丹精神世界中提防着秦家老祖的攻击，并没有消耗太大的能量。他发散自己的斗气，查探了方圆两公里的范围，并未发现任何的生命迹象，这才放心下来，道："叶天，天色不早了，你和阴火龙兽摒弃身上的能量波动休息吧，我帮你们看更。一旦秦家老祖出现在方圆两公里范围内，我就会喊醒你们。"

叶天点点头，身体的劳累已经让他没力气回答了，说着便躺在地上，一动不动，准备睡去。

可是，他刚刚躺下，耳畔便传来判官惊诧的声音："不好！"

听判官这么说，叶天再怎么疲惫，也只能硬撑着身子站了起来，用疲惫不堪的语调问道："判官，怎么了？"

"我好像感受到强劲的能量波动。"判官毫不犹豫地道，"就在刚才，猛然出现在我的神识感应中。"

"啊，该不会是秦家老祖追来了吧。"听判官这么一说，叶天也不敢再有任何的犹豫了，立刻提起精神，满目质疑地看着判官。

"有这种可能。"判官又仔细地侦探了一会儿，眉头忽然一皱，"可是又有些不像。"

"什么意思？"看判官这副若有所思的表情，叶天顿时就愣了一下，"难不成，这儿还有别的人？"

"不对。"判官连连摇头，"那股能量，恐怖得很，几乎可以说媲美数千个斗皇强者，似乎不是人间的力量。"

"嘶！"一听判官说数千个斗皇强者，叶天当场就愣住了，用不可思议的语气道，"判官，玩笑开大了啊，这怎么可能？数千个斗皇强者，那不是比神通境还要强大吗？"

"嗯。"判官一边聚精会神地感受着那股力量，一边漫不经心地回答叶天，"叶天，有没有胆量随我去前方看看？那股能量巨大到不能在这个世界存在，所以天罚不断。你将耳朵贴在地面上，就能听到一阵阵的咚咚咚的声音，其实那是天罚的声音。"

叶天将耳朵贴在地面上，果然能听到一阵咚咚咚的声音。

"判官！"叶天因惊讶而连连咽了好几口吐沫，满脸都是不可思议，"这是逆天的存在？你能猜出那究竟是什么吗？"

判官摇了摇头："暂时还不清楚，或许是另外的一个世界！"

"另外的一个世界？"叶天脑海中完全没这个概念，所以判官这么说的时候，他当场愕然，不明所以。

"是啊！"判官道，"不过我三言两语也没法和你解释清楚，这个概念很模糊，即便是我，也只是偶尔听人说起过。说是某些法力通天的人，可凭自己强大的能力，在这个世界独立开辟出一个和这个世界平衡的另一个世界来。至于我们是不是遇到了这个世界，暂时还没法确定。”

叶天若有所思地点点头，眼神中却充满了期待，实力强大到能独立开辟出一个完整的世界来，那得多厉害啊。

恐怕数十个神通境强者都没法与之相提并论吧。

原本判官是准备带着叶天当即前进追寻这股能量的，但是那阴火龙兽实在是劳累过度，怎么着都不肯起来，只是躺在地上翻白眼吐白沫。叶天担心继续这样狂跑下去，它真的可能会跑散架了，只能照顾一下阴火龙兽，原地休息一晚上了。

幸运的是，秦家老祖也不知是能量消耗过大还是怎么着，并未找寻到他们。这让叶天和阴火龙兽好好地歇息了一整个晚上。

次日一大早，判官便唤醒了叶天和阴火龙兽，简单地吃了一顿早餐后，便继续朝着前方行走。

判官道，他感觉到那股能量波动得越来越厉害，似乎是正在逐渐地靠近他们，又好像是那股能量在逐渐加强加大。

既然自己都能感觉到那股强大的能量波动，秦家老祖也定然能感觉到，他也肯定是追寻着能量，搜寻能量源泉去了。

所以，他们必须得赶在秦家老祖前面赶到力量源泉才行，否则被秦家老祖掌握了那股能量的话，就算他们长了翅膀，也飞不出秦家老祖的手掌心了。

又经过几日没黑没白的快速行军，叶天发觉他们逐渐地靠近狮王森林的中心地带。随着他们的深入，原本贫瘠不堪的狮王森林的土地，也变得越来越富有营养，其上生长的树木也是越来越茂盛，枝繁叶茂，和正常的树林没什么区别。

有了茂盛的植物，自然也就有了其余的一些兽类。这几日，叶天和阴火龙兽可算是好好地补充了一下能量。捉到了不少的兽类，有了力气，以及充足的能量，他们的速度简直可以用风驰电掣来形容。

经过整整十日的行军，判官才发觉，那股强劲的能量似乎近在咫尺，只需要大概一天的路途，应该就能到达。

想到这里，判官心里就是一阵兴奋。活到他这岁数的，什么事没见过，所以对这个世界早就没什么兴趣了，蓦然间，让他得知还有另外一个世界，一个他从未接触过的世界，他的心中怎能不兴奋？

明日到达了目的地之后，可能会有一场大战，所以判官并未催促他们，让他们在原地休整了三日的时间，将自己的身体调整到了最佳状态，服用了大量的元丹以及食物之后，这才继续朝着前方赶路。

当判官感觉，那股能量越来越强大，甚至开始对他们产生作用，阻碍他们前进的时候，他就知道，终于找寻到了那处强大力量的源泉。

判官举目远望，眉头忽然一皱，他似乎发现了什么异常。

在前方不远处，似乎有一层薄薄的透明光罩，呈现一个大锅的形状，倒扣在地上。

在看到这形状的大锅的时候，判官整个人都被镇住了。以前古人说，天圆地方，形容他们所在的世界，好像是一口大锅倒扣在地上。而如今他看到的这个光罩，很形象地就像是一个巨型的大锅倒扣在地上，他心中关于另一个世界的猜想，越来越真切。他恨不能立刻跳上去，查探形势。

“叶天，果然……果然!”因为激动，判官的手颤抖得厉害，“没想到，还真的有这样的强者。还真的有这样的强者。”

叶天同样被震到了，能让见多识广的判官激动成这副模样，可见那东西是如何的奇妙，让人震撼。

“判官，走，我们到前边看看吧。”见判官因激动，而忘记了前行，叶天主动提醒了一句。

“对，对。”判官连声应着，“等等，等等，一定要小心，一定要小心，千万不要被另一个世界的人发现了，不能继续坐阴火龙兽了，那样会被发现。”

说完，判官也缩进了大还丹精神世界中，免得自己的能量波动被有可能存在的敌人发现。

而叶天同样是小心翼翼，收敛了全身的能量波动，脚步轻缓，朝前走。

一想到自己的世界观即将被改变，他的心脏就怦怦跳得厉害，同时心中也充满了一股期待，接下来又会有怎样的奇遇呢？而自己的实力，又将会因这个奇遇，而提升多少呢？

徒步行进了一段距离之后，叶天终于可以透过郁郁葱葱的丛林，看清前方那个奇怪东西了。那是半透明的物质组成的一个世界，至于里边究竟有什么东西，叶天没法看见。

在这样的极度震撼中，他终于靠近了那个散发出强劲能量的半透明物质。

站在这个巨型的大锅下边，叶天好长时间都没回过神来。

这个巨大的大锅外表是一层半透明的气雾，上面不断旋转漂浮着浓浓的雾气，不知到底是什么东西，不过叶天肯定那不是斗气，也不是真气。

而在他们脚下，则是一具具骸骨，一具挨着一具，一股股腐臭的味道，不断地释放而出，他们每一脚都要踩碎一两具的骸骨。

每具骸骨的丹田之处，都放置着一颗半透明状的圆珠，叶天捡起一颗仔细观察，发现那竟是元丹。

也就是说，这么多的斗王级，甚至比斗王还要高的高手，都在这层浓雾的外围殒命。这个念头让叶天全身发寒发冷，这里究竟是什么地方，怎么会有这么多的骸骨？他们都是怎么死的，是不是被“另一个世界”里的居民杀死的，还是被这层光罩给弄死的？

看他们的姿势，都是脑袋朝着光罩死去，视线可及之处，全都是这样的骸骨。他基本上已经可以肯定，这些人的死亡和光罩脱不了关系。

“判官，先把这些元丹收起来吧。”看着这足有上万颗的元丹，叶天心生贪婪，看到这么多的元丹，估计没几个人不心动。而且叶天这么做还有另外的一层考虑要是秦家老祖收走这么多的元丹，那么他的能量就能得到及时补充，到时候自己唯一的速度优势在他面前就不复存在了。

因为有了元丹的辅助，叶天的速度也不会因能量不足而减弱了。

“嗯。”判官同样考虑到了这一点，所以叶天一开口，判官便狠狠砸了两颗元丹下去，这样才有足够的能量，将这数万颗斗王高手的元丹尽数收入囊中。

大还丹精神世界中的空间很大，但是一万颗元丹占据的空间同样不小。幸亏判官前段时间，用强大的法力，将大还丹精神世界的空间拓展了一下，也就是在那次的扩展中，发现了至寒珠之中的左右互搏术。

看着成千上万的元丹聚集在一块，好像冰雹一般哗啦啦朝着大还丹精神世界中聚集，叶天的心里是说不出的兴奋，这下就算自己隐居，也能吃香的喝辣的过几十辈子了。

不过叶天的志向并不在此，所以那个想法也只是一闪而逝而已。

“判官，我们接下来该怎么办？”判官和叶天围绕着那个光罩，绕了足足五六个时辰，才终于走完了那处光罩。可是他们并未发现任何一个门，也没发现任何一个可以进入的通道。

判官同样被这个问题所困惑住，有些头疼地拍了拍脑袋。

“不知这层光罩会不会对人产生伤害，你将一个骷髅丢到上边，看看会发生什么。”判官道。

叶天点了点头，而后从地上捡起了一个白森森的骷髅，丢到了光罩上边。

噌。

光罩发出了一个摩擦声，之后骷髅成功地进入光罩之内，并没有任何异样产生，好像骷髅被丢入了平静的湖水里边一般。

“这不对劲啊。”判官有些疑惑地道，“这光罩怎么可能会没有任何防御能力呢？对了，肯定是骷髅毫无生命力，所以才不会有事儿，你丢一个有生命的东西进去试试。”

叶天点点头，而后道：“阴火龙兽，你出来往里边钻一下，看看会不会有危险。”

阴火龙兽是神兽，通人性，所以听懂了叶天的话，当下便横冲直撞起来，一脸的愤怒之情，若是能开口骂人的话，怕是阴火龙兽早就已经骂起来了。

叶天看阴火龙兽反应如此巨大，只能苦涩笑笑：“行了行了，跟你开个玩笑而已，至于这样嘛。”

说着，他从大还丹精神世界中找出了一个昨日猎到的活物赤焰兔，毫不犹豫地丢到了光罩之上。

嗡！一声极其刺耳的声音，瞬间在叶天耳畔响起。那声音太刺耳，叶天不自觉地捂住耳朵。接着他就看到赤焰兔的身体，瞬间被扒掉了一身的皮毛，身上的肉也全都从骨头上剥离了下来，而后光罩好像食肉动物一般，将肉全都吃掉，而骨头却被吐了出来。

这一切，都是发生在眨眼瞬间。看到这幅场景，叶天当场就吓傻了，这玩意儿简直就是一个绞肉机啊，吃人就跟吃家常便饭一样的简单。

“哈哈，哈哈！”就在叶天看着这玩意儿犯傻的时候，却是忽听身后传来秦家老祖狂妄的笑声。他的心是一阵狂颤，千防万防还是没防住，这变态的老杂毛最后还是追上来了。

他苦涩地笑笑，而后转身，看着犹如神一般悬浮在半空的秦家老祖，冷冷笑笑：“手下败将，你怎么又追来了，丢不丢人啊。”

“手下败将？”秦家老祖咬牙切齿地瞪着叶天，“你说谁手下败将？”

“你啊，除了你这里还有别人吗？”叶天的语气满是嘲讽。

“你这是找死。”秦家老祖冷哼一声，“别以为你有阴火龙兽的辅助，我就会怕了你。”秦家老祖冷哼一声，身形骤然消失，就好像凭空蒸发了一般。

看到这诡异的情形，叶天顿时吓得倒吸一口凉气，这家伙难不成练就了隐形的功夫不成？

“哈哈，小子，这次你插翅难飞了。”在叶天尚未反应过来的时候，秦家老祖的狂笑声，猛然从身后传来。听到这阵狂笑声，叶天当时就愣住了，满目不可思议地转身看着身后。秦家老祖的身子就那般张狂地站在后方，虎视眈眈地盯着叶天，眼神中满是讥讽的表情。

“这怎么可能？”叶天当即便被这诡异的一幕给镇住了，连连倒吸好几口凉气，满目不可思议地盯着后方。任凭他想破脑袋，也决计想不到秦家老祖究竟如何做到这一点的。

“瞬移，竟然是瞬移！”而判官却是惊呼一声，“这家伙竟修炼到了瞬移的地步。”

“瞬移是什么？”叶天莫名其妙地问道，他从来都没听说过这个名词。

“这是对速度之快的一种描述。”虽然判官极力压制着自己的惊讶态度，不过声音依旧颤抖得厉害道，“这一招，可以说是人类飞行的极致。他们从一个地方到另一个地方，甚至都不需要浪费时间，相当于只是空间上的一种转移。”

叶天没听明白，反倒越来越糊涂，什么时间空间的，他都不懂。反正他知道，秦家老祖有了这样的速度，自己真的是插翅难飞了。

“我说判官，我们还有退路吗？”叶天怎么甘心在这里被秦家老祖给灭掉？自己还有大好的前路要走，不能就这般陨落。

“有！”判官思索良久之后，终于是咬牙切齿地道，“进入光罩之中。”

叶天苦涩笑笑：“这和死在秦家老祖手上有什么区别？进入光罩之中，还不如死在秦家老祖的手上呢。”

“不！”判官郑重其事地道，“刚才我分明感受到，从光罩之中逸散出来的丝丝真气。或许你这个修炼真气的人，能侥幸进入其中，而不被搅成几份呢？”

“你还有什么遗言吗？若是没有的话，那就受死吧。”秦家老祖悬浮在半空，一脸傲然地盯着叶天，冷笑一声，“我还是给你三个选择，你是喜欢哪种方式死去呢？尽管选择！”

“要不……”叶天最后叹了口气，“我能不能进入光罩里边，被光罩撕裂成齑粉？”

“不能。”秦家老祖冲叶天嘿嘿笑笑，“你要是被搅成齑粉的话，那么多元丹，还有那么多灵器岂不是同样被你带走？你不觉得那样太浪费了吗？”

叶天想明白了，反正无论自己如何地努力争取，在秦家老祖面前只有死路一条，倒不如闯一闯，说不定真的能进入其中呢！

“哼，我想进入里边，你能拦得下吗？”叶天冷冷笑笑，而后释放出真气，低着脑袋，便朝着光罩里边，狠狠地撞了去。

“小子，把灵丹交出来！”秦家老祖看叶天要冲入光罩中自杀，愤怒地咒骂了一句，而后瞬移施展而出，他的身子是眨眼间的工夫，便出现在了叶天面前。

看秦家老祖用他的身子挡住自己，早就有准备的叶天，冷哼一声，将烈焰刀狠狠地朝着秦家老祖劈砍而去。

他就不相信了，秦家老祖的身子距离光罩那么近，还能后退。若是后退的话，他肯定能被光罩撕成碎片。

第三十章　光罩的防御能力

秦家老祖似乎也知光罩的威力，面对烈焰刀的攻击，他也不敢有任何的反抗，因为一旦他施展斗技反抗，自己的身体势必会被撞得后退。虽然他的斗技同样能杀死叶天，可是他的身体同样会和光罩接触，那样一来，即便自己有逆天的能量，在能量更强大的光罩面前，也肯定会被搅成齑粉。

在秦家老祖的身子偏移一个角度之后，叶天毫不犹豫地伸长脖子，朝着光罩狠狠地撞击而去，心想即便被光罩给撕了个骨肉分离，也好过在这里被秦家老祖当成活靶子。

他清楚地感觉到，在脑袋接触光罩的瞬间，钻心疼痛感瞬间弥漫全身，接着脑袋被一阵白光充斥，意识在快速地消减，他没有任何的感觉。一秒钟之后，意识彻底消失，他昏迷了去。

不知过了多长时间，当叶天终于有意识的时候，只能感觉浑身痛苦不堪，针扎一般的疼痛。他将眼睛努力地睁开一条缝，看看自己现在身在何处。

当他发现这个地方根本不是狮王森林的时候，神识瞬间恢复了大半，也不知为何，身上的痛感也立刻减轻一大半。他咬着牙，从地上缓缓地爬起来，看着自己的身体。

胳膊在，大腿在，身体很健全，没有任何受伤的迹象。

“我没有骨肉剥离？”叶天眼神中满是疑惑和惊喜。他脑海中还在想象着兔子瞬间被扒皮的场景。一想起自己差点也和兔子一样被抽皮扒筋，他的心就是一阵狂跳，心肝都差点跳出来。

“你没事儿吧。”判官的声音，在耳畔响起。叶天心中一喜，有判官在，说明自己并没有死去、身处地狱。

“没事儿，判官！”叶天语气激动地道，“我们成功了，我们成功进入光罩里边了。”

“是啊！”判官点了点头，“我们成功进入光罩里边，并没有被粉身碎骨。”

“这是哪儿？”忽然，一丝意识在叶天脑海中响起。他心中一喜，忙看着大还丹精神世界中的阴火龙兽：“阴火龙兽，你能讲话了？太棒了，太棒了。”

“这是哪儿？”阴火龙兽依旧是这般疑惑的声音，不过这并不是它说的话，而是阴火龙兽的神识，给叶天传递的信息。

尽管如此，叶天依旧欣喜若狂，以后就可以直接通过神识，和它用语言交流了。

“暂时还不清楚。”叶天同样用灵识回应。

话毕，叶天目光四处扫荡，观察光罩之内场景。

他蓦然发现，其内空间竟比外面看着还要大上数倍，面积甚至堪比千灯镇。建筑顶端是半圆形的，其上星光点点，皓月当空，看似深邃，和外界天空简直如同一个模子印出来的一般。

最为不可思议的，便是光罩之内，竟是各式各样的建筑，高大恢弘，亭台楼阁样式新颖，顶端雕刻有飞禽走兽，煞是好看。琉璃砖瓦和顶端星光相映成趣，亮光闪闪。

“好一处神仙之地!”叶天被这幅精美画面给镇住，双目圆睁，不可思议地盯着看。

即便见多识广的判官，在看此美景之时，依旧是目瞪口呆：“这便是传说中的和现实世界平衡的另一个世界!”

“另一个世界!”叶天同样感慨一句，“这里的建筑风格以及天空土地，和原来的世界的确截然不同，看来是另一个世界没错了。”

他舒展了一下腰身，让自己的身体更舒适一些，目光远瞭，对判官道：“判官，不如进入其中一探究竟？这么长时间都未见有人，我想这应当是一座无人之城。”

判官同意叶天的这个想法，两人一拍即合，当即便朝着无人之城走去。

而阴火龙兽喃喃自语一句：“没啥危险，我先睡了。找到啥宝贝或者吃饭的时候，别忘了喊我。”说着，慵懒的身子便是躺在地上，倒头大睡。

叶天回头看看光罩，并未发现其有任何动静，看来秦家老祖不敢冒险闯入，他的心也松弛了一大截。只要秦家老祖不闯进来，自己的性命应该不会有危险，只是现在他有些担心，自己究竟该如何才能闯出去。

总不能一辈子被困在此地吧。

此刻他们位于建筑群的外围，外围的地面都是稀松的沙土，踩上去倒是松软得很。而建筑群的底盘，则是坚固光滑的琉璃，上边干净得很，连一丝灰尘都没有，甚至干净得能照出人的影像来。

“判官，这是不是金子做的?”叶天蹲下身子，仔细敲打一番，听到清脆悦耳的声音，当下便好奇地问道。

“估计金子都没这琉璃值钱。”判官心不在焉地回答了一句。此刻他在观察着这儿的建筑。亭台楼阁美轮美奂，若是有人的话，肯定是一热闹非凡的集市。

还有一些住宿区，房间里边的布置格局以及生活设施一应俱全，就好像主人刚出门一般，任谁都想不到，这是一处无人城。

“这究竟是怎么回事儿？这个地方荒芜了到底多久，到底有没有人居住?”叶天越看越稀奇，忍不住强烈好奇心地问道。

“这儿没有任何能量波动，应该是没有人了吧！”判官仔细感应良久，都未曾感应到任何的能量波动，叹了口气。

“判官，我想我们还是先寻找一处稳妥之地，将天龙金枪锻造成灵器吧。”叶天心中牵挂天龙金枪，提醒早就因惊讶而失神的判官。

“好，好！”判官这才想起他们前来此地的原因，连连点头称是，并且和叶天开始寻找隐蔽之地。

让两人感到惊喜的是，他们竟发现了一处专门锻造武器的地方，无论是火种还是丹炉、材料、武器，都是样样俱全。

判官连声道：“原本我还担心寻找不到这些用具呢，没想到它们竟主动送上门来了。好，我们就在此地锻造灵器。”

叶天和判官进入武器库中，发现其中摆放着不少的武器，其中大部分都还能用，金光闪闪，只有很少部分被损坏了。判官仔细检查一番，说这些都是一些普通武器，没什么收藏价值。

叶天有些失望，原本认为出现在这个神奇世界的武器应该都是武器中的奇葩才对，没想到是自己自作多情，白高兴一场。

在判官的指引下，叶天将所需材料以及天龙金枪拿了出来。

所需材料，自然是魔奴棺椁上的蓝宝石，以及数量不少的元丹。判官虽说知道天龙金枪的品性是可锻造成灵器的，但是不知会锻造成何种等级的灵器，不过锻造成中级灵器的可能性很小，所以判官准备用锻造低级灵器的方式，来锻造天龙金枪。

“锻造低级灵器，对火候、原材料以及时机都有很苛刻的要求。我看你悟性极高，反应机敏，再加上我丰富的锻造经验，相信应该能成功。”

叶天点头，道：“不如现在开始吧。”

判官再次确认了一遍原材料，这才放下心来：“好，现在我命令你，用斗技催动真火，点燃元丹。”

叶天照做，很快，被叶天堆积在一块的元丹轰轰地燃烧起来了。要知道这元丹之内皆是斗气，万一真的燃烧起来，那大火的燃烧剧烈程度，可想而知。

所以这掌控火候，需要极其厉害的功夫，对斗气的控制要求极其苛刻，而且消耗量极大。不过好在叶天身上的元丹数量数不胜数，这一点倒是毋庸担心。

在判官的指引下，叶天通过强大的意识控制斗气，从而控制火焰的大小，经过简单的指导，叶天对火焰的控制倒是达到了得心应手的程度，判官连声夸赞叶天的感悟力之强。

接下来才是正式的锻造，将元丹放入了炼丹炉中，继而一团斗气，将元丹尽数点燃，元丹轰轰烈烈地燃烧起来，火苗犹如狂龙一般四处乱窜。叶天知道这是炉火过旺，便有意减少斗气的输入，尽管这样让他非常的痛苦，但为了达成自己的目的，他最后还是决定拼了。

“将天龙金枪放入其中。”判官看叶天将火候控制得收放自如，这才对叶天道。叶天知道炼制灵器可是一种对各种条件要求极其苛刻的事儿，当下便快速按照判官所说，将天龙金枪放入其中，不敢有丝毫迟疑。

熊熊燃烧的烈火快速地将其包围起来。火焰过于浓厚，竟没法透过火焰看到天龙金枪。

叶天顿时就有些慌张起来，真担心天龙金枪会经受不住如此烈火的烘烤，毕竟这些烈火的燃料可都是元丹释放而出的。

那般强劲的斗气燃烧起来的火焰威力十足，若是肉身不小心触碰到，皮肉都会翻卷起来。即便是站在如此远的距离，他依旧感觉一股强烈的烘烤感，好像皮肤的水分都被蒸发掉了一般。

看叶天大汗淋漓的模样，判官却是爽快笑了起来：“叶天，这元丹之火强猛无比，可轻易熔炼玄铁，更别说是人肉了。这天龙金枪，乃是万年玄铁，若是不砸上百颗元丹，火焰根本就没法将天龙金枪融化，更别说将之炼制成灵器了。”

听判官说需消耗上百颗元丹，叶天有些小小的肉疼。毕竟这可是相当于整个叶家的家产啊。但是转念一想，现在自己身上可有数万颗元丹，还在乎这一百颗？这么一想，他的心里倒是舒爽了许多。

叶天的身体一次次地进入疲惫状态，斗气一次次的匮乏，不过有元丹为他补充斗气，倒是并未倒下。

“叶天，再坚持两柱香时间，天龙金枪就差不多能融化了。”判官对叶天道。

叶天听了连连点头，咬着牙，将元丹转化为斗气，尽数灌入炼丹炉中，尽管身体一次次地达到极限状态，可是在判官“两炷香”的鼓励下，还是坚持了下来。

等到最后，足足三炷香的工夫过去了，炼丹炉内竟没有丝毫的异样。这让叶天有些失望，忙和判官沟通：“判官，我看炼丹炉内没什么异样啊，会不会是我们的火焰太小了？”

判官看了看炼丹炉，见确实没什么异常，倒也并未废话，而是小心翼翼地将脑袋探进去。他属于灵魂状态，所以元丹之火不会对他造成任何的伤害。

“嗯？”在判官将脑袋探下去之后，发出疑惑之声，“天龙金枪怎么只有小部分熔炼了？其余的部分怎么都没熔炼？这是怎么回事儿？不应该啊！”判官自言自语地从中收回神识，看着叶天，满脸疑惑。

“判官，这到底什么情况？”看判官表情不佳，叶天就知道情况不容乐观。

“我还从来都没碰到过这种状况，按理说天龙金枪应该早就已经熔炼了才对，可是直到现在，天龙金枪都没熔炼……难不成……”

说到这里的时候，判官倒吸一口凉气，用稍微惊喜又有些惶恐的目光，看着叶天！

“怎么了？”看判官欲言又止，叶天好奇地问道。

“难不成，天龙金枪不是低级灵器，而是中级灵器？”判官试探性地问道，“所以你的斗气短时间内根本没法熔炼天龙金枪？”

“中级灵器？”听到这个名词，叶天也是忍不住倒吸一口凉气，用激动不已的目光看着判官，“你说的是，和烈焰刀处于同一层次的中级灵器？”

判官点点头：“甚至比烈焰刀还要高一个层次，虽然同是中级灵器，可是也有优劣之分。”

“太棒了，太棒了。”叶天疲惫的身子也因这个惊喜而稍稍恢复了一些力气，“若是我能拥有两件中级灵器的话，估计没多少人会是我的对手。”

“不！”判官摇了摇头，“这对我们来说，不是一个惊喜，而是一个噩耗。”

“一个噩耗？”叶天不解地搔搔脑袋，莫名其妙地盯着判官，“判官，您该不会是烧糊涂了吧，一个低级灵器变成了中级灵器，我们应该高兴才对，怎么能说这是一个噩耗呢？”

“实话告诉你吧！”判官一脸无奈，“你现在最好放弃锻造天龙金枪。因为你的实力根本没法锻造中级灵器。若是你强行为之的话，我真担心你的身体会经受不住这样的折磨，而倒下！自古以来，有你这种条件的人不少，可是能在这个情况下锻造成一个中级灵器的人，还真的没有。”

听判官这么一说，叶天原本兴奋的心转瞬间便冰冷了下来。因为这对他来说，的确是一个噩耗，一个让他没法接受得了的噩耗。

历尽千辛万苦，冒着生命危险，只为锻造一中级灵器，但是万事俱备只欠东风的时候，却忽然得知没东风，这件事儿搁谁身上，谁都难受。

“判官，真的没有一点可能性吗？”叶天不甘心就此放弃，所以并未收回斗气，依旧是让强劲斗气快速燃烧着。

“事情没绝对的，若是身体素质很好，能一直坚持下去，自然能获得丰厚的回报。若是你能得到两件中级灵器的话，斗王级修炼者中，估计就没你的对手了，甚至都能和斗皇一决高下！”判官态度严谨地道。

“甚至能和斗皇高手一决高下！”叶天因惊喜，而重复了一句，“判官，我决定了，即便付出我的所有，我也一定不会放弃妥协的。既然自古以来都没人能做成这件事，今天我叶天就要破一次例。我一定会成功！”

“叶天，你想好了？”判官眼神中依旧是满满的担心，担心叶天是因想法幼稚而一时冲动做出这个决定。

“判官，你放心好了，我不是当初那个幼稚的少年了，我知道我在做什么。”叶天虽然冲动，不过看着理智尚存，判官这才放下心来，点了点头：“若是实在坚持不下去的话，就算了。虽然天龙金枪会毁掉，但和你的身体相比，实在不值一提。”

叶天点点头，而后一咬牙，拼着最后一股力气，将浓厚斗气强行灌入炼丹炉中，顿时，火焰嚣张了不少，火苗不断地跳跃着。

既然知道天龙金枪乃是炼制中级灵器的武器，所以加大火焰也不会对天龙金枪造成任何实质性的伤害，反倒是会加快天龙金枪融化的速度。

一炷香的工夫过去了，叶天的身体早就已经被抽空了，甚至连动弹一下的力气都没有了，但是看着天龙金枪在一点点的融化，他原本失去力量的身体重新具备了力量。

又是两柱香的时间过去了，叶天的身体已然达到了一种极限状态，身体的疲惫让他的大脑都停止了思考，下一秒就要休克过去一般。但是最后一丝意识，还是让他坚持了下来。

极限状态坚持过后，他的身体进入一种莫名的状态，一股力量不知从什么地方发源，好像泉水一般顺着血管，蔓延到身体的任何一个地方。他的身体重新具备了力量。

这就是极限状态过后的另一种状态，这种状态逼发人的潜力让人将潜力完全地散发出来。

判官对这一幕是夸赞有加：“叶天，你能坚持过极限状态，实在超出了我的想象，按照这样的进展，若是你能再坚持过两个极限状态，那么周身的潜力将会被完全逼发出来，而天龙金枪也差不多能完成了。”

听判官这么一说，叶天真有种想吐血的冲动，原本以为坚持过这一次极限状态，已经差不多了，刚才在撑过极限状态的时候，全身的肌肉细胞让他有种想死的冲动。而如今他却被告知，这还仅仅是开端，还有两次的极限状态没有撑过，一想到还得承受两次那样的痛苦，叶天就想放弃。

但如果放弃了的话，之前自己所做的一切都将会化为乌云，消失得无影无踪……在忐忑犹豫间，他迎来了第二次的极限状态。

两次承受极限状态，让他吐出了几口浓浓的鲜血，神识都开始变得不清，整个世界都跟着他旋转起来，晕晕乎乎的，可是他依旧没有停下手中的动作。

这一幕，将判官完全镇住了。他相信，即便是自己，都不可能撑得过两次的身体极限，而这小子却能坚持下来，可想这家伙的意识到底得多强大。

这小子心里到底在想些什么？究竟是什么力量，让他坚持下来？

第三次极限状态，在叶天以死相搏的等待下，终于到来。

在达到极限状态的瞬间，叶天接连喷出了好几口鲜血，他的脸色苍白，身体抽搐，甚至连身上都没丝毫血色，这样的状态让他看上去就好像是一个恐怖的尸体。

此刻的叶天，真的是连最后一丝意识都将被抽走。他觉得自己都快坚持不下去了，身子东摇西摆，尽管努力瞪大眼睛，可看到的都是一片空白，就好像是在瞪大眼睛，看着明亮太阳一般耀眼。

最痛苦的，就是他的丹田了，其内就好像是有一把匕首，在丹田中到处乱撞，想要冲破丹田的束缚，从中冲出来。

判官担心地看着叶天，真想拦下叶天。叶天的表情实在太痛苦了，之前还苍白的脸色，在这会儿已经变成了充血一般通红，嘴唇干裂，鲜血从中流淌而出，顺着下巴流到衣襟上。

但是想想这家伙为之付出的努力，若是这个时候拦下的话，岂不是说功亏一篑，之前付出的一切都会付诸流水？

就在他犹豫不决间，叶天却是忽然仰天长啸一声，一口浊血被他吐出，好像一道血剑冲上半空。

与此同时，一股磅礴的斗气，瞬间从其身上逸散而出，朝着四面八方冲撞而去，就好像一条条凶猛澎湃的神龙。

“斗王，竟是斗王!”在感受那股浓浓斗气时候，判官的眼珠子瞪得大大的，连连吸了好几口气，才总算勉强稳住了自己的呼吸，“我真怀疑你小子是不是有大罗金仙罩着，炼制天龙金枪的时候，竟无意中磨炼了你的斗气，所以你才会突破斗王最困难的一个关口，升级为斗王！不可思议，太不可思议了！原来，锻炼斗气最好的方法，便是炼制灵器啊。哈哈!”

叶天在毫无防备之下升入斗王，身体发生了一系列的变化，皮肤越发的紧绷细腻，正所谓浓缩的都是精华，现在他的皮肤坚硬如铁，即便没有逆天邪骨以及五行八卦玉的防护，正常人用刀，绝对不能伤害叶天。

这正是斗王的厉害之处。

他的身体此刻变成了一个硕大的吸盘，自动将天地灵气吸收入身体之中，磅礴斗气好像江河湖海一般在体内不断地翻腾，而在江河湖海中，有一团团类似于小船之类的真气，飘荡在斗气大海之中，集体朝着叶天的丹田之处，缓缓地流淌而去。

在大量的真气小船到达丹田之中之后，竟快速地凝聚起来，最后凝聚成了一坨，并且在周围浓浓斗气的挤压之下，快速地凝聚起来。

那种感觉很难受，可是叶天依旧是没有任何的松懈，依旧咬牙坚持将斗气灌注入炼丹炉中。

虽说直到现在，他的身体依旧是疲惫不堪、痛苦不已，可和之前的极限状态相比，那是好了不止数百倍。

“嘤!”炼丹炉中传来一声强劲的金属迸溅的声音，声音强大到将燃烧中的斗气激荡得四处迸溅，好像炸弹爆破了般。大量的斗气涌入叶天身体里边，被他的身体这个大吸盘吸入了其中。

要知道那可是数以百计的元丹爆破而产生的斗气，浓厚得很，被叶天的身体吸入其中之后，便快速地冲荡着身子，最后冲入了丹田之中。

一时间，丹田中的压力暴增，挤压着真气团聚在一块的那一坨。

叶天甚至能听到那团真气团被挤压得咔嚓咔嚓结晶的声音。刚开始的时候，他有些担心，担心真气团经受不了这样的挤压而爆破，但是当他听到真气团结晶的声音的时候，心中大喜，差不多心知肚明了，这肯定就是真丹在凝聚了。

待得体内的斗气达到平衡状态，而丹田中的真气团凝聚成了一个只有丹药那般大小的结晶的时候，叶天才终于感受到身体的疲惫，甚至连站着的力气都没有了，双腿一软，瘫倒在地。

“叶天，你没事儿吧？”看叶天瘫软在地，判官满是担心地道。

“没……没事儿。”叶天咬着牙齿，尝试着从地上站起来，却发现连咬牙的力气都没有了，更别说从地上站起来了，当下只能瘫软在地，目光转向炼丹炉。刚才斗气爆破，火焰消失，他看到了被熔炼成一团，就好像金光闪闪的金水一般的天龙金枪熔化物。

“嗯，没事儿就好。”判官看他虽然脸色不佳，但是依旧保持理智，心中赞叹叶天生命力强悍意志力坚强之余，也思考着下一步的计划。

“下一步就是天龙金枪自动凝聚成中级灵器了，你将蓝宝石以及数百颗元丹丢入炼丹炉中，天龙金枪便会自动凝聚成形。”判官道。

叶天苦苦笑笑。刚才炼丹的时候还好点，还能使出来点力气来，可是在他瘫软在地的时候，唯一的一点力气也没有了，动一动全身就好像刀割一般的痛。

“你别动了，我来为你效劳吧。”看叶天这副模样，判官也知道这小子没法站起来了，当下便是用意识召唤出了所有的蓝宝石以及数百颗元丹，丢入了金水中。

金水好像是一个凶禽猛兽，快速地将蓝宝石以及元丹吸收，冒出一股股乌烟瘴气来，并且发出滋滋滋类似于钢铁被融化的声音。

叶天担心里边的金水会从炼丹炉中迸溅出伤害自己，就双手撑着地面，后退了几步。

轰隆，轰隆！

叶天倒退了几步，忽听身后头顶传来类似于雷电轰击的声音，立刻扭头看了一眼，发现身后的大光罩上，竟出现了一个很大的漩涡。还没等他弄明白漩涡的真实性，那处漩涡中竟是有一团血腥的皮肉掉落下来，啪嗒一声落在地上。

不用想也知道，秦家老祖不甘心就这样放手，所以尝试着进入。可能他也想到了光罩的危害性，所以就找了一个动物做试验品。

之后就出现了光罩吞噬皮肉的场景。

“这秦家老祖意志可真是够坚定的，一个小小的斗灵修仙者，他都不肯放过！”叶天暗暗对判官道。

而判官却是摇摇头："你小子身上藏着太多的秘密、太多的宝贝，他一个刚刚晋级斗皇的修炼者，最稀缺的便是各种宝贝、各种武器。若是能从你身上抢走一两件宝贝，那秦家老祖的实力定然水涨船高。如果我是他的话，也一定会在外边守着的!"

叶天无奈耸肩："那我只能将自己的实力修炼到了足以对付秦家老祖的地步，才能出去喽。"他露出满脸的无奈表情。

"没办法，在这个实力为尊的世界生存，没有实力是寸步难行啊。"判官边说，边朝着炼丹炉的方向转移而去。他感觉炼丹炉内的动静小了很多，也不知是怎么回事儿。

当他看到炼丹炉内的金水正毫无规律地缓缓流淌，荡起阵阵涟漪的时候，忽然想起了什么，眉头猛然皱了一下。

看判官这副模样，叶天当下便好奇地问道："判官，怎么了?"

"我忽略了最重要的一点。"判官说，"这是中级灵器，和低级灵器不同的是，这种灵器在完全融化将要聚集成形的时候，是需要器灵的辅助的，这样变成的灵器，才会更高级。"

"器灵?"他是第一次听说这个名词，所以在听到这个词的时候，瞬间迷惑了，"那是什么?"

"但凡中级灵器，那都是有意识和生命的。这样在遇到致命攻击的时候，中级灵器甚至能独当一面。像你的烈焰刀，便是具有生命意识的武器。只不过烈焰刀内的器灵，似乎被某种封印给封印起来，所以你暂时还察觉不出它有什么意识。但是当你激活烈焰刀内的器灵的时候，就会知道，原来烈焰刀的威力并不仅仅是你现在看到的那么简单。"

听判官这么说，叶天点了点头，压抑住心中的兴奋，原来烈焰刀的真实威力，远远不是自己现在所看到的那么简单。

现在还有另一个问题压着他的心头，那就是该如何给天龙金枪弄来一个器灵，思来想去也没想出个妥善的方法来，当下只能询问判官。

判官想了想，道："中级灵器的器灵，一般都是神兽。我想，我们这儿正好有一个器灵，可以给它当器灵。"

说着，目光瞥了一眼大还丹。叶天知道，判官的意思是阴火龙兽。

叶天苦涩笑笑："判官，这阴火龙兽幼崽乃是斗皇级的阴火龙兽的幼崽，若是我们将它当成天龙金枪的器灵的话，斗皇级的阴火龙兽会放过我们?我们现在招惹了一个斗皇，都被人追得要死不活的，要是再招惹了一个斗皇，你觉得我们还能活命吗?"

判官却摇头笑笑，解释道："其实，成为中级灵器的器灵，并不是你想的那样不堪。可以这么说，无论对器灵，还是对神兽，那都是互利的事。一方面神兽的威力将增加，另一方面，器灵有了意识之后，实力也将大增，而且还有晋级成高级灵器的可能。”

这对叶天来说，无疑是个好消息，若是真的如判官所说，他们的队伍实力还会更上一层楼，而不是会损兵折将。

要让阴火龙兽成为天龙金枪的器灵，还得看阴火龙兽同意不同意。当下叶天和阴火龙兽沟通了一番。谁知阴火龙兽倒是摩拳擦掌跃跃欲试。

看阴火龙兽这副模样，叶天更兴奋了，既然双方你情我愿的，那就开始吧。

当下，阴火龙兽按照判官的指引，吞噬了三颗元丹之后，便纵身跳入了天龙金枪的金水中。

在它的身子刚刚跳入的瞬间，竟发出一阵凄惨的喊叫声，身子在金水之上不断地挣扎着，但是随着金水不断地浸染上它的身子，它的动作逐渐地僵硬了下来。

“啊，判官，阴火龙兽没事儿吧？”看阴火龙兽如此痛苦，叶天满是担心表情地问道。

“没事儿。”判官道，“这是天龙金枪和它的身体进行融合的正常反应。要想成为天龙金枪的器灵，神兽的身子必须没有任何的杂质，而且要比现在的阴火龙兽的肉身更精粹。这是对它皮肉的一种锻炼而已。一旦锻炼成功，天龙金枪将会和阴火龙兽完全融合，到时候两者的实力就会暴增，原本是中级斗王，说不定这么一暴增，就可能是中级斗王无敌手，甚至高级斗王了。”

叶天点了点头，眼神中的担心却是并无丝毫衰减，真担心阴火龙兽会坚持不过这样的淬炼，它要是有个三长两短，该怎么和阴火龙兽的老爹老妈交代呢？

幸运的是，天龙金枪在和阴火龙兽进行了一系列的融合之后，最后总算是成型。一条金光闪闪、张牙舞爪、威风十足的狂龙就那般真切地站在眼前。

若是站在远处看的话，还会认为这是一条真正的神龙呢。阴火龙兽和天龙金枪融合后，变成了一种异样的形状。阴火龙兽的身躯紧紧地绕着天龙金枪的枪身，尖锐狂暴的枪头就从阴火龙兽的嘴巴中刺出，看着是如此的威风。

这才是真正的中级灵器吗？看着横在眼前的中级灵器，叶天忍不住倒吸一口凉气，心中一阵感慨。这金枪比烈焰刀果然威风许多，看来有没有器灵，还真是有着天大的区别。

“啊，好舒服啊！”就在叶天看着天龙金枪愣神的时候，一个慵懒但是却充满无尽威压的声音，从天龙金枪中传来。

听到那个声音，叶天心中一喜，他认出来了，那声音不是别人，正是阴火龙兽。

“阴火龙兽，你现在感觉如何了？”叶天迫切地问道。

“我感觉，我的力量更大了。”说着，天龙金枪之上围绕着的阴火龙兽，身子竟开始围着天龙金枪盘绕起来，坚硬柔韧的天龙金枪竟开始缓缓地弯曲，在阴火龙兽的控制下，轻松自如地做着各种高难度的动作。

“天龙金枪……不会断掉吧。”看阴火龙兽金黄色的身子，好像活物一般地蠕动，甚至将同样坚硬的天龙金枪给弯曲成这副模样，他的心里就满是担心，真担心阴火龙兽一用力，天龙金枪就会被折断。

“不会!”判官解释道，“此刻的天龙金枪融合了阴火龙兽的身体柔韧性和它本身的坚固。能伸能屈，这个品性，会让它在战场上柔韧有余地躲闪和攻击，倒是出乎了我的意料之外。”

阴火龙兽慵懒地伸了伸身子，而后尾巴拍打了一下炼丹炉，天龙金枪便从炼丹炉中飞了起来，同时炼丹炉发出哐当一声清脆的响声，竟碎成了齑粉。

“好强大的力量。”叶天忍不住赞叹一声，仅仅是轻微地抽了一尾巴，便将坚硬的炼丹炉给抽成了粉末，若是它发动全力一击的话，将会释放出何等的力量。

“叶天，该给它取个新名字了。”看着控制自如的天龙金枪有意识地悬浮在叶天面前，判官笑着说。

“是啊。”叶天点了点头，思考了片刻，“要不就叫它火龙神枪吧。如何?”

“火龙神枪？好，好!”判官连连点头赞成，“就这个名字了，火龙神枪!”

“干啥?”阴火龙兽不耐烦地应了一声，“这个名儿忒难听了，还不如叫阴火龙兽好听呢!”

看火龙神枪这么发牢骚，叶天和判官相视大笑：“火龙神枪，火龙神枪，好名字啊!”

中级灵器锻造完成，接下来，就是开始修炼左右互搏术了。按照判官所说，一旦将左右互搏术修炼成功，左右手各有一支中级灵器，那么他的实力将会和斗皇高手相抗衡。

听判官这么说，叶天自然是吃惊不已：“判官，你的意思是，我的实力将可能和秦家老祖打个平手?”

判官点了点头：“的确是这样。若是你能将左右互搏术修炼到大成境界，左右手各有一个中级灵器，甚至可能战胜秦家老祖!”

第三十一章　左右互搏术

叶天听了，却并没有过度激动，反倒是开始聚集精神，修炼左右互搏术。对他来说，一切憧憬都是假的，只有真正地修炼，将实力提升到一定的程度，才是真正实用的。

让判官不解的是，叶天竟在很短的时间内，将左右互搏术这个玄阶斗技修炼到了大成境界，左右手发挥出的威力竟惊人地达到了同等的威力。

判官在这个问题上，琢磨了很长时间，并且最终想起了一种可能性。不过这个可能性，倒是让判官瞠目结舌，自己都有些不敢相信。

经叶天的询问，判官才将事情的来龙去脉讲给了叶天听。叶天听了之后，同样被镇住，怀疑判官所说不是真实的。

判官说，叶天之所以能在这么短的时间内，将玄阶斗技修炼到大成境界，原因很简单，那就是这个世界看似很短的时间却相当于人间很长的一段时间。按照叶天刚才修炼的时间进度和原来世界修炼到大成境界所需消耗的时间相比，他大致推断出，这儿的一天时间，大致相当于人间的一年。

这也就是为什么叶天能在那么短的时间内，会有三次身体极限的来临，以及他为何会在那么短的时间内，升级到斗王级！

听判官这么一分析，叶天的大脑都嗡的一声乱糟糟的。

判官这话说明什么？人间一年，代表这个地方一天，那这个地方是仙界无疑。没想到他们无意中竟闯入仙界中来了，而且这个小森林中会有仙界的存在。

最重要的，就是外面的世界，早就已经过了一年的时间。这一年到底发生了什么？叶家会不会被秦家老祖灭掉？叶家的亲人，又怎样了呢？

嗡！想到叶家人，叶天的脑袋再次炸响，思绪乱糟糟的，就好像有数以千计的蚊子在脑袋里边飞翔一般。慈祥的爷爷、严厉的父亲、温柔的母亲、善良的叶如霜、纯洁的林雪儿……

一个个名字逐渐浮上心头，让叶天心中那股不祥之感，越来越浓！

“判官，我们快点离开这儿，我担心我不在的这一年，叶家会遭遇不测。”叶天对判官道，同时朝着外边走去。

“叶天，别动，快找个角落躲藏起来，有人来了。”在叶天火急火燎朝外走的时候，判官警告的声音让叶天不得不停下脚步。他快速地找了个角落，躲藏起来，小声问道：“判官，来人在什么方位？这儿不是无人之城吗，怎么可能会有人？”

“我也不清楚。”判官道，“我感觉到一股很强大的威压逐渐向我们靠拢，方位似乎是从天上传来的。”

听判官这么一说，叶天快速抬起脑袋，望着头顶上。果不其然，他竟真的看到头顶上有一个身着白纱裙子的苗条女子，好像仙女一般在建筑物顶端飞翔。

那女子似乎并未发现他们的存在，旁若无人地自由翱翔。在她体表笼罩着一层明亮的光辉，犹如晚霞一般。

原本叶天并不准备理会此女子，心中期盼她还是不要发现自己的好。可是当他看清女子容貌的时候，心竟咯噔跳了一下，脑袋控制着身子，顾不上后果，从藏身之处，跑了出来，目光迥然地盯着飞在半空的女子观察。

瘦削苗条的身材，俊俏细致的五官，白皙迷人的皮肤，硕大圆亮的双目，那个人显然就是小魔女林雪儿。

“林雪儿，林雪儿，你怎么在这儿!”叶天大声地呼唤着，也顾不上这一切是多么奇怪了。判官也没拦着叶天，因为他同叶天一样，都非常的疑惑，这究竟发生了什么。

“嗯?”飞在半空的女孩，听到下边的动静，立刻低下漂亮的头颅，清澈明净的双目，就那般直勾勾地盯着叶天。

她这么一低头，叶天看得更清楚了，没错，无论是从身形还是从她的外貌上，都能看得出来，这个女子的确是林雪儿无疑，绝对不会错。

“林雪儿，你怎么在这儿!”看林雪儿注意到这边，叶天再次疑惑地喊了一声。他这么一喊，林雪儿才终于停下了飞行的步伐，身子轻飘飘地降落了下来。娇小性感的小身躯悬浮在叶天面前，白净小巧的双脚并未着地，调皮地在半空荡来荡去。

此刻的林雪儿看上去简直犹如仙女下凡，高贵气质更是凭空暴涨数倍。

“你刚才称呼我什么?”林雪儿好奇地看着叶天，用嘹亮清脆的嗓音问道。没错，她的声音都是林雪儿的。可是她的这个问题却让叶天愣住了，他以往不都是这样称呼林雪儿的吗?

“雪儿，你怎么了?你不记得我了吗?”看林雪儿陌生的目光，叶天的心忽然跳了一下，一股不祥的预感，逐渐在心头浮现出来。

难不成这不是林雪儿本人，而只是外貌和她很像?可是这个世界怎么会有如此相像的两人?

“你不是仙界的人!”林雪儿并未回答叶天的问题，反倒是眉头一皱，目光猛然间变得凶猛起来，咬着牙齿，语气凶残地问了一句，“你是怎么进来的!”

虽然林雪儿表情凶悍，语调冰冷，不过她的面貌依旧是那般的迷人，拥有超凡脱俗的气质，让叶天沉迷其中。

“我……”看着这个熟悉又陌生的女人，叶天的大脑一片紊乱，他真的有些想不明白林雪儿究竟为何忽然间态度大变，难不成真如自己所想，这个女孩其实并不是自己所认识的林雪儿，而是一个有着和林雪儿同样外貌的女子？

“叶天，这个可能并不是真正的林雪儿。”判官观察片刻，似乎也明白了什么，对叶天道，“当日你爷爷所说的，林雪儿是由一颗种子发育出来的。我猜测这个女子，也是由另外的一颗种子发育而来。生命种子有重复的可能性很大，所以我们现在还是三十六计，走为上策吧。不要继续和女子纠缠了，免得引来了仙界的人。”

“嗯。”叶天应了一声。他大致上也相信这个地方是仙界了，若是真的招惹来了神通广大的神仙，自己就别想活了。

“快说，怎么进来的。”林雪儿说着，娇柔弱小的身子便是朝着叶天飘荡而来，一股沁人心脾的香味让人震撼，为之所吸引。

“我想进来，就进来了。”叶天说了一声，便猛然催动五行八卦玉，一双玉翅快速在后背上生成，将大量的斗气，注入五行八卦玉中，玉翅快速闪动起来，化为一股凉风，嗖的一声，眨眼间的工夫便从原地消失。

“五行八卦玉？魔奴？魔主！”在叶天催动五行八卦玉的时候，小仙女竟连声惊呼出这三个名词来，这三个名词她都知道。叶天心中震撼无比，看来这个女孩和林雪儿并不是完全没有关系嘛，叶天更确定，那个所谓的魔主便是林雪儿了。

小仙女看到叶天嗖的一声飞走了，神识稍微动了一下，身形便从原地消失。

“判官，没想到有了这五行八卦玉的辅助，我的速度竟堪比斗皇高手了。”叶天有些洋洋自得的表情道，“在原来的世界，应该没几个人能杀得了我了吧，连那个小仙女都追不上我了。”

判官也是连声应着：“是啊，在原来的世界，的确很少有人能追得上你了。不过仙界的人，即便最低级的也得是神通境高手，你要想躲他们，还是有很大的困难的。”

“判官你不要长他人志气灭自己威风嘛，你又不是没看到，那个小仙女不是被我们远远地落在后边了吗？”

刚刚说完，只感觉耳畔吹过一阵凉风，接着一个柔美的身躯出现在了他面前，眼神中是一股渴望神色，一丝星光点点，很是明亮：“告诉我，魔主现在如何了，魔奴到底怎样了，你怎么会有他的五行八卦玉？快点告诉我，快点把这一切都告诉我。”

小仙女说着，步步紧逼，担心神色溢于言表。

“她果然不是林雪儿。”叶天基本上已经确定，这个根本不是林雪儿了。为了弄明白她的身份，叶天并没有直接回答她，而是反问：“你是她什么人？你为什么会和她有着一模一样的容貌？”

他这么一说，小仙女更激动了：“没错了，是魔主，的确是魔主。快点告诉我，她到底怎样了。”

她一边说着，一边朝着叶天的方向走过来，眼神中满是渴望神色，期望叶天能早点告诉她这些答案。

就在叶天准备告诉她答案，并且询问出她身份的时候，小仙女却忽然脸色一变，用力地推搡了他一下，看似没有用力地一推，却将叶天的身子给推得倒飞起来。

“回去吧，日后我会去找你，我会找到魔主的。”女子的声音在叶天耳畔传来，同时传来的，还有另一个粗鲁的声音：“那是什么人？是怎么进来的？”

之后的话他就听不清了，他只感觉到一股强大的光芒瞬间将自己的身体包裹住了，眼前是一片明亮，待得他反应过来之后才发现，自己已经从光罩里边闯出来了。

看着依旧光芒璀璨的光罩，一切都好像做梦一般，是那么的朦胧、那般的不真切，但是感应着大还丹精神世界中的火龙神枪，他知道一切都是真的。

“小子，好好照顾魔主，我会去找你的，哈哈！”这是小仙女对叶天说的最后一句话，这句话说完之后，小仙女映射在光罩上的身影，便消失不见了。

叶天的视线，这才收了回来，叹了口气道：“哎，真是一波未平一波又起啊，林雪儿的身份都没搞清楚，竟又看到了另外的一个小仙女，没法活了啊。”

而判官却拍了拍叶天的肩膀，狠狠地白了他一眼：“行了，你这是得了便宜卖乖，在里边得到了这么多的好处，你就知足了吧。行了，咱也别废话了，赶紧走吧，也不知叶家现在情况怎么样了。”

叶天这才想起，在里边待了一天的时间，外面却是已然过了一年时间。

也不知这一年的时间，叶家情况到底怎样了，秦家会不会坐不住，对叶家发动了攻击！若真是那样的话，叶家的人现在怎样了，会不会有危险？

想明白了这点之后，叶天便匆匆忙忙地朝着狮王森林另一端的方向狂飞而去。也顾不上地面上三三两两的躺着的几个斗气修炼者了。

这些斗气修炼者应该是无意中发现了这个光罩，但是奈何他们无法进去，只能在外面等死了。

不过至于他们是怎么死的，就不得而知了。

很快，叶天便逃出了狮王森林。看了一眼破旧的观赛台，冷冷笑笑，想当初自己在此处参加狮王争霸赛的时候，发现了玄铁矿。但是一年之后的今天，却是根本没有看到任何的发掘工作，只有当初留下的那个不大的矿坑。

叶天对此感觉很纳闷儿，究竟是什么情况，让叶家没有继续挖掘玄铁矿？难不成是叶家遭遇不测，被秦家的人给逼供了？

想明白了这点之后，叶天不自觉地加快了行进速度，他迫不及待地想要进入千灯镇，看看时隔一年之后的叶家，情况如何了。

与此同时，叶家。

叶威老爷子满脸颓废地坐在叶家大厅。大厅之中空荡荡的，萧条得很，就好像是一个冷清的破败大院。

仅仅是一年的时间，叶威老爷子竟是苍老了许多，眉目之上，多长了许多的皱纹，眼睛浮肿，眉头深深地皱了起来。

“父亲，探子来报。”叶云仙从大厅外边走了进来，小心翼翼地在父亲耳畔说了一句。

听叶云仙这么说，叶威原本冰冷的眼神立刻明亮了起来，连连对叶云仙道：“情况如何？有没有天儿的消息？”

看父亲那充满期待的眼神以及语气，叶云仙真不想摇头。但是现实就是这么残酷，最后只能是摇了摇头：“还是没有打探到天儿的消息。”

“哎！”听罢，叶威的身子猛然酥软了下去，倒在了椅子上，双目重新恢复死寂，嘴角轻轻地抽搐了两下，“继续找，继续给我找。”

“父亲，这都一年时间了。”叶云仙小心翼翼地道，“若是天儿还活着的话，探子一定能找到的。我看，我们还是不要浪费不必要的人力物力了。”

虽说叶云仙一点都不想放弃寻找叶天的行动，但叶家的经济条件却是那般残酷地摆在眼前，就算他不想放弃，家族的经济也支撑不下去了。

自从叶天失踪之后，秦家嚣张了许多，非但喊停了他叶家的玄铁矿，更使用各种计谋，将叶家的各类主打产业都给收了去。如今的叶家只能靠吃老本以及一些不怎么赚钱的行业来支撑着叶家不倒下去。

这一年的时间，叶威老爷子差不多是将维持叶家运转之外的其余所有资金全都投入到了寻找叶天的计划上。上次见叶天是在狮王森林，所以叶威将叶家全部人员都派遣到了狮王森林中寻找，但是足足一个多月的搜寻，都没找到叶天的下落。

这个时候反倒是有消息从秦家传来，说叶天已经被秦家老祖给收拾了。原本秦家都放下这样的话了，叶天存活下来的几率应该很小了才对，可是叶威固执得很，坚信叶天吉人自有天相，不会遇难，说一日见不到叶天的尸体，搜寻行动都不能搁浅。

而如今整整一年的时间过去了，搜寻行动依旧在继续，确实没有一点叶天的消息，所有人差不多都失望了，觉得搜寻行动应该停止了。可是叶威却不同意这么做，依旧是将家族中仅有的一点钱财全都投入到找人上，更是租赁了不少佣兵队，到狮王森林以及周遭的一些地方去搜寻。

当然，搜寻狮王森林都是佣兵队暗中偷偷溜进去的。如今狮王森林已经被秦家占为己有。之所以一直都没有挖掘，那是因为现在有很多的大势力都垂涎这块肥肉。若是他们动手的话，势必会招惹来其他的大势力。

现在为秦家撑腰的，只有秦家老祖这个斗皇了。自从叶天失踪后，神魂教和秦家总部也没继续待下去的必要了。而秦家总部和神魂教退走之后，汇通拍卖行的韩昌盛以及叶家总部的叶倩也离去了。他们要保护的人失去了踪影，继续留下来也没用。

按理说，千灯镇的四大势力应该重新恢复相互制约、平衡之势才对，但是自从秦家老祖升级斗皇高手之后，这种平衡被彻底打破了。秦家以绝对的实力占据了第一位，对其余的三大势力，是强取豪夺，现在千灯镇的几大支柱产业全都被秦家给占据了，其余三大家族都只能捡些零落，其中和秦家有敌对势力的叶家下场最惨。现在他们的产业，只能勉强支撑叶家维持生计而已。

相信若不是有叶家总部盯着叶家的话，秦家早就已经对叶家下手了。不过灭掉叶家，对秦家来说，是迟早的事，因为一旦叶家总部确认叶天死亡的消息，将不会对叶家有任何的关注，到时他秦家再下手，绝对能将叶家给打个妻离子散，直至崩盘。

“放屁！”听叶云仙说叶天可能死去的消息，叶威勃然大怒，双目通红，死死地瞪着叶云仙，咬牙切齿地骂道，“天儿福大命大，怎么可能这么悄无声息地死去？你们找到叶天的尸骨了吗？若是找不到他的尸骨，就说明天儿还活着，去给我找，快去给我找！”

看叶威老爷子这副表情，叶云仙不敢继续辩驳，只能连声应着，而后离去。自从叶天失踪之后，叶威已经很久没有笑过了，连脾气都变得这般的暴戾，让人不敢近身。

叶天顺着狮王森林的一条僻静小路往回走的时候，意外地发现了一队在狮王森林外围搜寻的秦家队伍。为了弄明白这一年中究竟发生了什么，叶天决定将这支队伍拦下来，说着，便是大摇大摆地迎着秦家的队伍走了上去。

如此嚣张的行动很快便引起了秦家队伍的注意。领头的一个队长一声令下，他身后的战士便快速将叶天包围起来了。

这支队伍是被财大气粗的秦家收买的一支佣兵队伍，主要负责防止外人进入狮王森林。这里边可是有玄铁矿，狮王森林对秦家来说十分的重要，他们也只是数十支佣兵队伍中的一支而已。

“你是什么人，是怎么闯入狮王森林的?”面对这个看起来年纪轻轻、相貌平平的小子，佣兵队的人自然没有把他看在眼里，一上来便趾高气扬地问道。

“告诉我，秦家是怎么将狮王森林从叶家夺走的？叶家现在怎么样了！”叶天语气平淡地问道，丝毫没有佣兵队想当然的惶恐不安，反倒是镇定得有些不正常，佣兵队甚至怀疑这小子没表面上看起来那么年轻，应该是一个身经百战的高手。

这种错觉让佣兵队队长有些不安，想要趁早把这小子解决掉，免得遭遇什么不测，当下便是一声令下，道：“把这毛头小子给我捆了，带到秦家请家主定夺！”

哗啦啦，哗啦啦！一时间，手持长械的队伍冲了上来，包围圈越缩越小，短枪长矛都将最厉害尖锐的部分指向叶天，只要不出现意外情况，叶天是绝对不能逃脱出去的。

对于这支队伍的攻击，叶天是冷笑连连，这支队伍他根本就不看在眼里，对他没任何的威胁。

上！

他们的包围圈已经足够小了，武器都已经将叶天给包围起来，他没有任何活动的空间，只要他一反抗，他们的武器足以将叶天刺成蜂窝。

所以那队长才会命令自己的队伍将他给捆绑起来。很快地，两个人便冲了上来，手上拿着绳索，要将叶天给捆绑住。

叶天只是眼神冰冷地看着两人将他的身体用铁链给锁住，待得两人将他的身体锁好了之后，这才冷冷笑笑："你们觉得，这样就能制服得了我？"

说着，身体肌肉紧绷，很轻松地，看似坚硬的铁链竟砰的一声，被撑断了开来，数不清的铁链碎屑四处乱飞，将周围包围住叶天的佣兵给冲撞得四处乱飞，好像一朵快速绽放的花朵，数不清的兵刃也被铁链碎片给撞断了，随着佣兵队队员身体飞了出去。

叶天却完好无损地站在原地，甚至连身上的衣服都没丝毫的破损。

"你……你是什么人？"叶天表现出的惊人实力，让这帮人都是惊恐不已，用质疑的目光盯着叶天，都不敢相信刚才发生的一切都是真实的。因为佣兵队长一直都站在远处指挥，所以他受伤最小，惊恐之下，问出那句话。

可是下一秒他才意识到自己做错了，因为当务之急便是快点逃走。所以说完之后，他的双腿用力一弹，身子便朝着远处飞了去。

"哼，想逃！"叶天早就有了杀鸡儆猴的想法，而这个佣兵队长正是他挑选出来的那只鸡。一声令下，火龙神枪嗖的一声，从大还丹精神世界中跳了出来，冲着佣兵队队长的身子便刺了过去。

几乎是眨眼间的工夫，火龙神枪便成功追上了队长，并且长长的矛头深深地刺入了队长体内。

要知道阴火龙兽最擅长的便是速度了，即便附身到了金枪的身上，依旧保持了这样的优点，所以才会在这么短的时间内，追赶上了佣兵队队长。

要知道身为斗灵级的佣兵队队长，可是所有佣兵队中的翘楚，所有人都把他当成努力的目标。

可是他们心中的高手在这个少年面前，却是根本就无丝毫还手之力，眨眼间的工夫便被刺杀了。这少年是彻底颠覆了他们心中的世界观啊，这个少年不简单。

他们在叶天面前是完全失去了抵抗力，就好像叶天的奴隶一般，对他充满了无尽的尊崇之意。

"谁告诉我，秦家是如何得到狮王森林的，将会获得一次生存的机会。"如今的叶天跻身神魂大陆一流高手的行列，所以对这些人是根本不放在眼里，高手气息完全释放而出。

"我说，我说!"不须叶天多言，他刚才的行动已经证明了叶天是一个说到做到的主儿，强大的气场已经将这些人都给镇住了，听叶天这么一说，都纷纷抢了起来，都想求得这一个生存的机会。

"你说吧。"叶天指了指一个看起来瘦骨嶙峋，比自己稍微大一点的少年道。

那少年立刻用尊崇十足的语调讲了起来。

听完秦家夺走狮王森林，并且最后将叶家给挤到了勉强维持生计的事情的时候，他的拳头握得咔嚓咔嚓响，猛然一拳将身边的石头给锤成了齑粉，眼神中的愤怒表情，可想而知。

"秦家，我要让你从千灯镇滚出去。"他咬着牙齿骂了一句，而后召唤火龙神枪自动进入大还丹精神世界中，便朝着千灯镇的方向走去。

进入千灯镇之后，他才发现，大部分的店铺门口都挂着一个大大的秦字，这说明它们都是秦家的产业。而其余的一些不重要的产业店铺，才挂着其余三大家族的姓，不过寥寥可数，而且店铺门口的顾客数目，也是寥寥可数。一路走来，他只是在一家米铺上边看到了一个叶字，其余的根本都没有。

看来，秦家真的准备对叶家下毒手了。

"秦煌，此仇不报，我叶天誓不为人。"他的拳头紧握了起来，眼神中的愤怒之情浓厚得很。

"快让一让，快让一让。"前方传来一阵嚣张的叫声，伴随着隆隆的马蹄声。循着声音望过去，就会发现一支秦家的铁骑队伍正横冲直撞地穿越千灯镇。

"秦家，你也太嚣张了点!"叶天冷冷笑笑，站在大街中央，不闪不避，眼神中充斥着浓浓的鄙视。

"快让一让啊年轻人，秦家的队伍招惹不起啊。"

"是啊小伙子，不要太冲动了，秦家的人是不会对你有任何的恻隐之心的，你快点让让啊。"

两旁有为数不少的好心人劝着叶天，让他到旁边躲避一下。但是叶天对此充耳不闻，好像没看到秦家队伍一般，依旧站在道路中央，看着秦家的人马朝着他的方向闯过来。

"臭小子，敢挡大爷的道儿!"为首的那名大胡子显然是这支队伍的头头，看到道路中央站着一个年轻人，心中怒火噌噌噌地燃烧起来，手中的皮鞭朝着叶天的脑壳方向便甩了过来，同时怒骂一声："小子，你这是找死!"

眼看着凌厉的皮鞭距离叶天的脖子越来越近，路边的人都忍不住闭上眼睛。皮鞭之上的飞镖闪闪发亮。若是这一鞭打下来的话，一定能将叶天的脖子给打断，场面太血腥。

哼！叶天嘴角轻轻一扬，冷笑一声，依旧不闪不避，只是在皮鞭打上来的时候，快速地伸出了一只胳膊，抓住了皮鞭，而后用力地拽了一下。

啊！

这么用力地一拽，原本坐在大马上威风十足的家伙，竟一个不受力，从大马上坠落了下来，身子在地上滚了两下之后，竟站了起来。

“看来，这小子还有两把刷子！”看着从大马上摔落下来，并未受伤的家伙，叶天暗自在心中想着。

而那个摔落在地的家伙却是几近疯狂了，身为秦家的供奉，竟如此轻松地被一个少年从大马上拽下来，这简直就是侮辱他铁龙的称号。

虽然他很诧异如此少年有着非凡的实力，不过却是并未表现出来，不能长他人志气灭自己威风，更何况还当着自己数十个兄弟的面。

两边路人并未听到叶天的惨叫声，纷纷睁开眼睛，当他们看到叶天完好无损地站在地上，反倒是横冲直撞的秦家供奉摔倒在地的时候，皆是面露质疑神色，他们怎么都没法将刚才的场景和现在看到的这一幕衔接起来。

“大哥，让我来对付这个小子！”铁龙身后一个身着盔甲的家伙走了上来，看叶天的眼神，充满了无尽的鄙视，根本就不把叶天看在眼里。

当然，刚才叶天将供奉拽下来，他归结为铁龙的实力不如自己的原因上。

看着一直有意取代自己位置，而在秦煌面前总是急于表现的手下刀疤脸，秦家供奉点了点头，而后命令刀疤脸走了上去。他感觉得到，刀疤脸不会是这个少年的对手。虽说他尚不明白少年究竟有何种实力，不过他判断得出，这少年的实力不弱，让刀疤脸为自己打头阵，探测一下少年的实力，倒是不错。

得到铁龙的同意，刀疤脸走了上去，眼神中满是轻蔑，冲叶天冷冷笑笑：“少年，你不是想出风头吗？我今天就让你出个够。”

刀疤脸一边说着，一边从后背的兵器袋中掏出了一柄长长的大刀，大刀之上的光芒闪耀着人眼，不少的路人知道接下来将会发生血腥一幕，都四处逃窜。只有一些胆大的人以及修炼者，为了看热闹而在远处偷偷地瞧着。

那刀疤脸说完，手中砍刀便舞动出一连串的刀光剑影来，嗖嗖嗖的风声不断地在空气中回荡着，大刀释放出的浓浓斗气更是不小心将旁边的一个大石头给崩裂了，一块块的碎石从上边砸落了下来。

“好强劲的斗气。至少是高级斗灵！”

“是啊，看这架势，只需一步便可跨入斗王级了。”

“哎，这少年招惹谁不好，偏偏招惹刀疤脸……这可是秦家护卫队中的一名骁将啊，只希望他能手下留情了。”

听着两旁人的议论纷纷，叶天不为所动，双手后背，眼神中满是轻蔑的表情。

如今自己已经跨入斗王级别，而且拥有了和斗皇高手抗衡的实力，对付一个小小的斗灵修炼者，简直就好像捏死一只臭虫那般简单。

看着叶天泰山崩于前而不动声色的模样，铁龙的脸色越来越不好看，他在猜测着这个人究竟有着怎样的实力，竟连斗灵修炼者的攻击都不放在眼里。即便是他，都不敢如此蔑视刀疤脸的攻击！

看叶天对他的攻击，毫无防备之意，刀疤脸胸腔中憋足了一口怒气，恨不能撕破胸膛来散发一下胸腔中的那股怒气。

无论如何，一定要好好地出口恶气才行。想着，他手上的力道也是不自觉地加大了，这么一刀砍下去，即便不能将叶天的脑袋砍下来，也能将这小子的小命给夺走。

但是，他想错了。

在他手中大刀砍下去的时候，原本一动不动的叶天身子终于动了。不过他只是动了一下手臂，手掌便是蓦然出现在了大刀之下，迎着大刀的方向抓来。

嘶！

两边有不少修炼者在看到这个场景的时候，忍不住地倒吸一口凉气。任凭他们怎么都没想到，这个年轻人会如此的自负，竟想着用手掌当成武器去阻挡来势凶猛的大刀。这么一招下来，这小子的这只手臂肯定废掉了。

刀疤脸看到叶天如此张狂，竟用手臂阻挡自己大刀的时候，心中同样是郁闷无比，甚至都有种吐血的冲动。他走南闯北这么多年，多少高手没见过，多少强者没战过，可都没人张狂到这地步。

他倒是想看看，这家伙究竟准备搞什么，不自量力到这份儿上，就算死了，也绝对不冤枉。

在他想完了这些的时候，大刀已经砍了下去。

在他的大刀和叶天的手臂接触的瞬间，他明显感觉大刀顿了一下，不过下一秒，大刀遇到的阻力便是迎刃而解，他轻轻松松地便将大刀顺着叶天的手臂，挥砍了下去。

在他的想象中，此刻叶天的手臂应该被从中间划成了两截，露出白森森的骨头，鲜血染红了地面。

可是有一点让他很奇怪，那就是没听到这个少年的惨叫，他心想难不成是这个少年早就已经死掉了？狐疑的目光，缓缓地朝着叶天的方向飘荡而去。

当他发现，叶天没事儿人一样站在原地，眼神冰冷充满嘲讽看着自己的时候，大脑就糊涂了，自己的大刀明明砍下来了啊。

他的视线顿时转移到他的手臂上，却惊奇地发现，他的手指缝间多了半截长刀，手指是毫发无损，甚至连一丝血迹都没有。

他看了看自己手上的大刀，却发现早就已经断裂成了半截……

这家伙太变态了，竟用手指硬生生地夹断了自己的大刀。在他意识到这点的时候，就知道碰到高人了，不能继续硬碰硬下去，否则吃亏的定然是自己，一个转身，便准备逃回队伍“复命”！

可是叶天岂会如此轻松地放走他，手中半截长刀，轻松朝着逃走的刀疤脸扔去。

被他随意丢出的大刀之上，竟蕴藏了浓浓的斗气，无论是力量还是速度，都比刀疤脸的攻击，强横上数倍。

在叶天的攻击面前，刀疤脸竟毫无招架之力，甚至连躲避的余地都没有，只能束手无策地愣在原地，感觉死神距离自己越来越近。

“嘤咛！”一声清脆的金属碰撞声在众人耳畔响起。听到这声音，众人的视线顿时集中上去。当叶天发现一把铁戟挡住了大刀碎片的时候，就知道是铁龙终于按捺不住，出手了。

“这位小兄弟，我等和你往日无冤近日无仇，你又何必赶尽杀绝呢？”铁龙拦下了大刀碎片后，态度出奇的尊敬，就好像是在和领导讲话一般。

这么明显的态度转变，让两边不少的观战者吃惊不已，身为秦家供奉的铁龙向来都是高傲得紧，即便在秦家不少核心人员面前，都从未有如此的礼貌，今日竟在一少年面前如此礼貌，可见对面这少年身份的不简单。

“和我无冤无仇？你当我傻瓜！”叶天满是嘲讽的语气道，“别以为我不知道你们对叶家所做的这一切。”

当然，叶天这句话只是在敲打而已，他并不知这支队伍有没有对叶家做过什么。若是做过什么的话，他必然不会饶过铁龙以及这支队伍。

今天，他是准备大闹一场了，既然你秦家想把我叶家逼出千灯镇，那我叶天就要对你秦家做同样的事。

“原来这位小兄弟是叶家的人！”铁龙忽然笑了起来，眼神中充满了轻蔑。原本他接到了狮王森林的探子反馈来的信息，说狮王森林有叶家的人在闹。

之前自己是匆忙赶往狮王森林，所以才不愿和叶天有过多的接触。谁知冤家路窄，竟在千灯镇碰到了那个小冤家，他心中的急躁感顿时消失全无。只要狮王森林没危险，他就有足够的时间和这小子纠缠了。虽然刚才他看得出来，这小子有两下子，不过一向自傲的铁龙又怎会将他放在眼里？

“既然你想找死，我就成全你！”铁龙狂啸一声，手中铁戟快速摆好架势，随时准备冲撞上来。

“我说你小子到底怎么回事儿，神经病吧，态度转变得也太快了点！”叶天可完全没有嘴下积德的想法，反正是对方是怎么生气，他就怎么说。

虽然观战者因铁龙的特殊身份不敢笑出声来，但是他们忍俊不禁的表情已经很明显了，这让铁龙十分的不自在，怒吼一声：“小子受死。”说着冲了上来。

只见他的身子快速地旋转了起来，速度越来越快，最后竟都没法看到他的身影，犹如一阵龙卷风般，朝着叶天的方向卷了去。

“不好!”看到对方旋转而出的龙卷风，叶天竟感觉到一股强大的威压挤压而来。能让他有这种感觉的，肯定达到了中级斗王。

若是不借助身上其余的宝贝的话，他还真的不是这家伙的对手，当下便是快速地后退，同时快速地从大还丹精神世界中将烈焰刀召唤出来，抓在手中。

第三十二章　武者的较量

“龙息!”龙卷风爆发到叶天面前的时候，铁龙怒吼的声音从中传来。如此一般的威压，让叶天不敢硬接，心想怪不得这小子敢在自己面前张牙舞爪，原来是有着这等的实力。

“不过，就算你小子有天大的本事，在我面前都没法张狂起来。自己还有一个杀手锏，那就是真丹自爆，这个连斗皇高手都能轻松解决掉的玩意儿，可不是一个斗王高手所能抗衡的。”

当然，对付一个小小的中级斗王，他是不会用到那种厉害到变态的功夫的，一个左右互搏术，足以把这小子打个落花流水。

在真正的高手没有出现之前，他绝对不会将自己的真实实力暴露出去，那样只会对自己造成不利的影响，所以他觉得路要一步步地走，一点点地将自己的实力展现出来。

凤鸣天际!

在看到对方的攻击近在咫尺的时候，叶天没有选择强硬反抗。虽然他知道那样做的话，自己十有八九会把对方给打倒。

他选择了斗真技凤鸣天际，不过是用斗气驱动的。如今自己达到了斗王高手，对付一个同为斗王级别的修炼者，暂时还用不到真气那般的攻势。

嘤!

一声尖锐的鸟的叫声划破天际，而后狂暴强盛的斗气，快速地自叶天身上爆涌而出，在半空中形成了一条威武狂妄的神凤形象，凶猛无畏地朝着龙卷风的方向，狂涌而去。

轰隆!

龙卷风以及神凤撞在一块，斗王高手的对轰，产生的威力强悍无比，两边不少的店铺直接被掀翻了，所有围观的人多多少少被如此强劲的攻势给作用到，一股强大到逆天的空气波动，将所有人都掀翻在地，甚至一层砖头土地，都直接被掀了起来，倒卷而去，将不少行人都砸在下面。

铁龙的一些手下距离两者过近，都直接被砸在了砖头之下，一时间哀鸿遍野，伤残无数。

这次的攻击，可谓是彼此双方最强势的攻击，所以产生如此大的威力也在他们的想象之中。

攻击之后，龙卷风以及神风各自退回到彼此的位置，叶天冷冷笑了笑：“不过如此而已，即便用本尊，都没法和我的斗技攻击抗衡。”

“你高兴得太早了点!”话音刚落，一个人影蓦然从龙卷风中爆射而出，他的速度太快，以至于叶天甚至都没看清那家伙的踪迹。

“不好!”尽管叶天在注意到爆射而出的人影时，已经开始着手准备了，但是还未等他的攻击酝酿好，龙卷风之内爆射而出的人影，竟然已经攻到了近前，杀了他一个猝不及防。

可是让他没想到的是，那人影似乎并不是攻击他本人，而是朝着他的脑袋上方的空气，轰出了一拳!

砰!

这一拳打在了空气之上，竟是爆发出了一个异常的响声，与此同时，一股更为强劲，类似于神兽狂吼怒叫般的声音，从脑袋上传来。

叶天当下便是仰起脑袋看了一眼。这一看却是吓得瞳孔紧缩，因为脑袋上的空间已经裂开了一个大大的裂缝来，空间乱流好像洪水猛兽一般的袭来。

眨眼间的工夫，强劲的洪水将下方数座店铺给完全地吞噬了进去，而叶天的身体也在此刻受到了一股强大的吸力，只能是施展五行八卦玉，催动玉翅，拼命朝着外边飞行，才勉强维持平衡。不过他知道，自己根本坚持不了多长时间，必须尽快找出一个可行的办法来。

真是没想到，这家伙竟如此的聪明，想着用空间乱流来对付别人，看来自己以往的想法，已经被这个家伙付诸于行动了。

“火龙神枪，出!”最后想来想去，也只有火龙神枪可能将自己从空间乱流中救出去了，当下便快速地召唤出了火龙神枪，想要靠着两者的力量，从空间乱流中逃出去。

但让他没想到的是，空间乱流的力量实在大得离谱，根本不是自己能抗衡的，火龙神枪甚至都还没用上力气，自己的身子便被那股强劲的吸力给吸得钻入了空间乱流中。

在他的身体进入空间乱流的瞬间，他便感觉身体被四五个大力士给拽着，躯体传来一阵阵的疼痛感，他的脑袋里边只有一个名词在闪烁，那就是五马分尸。

是的，现在自己不就是经受五马分尸的痛苦吗？他感觉四肢以及脑袋随时都可能从身体上剥离而去，那种痛苦让他一次次地窒息，一次次地进入休克状态，他的意识逐渐变得昏迷，连死的心都有了。

“哼，不自量力。”铁龙看着被空间乱流吞噬了的少年，冷哼一声。这是他最厉害的一招，一旦中招的人是没可能逃命的。

手下看他的目光，充满了尊崇，甚至比以前更甚。他很少露出这一招来，所以手下对他的真实实力摸不透，如今他展示出来的最厉害的一招，其中威力，已经让他所有的手下为之折服。

即便是那刀疤脸看向他的眼神，也充满着浓浓的崇拜神色。

他的心中充满了畏惧和崇拜，真是没想到这个男人还有如此的杀手锏。他这一招，几乎可以说是斗王级修炼者中无敌手，自己和他之间的距离还是太大，根本不是他所能抗衡的。

“走，回去复命!”

铁龙嘴角露出一丝轻蔑的微笑，心中对叶天的定位，就是一稍微有点实力但却没脑子的家伙而已，即便他的实力强悍，但是在自己闯出的强大空气裂缝之下，也只能束手无策，举手投降。

“什么!”在听到叶云仙报道，千灯镇出现一名自称叶家少年，力战刀疤脸，而后被铁龙战胜，丢入空间乱流中的事之后，叶威脸色激动起来，颤抖着身子从地上站起来，双手扶住叶云仙肩膀，“云仙，你说的是真的？有认识叶天的人，认出了那个人正是叶天？”

叶云仙表情却并不像叶威那般激动，反倒有些落寞。他才不希望那个少年是叶天呢，若是那样的话，叶天就真的是死无葬身之地了。被空间乱流撕成碎片，那种痛苦岂是一般人能承受得了的!

“是的!”叶云仙点点头，“我叶家店铺中的一名伙计，说曾经和叶天有过一面之缘，他肯定看到的那名少年，就是叶天。只不过当时叶天一直都在和秦家队伍战斗，所以没法上前搭讪。而且，据说那少年是从狮王森林中闯出来的，徒手灭掉了一支佣兵队!”

“没错了，一定是天儿，一定是天儿!”叶威老爷子松开叶云仙的肩膀，双手颤抖得更厉害了，抓起了桌子上的茶杯，咕咚咕咚地灌了两口，“现在天儿在哪儿，快让他来找我。不，还是我亲自去找他，在前边带路。”

落魄足足一年的叶威，在今日却是忽然容光焕发，犹如年轻了十岁，回到了十年前的状态一般，匆忙从椅子上站起来，眼神中满是期待和兴奋神色。

“父亲!”叶云仙低头，控制着自己悲观的情绪，尽量不让自己哭出声来，“天儿已经……已经被铁龙丢入了空间裂缝中，被空间乱流撕成碎片了。”

“啊!”听他这么说，叶威的表情顿时就僵住了，眼珠缓缓转向叶云仙，一字一顿地问道，“你胡说什么，快带我去找!”

“父亲!”叶云仙加大了音量，“天儿被丢入空间裂缝中，失去了踪影，是众人有目共睹的，不会有错的。”

“不可能，不可能!”叶威好像一头发怒的狮子，朝叶云仙咆哮道，“天儿福大命大，不可能这么轻松死去的，不可能!”说着，便朝着外边走了去。

“哎!”叶云仙无奈地叹了口气，两行浑浊的眼泪顺着眼角流了出来，“天儿啊，但愿那个不是你。”

与此同时，千灯镇秦家！

秦家豪华大厅内，秦煌正好酒好菜地招待铁龙以及他的守卫。

听铁龙说他们灭掉了一叶家少年，并且根据他们的描述判断出那少年正是叶天的时候，秦煌兴奋到了极点。叶天这次是完全死掉了，汇通拍卖行以及叶家总部都将不会再对叶家有任何的庇护，他秦家要想灭掉叶家，那是再简单不过的事了。

秦煌摆了好几桌酒席，宴请大量的宾客以及秦家所拥有的所有佣兵队以及军团，他们此举的目的很简单，那就是收买人心，然后将几近灭亡的叶家给一举灭掉。

酒过三巡，秦煌便正式组织秦家军队，对叶家出兵。这次他是势在必得，所以将秦家所有的队伍都聚集起来，若是不出意外的话，这次定然能将叶家给除根。

听探子来报，秦家准备大肆出兵围困叶家的时候，叶云仙的眉头狠狠地皱在了一块，出现了一条条的黑线，他万万没想到，秦家竟真的准备对叶家赶尽杀绝，一点都不姑息。

叶天死去的消息若是传出去，汇通拍卖行以及叶家总部都不会对叶家有特殊的照顾，单凭叶家一己苟延残喘之力，是无论如何不能对抗秦家的……这下可怎么办？这下可怎么办？难不成是天要灭叶家？

他思绪连篇，良久之后，这个坚强男人的眼角竟流出了一行眼泪来。

“族长，现在……我们怎么办？”看叶云仙竟流泪了，探子心中同样动容，小心翼翼试探性问道。

“哼，即便拼掉我叶家一兵一卒，也不能对秦家妥协，天儿，为父一定要为你报仇。聚集队伍所有力量，对抗秦家！”叶云仙拍案而起，咬牙切齿地下着命令。

三个时辰过后！

叶家老宅，前前后后全都被秦家大军所包围，佣兵队、秦家核心人员、秦家高手集团足足摆了六个方阵，数千人之多，将叶家围了个水泄不通，一旦秦煌下令，秦家铁骑定然能将叶家踏平。

而相对秦家大军，叶家的守卫倒是有些寒酸了，里里外外总共不到千人，而且大部分都只是一些普通的士兵，就是和秦家最弱的战斗力佣兵队相比，也是有些不是对手。

如此鲜明的对比，叶家必输无疑。但是叶家战士却是个个胆识过人、勇猛无畏，苍鹰般犀利的眼神盯着秦家队伍，毫无畏惧之色。

“叶威老爷子，敬您是长辈，我就对您礼让三分，只要你叶家对我秦家俯首称臣，今日我不会侵犯叶家一兵一卒，并且还会让你叶家核心人员重新掌管原本的叶家产业，你看如何？”秦煌的每句话都充满无尽诱惑，就是想让叶威上钩。

而叶威岂会中了秦煌这老小子的奸计，当下便是冷哼一声：“秦煌，别以为你心中那点小九九我不知道，当年你还在吃奶的时候我就已经和你老爹打交道了，我吃过的盐比你吃过的饭还多。你不就是觊觎我叶家的土地府邸吗！告诉你，今天即便我叶威拼了老命，也会保住祖宗的老本，绝对不会让你为非作歹的。”

“那好啊，我倒是要看看你这把老骨头究竟能坚持多长时间！”秦煌一声冷笑，而后做出了攻击的手势。

对秦煌来说，这一次的行动是他秦家对叶家单方面的屠戮，所以只要自己以及几位斗王级的高手，困住了叶威以及叶云仙两个斗王级的高手，那么他秦家将不会损失一兵一卒。

随着秦煌下令攻击的手势做出，秦家大军好像从笼子中放出的野兽，凶猛彪悍地冲向叶家大军。秦家大军领头的都是一些实力达到了斗灵级的高手，他们都是秦煌从各大佣兵团中精挑细选出的战士，实力蛮横，战斗经验丰富，他们打先锋的话，即便不出手战斗，强悍的身体从叶家大军中滚过去，也能碾出一条血路来。

而相对叶家，实力却是弱了一大截，虽说叶家为了尽量避免伤亡，将一些实力稍微强大一点的战士安排在了前方。但是当他们遭遇到了战斗经验丰富，从人肉战场上滚出来的佣兵队战士的时候，还是相形见绌，而且他们的数量很少，防御战线很快便崩溃了。

叶云仙以及叶威两人却也不能上前，他们必须提防秦家队伍中的斗王高手厮杀进来。眼睁睁地看着自己的战士被敌人给随意践踏，死伤无数，两人的心里都不好受。

不过好在他们已经将叶家的家眷转移了出去，他叶家还会留根，不会被秦家赶尽杀绝。

“铁龙，你杀死了叶天，那这个老家伙，也交给你处置吧。”秦煌拍了拍旁边的铁龙道，“再说了，看那老东西看你的眼神，分明就是想为叶天报仇啊，你就成全他老人家，给他一个机会吧。”

“是的，族长！”铁龙怎么会听不出秦煌语气中对叶家的嘲讽，当下便配合着说道。

说着铁龙便主动走了出去，冲叶威抱拳施礼道：“叶威老爷子，关于叶天的事，我想和您解释一下，我并不是有意要杀死叶天，只是看那叶天放肆不讲理，我看他是有娘生没爹养，就想教育教育他。谁知叶家少年如此不堪，我甚至都还没动手，就把那小子给打死了。”

“你……”叶威老爷子看着这家伙，本来就够来气的了，再加上他这几句话的冷嘲热讽，心中的愤怒之情可想而知：“你害死了我孙儿，今日我一定要让你血债血偿！”

叶威怒吼一声，便一个猛虎下山攻了上去。

“烈虎，上次这家伙的儿子偷袭你的大哥猛狮，你大哥才会吐血重伤，这次你就帮你大哥报仇吧。”

秦煌拍了拍黑风寨的二当家道。自从秦家有了斗皇高手，实力水涨船高之后，黑风寨便投奔了秦家。

“哼，叶云仙，上次我大哥没能把你当场打死，今天我就替我大哥，好好地教训教训你。”

说着，烈虎便猛然冲了上来，俨然一副要将叶家给斩草除根的模样。

“莽撞匹夫。”叶云仙嘴角露出一个轻蔑的笑容，而后也加入了战斗之中。

一时间，原本风平浪静的叶家竟转眼间成了一个人肉屠宰场，人的惨叫声不绝于耳地传来，一刻未曾停歇。地面上血流成河，数不尽的尸体倒在地上，被人来回地践踏。

秦煌看着这热火朝天的战斗，冷冷笑笑，叶家对他来说简直就是到嘴的鸭子，即便它活过来，也没法从嘴边飞走了。

他这次是无论如何一定要将叶家给吃掉的。

叶威毕竟年老体衰，虽说也达到了斗王级，但也是跨入斗王没多长时间，在和铁龙这个中级斗王战斗的时候，渐落下风。虽然还是咬牙坚持着，可看他脸色苍白，浑身颤抖，每一个动作都开始变得僵硬，所以在铁龙一次次的猛击之下，逐步退缩，最后缩到了叶家的大门之前，没法再后退了，只能将后背倚在门板上，用全部的手段，化解对方的攻击。

而这一招，正中了铁龙的诡计，他在将对方逼退到门板上之后，便是快速地后退，而后施展出龙卷风。

看到铁龙形成的龙卷风，叶威的瞳孔瞬间紧缩。他差不多已经知道这小子究竟准备搞什么了，自己中了他的圈套啊。

他是准备把自己逼到门口，而后在门口附近打开一条空间裂缝，将叶家大门以及防护墙全都吸入空间裂缝中，到那个时候，他叶家的防线就全线崩盘，毫无还手之力，只能任由秦家人践踏了。

叶威心中悔恨，怎么会中了这小子的诡计。

但是这个时候后悔也已经来不及了，因为对方的龙卷风攻击已经酝酿好，马上就要发动攻击。

叶威痛苦地闭上眼睛，叶家灭绝，是板上钉钉的事，他没法再改变了，只能等待着空间乱流将自己卷入真空中，被生猛的空间乱流撕成碎片。

想到下一秒他就要和自己的孙儿叶天到下边团聚，他的心中竟是一种异样的兴奋感。

嗖！铁龙的身子，从龙卷风中爆射而出，双掌握拳，狠狠地朝着头顶的空间轰炸而去。一声巨响之后，空气竟被他的双拳打开了一道空间裂缝，顿时之间空间乱流犹如洪水猛兽般从中爆涌而出，几乎是眨眼间的工夫，便将叶威给完全地拽入空间裂缝中。

叶威痛苦地闭上眼睛。叶家完了，彻底完了。只要秦家愿意，要将叶家府邸卷入空间乱流中，都不成问题。

他分明感到自己的身体被空间乱流拽着四肢，有种五马分尸的痛苦。原本便苍老的四肢，在此刻承受着无尽的痛苦，钻心要命的痛苦。

“爷爷，我救你出去!”就在叶威放弃活命的时候，叶天的声音却在耳畔响起。他立刻睁开了眼睛，但是强烈的空间乱流却吹得他的眼睛没法睁开，只能将眼睛重新闭上。

“天儿，是你吗？天儿?”终于听到期待已久的叶天的声音，叶威神情激动地问道。他知道这一切都不是梦幻，这一切都是那般真实的存在。

“爷爷，别讲话，我救你出去。”叶天沉稳的声音再次在他耳畔响起，接着叶威便感觉到身子被一股强大的力量，朝着空间乱流相反的方向拽去。

犹如过了一年半载那般的漫长，叶威的身子终于被强大的力量拽出了空间裂缝，不过身上的痛苦依旧那般的清楚。他缓缓睁开眼睛，想看看这究竟是怎么回事儿，叶天的声音到底是不是自己产生的幻觉。

叶天，真的是叶天，自己找了整整一年都没找到的叶天，竟在这个关键时刻出现。

不过此刻的叶天，和以往的叶天截然不同，现在的他看上去比以前更成熟，实力更蛮横了。他犹如高高在上的神仙一般，平稳地悬浮在半空，毫无感情波动的双目俯视着众人，嘴角是一丝若隐若现的笑容。

“天儿，竟真的是天儿!”叶威猛然间兴奋了起来，那般的明显，“天儿，竟真的是天儿!”

而其余人同样满脸不可思议，他们明明看到叶威的身子，被空间乱流卷入了空间裂缝中，身子都已经完全消失在空间乱流中，他们认为这次叶威绝对会死去，因为还从来没人能从空间乱流中逃生出来。

但是诡异的一幕出现了，当众人准备将视线从逐渐愈合的空间裂缝上挪开的时候，一道熟悉的人影缓缓地出现在众人的视线中。

定睛细看的话，便会发现那个身影，显然就是被轰击入了空间裂缝中的叶威。没错，是叶威!

而在叶威的身后，竟又钻出来了另外一个少年。少年英俊不凡，气场强大，一双冷漠的眼神盯着下方的众人看，给人一种傲视群雄的感觉，看他的眼神，莫名多出了一股尊崇之感。

“啊，竟是他!”铁龙第一时间认出了叶天，惊骇得连连后退。即便他想破脑壳也绝对不会想到，这个被他打入空间裂缝中的少年，竟没被空间裂缝撕成碎片。

不可思议，太不可思议了，在他几十年的生涯中，还从来都没看到过身体如此蛮横的家伙。恐怕也只有斗皇强者的身体，才可能扛得住空间乱流的撕扯吧。

秦煌以及其余众人同样满脸不可思议，用力地揉着眼睛，他们甚至怀疑是自己看错了！

秦家和叶家的交战，也因这个以奇特方式出场的少年而停手，都用莫名其妙的眼神看着叶天。他们都有些不敢相信自己所看到的这一切都是真的。这个少年，竟是从空间裂缝中钻出来的。这简直超乎了他们的想象。

叶云仙的身体靠在墙上，才勉强让因激动而不住颤抖的身体站立，不至于摔倒在地。自己的儿子没死，在梦中出现了数千遍的场景，蓦然出现在现实中，让他有些招架不住，用力地晃着脑袋："天儿？这是天儿吗？是我看错了？我是产生幻觉了吗？"

叶家以及秦家的战士都交头接耳地商讨了起来，万道目光全都集中到叶天身上，这个令人瞩目的少年是全场唯一的焦点。

"这个就是叶家那个具有传奇色彩的少年叶天？"

"是啊。他比我想象中要强大得多了！"

"这叫强大吗？这简直就叫变态，如此年纪，竟能在空间乱流中存活那么长时间，而且毫发无损……即便是斗皇高手，都不一定能做到这一点。"

"是啊，这个少年……说实话，我现在真的想自杀，真是人比人会死人啊。"

"……"

叶天却是对现场的议论纷纷充耳不闻，脚步缓慢地走到叶威面前，恭敬地对叶威鞠躬道："爷爷，我来晚了！"

叶威掐了自己的胳膊一下，感觉到了疼痛，说明不是梦境，之后便疯狂大笑起来，很张狂，很兴奋，霸气外露，容光焕发，和之前那个沧桑颓废的老者，简直判若两人。

"好孙儿，好孙儿，你终于出现了，哈哈，好，好！"叶威连连点头，拍打着叶天的肩膀，傲气了很多，"天儿，有人欺负你爷爷，你帮我好好教训教训他。"

叶威好像一个小孩子在大人面前撒娇一般，指着铁龙道。

叶天连连点头称是，而后转身盯着铁龙，冷冷笑笑："铁龙，给你两个选择。"说完后，看着怔住的铁龙顿了顿，继续讲："第一，被我打死，第二，你自杀！"

"哈哈，哈哈！"虽然对叶天的出场方式感到震撼，甚至有一丝恐慌，但是再怎么说，这个都是自己的敌人，他不能在敌人面前表现出来，那样自己在气势上就会输掉了一大半。

"手下败将，竟也敢口出狂言，哼哼！"铁龙走了出来，手上金枪横在后背，他已经做好了攻击准备。

"天儿小心。"叶云仙走上来对叶天道，看着这个个头都快超过自己的少年，很是满意地笑着提醒道，"他是用空间乱流来攻击人，千万不要粗心大意。"

叶天感激地冲父亲点了点头："父亲，放心吧，我会小心的。"

"嗯。"叶云仙点点头，"待会儿把秦家灭掉之后，就到客厅等着我。我对你这一年的遭遇，倒是挺有兴趣。"

单单叶天能在空间乱流中完好无损地存活下来，已经证明了叶天的本事，所以叶云仙对他倒是并未有太多的担心。

"父亲放心，这些人就交给我吧。"叶天道。

叶云仙再次点了点头，叶天才手持烈焰刀走了上去。现在火龙神枪是一个杀手锏，不到万不得已，他还真不准备使用它。

杀手锏，就是要对付秦家老祖这样的高手嘛。

"好张狂的小子!"秦煌看叶天竟能从空间裂缝中生还下来，心中自然一阵震撼，不过并未因他的出现而有任何的慌乱。心思缜密的秦煌在没有看到叶天尸体之前，是绝对不会掉以轻心的，他早就已经想好了全部的对策，即便是叶天出现这个几乎不可能发生的事，他都已经想好对策，自然不会掉以轻心："铁龙，好好教训教训这小子，让他知道知道，我秦家的实力可不是他随便能挑衅的。"

"族长放心。"铁龙连连点头，冷哼一声，看叶天的眼神充满了浓浓的鄙夷神色，"小子，受死吧。"

话音刚落，他的身子再次快速旋转，形成一条狂妄的龙卷风，而后他的身体猛然从龙卷风中爆射而出，朝着叶天的方向便是狠狠地冲撞而来。

"切，要来要去也就这三板斧而已。"叶天嘲讽地笑笑，对他的攻击不闪不避。不少人都替叶天捏了一把冷汗。要知道对方的攻击快速凶猛得很，叶天难不成就这样束手无策地被他丢入空间乱流中?

很快，叶天便用实际行动告诉了他们："不是这样的。"

在铁龙攻到近前的时候，叶天快速地横起了烈焰刀，速度之快，犹如闪电一般。接着便是在铁龙的前方的空气上，快速凶猛地划了一刀。

嗖的一声，空气直接被他划开了一道大裂口，狂猛的空间乱流从中席卷而出，铁龙的身子被空间乱流吸附着，再加上他本身生猛的攻势，导致他的身子没有丝毫停顿地钻入了叶天划出的空间裂缝中。

可怜的铁龙，原本准备自己打出空间裂缝将叶天卷入其中呢，但没想到叶天这个变态竟也具有了如此生猛的攻势，直接将空气砍出了一条硕大的裂缝，然后将自己给吞噬了。

叶天并没有放任那家伙被空间乱流全部吞噬，烈焰刀用力地一捅，将铁龙的脑袋从脖颈之上切割下来，重重地丢到地上。

铁龙血淋淋的脑袋在地上滚了两圈之后，这才停了下来，眼睛不甘心地睁着，白色的眼眸直勾勾地盯着叶天看。

“嘶！”被称为秦家第一高手的铁龙就这么简单地被叶天给解决掉了，不少人都是掩嘴惊诧。

一招，仅仅一招，铁龙便被叶天这个少年给解决掉了，这个少年究竟有多强大、多变态的力量？

这个家伙到底具有多么变态的实力？

即便是秦煌，表情也僵硬了，即便他千防万防，也没想到这小子实力如此蛮横！

而叶威和叶云仙，以及叶家所有人，惊诧之余，兴奋连连。叶天的出现，几乎可以说是一招扭转了局面，原本要灭绝的叶家，这次终于有机会扳回一局了。

一年来，无论在任何方面，叶家都处于被动挨打的地位，叶天的出现让叶家第一次有了占主动地位的机会，叶家人怎么可能会不高兴？

“天儿，好样的！”叶威冲叶天竖起了大拇指赞叹道，“我叶威的孙子，就是厉害。哈哈，哈哈！天儿，那个叫秦煌的老东西，趁你不在的这一年里，没少欺负你爷爷，你帮爷爷杀了他吧。”

听叶威这语气和叶天讲话，搞得叶云仙是直翻白眼，他的脑海中有一个字儿在缓缓地上浮，那就是萌！

叶威老爷子也开始赶时髦卖萌了！

“好！”叶天几乎是毫不犹豫地答应了，好像打倒秦煌，就跟玩儿一样的简单。

说着，他犀利的目光扫向了秦煌。被他凌厉犀利的眼神看了一眼，秦煌不自觉全身发寒。虽说尚不知少年真实实力，不过却定然不比自己弱。为了以防万一，他决定还是用最后一个杀招。

“哈哈，叶天小兄弟，你我之间无冤无仇……”秦煌笑着说到这儿，表情明显僵了一下，因为他也觉得这个客套话未免太不尊重现实了，自己和他有不共戴天之仇啊，这么说估计也没人相信，只好中断这句话，转入下一个话题，“有句老话说得好，做人留一线，日后好见面，何必赶尽杀绝呢？若是叶天小兄弟同意的话，我可以当作今天什么事儿都没发生过！”

“放屁！”

叶云仙、叶威以及叶天异口同声地骂了一句。骂完之后，三人面面相觑，而叶家不少人都是掩嘴窃笑，这爷儿仨还真是默契啊。连骂人都能骂一块去。

“秦煌，无论如何，今天我叶天定然要摘掉你项上之物，否则对不起我爷爷。”叶天舞动手中烈焰刀，耍出一连串的刀光剑影来。

“哎！”秦煌无奈地叹了口气，“看来你还是准备和我对着干了，既然你选择撕破脸皮，那我也只能硬着头皮上了。”

秦煌说着，便是朝身后挥了挥手，道：“带上来吧。”

原本准备动手的叶天，动作僵硬了一下，目光炽热地看着秦煌，他倒是想看看，这家伙究竟搞什么。看他神情如此稳妥，定然是有什么杀手锏，足以对付自己。

很快，两支秦家队伍走了上来，队伍中间有一个人，被铁链子锁住了双手，披头散发，身上的衣服都被撕扯烂了，肮脏不堪，狼狈得很。

“跪下！”在队伍停止之后，两边押送的人，一脚将押送之人踹翻在地。

啊！

中间少年发出一声惨叫，而后跪倒在地！在他发出惨叫声音的瞬间，叶家人的眉头都皱了起来，因为那分明是叶秋的声音。

“叶秋，是你吗？”因为他被打得面目全非，肮脏的长发遮盖住脸，所以叶天不确定这个到底是不是叶秋，当下便小声地问了一声。

“是……是我啊。”叶秋点了点头，声音虚弱不堪，明显是受伤颇重。

“啊！我的儿！”

在叶云阳听到少年竟是叶秋的时候，心砰的一声破碎了。这个一向被自己视为宝贝的儿子，竟被秦家人折磨成了这副模样，心怎能沉寂下来，当下便是撕心裂肺地哭了起来，朝着叶秋就扑了上去。

在这样的威胁面前，估计任何一个父亲都将不会顾忌自己的身份。叶天深知叶云阳冲上去也只能是送死，身形晃动，眨眼间的工夫便拦在了叶云阳前面：“三叔，您放心好了，我绝对不会让叶秋有危险的。一定会将他从秦家手中救回来。”

叶云仙以及叶威也匆忙走上来劝解叶云阳，将他拉到了一边。

“好感动啊！”秦煌惺惺作态地道，“叶秋，你能有这样一个父亲，真是幸福啊，哈哈，不过可惜的是，你老爹也没法救你了。”

看秦煌如此嚣张，叶云阳的肺都快气炸了，恨不能将对方大卸八块。不过现在叶秋在他手上，他也没法表现出来，万一对方一生气，对叶秋做点什么呢？他这辈子岂不是就毁了？

当下他只能低三下四地乞求着：“秦煌，我愿用我的性命和叶秋交换，你发发慈悲，让我替秋儿做人质，我叶云阳一定对你感恩戴德。”

“啧啧，啧啧！”秦煌狂笑了起来，自己的计划起到了出人意料的效果，他的心里怎能不爽快，“想要我放了叶秋，行啊，你把叶天给我杀了，我就把你儿子完好无损地给你送回去！”

“你……”见秦煌竟提出了这个荒唐的要求，叶云阳的脸色葱绿，手指着秦煌的脑袋，“我愿用我的性命，来交换我儿子的性命，你……你快放开他！我愿给你当人质！”

“好啊，你先给我磕两个响头再说！”秦煌狂笑着道。

“你别欺人太甚！”叶天看秦煌如此嚣张，拳头紧握，奈何叶秋在对方手上，他根本没法近前，只能站在远处寻找机会救人，“若是你放了叶秋的话，我答应放你们秦家离开。”

“好，好，我给你磕头，我给你磕头！”自己的软肋被别人抓着，从小就不曾经历大事儿的叶云阳彻底慌乱无助，当下便是诚惶诚恐地应着，跪倒在地，要给对方磕头。

“叶云阳，你给我醒醒！”叶云仙看叶云阳竟毫无顾忌地给秦家人叩头，当下便是怒吼一声，拽着他的衣领，将他从地上拽起来，“你以为这样秦煌就能放了叶秋了？你给我醒醒，不要相信对方的奸计。”

第三十三章　秦家老祖现身

叶天回头看了看哭得不成样的叶云阳，又看了看叶秋，小声质疑道：“爷爷，你们不是已经将叶家少年全都转移到隐蔽之地了吗？他们是怎么抓到叶秋的？”

叶云仙和叶威也是连连摇头：“我也不知道啊，我们明明是将他们转移到了隐蔽之地，叶秋也不例外，他又是怎么被秦煌抓住的呢？”

一语惊醒梦中人，叶云仙和叶威这才察觉到此事有蹊跷。负责转移叶家人员的是叶云阳，于是两人纷纷将视线集中到叶云阳身上，问道：“云阳，你不是将叶秋转移到安全之地了吗？他又是怎么被对方抓住的？”

叶云仙这么一问，估计连他本人也感觉到蹊跷了，停止了哭诉，双目灼灼地看着叶秋：“叶秋，是啊，我不是已经将你转移了吗，你是怎么出来的？”

叶天分明注意到，原本奄奄一息的叶秋在听到这个问题的时候，浑身明显颤抖了一下。叶天似乎想出了什么，嘴角挂上一抹不易察觉的微笑。

“我……我担心父亲你的安危，所以就偷偷地溜出来了，谁知道……谁知道你……”叶秋说到这儿的时候已经泣不成声了。

“你……你真是太傻了。”听说自己的儿子是担心自己才走出来被秦家抓获的，叶云阳的心里更痛苦了，老泪纵横，哽咽得厉害。

“哈哈，叶云阳，你到底想明白了没？你究竟是想要你儿子的性命，还是杀了那个跟你儿子是死对头的叶天？”秦煌满是嘲讽地狂笑着，那一副嘴脸，看得叶天很是恶心。

“嗯？秦家老祖，你终于来了，今天正好将你秦家赶尽杀绝。”叶天忽然用烈焰刀指着秦煌脑袋上空的方向，同时身体朝着那个方向飞离而去。

原本秦煌认为这只不过是叶天的计策，想引开众人的视线，他好救人。不过当他看到叶天的身子，朝着那个方向飞去的时候，大概有些相信了，忙将视线转移到头顶方向，但是头顶上空荡荡的，哪有秦家老祖的踪影，这才明白上当了。

不过叶天依旧悬浮在上空，没去救人，他倒是有些疑惑了，心想难不成叶天费这么大的力气，只是为了调戏自己不成？

但是让他没想到的事发生了，叶天竟好像凭空蒸发了一般，原本还悬浮在半空的叶天眨眼间的工夫就消失不见了！

当他明白过来，叶天已经修炼到瞬移境界的时候，已经晚了，原本挟持着叶秋的队伍传来阵阵惨叫的声音。

秦煌再望过去的时候，发现自己的精英部队，眨眼间的工夫，就被叶天给打得落花流水，四散逃开，而叶秋却被他拽住了胳膊，朝着叶家的队伍飞去。

他非但没有气愤，反倒是冷冷地笑了笑，因为他的阴谋，终于得逞了。

被拽着胳膊飞在半空的叶秋，趁叶天不注意，快速从口袋中掏出一把匕首，对着专心致志飞行的叶天胸膛，便是狠狠地刺了过去。叶天似乎对他的动作没看见一般，依旧专心致志地飞翔，似乎根本就没看到他的这动作一般。

砰！

匕首和叶天的胸膛，结结实实地碰撞在了一块，原本按照他的猜想，这一下下去，叶天的胸膛肯定会爆射出二斤鲜血才对。可是让他没想到的是，匕首狠狠撞上叶天的胸膛，非但没有钻入他的皮肉，反倒是发出一声清脆的断裂声！

涂了剧毒的匕首，竟断裂了。

叶天早就已经猜测到秦家会利用叶秋来对付自己的计谋了，所以催动五行八卦玉施展了光罩，替自己阻挡住了叶秋的攻击。

而叶云阳、叶威等人在看到这个场景的时候，都是忍不住地倒吸一口凉气，因为他们怎么都没想到，叶秋竟被秦家收买了，恩将仇报，要刺杀救他的叶天。

“畜生，简直就是一个畜生！”叶威老爷子气愤不已，目露凶光，拳头握得咔嚓咔嚓响，恨不能现在冲上去将叶秋斩杀。

而叶云仙倒是表情平淡，在叶天询问那个问题的时候，他大致上也猜出了事情真相。事实证明他的猜测果然没错。

叶云阳同样傻愣住了，他不相信自己的儿子会做出这样的事来，虽然叶云阳曾经也针对过叶天，但是背叛叶家这样的事，他是绝对不会做出来的。自己的儿子这是疯了吗，怎么会做出这样的事来！

秦煌在看到叶秋一击未成的时候，就知道这次的围攻是彻底的失败了，小声骂了一声畜生后，便准备悄无声息地撤离。

叶天稳当落地之后，便将叶秋丢到地上。现在他可没时间盘问叶秋，因为他的头号敌人秦煌都还没解决掉。

他转身看着准备偷偷溜走的秦煌，冷哼一声：“怎么，计划失败了就想走吗？你不是想灭掉我叶家吗？那我今天就让你知道知道，得罪我叶家的下场。”

原本准备悄无声息离去的秦煌，停住了脚步，扭过头冷哼一声：“叶家小子，你这样做事是不行的。难道你爷爷就没教过你，若是你执意战斗下去的话，损失惨重的肯定是你们。没错，你实力很强悍，但我叶家的力量，同样不弱。”

“天儿！”叶威同样知道这个时候还不是和秦家摊牌的时候，当下便匆忙走上来，冲叶天使了个眼色，示意他咽一口气，现在还真不是战斗的时候。

没办法，叶天只能强咽下这口气，冷哼一声：“你秦家等着，我叶天绝对不会放过你秦家，你对我叶家所做的这一切，我叶天一定要千倍百倍地讨回来。”

“好啊!”秦煌同样冷冷笑笑，如今大势已去，他可不想做这种伤敌一千自损八百的事儿。那样只会便宜了其余觊觎狮王森林的势力，说不定他秦家就因这次的事而彻底陨灭。

一切事务还是等着和秦家老祖宗商量着来吧。

说完之后，他便命令秦家队伍，撤走了。

待得秦家队伍离去之后，叶天才走到爷爷身边，仔细打量着叶威道：“爷爷，你没事儿吧?”

“没事儿，没事儿，哈哈!”劫后余生的叶威心情大好，另外失散已久的孙儿终于回来，更是喜上加喜，这一年来，这是叶威第一次笑出声来，“我叶天孙儿回来，大摆筵席，犒劳将士们，一定要好酒好肉地招待着，哈哈，哈哈。天儿，走，给爷爷讲讲你这一年究竟有什么奇遇，你现在的实力是不是能把秦家老祖揍得哭爹喊娘!”

在叶威心中，自己的孙儿才是世界上最好的孙儿。

叶云仙也匆忙跟了上去。在他们经过叶秋身边的时候，叶威老爷子狠狠地瞪了他一眼，却是并未多言。

对叶威来说，此时无声胜有声。这种责备的目光，简直就可以杀人。

叶云阳走到叶秋身边，坚持和叶威同样此时无声胜有声的原则，并未责骂，而是伸出一巴掌，在他脸上狠狠地抽了一下。这是自己的儿子，但是他太不争气了，同样是给叶威当孙子，这差别怎么就这么大呢。

在叶秋准备跟着叶云阳进入大厅的时候，叶云阳却将他拦了下来，在他的腿弯上狠狠地踢了一下，扑通一声，叶秋便跪倒在地。

“给老子跪着，什么时候你爷爷和叶天原谅了你，什么时候再给我起来。畜生，你简直就是给老子丢人!”

“爹，我知错了……”

“呸，老子没你这个畜生儿子!”叶云阳咒骂着，从小到大都没这么痛心地骂过他。可是今天，叶秋的所作所为超出了他的忍耐极限，他不能再继续装作什么都没发生过了。

而叶威、叶云仙等人直接无视叶秋的存在，享受着美味佳肴，以及叶天的种种精彩故事。

简单地吃了一顿饱饭之后叶天便将这几日的事告诉了叶威。

“我在进入空间裂缝之后，身体承受着撕裂之苦，马上就要死去了。可是这个时候，一个女孩子的声音钻入我的耳朵。我睁开眼看了一眼，发现竟是林雪儿。”

“她没有跟我有太多的废话，就拽着我进入了一个我不知道是什么的圆球世界里边。那个圆球世界里边空荡荡，什么都没有，里边的环境和现实世界一样，没有空间乱流，有着充足的空气和斗气。”

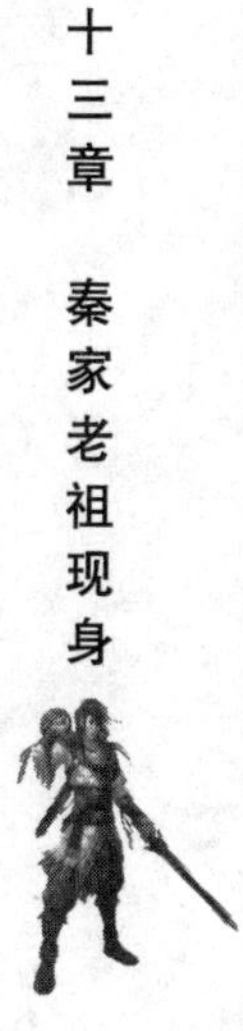

“把我带入了那个大圆球世界之后，林雪儿就离开了。直到现在都没出现过。于是我就在里边开始修炼起来。也不知过了多长时间，我忽然看到了一个空间裂缝被打开了，就趁着这个机会从空间裂缝里边钻出来了。接下来就看到了秦家围攻叶家的事!”

讲完之后，叶天长长地舒了口气，状若思考，满脸庆幸表情。

其实，这一切都只是叶天撒的一个小谎而已。

他在进入空间裂缝之后，便快速催动了五行八卦玉的光罩保护，再加上他本身就具备逆天邪骨的保护，竟经受得住空间乱流的撕扯。

不过尽管身体能经受得住这股能量的疯狂拉拽，但是那种非人的折磨，让他无时不刻都在承受着五马分尸的痛苦。

在空间乱流中他根本没法控制自己的身体，只能好像汪洋大海之上的一叶扁舟一般，摇摇晃晃地四处乱游，并且时不时地要遭受空间风暴的袭击。若是撞上空间风暴的话，他的身体肯定会被碾压成齑粉。

若是这么放任自己游荡下去，肯定会被空间风暴撕成齑粉，当下判官便和他商讨对策。判官的建议是，将这里当成一种对身体的锻炼。这么艰巨的环境，正是锻炼一个人身体的最佳时机。

想明白了这点之后，叶天没有继续怨天尤人，而是在这样艰巨的环境中，锻炼着左右互搏术，左手火龙神枪，右手烈焰刀，经过整整十二个时辰的折磨，他竟适应了这样的环境，对左右互搏术的修炼，几乎达到了大成的境界。

这样艰苦的环境，对他的斗气修炼也达到了一种很强的促进作用。在空间乱流中待了仅仅几日的时间，他竟再次升级，达到了高级斗王级。对于这么变态的修炼速度，即便判官都是瞪目结舌，直呼不可能。

简单将这一年的遭遇，给叶威老爷子说了一通之后，又询问了一些关于叶家这一年来的事，大体上了解了一下，将一年前的记忆，和如今的世界相衔接了之后，便告别了爷爷以及父亲，准备回房间休息一下。

可是在他准备回去的时候，门外却是忽然传来一个中气十足的青年男子声音：“叶天少侠在吗?”

听到这中气十足浑厚沉闷的声音，不少人的视线顿时望向门口。不过门口空荡荡的，什么人都没有。就在众人疑惑的时候，那声音再次在客厅中响起：“若是没猜错的话，这位应该就是叶天了吧。”

然后，众人才发现，客厅的左下角不知什么时候多出了一个“客人”来。只见这位客人衣着华贵，气质高雅，贵族气息很浓厚，生有女子才有的眉眼很是好看。

嘶!

知情者都知道这是一位高手，因为他刚才施展的正是瞬移。门口的声音过后，便瞬移到了客厅中，怪不得他们没法发现这个说话者。

叶威以及叶家核心人员都站了起来，双目微皱。因为他们暂时还不确定这个人到底是敌是友，所以不能有松懈和粗心大意。

“请问这位是……”叶云仙试探性地问道，同时快速地在脑内搜索，心想自己并不认识这么一个人啊。

“在下鹰眉，王展昭!”

“什么?”听他这么一介绍，在场众人皆是吃惊不已。即便是叶天，也是满脸不可思议地看着他：“你就是大离帝国四大传奇高手之首的鹰眉，王展昭!”

对于这样一个人，神魂大陆的人可都不会感到陌生。这家伙年幼的时候，便被战神看中其资质，收为门下弟子。当时这件事便在神魂大陆引起了轰动。要知道战神可是神魂大陆屈指可数的几个斗皇高手之一啊，向来都不肯收弟子，这次主动收下鹰眉王展昭，轰动效果自然强大。

王展昭也不负战神厚望，小小年纪便连战大离帝国三大年轻高手，再次成为神魂大陆人们口头争相传诵的名字。之后便一直都在战神山跟着师父修炼，很少出来走动。

万万没想到，这个传奇人物竟会打破以往惯例，从战神山走出，而且来到他叶家，前来寻找叶天。

跪在院落中的叶秋在听到鹰眉王展昭自报名号的时候，内心开始激动起来。要知道这王展昭向来都是他心中的神级人物，更是他的偶像，从小就立志，一定要成为鹰眉王展昭这样的人物。

但那也只是一个少年心中的幻象，现实中他连和鹰眉见一面的资格都没有，于是这个念头，就成为他的梦想。

没想到，自己这次竟能和王展昭如此亲密的接触……虽然他是为叶天而来，可战神王展昭依旧那般亲切地站在自己面前，令他有些激动不已，恨不能站起来冲上去，仔细地观察一番王展昭。

“请坐!”在所有人都僵硬当场的时候，叶天是唯一保持明智的人，知道这样有些冷落了鹰眉，当下便客套了一番。

但是说完之后他就意识到自己说了废话，因为对方正坐着呢。

叶天大摇大摆地走上去，丝毫没有因对方是战神的弟子而有任何的自卑，反倒是像会老朋友一般的轻松自如……尽管他的心也早就已经沸腾兴奋了起来。

鹰眉王展昭同样被叶天的这轻松自如的表情而镇住，看来这家伙并不像其余人那般的浮夸，怪不得师父他老人家会看中这家伙了，虽然心中震撼，却是并未表现出来，只是简单地夸赞了两句：“叶天少侠果然英俊不凡，不是常人，怪不得师父他老人家会看中你，要收你为徒。”

听罢，不少人都是眼珠子瞪大了，叶威和叶云仙更是心脏怦怦狂跳，脸都红

了起来，这对他们来说，简直就是一个天大的好消息。若战神真的要收叶天为徒的话，那么鹰眉王展昭的奇迹将会在叶天身上重演，若是叶家能和战神牵扯上这层关系的话，他叶家真的就是一步登天了。

就拿鹰眉的典故来说吧。原本他王家也不过是一个小城镇的小商贩而已，一年忙活到头，也就能保持温饱。可是自从和战神牵扯上关系之后，他王家更是差点跻身大离帝国四大家族！

可想战神的影响力究竟有多大。若是能在战神的帮助下夺回狮王森林，并且将玄铁矿完全开发，他叶家想要超越叶家总部，恐怕都是轻而易举的事了。

"天儿，快答应，快答应啊！"叶云仙看叶天发愣，连忙催促道。这种好事儿上哪找去。

"对不起，父亲，恐怕我不能答应。"在经历了一系列的思考之后，叶天还是摇头拒绝了。

一来，叶天担心判官的秘密被战神发现了；二来，自己已经有了判官为师，不能再拜第二个师父了。

这是他的真实想法。

"啊！"叶天的回答，出乎所有人的意料，叶威更是伸长了脖子，将耳朵竖起来仔细听着，他怀疑刚才自己是听错了，"叶天拒绝了，怎么可能？"

鹰眉王展昭这么快就被人拒绝了，他的心里自然不是滋味，眉头微皱。

不过很快，他便恢复了正常，对叶天的敬佩之情油然而生："果然是英雄出少年。和你相比，我倒是有些市侩了。"

"王大人，您息怒，小儿不懂其中道理，我劝劝他。"叶云仙忙打圆场，将叶天拉到了一旁，小声道："天儿，你大概还不知这个鹰眉是什么来头吧，知道吗，被战神收为弟子，你就会前途无量，我叶家也有可能跻身大离帝国四大家族的行列啊。"

叶天却是苦涩笑笑，道："父亲，你听我说，我知道鹰眉王展昭的典故，也知战神的名号，更知道若是我成为战神的徒弟，我叶家更是会水涨船高。可是父亲，我不想依赖战神的名号，那样即便闯出了名头，也不是我叶家的，而是战神的。父亲，听我的，我知道我在做什么。"

"天儿……"他原本还想再劝说两句的，但是看叶天这倔强，当下只能连声叹气，"你想明白了，这可是你人生唯一的一次机会！"

"父亲，放心吧。"叶天自信满满地冲父亲笑了笑。

"哎，好吧！"好好的一次机会，就这样溜走了，叶云仙心中自然是难受可惜，但是他不想因这件事而勉强叶天，因为在他心中，叶天已经长大了，是一个成年人，知道自己所做的决定到底是对是错。

叶威同样听到两人的谈话。他也和叶云仙一样，尊重叶天的意见，所以只是拍了拍叶天的肩膀，道：“天儿，爷爷尊重你的意见。”

对于爷爷和父亲的理解，叶天的心里还是蛮感激的。

“果然是初生牛犊不怕虎，少侠果然不亏了这个少侠的称号，来，我鹰眉敬你一杯！”

说着，鹰眉亲自倒上了两杯酒，和叶天对饮了一杯。

叶天对他还是很有好感的。不像秦傲天那样的大架子，而且为人和善，有种邻家大哥的爽快。他就喜欢和这样的人打交道。

“日后我们就是朋友了。哈哈！”鹰眉看来也是很高兴和叶天结识，所以和叶天爽快地连干两杯。

“王大人！”叶天恭敬地说道，“这次让您白跑一趟，实在是很遗憾。”

“不遗憾，不遗憾。”鹰眉连连摆手，“再说也不是白跑一趟，我这不是结识了一个好朋友吗？哈哈！”拍了拍叶天的肩膀，笑着道，“还有啊，以后你也不用喊我王大人，多生分啊，直接喊我老王就行。”

看两人你一言我一语，好像几十年未见的老朋友一般的熟悉，叶威等人的心里就是一阵汗颜，即便是他们，也自信无法做到和叶天一样的境界。

这个叶天藏得也太深了点，他到底藏了多少秘密，恐怕他们想破脑袋，也绝对猜不透这些的吧。

“我这次来，小弟你一定要给我一个面子！”喝了几杯之后，双方基本上熟络了，道，“战神这次让我请你去战神山做客，你可不要再推辞了，要不显得我鹰眉多没面子不是？”

叶天皱了皱眉头，在秦家围剿叶家的关键时刻，叶天身为叶家最后的杀手锏，怎能随意走开呢？这样岂不是给秦家了一个机会？

而鹰眉看叶天紧皱眉头，便问他有什么难言之隐。叶天这才将事情的来龙去脉告诉了鹰眉。

而鹰眉听了之后，却是不以为然地笑笑：“原来你是担心秦家趁火打劫啊。这样吧，为了让你放心，我现在就去灭了秦家，免除你的后顾之忧。”

看鹰眉这表情，丝毫不像开玩笑，叶家人皆是震惊无比，这才是高手，这才是真正的高手，灭掉一个不大不小的家族，就跟捏死一只蚂蚁那般的简单。

而叶天看了看鹰眉，却是摇头笑笑：“算了，我还想亲自灭掉秦家，为我叶家出一口恶气呢，就不劳烦你了。你只需警告秦家，在我不在的这段日子里，不要对我叶家下手便可了。”

“那好吧。”鹰眉道，“我最烦和人打交道了，还不如直接灭了他们爽快。我就先告辞了，去找秦家人好好说道说道。”

鹰眉王展昭说了一声之后，便犹如隐身一般，身子从原地凭空消失！

确认鹰眉王展昭离去了之后，叶威满目激动地走到叶天身边，抓着他的肩膀，满目兴奋地道："天儿，你……你比我想象中的……要深得多。告诉我，你小子到底藏着掖着多少！"

叶天却是无语笑笑："爷爷，我真的没什么隐瞒你们了。我也是第一次见到鹰眉王展昭啊。"

"天儿！"叶威忽然正色道，"你要和外面世界的人打交道，一定要留一个心眼，别看这鹰眉对你这么客气，可只是表面而已，他心里在想什么没人知道。你马上就要去外面的世界闯荡了，爷爷送你一句话，知人知面不知心，在没有完全了解对方之前，万万不可深交。万一发生不测，吃亏的肯定是你，说不定你还会有性命之危。"

"嗯！"叶天点了点头，道，"我知道了，爷爷，我会牢牢记住的。"

"混账，饭桶，一个个的都是饭桶！"秦家秘密会议室内，秦煌将手中茶杯狠狠地丢到地上，发出叮叮当当的刺耳响声。坐在桌子下首的秦家众人，都是眉头紧皱，心中怒气横生，因为叶天的出现纯属意外，根本怪不得他们。

可秦煌毕竟是他们的主顾，他们也不敢反抗。只能忍一时风平浪静，退一步海阔天空了。

"连一个小小的少年都打不过，我要你们还有何用。啊，今天我秦家的脸都让你们给丢尽了。你们这群笨蛋！"因为秦家老祖是斗皇高手，这些人都不敢反抗。秦煌是将自己在叶天身上受的气都撒在了这帮手下的身上，反正自己出了钱的，不把他们当出气筒，就是浪费。

"秦煌，哪个是秦煌，给我滚出来！"秘密会议室的外边，响起了一阵叫叫嚷嚷的声音，似乎还有打闹的声音。

秦煌的脑袋立刻胀了起来，真是一波未平一波又起啊，今天是得罪了哪路神仙，又是谁来秦家闹事儿了？听对方嚣张的语气，就知道对方来头不小。

砰！

就在秦煌准备出门查探的时候，精钢铸成的大门被撞开了，一名守卫的身子好像飞镖般飞了进来，最后重重地撞在了墙壁上，吐出一口浓浓的鲜血。

"谁人这么大胆！"烈虎正一肚子气没地儿撒，正好有人上门惹事儿，他自然要好好地发泄发泄，当下拍案而起，朝着外边走去，同时嚷嚷着，"真是吃了熊心豹子胆了，我秦家也有人敢来闹事儿，看我烈虎今天不把他扒层皮。"

说着，烈虎便和秦煌走出去了。

当秦煌看到站在对面的，竟是传说中的传奇高手之首，战神的弟子鹰眉王展昭的时候，整个人登时就愣住了，因为他秦家和战神根本搭不上边，平日里更是没什么来往，这尊大佛怎么会平白无故的来秦家？正所谓无事不登三宝殿，要是这尊大佛真的闹起来，他们秦家这座小庙还真架不住。

“臭小子，你吃了熊心豹子胆，敢来我秦家闹事儿，到底是什么人，报上名来。”烈虎可不认识什么四大传奇高手之类的东西，在他眼中，只有千灯镇附近的几大势力，战神武神什么的，他统统都不放在眼里。

连自己都畏惧三分的人物，烈虎竟敢口出厥词，对他不敬，秦煌的脸就有些挂不住了，立刻训斥了一声：“烈虎，你瞎说什么，这位是大离帝国四大传奇年轻高手之首的鹰眉王大侠，还不快给王大侠行礼!”

虽说烈虎并不知什么传奇年轻高手的来历，不过连秦煌都对他这么尊崇，他也不敢再有不敬的态度，只能憋住内心的窝火，赔礼道歉。

“王大侠，快里边请，您的大驾光临，真是令寒舍蓬荜生辉啊!”虽然秦煌十分不欢迎这类人物的到来，因为从刚才他的语气中就猜测出这家伙是来者不善了。不过既然已经来了，秦煌也不敢怠慢，只能口是心非起来。

“行了，废话少说吧，少来这套虚的。”鹰眉对他们这种口是心非的人是相当的反感，当下便是连连摆手，“你们和叶家是不是有仇?我可告诉你，在我请走叶天的这几天，你们最好不要对叶家有非分之想，否则别怪我鹰眉对你们不客气，明白了吗?”

鹰眉直入正题地道。

这番话讲完之后，秦煌的脸是青一阵白一阵，这鹰眉未免太嚣张了点，就那般直来直去地和他们说这些上不得台面的话!

当时秦煌整个人都僵住了，心想这叶家究竟是拜哪门子佛，老天怎么会对他们如此的照顾?之前有个叶家总部和汇通拍卖行对他们特殊照顾，已经让秦煌大跌眼镜了，如今这叶家又搬来了战神的徒弟……

要说战神可是一具有传奇色彩的人物，据传至今活了足有两百多岁了，百年以前，已经达到了高级斗王级，百年之后的今天，怕是已经达到了神通级了吧!

能达到神通境的人，可都是具有飞升的实力了啊。这样的人，别说他千灯镇秦家，即便秦家总部，都不敢随意招惹战神。要是战神一发威，估计大离帝国都得跟着抖动一番。

“怎么，你是不答应了?”鹰眉看秦煌一直沉默不语，还以为他不准备答应呢，冷哼一声，轻轻地按压了一下旁边的桌子。

是的，简简单单地按了一下桌子，但是这么一按之下，可是有着千钧之力的啊，只听哐当哐当的爆音声不断响起，接着，原本无比结实的檀香木桌子立刻化为齑粉。

“你要是不想落得和桌子一样下场的话，就乖乖地听话!”王展昭冷哼一声。

那秦煌哪敢不从命啊，刚才只是在思考叶家搬来这个大神背景，愣神了一下而已，可就是这么一愣神，就惹怒了鹰眉!

秦煌当下诚惶诚恐地道：“王大人放心，我秦家和叶家可是世交呢，我怎么可能会对叶家有如此不恭的行为呢？前几日我还和叶威老爷子促膝长谈来着，我想这中间肯定有什么误会。”

秦煌立刻诚惶诚恐地解释着说道。

“那就好！”鹰眉明显不耐烦起来，“早这么说不就完了，可惜了这张檀木桌子啊。”

说完，他的身子就已经从原地消失不见。

“瞬移，又是瞬移高手！”秦煌擦拭了一下脑袋上的汗珠，连声叹气，“这是招惹了哪门子神仙了，怎么接二连三地遇到这窘迫事儿？”

同时他在思考着，到底要不要改变一下对叶家的战略。若是继续和叶家对着干下去，他们继续搬来某一尊大神，彻底把他秦家铲除了怎么办！

这还真是一个棘手的问题啊。

在叶威和叶云仙等人交代叶天在外出行需注意的一些事之时，鹰眉便回来了，伴随着一阵爽快的笑声：“叶小弟啊，那秦煌也不过是一个缩手缩脚的小人而已。你还会将他放在眼里？”

话是从门口方向开始响起的，可是只有前四个字是在门口讲完，而后面几句话却是在叶天耳畔响起。

那么转瞬间的工夫，鹰眉王展昭已经走到叶天身边了。

“呵呵，王大哥说笑了。”叶天简单笑笑，“我想，我们还是快点出发吧，要是让战神等得不耐烦了，这个罪我也担待不起。”

“放心吧。”王展昭边说着，便朝着门外走去，“我师父说了，你将来的成就不比他小，所以特别嘱咐我，一定要好生担待你，否则拿我问罪。我要是有什么不周之处，还望你能担待一些。”

“哈哈，王大哥真是客气了！”

“叶小弟，瞬移可否跟得上？”

“大哥放心前行就是！”

听得两人你一句大哥我一句小弟的，叶威和叶云仙等人是面面相觑，惊喜之余，还是有些担心的，他们还真担心这王展昭是笑面虎一类的角色。别看他表面和叶天以兄弟相称，谁知他心里在想些什么。

叶天的社交经验没有王展昭那么丰富，要是王展昭真的想对叶天做点什么手脚，叶天真是有够受的了。

“父亲，放心吧，天儿不会有事儿的。”叶云仙为了让叶威放心，拍了拍他的肩膀道，“天儿这么深，连我们都看不出，更别说王展昭了，说不定他还藏着什么杀手锏呢！”

“嗯。”叶威也只是叹口气，“现在也只能自求多福了。希望王展昭不是我们想的那种人。”讲完了之后，目光望向王展昭和叶天飞离而去的方向。

瞬移足足一天一夜的时间，两者早就已经远离大离帝国数万公里，此刻两者正在神魂大陆边缘的一片海洋之上，傲视这座平静如路面的大海，两者皆是心旷神怡，安安静静地享受着这片让人祥和的风景。

“好广阔的大海！”自幼生活在内陆地区的叶天从未见过大海，如今能在大海之上疯狂奔跑狂飞，自然兴奋，好像一个刚刚找到一个新玩具的小孩子！

砰！叶天一头扎入了深深的大海中，犹如一颗炸弹爆炸般，溅起了大量的波浪涟漪，浪头足足有数十丈之高。

他的体表被一层斗气光罩笼罩着，所以海水根本就没法浸染他的身子，他好像一条鱼儿一般尽情地在水中遨游。一头体型硕大的虎头鲸张开硕大的嘴巴，朝着叶天的方向冲撞而来，卷起一层波浪，犹如钱塘江大潮一般的壮观！

“哈哈，虎头鲸，今个儿叶天爷爷就陪你玩玩。”叶天只是在爷爷和父亲的口中，听说过关于虎头鲸的存在，哪曾真的见过这样的东西，如今真的见识到了，自然要和它疯狂地耍一番。

叶天飞起一脚，朝着虎头鲸咬下来的长长獠牙狠狠地踹了去，只听咔嚓一声清脆的响声，虎头鲸尖锐厚重的牙齿被他整个踹断了，鲜血顺着鲸鱼的嘴流出来。

虎头鲸吃痛不过，身子在水中来回地翻腾咆哮，将海水搅得浑浊不堪，出现一个个的漩涡。漩涡具有极其疯狂的力量，叶天的身子被漩涡卷住，竟没法自由活动。不过这根本难不住叶天，他手持烈焰刀朝着虎头鲸的脑袋，便是狠狠地刺了下去！

嗷！虎头鲸发出一声沉闷震动的响声，平静的海面瞬间被振起了数丈高的巨浪，巨浪竟蔓延了数百丈的距离，才终于平息了下来。

收！

叶天暗暗波动心神，和烈焰刀进行神识沟通。烈焰刀收到命令之后，疯狂颤抖起来，将虎头鲸脑壳上的伤口越捅越大，爆涌而出的鲜血将海面染红了，随着波浪涟漪四处游荡。

嗡！烈焰刀在发出最后一连串低频的颤抖之后，总算挣脱了虎头鲸的伤口，飞回到叶天的手中，继而叶天便施展瞬移，朝着虎头鲸白嫩的肚皮便是狠狠地冲撞了上去。

嗷呜！虎头鲸发出一声惨绝人寰的惨叫声后，肚子硬是被叶天的肉身给捅出了一个硕大的伤口来，叶天的身子完全没入其中。与此同时，虎头鲸的身子也几乎是疯了一般地朝着上方飞去，最后噗嗵一声，冲破了水面的束缚，好像硕大的飞鸟一般，在海面之上来回地盘旋，上下起伏。

悬浮于海面之上的鹰眉王展昭嘴角满是微笑地看着这一幕。对他来说，这一幕倒是赏心悦目。不过在说这句话的时候，他的嘴角却是淡淡笑笑：“小子，就让你再嚣张一会儿。”

话音刚落，便听到噗嗵一声巨响，一个更大的惊雷从海面之下爆起，狂妄的波浪几乎是转瞬之间，便将天地间连接起来。

位于波浪上方的叶天第一时间察觉到了狂妄的波浪，当下便快速地施展轻功，从波浪上方的空间逃离而去。砰砰砰！接二连三的爆破声不断地从冲天巨浪中传来。

在惊涛骇浪响起的瞬间，叶天便已经察觉出其中有猫腻儿了，所以在逃离波浪的瞬间，便举目望去。

自己的猜测果然没错，在惊涛骇浪之间，果然是有着一道暗黑色的人影。

叶天自然不是那种愚昧之人，知道此人必然不是平白无故出现在这里的，肯定是事先有埋伏。

想明白了这点后，他的眼珠子瞪得硕大滚圆，咬牙切齿地看了一眼王展昭。若是真的有密谋的话，王展昭肯定脱离不了干系。

果不其然，在他望向王展昭的时候，这家伙正冲自己笑着。看他嘴角那一丝狂妄的微笑，就知道这小子骗了自己。

幸亏爷爷警告过自己，知人知面不知心，所以一路上自己对他都是防备有加，才平安到达这里。

“小子，你这次必死无疑。哈哈！”斗皇强者，秦家老祖的声音，从巨浪中传出，声音震天响，甚至连海面都跟着上下起伏！

巨浪缓缓落下，秦家老祖狂妄的身影自其中出现，狂妄之气四处发散，威压强劲，让人不自觉地心生畏惧。

而王展昭在叶天身后，和秦家老祖一块，一前一后将他夹击，看那阵势，似乎这次无论如何都不准备放走他了。

“哈哈，看来你们早就准备好了啊。”叶天狂妄地笑了起来，笑声中透露出浓浓的悲哀以及愤怒，他最恨的便是别人欺骗自己了，“王展昭，秦家老祖，今天这次你们是必死无疑了。”

“是吗?”秦家老祖听了，竟哈哈狂笑了起来，“我倒是要看看，你有什么资格在我面前张牙舞爪。”

说完之后，他的手中蓦然出现了一块灵芝武器，朝着叶天的方向，狠狠地砸来。

“不好!”看到秦家老祖手中的灵芝，判官连声称呼不好，“这家伙手中的灵芝，乃是中级灵器神灵芝啊，据传这神灵芝曾是战神手中的斩神利器，一共有两只，其中一只，赠与了王展昭，没想到另外一只，竟赠与了秦家老祖!”

听判官一五一十地讲解着秦家老祖的典故，叶天的心立刻怦怦狂跳起来。尤其在他听到，其中一只神灵芝赠与王展昭的时候，心脏差点跳出来。

他立刻扭头，果然看到王展昭的手上，多出了一只神灵芝，而在神灵芝葵花般的大脑袋上，则是释放出一股浓浓的粗大光柱，以超音速的速度，朝着自己撞击而来。

与此同时，秦家老祖手中的神灵芝，同样是这般的变化，朝着叶天狠狠地轰炸而来。

叶天的瞳孔紧缩，对付两个斗皇级的高手，而且这两个斗皇级高手还有这两件灵器……即便把自己拆成两半，也绝对不会是他们的对手啊！

第三十四章　秦家老祖的较量

在叶天思考的时候，两道光柱已经攻击上来，近在咫尺，看样子马上就要爆掉叶天。

啊！叶天甚至感觉到两道光柱给自己带来的强烈灼热感，却是无能为力！

秦煌一头雾水地在秘密会议室中来回踱步，他怎么也想不明白，鹰眉王展昭为何会忽然大驾光临，为何会为叶家出头？这叶家怎么还有战神这层关系？

门口传来一阵有节奏的叩击声，伴随而来的是门口守卫的声音："族长，鹰眉给秦家留了字条!"

听到那声音，秦煌皱了皱眉头，而后匆忙打开门，疑惑不解地盯着守卫："什么意思?"

"被鹰眉拍碎的桌子下，我们发现了这张纸条。"守卫一边说着，一边将手中的一张纸条递上去，"看着好像是秦家老祖的笔迹。"

"嗯?"秦煌眉头稍微皱了皱，而后快速摊开纸条，看着上边的笔迹。果不其然，竟真的是秦家老祖的笔迹。

"叶天不在，吞并叶家!"

"什么意思?"看着纸条上的笔迹，秦煌的眉头深深皱了起来，"难不成，老祖和鹰眉王展昭有交情，这是老祖的设下的圈套?"

片刻后，他的嘴角露出一股诡异的笑容，猛然拍击桌子，立刻下令道："纠集军队，攻下秦家!"

与此同时，叶家!

"什么?"听手下探子说出的这个消息，叶威的眉头都深深地皱了起来，满目不可思议地盯着探子，手掌微微颤抖，一行黑线在额头逐渐浮现，"你确认消息准确?"

"是的!"探子连连点头，"秦家老祖早年时候，的确曾拜入战神门下，是战神的外门弟子，近几十年才返回秦家闭关。据传……"

探子说到这儿的时候，声音颤抖得愈发厉害，甚至连一句完整的话都说不清楚。

"快说!"叶威死死地盯着探子，咬着牙齿一字一顿地道，"据传什么!"

"据传，秦家老祖当年在战神山，和鹰眉王展昭关系不错，战神将神灵芝赠送给王展昭，而王展昭却将其中之一，赠送给了秦家老祖！”

噗嗵！

在探子说到这儿的时候，叶威的身子直接噗嗵一声摔倒在地上，双目死死地盯着探子，有气无力地道：“我早就知道，我早知道这件事藏有玄机，我不该让天儿和鹰眉去啊！”

“父亲，怎么了？”叶云仙刚刚从外边办事回来，谁知刚刚跨入房间，便看到父亲身体一软，倒在地上。他匆忙上前，急忙询问到底怎么回事儿。

于是叶威便将事情的来龙去脉，一五一十地讲给了叶云仙听。而听他这么说，叶云仙同样心痛，心脏怦怦狂跳，脸色煞白：“这个消息……到底确切不确切！”

“我用了很多关系，确认这件事，都得到了肯定的答案。”

“报！”叶威刚刚讲完，外边又传来探子急促的声音，不待门卫传话，便是直接匆忙地走进来了。

不经门卫上报便径直走进来上报的，肯定是很急的情报，叶威匆忙问道：“到底发生了什么？”

“禀报族长！”探子因赶路过急，而导致上气不接下气，“秦家……秦家正集结队伍，朝我叶家方向进发，似乎来者不善！”

“苍天，你这是执意要灭我叶家啊！”叶威满腔愤怒，仰天长啸一声。他的声音很快招来了叶家核心人员，在听叶威老爷子将事情始末告知他们之后，这些人都是倒吸一口凉气，真是没想到，他们竟无意中中招了。

“卑鄙小人，竟要这样的手段！”叶云阳性格暴戾，拳头紧握，咬着牙齿骂了一句，“这次就算拼了我叶家的老本，也要把秦煌这个老妖精拉下马。做事太没底线了。”

“父亲，让我去！”叶秋从队伍中站出来，双目红肿，声音嘶哑地道，“我就说是投奔秦家的，一旦我有机会和秦煌靠近，就能把秦煌斩杀了！”

“混账！”叶云阳反手，便是要扇叶秋的脸，“你怎么这么没脑子，你觉得秦煌和你一样没脑子！”

“云阳，冷静点！”叶云仙快速伸出手，抓住了叶云阳的手，道，“现在可不是教育孩子的时候，还是想想该怎么对付秦家人吧。”

“嗯。”叶云阳这才强忍住心头的怒气，将视线从叶秋身上转开。将他和叶天相比，叶云阳越来越觉得自己生了一个没脑子的儿子。

真是人比人会死，货比货得扔啊。

而叶秋在看叶云仙的时候，眼神中明显充满了感激，自己以前是怎么对叶云仙以及叶天的，之前自己还要刺杀叶天，可是他非但没有责怪自己，还给自己说情……

“大伯，以前的事都是我不对，我给你们道歉了，以后就算丢了这条小命，我也不会再做同样的糊涂事了。”

“嗯。”叶云仙道，“谁还没个犯错的时候啊，知错就改，就是个好孩子。好了，先别说这件事了，先想想该怎么对付秦家吧。”

叶威稍感欣慰，经历过这件事之后，他叶家少年肯定会成熟上不少，至少不会像以前那样，为了一点小事而争执了。

团结，只有团结了，他们叶家才会走得更远。

“云鹤，你怎么看?”叶威的视线，集中到叶云鹤的身上，小声地道。

“哎!”叶云鹤满脸无奈地摇头叹气，“我觉得，实在不行，我们叶家干脆逃吧。我们现在抵抗秦家，只能是鸡蛋碰石头。”

“拿鸡蛋碰石头?”叶威忽然冷漠地笑了起来，“即便真的是拿鸡蛋碰石头，我们也不能躲起来。若是我们全都躲起来的话，秦家会放过我们? 肯定会继续寻找我叶家人，到时候说不定我叶家连一个种子都保不住!”

“但若是我们这些人战死沙场的话，说不定秦家就会放过叶家老小。”叶威训斥了一声。

“父亲说的对。”叶云鹤连连恭维地道，“是云鹤糊涂了。”

“报!”门外再次传来探子催命般的声音。叶威眉头皱得更厉害了，心想究竟又发生了什么样的急事儿!

“怎么了!”叶威忙怒喝一声，现在他没法控制自己的情绪。事情朝着坏的一面发展，他怎么还能稳定下来。

“秦家大军……秦家大军马上就要将叶家包围住了!”探子上气不接下气地道。

“混账，混账!”叶威咬着牙骂了一句，“给我集结人马，出去迎战!”

“报，报!”这是叶家大将军叶无畏的声音，叶家的绝大部分兵源都由他统帅。

“又怎么了!”叶威都对这些坏事产生免疫了，竟没再次怒吼出声。

“军心不平，将士胡闹，都要退出叶家军队啊!”

啊!

听到这个消息后，叶威实在没法坚持住了，脑袋瞬间充血，头一大，便倒在了地上。

“父亲，父亲!”担心的声音不绝于耳地传来。

别说叶威，即便叶云仙等人，也没办法短时间接受这个沉重的打击。叶家大军是他们唯一的希望啊。若是叶家军队也解散了的话，他叶家是必死无疑，甚至连最后的反抗之力也没有了。

这下可怎么办啊! 逃? 可是，往哪儿逃!

“叶威，出来受死!”秦煌凌厉的喊声从门外传来。听到这声音，众人的脑袋都跟着大了起来，该来的，还是来了，现在他们能做的，便是出去用自己的性命抵抗。

虽然最后，他们都将会死在秦煌这家伙的手上。

叶天伤痕累累地悬浮在海面上，王展昭和秦家老祖一前一后将叶天包围其中，眼神中满是傲然以及嘲讽。

“哈哈，叶天，你也太抬举自己了。你以为自己多大能耐，能惊动战神他老人家，让王兄弟请你的鬼话，你都能相信，哈哈！”秦家老祖张狂地笑着，手中的神灵芝散发出熠熠光辉，闪耀得两人都眯缝着眼睛。

“秦大哥，算了，这样的小人物，干脆动手弄死得了。咱们两个斗皇高手，围攻一个斗王修炼者，这说出去我还嫌丢人呢。”王展昭有些不耐烦地道。

“哈哈，展昭兄弟，不要着急，我这就要了这小子的命。不过，在我要这小子的命之前，我要给你透露一个你可能感兴趣的秘密！”

“哦？”王展昭这才兴趣十足地看着秦家老祖，“你倒是说说看，那个秘密究竟是什么？”

“这小子身上有宝贝！”秦家老祖坦然自若地道。

“切！”王展昭噗嗤一声笑出声来，“我还以为是什么呢，原来是他身上的宝贝啊。我每日都和战神师傅在一块，他那儿的宝贝已经数不胜数了，说来我对这个家伙身上的宝贝不感兴趣。秦兄，真是没想到你如今这么寒酸了啊，一个穷酸小子身上的破烂道具也能入你的法眼。你要是实在张不开嘴，我可以帮你给战神师傅说说，让他赏赐你一两件的宝贝。”

“呵呵，王兄弟，你仔细听我说完啊。”秦家老祖笑着道，“我说的这个宝贝，其实是两件中级灵器，以及逆天邪骨！”

“什么！”听秦家老祖这么一说，王展昭果然是双目放光，目光死死地盯着秦家老祖看，“你说逆天邪骨，魔奴的逆天邪骨？”

“是啊！”秦家老祖见王展昭对这逆天邪骨感兴趣，当下便笑着道，“怎么，王兄不是对这玩意儿不感兴趣吗？”

“秦兄，你可千万别拿我开涮。战神师傅寻找这逆天邪骨，已经足足百年有余了，怎么会出现在这小子身上？要是战神师傅知道了逆天邪骨的存在，一定会重重奖赏我们的。”王展昭尽量压抑住兴奋的心脏，道。

“呵呵，王兄弟，我什么时候拿你开过涮？”秦家老祖笑了笑，道，“当日在古墓府邸中，这家伙身为斗师修炼者，中了我一掌竟没任何事儿，当时我还奇怪呢。后来又听说这小子被高手揍了好几次都没死的事，更确定了这小子身上有逆天邪骨的存在了。”

王展昭听闻之后，这才淡淡笑笑：“看来，这小子还真是有够幸运的。那咱俩就合伙，把这小子身上的逆天邪骨给扒掉，我倒是想看看这家伙到底有几斤几两。”

话毕，两人便是猛然冲了上来，犹如两股从天而降的气浪，夹击叶天。

看着两道狂冲而来的身影，叶天无奈摇头，虽然心中悲愤，却也无可奈何。今天他算是栽在了这两个人的手中。若是对付一个斗皇强者，他或许还有几分把握，但是对付两个持有中级灵器的斗皇强者，简直就是以卵击石。

虽说他有这样的觉悟，可是并不准备就此束手就擒，那样的话，岂不是太窝囊？

当即叶天便用强硬斗气驱动斗技左右互搏术，同时一左一右两件中级灵器被他抓在手中，面对攻击而来的两大强劲敌人，咬着牙齿，准备和对方拼了！

“好东西，果然是好东西！”王展昭在看到火龙神枪的时候，双目放光，同时大声狂呼好东西，说话间，拳头已然攻击上前。

只听轰隆一声，空气被他轰成碎片，强劲的拳风竟直接将平静的海面轰出了一道长长的沟壑，犹如狂龙蟒蛇冲向远处。

单单拳风都如此的强劲，更别说拳头本身了。看着硕大的拳头以排山倒海的力量压来，叶天的瞳孔瞬间紧缩，这股力量根本不是他所能抗衡的了。

鹰眉之所以被人称为鹰眉，是因为他的拳风如苍鹰一般的犀利强劲。拳头在瞳孔间不断地扩张放大，直到最后看得叶天头皮发麻，不过他还是抽出一丝意识，想象着该如何还击。

轰隆！犹如炸弹爆炸一般，拳头终于落在他的身上。瞬间，他就感觉身子被大火给烧焦了一般的痛苦，身子快速后退，和空气摩擦，强烈的灼热感瞬间弥漫全身，甚至连身上的衣服都因和空气摩擦而爆发出阵阵火焰。

叶天痛苦地喊叫着，这是他发自肺腑的惨叫。痛，太痛了，这简直就不应该是人类所能承担得住的痛！

但是，更惨痛的事却是接踵而来，在叶天身体不由自主倒退的时候，秦家老祖的一拳攻击，同样疯狂而至，其中威力，甚至堪比鹰眉王展昭。

砰！一拳轰在叶天身上之后，叶天的胸脯上下起伏得厉害，一个血洞骤然出现，鲜血快速从中涌出，眨眼间的工夫，便将他的衣服染成红色，鲜血滴滴答答地滴落而下，将一大片的海水染成了红色。

“噗嗵！”原本还有一丝力气，坚持在半空悬浮的叶天，在胸脯被打出血洞之后，最后一点力气也被抽干了，身体颓废地倒在海面上，更多的鲜血从胸腔中汹涌而出，将更大范围的海水染成了红色。

“哈哈，小子，去死吧。”秦家老祖和王展昭看到叶天被海水吞没，已然没有了生命迹象，心中兴奋溢于言表。不过他们知道斩草不除根，春风吹又生的道理，在没有确认叶天被粉身碎骨，完全死去之前，两人绝不会住手。

当下，两人再次酝酿一次攻击。不过这次的攻击，比之前那次威力小了很多，而且也放松了防备之心。在他们看来，叶天就是油锅里的烤鸭，根本没法跑得掉。

而他们不知道，正是他们放松戒备，让两人双双毙命。

一直潜伏在叶天体内的判官，以及火龙神枪，早就已经做好了攻击准备，只等两人靠近，判官以及拥有灵识的火龙神枪便会给他们来一个突然袭击。

嗖嗖，嗖嗖！秦家老祖以及王展昭靠近，将上头的空气齐刷刷地挤压了下来，判官耐心地蛰伏在大还丹精神世界中，盯着逐渐靠近的两者。

十丈，九丈，八丈……待得他们进入了判官以及火龙神枪的攻击范围之后，判官便是怒吼一声："攻击!"

嗖嗖！两道凉风，出其不意地从叶天体内爆射而出，判官以及火龙神枪都将自己最厉害的招式施展出来，和秦家老祖以及王展昭两者狠狠地对轰在一块。

秦家老祖以及王展昭原本自信满满的一击，变成了收割自己性命的收割机。即便他们想破脑壳，也绝对不会想到他们在攻到叶天近前的时候，他的体内会爆发出两团强大的气场，定睛细看，竟会发现一个半透明的老者以及一条阴火龙兽的影像。这两者的实力，少说也得是高级斗王，而且还是全力地一击……

他们这次原本就没做什么防护措施，攻击更是普通的攻击，短暂的时间根本就容不得他们想好对策，只能和他们硬碰硬了。

"哼，你们都去死!"判官的双掌和秦家老祖对轰，双方的力道竟持平，谁都不让谁。而这个时候，判官分出一丝神识，从大还丹精神世界中掏出了一颗圆润的珠子，用力地朝着秦家老祖的方向，狠狠地丢了去。

在看到圆润珠子丢向自己的时候，秦家老祖以及王展昭都很纳闷儿，不知这老东西葫芦里到底卖的什么药，这圆珠子到底是什么。

这一切都发生在眨眼瞬间，所以二人根本就没时间思考，只能是反身后退，准备后退到一定的距离之后，再对他们发动一次攻击。

但是判官可不会给他们这个机会，因为他杀死秦家老祖以及王展昭，只有一次机会，若是错过了这个机会的话，即便大罗神仙也救不了他们。

他瞬间吞噬了十颗元丹，浓浓的斗气好像瀑布一般从他的身体之中咆哮而出，而后被判官用强大的神通将之注入到圆珠中。

"哼，混账，你这是找死!"看判官努力地将雄浑斗气注入到圆珠中，秦家老祖以及王展昭都看出来了，这圆珠肯定有蹊跷，所以两人都尽量远离它。

"你们去死吧。"十颗元丹的斗气全部被他注入到圆珠中之后，判官冷笑一声，以超音速的速度冲到叶天身前，抱着他的身体便朝着深海中游荡而去。

"想跑？没那么容易!"秦家老祖以及王展昭横眉怒目，朝着判官的方向，便发动一次次的攻击。

咔嚓！在两者尚在酝酿攻击的时候，一个轻微的响声传来，两者诧异地扭头看了一眼圆珠，竟发现圆珠裂成了两半。

而在裂开的圆珠中间，则是有一股磅礴大雾，朝着四面八方弥漫而去，犹如瀑布一般的壮观！

“真丹，竟是真丹！”秦家老祖倒吸一口凉气，接着一头朝着海水中扎了下去。

“真丹自爆！”王展昭的表情瞬间骇然，脸庞扭曲得厉害，同样追在秦家老祖的身后，朝着海面狠狠地冲撞而去。

但是已经来不及了，两人的身子在距离海面只有几公分的时候，真丹爆炸了！

真丹爆炸的能量，惊世骇俗，震天动地，甚至可以用天崩地裂来形容。爆炸产生的强大空气震荡波，直接将空气撕扯出了一道道的大裂缝，大量的超乎寻常的空间乱流从中爆射而出，将数不清的海水尽数席卷入其中。

强大的空气震荡波直接将平静的海平面给斩断了，中间出现了一大片的空白区域，甚至能直接看到湿润的海底，数不清的海底生物被强大的爆炸给炸出了水面，直接被烘烤成了肉干。

一股股惊涛骇浪朝着岸边席卷而去，距离海边较近的小村庄，直接被超级强大的海水给淹没，一时间死尸遍地，狼藉不堪。

距离元丹最近的秦家老祖以及王展昭，竟直接被强大的空气震荡波给撕扯成了碎片，即便已经被判官带入海底的叶天，依旧被强大的浪潮给席卷得无法控制身形，撞碎了一块块的海底珊瑚以及礁石。

幸亏有逆天邪骨以及五行八卦玉的防护功效，他才不至于被撞得支离破碎。待得海底世界安静了下来之后，叶天才尝试着扭摆身躯。

胸膛被撕扯的大血洞侵入了大量的盐水，让伤口痛苦不已，但是相对之前那种和空气摩擦，而导致全身上亿毛孔跟着燃烧的痛苦来说，根本算不得痛苦。

他的意识逐渐恢复，虽然在水下世界无法呼吸，但是有着元丹的辅助，倒也能供应体内的阳气需求，

“判官，我们安全了吗？”叶天手捂着胸口，极度虚弱地道。

“嗯，差不多了。”判官道，“估计这会儿秦家老祖以及王展昭已经被真丹自爆的能量，给炸成碎片了。”

叶天抚摸了一下自己的丹田位置，苦笑连连：“哎，真是没想到，魔奴赠送给我的礼物，都还没起到什么作用就爆炸了，还真有点舍不得。”

“行了，你小子就别得了便宜卖乖了啊。”判官笑着骂道，“一颗真丹，换来两个斗皇高手的小命，你是真的赚到了。”

叶天冲他笑笑，并未多言，只是闭上眼睛，和他用神识沟通：“判官，既然外面已经安全了，不如我们现在出去吧。”

判官点点头：“走吧，是时候出去了。”

但是在判官准备带着叶天游出海底的时候，判官忽然感应到了一丝丝的妖气，眉头一皱，暗叫一声不好：“不好，此处似乎有妖气，定然是妖族人在此，我先进入大还丹精神世界避避风头，你见机行事，机灵点！”

“好！”叶天点了点头，而后闭上眼睛，准备当死人。

哗啦啦，哗啦啦，水流波动的声音缓缓钻入叶天的耳朵。虽然眼睛已经闭上，但是他的神识一直都注意四周的情况。

他感应到，一个类似于人形的东西，闯入自己附近。他尚且不知那究竟是什么东西，只是隐约觉得，那个东西指定不正常。

因为他不能从它身上感应到丝毫的人气。

“竟然是人类！”一个轻柔的女子声音钻入叶天耳朵。这个声音让他浑身颤抖了一下，打了一个激灵，因为他对这个声音，实在是太熟悉了。

在他睁开眼睛的瞬间，表情再次凝滞，心跳加速，一股从未有过的陌生感觉逐渐袭上心头。

此刻悬浮在他脑袋上的，竟是一只美人鱼，人类的上半身，鱼类的尾巴，上半身的皮肤白皙，犹如细嫩的果肉，下半身的鱼鳞金光璀璨，犹如坚硬的盔甲。

最让叶天口吐鲜血的是，这个美人鱼的上半身是赤裸的，其中曲线凹凸，尽显无余，两座性感的小山，就那般真切近距离地在叶天眼前晃来晃去，看着竟是如此的美妙。

“林雪儿！”叶天的大脑中只有这一个名词在闪烁。是的，林雪儿，这个美人鱼，正是长着林雪儿的面容。

一模一样，简直是一模一样，她的任何一个表情都将林雪儿的俏皮可爱尽显无余。

他的大脑有些转不过弯来，因为无论他如何努力思考，都没法将面前的美人鱼和叶家的林雪儿联想在一起。

这究竟是怎么回事儿？林雪儿这个魔主到底有着怎样的身世之谜？为何会有这么多的人、仙或妖有着和林雪儿同样的面貌！

这个问题好像苍蝇一般在叶天的脑海中来回地盘旋，发出嗡嗡嗡的叫声，听得叶天是烦恼不已。

“你是谁?”美人鱼冲叶天淡淡地笑着，那股微笑很迷人。

“我是人！”叶天双目直勾勾地盯着美人鱼，而后这样回答道。

“噗嗤！”美人鱼直接笑出声来，冲他淡淡笑笑，看着很是美丽漂亮，叶天觉得她的高贵气质，甚至堪比叶倩，“我知道你是人，我是问你是怎么来这儿的。”

叶天有些痴呆地看着美人鱼迷人的笑容，道：“我是大离帝国的人，不小心就来到了这里。”

“奇怪！”美人鱼似乎并未在乎叶天的回答，反倒是双目直勾勾地盯着叶天的面庞，小声地道，“为何我在看你的时候，会有些熟悉感，很亲切，就好像我的亲人。”

“你的亲人！”叶天有些激动起来，该不会这个人和林雪儿有着十分密切的关系吧，否则怎么可能会觉得自己有些亲切？若是真的有关系的话，岂不是说，自己就能搞明白林雪儿的身份了？当下便是好奇地道，“你仔细想想，是不是在什么地方见过我？你认识不认识林雪儿？”

“林雪儿，那是谁？”美人鱼却是蓦然皱皱眉头，疑惑不解地道，“林雪儿是谁？我应该认识她吗？”

“哎！”叶天失望地叹口气，看来她根本不认识林雪儿，自己的期望倒是有些过分了。

“算了，或许只是表面长得相像而已！”他满脸无奈的表情。

“你说什么！”听叶天平淡无奇地说了一句，美人鱼的表情竟是蓦然激动起来，双手卡住叶天的肩膀，“你刚才说什么？说你认识一个和我长得很像的人？”

叶天连连点头，这才意识到自己犯了一个多大的错误，林雪儿是自己给魔主取的名字而已，并不代表她就叫这个名字。

意识到自己犯的错误之后，他才开始解释了起来：“林雪儿和你长着一模一样的面庞，甚至连你们任何一个表情都是一模一样。你认识那个女孩吗？”

“是魔主，是魔主吗？”美人鱼神情兴奋地道，身子在叶天上方的海水中游来游去，兴奋之色可见一斑，“快告诉我，现在魔主怎样了？”

叶天也跟着莫名兴奋起来，看来自己终于可以弄明白林雪儿的真正身份了。但是直到这个时候，他才发现原来自己现在尚不知道林雪儿的真正下落。

自从自己回来之后，就从来没见过林雪儿的踪迹，虽然不排除林雪儿进入仙云洞躲避秦家的可能性，也不排除她被神魂教或者秦家给抓走的情况。

看她如此表情，也知道美人鱼和林雪儿身份不简单，若是告诉她，林雪儿被坏人抢走了，她会不会失去理智，对自己做出一些过分的事来？如今的自己受伤颇重，若是她真的要对自己做什么的话，自己绝对没可能抵抗。

当下只能将事情往好的方面说：“林雪儿现在在我叶家生活，过着衣来伸手饭来张口的锦衣玉食生活！”

“那就好，那就好！”美人鱼刚才还有些紧张的表情松弛下来，拍拍胸脯道，“只要魔主没事儿就好，我们还能反抗，我们还有机会翻盘。”

“翻盘？”听她这句话，叶天察觉这件事之中必有蹊跷，于是好奇地问了一句，“你说这句话什么意思？什么翻盘？”

“这件事是个秘密，你不能知道！”美人鱼冲叶天笑了笑，笑容很美，很吸引人，“我会治疗好你的伤，你回去之后一定要保护好林雪儿。”

说着，美人鱼竟游动到叶天身边。她的上半身完全赤裸，细腻光滑的肌肤和自己亲密接触，最不可思议的是，她竟将自己的嘴凑到叶天身上，在他的伤口上舔舐着。

叶天的脸都羞红了，可是纯洁的美人鱼却根本没这层的觉悟，依旧是执行任务一般，帮叶天舔舐着伤口上的污血。

很快，叶天便感觉胸脯上血窟窿的疼痛感逐渐地消减，直到最后，消失不见。

这个时候奇迹发生了，原本裂开的皮肤竟好像被一股强大的吸引力给拽着一般，慢慢地合起来，最后竟恢复了以前的状态，看不出丁点的伤痕。

“好了，你的伤口已经完全康复了。”美人鱼冲叶天调皮地眨着眼睛，硕大的眼珠子明亮冰晶，就好像是两颗紫葡萄一般，“你可以回去了，若是被妖族统领发现了你的话，你就会被妖族统领捉走吃掉。这儿发生了这么大的事，妖族的人肯定会出来巡视的。”

叶天这才明白，原来自己无意中闯入了妖族的地盘来了。以前他还觉得，妖怪实在是一件和他毫不相干的事，但是现在他才明白，原来妖怪就在自己身边！

“嗯，多谢你了，小美人鱼。”叶天冲她淡淡笑笑。现在他感觉浑身舒爽了很多，虽然胸口依旧会时不时地传来阵痛感，但是已经很小，接近于无。

“嗯，不用谢！”小美人鱼回报叶天一个足以迷死神仙的微笑，“你还是别叫我小美人鱼了，其实我都已经一千零八百岁了。”

叶天咂舌，怎么都没法将这个年轻漂亮、看起来只有十几岁的纯洁小女孩和数千岁的老妖婆子相提并论。在以往他听说的故事传说中，千年以上的妖婆子都是非常丑陋险恶的，但是这个妖怪，倒是那样的可爱，估计没几个人能在她面前保持住理智吧。

不过，这个念头刚刚闪过，爷爷的话再次在耳畔响起：“叶天，知人知面不知心，千万不要轻信于人，不要被别人的外表所迷惑，虽然别人表面上和你交好，可是没人知道他心里到底在想什么。”

“妖族的人来巡逻了，你赶快走！”美人鱼眉头一皱，便匆忙对叶天道。

叶天连连点头，刚刚大战两个斗皇高手，身体还未完全康复，力量也很匮乏，最重要的是他甚至都不清楚妖族人的力量，当务之急便是赶紧离开。

他想明白了这点之后，匆忙和美人鱼告别，便一跃而起，顺着滚滚海水，在海水中自由穿梭。

刚才大爆炸产生的威力着实巨大，以至于现在海面都是波涛汹涌，浓雾滚滚，海浪的咆哮声不绝于耳地传来，竟是那般的舒坦。

想想海面之下，还有另外一个世界，他的心里就有种震撼的感觉，原来自己的见识是如此的短浅，以前这样的事，只出现在神话传说中。

“判官，我们已经远离妖族了，你可以出来了。”叶天对大还丹精神世界中的判官道。

一道精神波动这才缓缓从大还丹中传来，紧接着便是判官的声音：“好险，刚才差点被发现！”

“判官，你说这究竟怎么回事儿，为什么我们能看到这么多长相和林雪儿相像的人，她们究竟有怎样的关系？林雪儿也太神秘了点吧！”

“是啊！”对这一点，判官深有同感，即便他阅人无数，经历过的事繁复错综，但是却从没见过如此神秘的人。林雪儿让判官彻底地迷乱了心智。

“判官，我们还是快走吧！”叶天心中挂牵叶家安危，道，“不知道现在叶家情况如何了，我怀疑这是秦家老祖和王展昭使用的调虎离山之计！”

“嗯，走吧。”判官同意道。

但是在叶天准备飞走的时候，目光却是不经意间瞥见波涛汹涌的大海，漂浮着两颗乌黑的脑袋，乌黑之中还有阵阵血腥之色。

那应该是秦家老祖以及王展昭的脑袋吧。想到这里，叶天神念一动，一股斗气便蓬勃爆涌而出，化为一只巨掌，抓向了那黑色的脑袋。

而后巨掌收回，两只脑袋便随之飞回，悬浮在叶天面前。看着这两个黑乎乎的脑袋，叶天淡淡笑笑，真是没想到，之前还在跟前张牙舞爪的斗皇高手，眨眼间的工夫，就变成了这副狼狈模样，身首异处。

若是让外界人知道，秦家唯一的依靠秦家老祖已经被自己斩杀，那么将会有数不清的大势力，垂涎狮王森林里的巨大财富，围攻秦家，到时候就算他秦家临时抱佛脚，向秦家总部求救，都不起作用了。

叶天的拳头紧握，冷哼一声：“秦家，我说过要叶家所承受之苦，千倍百倍地还给你们，我今天一定要兑现我的诺言。”讲完了之后，便施展五行八卦玉，朝着沿海方向，飞奔而去。

在经过大海边缘地带的时候，竟发现沿海的全部村庄都被淹没，死尸遍野，建筑倒塌，狼狈不堪。

叶天在心中感叹，没有实力，生命就如蚂蚁般弱小。再想想，他们的死和自己有脱离不了的干系，于心不忍，便从大还丹精神世界中召唤出了大把大把的元丹，丢入了下方的村庄中。

一个村民只要得到一颗元丹，变卖出去的金币，足以让他们好好地享受这一辈子了。

洒落了元丹之后，心中的愧疚之情才稍微淡薄了一点，而后朝着远方飞奔而去。

一路施展瞬移，路过小城镇的时候，皆是造出万人空巷的壮观场面，众人都在讨论着这个能在天上飞的神仙。

一会儿隐身一会儿飞奔的，实在是太厉害了，甚至不少人直接拿出了香炉，在大街上点燃。

又是一天一夜地飞行，叶天总算成功回到了叶家。但是入目的场面，却是让叶天满目晕眩，大脑有些发蒙！

原本属于叶家的府邸，现在竟狼狈不堪，院落中到处都是被丢弃的各种家具衣物，一个人影都没有，府邸的牌匾也被丢弃在地上，断成了两截。猛一看上去，还以为是什么荒野废弃宅院呢。

“爷爷，父亲！”两行热泪顺着眼角流了出来，他一个猛子飞扑下去，而后仔细搜查了所有的房间，却是一个人影都没看到。

“啊！”叶天稚嫩的嗓音此刻变得粗鲁了起来，仰天一声长啸，一座不是很结实的茅草屋被叶天强大的音波给震得倒塌了，发出轰隆一声响。此刻他的脸色红肿，青筋凸起，好像一根根的蚯蚓。

“秦家，我叶天不亲手灭了你，我就不姓叶！”

叶天吼完这一嗓子后，便是嗖的一声，瞬移而去。

此刻，他的脑海中只有一个词语在闪烁，那就是灭掉秦家，一定要灭掉秦家！

秦家和叶家同属千灯镇大势力，所以瞬移了没多久，便成功到达了秦家。站在秦家的大门口，叶天嘴角的冷笑是那般的浓厚！

“秦家，我来了！”叶天冷哼一声，一股斗气便顺着意识，自体内爆溢而出，疯狂撞向大门。一声沉闷响声过后，厚重的大铁门竟被叶天的斗气给撞得粉碎粉碎！

门口之内的两个守卫，没来得及躲避，直接被大铁门的碎片穿透身子，变成了两个血筛子，倒飞着撞向了客厅的方向。

灭掉了叶家，心情大好的秦煌正在好酒好菜地招待千灯镇以及闻讯赶来的大离帝国其余势力。门口突如其来的一声巨响，吸引了所有人的视线。

所有人的视线顿时望过去，却发现一双目通红的少年正稳稳站在门口，眼神中满是冷漠愤怒，两只拳头握得咔嚓咔嚓响。

异变突生，训练有素的秦家队伍快速围拢上来，将叶天团团包围住。

“叶天？”秦煌满脸疑惑，不可思议地从座位上坐起来，朝着叶天的方向走过来，“你还没死？”

“今天，你要死！”叶天咬着牙，每一个字，都十分的清晰。

“哈哈，哈哈！”秦煌忽然狂声大笑了起来，“你们听到了吗？你们听到了吗？他说要我死！哈哈，一个张狂的家伙，你以为你一个人，就能战得过我秦家这么多人吗？你未免太自信了点吧。”

第三十五章　叶天发威，天地俱灭

“是吗?”叶天狠狠地瞪了两边的队伍一眼，而后召唤出了烈焰刀，冷冷笑笑，“那我就让你看看，我有没有这个资格!”

他将一整个元丹的斗气尽数灌入了烈焰刀中。烈焰刀本身的狂猛烈焰瞬间从中爆涌而出，眨眼间的工夫，便将叶天的体表给覆盖住了。

“攻!”叶天怒喝一声，烈焰便十分听话地朝着四面八方冲撞而去。将叶天团团包围住的将领守卫在叶天的攻击面前，竟根本来不及反应过来，便被数不清的烈焰包围住，现场充斥着一股浓浓的烤焦味道。

一时间，现场惨嚎不已，尸横遍野，火焰四处燃烧。受惊的宾客全都惊慌失措站立起来，他们见识到了叶天的实力，这个毫不起眼的少年身上蕴藏着太大的能量，出乎他们所有人的意料。

“秦煌，这个是什么人?”

“是啊，这个家伙这么张狂，你一定要好好地教训教训这小子!”

“太嚣张了，破坏了这样一桌美酒佳宴，秦族长，你可千万不能饶过这小子啊!”

“……”

一时间，众人你一言我一语地讲着，担心秦煌会放过叶天。

“哼哼，诸位放心，我秦煌一定会给大家一个交代的。”秦煌怎会当着这么多宾客的面丢人吃哑巴亏？尽管他知道这小子有点实力，可是也不能认怂怕事儿，那样会成为秦家一辈子的笑柄。

“看来，你还是有点实力。不过在我秦家大军前，你就是一个手无缚鸡之力的小小少年，若是我秦家老祖出动的话，你甚至连还手的余地都没有，所以我劝你还是识相点，乖乖地给我磕三个响头，我就不和你计较，饶你一条狗命!”秦煌其实还是不想和叶天来一场硬战的，因为他知道这个人的实力，若是他执意挑战自己，当着这么多宾客的面儿他也不好拒绝。万一和这小子打个平手，或者落于下风，他秦煌的脸可就真的是丢大了。

所以他觉得还是动动嘴皮子，让这小子自知不敌，认输才好。

“秦家老祖？哈哈，那个狗东西要是有胆出来的话，我叶天一定会好好地收拾他。”叶天狂妄地笑了起来，犀利的眼神让人望而生畏。

“太过分了，竟敢如此侮辱秦家老祖，这口气，即便秦家能咽下，我也不能咽下！”

“是啊，秦家老祖可是斗皇级高手，我千灯镇数千年的时间都没斗皇高手，如今秦家老祖跨入斗皇高手，是我千灯镇的荣耀，他竟敢如此侮辱我千灯镇的荣耀，是可忍孰不可忍！”

“秦族长，这小子实在太张狂，太目中无人了，我建议还是您亲自出手，教训教训这小子，太无法无天了。”

“……”

越来越多的人加入了讨论中，当然，他们之所以这么说，有很大一部分的原因是想巴结秦家老祖，毕竟和斗皇高手拉近关系，好处还是很明显的。

“叶天，你欺人太甚。”在叶天如此辱骂秦家老祖的时候，秦煌也终于坐不住了，拳头紧紧地握在了一块，看来他准备出手了。

“秦家老祖就是一个胆小鬼、一个狗东西，我的手下败将，有种你让你秦家老祖出来啊。我这么骂他，这个胆小鬼都不肯出来，难道这还不足以说明秦家老祖就是一个胆小鬼？哈哈，胆小鬼，胆小鬼！”

叶天故意挑衅道。现在秦家老祖的脑袋就在自己手上，他是在酝酿一个计谋，一个让秦煌丢人丢到家的计谋。

“你胡说！”秦岭气得浑身颤抖，手指颤抖地指着叶天的脑袋，道，“我爷爷外出有事儿，不在府上，有种等我爷爷回来了，你再来挑衅？到时候我爷爷一定会像捏死一只蚂蚁那样地捏死你。”

“哦，是吗？”叶天的眼神中，满是冰冷的笑容！

“哼，等他回来了，他就把你的脑袋当球踢！”秦岭以为叶天害怕了，当下便是狂声大笑了起来。

“你说是这样当球踢吗？”看秦岭这个小人都在自己面前如此嚣张，叶天实在按捺不住心中兴奋，他倒是想看看这些人看到秦家老祖的脑袋被自己当球踢的时候，会是怎样的表情。

说着，叶天便将秦家老祖的脑袋从大还丹精神世界中召唤了出来，而后狠狠地朝着地面砸了下去。

在脑袋还没接触地面的时候，他便飞起一脚，正中脑门。一声沉闷响声响起，脑袋以锐利的速度朝着秦家人的方向便飞了去。

嗖！

看到激射而来的黑色圆球，秦岭想当然地认为是什么武器。黑球发来的速度和力度并不是很大，所以秦岭一伸手，便抓住黑球。原本想在众宾客面前牛逼牛逼呢，但是让他没想到的是，自己刚刚抓住黑球，就有宾客惊叫出声：“秦家老祖，是秦家老祖的脑袋！”

听宾客这么一喊，秦煌也有片刻的犹豫，视线缓缓地转移到脑袋之上，当他看到黑色的圆球之上，果然是长着秦家老祖面容的时候，气血翻滚，心脏狂跳，一口鲜血，差点没从口腔中吐出。

秦家老祖的脑袋不是应该在他的脖子上吗，怎么会在叶天的手中？直到这个时候，他还是有些不敢相信秦家老祖被叶天杀死的事！

“你说，是不是像这样踢我的脑袋？”叶天幽幽的眼神看着秦岭，笑着道，“只可惜啊，你秦家唯一的底牌秦家老祖已经死在了我的手中！”

待得众人确定，那脑袋正是秦家老祖的脑袋的时候，大厅彻底慌乱了起来，有的急着离开，有些则是急着召唤救兵，原本还热热闹闹的庆功宴转瞬间被破坏了，变成了一场大逃难。

“哼，和秦家无关者，在我动手之前离开秦家，我一概不追究你们的责任。当然，若是你们愿给秦家做替死鬼的话，可以站在这里，等我去杀死你们。”叶天嘹亮的嗓音在大厅中回荡着。

有些无论财力还是势力都比秦家大的人，之所以选择依附秦家而不是和他们抢夺狮王森林那一块大肥肉，最主要的原因是秦家有秦家老祖罩着。秦家老祖一旦死去，他们唯一的忌惮之心也没有了，现在他们急着回家，召集军队，围攻秦家。

而那些财力比秦家小的人，更是不愿陪着秦家去送死，他们原本的想法是跟着秦家有肉吃，但是现在秦家就是一个炸弹，谁挨着谁就要跟着灭亡，他们又怎么肯陪着秦家去送死？当下也是匆忙逃走。

秦煌看到这暴乱的场面，大脑在快速地旋转，并且最后终于想出了一个可以安抚军心的办法，立刻扯着嗓子大声喊了起来：“诸位，大家都不要慌！我秦家之所以能在千灯镇屹立百年而不倒，没有一点势力靠山，可能吗？其实，我秦家老祖乃是战神的外门弟子，和战神的内门弟子鹰眉王展昭是很好的兄弟，若是他叶天敢对我秦家做出任何违规之事，鹰眉王展昭大人肯定不会放过他的。”

听秦煌这么一说，场面果然稳定不少，现场是嗡嗡嗡交头接耳的声音，他们都在讨论这个消息的真假。

若是秦家真的和鹰眉有关系的话，别说一个叶天了，就算十个叶天，都不敢动秦家。

“鹰眉王展昭吗？”叶天非但没有害怕，反倒是爽快地笑了起来，将王展昭的脑袋，从大还丹精神世界中召唤了出来，挑衅地抓在手中，而后冲秦煌笑了起来，“你说的是这个人吗？”

当众人看到叶天手上，那个英俊不凡的男子头颅的时候，彻底暴动，几乎所有人都捂着脑袋鼠窜。传说中战神的大弟子，据说如今达到斗皇级的鹰眉王展昭，竟也死在了这小子的手上，他究竟有着怎样变态的实力？

宴客大厅中，各种噪音接连不断传来，有人被暴乱的人群踩在脚下，发出阵阵惨嚎，还有数不尽的桌子盘子等摔落在地发出的声音，甚至还有骨头断裂的声音。

这里对他们来说，已经不是宴客大厅了，而是一个地狱，叶天就是地狱中的阎罗。

恐怖，简直是太恐怖了，这个少年究竟是多么的变态啊。

看着好容易被自己宴请而来，准备给他们彰显秦家实力的宾客，如今抱头鼠窜的模样，秦煌知道，无论自己如何努力，都无法挽回大势了，只能等宾客离去之后，关门放狗了。

待得宾客全都离去之后，秦煌也差不多将秦家队伍都召集了来。叶天的嘴角浮现出一股淡淡的微笑，眼神中的轻蔑表情竟是那般的浓厚。

“叶天，你破坏了秦家的好事，今天我一定要你的命!”

“好啊!”叶天丝毫不把他的威胁放在眼里。如今自己的实力，加上火龙神枪以及判官的实力，灭掉秦家，只是小菜一碟而已，“今天我叶天也一定要为我叶家出口恶气，一定要将你彻底斩杀!”

讲完了之后，手中两件兵器都亮了出来，火龙神枪以及烈焰刀。

是时候大开杀戒了，他已经期盼了好久了。

烈焰刀以及火龙神枪刚刚亮出，气爆的声音便接二连三地传来。气爆的声音不断在现场弥漫，不少人的表情开始变得僵硬起来。这两件到底是什么武器，稍微一点动静，竟能发出气爆的声音来。

即便是秦煌在看叶天的时候，眼神中依旧充斥着浓浓的恐惧之色。这两件武器气场非凡，威力无穷，秦煌甚至有一刻认为，这两件武器其实是灵器。

但是自古以来灵器的稀缺可是尽人皆知的。叶天虽说一次次展示出非凡的实力，让他们一次次地惊诧，但是秦煌却并不认为，叶天这个小家族的人会有两件灵器。

即便是战神，也会把灵器当成稀世珍品来收藏，不会轻易示人。这两件绝对不会是灵器，可能只是叶天找到的两件稍微强点的武器吧。

“哼，给我上!”秦煌可没心思这个时候思考叶天手上的是什么宝贝，当下便是冷哼一声，命令自己的秦家大军上前，将叶天团团包围住。

立刻，成千上万的将士好像洪水一般地攻上来。看着潮水般的战士，叶天冷冷笑笑：“你觉得，就你们这些人，就能制服得了我？简直就是白日做梦。”

讲完之后，手中的两件武器便开始舞动起来，左右互搏术快速展开。两件中级灵器被他抓在手中，闪出了道道光彩来!

一时间，叶天的身体好像绞肉机一般，将周围所有的人，全部卷入其中，骨骼碎裂皮肉卷曲的声音夹杂在武器舞动出的音爆声中，听着竟是那般的刺耳。

现场惨叫的声音铺天盖地地传来，数以千计的秦家大军竟无法近身！要知道

这支秦家大军可是秦岭亲自挑选出的精英战士，其中斗灵级高手数不胜数，而如今，在叶天面前，竟如此毫无反抗之力，

看着被自己精心挑选出来的秦家大军竟犹如蚂蚁一般被叶天斩杀，秦煌的心中是说不出的震撼以及愤怒。这个小小少年，究竟蕴藏了何等强势的能量！

不过，他却并未感觉到丝毫的威胁，因为自己手上，还有至少五名斗王高手。

虽说秦煌并不知叶天究竟如何斩杀秦家老祖以及王展昭，但是根据刚才叶天所展示的实力来看，他也就是一高级斗王而已。

他的手上也有五名斗王高手，他倒是想看看，这家伙究竟如何力战五个和自己同等级的变态强者。想到此处，秦煌也来不及等待了，目光扫了一眼五名聚在一块的斗王高手，道："你们五个，把这小子给我杀了，相信不用我说明白你们也应该已经看出来了，这小子不过是一斗王高手而已！"

其余五人实力皆不低于秦煌，所以早就已经将现场形势分析清楚了。这小子所展示出来的实力，明显就是一高级斗王而已，和他们平手。而且他们这么多人，想要解决他，应该不成什么问题。

虽然他们有这样的优势，但是却不敢有丝毫的放松，毕竟这小子手上还有秦家老祖和王展昭那两个超级变态高手的脑袋。

他们暂时还不清楚两人到底是不是真的为叶天所杀，但是却都谨慎了不少，唯恐叶天会有什么杀手锏藏着。

若是真的因一时粗心大意死在了这小子手上，可真就是丢人丢大了。传出去一说几个斗王高手围攻一个斗王高手，竟全都伤残，让他们情何以堪？

"小子，今天你必死无疑！"烈虎早就已经等不及了。现场的血腥已经激起了他内心深处的兽性。只听他一声怒吼后，双脚便快速抬起，而后朝着叶天的脑袋便是狠狠地踹了过去。他的身体悬浮在半空，看上去就好像是一道闪电闪过一般，耀眼夺目。

看到这个场景，叶天的瞳孔瞬间紧缩了起来，眼神犀利地盯着烈虎。虽然烈虎的速度在斗王之中已经是够快的了，但是拥有了五行八卦玉以及火龙金枪辅助的叶天却将他的身影完全地捕捉到。

烈虎的身子攻到自己跟前的时候，他已经快速地伸出双手，猛然拽住了烈虎的双腿，借力用力，一个用力拉拽，身子一侧，便成功躲过了烈虎的攻击。

烈虎万万没想到，叶天会有这一招。当他反应过来的时候，身子已经不受控制地朝着前方的方向猛然飞过去了。

哐的一声响过后，烈虎的身子和石质桌面来了一个亲密接触，结果石质桌子直接裂成了碎片，烈虎的身子也吃不消这样的撞击，一口浊血顺着喉咙喷涌而出。

"上！"秦煌见烈虎吃亏，担心自己的斗王队伍就这么简单地被叶天各个击破，当下便命令道。

四人快速地挪动起来。他们的速度过快，结果直接将空气给鼓荡起阵阵狂风来，引爆之音不绝于耳。四道闪电眨眼间的工夫，便将叶天团团包围。

看到复杂错综的人影，叶天却是并无丝毫担心惶恐，沉着冷静应对。他早就已经和判官商量好了对策。先解决掉烈虎一个斗王高手，而剩下的四位，自己的全部实力，足以对付他们了。

判官和拥有一个烈焰刀中级灵器的叶天，对付两个高级斗王以及一个平凡斗王不成问题，剩下的一个斗王，交给拥有自主意识的火龙神枪解决。

想明白了这点之后，已经展开战斗的叶天便将战场规划好了。表面上看，是叶天一人力战四大斗王强者。而实际上，却是三个高级斗王对付两个高级斗王以及两个中级斗王。

这样一来，双方的实力倒也能扯平了，再加上叶天身上有数不清的天材地宝，倒也是占了一定的优势，想要战胜他们，倒也是多了不少的把握。

五人混战在一块，顿时间便是飞沙走石，天昏地暗，天地动荡。他们的攻击产生的余波，直接将秦家的建筑给掀翻在地，随着狂风四处舞动，地板都被掀起了一层，被他们的攻击余波搅成了齑粉，好像骨灰一般从天而降。

他们的身影完全隐没其中，除了一阵阵轰天巨响以及时不时传来的痛苦呻吟声外，根本就看不到其他。

“嗯？战况到底如何了！”秦煌站在外围，根本没法看清他们的战斗状况。但是他却坚信，叶天从里边被打出来，只是时间早晚的问题而已，他只需在此处等待，等待着叶天被自己的斗王队伍给打出来。

砰！

在沙尘暴中响起一声震耳欲聋的响声过后，秦煌总算发现了一道人影从中爆射而出。他下意识中自然认为是叶天，便匆忙跑上去看笑话，顺便给叶天来一刀，让这小子彻彻底底地死去。

可是让他大跌眼镜的是，那倒飞出来的狼狈人影哪儿是什么叶天啊，根本就是自己的手下，四大斗王高手其中之一。

“废物，畜生！”秦煌看被打飞出来的是自己手下，当下便是愤怒地怒吼一声，一脚踩在了那家伙的脖子上，狠狠地碾压了一脚！

被叶天打跑了一个斗王高手之后，实力的天平开始朝叶天的方向倾倒。

实力出现了倾斜之后，叶天的进攻无疑加快了进程，原本能和叶天持平的秦煌的人，这会儿已经开始力不从心了，逐渐落入下风，斗气消耗得越来越大，攻击效果也大打折扣。

而叶天的队伍则因为有大量的元丹补充着斗气，反倒是越战越勇。对方落入下风的情况越来越明显，看着马上就要被打得支离破碎！

“哼，如今秦家大势已去，你们继续为秦家卖命，只能是自欺欺人而已。若是这个时候你们肯背叛秦家的话，我倒是可以饶你们一条命。多一个朋友多一个出路，多一个敌人多一条绝路。你们是想和前途无量的我为敌，还是想和一落败家族的人为敌?”

叶天的一席话，说得对手心思乱动。的确，现在他们所服务的主儿就是一落败家族的族长而已，有叶天这个强势高手压着，早就已经无丝毫还手之力，自己又何必为他卖命呢?

再者说了，现在他们的实力明显落于叶天下风。也不知这家伙到底什么情况，战斗那么久，斗气竟无丝毫匮竭的迹象。最为恐怖的是，这家伙的身上还拥有一件拥有灵识的中级灵器，其威力竟堪比一斗王高手。

他的后背上，也是若隐若现地有一个人影浮动。看那人影，每一个动作都释放出恢弘的斗气，其产生的强大威力堪比高级斗王，不，甚至比高级斗王还要高不少。

这小子仅仅显露出来的实力，足以斩杀他们了，还有那么多没显露出来的。若是他施展全力的话，他们只有死路一条。

当下一个领头的高级斗王最先反应过来，收回了攻击，大喝一声：“那就多谢叶天大人宽宏大量了。今日算我欠叶天大人一个人情，日后肯定归还。”

之后，一道人影化为长虹，从灰尘中爆涌而出，消失在无边天际。

树倒猢狲散，最强大的领队都走了，他们这些小喽啰留下来也只能是等死了，当下剩余的两人也是立刻收回攻击，扬长而去。

转瞬之间，聚拢千灯镇四周最强盛力量的秦家成了孤家寡人，只剩下了秦煌一个斗王高手。

而如今的秦煌哪还顾得上什么颜面，趁着叶天和他们混战，偷偷地溜走了。

悬浮在高空的叶天，冷峻的目光扫射了一眼四周，发现了秦煌逃去的踪影之后，嘴角露出一股抹笑。

当日可随意欺辱叶家的秦家族长，如今被自己给吓得抱头鼠窜，那种成就感，让叶天很受用。

而秦煌也万万没想到，有一天自己会被这个小子给逼得如此狼狈，在秦家强盛时期，就算打死他他也不会相信这一幕会真实发生的。

“秦煌，给你一天的时间逃走，明天，便是你的死期。”叶天说着便缓缓落下来，当务之急还是寻找到叶家之人才对。

叶家人肯定被秦煌囚禁在了秦家的某个地方，秦煌不可能如此轻易杀死叶家人的。

他将浓厚斗气散播到了秦家的任何一个角落探索，最后竟在秦家角落的地下发现了叶家人的踪影。他顾不上多想，匆忙向着那处位置走去。

到达了目的地之后，叶天才终于发现，那竟是一处地牢，地牢的大门被牢固地镶嵌在结实的地面下，水泥地板之下，散发出一股浓浓的潮湿气味。

“难不成，这下边就是秦家的水牢?”叶天以前也曾听说过秦家水牢。据说秦家为了惩罚一些叛徒，特意建造了这处水牢，下边温度极其寒冷，阴暗潮湿。普通人被困在里边一天时间，就要被水汽给活生生地闷死。

而这还不是地牢的真正作用，地牢的真正作用便是折磨修炼者。

据传，修炼到斗灵级及以上的修炼者，并不会被水汽给活活地闷死，他们能运转斗气，补充身体对氧气的消耗。

而秦煌可不会让他们心安理得地享受斗气，通常他都会在斗气上做手脚。这样一来，吸收了斗气的人，身体都会中毒。而秦煌在斗气中下的毒，可是远远超出正常人所能承受的范围。

据传，有一种毒能随着斗气进入人体后，眨眼间的工夫便挥发出药效。中了毒的人，全身上下数亿的毛孔，都将会有一种被万千虫蚁咬噬的感觉。

即便中止了斗气的吸入，药效依旧会持续上数刻，直至将人活生生地折磨死。

想到这儿之后，叶天也没敢闲着，快速地将铁门打开。现在他的实力，打开一个玄铁制造的地牢牢门，简直是轻而易举的事!

在大铁门被打开的瞬间，一股恶臭传来，与此同时一股浓浓的白色烟雾从下边释放而出。想起秦煌会在斗气中防毒的事，叶天立刻摒弃了自己的斗气波动，不让身体吸收外界的毒气，同时憋住一口气，走了下去。

“父亲，爷爷，你们在哪儿?”叶天一边喊着一边顺着台阶走下阴暗潮湿的地牢。他的身体周围笼罩上了一层浓浓的斗气光罩。

“天儿，是天儿!”叶云仙的声音最先传来。不过他的声音十分虚弱，而且听着十分痛苦，似乎是在承受着常人难以忍受的痛苦。

“父亲，是我!”叶天立刻施展斗技，燃起了一团火焰来。下边黑洞洞的，周围到处都是滴滴水滴落下，砸在他的身上，冰凉刺骨。

“父亲，你们都还好吧?”叶天担心地问道。

“我们都没事儿。”叶云仙的声音虚无缥缈地从远处传来，“你爷爷年老体衰，快要坚持不下去了，你快点过来把你爷爷救出去。”

“嗯，父亲，我马上到。”因为斗气燃烧的火光有限，所以他的视线范围十分的小，根本无法看到叶云仙的方向。他干脆将一颗元丹掏出，用强大的法术将之轰碎了，而后点燃。

转瞬之间，长长的地牢走廊被完全地照亮了，而在地牢被照亮的瞬间，叶天分明看到一双血红色的眼睛，在自己面前一闪而逝，犹如幽灵。

看到这个场景，叶天被吓得深深倒吸一口凉气。那双血眼充满强势威压，让他在看它的时候，内心不自觉地产生恐惧心理!

他有种错觉，感觉那双眼睛的主人，至少也得是斗皇级修炼者。至于为何会

有这样的错觉，他不明白，更不明白斗皇级高手，为何会出现在这地牢中。

最让他感到不可思议的是，那高手究竟用了什么样的法术，竟在自己面前一闪而逝，就好像神仙一般。

不过现在他可没时间管这些了，还是先去找找叶家人的下落为妙，自己耽搁的每一秒钟，都可能决定他们的生死。

叶天加快了前行速度，不久之后，果然是在长长走廊的末端，找到了叶云仙等人的踪迹。

他们被关的牢笼中，地下三尺皆是水流，水蒸气不断地蒸腾上来，犹如浓雾一般弥漫在他们周身。一层白如雪的冰霜，牢固地铺就在地上，冷气直往上升。

叶云仙等人就被关在房间之中，全身上下都铺就了一层白色的风霜，和地板一个颜色，就好像是站在冰霜上的冰人，眉毛胡子都是白色的冰碴。

“啊，父亲，爷爷!”一想到自己的亲人就被秦煌给关在这种地方，叶天的心里就是一阵愤怒外加心疼。这可是自己最最亲的人，尤其是爷爷，一大把年纪，正是该安享晚年的时候，竟还要在这样的环境中经受非人的折磨。

当下叶天就有种将秦煌撕成碎片的想法。

“天儿，快救你爷爷出去!”叶云仙的声音断断续续，虚弱至极，看来也坚持不了多长时间了。

叶天也没敢闲着，他真担心继续这样等下去，爷爷会没命，当下便召唤出了火龙神枪，对着囚笼上的坚硬钢筋，狠狠地挥砍了下去!

锵锵，锵锵!

顿时间，一股震耳欲聋的刺耳声音震动天地，甚至连地牢上端的房顶都开始坍塌下来，轰隆的声音不绝于耳。

而牢笼的钢筋却不知是什么材料制成的，这么一枪砍下去，竟都没法将钢筋给砸破，反倒是火龙神枪被震得发出嗡嗡嗡颤抖的声音。

“这可怎么是好?”看着火龙神枪竟没起到任何作用，叶天的心里也是开始有些惶恐不安起来。万一自己用尽所有的方法都没法将他们救出来的话，还得去找秦煌。

“叶天，不如先把地洞上端的洞顶给拆开，先让这里边的空气流出去，流进来新鲜空气，这样也能给他们争取一些时间。”判官说道。

叶天连连点头，之前是自己太惊慌失措，过于担心叶家人的安危，反倒是有些手忙脚乱，不知该如何是好了。

听了判官的提醒之后，他便舞动着手中的火龙神枪，顺着地牢的走廊，狠狠地舞动了一下。

只见一道长长的刀芒舞动而出，势如破竹地顺着走廊疯狂攻击而去，几乎是眨眼间的工夫，竟将地牢坚固封闭的走廊，给砍出了一条长长的裂缝来。

“父亲，你们好点了吗?”看着浓浓斗气以及新鲜空气犹如浪潮一般自外边爆涌进来，叶天原本急躁的心才终于稳妥了一点。

“嗯，现在好多了。”有了新鲜空气，他们也不用吸收有毒的斗气来满足自身对氧气的需求了。

“爷爷怎么样了!”叶天站在囚笼外边，看着里边的场景。他的视线一直都放在已经进入休克状态的爷爷身上。

“天儿，不用担心，你爷爷已经服用了我叶家祖上流传下来的保命神丹，生命不会有危险。大家都冷静下来，思考逃出的对策吧。”

“嗯。”被关在牢笼中的众人，皆是点了点头，答应着。这个不大的囚笼关了数十个秦家核心人员，其中大部分都是身负重伤，若是他们在里边待的时间太长，也肯定会有生命危险。

叶家核心人员，还有一小部分实力高强的人保持相应的理智，想出了各种各样的方法，但是都被叶天的行动一一否决了。

这铁笼的强度远远超出了他们的想象，似乎是某种宝贝，要不怎么可能连中级灵器都没法将之斩断!

“判官，我们该怎么办?”所有的办法都被叶天一一尝试过了，但是都没成功。叶天再次开始焦躁起来。叶家的人也开始逐渐有些绝望起来。

连叶天这样的高手都没法救他们，难不成下半辈子就要在里边度过?

“叶天!”判官低头沉吟片刻，道，“不如我们改变一下应对策略的方向。”

“哦?”叶天立刻疑惑不解地道，“什么意思?”

“之前我们的想法是攻击，但是攻击却根本没有效果。而从之前的攻击上，我却看出这是一件稀有宝贝了，虽然暂时还不清楚这个宝贝到底什么来头，但我想若是我们改变一下对付的策略，将攻击转变成收服，用软方式进行。若是这个宝贝能为你所用的话，你不就能将叶家人从中放出了?”

判官的这个想法的确是非常具有参考价值。既然没法攻破这牢笼，为何不将他收为已用，让它自动打开门呢?

改变了一下对付的方向，众人的脑海中豁然开朗了很多。但是理论上行得通的事，并不代表着就一定能行得通。现在他们面临的最大问题，就是如何收服这个牢笼。

“判官，会不会和以前一样，滴血认主就成了?”叶天在思考良久之后，脑海中也只有这一个方法可以收服宝贝。

“应该不行。”判官摇了摇头，“滴血认主，那得是在驱逐了宝贝原本的精神印记之后才能行得通。但是这个东西的精神印记实在是太强大，强大到我都没法抹除，所以要想收服它，还是再去想别的方法吧。”

听判官这么一说，叶天的心蓦然沉了一下，这宝贝的精神波动着实强大，强大到快要影响自己的神识，所以要抹除之上的精神印记，的确有些不可能。

“可是除了这样的方法，还有别的方式能收服它吗？”

叶天将自己的疑惑讲给了判官听。判官听了，却是默默点头，并未作答，看来也是并不十分确定。

“判官，你直说无妨，到底是什么方法！”叶家人在里边随时都可能有生命危险，叶天必须尽快将他们解救出来。

“这种方法，可能会要了你的命。”斟酌良久之后，判官才终于小声地说出了这句话。

“哦？”一听说又是可能要了自己命的事，叶天忍不住地倒吸一口凉气，问道。

“这种方法，就是要你将这些东西炼化，只有炼化了他们，才能成功掌控他们。”判官道。

“但是，这种方法怎么可能会要了我的命呢？”叶天有些忍不住好奇地问道。

“上次你在炼化中级灵器的时候，不是差点殒命嘛？幸亏你坚持过了三次生理极限，才侥幸成功。”

“而这次我们遇到的法宝，似乎比中级灵器还要顽固，你想要炼化他们，怕是要坚持过四五次的生理极限，真不知道你的身体能不能吃得消！”

判官的语气中充满担忧。

听判官说要坚持过四五次的生理极限，叶天的心就开始怦怦狂跳起来，浑身难受。上次自己坚持三次生理极限，已经差不多要休克了，那种痛苦感觉依旧历历在目，一旦想起，还是浑身难受得很。

“其实，我们可以继续想办法，反正里边有毒的斗气已经差不多释放干净了，他们的生命也应该安稳下来了，我们没必要采取这么极端的方式！”判官劝慰道。

而叶天看了一眼虚弱不堪，看着似乎坚持不了太长时间的叶家人，心中的那个念头更坚定了：“判官，无论如何，我一定要尝试一下，看我的家人，似乎都坚持不了太长时间了，若是他们有个三长两短，我这辈子都会留有遗憾，我不想让我的生命，留下憾事。”

判官沉默了下来，良久之后，才终于小声道：“好吧，看来也只能这样了。”

“嗯！”终于说服判官，叶天心里也轻松了不少。无论付出什么样的代价，自己这次一定要将家人救出来。

“只是，炼化这钢筋铁笼还需要很多的前期准备工作，比如炼制的材料以及火苗，等等。这些应该都不是寻常之物，只有到不寻常之处寻找才行。”

听判官这么说，叶天的心凉了一大截。这么说现在还不能展开救援。叶家人必须待在里边。想想爷爷那么大一把年纪了，还要经受这样的折磨，他就是一阵难受。

“天儿，天儿！”叶威虚弱不堪的声音从牢笼中传来。听到这声音，叶天顿时浑身一震，匆忙冲上去，抓住铁笼子，大喊起来：“爷爷，你怎样了？”

“我……我没事儿。”叶威浑浊的老眼看了一眼叶天，眉目舒展，嘴角露出一丝微笑，“天儿，你刚才所做的一切，爷爷都听见了，好样的。爷爷能有你这样一个孙子，这辈子死而无憾了，咳咳，咳咳！”

叶威咳嗽了两声，而后一口浊血，被其吐出。

“啊，爷爷，您没事儿吧。”看爷爷口吐浊血，叶天再次忍不住地一阵紧张。

“我……没事儿。”叶威很勉强地冲叶天笑着，“天儿，记住，无论如何，一定要保住自己的性命，你是叶家唯一的希望，不能让叶家的香火就这样断了。”

“嗯，爷爷放心，我一定将你们救出去。”叶天直接跪倒在地，道。

“天儿，不要白费力气了。”叶威虚弱地笑笑，“这铁笼，乃是远古大神玄铁大神的随身武器，厉害非凡，除非天神级的高手，否则无人能将之破掉。”

“嘶！”躲藏在大还丹精神世界的判官，也是没忍住，倒吸一口凉气，“玄铁大神的随身武器？竟是玄铁大神！”

“怎么，玄铁大神很厉害吗？”叶天暗中问判官道。

判官连连点头：“这玄铁大神，据说是神通境大成境高手，不过早年，在和邪魔大战之后，便已经飞升入天了。真没想到，他竟将自己的随身武器丢弃人间。”

“爷爷，你们放心，我一定会将你们救出去的。”

“咳咳，咳咳！”叶威咳嗽得更厉害了，双目开始变得浑浊起来，冲叶天连连摇头，“天儿，不要想着我们，一定要去仙云洞，将叶家人接出来，叶家以后就全靠你了。”

咯吱咯吱，咯吱咯吱！

就在这个时候，一阵玄铁紧绷的声音蓦然传来，并且频率越来越大，直到最后竟响个不停。

“爷爷，这到底是怎么回事儿？”叶天紧张地看着爷爷问道，一股不祥的念头，逐渐浮现在他的脑海中。

“那些毒气乃是这玄铁神笼生存的根本，就好像人修炼需要斗气一样。如今毒气被你释放出去，玄铁神笼无法继续保持这种变形状态，马上就要被重新封印了，我们都会被封印在其中。”

叶威的话音刚落，只听嗖的一声，玄铁神笼竟砰的一声，紧缩了一大半，叶云仙等人不得不弯腰低头，才不至于被这玄铁神笼包围住。

不少人都开始慌乱起来，叶天的眼角也立刻迸溅出一行热泪来：“爷爷，你们放心，我一定会把你们救出去的。”

“呵呵，天儿，只要你能带着叶家并入叶家总部，爷爷这辈子就算死而无憾了！”

砰！

又是一声惊天巨响，玄铁神笼没有给他们太多讲话的机会，便再次紧缩，并且速度太快，几乎眨眼工夫就变成了手指甲盖大小的玄铁块，结实异常，沉重得很。叶天只能双手一块用力，才能将玄铁块从地下拽出来。

“判官，我爷爷他们还活着吗?”收拾了一下情绪，叶天稍显紧张急迫地问道。

第三十六章　重回云仙洞

“放心。”判官道，“这是一件比灵器还高级的宝贝。虽然它表面体积缩小了，但是这根本不遵循空间时间规律，所以里边的空间还是一样大的。”

叶天这才放下心来，只要爷爷没生命危险，他的心就不至于太难过，这说明他还有机会。

“看来，要想破掉这宝贝的封印，你的实力得达到神通境才行。”判官了解叶天的心思，便主动告诉他道。

“神通境!”叶天双手握着玄铁神笼，目光望向远处，最后咬着牙齿，一字一顿地道，“爷爷，放心，我一定会达到神通境，一定会把你们从玄铁神笼中救出来的。”

“判官，现在我们去仙云洞，将叶家的人安置在这里吧，叶家已经被秦家破坏成那样了，估计没法继续住人了。”叶天将玄铁神笼放入大还丹精神世界中之后，便和判官商议下一步的计划。

“嗯，好!”判官也同意了叶天的说法，于是叶天施展五行八卦玉翅，朝着仙云洞的方向，便疾驰而去。他如今的速度堪比斗皇。

凭着儿时的记忆以及对周围斗气波动的探索，叶天终于找到了仙云洞。

远远地就看到一道靓丽但孤独的身影，兀自坐在大石头上，瘦身长裙将她的身材尽情展现出来。干净的面皮，俊俏可爱的五官，无论从哪个方向看，都会觉此女乃天使下凡。

那人正是叶如霜。

叶如霜无意中发现头顶掠过一人影，立刻警觉地站起来，怒目圆睁，她真担心是秦家人或叶家的敌人发现了仙云洞。

当她发现那道熟悉身影竟是叶天的时候，立刻惊喜连连地喊了一声：“叶天，是你吗?”

“是我啊!”叶天安稳落下，站在叶如霜跟前。如今的她出落得更亭亭玉立了，站在人群中，会有种鹤立鸡群的感觉：“如霜姐，大家都还好吧。”

“嗯，大家都没事儿。”叶如霜连连点头应着，“快到里边吧，伯母担心你都快担心的疯掉了。”

“嗯。”叶天连连应着，然后在叶如霜的带领下，走入了仙云洞里边。

不得不说，这儿的确算得上是人间仙境。奇石嶙峋，树木丛生，清新空气中夹杂着淡淡的玫瑰花香，这个时候地面还铺着一层淡淡的雾气，真的有种置身仙境的感觉。

在被石头围成的羊肠小道上徐徐前进。绕了千弯百转之后，终于看到一个被高大的灌木丛遮掩住的大洞。

"天儿，是你吗?"叶天刚想进洞，却听一个慈祥的女子声音钻入耳朵。他立刻扭头，发现竟是母亲，内心立刻怦怦狂跳，日思夜想的人就在眼前，他的心里怎能安静下来?

"母亲，是我啊，母亲!"叶天噗嗵一声，直接给母亲跪倒在地。叶母也是思子心切，前段时间便听叶云仙说天儿可能遭遇不测，所以心中一直挂牵，牵肠挂肚的滋味可真难受。

想啊盼啊，那种煎熬的滋味可真是度日如年啊。如今好容易看到自己的儿子平安归来，她这个当母亲的自然高兴。

"伯母，叶天，你们好容易团聚，我们应该好好地庆祝庆祝，不要哭了。"叶如霜的小手轻轻地按摩叶母的肩膀，安慰道。

"对，对，如霜说得对，今天是大好日子，我们不要哭了。"叶母擦拭了一下眼角的泪痕，然后又替叶天擦拭掉眼角泪水后，便带着他进入洞穴。

洞穴乃是叶家几辈人打造出的一座镶嵌在石山中的豪华建筑，里边的生活设施一应俱全，主洞的两边都蔓延出有小型的洞穴，足有几十个，容纳数百口人都没问题。洞穴之中有通风系统和通光系统，所以光线和空气都还是很清新的。

叶天的到来立刻吸引了叶家人的注意，纷纷凑了上来，将叶天团团围住。

在和众人一阵寒暄之后，叶天便进入了正题，将自己灭掉秦家老祖以及鹰眉王展昭的事，以及爷爷等人被封印在玄铁神笼中的事，告诉了他们。

在听说这个令人悲催的消息后，叶家人都沉默了，之后便有几个妇女以及孩童掩面而泣。他们的丈夫或父亲被封印在玄铁神笼中，他们自然伤心。

"行了，大家都放心吧，有我叶天在，一定不会让叶家灭亡的。我也一定会将爷爷等人从玄铁神笼中救出来，大家都等着我的好消息吧。"

叶天的强大实力已经征服了所有叶家人，所以叶天能打包票，众人还是很踏实的。

"接下来我准备把大家暂时安置在叶府中。我会派人保护叶家人安危的。"

"天儿!"叶母有些担心地对叶天说，"天儿，外面实在有些杂乱，在没有百分之百的把握之前，你不能拿着这么多叶家人的性命冒险。你确定我们出去后，会安全吗?"

"放心吧。"叶天点点头，"有汇通拍卖行以及叶家总部给我们撑腰，还有我如今的实力，没人会再招惹我叶家了。"

叶母思索片刻，也觉得叶天所言有理，当下也点头答应了下来。

经过一上午的安顿，终于将叶家的老老小小从仙云洞转移到了叶家之中。叶家的奴仆军队早就已经溃败了。所以叶天便召集了解散了的叶家仆人，重新为叶家供职。

另外为了解决叶家人的吃喝问题，叶天决定开发狮王森林中的玄铁矿。要想开发玄铁矿，有一点最重要，那就是必须得有工人。尽管叶天尽了最大努力，可召唤回的叶家奴仆也不过原来的十分之一，想要开发玄铁矿实在是难上加难。

为了能让玄铁矿尽快开工，能在最短的时间内步入正轨，成为叶家的经济支柱，叶天用元丹当酬劳，愣是招来了十支佣兵队伍。

这十支佣兵队都是各地佣兵队的精英，有着丰富的战斗经验以及强健的体格。

为了预防这十支佣兵队见财起意，叶天命人快马加鞭，给汇通拍卖行的韩昌盛发送讯息。韩昌盛看中叶天的潜力，当然是毫不犹豫地答应了下来。直等到韩昌盛带领的汇通拍卖行的人到来，并且将一切工作都嘱托完毕，确保万无一失之后，叶天才离开。

相信有汇通拍卖行的人坐镇，外加自己闯出的名号，应该没人敢轻易招惹叶家了。

连鹰眉王展昭都被叶天斩杀了，他的名号早就已经凌驾大离帝国四大传奇年轻高手之上了，单单凭他的名号也能震住一方，是各大势力拉拢的对象。不是因他现在的成就，而是因他将来无止境的潜力。

若是他能将潜力完全散发出来，估计神魂大陆，难逢敌手。

马上就要离开这个生养自己的小镇了，叶天的心里有些不是滋味。叶如霜似乎看出叶天的心思，便主动提出和他一块逛千灯镇的要求来。

叶天自然没有拒绝，便在叶如霜的带领下，漫步在熙熙攘攘的千灯小镇上。小镇并没有因为各种各样的大战而陨落颓废，反倒是越来越热闹了，各个商贩之间的竞争也激烈了起来，小镇的居民受益匪浅。

“累了，我们坐下喝杯茶吧。”两人沉默无语地走了一段路途之后，叶如霜忽然挽住了叶天的胳膊，撒娇一般的声音道。

“嗯。”在叶如霜的胳膊挽住自己的时候，他浑身颤抖了一下，不过很快地便反应过来，连连点头应着，带着叶如霜到路边一家茶馆喝茶。

刚才散步的时候还没什么，这刚刚坐下，两人面对面，气氛有些尴尬起来，叶天的视线都不知往哪儿放。叶如霜十八芳龄，正值女性情窦初开的年龄，她发育得很成熟，完美曲线赤裸裸地展现在叶天面前，让他的脸有些绯红。

“你什么时候回来?”叫了两杯茶后，叶如霜小声地问了一句，声音中充满无尽的渴望和不舍。

“很快。”叶天道，“将爷爷他们救出来后，我立刻就回来。”

“哦。”叶如霜落寞地回答了一句，接着又沉默了下来。好久之后，叶如霜似乎终于酝酿好了情绪，抬起头来，两只明亮清澈的眸子看着叶天："带我走！"

看叶如霜那干净的脸蛋、漂亮的五官、成熟性感的身材，叶天的心为之所动。

说实话，能和这样的女人待在一块，才是真正的幸福呢。可是，在没有完成自己的使命之前，他能这样做吗？很显然不行。因为叶如霜跟着自己，只会把她一次次地送入危险之中。这样的危险甚至能要她的性命！

所以，叶天表情悲痛地摇了摇头："如霜姐，我知道你的心意。可是人在江湖身不由己，我接下来要面对的困难，是你所不能想象的，所以我想，等我安顿下来后，再来接你。你看可否？"

"哦。"叶如霜虽然失望，可依旧是答应了下来，继续喝茶。

"喂，你们听说了吗？最近叶家那小子出大名了啊，整个大离帝国的人差不多都知道那小子了。"

"你说的是叶天吗？我早就听说了，这小子几年前还是废物一个呢，没想到这才几年的时间，竟能将大离帝国四大高手的秦傲天和王展昭给杀死，甚至还有跨入斗皇强者的秦家老祖。你说那小子怎么这么厉害？"

"是啊。这要是搁以前，我绝对会把这当成以讹传讹，放出的屁。可那日叶天当众大战数个斗王高手的时候，我就知道传言是真的，你说那小子怎么进步那么快？"

"我真怀疑他是不是人类！"

"……"

听着茶馆之内的顾客讨论着自己，叶天苦涩笑笑，担心被人认出来，便拽着叶如霜离开了。

即将走到千灯镇尽头的时候，叶天停住了脚，双手扶着叶如霜的肩膀。如今的叶天个头也是疯长，甚至比叶如霜还要高出一大截。叶如霜仰头看着叶天，心中感慨颇多。几年前，这个小弟还是一光腚小孩。可眨眼间的工夫，这家伙竟如此傲然地挺立在面前。

他身上散发出的男人气息，让她为之沉迷。

"如霜！"叶天语气严肃地道，"有个问题我一直想问，可担心影响叶家人好容易酝酿出的高兴气氛，所以就一直都忍着。如今这里没外人了，我想，你应该很严肃地回答我这个问题。"

叶如霜点点头，她似乎已经知道叶天究竟要问什么了。

"告诉我，林雪儿去哪儿了？为什么自从我回来，都没看到过林雪儿？"

叶如霜四处看看，发现并无任何人注意他们，这才小心翼翼地将耳朵凑上去，对叶天小声道："她被神魂教的人带走了。"

"嗯？"叶天的心狂颤起来。神魂教的人心狠手辣，林雪儿落在他们手上，肯定不会有好下场。一时间，他的心痛了起来。

"是神魂教的人偷偷带走的吗?"

"不是。"叶如霜摇头,"是林雪儿主动跟神魂教的人走掉的。她找到了圣姑之后,圣姑就主动撤离了。我们根本就不知道林雪儿去圣姑那儿。要是知道的话,我们肯定会拦着她的。"

叶天这才放心不少,林雪儿不是做事莽撞的主儿,这个藏着太多秘密的女孩主动到圣姑那儿,并且能让圣姑退兵,可想她肯定是有什么杀手锏,这么一想,自己倒是毋庸过于担心她。

又简单地说了几句告别的话之后,叶天才不忍地转身离去,可刚走了两步,忽然想起了什么,转过身来,快走两步,将依旧杵在原地满脸不舍的叶如霜抱在怀中,右手轻轻拍打她柔软松滑的后背,安慰道:"如霜,等我回来。"

"嗯。"两行热泪顺着眼角流了出来,这一个拥抱,她已经很满足了。她愿意用一辈子的等待,来偿还这个拥抱带给她的温暖。

在那个时候,她第一次感受到爱的感觉。

苦涩的,心痛的,外加一点点甜蜜。

依依不舍下,两人再次告别。

直到千灯镇彻底消失在视线中,叶天才小声地问道:"判官,我想我们下一步的目的地,应该到一处可以快速提升我修为的地方!我们杀死了鹰眉王展昭,他师傅战神肯定不会轻易放过我们的。"

判官想了想,道:"嗯,你说的有道理。我一直都在思索着,什么地方能磨炼人的体质,让人的修为速度提升数倍。"

"判官,你觉得邪魔之地如何?"叶天忽然想起那日在大海下,自己稍微吸收一下斗气,身子都会瞬间充盈,而且那个地方妖魔很多,给自己当活靶子,是最好不过了。

"嗯,你说的很有道理,我也有考虑那个地方。"判官连连应声,"不过我觉得,那个地方实在太凶险了点,随时都可能遇到邪魔一族的人,你最好考虑清楚了再做决定。"

"判官,我已经想得很清楚了。"叶天毫不犹豫地回答道,"只有在那样残酷的环境下,我才会有压力,人只有在压力下,才会成长,您说呢?"

判官冲叶天笑了笑:"叶天,你能想到这点,我还是感到很安慰的。好,就按你说的去做,向邪魔之地,进发。"

"判官,还有一个问题。"叶天一边朝邪魔之地进发,一边小声和判官交谈,"林雪儿到底有着怎样的秘密,竟能让圣姑退兵?她到神魂教,会不会有什么危险?"

判官的脑袋摇得好像拨浪鼓一样:"这点你倒是不用担心,你应该知道林雪儿那么聪明伶俐的女孩的手段,能让神魂教退兵,说明她有很大的杀手锏制约得了神魂教。而且我们基本上确定林雪儿就是魔主。虽然我们暂且不清楚魔主是什么身份，不过肯定是妖魔一脉的人。神魂教和妖魔一脉的人有来往，这是人尽皆知的事，林雪儿说不定已经回到了自己的老窝邪魔一族了呢。”

判官所言极是，叶天原本悬着的心也终于放下来了，一心一意地前往邪魔之地进行修炼。

很快，叶天便来到了那处大海。短短几日的时间，海岸上被冲得狼狈不堪的村庄重新建立了起来。虽然依旧有些狼狈景象，不过忙碌的人群却将这里的死寂完全驱逐。

“人类的应变能力还是很强的。”叶天这样想道。

“快看，老神仙！”一个眼尖的小男孩发现正缓缓飞翔的叶天，连连仰头，兴奋地指着叶天。

小男孩一声尖叫，越来越多的人仰头看着叶天。他们放下手中的活，满目崇拜地跪倒在地。

叶天没有理会这帮平凡居民，而是加快了速度，并且到了指定位置之后，便噗嗵一声，一头扎进了大海之中。斗气组成一个能量光罩，将自己完全地包围住，所以他不用担心窒息和被水打湿的感觉。

下到了最底层之后，他将一根缠绕住自己大腿的藤蔓植物撕扯开，便朝着前方游荡而去。他准备在这附近寻找一处可供自己休息的地方，然后用结界封印起来。

很快，他便被不远处一座高大的珊瑚礁吸引了视线。珊瑚礁表面是五颜六色的珊瑚，五彩缤纷，五彩斑斓，反正是各种各样的颜色搭配在一块，看着就好像是一座装饰精美的小型宫殿。

珊瑚礁的中心被挖空了，门口放置着一块闪烁着紫色金光的水晶门，高贵豪华。水晶门之上，是一只只珊瑚礁组成的字体：“水晶宫！”

叶天在看到水晶宫的第一眼，就被这座建筑的豪华大气给吸引住了，立刻下定决心，就要这座水晶宫了。

不过这座水晶宫明显有妖物居住，要想占领水晶宫，必须将其中的妖物打跑才行。想明白了这点之后，叶天便倒退了几步，而后火龙神枪释放出一股强大的斗气攻击，轰隆一声，正中水晶宫大门。

因为害怕水晶宫大门会被自己给打破，再劳烦修理的话就麻烦了，所以他并没用力。要说那水晶宫的确是结实，这一攻击下去，水晶宫甚至连晃都没晃！

“吼吼，吼吼！”一个愤怒的咆哮声从水晶宫中传来。那沉闷的吼叫声甚至直接将海水给激荡出了一层厚厚的波浪，朝着远处蔓延。若不是叶天的火龙神枪刺入地下把持住他的身子的话，怕是这会儿他早就已经随着激荡的水流被冲走了。

他的心中一阵骇然，心想那究竟是什么怪物，单单一个怒吼声就能释放出如此强劲的攻击，若是它发动全力攻击的话，究竟会有怎样的力量？

他的心中又是一阵骇然。

水晶宫的门被打开了，一个庞然大物从水晶宫里边缓缓走出。那是一个头顶生有两对蟹钳直立行走的庞大甲壳类生物，有着四只手臂和四只腿，肚皮上是厚厚的盔甲，猛地看上去，还以为是一只大螃蟹直立行走呢。

“哈哈，我的午餐来了。卑微的人类，你螃蟹大爷要吃了你。”那螃蟹看到叶天的时候，小眼立刻闪烁出明晃晃的光芒来，缓缓地靠上来，头顶上的两对蟹钳来回咔嚓咔嚓地剪着。

“这么快就碰到妖魔一族的人了。”判官淡淡地笑笑，“叶天，这样的锻炼才是刚开始而已，一定要把握好每次的机会。”

“明白!”叶天欣喜地道，同时将火龙神枪收起，换上了烈焰刀。

烈焰刀的器灵在逐渐地苏醒，判官说用烈焰刀次数越多，器灵苏醒的速度也就越快，所以叶天才会选择用烈焰刀对付这家伙。

“让你尝尝蟹将军的厉害!”蟹将军一声怒吼，嘴巴快速地一张一合，同时一个个的泡泡，迅速地从口中逸散而出，好像一颗颗飞镖疯狂地撞向叶天。

面对接连攻击而来的泡泡，叶天不闪不避，手中烈焰刀被他耍了起来，将空气搅成了一团乱糟糟，而后他的身体钻入混沌之中，不断地将攻击而来的泡泡刺破，而后身子犹如利剑般地猛射上去。

要说那蟹将军战斗经验也无比丰富，似乎早就料到叶天会有这一招一般，快速地倒退起来。叶天的水性毕竟不强，和蟹将军没法比，所以尽管叶天的实力比蟹将军强上一大截，可在水中，两人依旧是达到了一种平衡。

蟹将军倒退了两步，看到叶天追上来，大嘴裂开，嘿嘿笑了笑，脑袋上的蟹钳猛然竖起，倒退的动作戛然而止，转变成了前进的动作，凶猛有力的蟹钳，朝着叶天的脖颈便是狠狠地撞了去。

叶天的瞳孔瞬间紧缩，头发竖起，没想到这种低智商的妖兽竟也有如此的智慧。他惊诧了片刻后，便反应过来，身子一个九十度的翻身，双脚狠狠地踹在撞上来的蟹钳上。

嗷呜!

蟹将军发出两声悲惨哀嚎声，身子便好像流星般顺着流水飞向远处。而它的两只蟹钳，却被叶天的双脚给踹断，在水流中徐徐飘荡，最后砸落在地。

叶天蹲下身子，将两只强大的蟹钳捡起，试了试其锋利程度，啧啧叹道：“真没想到，这妖兽身上长出的东西，还能这般坚硬。”

判官却笑笑：“妖魔一族，差不多任何一个妖魔都长有一件天材地宝。像蟹将军的这种蟹钳，是上好的大补药。若是炼制成丹药的话，至少也得是中级补丹，收起来吧，我有时间会帮你炼制成丹药的。”

"成!"叶天忙应了一声，便将蟹钳丢入了大还丹精神世界中。

他的视线接着便落到了水晶宫中。外表精美豪华的水晶宫，让人看一眼就忍不住想进入看看其内里。他有些激动地打开了水晶宫的水晶门，一道道豪华光束自其中释放而出，耀眼夺目。他立刻用手挡住眼睛，才不至于被耀眼的光束刺得眼睛发痛。

"什么东西这么亮?"这是叶天的第一个想法。他匆忙凑上去想看个究竟。

进入其中之后，光线更强烈了，叶天更没法睁开眼，只好背过身子，闭着眼睛一点点地摸索了去。

从外面看，珊瑚礁并没多大面积。但是置身其中的话就会发现它远比外表看上去要宽敞得多。叶天闭着眼睛摸索了很长时间，才终于摸索到水晶宫的边缘。他凭着感觉，顺着光滑的水晶宫宫壁，摸向两边。

这么一摸，果然有发现，他先是摸到了一个类似于大型河蚌之类的东西，将足以装下一个人的巨型河蚌用强硬手段打开，摸索了一番，竟在其中摸索到了一个质地无比光滑、带着温热的圆形物质。这硕大的圆球状东西，少说也得有人的脑袋那般的大。

联想到河蚌以及刺眼的亮光，不用看叶天也能猜到这肯定是妖魔一族的河蚌孵育出的夜明珠了。只是，这么大个的夜明珠，他以前听都没听说过，所以有些不确定，当下便征询判官的意见。

判官简单地用大量的斗气将之包裹，感受了一番之后，便激动地告诉叶天，这的确是巨型河蚌孵育出的夜明珠。

光线太强劲，以至于叶天根本没法睁开眼睛，只好要求判官将夜明珠收入了大还丹精神世界中。

而这个时候，一个奇妙的想法逐渐在叶天的脑海中成型，既然大还丹精神世界中的古墓府邸到处都是黑暗，何不用夜明珠强劲的光芒来驱逐黑暗呢?

他当下便将自己的想法告诉了判官，判官听了，对他的想法给予了肯定，当下便辅助叶天将水晶宫中数十颗人头大小的夜明珠收入了古墓府邸中。

感受水晶宫中光线散尽，叶天逐渐睁开了眼睛。海底黑暗，伸手不见五指，叶天施展斗技，总算得到一点光亮。

粗略观察了一下水晶宫的内里，这才发现水晶宫内里宽敞整洁，是规则的半圆形。墙壁也不知是用什么材质建造的，坚硬而且色泽发白，光滑得犹如女人肌肤。

他围绕着硕大的空间走了一圈，觉得在此地栖身一年应该都不成问题，当下便用强大的斗气将水晶宫包围了起来，组成了一个临时的结界，这样外边的水分就不会逸散进来了。同时混合在水中的浓浓斗气，也能透过斗气罩进入其内，供给叶天的修炼。

水晶宫的后方有一座小窗户，叶天踮着脚正好能看到外边的海底世界。

这么一看，叶天立刻唏嘘起来。人类胳膊粗细的大虾，小型魔兽般大小的鱼，如一座移动小山般的乌龟，还有堪比一棵棵大树般细长的黄鳝……

总之，这里的一切，都是超乎叶天想象的东西，是他从来都没见过的东西。单单是看一眼，叶天就被这场面给镇住了。

良久之后，叶天才依依不舍地收回视线，暗自叹息道："原来，这个世界还有那么多我们所不知道的生物，我所认识的东西，也不过是浩渺宇宙的九牛一毛而已。"

判官却笑了笑："即便是我，所见识到的世界，也不过是沧海一粟。据说，实力达到了一定的程度，便是可以窥测浩渺宇宙的全部。我是没那个机会了，现在只能靠你了。"

叶天点点头，心中不自觉地生出大量的感慨。

飞行一整夜，叶天觉得浑身酸痛，难受得厉害，便同判官打了声招呼，靠在水晶宫的一角，开始睡起觉来。

而他所不知道的是，此刻判官正小心翼翼地将夜明珠送往古墓府邸的深处，他一直想窥测，古墓府邸的深处那被黑暗完全笼络的世界，到底藏着什么贵重的物品。

陷入深度睡眠状态的叶天，朦胧中似乎听到判官在呼唤自己。他强忍着极强的睡意睁开了眼睛，晃晃脑袋，稍微清醒了一下意识后，便急促地问道："判官，到底怎么了？"

"你快看我发现了什么。"判官极度兴奋地对叶天道。

听判官这过度兴奋的声音，叶天就知道判官肯定有什么发现，便立刻将神识逼入大还丹精神世界中去。当他发现，十颗夜明珠好像十个小太阳，悬浮在偌大的古墓府邸上头，将大还丹精神世界中的古墓府邸完全照亮的时候，他立刻惊住了。

因为他怎么都没想到，这古墓府邸竟是如此的大，其面积甚至能比得上一座千灯镇……这么大规模的一座古墓府邸，究竟能住下多少人啊！

而且最重要的是，这古墓府邸的建筑大小，似乎是人类建筑的数倍之大，其内的石凳石椅，也不像是给正常的人坐的，好像是给巨人用的。

其内似乎源源不断地释放出阴寒之气，让叶天忍不住一次次蜷缩起身子。

"判官，我看这古墓府邸有些古怪！"那股阴寒之气让叶天有些把持不住，当下便将自己的感受说给判官听。

判官听了之后，却是笑着道："此处乃是多年不住人的府邸，其内自然是有些阴寒之气。不必担心，这是很正常的！"

叶天点点头，不过依旧觉得有些浑身不自在。

“判官，你到底发现了什么?”叶天忍不住心中好奇地问道。

“你看古墓城门上，是不是有类似于地图之类的东西?”判官手指着古墓，似乎用坚硬铁木打造的大门，对叶天解释道。

叶天凝神屏息，仔细看了一眼，果然发现其上有些花纹状线条，仔细盯着看了良久，忍不住倒吸一口凉气：“判官，真别说，真的像是地图啊。不过，这地图和我们有什么关系?”

“难道你没发现上边的那处地图，和我们现在的世界有所吻合吗?”

“嗯?”判官这么一提醒，叶天果然发现异常之处。在那地图上，一些重要之地都有标记出来，其中一个椭圆形城堡上，分明标记着水晶宫三个字。

这个时候，他差不多便明了了，这地图很大可能是他们现在所在地区的地图。

若是那样的话，实在是再好不过了，这就避免了他们在海底的妖魔世界中乱闯荡了，摸清了对方的底细，他们的胜券才更大了。

两人逐渐地靠近古墓的木门，上边的条纹线索越来越清楚了，大略地看了一眼，叶天就被地图的恢弘壮大给镇住了。不小的水晶宫安置在地图的开端位置，这水晶宫在地图上也就是用一个极小的半圆形来表现的而已。

顺着地图往上看，就会发现建筑越来越大，地图最末端的一个建筑，竟足有水晶宫的数万倍之大。

这比水晶宫还要大数万倍，那规模得多宏伟壮观啊！等等，现在大还丹精神世界中的古墓府邸，也是差不多相当于水晶宫的数万倍。

莫不是说，地图最末端的那个建筑，就是他们现在所在的古墓府邸?想到这点，叶天忍不住倒吸一口凉气。

“你想到了什么?”看叶天这表情，判官就知道他又有了别的什么收获，当下便好奇地问了一句。

“判官，你有没有发现，这大还丹精神世界中的府邸，和地图上最后一座建筑，有什么相似之处吗?”叶天将自己的想法告诉了判官。

判官听了，仔细对比了良久，最后忍不住倒吸一口凉气：“嘿，还真别说，这两者的模样，竟还真的有点像。有种西方世界城堡的影像……等等，你的意思，该不会是说地图上最末端的建筑，就是我们现在所在的古墓府邸吧?”

叶天虽然很不想承认，可事实摆在眼前，他也只能点头应着。

“嘶!”判官捋着胡子，双目瞪大好像死鱼眼睛，满脸不相信，“不可思议，太不可思议了，没想到这古墓府邸竟和妖魔一族有所牵连，怪不得我总觉得这府邸怪怪的!”

“大胆小子，你给我滚出来，敢侵占我的府邸，你不想活了。”就在叶天思索着妖魔一族的古墓府邸为何会出现在大还丹精神世界中的时候，水晶宫外边忽然传来一阵叫骂声。

听到这阵叫骂声，叶天的第一反应就是蟹将军来找揍了，看来自己这次得好好教训教训它才行，可后来冷静想一想，自己在这人生地不熟的地儿，还是收一个向导的好，这样自己打听什么事儿的话，更方便一点。

想明白了这点之后，叶天便重新凝聚心神，重新回到现实世界。

透过水晶宫的大门，他看了一眼水晶宫外边的场景。当他发现蟹将军正带着一个有着人类模样的硕大体格的乌贼站在门外的时候，顿时乐了起来："畜生果然是畜生，连搬来的救兵都是畜生！"

"小子，你快从水晶宫里边滚出去，不然你蟹将军爷爷一定好好地教训你。"蟹将军张牙舞爪地叫骂着。而叶天对此却充耳不闻，好像这一切根本和他没任何关系。

"小子，先把蟹将军的两对大钳子还给它，否则你乌贼爷爷可对你不客气了！"乌贼柔软的身躯不断地弯曲摆动着，庞大的身躯简直可以和小山相媲美，从叶天这个角度看过去，就会觉得是一座能变形的小山在冲叶天叫嚣。

"那对大钳子啊！"叶天嘿嘿笑了笑，"已经被我当成药引，给吃掉了。你要是要的话，我可以给你拉出一堆屎来。"

"啊！"蟹将军一听自己的得力武器，竟被人当成大补品给吃了，那个心痛啊，恨不能一头撞死。

而旁边的乌贼却是怒火中烧，似乎比蟹将军还愤怒："小子，那对大钳子是你乌贼爷爷先看上的，你竟敢抢夺乌贼爷爷的宝贝，看老子今天怎么收拾你。"

刚说完，身体呈半透明状的庞大乌贼便朝着叶天压了下来。看着这座小山，叶天嘴角露出一抹嘲讽的微笑来："小小畜生，也敢在我面前张牙舞爪！"

噌！一声清脆的金属响声，叶天将烈焰刀从后背抽了出来，而后开始耍动起来。

不得不说烈焰刀是一宝贝，旋转起来，强劲的刀风竟将海水给搅出了一个个的漩涡，疯狂的漩涡猛然撞击着，砸向乌贼的方向。

那乌贼怎么都没想到，一个毛都没长齐的家伙，能有这么大的力道，搅动这么大的一个漩涡，当下身子就被逼得连连倒退！

可毕竟是妖魔一族，若是没有个手段的话，岂不是辱没了妖魔一族的名号？乌贼在快速倒退的时候，不断从八只怪爪中间的嘴巴中，激射出一串串的冰箭来。

坚硬锋利的冰箭刺破厚厚的水层，直接撞向叶天。看刺来的冰剑速度，叶天也不敢小觑，瞳孔瞬间扩张，手中烈焰刀舞动得更快了。更为强劲的漩涡从烈焰刀下产生，而后夹卷着地面上数以千计的冰渣碎石，和对方的冰剑狠狠撞在一块。

轰隆隆，轰隆隆！两道攻击撞在一块，犹如两道闪电劈中一般，闪烁出明晃晃耀眼的光芒来，一道道的水纹犹如水刀，割破一层层的水流，疯狂攻击向远处。

冰刀在碰撞到漩涡的瞬间，便已经被漩涡搅成了碎片，随着冰刀四处动荡。

漩涡不断前进，直到最后，竟将乌贼完全地卷入漩涡之中。

嗷！

妖魔乌贼发出一声惨嚎声后，身子便不受控制地快速旋转起来，直转了个晕头转向，失去意识，进入昏迷状态后，叶天才在蟹将军的苦苦哀求下，停止搅动烈焰刀。

漩涡夹着乌贼缓缓停止旋转，完全停止旋转之后，乌贼才终于落到地面，不过它已经完全晕了，七荤八素的，连站都站不起来，只是八只爪子不断在地上划拉着，搅起一团团的烂泥来。

“乌贼怪，你没事儿吧！”蟹将军看乌贼怪失去全部力气躺在地上，忙上前去摇晃着它的身体。好半天时间，乌贼怪才终于睁开两只黑乎乎咕噜噜的眼珠子，不过它依旧感觉海水在旋转，不由得头一歪，便开始大吐特吐起来。

看着吐出的黑水，叶天觉得恶心不已，将视线转移了一个方向，不再去看乌贼怪。

“你到底是什么人？”待得乌贼怪的身体终于稳妥之后，蟹将军才终于怨声怨气地问道，“我们和你往日无怨近日无仇的，为啥要侵占我水晶宫？”

“进来！”叶天并未回答两怪，只是转身进入了水晶宫。两怪威慑于叶天的威力，只能乖乖听话进入。

叶天傲气十足，犹如皇帝一般坐在河蚌外壳之上，严肃地盯着两怪。

“哎呀我的妈呀，我的夜明珠啊，我的夜明珠！”蟹将军刚刚进入水晶宫，竟跪倒在地，撕心裂肺地哀嚎起来，“你这个强盗，你抢走我的夜明珠，我要跟你拼命！”

叶天无语，感情妖魔一族也有要钱不要命的主儿啊。乌贼怪这会儿也缓过气儿来，明白它们都不是叶天的对手，忙一把按住了准备冲上去的蟹将军：“蟹将军，你不要命了，你的蟹钳都被人给拔走了，凭什么和人拼命？”

“可是，我的夜明珠，那是我的命根子啊，我这下半辈子可怎么活啊！”

第三十七章　古墓府邸的出现

叶天看着哭得死去活来的蟹将军，感慨不已，原来这妖魔一族也有人类一般的感情。看它哭得如此伤心，叶天也觉得于心不忍了：“只要你们俩听从我差遣，我一定会将夜明珠和蟹钳还给你们的。”

“哦？”听叶天说有把夜明珠还给它们的心思，蟹将军的表情立刻三千六百度大转变：“那好那好，一言为定，你要我们做什么，我们一定不会皱眉头。”

而乌贼却不干了，看叶天的眼神也有些异样：“那人类，我本事比蟹将军还大，为你做事肯定更多一点，我就没什么奖赏吗？”

叶天看着俩家伙，撑死也就相当于人类的斗灵修炼者而已，自己随便从身上挑件东西，都可能被它们当成宝贝。妖魔一族，尤其是水下生物修炼成的妖魔一族思想都很单纯，给它们一点甜头，它们就会对自己死心塌地了。

想明白这点后，叶天便随手从大还丹精神世界中召唤出了两颗元丹，漫不经心地丢到两人面前：“这算是给你们的一点好处吧。以后我会每天给你们一粒！”

反正如今他身上有数万颗元丹，还真不差这一颗两颗的，出手自然阔绰大方。

而那俩家伙，什么时候看到过这般高级的元丹？在妖魔一族中，它们修炼成斗灵修炼者，实力已经算是中上等的了，斗王级别的更是少见得很。

可面前这家伙随随便便就丢出两颗斗王高手用性命凝练出的元丹，让它们怎能不兴奋？惊喜太大，导致两怪怀疑这元丹是不是真实的。

看它们质疑，叶天冷冷笑笑：“若是不相信，可以检验一番。”

两者欣喜若狂，张嘴便是将元丹给吞噬了去。在元丹入口的瞬间，便化为浓浓斗气，犹如千年寒冰，透过喉咙胃口，瞬间弥漫浑身上下。

嗷！

斗气浓度太烈，两个小小的斗灵级修炼者可没法承受如此强劲斗气充盈身体，瞬间身体开始暴涨起来，看模样似乎马上就要爆掉。

看着这两个智力低下、贪得无厌的家伙，叶天苦笑连连，忙用强大法通将加持在它们身上的浓浓斗气给吸入自己体内。待得两者的身体足以承受斗气浓度之后，他才停止继续吸收。

“好……好浓的斗气。好久没享用过这么纯净磅礴的斗气了。”蟹将军忍不住打了一个饱嗝，双目迷离，一脸享受。

乌贼怪的目光同样迷离，刚才的斗气大餐，让它着实享受了一把，那种美妙的感觉，即便这会儿也是憧憬个不停。

忽然，它的表情瞬间转变，而后八爪快速收缩，柔软的爪子快速将身子包裹了起来，全身抽搐个不停。

“啊，乌贼怪，你小子咋啦?”蟹将军看乌贼怪这副痛苦不堪的模样，担心得很，立刻用蟹爪在乌贼怪柔软盈玉的躯体上来回地戳，蟹爪太坚硬，以至于乌贼身上被它戳出了一块块的伤痕。

叶天同样没想到乌贼怪会有这反应，刚开始还以为是中毒了呢，不过看周围的斗气源源不断被它吸收，便知道这乌贼怪肯定是在升级，准备冲击斗王级别。

“蟹将军，快回来!”叶天立刻召唤回蟹将军，以免蟹将军这样打扰升级中的乌贼怪，让它走火入魔，“乌贼怪这是在冲击斗王级，你这样只会让它升级失败。”

“啥?”听叶天这么一说，蟹将军立刻满目惊诧，掩嘴惊呼，“斗王高手?乌贼怪真的要升级了?完了完了，这下以后可有的我受了!”

虽然蟹将军表面上这么说，可它心里还是替乌贼怪感到高兴。当初自己和乌贼怪刚开始修炼斗之气的时候，受过多少同类的嘲笑玩弄。以前两人的梦想便是修炼成斗王级，给以前嘲笑自己的同类看看。而如今乌贼怪终于要冲击斗王级了，它自然是高兴还来不及呢，怎么还会羡慕妒忌恨呢?

不过同时它也在心中立下了一个目标，那就是无论付出什么代价，也一定要修炼成斗王高手，让以前嘲笑自己的同类看看，即便是人类口中的海鲜产品，也可能出人头地的。

看乌贼怪的表情十分痛苦，似乎是升级遇到了困难，叶天也有心要帮忙，当下便召唤出了至寒珠，搁置在乌贼怪旁边。几乎是瞬间，乌贼怪便感觉原本在体内沸腾的斗气被一股至阴之气给强压了下来，并且一股股磅礴的斗气正被至阴之气控制着，按照一定的规律，游走在身体各个脉络间。

它有一种错觉，感觉身体任何一处细胞都在快速地凝聚，身体各处细胞都在产生强劲的力量。

而距离至寒珠并不远的蟹将军，同样被至寒珠中释放出的至阴之气给影响到。原本舒适的身体，竟被至阴之气逼得冰凉不已，全身上下三千六百万个毛孔都在快速紧缩，一股股的浑浊之物自毛孔间被挤出，每个细胞也都在快速地充斥着力量，逐渐地鼓荡而起。

啊!蟹将军惨叫一声，爪子猛然被撑开，身子好像煎饼一般贴在地上，一动不能动。

“嗯?”叶天眉头紧皱，继而满目惊喜，因为他看到浓浓斗气正不断充盈其身体，看这模样，蟹将军也是处于升级的关键期!因至阴之气的催化，其也开始朝着斗王级升级了。

若是有两个升级到斗王级的妖魔一族帮助自己，在妖魔世界行走，可真是事半功倍了啊，至少自己暴露的机会减小了很多，而且还能从两妖怪口中探知更多的消息。

砰！

在他打着如意算盘的时候，忽然一股磅礴斗气迅速出现在自己脑海感应世界中。粗略估算一番，也知那必然是斗王强者才有的浓厚斗气。

砰！

又是一股强劲斗气，犹如一朵猛然绽放的花朵般，出现在叶天的脑海感应世界中，蟹将军也终于在至寒珠的辅助下，成功地升级斗王。

升入斗王级的两怪，甚至都还有些不肯相信，你看看我，我看看你的，表情木讷。最后蟹将军狠狠地在乌贼怪的皮肤上戳了一下，气得乌贼怪爆发出只有斗王高手才可能爆发出的强劲斗气后，蟹将军才相信，这一切都是真实发生的，并不是假的。

“乌贼怪，我们俩……升级斗王强者了？”蟹将军用不可思议的语气问道。

“没错！”乌贼怪连连点头，“多亏有了至寒珠的辅助，否则我早就……”

提起了至寒珠，两人的视线不自觉地集中到叶天身上，两人几乎同时反应过来，做出跪倒在地的姿势，异口同声地道：“多谢主人帮我俩渡过难关，日后我们一定全心全意效忠于您，绝不背叛您。”

随手助人，就能收到两个忠诚的手下，这样的买卖真的是很值，超值。

叶天心情不错，每怪再赏赐了一颗元丹。两怪受宠若惊，对叶天更加臣服。

成功攻破了二者的心理防线，叶天决定趁热打铁，问出自己需要知道的答案。

“这儿就是传说中的邪魔一族聚集之地了？”叶天犹如高高在上的天皇，用慵懒的语气问道。他这样的态度，让两怪无形中对他充满恭敬神色，似乎他真的就是天皇，它们没有勇气撒谎：“是的，主人，这儿就是人间传说中的邪魔聚集地。据传千万年之前，自从邪魔一族的原始老祖原始魔尊战败之后，便溃逃到此处，召回余下的妖魔余孽，建立了庞大的海下妖魔王国，自称为妖界！”

“自从妖界入驻海底以来，海底的斗气呈直线上升的趋势，无数的海底生物逐渐地开启智慧，加入修炼一途。海底生物都以加入妖界为傲。不过妖界收手下，条件却是苛刻得很，所以很少有生物能加入妖界。即便如此，可依旧有数不清的海底生物为加入妖界而不断地努力着。因为据传，被妖界收下之后，妖界会将海底生物幻化成人。”

“嘶！”

听最后四个字，叶天忍不住倒吸一口凉气，因为那四个字未免有些过于惊悚：“将海底生物幻化成人？不可思议，太不可思议了！”

妖界一族的人，看来比自己想象的要强大得多，至少将海鲜幻化成人的事，他以前是没有想象到的。

“其实，转变物质形态，也并没有你想的那般困难。”判官见叶天在这个问题上愣了半天，便主动提醒道，“达到了神通境之后，便已经拥有了改变物质生理形态的功能。妖界的老祖能达到神通境，其实也是理所当然的事，将海中生物转化成人类形态，并不是天方夜谭。”

判官这么一说，叶天才终于从震惊中抽出一丝理智来。的确，神通境高手神通广大，翻手为云，覆手为雨，能逆转乾坤、颠倒阴阳，要改变物质形态，自然不在话下。

“好!”叶天收回心绪之后，问出了下一个问题，“在妖界最末端，有一个规模宏伟、结构庞大的建筑，你们可知道那是谁的府邸吗?”

“你说的是原始天宫?”两怪异口同声地问道。

“原始天宫？那是什么?”叶天见两怪对这个地方感到十分惊诧，不由得小声问道。

“我们也不知这原始天宫究竟有什么来头。不过据传，自鸿蒙宇宙初开之日，鸿蒙之血流淌至此汇聚成海之时，原始天宫便已存在于此地。它的寿命甚至比天地还要长久。远古的邪魔大战之后，原始魔尊就因发现了原始天宫，才将妖界驻扎此地。而且原始天宫刚开始并不叫原始天宫，是原始魔尊将妖界迁徙至此地之后，才将之改名换姓。”

听蟹将军这类似于胡吹八擂但又有很大可能是真实情况的讲述，叶天觉得脑袋都大了。这座建筑竟牵扯到了鸿蒙宇宙初开之日，让他多少觉得有些不真实。

“不过……”蟹将军顿了一顿后，加了一句，“前段日子妖界暴乱，将很多妖族的人派遣出海，据传似乎是原始天宫一夜之间消失不见，原始魔尊命妖界所有手下外出搜寻。不过我不确定这到底是不是真的。你想啊，那么大一把年纪的宏伟建筑，怎么可能会一夜之间消失于无？这未免太扯淡了。”

听蟹将军这么一说，叶天基本上确定，大还丹精神世界中的古墓府邸，很可能就是原始天宫了。只是原始天宫怎么会无缘无故地跑到大还丹精神世界中？叶天的大脑一片混沌，好半天都理不出一个头绪来。

又根据原始天宫，联想到判官以往说过的话，他说过是在探索一座古墓府邸的时候，古墓府邸忽然抽了，接着就进入这倒霉大还丹中了。

这其中有一个猫腻儿，叶天是无论如何都没想明白，那就是若是这古墓府邸真的是远古天宫的话，判官又是如何闯进去的？闯进去的话，为什么没有被原始魔尊给逮住?

叶天于是便将自己的疑惑告诉了判官，判官听了之后，同样一头雾水：“还别说啊，这古墓府邸真的是原始天宫的话，估计我还没进去，就得被原始魔尊给逮住了。”

“会不会是这原始天宫本身就有意识，会自动选主，当时认定你就是主子，所以就主动屏蔽了原始魔尊对你的搜索，并且到了一定火候之后，就带着你进入了大还丹精神世界中去？”

叶天思来想去，似乎也只有这一种可能，既不被原始魔尊发现，又能说明古墓府邸的确是原始天宫了。

判官沉吟良久之后点点头。叶天分析得有道理。不过说原始天宫有意识，未免有些过于玄幻。

“好了，暂时不去考虑这事了。”叶天仰头深呼吸一口气，简单地理了一下思绪。当务之急还是快点提升实力，将爷爷等人从被封印的魔笼里边救出来，才是王道。

当下便询问乌贼怪和蟹将军：“这通往原始天宫的路上，都有什么关卡？”

“你要去妖界？”听叶天这么一说，两怪立刻就瞪大了眼珠子，满目惶恐地看着叶天，“一般出入妖界的人，只有妖魔一族的人才可以。别说是人类了，就算是我们进入了，也肯定会被他们给揪出来打个半死。你们人类和妖界一族的人向来有仇，被他们发现了，原始魔尊肯定会出来，把你的皮都给扒掉一层。”

“哦，这原始魔尊有你说得那么厉害？我现在倒真的挺想见识见识他呢。”叶天微微笑笑。而这么一笑，却把蟹将军和乌贼怪给吓到了。两人都用看怪物的眼光看着叶天，思索着它们是不是找了一个比妖魔界的人还要妖魔的妖怪当主人了。

“主人。”乌贼怪觉得身为这家伙的人，有必要为他说说妖界的厉害，“在海下世界有个谚语，说的正是通往妖界的几道关卡。我想您要是听了这个谚语之后，就会放弃前往妖界的想法了。”

“哦？”听乌贼怪这么一说，叶天倒是顿时来了兴趣，“你倒是说说看，这谚语是怎么讲的？”

“万只鬼鲸扒了皮，千只生禽吃了肉。千亿虫虾喝了血，寸寸白骨露红髓，妖魔之界方显现！意思就是说，被万只鬼鲸扒了皮，还要被千只生禽吃了肉，甚至连血和骨头都剩不下，才可能会幸运地找到妖界的入口。到那个时候，整个人都没影了，还去妖界干啥？”

乌贼怪觉得自己说的已经够明白的了，当下便是看看叶天，它觉得这家伙应该感觉到恐惧和威胁了。

可让它没想到的是，当它抬头看叶天的时候，发现这家伙的脸上非但没有恐惧，反倒是充满了无尽的期待。

乌贼怪真想剖开叶天的脑袋看看，这家伙到底在期待着什么。

它哪里知道，现在叶天最需要的，便是危险艰难的锻炼了。越是危险的东西，他就越是期待。刚才乌贼怪所说的什么万只鬼鲸、千只生禽之类的，早就被叶天想象成免费的理想的历练场所了，他的心里怎能不充满期待？

想通了这点之后，叶天便有些迫不及待想让乌贼怪带自己去什么鬼鲸以及生禽所在之地了。自从进入到海底世界之后，他似乎从来都没遇到一点挑战。虽然征服了乌贼怪和蟹将军，可这俩家伙也并没耗费自己太多的力气，让他有种力量被束缚、很压抑的感觉。

不过，判官的话还是让他打消了这个念头："我们刚来妖魔世界，还是低调点好，暂时养精蓄锐，我觉得你不如突破到斗皇级之后，再去闯荡，这样安全系数大一点，而且还可以挑战更高级的危险磨炼，你收获的也就越多。"

判官所言，句句在理。叶天仔细斟酌，最后点头答应了下来："嗯，好吧，暂时只能先这样。"

有乌贼怪和蟹将军给自己把关坐镇，加上自己全身宝贝的辅助作用，最重要的是还有判官这个见多识广的老妖精做军师，想要升入斗皇级高手，应该并不困难。

想通这点之后，叶天便忙活了起来，让乌贼怪和蟹将军二十四小时守在水晶宫外，不允许任何人或怪物来侵犯。

在深海妖界最外层，乌贼怪和蟹将军这两个斗王高手差不多已经算是最强者了，所以抵御妖界外层的小怪是绰绰有余，叶天尽可以放一千二百个心。

交代完了外边这俩活宝之后，叶天便开始算计身上的宝贝了，先将身上可能派上用场的东西都列了一个表。

用处最大的，莫过于一万多颗的元丹了。虽然元丹单个的威力有限，而且基本上起不了多大的作用，可若是它们共同发挥作用的话，其蕴含的能量，足以撼动一名神通境高手了。

毕竟这可是相当于一万多个斗王高手的实力啊。即便这一万多个斗王高手实力再不济，围困神通境高手也不在话下。

接着，就是至寒珠了。至寒珠之中的至阴之气，对压制体内邪火有很好的作用，在冲击斗皇的关键时刻，可起到至关重要的作用。

当然，其内还蕴含着数之不尽的斗技。若是能从中找出一两门比较稀有威力无穷的斗技，叶天的战斗力将会直线上升。

还有最为神秘的古墓府邸。其面积之广袤，远远超出他们的想象。叶天觉得即便自己花费一年半载的时间，都不一定能有机会将古墓府邸完全地搜寻一番。

而其面积广袤，也注定其内有数不尽的古玩真品，高深斗技。若是能从中找到一两件趁手的武器或威力强悍的斗技的话，他的实力注定将会噌噌上涨。

叶天决定在自己闭关的这段时间，让判官前往古墓府邸中搜寻一番，说不定能找到什么宝贝呢。

他选择冲击斗皇强者的方式，是通过施展《十五真气脉络冲法》。相信凭借浓厚真气对十九条脉络的冲撞，逐渐地加强真气的厚度，加上数万颗元丹的辅助，他就能在一年的时间内，冲到斗皇强者的高度了。

叶天将自己练功的安排，说给了判官听。判官对此也是很看好，不过却提出了自己的一点小看法：“我觉得，这《十五真气脉络冲法》所冲击的脉络未免有些太少了，倒不如找一种可以冲击更多脉络的斗技，你觉得呢?”

叶天想想，判官说的理论是正确的，可关键是，他们没地儿找到更高级的脉络冲法啊。

最后，两者将主意打到了至寒珠上边。以前判官说过，至寒珠乃远古大能的巨大能量混合在一块而凝聚成的，其内有着远古大能的各项斗技。若是实力达到一定程度，便可催发其内某些斗技。

如今叶天的实力堪比斗皇强者，想催动至寒珠，并不是一多么困难的事。

在判官的指导下，叶天将斗气源源不断地灌注至寒珠内。没多久的时间，至寒珠表面竟笼罩上了一层薄薄的淡雾，似乎一条条狂龙在环绕着至寒珠舞动。

“有效果!”判官满意地点点头，嘴角带着一抹微笑，“现在，能激发哪种斗技，就要看你的运气了。运气好的话，可能激发出高级斗技。运气差点的话……说不定激发出的就是一低级斗技了。”

叶天蓦然间觉得压力增大了很多，他最不喜欢的，就是那种无法用努力所获得的东西了，这一切都是上天安排好的，自己没法去抗争。

他再次认识到实力强大到底有多么的重要。

在将一整颗元丹的斗气，尽数灌入至寒珠中之后，至寒珠开始快速地反应起来。表层朦胧着的一圈浓雾，似乎是幻化成了一个个鳞次栉比的文字，记载着一个个的信息。至寒珠太小，字体更小，以至于叶天根本就没法看清上边的字。

“太好了，太好了，这是一门比较高级的脉络冲法斗技。”判官简单地看了一眼，便有些兴奋地对叶天解释道，“简单地看了一眼，这门脉络冲法似乎能冲破人类的五十个脉络!”

“五十条!”听判官这么一说，叶天忍不住惊叹一口气，“这比《十五真气脉络冲法》足足多了数倍之多啊。”

“是啊。”判官也应道，“十五脉络冲法，在广义上还算是低级斗技。而这门《五十脉络冲法》，则已经迈入到高级斗技的层次了，其中的差距，自然可想而知。”

叶天点了点头。

“对了，判官，《十五真气脉络冲法》理论上只能打通十五条经脉。而经过大还丹精神世界内的小黑影完善之后，竟能将十五条经脉蔓延到十九条脉络，我在想黑影能不能将五十条脉络，再扩展一些呢?”

听叶天这么一说，判官若有所思地点了点头：“嗯，看来我们的确需要用小黑影来将此法完善一番了。”

商量通了之后，叶天便按照判官的指示，将至寒珠之上的信息一股脑地全都吸收到脑海中，仔细加以琢磨，并且最后终于将其中的一招一式完全地琢磨通透。等到将全部的动作要领背下来之后，他才闭上眼睛。

说来也怪，在他闭上眼睛之后，那黑影也不知从哪个角落冒出来，蓦然出现在他的脑海视线中，并且正手舞足蹈，似乎是在修炼某种斗技。

叶天粗略看了一眼，就知道那黑影修炼的正是《五十脉络冲法》，刚开始的一段，和叶天从至寒珠上看到的信息动作都保持着一致，但是当黑影将至寒珠之上一招一式修炼完毕之后，竟并未停止，继续修炼。

这一幕看呆了判官和叶天，两人都莫名其妙地看着黑影继续修炼着至寒珠斗技上所没有的招式。

“它在完善《五十脉络冲法》斗技!”判官激动地对叶天道。叶天对此同样是有所察觉，连连点头应着。

随着黑影的修炼，一条条亮光逐渐从其后背生长延伸，就好像一根根粗大树木根茎。

随着时间的推移，越来越多的光束自其后背蔓延而出，密密麻麻，一根接着一根，就好像一条条的小蛇。

叶天被这一幕给镇住，开始小声地数了起来：“一根，两根，三根……”

直到最后，数到了六十根，亮光光束依旧是不断地蔓延生长。光束终于停止了之后，叶天却完全被这个数字给吓到了：“六十九根，竟比斗技原本扩展的脉络，多了足足十九根。这多出来的脉络，是自己以前开拓出的脉络总数。”

“判官，太强大了。”叶天神情激动地对判官道。

判官同样满脸笑意地看着叶天：“你说的是斗技强大，还是说完善斗技的黑影强大?”

“都有，都有!”叶天语态轻松地道。

叶天再次看黑影将完善之后的《五十脉络冲法》重新演练了一遍之后，这才静下心来，开始按照黑影所演练的一招一式，修炼起来。

很快，第一条经脉，被叶天控制着斗气，轻松地打开，接着是第二条，第三条。强大的斗气势如破竹地冲出一层层的脉络。

越往后，冲破脉络的难度也会相应提高。在冲刺到二十条脉络的时候，叶天就开始有些承受不了了。

不过一想起爷爷等人还被困在封印的魔笼中，叶天便再次咬牙鼓起勇气，坚持着。

判官将一颗颗元丹丢入叶天体内，蓬勃的斗气好像波涛汹涌的浪潮拍打着他的身体，让叶天有种被撑爆的感觉。他甚至都有些神志不清了。

可是他必须保持清醒的神智，因为他得用自己的神识来引领斗气冲破相应的脉络。

一整天的时间过去了，叶天早就已经筋疲力尽、大汗淋漓了。现在他觉得身体被抽光了全部的力气，皮肉松软得很，想要站起来，都是不可能积攒到力量的了。

“叶天，歇会儿吧!”判官眼神中尽是欣喜，能在一天时间冲破二十五条脉络，那简直就是神人一般的存在啊。判官对叶天连连点头，赞赏不已。

“嗯。”叶天的身体松软得好像一滩烂泥，噗嗵一声摔倒在地，连挣扎一下的力气都没有了。

“天儿，好样的!”感受着叶天体内的斗气好像蓬勃大海顺着各路经脉四处游荡，判官连声兴奋地夸赞道。

“呵呵!”叶天勉强挤出一抹微笑，算是回应，接着眼皮一沉，便睡了过去。

判官看着叶天陷入熟睡中，若有所思地望向远方，眼神之中尽是惆怅：“真不知此行到底是福是祸。”

次日叶天睁开眼睛的时候，周围一片大亮，淡绿色的光芒在水晶宫中来回飘荡。他这才想起自己已经身在妖魔界了。

想起昨日自己冲破第二十五条脉络之后，身子达到了极限，已经没任何力气了，不知经过这一晚上的休整，力量如何了。

他动弹了两下，发现身子非但没有留下后遗症，反倒是比昨日还要强劲许多，肢体活动越发灵活有力，听觉和嗅觉都有一定程度的提高。

而更让他没想到的是，昨日明明打通了二十五条脉络，为何刚才他分明感觉到二十八条脉络在体内缠绕?

“难不成，是黑影引导我，在我入眠之后，依旧对我的神识进行锻炼，所以打通了我的三条脉络?”

叶天揣摩着这个想法，并且越想越觉得有这种可能。

“醒了!”判官苍老遒劲的声音，自叶天神识中响起。叶天回报以一个微笑：“是啊!”

“昨日黑影带着你的神识锻炼，帮你打通了三条脉络，非常不错。不过这也从侧面反应出一个问题。”判官沉吟片刻后，道。

“哦，判官，此话怎讲?”叶天说。

“越往后，要冲破脉络的困难性也就越大。你足足修炼了十二个时辰，才只打开了三条脉络而已。可想要想冲破三十之后的三四十条脉络，是何等的困难。”

判官言之有理，叶天连连点头，接着，便重新开始修炼《五十脉冲》，他甚至能感受到脉络被强大的斗气给冲开的畅快感以及舒适感。

每一次的冲击，都好像针扎内脏一般的痛苦。不过都被他咬牙坚持了下来。因为现在他只有一个信念，那就是尽快提升自己的实力，将爷爷和父亲等人从魔笼中救出来。

又是十二个时辰过去了。

今天叶天是拼命了，消耗了数十颗元丹，身体差点没因此而爆裂。足足四次的生理极限过后，第四十条经脉，终于被他冲开。

在完成今日的目标之后，他再也把持不住，哐当一声摔倒在地，气喘吁吁，大汗淋漓。

“你小子，至于这么拼命吗?”看叶天这累得都快喘不上气的模样，判官嘿嘿笑着宽慰道。

“没办法。”叶天冲判官耸肩，现在的一分一秒可都是性命啊。

“今天的成绩不错。”判官看着叶天后背上闪烁着的四十条经脉，赞赏道，“没想到你还真挨过了四次生理极限，就是不知道你小子身体怎么样，明天还能不能继续修炼了?”

“放心吧。”叶天闭上眼睛，浑身舒适地躺在地上，嘴角上翘，冲判官笑笑，“我的身体，不会有事儿的。”

果然，次日，叶天又生龙活虎地站起来了，非但没任何的疲惫感和痛苦感，反倒是力量比昨日还增加了几分。这一发现让叶天惊喜不已，心想这斗技果然强大，还有增强人肉身力量的功能。

接下来的几天，叶天一直都将全部的精力聚焦在了《五十脉冲》之上。可这高级斗技修炼起来，困难重重。刚开始的时候还好点，自己一天之间冲破了二十五条脉络，可随着修炼的深入，这都将近一个月的时间了，才只冲破了五十五条脉络而已。

又是一个月的汗水和血水的付出，叶天终于提增到了五十八条脉络。整整一个月的时间，才打通了三条脉络，这让叶天相当的沮丧。

他每日几乎付出自己全部的心血和力量，而且每日都要坚持挨过三四次的生理极限，可最后一条脉络，任凭他如何努力，就是没办法冲破。

叶天不想继续在这最后一条脉络上耽搁太长的时间，决定开始修炼斗技。说不定修炼斗技的时候，无意中就能将最后一条脉络打通呢?

可接下来他要面对的问题是，该修炼什么斗技呢?

他的目光最后落在了真气轮子上。不知什么原因，他总有种错觉，觉得这真气轮子并不仅仅是锻炼人的真气那么简单，肯定还有别的作用。

要知道这真气轮子里边蕴含威力无穷的阵法，若是能将其中全部的阵法都学会的话，自己岂不是就变成阵法专家?

想想，要是遇到了强劲的敌人，在自己逃跑的时候，无意中布下一个威力无穷的阵法，敌人跑上去之后就会爆发，将敌人消灭于无形中，这才是真正的霸道。

越想越兴奋，叶天忙不迭地将自己的想法告诉了判官。判官听了叶天的建议后却陷入了沉思：“这真气轮子是特殊材料制成，所以其上才能附加各种大阵。而你是肉体凡胎，我不能保证你能承受得住各种大阵的催残，万一你的身体不能承受得住各种阵法的摧残的话……到时候想后悔都来不及啊。”

叶天却不以为然地笑笑：“判官，现在能快速增长我实力的，恐怕也只有这真气轮子了。我觉得这虽然有些危险，可对我们来说同样是机遇，我不想失去这个机遇。”

看叶天这表情严肃正经，判官就知道这小子的倔劲儿又起了，就算自己再怎么说也只能是白费力气了，当下只能冲叶天无奈耸耸肩：“好吧，小子，既然你有承担痛苦的意识，我就辅助你一把。”

“嗯。”叶天有些迫不及待地道，“我们现在就开始吧。”

判官却把头摇得好像拨浪鼓一样：“你以为转移阵法就那么简单啊。首先你得将真气轮子破坏摧毁。这样附着在上边的阵法才会自动飘逸而出，到时候你只管找几样威力大点的阵法吸附，千万不要多，否则你会被阵法给撑爆，明白了吗？”

叶天将判官的一言一语都清清楚楚地刻在脑海中。

“好，现在开始吧。”判官看着这个比以往成熟千倍百倍的少年，欣慰地道。

叶天快速掏出烈焰刀和火龙神枪，开始对真气轮子展开疯狂地进攻。

而真气轮子似乎也是有灵识一般。看到叶天攻击自己，竟主动躲闪，而且躲闪的速度超快，堪比声速，叶天的武器根本无法砸到真气轮子。

夜明珠悬浮在半空，将整个大还丹精神世界的任何一个角落都照得干干净净、透透亮亮。叶天的每一个动作都被亮光拉长身影，飘逸潇洒的动作，配上一身长衫，让他有种少年英雄的感觉。

“还逃！”叶天看真气轮子快速倒退，一声怒吼，便快速冲上去，手中两件武器再次发动攻击。这次他并不是发动实体攻击，而是展开了物理攻击。火龙神枪的器灵阴火龙兽的狂暴进攻，以及烈焰刀喷射出的烈焰交织在一块，密密麻麻地攻击，愣是将真气轮子给包围了。

真气轮子被两个物体的不同攻击围困中央，不慌不忙，反倒是开始了还击。

这一幕可把叶天给惊住了，因为任凭他想破脑壳也不会想到，这真气轮子非但能自动躲藏，还具备攻击的功能。

看真气轮子快速旋转起来，喷出一团团的烈焰浓雾攻向自己，叶天的心里是说不出的震惊。他快速地后退，舞动着烈焰刀和火龙神枪，施展左右互搏术，勉强能将攻击挡在安全范围之外。

“这玩意儿可真厉害啊！”叶天接二连三被真气轮子逼得连连倒退，不由得从心中发出这样的感叹。

“那当然了。”判官笑着道，“不然怎么能称得上是远古法宝呢？我现在怀疑操纵真气轮子攻击的，也就是真气轮子器灵的一个残魂而已。”

“只是一个残魂？”叶天一边反击一边惶恐不安地问道，“只是器灵的一个残魂，就具有媲美斗皇强者的实力？这真气轮子到底是什么级别的法宝啊。”

对于这个问题，连判官都是无从得知答案的。

“若是我们能收了真气轮子当武器，将上边的阵法法阵吸入自己身上，才是对宝贝的真正利用啊。”判官叹口气道。

“哦，难道做到这一点很困难吗?”看判官表情不是很好，似乎对这件事并不看好，当下叶天就关切地问了一句。

“当然了。”判官停顿了一下，“阵法法阵和真气轮子原本是一块的。若是你用强硬手段将两者拆开的话，真气轮子相当于失去了内里的筋骨，失去了内里的筋骨，真气轮子就不是真气轮子了。”

叶天无语笑笑，心想这真气轮子不是真气轮子，难不成是斗气轮子?

第三十八章　真气轮子的崩溃

“那我们就尽量吧。”从判官口中得知要做成这件事实在是难上加难，叶天想这种鱼和熊掌兼得的事未免有些期待过高了。

一次次的全力进攻，让那真气轮子也招架不住，快速倒退。叶天抓紧机会，更加凶猛地攻击它。

毕竟真气轮子的器灵现在只剩下一个残魂，所以叶天很轻松便将真气轮子逼到一个角落，而后疯狂地攻击真气轮子。

原本叶天是想将之摧毁的，但没想到自己的全力攻击竟都不能对真气轮子起到破坏作用。真气轮子依旧保持着和当初一样的状态，只是偶尔会有一两个的碎渣自其上坠落下来。

“这么结实!”叶天忍不住连连咂舌，惊叹真气轮子的坚固。

而他刚感叹完，便忽然发现真气轮子之内竟开始释放出一团团的烟雾来。那团烟雾将真气轮子团团围住，烟雾缭绕，好像一从天而降的神器。

“啊，还有这等好事儿?”看到这场景，判官直接瞪大了眼珠子，满脸不敢相信的表情，“真气轮子明知自己不是你的对手，所以很识趣地主动将阵法法器从其实体中逼迫而出。”

“你的意思是，这真气轮子缴械投降了?”叶天玩笑似的嘿嘿笑着。

“嗯!”判官心情也不错，声音也年轻响亮了好几倍，“赶快将阵法收入体内，你的逆天邪骨应该足以承受得住阵法的煎熬折磨。”

叶天没想到，将阵法吸入体内，还需经受那般不是人类所能承担得住的痛苦。所以当叶天按判官指引，将第一个阵法吸入体内，和逆天邪骨刚刚接触的瞬间，他就痛得差点晕死过去。

那种痛，简直无法用语言来形容，犹如一把钢钉，刺破自己皮肤，透过层层皮肉，穿过层层血管，最后甚至还要挤进骨髓。

因过于痛苦，他甚至将牙齿咬得咯嘣咯嘣响，牙缝间也渗透出一层层的血丝来，好像刚刚喝过血一般。

“叶天，坚持住。”虽然没法替叶天分担痛苦，不过判官依旧是竭尽全力地鼓励叶天，他现在甚至有些后悔让叶天动真气轮子了呢。

“嗯!”好半天的时间过后，叶天总算是将第一个阵法融入逆天邪骨。那种撕心裂肺的痛，依旧在他脑袋中来回地荡彻，那种痛苦的感觉，他这辈子都不会忘记，“判官，接下来我们融合哪个阵法？”

叶天看这些阵法在逐渐淡薄，知道它们正随着时间的推移而慢慢地消散，若是不抓紧时间融合，不给阵法找到一个宿主的话，它们很快就会消散。

“中间那个。”判官幻化成人形，指了指位于悬浮着的大阵中间的一个阵法道，“别看这阵法个头有些小，而且摆设也很简单，但其威力却远远超过我们所想。”

“嗯。”叶天看着那个写着“天阶大阵”四个明晃晃大字阵法的时候，便有些被其毫不起眼的外貌给镇住了，那玩意儿看着似乎就是用四块石头以及中间的一块玉石组成的阵法，究竟能有什么威力？

不过既然判官认定的东西，其威力肯定不会差，叶天便匆匆忙忙地将阵法吸纳入自己的逆天邪骨中。

让他大感意外的事发生了，这阵法似乎和自己的身体相排斥，在靠近自己的时候，阵法急速地变形，同时一股反弹的力道，也作用在自己身上，他的皮肤都跟着凹进去了。

叶天不知这到底什么情况，会不会有危险，刚想询问判官，判官却开口了：“阵法自古以来分为三级，高级、中级和低级，不过高级阵法实在稀有得很，据说只有超越神通境的人，才有可能布下高级阵法。没想到我们这么走运，竟无意中碰到了一个高级阵法。快别愣着了，赶紧将这高级阵法封闭在逆天邪骨中。高级阵法和人都是有相互排斥作用的。”

弄明白这高级阵法的来龙去脉，叶天便加大了力道，顾不上身体发肤的疼痛，猛然增加了吸力。

啊！剧烈的疼痛让叶天忍不住仰天长啸，皮肤直接被强大的排斥力给撕扯开一个血口子，鲜血直流。而叶天也并没放弃，依旧是忍着全身的伤痛，将天阶大阵封印到逆天邪骨之中。

痛！永无止境的痛，永远无法弥补的痛苦……在那一刻，叶天恨不能将身体拆散，以此将淤积在体内的痛给排斥出去。

痛过之后，便是彩虹。天阶大阵终于和他的身体熔炼在了一块，痛感虽然没消失，可减小了一大半。此刻的他精疲力尽，满头大汗，大口大口地喘着粗气。

“叶天，还能坚持吗？”看叶天这副模样，判官真担心他会一蹶不振，没法站起，毕竟这样的痛苦，可没几个人能承担得住啊。

“没事儿。”五脏移位，内里出血，叶天甚至都快坚持不下去了。不过一想起被封印在玄铁牢笼之中的爷爷，叶天的心就更坚定不移了，“我们接下来熔炼哪个？”

看他表情坚毅，判官就知道自己再劝说也无用，当下只能是视线在各大阵法上来回地扫描，良久之后，忽然发现了一个名为地阶大阵的阵法。

这个名字和天阶大阵相呼应，甚至连它们的摆设都有很大的相似之处，结构简单，材料稀少。

他从来都没听说过地阶大阵的典故，不过既然这名字和天阶大阵有些相似，威力应该差不了，当下便命令叶天收了地阶大阵。

在叶天收复地阶大阵的时候，地阶大阵同样带给他一股强大的排斥力，而且据他所讲，似乎这排斥力比天阶大阵的排斥力还要强大。

判官听了，连连咂舌，因为他知道排斥力越强，阵法威力也更强大，刚才叶天对自己说地阶大阵比天阶大阵排斥力还要强，莫不是说地阶大阵比天阶大阵还要威力强大?

他倒是有些迫不及待地想看看，叶天施展出地阶大阵的时候所能促发而出的威力了。

熔炼了地阶大阵之后，叶天的身体早就已经达到了极限状态。这已经是叶天经受的第三次生理极限了。判官真担心叶天若是继续坚持下去的话，身体会垮掉。

不过好在叶天有大量的元丹以及极其强悍的心理素质，顽强地撑过了又一次的生理极限过后，站了起来。

判官看叶天这副打不死的小强劲头，心中感慨连连。他似乎从叶天身上，看到自己年轻时候的影子，那个时候自己风华正茂，天不怕、地不怕，即便遇到比自己厉害好几倍的家伙，也一点都不带害怕的。

判官继续指点叶天收服了几个阵法之后，所有的阵法便自动解除，全部消失。叶天知道是阵法失去寄生体寄生的缘故。

他的逆天邪骨成了几个阵法的载体，以后若是用到阵法的话，将这几道阵法释放而出倒是挺方便，至少比催动真气轮子释放机关阵法方便了很多。

叶天的视线接下来落在了真气轮子身上。现在他迫切想知道，这真气轮子还能起到什么作用。

判官似乎已经开始着手研究这个问题了，一直皱着眉头坐在真气轮子旁边。

叶天走上去，开口道："判官，您研究出什么端倪来了吗?"

判官摇了摇头："这玩意儿太高级，我还真没看出这家伙到底有什么威力呢。这样吧，你还是快点进入修炼状态，好好地熟悉一下几个阵法，什么时候你将阵法完全摸透了，你的实力才可能升级到斗皇强者。"

叶天点了点头。他现在感觉自己距斗皇强者只有一层小薄膜的差距了，只要稍稍一努力，便完全可冲破那一点距离。

现在他需要的是一个契机，一个可以突破斗王束缚的契机。他觉得这个契机距离自己并不遥远，它就在海底的妖界等待着自己。

一个月过去了，那个契机并未到来。叶天已经将天阶大阵完全掌控，并且差不多能将之发挥到大成境界。

两个月过去了，契机依旧没有来，叶天也逐渐地掌握了别的阵法，现在他只要动用一下念头，便完全可召唤出各种大阵。

这些阵法威力无穷，尤其是阵法中心的位置，其威力更是强悍。即便高级斗皇强者，被困在阵法中间，同样得吃亏。

三个月，四个月，一直到第七个月，叶天将所有大阵的所有细节，所有功能都给完完全全掌控了，一丝不差，他的身体也在一日日经受各种大阵的摧残锻炼，愈发的精纯强悍。加上逆天邪骨以及五行八卦玉的保护罩作用，叶天自信即便遭遇到斗皇强者，他都不会有任何的退缩。

可是，唯一让他不满意的，便是自己忽然停止了前进，一直以来都停止在高级斗王阶段。

判官也安慰叶天说不要着急，从斗王突破到斗皇，可以说是质变到量变的过程，其中难度可想而知，很多人一辈子都停留在斗王级，无法突破到斗皇级别呢。所以说花费这么长时间，也并不是什么诡异之事。

叶天摇摇头，他对自己下的目标，比普通人苛刻得多。他必须比正常人付出千倍百倍的努力，才能救出爷爷、父亲等人。

第八个月！

当叶天刚刚从大还丹精神世界中苏醒过来，准备继续修炼的时候，门口却忽然传来乌贼怪和蟹将军急促不安的声音：“主人，不好了，不好了。”

听两人声音急促，叶天就知道外边肯定发生了什么危险，于是匆忙跑到门口，顺着门缝朝外边看了一眼。

这么一看，他忍不住倒吸一口凉气。只见水晶宫外边悬浮着一大队的虾兵蟹将，个个手中都扛着精钢锻造的武器，方向正对着水晶宫。

“乌贼怪，老螃蟹，水晶宫里到底是什么？为什么我们闻到了人类的气息？”为首的一个金甲蟹将愤怒地吼了一声，手中的长矛闪烁着森森寒光，让人看一眼就会心生恶寒。

“表弟，里边是我的河蚌老婆啊，正给我孵儿子呢。”蟹将军忙嘿嘿陪笑着，对金甲蟹将道。

“呸，你以为我会相信你的鬼话连篇？识相点的滚蛋，让我们到里边检查一遍，否则别怪蟹将军我对你不客气。”雄纠纠气昂昂的金甲蟹将舞动着头顶的两只蟹钳，“对了，你的蟹钳哪儿去了？”

“蟹钳？”蟹将军这才想起自己的蟹钳已经被叶天给收走当大补药，估计这会儿已经变成大便了，当下只能随便找个借口敷衍：“蟹钳送给这位乌贼怪疗伤用了，嘿嘿，嘿嘿，俗话说救妖一命胜造七级浮屠嘛。”

“什么？”金甲蟹将听蟹将军这么一说，俩眼珠子立刻瞪得溜大滚圆，血红血红的，死死地盯着蟹将军，“你竟将蟹家族引以为傲的两只蟹钳当礼物赠送给别人……你简直是给蟹家族丢脸，今天我要替天行道，除掉你。来人，把水晶宫给我拆了，这家伙活着也是给我蟹家族的人丢脸!”

金甲蟹将话音刚落，它身后数以千计的虾兵蟹将，便都变得活跃起来了，一个个舞动着手中钢筋铁戟，狠狠地攻向水晶宫的方向。

蟹将军和乌贼怪两者顿时吓得面容失色，惊慌失措地喊着：“金甲蟹将，金甲蟹将，住手，住手啊，不然……不然……”

“不然怎样?”金甲蟹将一脸冷笑地瞪着两人，“无论如何，今天你们死定了。”

看到这上千只虾兵蟹将将水晶宫团团包围，叶天就想从水晶宫里边跳出去解决掉这帮虾兵蟹将了。可到最后他还是忍住动手的冲动，因为乌贼怪和蟹将军都是斗王高手，应该不会摆不平几个小虾小蟹。

“不然，你们会后悔的，哈哈!”蟹将军和乌贼怪之前的那种恐惧紧张，瞬间变成张狂嚣张的表情，身形一动，化为一道闪电，眨眼间的工夫，便消失在大量的虾兵蟹将里边。海水都被它们的动作搅浑了，视线范围绝不超过五米。

啊!啊!

一时间，虾兵蟹将的痛苦惨叫声接连不断地传来，兵器碰撞鳞片坠落碎裂的声音更是此起彼伏……

金甲蟹将好像傻子一般呆在原地，目瞪口呆地看着被搅浑了的浑浊水域。它有些搞不明白现场究竟发生什么了……难道是蟹将军和乌贼怪发威了?不可能啊，前段时间看到两人还都只是斗灵修炼者啊，自己的虾将便足以对付这俩家伙了，可这场景未免……太诡异了点!

就在金甲蟹将胡思乱想的时候，蟹将军的声音蓦然从水晶宫方向响起。它的视线顿时集中过去，却发现蟹将军和乌贼怪好端端地站在水晶宫门口，除了一点浑浊的泥水外，根本没别的什么东西。

而随着周围海水的逐渐净化，大量的泥沙逐渐落下，金甲蟹将才终于将面前的这一幕尽收眼底。在它看到眼前这一幕的瞬间，它被惊住了，彻彻底底地愣了，因为它想破脑壳也想不明白这究竟发生了什么。

数以千计的虾兵蟹将消失不见了，它们留下的唯一痕迹，便是地上密密麻麻、一片挨着一片的螃蟹和大虾碎片……视线可及范围之内，全都是触目惊心的血光。

金甲蟹将好像傻子一般，瞪大两个琉璃眼睛，看着虾兵蟹将的尸体碎片，咕咚使劲咽了一口吐沫：“怎么回事儿?”

“是啊，表哥，这到底是怎么回事儿?”蟹将军一脸冷笑地问道，“你嚣张跋扈的虾兵蟹将，怎么眨眼间就变成虾饼蟹酱了呢?哈哈，哈哈!”

那乌贼怪同样是笑得肚子痛，捂着肚皮在地上来回打滚。

“你们……肯定是你们……”金甲蟹将这个时候才终于明白过来，知道这俩家伙是扮猪吃虎。

“我们?我们不是一直都被你视作无物的吗?我们俩人这能力，表哥你也能看得上眼?”蟹将军一边说着，一边横行霸道走向金甲蟹将，“金甲蟹将，若是我没记错的话，前段时间你还欺负过我家河蚌妹妹吧。不过当时我大人不记小人过，放过你了。可今天我就没那么仁慈了，你多少得留下点纪念品才成。”

“你……你要干什么?”金甲蟹将知道面前这蟹将军不同往日，所以在它往前走的时候，便主动倒退，现在它一心想逃走，正面迎战的话，自己只会落得惨败。

“干什么？你不是说我给蟹家族丢脸了吗？你也不好看我一个人给蟹家族丢脸不是，你把蟹钳送给我一个吧。”

蟹将军一边说着，一边靠近金甲蟹将，眼神中满是冷冷的笑意、森寒的笑意，看得金甲蟹将起了一身鸡皮疙瘩。

“我……我可是斗王高手，你若是不想死的话，就放马过来吧。”金甲蟹将之所以能带一支妖界的千人队伍，无疑是其强横的实力证明了其领导才能。它跨入斗王高手已经数年时间，现在差不多相当于中级斗王了。

而蟹将军对此却是毫无惧意，依旧是满脸冷笑连连。八个月前，它已然跨入了斗王强者行列。这八个月以来，它每日都从水晶宫中吸收大量的斗气以及强悍无比的精气，修炼速度堪比平日的两倍三倍。它早就已经下了跟定叶天的决心了。因为跟着叶天有肉吃。

而就在前几日，蟹将军和乌贼怪两人同时发现，它们的实力再次提升了一个阶段，晋级了中级斗王。

蟹将军相信，自己一人，对付面前这形单影只的金甲蟹将，已经足够了。

看着蟹将军果然毫无惧意地走上来，金甲蟹将的嘴角露出一个单薄嘲讽的微笑：“小子，你这是找死!”

原本它还认为是蟹将军和乌贼怪两人一块上呢。若是两人一块上的话，或许能打个平手，它的当务之急便是赶紧逃走，召唤救兵。

可这会儿才明白，原来是蟹将军打肿脸充胖子，一个人上来，这倒是让金甲蟹将好生高兴一番啊，因为它几乎已经可以断定，蟹将领这是在找死。是的，找死，就算这家伙有着很变态的修炼速度，度过了斗灵升级斗王的关键时刻，可和自己这个战斗经验老道的中级斗王相比，还是有太大的差距。

“找死？哼哼，我倒是要找死，关键是你能不能让我去送死。”蟹将军横行霸道地爬上来，直立起身子，手上是刚刚从虾兵队伍中挑选出的一把还算趁手的武器铁叉。

“没有了我蟹家族引以为傲的蟹钳，我看你还有什么战斗的资本。”金甲蟹将一声怒吼，卷起一道道波涛汹涌，冲撞向蟹将军。蟹将军对此丝毫不在意，高举铁叉，同样冲撞向金甲蟹将。

“小子，你这是找死!”金甲蟹将再次发出一声怒吼，两只蟹钳被它顶在脑袋上，庞大的身体趴在地上，肢体齐动，施展最大的力量，直朝着蟹将军的铁叉碰撞而去。

两个斗王高手的力量，足以将平静的海底搞得一团糟了。以两人为中心，三海里的地方，海底的水全都被搅动得不安分起来，大量的泥沙被海水所吸附，影响着众人的视线。

在大海表面，波涛起伏得更是厉害，一头头三米多高的巨浪随处可见，澎湃激昂。

轰隆！

海底的两股狂潮终于狠狠撞在一块。在两股力量对撞在一块的瞬间，整个海底都被掀起了惊涛骇浪，一层层的泥沙被席卷了起来，一块块的石块直接被挤压成了齑粉，海草更是直接化为乌有，海平面上甚至出现了一道数里宽，十丈高的惊涛骇浪，疯狂勇猛地攻向海岸。

沿岸的居民看到这将天和水完全衔接在一块的水柱的时候，全都吓傻了。待得他们反应过来的时候，惊涛巨浪已经强行压到了他们头顶，这好像一堵十丈高的水墙，马上就要把村子完全覆盖住了。

他们闻到了死神的气息，感受到死神伸出的手，每个人都绝望了，这么宏伟壮观的浪潮，他们是第一次看到。

“力压千钧！”就在众人眼睁睁地看着十丈高的水墙砸落下来，马上就要带他们去阎罗报道的时候，一个响亮清澈的硕大嗓音，蓦然在他们耳畔回荡起来，接着众人就看到一股无形的力量，将空气都给激荡得波动不已，形成了一个巨大的透明墙壁，挡住了压下来的惊涛骇浪。

“退！”又是那个清澈响亮的嗓音。声音过后，无形的墙壁发出轰隆隆的声音退向大海，原本挤压而来的浪潮也被强硬地反推回去，最后跌落进了海水中，消失不见。

死里逃生的众人，这才带着感激的面容望向声音的方向。这么一看，众人都愣住了。因为那只是一个少年，面相普通，穿着普通，甚至脸上还带着一个甜甜的亲切笑容的少年。

若不是刚才他救了全村人性命的话，估计他们会把他当成村中少年。

一个长满胡子的老者，第一个反应过来，满脸感激地走了上去：“少年，谢谢你！”

“不客气！”叶天冲老人淡淡笑笑，而后用意识操纵身体，嗖的一声便消失不见。待得众人再看到他的时候，发现他早就已经悬浮在海面上了，不过身影也只是在海面上顿了一顿，便下潜入水中。

“是海神……海神救了我们！”老者声音激动地跪拜在地。其余的人也全都跟着跪拜在地。

从此，沿海一带人对海神的印象就有了新的评判：海神是一个年若二十岁的少年，相貌平凡，衣着平凡，武功盖世，他就像我们的邻居，和我们生活在一块。

叶天再次下潜到海底的时候，金甲蟹将和蟹将军依旧是在僵持着，不过现在看来，蟹将军的铁叉快坚持不了多长时间了，毕竟是铁制武器，和金甲蟹将天生的蟹钳没有任何可比之处。

终于，随着一声咔嚓巨响，蟹将军的铁叉终于碎裂了，金甲蟹将趁胜追击，蟹钳马上就要刺入蟹将军的腹腔中。叶天心一紧，就想出手，不过却被乌贼怪给拦下了。

叶天好奇地看着乌贼怪："干吗不去救它？"

"放心，它不会有事儿的。"乌贼怪冲叶天神秘笑笑，"它有杀手锏！"

叶天最后选择了相信，担心地看着蟹将军的杀手锏到底是什么。

砰！

在金甲蟹将的蟹钳马上就要刺破蟹将军的肚皮，进入它肚皮中的时候，蟹将军的爪子忽然伸了出来，一把抓住了金甲蟹将的蟹钳，而后一咬牙，一用力，那一对结实的蟹钳竟发出一阵咔咔嚓嚓断裂的声音，最后砰的一声，被蟹将军给捏成了碎片。

这一幕看呆了众人，吓傻了金甲蟹将。

即便金甲蟹将想破脑壳，也绝对不会想到蟹将军的两只爪子能干得过蟹家族最引以为傲的蟹钳！

这小子到底是怎么回事儿？怎么连这么变态的招式都能施展得出？它的拳头难道是玄铁打造的吗？不对，即便玄铁，都没蟹家族天生的蟹钳坚硬啊。

在那一刻，金甲蟹将的大脑细胞都在快速地思考着，却怎么也想不出个具体答案来。蟹将军趁金甲蟹将发呆的时候，一咬牙，将蟹钳彻底从金甲蟹将的脑袋里拔了出来。

啊！

金甲蟹将吃痛不过，哀嚎连连，污浊鲜血顺着脑壳激荡而出。它也倒在地上，翻来覆去痛得打滚，直呼不可能。

叶天也瞪大眼珠子，有些不敢相信这场景了。

蟹将军嬉皮笑脸地走到叶天身边，冲他嘿嘿笑笑："主人，多谢你了啊。"

叶天疑惑地看着蟹将军："谢我干什么？"

"多谢你拔掉我的蟹钳啊！以前长有蟹钳的时候，我一直认为我们最厉害的武器就是头顶的蟹钳了，所以干任何事儿都要借助蟹钳的辅助。可自从失去了蟹钳，我只能用前爪来代替蟹钳。这么一用，还真别说，无论是灵活程度上还是其威力上，都比蟹钳要强大很多……"

看着蟹将军一脸兴奋的表情，叶天也淡淡笑笑。自己的手下，实力能进步，他这个当主人的，心中同样是高兴。

“对了，主人，这金甲蟹将是妖界的一个小喽啰，它出来巡逻，三个时辰没回去的话，就会惊动妖界。到时候妖界就会派人来查探，我想我们还是快点找个地方躲藏起来吧。要是他们派长老出来的话，我们很可能要吃亏。”

乌贼怪建议道。

看乌贼怪表情严肃，似乎有些恐惧之意，叶天就知道妖界的长老肯定不是好对付的主儿，不过并没听乌贼怪所言，准备退缩，而是冷冷笑笑：“不用他们来找我们，我们直接去找他们。”

听叶天这么一说，乌贼怪差点没把眼珠子瞪出来：“主人，你可要三思啊，妖界长老远比我们想象的厉害得多，估计达到了斗皇强者的实力。斗王和斗皇实力虽然只是相差一个层次，可其中威力却是百倍千倍的差距啊。”

叶天冲乌贼怪和蟹将军笑了笑：“你们以前觉得，战胜金甲蟹将是不可能的事儿?”

两人同时点点头。

“我以前也觉得战胜妖界长老是不可能的事。可现在在我眼中，妖界长老也只能给我当垫脚石。”

看叶天这信誓旦旦的表情，乌贼怪和蟹将军两人面面相觑，目光中的狐疑神色很是浓厚，良久之后，才是只能无奈笑笑：“好吧，既然主人愿意上刀山下火海，乌贼怪和蟹将军也愿陪着主人赴汤蹈火。”

叶天之所以信誓旦旦地前往妖界，原因只有一个，那就是他终于发现升级斗皇需要的那个契机是什么了，那就是战斗，在血和肉的铺垫中，才能升级。

在蟹将军和乌贼怪的带领下，叶天很快来到了一处名为南海门的大门。

这妖魔一界，说来也怪，是一个半圆形，和之前自己在狮王森林看到的圆形世界，十分相近。只不过这妖魔一界的半圆形，有一扇门，而且门口还有守卫守候。其个头也比狮王森林里边的圆形世界大不少。

门口的守卫，长相和人类颇为相似，有着人类的四肢和外貌。和人唯一不同的是，硕大的嘴巴两边有着两道弧形腮片，好像刀疤一般，长在人脸上十分怪异。

乌贼怪解释说，这帮家伙原本长着和叶天一样的面孔。不过为了能适应海底世界的环境，他们都用刀在腮帮上划出了这样的刀痕，模仿鱼类的鱼鳃用来呼吸。

叶天倒吸一口凉气，心中感叹妖界到底有着怎样变态的实力，竟能给人强行安置上某种没有的器官。

“你们是什么人!”一个扛着铁戟的人鱼妖发现了叶天等人，傲气十足地走上来，扛在肩上的铁戟横在手中，指着叶天的脑袋，便是一番破口狂骂。

“我是沿岸的村民，听说原始魔尊在这儿建了一个妖界，特意下来瞧瞧!”叶天好像和人谈话一般的随意，并且说着说着就要往里边走。

“嘿，你是不要命了!”就算人鱼妖再傻，也听出叶天话语中的不对劲，立刻将铁戟横在叶天面前，“站住，没有我的命令，谁都不能进入妖魔界……”

“是吗?”叶天的眼神一闪，一股强大威压瞬间加持在人鱼妖身上。这看门的人鱼妖在妖界是最低等的存在，叶天的实力直逼高级斗皇，强大的威压加持在人鱼妖身上，竟让它感觉身体被强大的力量挤压着。几秒钟之后，砰的一声响，人鱼妖的身体直接崩碎了，内脏器官落了一地，周围的海水都被染红了。

这一幕可把看门的人鱼妖给吓愣了，单单身体威压，就能将同伴压成碎片，这家伙的实力究竟得多恐怖啊。

守卫顿时溃不成军，四处乱逃。叶天也不阻拦它们。对付它们这些小喽啰，自己根本不需要动手，乌贼怪和蟹将军早已利剑般窜了出去，待得它们再回来的时候，南天门已经清净了下来，没有任何动静，只是血水将这一片海水都染红了。

“老大!”解决掉这帮小喽啰回来之后，乌贼怪便主动对叶天道，“刚才宰杀这帮小喽啰的时候，我似乎听到人鱼妖说什么蛊雕。我怀疑妖界供奉蛊雕守着这南海门。这儿是进入妖界最重要的通道之一，妖界肯定会在南海门派遣重兵把守，不可能只派些小喽啰在此!”

听到蛊雕的名字，叶天愣了一下，继而便用意识和判官交流起来：“判官，这蛊雕，是什么来头?”

判官想了想：“这蛊雕乃是妖魔一族比较出名的妖兽，长着人类的身体，以及三只神雕的脑袋。他最厉害的就是三个神雕脑袋，三只嘴巴十分的厉害，据说能轻松将一座大山啄成齑粉!”

“嘶!”叶天忍不住倒吸一口凉气，轻松啄一下，就能将一座大山啄成齑粉，这要是啄在人身上，得多厉害啊!

没想到自己第一次碰到这么棘手的对手，叶天的心在惊喜之余，又有些担心起来。惊喜的是终于可以找到劲敌历练一下自己的实力了，担心的是，自己会不会打不过对方，结果变成了别人历练的工具?

就在他忐忑不安的时候，南海门中却忽然传来一个沉闷的响声。叶天立刻收回所有思绪，将全部的精力都放在组织抵御之上。

叶天看到，一个怪异的人体缓缓地自南海门中浮现。仔细观察一眼，发现这是一个高大的男子，身体粗壮，腿上身上长满了细密的鳞片，闪烁森森寒光，想来应该很结实。

最明显的特征，便是他脖子上长着的三只神雕脑袋，威风十足，六只犀利的眼睛死死地盯着叶天看，看得叶天心神鼓荡，意识明显受影响。

“你是谁?”那人冷冷笑笑，沙哑的声音似乎是用石头打磨过一般粗鲁遒劲。乌贼怪和蟹将军一时间被其声音给镇住，满脸恐惧地看着他。

而唯独叶天面不改色，气息平静，似乎根本不把他当回事儿：“我是叶天。”

这一句话，便招惹了蛊雕。

在他心中，自己一向都是高高在上的，谁在自己面前，都要保持恭敬敬畏，从来不允许人这般平淡地同他讲话。

可如今这个少年用这般不尊重甚至有些蔑视的语气同他讲话，自然挑战了他的自尊心，他要报复，一定要报复。

当下他便是一声怒吼，三声尖锐的神雕叫声立刻在海中回荡，其声音将海水鼓荡出三条利箭来，疯狂地射向叶天。

对蛊雕的这类小把戏，叶天根本不放在眼里，眼神一寒，一股磅礴斗气瞬间自其体内爆溢而出，眨眼间的工夫便将三条水流利剑给遮挡住，并且成功引爆。

“哈哈，小子，怪不得敢在我面前嚣张，还真有点本事，今天正好陪本大爷好好练练。哈哈，好久没运动了，今天大爷我一定要把你砸成肉饼！”

蛊雕一声狂笑，双臂双腿快速展开，好像一只乌龟一般，拨动着水流，借着水流的反弹超声速地撞向叶天。

因蛊雕的力度过大，导致水流也朝着蛊雕的方向流淌而来。强劲的水流力量夹带着叶天的身体冲向蛊雕。叶天也并未反抗，只是施展左右互搏术，左手火龙神枪，右手烈焰刀，疯狂地舞动起来。

两件中级灵器被一实力堪比斗皇强者的高手舞动起来，其威力可想而知，一时间蛊雕的大力形成的水流流通带瞬间被叶天给堵死，反倒是两件中级灵器释放出的威压以及斗气团，斩杀了数不清的人鱼妖。

蛊雕在看到叶天手中的两件中级灵器的时候，眼神放光，口水直流：“中级灵器，两件中级灵器，发财了，发财了。”

对宝贝的觊觎，早就已经让他忘记了危险。现在他一心想要抢走叶天的两件宝贝，所以只攻不防。看他这招拼命的打法，叶天在心中嘲讽不已。

既然蛊雕已经打定主意拼命了，所以上来就用杀招，三只神雕脑袋、三只坚硬的神雕嘴，接连不断地啄向叶天。

蛊雕的脖子可长可短、可左可右，在倒退了一定距离依旧无法摆脱烦人的神雕嘴之后，叶天选择了一块大石头，固定自己的身体，对抗对方。

第三十九章　海底魔界

神雕的脖子速度很快，左一下右一下地啄，当中甚至连空闲的时间都没有，更何况还是三颗神雕脑袋同时进行，所以尽管叶天施展左右互搏术，以及有两件中级灵器的辅助，他也一直都处于被动挨打的地位。

两者的攻击彻底将海水搅浑，视线范围不足三丈，叶天要想捕捉对方的攻击加以抵抗，更是难上加难。不多会儿他便落入下风，并且最后左肩上疼了一下，便彻底失去抵抗力，被蛊雕其中一只脑袋撞得倒飞出去，将一座庞大的海底山脉给撞碎了。

若不是叶天有逆天邪骨以及五行八卦玉的辅助作用的话，怕是他这会儿早就已经支离破碎，化为粉末充斥天地了。

"哈哈，小子，缴械不杀，把两件宝贝给我，我放你一条生路。"蛊雕一击得逞，兴奋地走上来，脸上的得意神情可见一斑。对他来说，两件中级灵器已经是囊中之物了。

虽然他心中很好奇，而且也感觉很恐怖，恐怖这家伙的身体强度，被自己的神雕喙给撞到，竟没有被撞成两半。不过这个时候兴奋还是让他选择忽略这点小小的意外。

虽然身体侥幸没有撞碎，不过身体上承担的剧烈痛苦还是让叶天有种求生不能求死不能的感觉。为了不让敌人在气势上胜过自己，叶天还是咬牙坚持着从地上站起来，冲蛊雕冷冷笑笑："小子，是时候让你见识见识大爷的真正本事了。"

蛊雕对叶天能完好无损地从地上站起来，感到十分的诧异，被自己的神雕喙给撞到不死也就罢了，竟能完好无损地站起来……这家伙身上肯定有什么抵御方面的宝贝，现在自己正缺少这样的宝贝……

"蛊雕，去死!"还未等蛊雕想明白，叶天便已然怒吼一声冲了上来，两件中级灵器快速丢向蛊雕。在蛊雕伸手的瞬间，他快速地停下脚步，催动逆天邪骨内的天阶大阵。

蛊雕看到叶天竟丢掉自己的武器攻击自己，心中那叫一阵快乐啊，眼睁睁地看着两件宝贝攻向自己，那不就等于白送的吗?

就在他准备动手收下两件宝贝的时候，却忽然感觉到一点不对劲。被中级灵器搅动快速旋转的海底忽然变得平静了下来。

"这是怎么回事儿? 快速旋转的海水怎么可能会一刹那停下来呢?"他目光狐

疑地望向叶天，想看看究竟是不是他搞的鬼。

当蛊雕最后惊奇地发现，叶天的体表之上，竟若隐若现有一团白森森骷髅形状的电光火花闪动的时候，立刻惊得瞪大了眼珠子，差点没把下巴掉下来。他傻乎乎地看着叶天，而后声音颤抖地喊着："逆天邪骨……是逆天邪骨！"

此刻，逆天邪骨之内，释放出一团白色的雾霾。白色的雾霾快速占据蛊雕身边五丈左右的范围，并且形成了四个骷髅形状，将自己团团包围在中间。

就在他不知所措的时候，却忽听叶天怒吼一声："天阶大阵！"

话音刚落，四个骷髅瞬间发出一阵震耳欲聋的鬼哭狼嚎声。尖锐凄厉的鬼哭狼嚎声，实质化为一道道闪电，齐刷刷攻向位于中间的蛊雕。

嗷！

在闪电击中蛊雕的瞬间，蛊雕便爆发出一阵凄厉的惨叫声，同时他的身体好像破砖烂瓦一般地掉着碎渣。

判官解释道："天阶大阵之所以称为天阶大阵，是因其爆发出的闪电威力，堪比天阶斗技的威力。达到天阶斗技威力的，差不多相当于是天罚了，只是比天罚稍弱点而已。这样的攻击，即便是斗皇强者都扛不住。但对身体强度和神通境差不多的人来说，却是再好不过的淬炼身体的阵法了。"

"哦?"听判官这么一说，叶天立刻来了兴趣，"判官，怎么说?"

"现在你的身体，正是处于斗王和斗皇的关键时刻。若是你能有天阶大阵的淬炼的话，怕是就能早日跨入斗皇级了。"

听他这么说，叶天若有所思地点点头，而心头却下了一个重要决定："判官，我决定到里边历练。"

判官露出一个欣慰的笑容："你不到里边历练，我才觉得奇怪呢。"

当叶天迈步，走向天阶大阵的时候，乌贼怪和蟹将军两人心生好奇，忙拦下了叶天，好奇地问道："主人，你这是要干吗?"

"到天阶大阵中历练。"叶天毫不犹豫地道。

此语一出，两者皆擦拭了一下脑袋上的汗珠，蟹将军更是吐出大串大串的泡泡："我说主人，你不要命了，你看蛊雕，在天阶大阵中都快坚持不住了，更何况你了。"

蟹将军指了指被困在天阶大阵中的蛊雕。现在的蛊雕全身上下都被金色雷光包裹，身上散发出浓浓的烤焦味道，没有任何一处完好皮肤，甚至他最引以为傲的神雕喙，都已经裂成两截，完全失去了攻击作用。

即便蛊雕现在逃出生天，也只能变成废物一个，随便一个虾兵蟹将都足以将之斩杀。

"哎，主人！"当乌贼怪和蟹将军感叹蛊雕这悲催命运的时候，两者却忽然发现一道身影从面前一闪而逝，定睛细看，才发现那黑影其实是叶天。

叶天趁它们不注意，已经跳入天阶大阵中，磨炼身体了。

“嘶!”两者全都被镇住了，因为它们怎么也想不明白，处于胜利一方的主人，为什么要陪葬蛊雕?

“快看快看。”眼疾手快的乌贼怪忽然发现了什么，用自己柔软滑腻的触手拍打了一下蟹将军的身体。

蟹将军浑身打了一个激灵，立刻望过去，果然发现异常。

叶天的身体表面竟形成了一道单薄的透明光罩，而在透明光罩的里边，也就是叶天的皮肉里边，还有一副白森森的骨架影像。

一道道从天阶大阵中释放出的雷电击打在叶天的身上，不过经过外边那一层淡淡光罩的淡化以及其内那副白森森骨架的稀释作用，攻击已经很小了，打在叶天身上，基本上不会造成致命伤害。

“叶天，差不多了吧。”判官小声问道，“是时候历练了。”

“好!”尽管身体承担着前所未有的痛苦，每一寸肌肉都有被生生扯断的痛苦，不过叶天依旧是咬牙坚持着，不肯放松丝毫，施展出了左右互搏术，左手火龙神枪，右手烈焰刀，开始舞动起来。

他的每一个动作，都让自己的痛苦加多数倍，虽然有五行八卦玉的防护作用，可作用在他身上的雷电依旧让他求生不能求死不得。若不是逆天邪骨牵扯着他的身体的话，恐怕这会儿他早就已经被天阶大阵给撕成碎片了。

可为了实力的增强，为了突破斗王和斗皇之间那层薄薄的膜，叶天准备豁出命了。

他的皮肤被巨大的力道撕扯出了一道道的裂口，鲜血迸溅而出，猩红色的肌肉也朝外翻卷着，看着是那般的触目惊心。

甚至，手臂上的森森白骨都露了出来。

叶天一次次进入休克状态，又一次次被剧烈的痛苦折磨得醒过来，睁开眼睛感受着皮肤肌肉裂开撕扯的痛苦，动用着身体最后一点力量坚持拼搏……

他因痛，最后终于失去了意识，现在支撑他战斗的，只有一个意识，那就是只有撑过了这可怕的暴风雨，才能救回家人。

砰!

一个不经意的响声，从叶天身体之内传来，顿时之间，身上的伤痛瞬间消失，一股股狂暴的斗气快速渗透皮肤，进入身体之中。

他的身体变成一个无底洞，他眼睁睁地看着蓝色海水中浓浓的斗气浪潮一般地涌入自己体内，而后消失无踪，似乎沉入了某一个他所不知的世界。

原本消失的力量，也在快速回归，差不多半盏茶的工夫，他再次地举起了火龙神枪，似乎手臂上的伤根本就没有过一般。

“好，好!”判官看叶天这副模样，连声鼓掌叫好，“升级了，你小子果然突破到了斗皇级，恭喜你了啊!”

叶天淡淡笑笑，并不觉得意外。他已经在斗王这个层次上待了太长时间，付出了比正常人数百倍数千倍的努力，若是这么长时间还不晋级的话，真是不正常呢。

“你现在还只是低级斗皇而已。我想你继续在这里边修炼下去的话，晋级到中级斗皇也说不定啊？毕竟你的根基很好很实，连升两个台阶也并不是不可能!”判官说道。

虽然随着升级，身体的扛打能力强大数倍，他身上的痛楚减小了很多，可痛苦依旧是如影相随，他真担心自己一动，身体就可能散架。

但在判官说的继续升级的条件诱惑下，叶天决定还是尝试一番，毕竟这样的锻炼机会少得很，失去这次机会，上哪儿找这么现成的天罚?

只是身体壮大之后，伤口虽然在复原，不过速度缓慢，现在依旧是伤痕累累。他真担心自已继续历练下去，可能会坚持不住。

但一想到爷爷等人还被困在玄铁大牢里边，叶天所有的担心瞬间消失不见，一咬牙，便蓦然褪去了五行八卦玉的保护层。

噌的一声过后，保护膜瞬间消失不见，一道道闪电直接虑过了保护层，直接轰到叶天的身上。

虽然五行八卦玉释放出的光罩很小很小，可其起到的作用却是任何宝物都无法比拟的。如此强劲的保护作用，就这般被撤销掉了，叶天身上所承担的痛苦瞬时间暴增了数倍之多。

突如其来的痛苦差点将其最后一点意识剥夺掉，他的身体猛然跪倒在地，原本稍稍愈合一点的伤口，再次被拉扯开，猩红色的血肉露了出来，触目惊心。

而一股股鲜血也好像泼出去的水，从其身上爆涌而出。到了这地步，叶天再也坚持不下去了，吐出一口浊血过后，便彻底地失去了意识，昏迷不醒。

剧烈的疼痛让他再次从休克中苏醒过来。他缓慢睁开眼睛，感受着身上传来的剧烈疼痛，休克的感觉再次袭上心头。

就这般，死去活来的折磨持续了两盏茶的工夫。之后叶天才忽然感觉身上的痛苦不再像之前那般快速增加，反倒是逐渐地减弱。

这一发现让叶天惊喜不已，同时他发现裂开的皮肉也正以肉眼可见的速度愈合着。

就在他惊叹身体变化的时候，天阶大阵的力量终于被完全消耗干净，逐渐地减弱，直至最后消失不见。他看了一眼蛊雕，发现蛊雕早就已经化为一团黑色的灰烬，只剩下一点渣渣了。

在天阶大阵撤去之后，乌贼怪和蟹将军也立刻蹿上来，将皮肉裂开的叶天从地上搀扶起来。看着他这副狼狈不堪、触目惊心的模样，两者都激动得说不出一句话来。

最后，还是乌贼怪没忍住心中那股惊诧，小声道："主人，你身体的扛揍能力怎么如此强大呢？是不是你修炼了某种专门扛揍的功夫？"

叶天只是简单笑笑，并未作答。因为他知道乌贼怪只是在表达心中的惊诧之情而已，这个世界哪有什么专门扛揍的功夫？

天阶大阵的攻击作用消失之后，叶天的皮肤快速地愈合起来，现在的他实力强悍到了中级斗皇。皮肤具备了自愈的功能加上逆天邪骨以及数不清元丹的辅助作用，叶天的身体很快便愈合了。

经过足足两炷香工夫的调整，叶天的身体总算恢复了大半。对实力的发挥影响不大，不过痛苦的感觉，却一刻不曾减弱。

察觉到叶天身上的气场，比之前又强悍了数倍之多，乌贼怪和蟹将军都惊得有些不敢相信自己的眼睛。可这一切都是如此真实地发生在自己面前，即便它们不想相信，也没办法了。

"接下来我们做什么？"蟹将军发现叶天炯炯有神的眼神一直都凝视着妖界深处，一股不祥的预感逐渐在内心深处升腾起来，"这小子该不会是准备去妖界深处闹腾一番吧。"

"到妖界中央！"叶天语气平淡地回了一句。

"嘶！"听叶天这么说，蟹将军和乌贼怪两人都倒吸一口凉气，满目不可思议地盯着叶天，"主人，这玩笑可开大了啊，妖界中央可是有原始魔尊坐镇的呢。远古时代，那么多的巨头大能都不能收拾得了原始魔尊，更别说你一个人之力了。"

叶天却冲蟹将军淡淡笑了笑："放心吧，我自有分寸，你们只要跟在我身后就行。"

看叶天信誓旦旦，乌贼怪和蟹将军两者都有片刻的犹豫，四目对视，用眼神商量着。

叶天知道，它们跟着自己，只会遭遇更多的危险，遇到真正的劲敌，它们也只有当炮灰的份儿。所以不准备带它们去，当下便是道："你们两个回去吧，接下来的路我自己走。"

"主人！"就在叶天准备拔腿前行的时候，乌贼怪和蟹将军却一个箭步蹿到叶天跟前，挡住了他的去路，"主人，既然我们叫你一声主人，那我们的生死便已经交到了您的手里，无论您到什么地儿，我们一定会陪着您。"

叶天无奈笑笑，心想这妖界的妖，果然是比人类正直憨厚。他自信人类没几个能做到乌贼怪和蟹将军这样讲义气。

看两人信誓旦旦，表情坚毅，叶天就知道，自己无法阻拦它们，当下只能同意："好吧，不过你们只负责解决一些力所能及的小喽啰而已，遇到真正的高手，我希望你们能留给我，千万不要逞强硬上，明白了吗？我不希望你们做出一些无谓的牺牲。”

“好。”乌贼怪和蟹将军爽快地答应。它们这会儿乐观了很多，经过仔细地斟酌，它们认为能战胜叶天的人，妖界可以说是一把手都数得过来，而它们也不至于这么倒霉，将实力超越叶天的人招惹出来。

而它们所不知道的是，此刻的叶天真正的实力足以媲美一名高级斗皇。妖界之中，除了原始魔尊，他已经少有敌手了。

现在叶天倒是有些期待下面会遇到的危险了。乌贼怪它们说的过五关斩六将，到底是怎样的一种存在？还有原始魔尊，到底在什么地方等待着自己？大还丹精神世界中的原始天宫，又是如何跑到里边去的？

这一切谜团好像一团乱麻，没有头绪，让叶天每每思索起来，脑袋里边都会一阵生疼。

顺着这海底世界前行，叶天见识到这个庞大世界的各种景致。一眼望不到尽头的珊瑚海，长着各种人身子的鱼类，甚至长着鱼身子的人类，各种错综复杂美妙的地势，妙不可言的海底风景，妖界的人自发组成的街道、城镇，甚至各种旅馆饭馆……

总之，大陆上有的，这下边都有，人类世界没有的，这儿也有很多，而且一些繁华之地的繁华程度，丝毫不亚于陆地上的繁华都市。

这一切的一切，都好似波浪般冲击着叶天的世界观，叶天越来越有种井底之蛙的感觉，觉得自己对这个世界了解得实在太少了。

又前行了一段时间，三者停在了一处海底荒原处。死去的海底生物和植物数不胜数，早就已经被泡烂了，海水散发出一股浓浓的腥臭味，能见度也不是很好。

叶天第一想法便是此处肯定不正常，前方肯定有危险，因为他甚至看到一只斗王级的海龟人，身上满是被蹂躏致死的迹象。

能将斗王高手随意蹂躏的家伙，实力究竟得多强悍？至少现在的叶天不敢小觑。

“你们俩对这了解多少？”叶天扭头看着蟹将军和乌贼怪问道，“以前听说过这处蛮荒之地吗？”

乌贼怪和蟹将军两者都是眉头紧皱，相视摇头：“以前从来都没听说过妖界还有这样一处硕大的蛮荒之地。不过我看此地凶多吉少，不如找个别处过去吧，免得发生意外。”

而叶天却是淡淡笑笑：“难道你们不觉得，这是一处非常好的历练之处吗？”

闭关良久的叶天现在最需要的便是实战经验了。而在海底妖界，真正能增长他实战经验的地方少之又少，好容易碰到了一处，他怎么可能会轻言放弃？

“不是吧？”乌贼怪和蟹将军两者异口同声地道。

“一看这地儿鬼气森森的，就知道是不祥之地。而且我们对它是一无所知，万里边藏着什么不是我们所能对抗的高手，我们此行岂不是完蛋？之前付出的一切都将付之一炬！”蟹将军劝解道。

“是啊，我也同意蟹将军的说法。”乌贼怪随声附和道，“要是这真的是一远古巨能的地盘，我们进去只能送死，主人三思啊。”

看两者诚惶诚恐地劝慰，刚才还抱着必闯决心的叶天愣了一下，视线在两者诚恳的脸上来回挪动了几下，犹豫起来。

自己对此地是一无所知，万一碰到不是自己所能抵抗的强者，之前付出的一切岂不是前功尽弃？另外连带被关在玄铁牢笼中的家人也会跟着送死。

但若是自己不接受死亡之地的历练，是不是太可惜了？过了这村就没这店了。要知道危险和机遇共存。这次的机遇或许会改写自己的一生，决定自己性命的长短。

判官看叶天犹豫，也同他交流道：“叶天，想明白了吗？”

叶天毫不犹豫地点头：“想明白了，这处死亡之地，我一定要闯！”

“难道你不担心里边有危险？”对于叶天态度之决绝，判官感觉有些意外。

“当然担心。”叶天摇头叹息，“不过，判官你曾经说过，危险和机遇共存。若是我处处怕事的话，恐怕也不会有今天的叶天，而我叶家也早就已经被秦家所灭！”

“说得好。”判官拍手叫好，“小小少年能有如此志气，我判官当初果然没选错人！不过我想，既然这处死亡之地如此危险，那两个虾兵蟹将跟着进去也是送死，倒不如让它们在外围守着！”

叶天点头，判官所说言之有理，现在虾兵蟹将对他最大的作用并不是帮他战斗，而是两个妖界知识囊，自己要从它们那儿得到诸多关于海底妖界的信息。所以它们不能死！

蟹将军和乌贼怪看叶天犹豫起来，沉默良久，都以为他终于改变了想法，放松了不少。要是叶天死在这儿，它们也没法活着闯出去。但叶天接下来的一句话，却让两者大失所望：“乌贼怪，蟹将军，你们两个在这等着我，我一人到里边闯荡便可。”

听他这么说，两人一下就泄气了，尤其是蟹将军，更是差点没把眼珠子瞪出来，结结巴巴地问道：“主人，你……你还想……进去啊！”

叶天毫不犹豫地点头：“这对我来说是一次很好的机遇，我不会放弃的。你们两人在这里等我！”

话音刚落，还不待两者反应过来，叶天便一个箭步飞了出去。两者只见一道黑影从眼前一闪而过，浑浊的海水疯狂肆虐，从身上快速划过，犹如尖锐匕首掠过，十分痛苦。

“主人……”两者的声音在海水中回荡，而叶天却根本没听见，他早就已经飞出数里远了。

越往里走，海水就越浑浊，能见度也越来越小，地面上的尸体也越来越多，有些甚至都已经腐烂得不像样子了，腥臭之气四处逸散。幸亏叶天有能量光罩阻挡着浑浊海水侵入，否则他肯定会被臭烘烘的海水给逼走了。

他找了一处相对干净的地儿，落下脚来，视线四处扫了一圈，却也没看多远，心中不由得紧张起来。神龙金枪蓄势待发，随时准备进入战斗状态。

“判官，这儿给我一种不祥的预感。”叶天一边缓步前行一边小声道。

“是啊，死气沉沉，杀机浓厚!”判官同样提高警戒，一直都注意四周，唯恐会有危险!

“嗯，这是什么?”叶天小心翼翼走了两步，脚忽然踩在了一个比较坚硬硌脚的东西上边。那东西好像长刺了一般，让他的脚针扎般的痛。他立刻将脚抽回，同时神龙金枪瞄准下方。因为光线黑暗，所以他暂时根本看不清那究竟是什么东西。

他将脚收回，并未察觉到有任何斗气波动，甚至海水也平静缓和，没有任何危险发生的迹象，他这才放松了口气，蹲下身子，准备看看究竟是什么东西刺到了自己的脚!

当他终于看清脚底之物的时候，忍不住倒吸一口凉气。因为他从来都没见过这种玩意儿——通体碧绿，散发出幽幽寒光，形状犹如是一只成人拳头大小的海螺。最不可思议的是，绿色海螺之上的幽幽寒光竟好像是一根根的绿色寒针聚集在一块形成的。联想到刚才脚上的针刺感，他基本上确定，这寒光是实体的，能对人造成物理攻击。

“这是什么东西?”叶天倒吸一口凉气，眨巴着眼睛凑了上去，仔细地盯着海螺看了老长时间，却也看不出个所以然来，最后只好放弃了看出猫腻儿的想法。

判官同样将一丝斗气释放出去，包裹住海螺，仔细侦测了好半天时间，面容从刚开始的从容，变得无比激动，甚至连话都说不出来了。

“判官，有什么发现。”看判官这表情，叶天就知道他看出了猫腻儿。

“如实我没记错的话……”判官说到这儿，深深地倒吸一口凉气，“这东西，应该是远古妖道的东西!”

“原来是妖魔一道的东西。”叶天道，“不过，能让判官您如此惊讶的，这东西应该不仅仅这么简单。”

“当然!”判官肯定了叶天的说法，“这东西，远远不是我说的这么简单。因为我猜，这个东西，很可能是远古时代便遗落世间的海螺梨花针!”

“海螺梨花针?”初次接触这个名词儿，叶天满脑子充满好奇，“那是什么?”

“这个东西威力无穷，远古时代乃是妖魔一族有名将军金蛹的得力武器，据传其最强威力竟能轻易将乾坤射成混沌状态。当初金蛹更是凭此宝，在仙魔大战中斩杀数名功法高强的人间强者。后来随着妖魔一族的落败，海螺梨花针同样消失得无影无踪，万万不曾想到，竟会被我们发现！”

听完判官的简单描述，叶天也愣住了，真是没想到，这个看起来毫不起眼的东西竟有如此威力，能将乾坤世界射成混沌状态……混沌状态，那可是盘古大神未开辟天地时候的状态啊！

这东西果然是个宝贝。

叶天一边说着，一边伸手准备将那东西拿起来。但是他刚刚动手，判官便用凌厉的声音喊住了他：“小子，住手，这东西威力无穷，很可能是认主的宝贝，其上说不定还涂有毒药，还是不要动的为好。要是这宝贝真的能随便被人拿走，恐怕现在也轮不到我们瞻望其仪容了。”

听判官这么一说，叶天脑门上沁出了一层细密的汗珠。是啊，这种宝贝怎么可能会被随意丢弃在这种地方，肯定是原主人布下的陷阱。叶天和判官肯定不是第一个闯进来的人或妖。其余人肯定也注意到了这宝贝，他们肯定也想带走这宝贝。宝贝之所以依旧安安静静躺在这儿，肯定是打它主意的人没有好下场。

想明白这点后，叶天也不再准备为这件事揪心，当即便离开，继续往前走！

幸运的是，往前走了良久，竟都没遇到任何危险，没有任何意外，这倒是出乎两者的意料。

但三炷香工夫过后，事情开始朝着危险方面发展，叶天分明感觉原本平静如死水的海面，竟开始缓缓地鼓荡起来，而且规模是越来越大，他简单地用斗气丈量了一下，发现这股海水波动至少得有数百米的高度。

“什么东西！”叶天立刻意识到卷动起海水波动的肯定不是凡物，当即便警觉地提醒判官。判官同样提起警戒，四处张望，但目光之内除了簸荡鼓动的黑色污水，别的什么都没有。

“叶天，谨慎，随时准备进入恶战状态！”这个时候想要后退已经来不及了，判官当即便提醒叶天。

叶天的精神百分之百地集中，每一个动作都小心翼翼，甚至连一句话都不敢说，身上的斗气波动也被他完全收起，免得被别人注意到。

越往前行，黑水波动得就越厉害，阻力也就越大，继续前行了数百米的距离后，他终于察觉出其中的异样：前方一海里的地方，一股浓浓的黑水组成的筒状东西正疯狂快速地旋转着，海水都被鼓动得四处动荡，就好像是龙卷风一般四处肆虐，地面上的一些尸体直接被这股黑雾给撕成碎片，碾压成齑粉。甚至还有数不清的武器宝贝，被黑雾卷中之后，变形得厉害，一些级别比较低的东西，更是被碾压成齑粉。

“那是什么?”尽管距离黑雾有数公里远的距离，不过叶天依旧感觉阻力奇大，若不是用特殊斗技固定住身子的话，恐怕他早就已经被强大的力道给推得后退出去了。

“暂时不清楚！”判官道，“不过我敢肯定，这团黑雾肯定和金蛹有关，因为在传说中，金蛹最厉害的两件法宝，一个是海螺梨花针，另外一个就是黑雾乾坤戒了！”

“黑雾乾坤戒？”叶天疑惑地重复了一句，“那是什么？”

“据传这黑雾乾坤戒具有翻转乾坤的力量。其中的黑雾更是毒性无比，大罗神仙若是被黑雾包裹，也没法逃走。更有传言说，这黑雾乾坤戒中，藏着另外的一个小世界！”

“藏着另外的一个小世界？”叶天满脸诧异，“什么意思？”

“就是一个不属于这个世界，而是和这个世界平行的另一个空间。”判官简略解释一句，虽然他极力压制着情绪的波动，不过语调依旧是充满无尽感激和兴奋，“当年黑雾乾坤戒中的独立世界，乃数不清高手仙者所向往的世界，都想进入黑雾乾坤戒中，探索其内的场景。但金蛹实力强悍，没几个人是他的对手，所以没人能闯入黑雾乾坤戒中的乾坤世界中。后来黑雾乾坤戒随金蛹消失，自此之后，更没人能进入其中，没想到竟被我们碰上，这次无论如何也一定要到里边去看看了。”

判官声音激动地怂恿着叶天前行。叶天被判官那么一说，情绪也是激动兴奋，当即便点头应着，施展全力前行。虽然黑雾搅动的湖水力量超大，阻力强悍，但叶天也属于人类中的强者，所以这点小小的阻力，倒也不能拦得下他。

他咬牙坚持着，待得身体靠近黑雾漩涡的时候，身上出现了一道道的裂痕伤口，鲜血顺着皮肤涌动而出。他快速地用斗气安抚着伤口，不过鲜血却毫不停歇地释放而出。

越靠近黑雾漩涡，阻力越大，水流刀割一般从他身上划过，他全身上下的肌肤没有任何一寸是完好的。不过为了探索其内的奥秘，增强自身实力，他近乎疯狂地挪动身子，顾不上刀割对自己身体造成的伤害。

待得最后，他终于凑到黑雾跟前。黑雾释放出的能量超乎他的想象。现在他犹如置身于上千度的火焰中经受着炙烤，意识也跟着逐渐沦陷，要昏死过去一般。

“叶天，坚持住，这是黑雾乾坤戒对外来物的抵抗，你的身体有五行八卦玉的庇护，加上本身身体强悍，通过黑雾完全没问题的。”

听判官这么说，叶天自信了不少。用力地摇摇脑袋，将即将陷入昏迷的意识拯救出来，瞬间清醒了不少，紧咬着牙，努力挪动脚步，朝着黑雾水柱疯狂撞去。

在他的身体撞上去的瞬间，自己犹如进入了绞肉机中般，周围都是隆隆沉闷响声，一道道的锋利匕首在身上肆无忌惮地切割着，将原本完美的肌肤切割出一道道的裂缝，鲜血好像泥浆般自其内流淌而出！五脏六腑更是移位般的痛苦，全身上下三千万毛孔每一处不充斥着淤血……

与此同时，一股强悍的推力推搡着他的身体，阻拦他进入黑雾世界中。叶天拼了全力，五行八卦玉的羽翅以及浓浓斗气轰炸而出，甚至判官也出手阻拦黑雾的攻击。

而在这样近乎疯狂拼命的强攻下，他的肉身终于抵抗不住，被撕裂般的痛苦，意识也在瞬间被抽离，眼前一黑，昏死过去。

不知过了多久，当叶天睁开眼的时候，发现自己身处一片漆黑之中，周围安静得很，甚至连海啸之音都听不到丝毫。

“怎么回事儿。”叶天心中充满无尽好奇，费了好大的劲挪动身体，想从地上站起来，但脑袋刚刚动了一下，就碰在一处坚硬的地方。他立刻警觉地做出攻击手段，同时释放斗气感应周围气息，却发现周围死气沉沉，根本没任何生命迹象。

他的视线也逐渐适应了周围的环境，逐渐可以看清两边的形势。他发现自己现在所在的世界，并不是海底世界，周围没有水，反倒是一处硕大的空间，附近栽种着黑色的树木，就好像是被大火炙烤过一般，猛然看一眼，甚至会以为是一片刚刚经历过火灾的大森林呢。

难道这儿就是黑雾乾坤戒中的乾坤世界？他越想越激动，速度逐渐地加快，他倒是想看看这之内究竟是什么情况，能被万千仙者垂涎之地，其内必然非同一般。

顺着老林前行了一段时间，其内的阴气越来越重，甚至连呼吸都感觉到难受憋屈，他有些惆怅地看了看四周，四周偶尔有森森白骨显露出来，埋在地面。

一些大型动物，整个庞大身躯横在了路上，中间被人给切开了，肠子内脏什么的流了一地，鲜血染红了方圆十丈的范围，他不知道这到底是什么东西，也从来没见过这么大型的怪物。

怪物的肚子上，竟然有一双亮晶晶之物露了出来，白森森的，幽幽寒光让人畏惧。

这到底是什么东西？叶天心中纳闷不已。

他悄悄地凑上去，反正这东西已经死了，加上他从小敢闯的胆识，所以他根本没有害怕。

不过当他走近仔细看的时候，还是忍不住地大吃一惊，因为他发现那个庞然大物的肚子里，闪烁着银白色光芒的不是别的东西，竟是人类的眼睛。

天啊，顺着眼睛望下去，还能清楚地看出那个人的五官轮廓，不过脑袋已经被斩断了，只有中间的一丝骨肉连接着。顺着脑袋往下看，就是被怪物那厚重的皮肤给裹住了，不过隐约能看得清楚，这个人大体的轮廓。

叶天一时不知该说些什么才好。这个怪物竟然一口吞掉了一个人，此刻却不知道为什么，竟然死在了这种地方。

他深呼吸一口气，决定继续探险下去，之前生离死别的遭遇，造就了今天他不怕死的性格。

之所以不怕死，是因为他每天都活在生死存亡的边缘，随时都可能死去，早就已经习惯这样的情况了。

继续朝下面走去，羊肠小道逐渐消失，同时林子越来越密集，甚至光线似乎也被别的东西吸走了一般，黑暗愈发的浓密、沉重！

叶天感觉有些窒息，不过他仍旧朝前面走着，希望能够找到一处出口。这个地方越来越神秘了，越来越多的动物尸体出现在面前。

这些动物到底是怎么死的呢？黑雾乾坤戒中，为何会有这么多动物的尸体？

叶天好奇之极，心中被这片地方给深深地吸引住了，缓步前进，小心地摸索。

而此刻，前方逐渐黑暗了下来，他抬头一看，一座大山出现在自己面前。

奇怪了，这黑雾乾坤戒中，怎么会有一座大山呢？它到底有多大的空间啊！

他心中有些纳闷儿，这座山看起来也是那么邪门，山的一面竟然是平整光滑的，就好像是被人给故意整平的一半。

心中的好奇，让他继续地探索下去。

太阳逐渐落下去，四周响起了一阵响亮的豺狼声音，叶天的心升腾起一股发毛的感觉。这儿的世界竟然不经历黄昏，瞬间进入伸手不见五指的黑夜了。

第四十章　闯入异世界

耳边时不时地传来豺狼的声音，让他感觉毛骨悚然，在这种黑暗环境下，要是遇到危险，可是不利于作战啊。

嗷呜，嗷呜！一阵凄厉惨叫声从头顶传来，他蓦然抬头看。

这么一看，他竟发现前方平滑的山壁上，不知道从什么地方隐隐透出一丝亮光。

他小心翼翼地顺着一棵树爬了上去，爬到了亮光的地方，没想到这个地方的山壁是薄薄的一层，如纸一般，光芒正是从其内散发出来的。

他心中一阵兴奋，知道里面肯定藏有玄机，忘记了所有的危险，将那层薄薄的石壁打破，小心翼翼地钻进去了。

果然，他看到石壁的里面一片光明。

“怎么回事？这里到底是怎么回事？隔着一层薄薄的山壁，竟然是两个完全不相同的世界。”他的脑袋一时间短路了，不过依旧保持着一丝理智，他的一只脚踏入山洞里面，感觉没有什么危险，整个身子这才完全探了进去。

两米长的山洞隧道过后，展现在眼前的，竟完全是另一番景象。光芒四射，纯净无瑕，甚至连一个小小的斑点都看不到，皓月一般光洁明亮。四周空荡荡的什么都没有，放眼望过去，犹如置身仙境。

黑雾乾坤戒中的世界，果然是不可思议啊！叶天连声叹气，不过片刻后，依旧聚集精神，小心探索！

仔细观察，发现四周布满无数怪石，嶙峋蹊跷，潺潺的流水流过，抬头也能看到头顶的嶙峋石壁。

他对这个洞是越来越好奇了，这里真的是相当的奇怪啊，强烈的好奇心促使他顺着山洞继续前行。没走多久，山洞的地面竟然开始出现一大片一大片的动物骸骨。他仔细地低头查探，其中不乏巨型动物，如远古大象的骸骨，单单大腿便足有三个人粗壮。还有一些恐龙的骸骨，竟然将三十多米高的山洞给顶了起来。

行走了不一会儿，他忽然发现了一个体型修长庞大的东西，细细观看，才发现其竟然是一个长约三四十丈的白森森的骸骨，骸骨一节一节地连接起来，地面上剥落了一层厚厚的鳞片，四只古怪的脚从它身上延伸出来。骸骨的脑袋上方，竟然放着一个皇冠般的东西，熠熠发光。

“这到底是什么东西？”叶天心中纳闷不已，“难不成这是一条蛇？”叶天暗中思忖，“不对，蛇不可能有脚的。难道它是……一条龙？”

他仔细地看了一眼那只皇冠，更加坚定了自己的想法。

“看来我想得没错，这个的确就是传说中的神龙了。”

叶天内心是一阵震惊，神情惊喜地看着在地上安歇的那条神龙。这个只在传说中出现的不可一世神龙，此刻却安安静静地躺在地上，远离了人世间的喧嚣，在这里悠闲地享受着这份惬意。

如此之多的奇怪动物，让叶天越来越好奇接下来可能出现的东西了。

接下来自然有更多的奇怪物种出现了，百鸟朝凤的遗骸，双龙戏珠的遗骸，甚至连一些妖头人身的妖怪，也应接不暇地映入眼帘！

行走片刻之后，他忽然发现前方一个骸骨之上，竟挂着一个金牌，好像是那个人的名片，他走上去拿起来仔细一看，几个大字赫然映入眼帘：“妖魔大将金蛹”！

“妖魔大将金蛹？”一看到这几个字，叶天的大脑便快速地活跃起来，神情兴奋。这个地方果然是判官说的妖魔大将金蛹的埋骨之地，自己的运气还真不是一般的好。

想想妖魔大将生前是多么的耀武扬威、多么的厉害牛逼，可死后却要和一堆动物残骸共享一个墓穴，真是巨大的反差啊。

若是妖魔大将金蛹泉下有知的话，会不会气得活过来吐血三升呢？

他隐隐约约地感觉，这条山洞内，充满了无数的秘密，而且根据他看到的骸骨的级别分类，他总结出了一个规律，越是深入洞穴，这些妖兽便越是高级，越是厉害。不知道接下来走下去，会看到怎样高级的远古动物呢？他心中充满无尽期待。

他的视线望向远处。

片刻之后，走到山洞的尽头，叶天呆立住了，因为出现在他面前的，是一个完好的人类躯体。在这具躯体面前，叶天仿佛遗忘了整个世界，忘记了所有一切。对他来说，这个世界已经消失了，整个世界上，只剩下自己和面前的一个躯体。

他应该怎样形容眼前的这具躯体啊。仿佛这个根本不是什么躯体，反倒是一个沉睡中的小美女。他比叶天见过的任何女孩子都要漂亮，飘逸的秀发，轻微撅起的小嘴，樱桃一般的红润光泽，浓眉大眼，冰清玉洁，山峰挺立，臀部紧俏。尤其是那处让人销魂之地，更是乌黑亮泽，神秘性感，相信任何男人看上一眼，都会失去抵抗力。

叶天浑身颤抖一下。

而女孩子唯一不同于常人的地方，就是她的双臂下方，延伸出来两块细嫩骨肉。

细嫩的骨肉仿佛是一双翅膀一般，随时都可能带着她翱翔天际。

“呼吸声，是轻微的呼吸声！”叶天脑海中猛然炸开了这几个字，他真真切切地感觉到了，一阵轻微的呼吸声，在他的耳畔响起。他仔细认真地听着。“呼，呼！”虽然这股声音十分的细弱，不过他还是能真真切切地听到那股轻微的喘息声音，韵律十足，清晰可辨！

“嗯，怎么回事儿？”又仔细听了片刻，他才发现呼吸声自有蹊跷！

那声音忽近忽远，似乎根本不是她发出来的一般。他顺着声音，缓缓抬头看看，没想到，头顶上的一幕，立马把他给吓得呆住了。

头顶上方，一具腐烂不堪的身体，被牢牢地钉在石壁上方。石壁之上偶尔传来一阵吱吱呀呀的声音，浓重的呼吸声就是从他口中呼出来的。仿佛他受伤颇重，导致昏迷，而现在奄奄一息般。

他的肠子垂直悬挂着，布满了蛆虫，舌头也伸了出来，尖锐的牙齿，森森发寒光，污浊不堪。最让人震惊的，是他的脸皮竟然被剥掉了一半，一半的脸皮竟然是白骨。一只眼睛悬挂了下来，眼球早就已经被蛆虫给吃得干干净净了。

“啊！”叶天忍不住狂呼一声，场面实在太过血腥，即便是身为强者的他，依旧是感觉到阵阵恶心弥漫头顶，导致头皮发麻。不过良好的心理素质还是让他很快安抚好了情绪，瞪大眼睛，仔细观察着面前这个“人”。

他觉得，这个人能出现在妖魔大将金蛹的墓葬内，那么他和金蛹肯定有些联系。

他的双臂旁边，竟然也生长着一双类似于翅膀的东西，坚硬无比，尽管身体已经腐烂了，可是翅膀被风干之后，仍旧坚硬无比。他甚至都能想象得到，天使生前，是多么的威风凛凛。

“天使，难道这两个都是天使？”叶天的脑海中猛然蹦出来这个怪异想法！

“天使，难道他们真的是天使吗？”叶天心中纳闷儿不已，是啊，难不成自己真的见到了传说中的天使？叶天心中那股震撼啊。不知道该怎么表达心中的惊诧之情。

“判官，难道你没觉得这两个天使很可疑吗？”叶天小声问了一句。

判官点点头：“没错，妖魔大将乃妖魔一道的人，而两个天使却隶属西方仙界神灵。我猜测，金蛹的死亡很可能和两个天使有关系！”

叶天很同意判官的说法，连连点头：“判官您说的没错，或许金蛹是在当年的人魔大战中，被两个人类从西方仙界请来的天使给斩杀了呢。这两个西方天使也付出了沉重的代价，陪着他一块归西。不过，那个受伤颇重的天使竟还有着呼吸，实在是超乎人的想象。判官，您觉得他在这种煎熬中坚持到现在，究竟是什么力量让他承受非人的折磨这么多年呢？”

判官摇摇头，表示不了解！

就在叶天准备放弃这个问题，转身离去的时候，一个沉闷的叹息声却蓦然传入叶天耳畔：“人!”

“谁?”叶天立刻警觉地转过身，目光四处张望，周围除了冰冷的石头外，便只有那被钉在石壁上的两个天使了。

“没错，就是我!”天使再次发出一声低沉沙哑的嗓音。听到这声音，叶天浑身颤抖了一下，脸色一阵青一阵白，全身肌肉紧绷，连语气都开始快速颤抖起来：“你……你还活着?”

“当然!”天使低沉的声音犹如钢铁般沉重，听在人耳朵里，让人浑身不自在，强大的气场，让人不由得为之折服，即便是叶天，竟也在听到那声音的时候，从骨子里对他服服帖帖，没有任何冒犯的想法，“是苍天主宰……是苍天主宰!”

“苍天主宰?”叶天疑惑不已，盯着天使，用恭敬膜拜的嗓音问道，“苍天主宰是谁?”

“阴谋……是阴谋……苍天主宰……哈哈……哈哈……被杀死……我是被他杀死的……苍天主宰，阴谋，一切都是阴谋……!”

那天使情绪激动不已，浑身颤抖得厉害，内脏血肉随着躯体颤抖哗啦啦地下坠，带走他最后一点生命气息。

“天使，你说清楚，什么苍天主宰，什么阴谋，这到底是怎么回事儿!”

叶天在听天使说到这儿的时候，就已经猜到这件事没自己想象中那么简单了，这件事竟牵扯到了苍天主宰。但是当他想弄明白其中真相的时候，天使却已经灰飞烟灭了。他的身体在他说完最后一句话之后，竟快速地碎裂，直至最后竟变成了齑粉尘土，随风飘扬，无影无踪!

在这种生不如死的痛苦折磨中坚持到现在，就只为说出这几句不连贯的话?

叶天觉得大脑有些短路，天使坚持到现在，说出这样的话，那么证明这几句话一定非常的重要，至少对天使来说，是非常重要的。

至于具体有何重要性，现在他还搞不清楚，不过他坚信，随着自己对妖魔一道深入了解，问题迟早会得到解决的。

想明白了这点后，他准备快点离去。此地凶多吉少，这是在他刚进入的时候便一直持有的念头，在看到了复活天使之后，这个念头更甚了。一个天使在那样的条件下，都能坚持活到现在，要是有另外的妖魔一道的人或者不是善类的强者存活到现在的话，他们要想杀死自己，简直是易如反掌。

但让他感到郁闷的是，自己刚转身准备离去，一个粗鲁的声音犹如洪水猛兽般从前方袭击而来。他的瞳孔瞬间紧缩，盯着前方看，却见一股惊涛骇浪般的空气巨浪，铺天盖地地砸来。

叶天的瞳孔瞬间紧缩，快速倒退。同时神龙金枪释放出一层层的攻击巨浪，准备抵抗空气声波的攻击。但让叶天没想到的是，自己的攻击到了空气声波下，竟转瞬间化为粉末，几乎可以说是毫无还手之力。叶天眼睁睁地看着强大的声波朝着自己天灵盖压下来而毫无还手之力，心中的紧张可想而知，即便判官也是准备拼了最后一点灵识，保住叶天了。

但在攻击即将到叶天面前，他准备做出攻击的瞬间，一声狂傲的笑声蓦然响起，而且这声音还是那般的熟悉，近在咫尺，好像在耳畔响起一般。

听到这声音，叶天浑身上下的皮肤都紧绷起来，双拳紧握，心脏狂跳，额头上都沁出了细密的汗珠，他的内心一阵狂躁恐惧。真是一波未平一波又起啊，这一个攻击还没解决掉，竟又来了一个攻击，自己可真是倒霉催的。这下好了，小命很可能丢在这儿了。

现在对他来说，自保的方法只有一种，那就是自爆真丹，这是唯一可能有效而且威力强悍的方法了。若是施展而出，对方可能会被炸死，但自己同样会死翘翘。

在他做好两败俱伤准备的时候，后来出现的笑声竟同样形成了一股可见的声波巨浪，犹如洪水猛兽般地撞向对面攻来的声波巨浪。

轰！一声惊天巨响后，两股攻击终于撞在一块，整个洞穴，哦不，应该说整个黑雾乾坤戒中的乾坤世界都跟着动摇了起来。坚硬的洞穴开始龟裂，一块块石头哗啦啦地坠落下来，摔得粉碎，刚才还死一般寂静的世界，转瞬间发生地震般的动乱起来。

看到这个场景，叶天感觉自己的小脑都有些不够用了，这究竟什么情况？为什么后来的笑声主人会帮我？祖坟上冒青烟了，还是大罗神仙长眼了？

“金蛹啊金蛹，没想到你老小子的灵识藏得可够深的，要不是我用计诱惑你出来，恐怕你小子准备躲一辈子吧。”那个熟悉的声音从空气中传来。

而这时候，叶天才终于想起声音的主人不就是那个死去的天使吗？粗鲁深沉沙哑，没错，就是他了。

“放屁，老子才不是在躲你！”苍劲有力的声音从叶天对面的空气中传来。但若是你仔细看的话，就会发现其实对面并不是空气，空气中有一个几乎完全透明的人形昂首挺胸地站着，只有细细看才会发现。

若是没猜错的话，这个应该是金蛹了！叶天谨慎地想着，同时小心翼翼地后退。他隐约察觉出，这两者肯定有一场大战，两个这种水平的高手大战起来，其攻击余波也肯定能将自己撕个粉碎。

幸运的是，两位幸存者似乎根本不把叶天这个小喽啰放在眼里，根本不去管他，只是面对面地叫嚣着。

“老子这是在休养生息，休养生息你懂不懂。如今老子的神识已经被我修复了一半了，今天我一定要把你给打得魂飞魄散！”

“哈哈，哈哈！”天使放荡狂笑。这个天使和金蛹一样，都是处于神识状态，空气中只有薄薄的一层半透明薄膜组成的身体：“当初你处于全盛状态都不是我的对手，如今只是有一半神识，更不是老子的对手，看老子今个儿不把你抽皮扒筋!”说着，双手成爪便要抓向金蛹的脑壳，他的双腿来回踢蹬，速度之快，竟犹如闪电狂风。而金蛹对天使的攻击，却根本不放在眼里，凌冽地扫了一眼，双腿同样狂乱舞动，放眼望去，甚至会认为是两道闪电在狂猛对轰。

即便两者并未对撞在一块，两者速度卷带起的空气狂波撞在一块产生的威力，同样能将地面给炸出数米深的沟壑，强劲生猛的空气被两者的对轰给撞得撕裂开来。空间乱流犹如一把从天而降的砍刀，将叶天的身子给撞得倒退连连，若不是有五行八卦玉的庇护以及逆天邪骨的防护，恐怕这会儿他已经变成肉酱了。

他的身体被强劲空气流给撞得疯狂倒退，最后跌在洞底才勉强停下来。而这时候，金蛹和天使的身影已然撞在一块，两者的能量竟实质化为刀芒，充斥洞穴每个角落。实在太亮，叶天甚至都无法睁开眼看清两边形势。

“啊!”无法看清周围形势的叶天，只听到一声凄厉的惨叫声从空气中传来，那声音似乎是金蛹的，又好像天使的，他分辨不清楚。他的意识也有些昏昏沉沉，刚才的爆炸实在是过于剧烈，他的身体无时不刻不承受着被撕裂的痛苦。

“哈哈，我要让你死，我要让你死!”待得周围亮光减弱不少，叶天的眼睛勉强适应周围环境之后，金蛹半透明的身子才发出这般恶笑，同时身体快速扭曲紧缩，双手双脚并拢在一块，就好像是一个人在原地做仰卧起坐般。

“这是做什么?”看到这个场面，叶天满脑子疑惑，当他看到金蛹全身上下释放出一层金灿灿的光芒，并且身体好像胶泥般快速熔炼在一块的时候，一个恐怖的想法才逐渐地从脑海中升腾而起。

难不成这家伙在变形?

以前听判官说过，妖魔一族的人达到一定的境界，可以改变物理形态。妖魔大将金蛹同样是远古强者，肯定也突破到了这种境界，至于他要变成什么，从他的名字上就可以看得出来……毫无疑问是金蛹。

果不其然，片刻之后，人形半透明状物质消失不见，现在在面前耀武扬威张牙舞爪的，竟是一个金光灿灿、足有一个成年人一半大小的金蛹。安静悬浮在半空，金蛹外壳线条完美光滑，金蛹脑袋上顶着一尖锐金针，虽然不大，但威严十足，霸气得很，幽幽寒光看得人心浮荡。

“哈哈，该死的妖精，今天我不但要将你打得变回原形，还要让你灵魂消散，永生永世不得翻身。”

讲话者显然是天使。只见那天使柔软悬浮的身体，蓦然间仿佛加持万斤重量般压向金蛹。金蛹同样不甘示弱，脑袋上的金针朝着天使撞击而去。

看来两者是准备拼个鱼死网破了，他们的速度直接将空气撕裂，空间乱流犹如洪水般从中冲出，撕裂洞穴内触碰到的万物。若不是叶天灵巧躲闪谨慎对付的话，恐怕这会儿也要进入空间乱流中化为碎片了。

砰砰！音爆之音不绝于耳地传来，待得最后一声震荡天地的声音钻入耳朵之后，叶天直接进入朦胧状态，听声音都听不清楚，眼睛外凸，视线模糊，仿佛整个世界都经历了一场大爆炸。

啊！啊！

尽管耳朵被塞上般听不清楚声音，不过这两个惨叫声依旧那么清晰地钻入耳朵，可想两者的惨叫应该是何等的响亮。

那阵爆炸声依旧是在持续，生猛的气流不断地撕扯着他的身体。痛苦好像万千蚂蚁般吞噬着他的骨骼，吸食着他的血肉，那种痛苦甚至比肝肠寸断还要有过之而无不及。

他这辈子从未受过这般煎熬，过度的痛苦让他没能坚持得住，昏死过去。

睡梦中，他梦见了父亲，梦见了母亲，梦见了爷爷和叶家所有人，他们都用渴望的眼神看着自己，爷爷叶威还站出来说："叶家的未来就指望着你了。"

这句话一直在叶天耳畔萦绕，过度的思念让他从昏迷中清醒过来。想想梦中的情景，叶天心如刀绞般地痛苦。

他尝试着动了一下，发现身上的伤痛差不多消失了大半，这才尝试着站起来。

简单检查一下身上的伤口无大碍，才举目四望。这么一看，他完全愣住了。他发现自己已经从黑雾乾坤戒中出来了，周围的水安安静静的，好像什么都没发生过一般，更别说什么大爆炸了。之前的那个黑雾漩涡彻底消失无踪，甚至连海螺梨花针也不见踪影。

更奇妙的是，那些原本有些发黑浑浊的水竟在缓缓地消散，好像黑雾被空气稀释掉般。

"主人，主人你没事儿吧。"就在叶天看着黑色逐渐消散的时候，乌贼怪和蟹将军的声音蓦然钻入耳畔。他忙循着声音望去，果然发现乌贼怪和蟹将军正在前方不远处朝着自己游荡而来。

"嗯，我没事儿。"叶天冲两人淡淡笑笑。

"你看，这些黑色在逐渐地褪去，我想我们要想穿过这条黑水带应该没问题了。"蟹将军尖锐的蟹臂用力地夹了一下地面上的一块石头道。

"是啊！"叶天点点头，之前在黑水中的压抑感和危机感已经消失不见，这意味着接下来的路程安全了，他可以继续走下去。

果不其然，在接下来的路程中，黑水竟都没对他们造成任何伤害。他们很快便穿越了黑水带，进入一个相对繁华的海底小城镇。

他们在小镇上补充了一下必需品后，继续前行。没多久，他们重新进入一种荒凉凄厉的氛围内，乌贼怪和蟹将军将叶天拦了下来，对他道："你还记得我们之前和你说的那句谚语吗？"

叶天点点头："万只鬼鲸扒了皮，千只生禽吃了肉。千亿虫虾喝了血，寸寸白骨露红髓，妖魔之界方显现!”

“我们现在，便进入了鬼鲸的世界。”乌贼怪的声音，颤抖得厉害，说话的时候，视线一直都瞟着四周，“主人，一定要加强警惕，虎鲸妖厉害无比，一张嘴就能直接吞噬掉一座小山。我们要是一不小心，就可能变成它们的粪便了!”

明白了。

叶天笑着拍了拍乌贼怪的肩膀：“对了，虎鲸妖相当于人类中的什么级别?”

“斗王级吧。”乌贼怪道，“其实这虎鲸妖，据传是魔王手下最厉害的一支兵团。数千只斗王级的虎鲸妖聚在一块，其攻击力可想而知，放在人类世界，甚至能将一支万人铁骑踩为尘土!”

“数千只斗王级虎鲸妖!”叶天忍不住地倒吸一口凉气，“单单一只虎鲸妖的话，实力薄弱，我根本不放在眼中。可数千只斗王级虎鲸妖，其厉害之处，即便是斗皇强者，也得正视啊。”

“数千只斗王级虎鲸妖，还不至于吓到我叶天。”叶天故作轻松，免得给两人无形中增加什么压力，“今天我就给你们烤鲸肉吃。烤鲸肉你们吃过吗，很美味的。”

一说到吃上，乌贼怪和蟹将军的哈喇子直流，之前的恐惧表情瞬间消失全无，立刻举双手赞同：“好，好，就这么办，就这么办。”

海底的世界浩渺广大，宽广无垠，各种地形地势复杂得很，一眼望不到尽头。叶天在透明碧绿的海水中直线前行，前进了足有一盏茶工夫，竟都没能游出虎鲸妖的范围。

乌贼怪和蟹将军打趣道：“哎，真没想到，虎鲸妖那帮孙子看到乌贼怪爷爷来了，竟都躲着不出来了，这下咱可没口福吃烤鲸肉了。”

“你乌贼怪除了放屁，还会干啥!”蟹将军鄙夷地瞪了一眼乌贼怪，“你当我傻子啊，那虎鲸妖明显是没把我们当威胁，懒得出来拦咱们!”

就在两者交谈间，叶天却忽然出声拦下了两人：“嘘，别讲话。”

看叶天这神秘兮兮的，蟹将军忍不住好奇地问道：“叶天，怎么了?”

“前边有动静!”说着用烈焰刀指了指前方。

顺着烈焰刀指引的方向望去，果然发现前方几公里外，似乎有一些淡淡的黑点，正朝着他们游过来。

因为距离太远，所以他们无法看清其具体面容，只能等待着靠近了再仔细观察了。

这些东西速度太快，刚才是眨眼间就出现了，继而是眨眼工夫，就从一个个的小黑点变成了一个正常人类大小的虎鲸妖。

而这个时候，虎鲸妖距离他们依旧有很遥远的一段距离，乌贼怪也只能模糊判断它们的身形好像虎鲸妖而已，并不能很确定。

当它们再次靠近了之后，三人全都愣住了。

一头头的虎鲸妖好像一座座移动城堡，悬浮在他们身边，组成了一个包围圈，里三层外三层地将他们团团围住，简单地数一遍，就会发现这些虎鲸妖至少也得有上千头。

叶天这个时候终于明白，为什么原始魔尊要给虎鲸妖留这么大的一个空间了，原来是因为虎鲸妖本身的个头足以媲美一座小型城堡了。供数千个小型城堡生活的地方，面积肯定要够大才行。

乌贼怪和蟹将军的身体哆哆嗦嗦，在这些虎鲸妖面前，它们简直就好像小鱼精那般的弱小……直到现在，乌贼怪依旧记得自己嘲讽小鱼精个头实力弱小时候的嘲讽嘴脸。

它心想，此刻这些虎鲸妖应该有和当初自己相同的藐视心理吧。

这是三人第一次见识到真正的虎鲸妖军团，所以他们全都愣住了，半天都没有行动。

“主人，咋办?”蟹将军全身哆嗦得厉害，用前爪轻轻地推了一下叶天，想将他从震惊中唤醒。

而叶天此刻的想法，则比任何一个人都疯狂：该如何收服虎鲸妖为自己的力量。

“攻!”其中一个领头的虎鲸妖发出一个粗鲁的人声之后，便带头撞向叶天，其余的虎鲸妖也是在刹那疯狂，毫无规律可言地疯狂撞向叶天。

看到数座移动城堡夹向自己，已经处于中级斗皇级的叶天怎么会害怕它们?当下一声冷哼，随手一召唤，便将真气轮子从大还丹精神世界中召唤出来。

经过判官对真气轮子的一番仔细研究，他蓦然发现这真气轮子根本不是人间所应该具备之物，换句话说，就是说这真气轮子乃是仙器。

所谓的仙器，便是此器只应天上有，凡人没资格动的东西。

而且判官猜测，这真气轮子很可能是天上神仙仙车的轱辘无意中掉落到人间，才被古墓府邸的主人无意中捡到。而这仙器在进入人间的时候，经过一番番的天罚，早就已经变得破破烂烂的了，其中的器灵更是被无情地扼杀，现在这真气轮子也就是只剩下一个残魂而已。

若是将真气轮子之中最后一点残魂消耗掉的话，仙器还能在它生命的最后关头，发挥出最后的一次威力。而在发挥出这个威力过后，仙器就会变成一平凡之物，没有任何作用。

而仙器最后一次的威力，应当足以制服住数千虎鲸妖。要知道这数千虎鲸妖的实力，和一高级斗皇差不多啊，甚至能媲美神通境的高手。

叶天自知没有实力战胜数千虎鲸妖，再者即便战胜了，自己也会损失惨重，在接下来的冒险旅途中，自己很可能会彻底玩完。

所以他决定让这真气轮子发挥出最后一点威力，帮自己摆平虎鲸妖。

在真气轮子从大还丹精神世界中被召唤而出，并且最后一点残魂被激活之后，真气轮子瞬间暴涨，其上金光灿灿、光芒四射，甚至将方圆数万海里的海面都给照成了金黄色。

这一幕惊住了准备攻击的虎鲸妖，它们全都停止了攻击，好奇地盯着悬浮在头顶上的硕大轮子。

那玩意儿正在以肉眼可见的速度疯狂变大、暴涨，并且其上的光芒越来越璀璨，照得叶天都没法睁开眼。叶天担心会被虎鲸妖偷袭，于是连忙带着乌贼怪和蟹将军逃到了下层去。

他本人也没想到真气轮子在器灵残魂的操纵下依旧能发挥出这般逆天的实力来，所以主动逃窜到了虎鲸妖下方。这样真气轮子发威的话，也会有虎鲸妖给自己挡着，自己不会首当其冲被攻击到。

“哈哈，哈哈！好，好强大的虎鲸妖，没想到我神轮爷爷到了这把年纪，还能吃到这么多这么鲜的虎鲸妖，真是老天开眼啊。”

就在叶天为自己的逃命打如意小算盘的时候，一个响亮甚至有点猥琐的声音忽然从众人头顶传来。听到这个声音，叶天先是狐疑了一下，继而忙仰头望向头顶。

而他这么一看，立刻呆住了，因为他没想到硕大的真气轮子竟变成了一个白胡子老头的脸，那老头儿有鼻子有眼，面目看着倒是挺和善，只是此刻他正耷拉着小山一般的舌头，盯着数千只虎鲸妖流哈喇子，垂涎三尺的模样，很是搞笑。

刚才的那番话，正是这白胡子老头说的。

那些虎鲸妖似乎感受到这大脸老头身上散发出的强劲威压了，所以一个个都惶恐不安地四处躲藏，哪儿还顾得上叶天啊。

看着大脸老头单单露露脸，就能吓跑一大群的虎鲸妖，叶天心中的震撼之情可想而知。

而这还不是最让人感到震撼的，其中一只虎鲸妖被别的同伴挤到了大脸老头旁边，结果那大脸老头张开大嘴，一下就把城堡般大小的虎鲸妖给吞到了肚子里边。

接着是第二个，第三个。

大脸老头每吃一只虎鲸妖，他的脸都会红润一点，车轮的面积也就越来越大，光芒也就越璀璨。

在吞噬了五十只虎鲸妖之后，大脸老头似乎有些不耐烦了，发出一声狂暴的怒吼声后，车轮快速地旋转起来，将数百公里范围的海水搅了个浑浊不清，同时卷起了一股股滔天巨浪。原本威力强大的虎鲸妖在如此庞大的巨浪翻滚中竟都没法稳住身形，随着巨浪四处舞动，不少虎鲸妖更是被转得晕头转向。

"吼!"大脸老头发出一声阵惊天地的吼叫声过后，卷起了一股数百公里范围的惊涛骇浪。数千只城堡大小的虎鲸妖也被这股强大的力量给冲撞得从海面之下飞了起来，跌出海面。

这一幕煞是壮观，看得叶天目瞪口呆，更是惊住了不少的水族，纷纷探出脑袋，看着这诡异的一幕。

最不可思议的事发生了，在虎鲸妖下落的时候，面积达数百公里的真气轮子从海水中弹了出来，疯狂地旋转，将落下的虎鲸妖尽数卷入真气轮子中，连灰烬都没留下。

这一幕骇得叶天瞠目结舌，这算怎么回事儿？一个仙界的车轮甚至把人间最强力量，随随便便地吞到肚子里边……

仙界，究竟有着多强的力量，才能孕育出这般实力的车轮啊……叶天甚至都不敢想象。

将之完全吞噬了之后，真气轮子才终于开始低调起来，体型缓缓地缩小，直至最后，变成原来大小，不过它看上去比之前圆润健壮了很多，之上的尘封气息也消失很多。

"叶天，奇迹，奇迹啊!"判官激动地在大还丹精神世界中又蹦又跳。叶天从来都未见判官这么兴奋过，当下小声地劝慰道："判官，您没事儿吧!"叶天这个时候才弄明白，感情刚才那真气轮子的器灵不是发挥生命最后一点力量攻击虎鲸妖啊，而是用最后一点力量，吞噬虎鲸妖来积聚它本身的力量。这下歪打正着，这真气轮子竟无意中从以往的废物变成了自己的得力助手，甚至可称得上是自己杀伤力最大的杀手锏。

而这个想法，很快便被真气轮子接下来的表现给扼杀在了摇篮中。

"小子，我真气轮能恢复今日的实力，还是多亏你了。你小子功不可没，我上天之后，会随手丢给你一两件仙界的宝贝的。哈哈，哈哈！对了，你小子愿意不愿意做我的左膀右臂？看你年纪轻轻实力非凡，将来成就必不会小!"

叶天心中一阵吐槽，觉得自己之前收真气轮为武器的想法实在是太天真幼稚了，在这真气轮绝对的实力面前，只有自己臣服的份儿。

"真气轮大人。"叶天可不想变成一车轮的奴隶啊，当下摇头笑笑，"多谢真气轮大人的提拔了，我暂时还没飞升的计划!"

"好吧。"真气轮发出一声狂笑，狂笑声震耳欲聋，化为一道道的音波，在海面爆炸，将偌大平静的海面炸起了一道道接连天地的惊涛骇浪，"小伙子，我真气轮会永远记得你这份人情，会还给你的。现在，我要回到天界去了，哈哈!"

真气轮狂笑完之后，已经恢复了原本的模样大小，只是色泽给人的感觉焕然一新，一看就知道不是人间之物。

嗖嗖嗖，嗖嗖嗖！真气轮快速地开始旋转起来，卷动起了一股股的狂风暴雨，空气都跟着扭曲翻滚，被撕裂了一道道的裂口，狂暴闪电空间乱流四处肆虐，这个世界，重新回到了蛮荒纪！叶天见状不好，快速地钻入海水中避风头去了。或许只有这样，才能保住自己的小命。

砰！

随着最后一声炸裂世界的声音响起，真气轮以肉眼不可见的速度，狂暴肆虐飞向天际。

它的速度太快，直接将空气撕裂出了一道道的裂口，海水上空的天和地被真气轮给割裂了开来。

噼噼！

真气轮从人间返回仙界，自然是引动天地巨罚！一道道惊天轰雷眨眼闪现，犹如电龙般轰向真气轮。

“哈哈，爽，爽，这才是真正的仙界力量！”真气轮被万道雷光包围，非但没有惶恐，反倒兴奋地狂笑起来，“仙界，我回来了。”

真气轮再次爆发出一阵狂笑，跟着快速地旋转了起来。一股股狂猛的能量风暴，自其车轮上爆溢而出，和天罚闪电对轰在一块。

一时间，各种音爆闪电之音，不断在叶天耳畔响起，一道道惊天闪电，不断在他视线中来回跳跃。整个世界，犹如回归远古蛮荒！

与此同时！

神魂大陆上的各大势力，都注意到了这片海域之上的不平凡。所有闭关潜修的高人，也全都压抑不住对强大力量的向往，破关而出。

数之不尽的修炼高人、得道隐士，全都在第一时间赶来。不过他们威慑于天罚的巨大力量，只敢远观，而不敢靠近。

即便神通境高手，在面临仙界的力量时，同样不敢有任何的疏忽。况且，现在在远处观望的力量中，尚不确定真的有传说中的神通境！

从叶天这个角度望去，会发现神魂大陆的海岸边缘上，悬浮着数之不尽的修炼者。

这些修炼者都是神魂大陆的高手，能在第一时间赶来的，全都是高级斗王级别以上的。看到这数以千计、悬浮在半空中的人类，叶天唏嘘不已，真是没想到，神魂大陆竟还潜藏着这数以千计的高级斗王修炼者。

在数千人的高级斗王的队伍里头，有五名实力傲视群雄的斗皇级修炼者。这五个人都是具有传奇色彩的传奇人物，他们是神魂大陆上仅存的五个传奇，在创造了一个个的神话传说之后，隐居起来，不问世事，每日修炼。这个世界关于他们的唯一信息，便是他们创造的一个个奇迹。

平日里要想见他们一面，简直比登天还难，而如今，这真气轮触发的天罚却引来了他们。这些以实力为尊的家伙，自然是要好好地瞻望一下自己的偶像了。

五个斗皇强者，分别代表神魂大陆五个方向的最强者。他们分别是东大陆的金樽、西大陆的木元、南大陆的水蟒、北大陆的火云，以及中大陆的土遁！

从某种意义上来说，他们就代表着神魂大陆最强实力。除了神龙见首不见尾的战神外，他们驰骋神魂大陆将不会遭遇敌手。

这也造成他们傲视群雄的孤傲态度。

五人纷纷背手而立，双目火热地盯着天罚之所。他们都在等待着，等待着真气轮这个仙器被天罚打压得失去力量的时候，他们就全军出动，将仙器据为己有。

神魂大陆已经数千年的时间未出现过仙器这等高级宝贝了，早就达到人间实力极限状态的他们，对这真气轮仙器自然是垂涎不已。

若是能得到了这真气轮的话，他们多年未曾突破的实力，肯定会暴涨一大截，说不定还能凭着这仙器，成功地上天呢。

“金樽，没想到这么多年过去了，你还没死啊。”脚踩一只仙鹤的西大陆强者木元，充满讽刺态度地冷冷瞪了一眼金樽。两人年轻时候就结下不少梁子，如今升为同等级的强者，两者的矛盾更是被放大了无数倍。

第四十一章　天地较量

“哈哈，你这块木头都没死，我怎么能死呢？老夫我早就能窥测天机，看出你这块木头必然比我死得早！”金樽狂妄不羁地笑道。他的笑声中夹杂狂暴的斗气，结果引得海面爆发出一阵阵的海啸，远处一些实力稍微低下的斗王强者直接被这股狂猛浪头给拍打得坠入海底，永世不得翻身。

“你们两个还是当年那副模样。”水蟒骑在异兽神龙之上，孤傲神色最甚，连同几人讲话的语气，都有种高高在上的感觉，“那真气轮不会凭空出现，我猜这其中定然有端倪。不如先窥测这真气轮，之后再解决你们的事。”

“还是水蟒有大哥的范儿。哈哈！”火云的坐骑是一头阴火麒麟兽，其上阴火阵阵。尽管距离海面很远，不过阴火之下的海水，依旧是被狂暴的阴火能量冲击出一道道的惊涛巨浪，蒸腾出的水汽将他们包围起来，“水蟒大哥，真是佩服佩服啊！”

“凭啥说水蟒有大哥的范儿。”土遁听火云这么一巴结水蟒，可就不干了。他就是一雷厉风行的主儿，看不惯的事儿听不下的话，当场就要表达出来，“难道说我土遁就没当大哥的范儿了？”

实力稍显低弱的火云有些惧意地看了一眼土遁，陪笑道：“土遁大哥，我可没那意思，我就是随便说说而已。在我心中，你们两个人的实力平等，我一直都未分出个高下来，不如等你们什么时候有时间了，举行一场赛事，我亲自给你们当裁判，我想那场面一定非常的壮观，两个斗皇高手……啧啧，想想都让人觉得热血沸腾。”

金樽瞪了一眼火云，这五个斗皇强者之中，火云的实力最底，也就是低级斗皇，但他的花花肠子却是最多的。

金樽知道，这越是不起眼的角色越是阴险毒辣，他已经不止一次地挑拨五者之间的关系了，就是希望他们能来一场大战。

若是他们大战，得益最大的莫过于火云了。若是火云在他们两败俱伤的时候，对他们下手，金樽很难想象后果会如何。

被金樽瞪了一眼，火云立刻掩嘴不语避风头。若是他的心思表现得过分，他们联手攻击自己，怕是自己也不会有好下场。

“如今这儿有我们五个人，可仙器却只有一个。”水蟒目光望向远处天水相接处，淡淡笑笑，“接下来，还真是难免一场大战啊。”

木元却是不以为然地笑笑："我觉得，这种好事儿我们都排不上号了！"

"哦，你这是啥意思？"听木元这么一说，土遁立刻疑惑不解地看着他，"凭什么说我们排不上号？难道这神魂大陆还有比我们更强的人？"

说着，他目光望向远处出现的越来越多，现在足有上万的高级斗王大军，轻蔑地笑笑："你说的是他们？"

木元摇头，心中鄙视土遁这家伙的弱智："难道你忘了战神了吗？"

"战神？"听木元这么一说，其余几人都倒吸一口凉气，尤其是土遁，更是差点把下巴掉落下来，"我说，战神岂会因一个小小的仙器而破关出动？据我所知，战神似乎已经拥有了一件仙器了。"

"拥有了一件仙器？哈哈，土遁，我说你是真傻还是假傻？难道还会有人嫌自己的仙器多不成？"

土遁若有所思地点点头："这倒是真的。"之后脸色惨变，白得像雪，"要是战神真插手这件事，我们连汤都喝不到啊！"现在只要想想，战神一个巴掌便将大陆给拍下去一截，变成人尽皆知的五指湖的事，他的心中就恐惧不安。

与此同时，正处于海水中央的叶天看到远处密密麻麻的斗王高手，以及悬浮在半空的五个斗皇高手，心中震撼。神魂大陆竟然还有着这样一支足以毁天灭地的力量，着实出乎他的意料。

这样的一支队伍，战斗力的强悍程度，怕是足以抵御天罚了吧，之前虎鲸妖的那种千人斗王的实力，在这支万人高级斗王实力面前，都是那般的虚弱不堪。

叶天唏嘘不已。

即便是判官，在看到神魂大陆隐藏着这样一支战斗力强悍的队伍时候，也是连连咂舌："叶天，若是这支万人高级斗王队伍围攻仙界的话，我相信仙界都会为之颤抖的。"

叶天连连点头："当然，仙界可能真的会为之颤抖一番，但最后他们也必然会死在仙界之手！一个轮子都那般的厉害，更别说仙界之上的高手了。"

"不好，叶天，有人在搜寻我们的气息。"为了避免自己的斗皇身份引发其余五个斗皇强者的敌意攻击，叶天一直都屏息着自己的气息。但没想到自己这么小心，依旧招惹来了他们的注意。判官感觉到一丝斗气试探性地朝着他们的方向飘荡过来。

"不好，快下潜。"叶天知道被他们探索到的下场，说不定直接被五者围攻，到时候直接被撕成碎片也说不定，当下用意识控制着身子，快速地下潜了去。直等到那丝斗气从脑袋上飘过，叶天才终于长长地舒了口气。

在斗气从脑袋上飘荡而过的瞬间，叶天感觉到被封印的玄铁牢笼之中传来一丝斗气波动，似乎是在回应着刚才的那一丝斗气。

而刚才扫描过的斗气感应到玄铁牢笼发出的斗气回应，快速地缩了回来，眨眼间的工夫便将叶天给完全地包围了来。

这下，叶天的行踪暴露无疑。

“不好，被发现了。”叶天狠狠咒骂了一句。

“有人!”实力最强悍的水蟒刚才用斗气扫描海面的时候，便发现了一个人形物体潜伏在海面之下，一直处于高度警戒状态的他，立刻瞬移到叶天所在的海面之上，一招天地大神通施展而出，愣是将身下两公里范围内的海水给抽空，数之不尽的虾兵蟹将以及人鱼妖暴露出来，随着巨大的吸力飞到了半空。

叶天的身体同样被这股惊天骇地的吸力给吸得快速上升，那股吸力太强大，以至于叶天觉得血肉以及骨头都快被吸出来了。

不过现在的叶天可是中级斗皇，实力同样强横野蛮，一声怒吼，天阶大阵布阵而出，将叶天给完全地包围住。

“爆!”一个清脆嘹亮的嗓音，冲破叶天喉咙，之后天阶大阵爆破而发，爆发出的力量，硬生生地将水蟒施展出的动天撼地的吸力给中和了。

这一幕可把现场数万高手给镇住了，即便是五名斗皇级高手，同样被震住，目光凝滞地盯着叶天看，任凭他们想破脑壳，也绝对不会想到，这个看起来年纪轻轻的少年会有如此的实力。

他竟能将一高级斗皇的强大攻击给轻松平掉，这小子究竟得是什么实力啊……难不成是高级斗王?

不可能，绝对不可能!

这个消息好像炸弹般在人群中炸响了开来，所有人都交头接耳议论纷纷，即便杀了他们，他们也不会相信，如此年纪轻轻的少年会是斗皇高手……要这少年是斗皇高手的话，他们这些活了一大把年纪才刚到高级斗王而每日引以为傲的人，可真是没法活了。

良久之后，水蟒才终于从震撼中醒悟过来。刚才因过于震惊少年实力，他甚至忘记了攻击。

此刻，其余四名斗皇高手，都开始意识到面前这少年留着对他们是个威胁，纷纷蹿上来，将他团团包围，免得他逃走。

而更让众人惊诧的，还不仅仅是这凭空冒出来的家伙展现出的实力，还有从海底中爆出的各种各样奇怪形态的生物。那些虾兵蟹将以及人鱼妖同样深深吸引了众人。

最先发现端倪的，竟是土遁那个没脑子的斗皇强者，一声狂龙野兽般的嘶吼响彻天地，在众人心中掀起阵阵涟漪：“是妖魔一族，是妖魔一族的虾兵蟹将!”

此语一出，众人哗然，不少斗王强者在听到妖族两字的时候，便已经被吓得肝胆颤抖，疯狂逃走了去。

和强烈好奇心相比，还是他们的小命更重要一点。

而几名斗皇强者的表情也都是瞬间万变，煞是精彩。

若此处是妖界的话，那刚才的少年莫不是妖界中人？远古时代的那场人魔大战，莫不是没能将妖魔一族斩草除根？妖魔一族的老祖原始魔尊，莫不是还没死？

远古时代的巨能若是没死的话，现在的实力……想要毁灭掉他们，估计就跟捏死一只蚂蚁那般的简单。

一个个恐怖的想法在众斗皇强者心中升腾而起。这些以往在人前充当老天爷角色的强者这会儿忽然变得害怕起来，从未有过的威胁感在他们身体的每一个细胞中弥漫。

“轰隆!”远处的天罚终于到达了最为激烈的时候，一道蔓延数公里天际的天雷在将天地劈成两半之后，便成功落在了真气轮之上。原本被天罚轰得伤痕累累的真气轮，也是施展了身体的最后一点能量，和强横的天罚对抗着。

天和地的对抗，其产生的能量波动可想而知，整片大海直接被强悍的实力撕裂成了两半，海水中间的陆地都露出来了，海底世界的妖界也尽情呈现在众人面前。整个世界都回到了混沌初开之时，没有空气，没有空间，有的只是混沌一片。空气都被撕裂开，空间乱流嘶吼狂啸，海水被各种真空席卷吸附。

五个斗皇高手哪敢和天罚的威力抗衡，所以在看到强大的天罚挤压而来的时候，全都吓傻了。在这毁天灭地的能量面前，他们就是臭虫，就是蚂蚁，简直是随随便便就能被捏死的弱小生命。

连斗皇高手都这样了，更别说站在远处的那帮斗王修炼者了。

一时间，海面世界完全暴乱，在神魂大陆耀武扬威的高手在此刻都变成没头苍蝇，到处逃命。

叶天同样被这股狂暴的能量追逐得四处逃命，他不敢停下，因为一旦停下，便会有天罚余力轰炸自己。在这样的天罚面前，叶天甚至连一丝还手之力都没有。

而在逃命的关键时刻，叶天忽然想起了玄铁牢笼。玄铁牢笼不是只有在强大的力量之下才能被破除封印吗？现在就是最好的时刻。

想明白了这点，叶天的心中是一阵狂喜，立刻将玄铁牢笼从精神世界中拿出，而后丢入了一片混沌中。

爆炸持续了两天两夜。

大爆炸将大海附近百公里全都炸回了原始洪荒时代，没有任何生命气息，没有了空气和斗气，即便大海之中的微生物都被炸死了。

强大的爆炸吸引了神魂大陆上各大势力的注意，神魂大陆上接近五分之二的人都往这个方向席卷而来。他们都想看看，将整个神魂大陆给炸得颠簸颤抖的爆炸到底是怎么回事儿。

现在大海之外百公里的地方，全都是围得密密麻麻的人群，他们都是一些修炼者，想要来发生大爆炸的地方捡宝。

他们差不多都是斗王以及斗王级以下的人，都有自知之明，不敢轻易踏入大海附近百公里之内，因为他们知道，大自然任何一点小小的举动，都可能让他们粉身碎骨，死无葬身之地。

数以亿计的人，挤在大海百公里范围之外，目光灼灼地看着死寂一片的海滩，他们听说有斗皇强者来过这里，不知他们是不是被炸死了。据传这场爆炸是天罚引起，那准备飞升的到底是什么样的高手……

现场这片狼藉，让他们无法判断对方到底是飞升成功，还是飞升失败……

“快看，快看，远处有人，有人站起来了！”

就在众人为眼前这场面震撼而胡思乱想的时候，一个粗鲁的声音忽然在人群中炸响。众人顿时顺着那人手指的方向望过去，果然发现百公里外的海滩上，站起了一个人。

他们都是斗王高手，所以听觉视觉比一般人强悍一些，可模糊看清百公里外的人，但也只是能感应到一个模糊的人形而已，根本无法看清他的真实样貌。

那站立起来的人，正是叶天。他遍体鳞伤，狼狈不堪。身体最后一点力量，也在他两天两夜的逃命中被消耗殆尽，现在他简直连站起的力量都没有了，只好快速地吞噬了两颗元丹，补充着自己的体力。

而两颗元丹被他吞噬后，浓厚的斗气竟没能将他的身体充盈。他欣喜若狂，一个喜悦的想法逐渐在他心中升腾而起：“莫不是说，自己晋级了高级斗皇？”

他再次吞噬了两颗元丹，却发现浓厚斗气依旧无法满足身体的需要。现在他的身体被完全抽空了，所有的斗气全都被狂暴的爆炸给席卷了去。

一颗颗的元丹被他塞入体内，直到第一百颗元丹的斗气被尽数转化成自己的斗气之后，叶天才终于觉得好转了起来。

他想起自己在关键时刻丢下玄铁牢笼的事，心中开始忐忑起来，真担心玄铁牢笼的封印被打开，爷爷等人都遭遇危险……可这么四处一看，他才完全愣住了，因为入目之处没有一点生命迹象，到处都是贫瘠的土地，乌黑色的，好像是刚刚被灼烧过一般。

蛮荒纪，自己是重生到了蛮荒纪了吗？那个天地刚开辟，尚未有人类的时候？

可是，当身旁脚下泥土里响起一个人的呻吟声的时候，他就知道自己并不是穿越到了远古蛮荒纪。这一切都是真实发生的，是之前的天罚大爆炸将这个世界变成这副模样的。

他的视线望向声音的方向，这才看到那个倒在地上的人正努力地在地下泥土中挣扎着出来。待得他钻出之后，叶天才发现此人是同为斗皇强者的土遁。

土遁从地上钻出之后，和叶天一样迷茫了片刻，片刻之后，便明白了自己的处境，斗气消耗干净，没有一点战斗力，若是百公里外的人冲上来的话，自己会被他们撕扯成碎片。

为了快速恢复自己的实力，土遁积攒身体最后一点力量，犹如猛虎扑食般，跑向了远处，也就是之前数万名高级斗王被埋没的地方。

他冲上去之后的第一件事便是将虚弱不堪的高级斗王从土地下扒出，而后趁他们混沌不清的时候，一爪抓破他们的丹田，将元丹抓出，然后生吃了，增长着自己的斗气。

每一次的吞噬，他的斗气都快速地增长着，身体力量也在快速地恢复着，直到第一百颗元丹被他吞噬了之后，他歇斯底里暴掠元丹的行为才终于停了下来，悬浮在半空，依旧是用强大的法通，将泥土之下的斗王强者扒出，吞食着他们的元丹。

而其余的四名斗皇强者也纷纷效仿，一个个高级斗王强者刚刚睁开眼睛，还没弄明白到底发生了什么事，丹田便被人强行剖开，其内丹被人夺走。

这还不算最血腥的。

虽然五名斗皇强者需吞噬的元丹数量很多，可毕竟只有五个人而已，五个人总共消耗了不到七百个人。

可数万的斗王强者苏醒之后，都第一时间发现自己斗气被消耗干净的窘迫，他们的第一个想法自然是不顾一切手段地获取斗气。而他们获取斗气的唯一方法，便是吞噬同伴的元丹。

于是，一场疯狂的大屠杀开始了。以往这些德高望重的强者，此刻集体化身屠夫，开始了相互屠杀！一时间，血流成河，哀鸿遍野，满地都是狼藉不堪的尸体，以及各个强者丢下的各种法器灵器。

一些苏醒较早、实力早就恢复的斗王强者，此刻已经开始了疯狂虐杀，将那些他们看不惯、对他们有威胁的大势力屠杀，夺取他们看中的各种灵器兵器。总之，这次的事情之后，神魂大陆的各大势力将会彻底翻盘。以往的强大势力，或许会因为一个高级斗王的陨落而陨落，而一些被强大斗王压制的势力，则可能因对手的陨落而壮大。

良久之后，大局总算稳定下来了，五名斗皇强者虽说实力恢复大半，不过也损耗掉不少气血，但都不肯轻易放弃这到嘴的鸭子，依旧在原地等待着。

数万名斗王强者此刻已经死伤大半，血腥之气直逼云霄，即便百公里之外的围观人群依旧可清楚真切地闻到血腥之气。一想到死去的斗王强者可能有他们的朋友，有他们的敌人，他们的心情就忐忑不安。

现在他们最期盼的，自然是这场战斗早点结束，这样他们就可以到战场上收拾残局，说不定还能捡到一两件的宝贝呢。

“哈哈，爽快，爽快!”水蟒疯狂大笑起来，狂妄的笑声甚至将海面都给炸出了一道道的波涛汹涌，“好强大的能量，好久没经历过这般声势浩大的天地动荡了，哈哈，哈哈!”

其余的斗皇强者则都是在心中暗骂水蟒。刚刚从鬼门关走了一遭，他们现在还心有余悸呢，可这家伙这会儿竟兴奋成这样，不得不说这家伙变态。

“小子，你究竟是什么人，实力也够变态的啊。”土遁的第一件事就是询问叶天。他是最耐不住好奇心的人，所以要好好地问问这小子。

“在下大离帝国叶家叶天!”叶天不想和这几人为敌。一来自己实力在那儿摆着，虽说已经在如此短暂的时间内晋级了高级斗皇，可和他们这几个斗皇组合比较，自己还干不过这个团队。二来，他们接下来可能得面临共同的敌人威胁。这么大的动静肯定惊动了妖族，原始魔尊也肯定会出来找茬。那样一个远古魔头出现，他们这几个斗皇强者若是不联起手来，最后肯定只有毙命的份儿。

“哦，叶天?”五人皆是惊讶地盯着叶天。

看众人这模样，叶天也有些纳闷儿了，满脸不解地盯着几人：“诸位，难不成听说过我的名字不成?”

他很好奇，自己究竟怎样出名了，连五名斗皇强者都听说了。

“那名斩杀战神徒弟鹰眉王展昭，以及跨入斗皇强者的秦家老祖的叶家少年?”土遁用傻乎乎的语气问道。

“哦，的确有这事儿。”叶天这才恍然大悟地点点头，“不过我想这里边肯定有什么误会。当初都是鹰眉王展昭逼人太甚，所以我才将之斩杀的。另外我也不是故意的，本来只是想教训他一顿，但没想到这王展昭和秦家老祖这么不经打，那么容易就被我打死了。”

听叶天这语气，说什么不小心把两个斗皇给打死了……这要是小心的话，实力得多强悍啊……反正五名斗皇强者全都愣住了，瞠目结舌地盯着叶天这个变态。

“果然是你!”就在众人处于发愣状态，想不透这其中究竟有什么玄机的时候，一个粗鲁劲爆的声音蓦然响起，接着众人便看到头顶天空蓦然裂开一道庞大的裂口，而裂口之中，空气乱流四处暴虐，撕扯出一道道震耳欲聋的音爆之音。

若是定睛细看的话，就会发现狂猛的空间乱流中，蹲坐着一体态庞大的人类。

那人身宽体胖，身着长袍，一举一动都释放出无尽威压，犹如天上神仙降临。远处不少斗王强者，直接被这股王霸之气镇住，不由得双腿一软，跪倒在地。

即便是五名斗皇强者，在面临这高手强压而来的威压时候，同样感到惶恐震惊，只得连连倒退，以此来减弱对方对自己的挤压摧残。

唯独叶天，依旧挺身而立，一动不动，双目迥然地盯着巨人，毫无惧意。大不了今天脑袋掉在这儿，留下碗大的疤而已，十八年后，又是一条好汉。

因为他已经大概猜到这个人的身份了：鹰眉王展昭的师父战神。

试问神魂大陆，能有如此强劲气场的人，除了神通境的战神外，还有谁？

“战神，竟是战神！”

“战神出山了，战神果然出关了，不可思议，太不可思议了。”

“战神，不愧为战神，战神一出，神魂大陆都不放在眼里。”

“神通境，这就是传说中的神通境吗？强大，太强大了。”

“……”

在看到神通境的战神的时候，所有人都被镇住了，良久之后才终于有人小声交谈起来，话语之中无不充满浓浓的敬佩尊崇之意，在他们心中，战神就是真正的神仙，哪怕战神给他们一个小小的眼神，都能让他们为之沉迷半辈子。

“叶家少年，果然张狂得很，哈哈，哈哈！”战神的狂笑引出接连音爆，即便平静的海面，也被这音爆给震得跌宕起伏，犹如强劲海啸，那些距离海边较近的人，同样被这股狂暴的海啸之音给震得意识发乱、神经发痛。不少实力低下的斗王修炼者，甚至陷入疯狂状态，四处乱撞。

“战神，竟是战神！”五名斗皇强者都是识时务的俊杰，自知在神通境高手面前，他们就如同一坨屎般毫不起眼，为了不引起战神的敌意，他们自动退到远处。

这神通境乃是可抵抗天罚、逆天改命一般的存在，他们这帮小喽啰怎敢轻易招惹神通境？

唯独叶天依旧挺立在半空，不闪不避，毫不畏惧，表情平淡地看着战神，好像在打量普通人一般。

即便是到了神通境又如何？如今自己升入高级斗皇，而且判官在吸收了大量的妖魔之气后，实力同样突飞猛进到高级斗皇，加上手中两件中级灵器的助阵，以及逆天邪骨之内的各大阵法、五行八卦玉的辅助作用……想要从战神手中逃脱，也不是不可能。

再者说了，有逆天邪骨辅助，估计战神也无法将自己打死。要知道这逆天邪骨，同样是神通境高手的法宝，神通境高手的法宝，若是只能抵御斗皇修炼者攻击的话，要它作甚？

只要给他时间，他肯定能站在神通境的顶端，踩在战神的头上，到时候，就是战神给他磕头求饶的时候了。

所以，他不惧，也无需惧！

“战神，你是给你徒弟来报仇的吧！”叶天语气之中无不充满嘲讽之意，“我先给你讲明了吧，你徒弟串通秦家老祖欺辱我叶家，我教训教训他们也是应该。只是没想到他们这么不经打，我还没怎么打他们就死了。这只能算他们学艺不精了。你要怪就只能怪你的弟子笨！”

叶天的每一个字，都极具挑衅意味，每一个字都好像炸弹，在人群中引起意想不到的轰炸作用。

“这小子疯了吗，敢这样和神通境高手讲话！”

“疯了，百分之百是疯了。这小子究竟有什么本事，敢如此张狂。”

“我倒不这么认为，这小子能在神通境高手面前依旧如此镇定，若是没有点实力，可能吗？”

“是啊，我也挺看好这小子的，据说这小子是在那场大爆炸之后第一个站起来的，他的实力远远超出我们的想象。”

“难不成，他是仙界派来的人，否则为何能在这个年纪，拥有如此的实力？”

“……”

一时间，众说纷纭，所有人都开始猜测起叶天的身份来了，甚至连他是天上神仙这样的荒诞事也猜出来了。

而那战神，同样被叶天这话给刺激到了，冷冷一笑，道：“原本我还念你是英雄少年，留你全尸呢，现在看来，倒是我多虑了。”

讲完之后，食指和中指轻轻凝聚成一个结印，漫不经心地朝着叶天弹了一下。

顿时之间，天地动荡，天雷阵阵，结印带着撼天动地的能量压向叶天，那是一只刺穿天地的巨斧，是一片掀翻天地的惊雷，而目标正是叶天。

速度太快，叶天真的是没半点反应时间。他还是低估了神通境的厉害之处。虽然神通境和斗皇之间只有一个层次的差别，可他们的实力差距却是成千上百倍的。

在这样的实力差距面前，叶天凭什么反抗？

他只能乖乖地等待着数千条龙的力量压在自己身上，在力量压到自己身上的瞬间，他整个人都蒙了，失去全部的意识，甚至感觉到自己的皮肉也跟着裂开了，成了碎片，血肉一片模糊，血液离体而出，骨头也碎了。

可是，那种深入骨髓的痛，并不能让自己失去意识，无论身体如何被碾压，撕成碎片，一丝微弱的意识始终都不离不弃。

强大的攻击过后，他破碎的肉身开始重组，意识开始逐渐拼凑，半炷香的工夫，被轰成齑粉的他，再次活生生站在神通境强者战神，以及各个斗皇强者面前。

所有人都镇住了，即便战神同样是双目圆睁。他不敢相信，也不愿相信，少年的肉身，能撑得过自己致命一击……刚才那一结印，别看并未加持太多能量，但实际上却耗费了他大半的功力。若是那一结印打在一座小山上的话，那么那座小山肯定会化为齑粉，从这个世界蒸发。

可为什么，一个少年的肉身硬是扛过了这次攻击？他的肉身究竟有着怎样的猫腻儿？

这对战神来说，是莫大的侮辱。而解除侮辱的唯一方式便是把这小子杀了。他是战神，不能让侮辱持续太长时间，所以在叶天成型后的第一时间，战神毫不犹豫地上前，一把将对方撕扯成了碎片。

这次为了提防叶天继续复原，战神直接将其肉身撕裂，而后丢向天南海北四个方向，只剩下他的一丝残魂和白森森骨头，悬浮在半空中。

战神相信，这次即便是仙人下凡，也绝不能救下叶天的。

五名斗皇强者满是嘲讽表情地盯着被撕裂的叶天。这小子真是不懂世事，以为有点实力就能如此嚣张了？神通境是斗皇强者能比拟的吗？

这是赤裸裸的找死啊。

不过倒是可惜了，那小子是亿年难遇的奇才，若是能好好修炼的话，将来的修为，说不定能超越神通境呢。

超越神通境，那就意味着神魂大陆将会又有人成功飞升了。

那帮在远处围观的众人，同样是为叶天感到痛心不已，这样的天才就这般陨落，未免有点太可惜了。

而就在众人为此感到褒贬不一的时候，诡异之事发生了。

白森森骨头，竟开始生出皮肉来了。各色的皮肉顺着白骨蔓延生长，血管内脏也快速地生长，甚至连毛发脚趾都是那般细致。

片刻之后，白森森的骨头之上，已经长出了一皮肤白皙的人，看其面容，赫然就是叶天。其左手持枪，右手拿刀，寸寸筋骨从白嫩逐渐化为黝黑，并且发出噼噼啪啪的声音。

那是皮肤在强化发出的声音。

待得皮肤完全强化完毕，叶天才睁开了眼睛，念头一动，一层衣服便是蓦然将身体包裹，淡淡一笑，高傲之气尽显无余。

这一幕可把所有人都镇住了，这少年是怎么回事儿，刚才还是一白色骷髅，眨眼间的工夫，骷髅之上竟生出皮肉，难不成……这真的是妖族？

而实际上，叶天的身体虽然不是妖族，却是强于妖族。

因为他的肉身，乃是仙器所化。

在仙器真气轮渡劫失败后，叶天便趁着兵荒马乱将真气轮收入囊中。

而真气轮渡劫失败后，其上仙气快速消耗，若是不能在最短时间内，将真气轮和肉身融为一体的话，那真气轮将会彻底变成废物。

而将真气轮化为肉身的唯一方式，便是将原本的肉身摧毁。叶天自然无法亲自摧毁自身肉身，只能借助战神的力量。

果然不出所料，战神摧毁了叶天的肉身。逆天邪骨因是法宝的原因，并未被战神摧毁，并且其上被判官用莫大法通，强行压制下了叶天的残魂。

真气轮在叶天残魂的指挥下，快速地和残魂进行融合，并且最终成功打造成了现在这副仙器肉身。

所谓吃得苦中苦，方为人上人，只有经历了粉身碎骨的痛苦，方能有媲美仙器的身体硬度来。现在叶天的身体相当于仙器的硬度，别说神通境了，即便仙人，都无法奈何他。

当众人想明白了这唯一能解释得通的可能性之后，全都用羡慕妒忌恨的眼神看着叶天。

媲美仙器的身体硬度，即便神通境的高手，都无法奈何他……这还不够牛逼的吗？

即便战神的眼神中也充满了各种复杂的感情，他是又爱又恨，爱的是人间还有这样的奇迹，恨的是这个奇迹发生在仇人身上。

"好，好！"叶天激动不已地看着自己的仙器身子，合不拢嘴，死里逃生的兴奋让他无法压抑。

"哈哈，哈哈，好，好一个仙器身体！"

就在此刻，另一个狂暴的声音蓦然从地面传来，这声音声势浩大，其中威压丝毫不亚于战神！

"神通境高手！"所有人的脑海中同时冒出这个词语。

再然后，众人便是看到，叶天脚下，平坦无垠的泥沙下，忽然长出了一个长方形的黑色物体来。那长方形的黑色物体越长越大，并且最后他们终于看清楚，长方形的东西竟是黑色的建筑！

叶天的心怦怦狂跳，因为他已经知道那到底是什么了，正是秦家的玄铁牢笼。没想到之前那场爆炸，无意中真的破掉了玄铁牢笼之上的封印。

等到玄铁牢笼生长到正常大小的时候，牢笼正门上走出了一个苍老遒劲的孤影。叶天仔细看了一眼，发现这个身影和自己当日在牢笼中看到的孤影一模一样。

没错，就是和自己在牢笼中看到的一闪而逝的黑影一模一样。莫不成，这个就是神通境高手玄铁大神？

这个想法吓了叶天一跳，他的心脏也跟着怦怦狂跳了起来。

不过紧接着，他的思维便瞬间清晰起来。爷爷、父亲等人还被关在玄铁牢笼中，还是先把他们救出要紧。

当下叶天也顾不上和玄铁大神打招呼，一个瞬移，进入牢笼中，看到了久违的爷爷、父亲等人。

叶威等人都热泪盈眶，激动不已地盯着叶天："天儿，天儿，好样的，刚才那一切，我们都看到了。"

"天儿，你是我们叶家的骄傲！"

"仙器肉身……啧啧，牛逼啊，牛逼！"

"天儿，你以后就是父亲的偶像了。"

"……"

众人你一言我一语地将叶天包围住，不断地说些赞赏的话。而叶天则担心他们在此处会遭遇危险，便在一阵寒暄之后，将他们收入了大还丹精神世界中。

这样，应该就安全了吧。有他给他们撑腰，即便战神都无法奈何他们。

第四十二章　苍天主宰

“玄铁大神?”当战神看到破除了封印的玄铁牢笼中走出一个人的时候，眉头上出现一道道的黑线，定睛细看，才发现人影竟是传说中的玄铁大神!

要说这玄铁大神，可称得上是神魂大陆第一神通境高手。据传他是神魂大陆第一个达到神通境的高手，只是因一个女人而放弃飞升机会，从此便从神魂大陆销声匿迹。

有外界传言说他早就已经飞升入天了，没想到他竟还留在神魂大陆。

而在其余人听到战神喊出玄铁大神这四个字的时候，同样一脸震撼，一个个都瞠目结舌，满脸不可思议。

更有甚者，更是直接跪倒在地。传说中的远古大能玄铁大神出现在面前，他们怎能不跪?

而玄铁大神却似乎并不理会人们这种尊崇的目光，只是自顾自地在沙滩上行走，时不时地嘿嘿傻笑。现在的他披头散发，衣着狼狈，简直就好像一个疯子。尤其是他诡异的傻笑，更是让众人摸不着头脑。

所有人都不自觉地降落在沙滩上。玄铁大神这样的远古大能都在地上走动，他们这些人怎敢悬浮在半空?即便战神也不敢有丝毫的冒犯，坠落在地，好奇地看着玄铁大神的一举一动。

玄铁大神的出现，引发了一场热潮，所有人都在讨论着玄铁大神的名号，数以亿计的目光全都集中到了玄铁大神的身上。

这就好像是神仙降临，即便是视察民情的皇帝都是黯然失色。

玄铁大神循着沙滩，行走到了海涛边，忽然狂笑了起来，笑声中夹杂着无尽的悲哀凄凉:“原始魔尊，好久不见啊，快出来吧。”

所有人都丈二和尚摸不着头脑，玄铁大神不会是个疯子吧，对着大海喊什么?

可接下来的一幕，却让所有人瞠目结舌。

原本安安静静的海面，被玄铁大神这么一喊之后，竟爆发出了一连串的潮汐，并且潮汐越来越强大，最后竟演变成了一道道的惊天骇浪。惊涛骇浪越来越强大，海中的水暴涨数千丈，直入云霄，将海和天完完全全真真正正地包围起来了。

这才是真正的天海相连。

所有人都惊恐不安地盯着海面。

万众瞩目下，海水开始疯狂地朝海水中心的方向席卷，而且看着，大量的海水似乎是在压缩着。

半盏茶的工夫过去了，狂暴的海水，已经压缩成了一个蓝色的人形。那人形正常人大小，身体曲线完美优雅，蓝色长发飘逸，好像是一女子模样。

一道道风沙掠过，其蓝色肌肤，也在快速地转变颜色，直到最后，竟变成了一个高贵妇人。

一袭长袍包裹着她的完美身段，前凸后翘散发无尽诱惑，雪白发嫩的肌肤释放出无尽光芒，尤其是那倾城倾国的容貌，更是让所有人为之震撼，所有人都陶醉在了那张容颜上，那张一笑倾城、二笑倾国、三笑能迷倒神魂大陆的容颜上。

而叶天同样被这容貌给镇住了。因为这张容颜竟是那般的熟悉。

没错，熟悉，十分的熟悉，这张脸就是魔主林雪儿的脸！

一丝不差，脸上的任何一处线条、任何一处亮点，甚至连嘴角那一丝小小的瑕疵都那般的相近，一点都没有异样。若不是这女人有着成熟优雅的身段的话，怕是叶天会直接将其当成林雪儿。

她和林雪儿到底有什么关系？若林雪儿是魔主的话，那她又是谁？林雪儿现在到底在什么地方？一个个的问题在叶天的脑海中翻滚出来！

即便是战神这样的神通境，都被此女子的雍容优雅所迷惑住，瞠目结舌地看着女子。

“呵呵，呵呵，魔尊，你终于来了啊。”玄铁大神在看到女子之后，竟笑了起来，十分轻松惬意，其中夹杂浓浓的思念之情。

“是啊！”魔尊小步轻挪至玄铁大神旁边，冲他淡淡笑着，贵族之气一览无余，“疯子，你还和当年一样的疯！”

“是吗？”玄铁大神不好意思地搔搔头笑了笑，“也有很多人这样说我。可我把他们都杀了，因为我不是疯子。”

“哦，你也准备杀了我吗？”魔尊笑着道。

“不！”玄铁大神的脑袋快速地摇了起来，“我要带你走。”

“为什么？”魔尊忽然冲玄铁大神掩嘴窃笑，“难道你忘记了当年的那场天罚？是那场天罚，将你封印在玄铁牢笼中。也是那场天罚，让我魔性大发，从而有了那一场人魔大战。难道你还没吸取上次的教训吗？你还想继续被封印在玄铁牢笼中吗？”

“那场天罚，我永远都不会忘记！”玄铁大神摇摇头，“而且，这次我是来报仇的！”

“报仇？”原始魔尊用诡异的眼神看着玄铁大神，满脸不解地道，“你到底什么意思？”

“我的意思很简单。那就是将封印我的家伙，让你魔性大发的家伙斩杀！我是玄铁大神，我不能让我的女人被别的家伙欺负，我也不能让别的家伙欺负。”

“你可知道是什么人欺负的你？你可知道你要报仇的对象是谁？”原始魔尊用看疯子的眼神看着玄铁大神，开口问道。

“当然知道。”玄铁大神语气坚硬地点头，“我复仇的对象，便是这贼老天。”

哗！

玄铁大神和原始魔尊这霸气十足的对话，立刻镇翻全场，数以万计的修炼者都用近乎崇拜外加不可思议的眼神盯着这两个人。

这个看起来疯疯癫癫的家伙被封印了数万年时间之后，醒来的第一件事就是要斩杀老天，理由是这老天欺负了他的女人。

这才是男人，真正的男人。不允许别人欺负自己的女人，就算老天也不行。

叶天饶有兴趣地看着这个真男人，他第一次见到，世界上还有疯子想报复老天，而且还是为了一个女人。

“我想，你们一定很好奇刚才我说的话吧。”玄铁大神冲原始魔尊淡淡笑笑，便嗖的一声，悬浮起来，好像人间主宰一般，任何一个人都在他的俯视之下。

即便战神，在这个足以傲视万物的高手面前，也不敢有丝毫的张狂，依旧是安安稳稳地站在原地，俯首称臣。叶天在心中暗暗惊叹这个男人强大的气场，心想自己这辈子能达到这个高度，足矣。

他已然超越神通境太多，这简直就不像是人类所有的气场。

不是人类所有的气场，莫不成，他是……仙！

可，若他是仙的话，为何会在人间？要知道仙人在人间的话，可是会遭遇天罚啊！

就在众人和叶天思考着同样问题的时候，玄铁大神再次开口讲话了：“万年前，我爱上了这个女人。”他指了指原始魔尊，毫不避讳，好像是在给朋友介绍自己女人那般简单。而原始魔尊脸上，竟有些羞涩和幸福感。

这很难让人接受，这个漂亮妩媚高贵大方的女人，竟是妖魔之祖原始魔尊，这一点都没妖魔之祖的模样啊，简直就是一气质高雅的普通贵妇人。

“而我是仙，她是妖，我们的结合注定要遭遇天罚。于是，我们的结合遭遇了一次次的天罚。而天罚的结果是，我被夺走了仙的资格，并且被封印在了玄铁牢笼中。而原始魔尊则魔性大发，和人类来了一场震惊远古的大战。那场大战夺走了她的肉身和美丽，永远地化为了这一汪海水，永生永世承受天地动荡之苦。”

“而如今，我玄铁大神打破封印，强行逆天改命。原始魔尊也因此摆脱被诅咒的命运！”

“我要告诉你们，我们的命要自己掌握，不能被老天操控。”

“我今天要挑战老天，挑战该死的天罚，我要告诉他们，人，同样能翻天覆地，不一定入了仙界，才可继续修炼。我用人类的身体，同样能挑战天界！”

玄铁大神的每一个字都好像雷电般炸响在每个人耳畔，所有人都被玄铁大神的豪情壮语给镇住了，每个人都用异样的眼神看着他。

此刻，他就是天，就是人间主宰，就是数亿人类的领导，就是他们永远信仰的神。他的每一个字都是钉子，在每个人的骨头上，都深深地刻下了一笔。

但，这些是人，有着人类的感情，在热血沸腾后，便是理智。他们恐惧，恐惧老天的力量，恐怕自己变成炮灰。

于是，数不清的修炼者一哄而散，好像逃命般地逃掉了。

五名斗皇强者太显眼，他们原本也想逃掉的，但是在看到玄铁大神看他们的眼神的时候，他们还是忍住了逃走的冲动。因为他们知道，万一他们有逃跑动作的话，玄铁大神随便一个念头都能让他们挫骨扬灰。

战神也想逃，他不想被这个疯狂了的男人领导，那样自己只会落入万劫不复之地。抵抗老天？简直就是找死。

可是，他不能逃，因为他是神通境高手，玄铁大神早就已经在他身上下了一丝神识。

“好，好，好！”叶天连呼三声好，连连鼓掌。叶天稍显稚嫩青涩的声音，立刻吸引了玄铁大神的注意。

估计玄铁大神也没想到会有人响应自己这个疯狂的想法，所以叶天的响应让他大感意外。

“哈哈，好张狂的小子，有我玄铁大神年轻时候的气场，我喜欢。”他一边说着，一边飘向叶天，“小子，告诉我，你为什么要抵抗老天？”

“因为我不喜欢按照别人的旨意做事，即便老天也不行。”叶天语态轻松地道，“而能掌握自己命运的方法，只有一个，那就是将这老天给掀翻。”

“哈哈哈，哈哈哈，小子，够张狂，够张狂！”玄铁大神横发飘扬，神采奕奕，“小子，这是你的真实想法？”

“差不多吧。”叶天咂咂嘴，“对了，玄铁大神，我还有一件事儿想问个明白！”

“好，小子，你说吧。”玄铁大神冲叶天笑笑，“什么事儿？”

“我有个朋友，长得和你女人一样，不知道玄铁大神可知其中猫腻儿？”

叶天充满期待地看着玄铁大神。他知道玄铁大神肯定知道些什么的。

玄铁大神果然没有让叶天失望，冲他笑笑：“我当然知道些什么，不过你现在还不适合知道这些！”

叶天知道，玄铁大神拒绝回答的问题，自己断然是不可能从他口中得知答案的，当下只能无奈耸肩，满脸无奈。

而原始魔尊也冲叶天露出了一抹淡淡的笑容，那是善意的笑容。

“五位斗皇强者。”玄铁大神这会儿终于将注意力放到了被冷落在一边的五位斗皇强者身上。

而五位斗皇强者似乎更喜欢被玄铁大神冷落。因为他们知道，一旦玄铁大神开始盘问起他们，就是他们交出生死权的时候。若是玄铁大神逼迫他们跟着他一块反抗老天的话，他们只能给玄铁大神当炮灰。

“玄铁大神大人，有什么吩咐请讲！”虽然五位斗皇强者对玄铁大神的强硬安排十分不服气，可玄铁大神的实力在这儿摆着，他们有天大的胆子也不敢随便反抗啊，既然不能反抗，那就走一步是一步了。

“你们不愿一块抵抗上天是吧，那好，我给你们一次机会，杀了叶天，我就放过你们。”

而听玄铁大神这么一说，在场众人全都愣住了，莫名其妙地盯着他看，叶天更是差点把下巴跌落下来：“玄铁大神，您这是什么意思？”

而玄铁大神却根本不理会叶天，同样的眼神看了一眼战神，道：“看你也不想抵抗上天，那好，我也给你一个同样的机会，和他们五个人联手，把叶天杀了，我就饶你一条生路。”

现在的玄铁大神就是掌控他们命运的主宰，五名斗皇强者以及战神，全都对他服服帖帖……如果他们还想继续活下去的话。

叶天真是哭笑不得啊，心想这玄铁大神就是一神经病，当初自己怎么会随便相信他呢？还说要和他一块抵抗老天……现在倒好，这家伙倒打一耙！

他现在怀疑玄铁大神是在用反间计了。

“好，玄铁大神，我们听你的。”人前高傲无比的战神以及斗皇强者现在都反应了过来，将叶天团团包围住，大有将他大卸八块的迹象。

叶天看了一眼漂亮的原始魔尊，发现原始魔尊眼神淡如明镜地看着自己，似乎对这件事没任何感情波动。

叶天觉得这其中肯定有蹊跷，虽然现在他尚且不知到底是什么蹊跷。

“我说你们还愣着干什么，是时候动手了啊。”玄铁大神似乎急切盼望叶天去死，见战神等人都发愣，便迫不及待地催促了一句。

“得令。”战神以及五名斗皇强者立刻双手抱拳，并且快速地展开了攻击。瞬间，刚刚平静没多久的大地又是一番惊天动地的能量波动，天崩地裂。

一记记的攻击被发出，一块块的泥土被掀翻，空气都被狂暴能量撕裂，到处都肆虐着一股股空气被烤焦的味道。

叶天真没想到事情发展会一面倒。刚才还和自己站在同一条战线的玄铁大神，眨眼间的工夫就把自己给卖了……

现在的他是举目无亲，孤单影只，要想活命，只有拼了性命和他们干！可拼了命，自己也只有死路一条。玄铁大神可在这儿把关呢，自己有三条命都不够用的。

他忽然觉得自己之前的行为十分的愚昧幼稚。还说什么要和玄铁大神一块干掉老天……还没出动，就直接被同伴给拿下。

他是欲哭无泪，当下施展全身解数，抵抗着他们几人的攻击。天阶大阵、地阶大阵，火龙神枪、烈焰刀齐攻击，甚至连判官也上阵了，帮叶天抵挡一面。

现场的音爆之音四处响起，一刻不停，地面被轰出了一道道的沟壑、一道道的裂缝，甚至有地下泉水流了出来。狂暴的空间乱流也顺着空间裂缝狂流而出，肆虐席卷着地面上的斗王尸体。

玄铁大神和原始魔尊好像恋爱中的情侣，携手站在一旁观看，嘴角挂着一抹淡淡的微笑，那是一种欣慰的笑容。

“滚!”叶天一声怒吼，一拳将土遁给轰得远离自己之后，咆哮一句，“玄铁大神，你这个卑鄙小人，等我叶天有机会，一定将你碎尸万段，吃你的肉，喝你的血……”

话音刚落，一股狂暴的能量便正中他的下巴，瞬间他便觉得身体一轻，倒飞了起来，一股股鲜血顺着嘴角吐了出来。

他的身体被轰击的速度和力量太大，竟在倒飞出去的时候，将空气给撕裂了一道长长的裂缝。他的身体快速地被空间乱流给包裹席卷起来，生猛的空间乱流拉拽着身体的每一寸肌肤，不过这根本无法对他造成任何的伤害。

因为他的肉身拥有着堪比仙器的硬度。

斗皇强者不敢轻易进入空间乱流中，而跨入神通境的战神却对此毫无畏惧，一个箭步便跨入了空间裂缝中，拥有着媲美百龙之力的拳头狠狠地砸向了叶天。

叶天早就已经对战神恨之入骨了，从当初鹰眉串通秦家老祖围攻自己的时候，他便已经在心中对战神下了必杀的决心。奈何刚才有五名斗皇强者辅助战神攻击自己，打得自己毫无还手之力，所以他没机会攻击战神而已。如今自己有机会和战神面对面作战，他自然是要施展全力和战神来一场恶战了。

即便不能胜，拥有媲美仙器之身的叶天也绝不会输。

现在在他的眼里，什么火龙神枪、烈焰刀都算不上什么武器了，叶天干脆直接让它们展开器灵模式，自主攻击战神。

而他身上最大的宝贝，便是媲美仙器的肉身。所以他直接用身体当武器，一次次近乎疯狂地轰撞战神。他的每一次撞击，几乎施展出全部的力量，其威力甚至能将空间乱流给撞得四散开来，即便战神被撞到，也只能是在心中无奈叹气。

战神这才明白自己进入空间乱流是中了叶天的阴谋，这小子就是想分开自己和五个斗皇强者。所以现在他拼命地想逃出去，有五名斗皇强者辅助自己，他们还能暂时压制得住叶天。

他心中对叶天惊叹不已，怎么也想不明白，这一小小的斗皇强者究竟是如何拥有着抗衡神通境高手的力量的!

此刻的叶天的每一次攻击都是以命相搏，因为任何放松，都可能让自己的小命不保。现在他是近乎疯狂地乱战，施展浑身解数的攻击，以往学到的所有阵法斗技，统统抛诸脑后。他用自己最强劲的攻击，也就是媲美仙器的肉身，一次次地撞击神通境。

每一次的攻击都是最强攻击，每一次的攻击都是不遗余力的肉搏。

很快，这种无招胜有招的莽汉打法，让战神苦不堪言。他知道继续在空间乱流中，自己的优势无法施展出，当下只能往后退。

但叶天却打上瘾了，好容易拽着战神的鼻子走，怎么能让他轻易溜出自己手掌心？叶天的身体来回瞬移，疯狂暴掠，将空间乱流撞出一道道的缺口，让它们重新组成各种各样的形状，用各种手段阻拦战神的逃走。

战神被叶天逼得连连倒退，深入到空间乱流的深处，看着状若流星四处乱撞的叶天，他是咬牙切齿地恨。

良久之后，他原本慌张的表情逐渐稳定下来，愤怒之情却依旧那般浓厚。他冷哼一声：“哼，该死的，老虎不发威，你当我是病猫。今天我就让你看看，神通境高手，可不是你想摧残就摧残的！”

一声怒吼音冲破万道乱流，战神前方的空间竟被他的声音冲撞成了真空，甚至有些地方直接回归了原始混沌状！

那声音夹杂如此威能，叶天自知自己硬扛会吃亏，当下便闪躲离去，同时对战神加强了警戒，毕竟是神通境强者，不是他一个小小的斗皇所能小觑的。

“小子，你去死吧。”战神再次一声怒吼。随着他的怒吼，一股鲜血顺着他的嘴巴喷射而出，那股鲜血并未散落而去，反倒是快速凝聚在一块，眨眼间工夫，竟凝聚成了一柄通红的战斧，其上散发血红光芒，空间乱流从上经过，竟被轻松斩成两段。

这一幕过于震撼，以至于叶天在好半天时间之后，才终于明白过来，立刻倒退连连。

空间乱流不经意间撞上去，都要被斩断成两截，若是血红战斧执意发动攻击的话，那将会造成多大的危害……那威力应该足以撼动仙器了吧！

“小子，你张牙舞爪的时期结束了，现在，轮到你去送死了！”战神一声狂暴怒吼，硕大的人形蓦然跳将起来，化作一道闪电，轰然劈向叶天，所过之处，空间乱流尽数被驱赶，形成无尽真空，而无尽真空都无法抵御血红战斧的挥砍，竟重新化为原始混沌，形成天地尚未开启时候的状态。

侥幸躲过战神一斧头劈砍的叶天看着被战神弄成的一大片混沌，惊叹连连。不愧为神通境强者，能在武器的辅助下，将空间打成原始混沌状态……叶天自问不是战神的对手，便立刻倒退，准备悄悄退走。

但战神已下了必杀之心，又岂会让叶天如此轻松离开，当下便舞动手中战斧，朝着叶天，挥砍而来。

看战神的速度，快若闪电，自己若一心逃命的话，或许能在速度上和对方打成平手。但他知道，一旦自己逃出空间乱流，将会遭遇五名斗皇强者的追杀，到时候自己就会死在他们的狂乱攻击下。

现在，他面临着两个艰难的选择，第一个选择，那就是全力抵抗，或许自己会被战神的神斧给砍成两截；第二个选择，就是逃出去，或许自己在空间乱流中能保持和战神同样的速度，但若是逃出去的话，就会遭遇斗皇强者的围追堵截，到时候同样被战神击杀。

在性命攸关的关键时刻，叶天很快地下了决定，那就是宁可站着死，不可跪着生。

他毅然决然停下逃亡的脚步，转身望着攻来的战神，眼神中是冷漠表情，嘴角是淡漠笑容："堂堂战神，施展全力竟不能斩杀一少年，可笑，可笑，哈哈，哈哈哈！"

叶天的话正中战神心中敏感之处，并未作答，积聚全身力量，狠狠轰向叶天。他已经下了决心，叶天必须去死，否则自己永远无法抹除心中的耻辱感。

少年的力量远远超出他的估量，若是给他足够时日，自己必不会是他的对手！即便不是玄铁大神要自己斩杀叶天，他早晚也要下手。

战神斧带着毁天灭地的力量轰向叶天，所过之处，空间皆化为混沌初开状态。

而叶天也下了必死之决心，在生命的最后一刻，他毅然决然将腹中真丹掏了出来，轰向战神。

叶天的真丹已然具有婴儿拳头大小，其中威力足以毁天灭地……玄铁大神在看到叶天将真丹掏出的时候，浑身颤抖一番，双目尽显惊诧之光。

战神看到叶天将真丹掏出，满脸不屑。当然，现在的他尚认为那只是元丹而已。如此大小的元丹自爆，根本没多大点威力。

他直接将之归结为叶天苟延残喘之计，没放在眼里，战神斧依旧毫不犹豫地挥砍而出。大片大片的空间，化为原始混沌状态。

叶天在轰出真丹后，也快速被强劲压缩的空间给挤压成碎片。再强悍的仙器，都无法扛住自然界的力量。他的身体支离破碎，化为齑粉。强劲压缩的空间，压缩到了极限状态后，开始结晶，化为一颗颗黄色的颗粒状，并且颗粒依旧在拼命地压缩聚合。

叶天知道，那是空间在化为混沌。一旦这些空间转化成混沌状态，那么即便仙人也难以从中逃出。这是自然界最强劲的力量，除了自然界，无人可破。

"叶天，我们还有意识！"就在叶天彻底绝望之际，却忽听脑海中传来判官的声音。他心情大好，道："判官，没想到你还活着。"

"不，这情况不对。"判官道，"你的残魂依旧存活，这不遵循自然法则。"

"什么意思？"叶天被判官的什么自然法则给搞糊涂了，不由得好奇问道。

"混沌状态，乃是天地间条件最凶残暴戾的状态。别说是人了，即便仙人远古大能都无法在这种状态中保存残魂，拥有意识，而我们的残灵魂魄却可在这样的状态中生存，难道这还不足以说明问题吗?”

嘶!

判官这么一分析，叶天也忍不住地倒吸一口凉气。诚然，处于这样的混沌状态，应该无人能适应得来，可为何自己的魂魄神识依旧那般清晰，甚至……甚至比之前还要壮大数倍!

等等，不对劲!

叶天分明感觉自己的神识在快速地扩张长大，就好像爆炸般，以闪电般的速度蔓延。而随着意识的蔓延，他的视线范围越来越大，越来越大，最后竟能看到混沌之外的场景。

他看到，自己的真丹被战神一斧劈开，而后真丹自爆，强大的爆炸直接将空间炸成了混沌初开状态，战神的身体被快速蔓延的混沌直接碾压成了齑粉，临死之前他那不甘的眼神，给叶天留下了深刻的印象。

而更让叶天难以忘记的是，初开混沌快速地撞向自己，而撞上自己后，竟化为自己的一部分，因为他明显能感觉到那部分混沌。

待得他的意识终于停止扩张了之后，他才发现了自己的视线范围竟扩张到了整个人类世界。任何一个人的一举一动都在自己的视线范围之内。自己就好像一个高高在上的神仙，盯着下方的人类看。

自己主宰着他们的命运。

“这是……怎么回事儿?”叶天喃喃自语，而后控制着自己的意识，从混沌世界中走出。

他的身体依旧完好无损，只不过比之前更壮大了一些。面容装束没有改变，左手火龙神枪，右手烈焰刀。他的肩膀上站着一个身着官袍，手持判官笔之人，看其面容，是判官。

虽然他的身体从混沌中走出，不过视线范围依旧是俯视着整个世界，依旧能感应得到，那大片大片的混沌依旧属于自己的意识范围，好像它们同属自己的身体一般。

看到叶天脚步平缓地从空间裂缝中走出，五名斗皇强者竟都不自觉地跪倒下来。不知为何，在他们看到叶天的时候，就是想跪。

这个人给他们的感觉，就是苍天在上的感觉，强劲的威压让他们无法承担。

他们甚至相信，只要叶天让他们去死，他们也绝对不会有丝毫犹豫。那种感觉就好像……好像叶天是掌控他们命运的主宰，是苍天!

而叶天对他们的感觉，则是他们对自己下跪是理所当然的。那种傲视群雄的傲然是发自内心的，是从骨子中透出来的，是人类所不可能具备的……

“苍天在上，请受玄铁一拜!”

"苍天在上，请受魔尊一拜！"

就在叶天为这个问题感到迷惑不已的时候，玄铁大神和原始魔尊却蓦然跪倒在地，满脸恭敬表情。

"你们……"叶天更疑惑了，刚才这玄铁大神还对自己下了必杀令，可眨眼工夫就给自己跪下了，他葫芦里到底卖的什么药？

而就在叶天想思索这个问题的时候，大量的信息却好像雨后春笋般在叶天的脑海中快速地疯长起来。

一幅幅影像不断从脑海中闪现：鸿蒙开天辟地的场景，远古人类狩猎的场景，人间爆发各种自然灾害的场景，人类缓慢进化的场景，各个时代具有划时代意义的大事件，各个影响着世界走向的事件，一个个飞升成仙的场景，人间任何一处绝美景致形成的过程……甚至于，玄铁称呼自己为苍天的来龙去脉。

足足两天两夜，叶天的大脑终于接受了这一切信息，玄铁大神、原始魔尊以及几位斗皇强者，也全都一动不动地跪倒在地。

叶天这才明白事情的来龙去脉。

原来，鸿蒙史上，苍天易主的纪元已然到来。身为苍天使者的玄铁大神当仁不让成为挑选苍天主宰的测试者。之前他所说的一切，所做的一切，都是为了挑选出适合当苍天主宰的人。

而根据鸿蒙的标准，要想成为苍天主宰，必须具备反抗苍天的过人胆识，以及抗衡天地的身体强度。而叶天正好具备这两点，顺利当选为苍天主宰。

之前玄铁大神让战神斩杀叶天，也是成为苍天主宰的一道程序而已，只有这样，才能让叶天在抗争中，将意识和天地混沌凝聚到一块，监视人间正义邪恶！

而判官则因保护苍天主宰有功，成为玄铁大神之后的苍天使者。

玄铁大神恭敬尊崇地给叶天鞠躬行礼，而后请求带着原始魔尊告老还乡。叶天答应了他们，然后将神魂大陆一角的远古魔窟送给他们。

五名斗皇强者自愿成了叶天的使者！

叶天将神魂大陆苍天的诸多事务全都交给了判官以及五名使者去处理。而他本人，则是着急去验证一个刚刚发现的秘密。

他发现，自己并不是唯一，鸿蒙宇宙中，像自己这样的世界，还有数以亿计。他只是亿万分中之一而已。他发现，自己知道的其实就是九牛一毛，还有太多太多的世界，需要他去探索。

只有这样，才能成就他传奇精彩的一世辉煌！

（完）